KB116739

잘린 머리에게 물어봐

NAMAKUBI NI KIITEMIRO by Rintaro Norizuki

©Rintaro Norizuki 2004

First published in Japan in 2004 by KADOKAWA SHOTEN Publishing Co., Ltd., Tokyo.

Korean translation rights arranged with KADOKAWA SHOTEN Publishing Co., Ltd., Tokyo

through TUTTLE-MORI AGENCY, INC., Tokyo.

노리즈키 린타로
장편소설

최고은 옮김

잘린 머리에게
THE GORGON'S LOOK
물어봐

비채

잘린 머리에게 물어봐 블랙&화이트 020

1판 1쇄 발행 2010년 2월 11일
1판 4쇄 발행 2022년 5월 26일
지은이 노리즈키 린타로 **옮긴이** 최고은
펴낸이 고세규

발행처 비채
주소 경기도 파주시 문발로 197(문발동) 우편번호10881
등록 1979년 5월 17일(제406-2003-036호)
주문 및 문의 전화 031)955-3200 **팩스** 031)955-3111
편집부 전화 02)3668-3295 **팩스** 02)745-4827 **전자우편** literature@gimmyoung.com
비채 카페 cafe.naver.com/vichebooks **인스타그램** @drviche **카카오톡** @비채책
트위터 @vichebook **페이스북** www.facebook.com/vichebook
ISBN 978-89-92036-01-6 03830 책값은 뒤표지에 있습니다.

비채는 김영사의 문학 브랜드입니다.

- **노리즈키 린타로**法月綸太郎 - 추리소설 작가이자 탐정.
- **노리즈키 사다오**法月貞雄 - 린타로의 아버지, 경시청 소속 경찰관으로
  계급은 경시.
- **다시로 슈헤이**田代周平 - 광고 사진작가, 노리즈키 린타로의 후배.
- **구보데라 요코**久保寺容子 - 노리즈키 린타로의 고등학교 동창생.
- **가와시마 아쓰시**川島敦志 - 번역가, 가와시마 이사쿠의 동생.
- **가와시마 에치카**川島江知佳 - 가와시마 이사쿠의 딸.
- **가와시마 이사쿠**川島伊作 - 일본을 대표하는 전위 조각가.
- **우사미 쇼진**宇佐見彰権 - 미술평론가, 가와시마 이사쿠 회고전 큐레이터.
- **구니토모 레이카**国友レイカ - 가와시마 이사쿠의 비서, 연인.
- **가와시마 리쓰코**川島津子 - 에치카의 생모, 가와시마 이사쿠의 전부인.
- **가가미 유코**各務結子 - 리쓰코의 여동생, 가가미 준이치의 전부인.
- **가가미 준이치**各務順一 - 리쓰코의 재혼 상대. 리쓰코의 현 남편.
- **아키야마 후사에**秋山房枝 - 가와시마 가의 통근 가정부.
- **도모토 슌**堂本峻 - 사진작가, 과거 가와시마 에치카의 스토커.
- **야마노우치 사야카**山之內さやか - 도모토 슌의 내연녀.

제1부

FraKctured

조각가의 관점에서, 조각이라는 형식으로 인간의 머리를(게다가 아마도 인체 중에서) 표현할 때 가장 까다로운 부분은 눈이라 할 수 있다. 조각의 모든 역사를 통틀어서 눈은 항상 머리라는 입체적인 표현 속에서 가장 어려운 문제였다. 이것은 물론 인체 모든 부분 가운데서 오직 눈만이, 형태가 아니라 단순히 홍채와 동공이라는 색채로 이루어졌다는 사실 때문일 것이다.

〈조각의 제작 과정과 원리〉, 루돌프 비트코어

1

　다시로 슈헤이의 사진전 초대장이 도착한 것은 노스트라다무스의 대 예언이 불발로 끝난 여름, 오봉(8월 15일을 전후로 한 일본의 전통 명절―옮긴이)의 귀성 러시도 일단락되어 원고를 재촉하는 전화가 봇물처럼 쏟아질 무렵이었다. 여름 안부를 겸한 엽서에는 9월 5일부터 닷새 간, 긴자의 갤러리에서 최근작을 가지고 개인전을 열 예정이니 시간이 있으면 잠깐 참석해달라고 적혀 있었다.

　잡지 마감과 일정이 겹치긴 했지만, 다시로의 얼굴을 보지 못한 지도 오래 되었다. 그는 린타로의 고등학교 2년 후배로, 본업은 실력 있는 광고 사진작가이다. 그는 고객의 주문이 쇄도하는 중에도 막간을 이용해 '시대착오적인 예술사진'을 계속 찍었으며, 자비출판을 포함해 모두 네 권의 사진집을 냈다. 이전에는 가끔씩 한잔하러 가는 사이였는데, 재작년에 다시로가 결혼하여 우라와의 신혼집으로 이사한 뒤로는 거의 얼굴을 볼 기회가 없었다.

　30대 중반을 넘기면, 무리를 하지 않는 이상 시간은 생기지 않는 법이다. 그 후로 눈 깜짝할 사이에 2주가 지났다. 코앞으로 닥친 단편 마감을 가까스로 넘긴 린타로는 원고를 편집자에게 넘기자마자 소니 거리에 인접한 테넌트 빌딩 1층에 자리한 갤러리로 향했다.

9월 9일. 이미 전시회 마지막 날 오후 3시가 지난 시각이다. '블라인드 페이스 / 다시로 슈헤이 전시회'라 쓰인 포스터를 곁눈으로 보며, 접수를 담당하는 젊은 여성에게 초대장을 내밀고는 '노리즈키라고 합니다만' 하고 이름을 대자, 시원한 눈매의 여성은 무엇이 재미있는지 입가에 살짝 미소를 지으며 말했다.

"소문은 익히 들었습니다. 선생님은 회장에 계세요."

린타로는 어깨를 으쓱했다. 포스터와 같은 디자인의 팸플릿을 받아들고 패널로 구획을 나눈 회장으로 들어서자, 서늘한 공기가 땀으로 젖은 살갗을 기분 좋게 감싼다. 천장은 비교적 낮았지만, 생각보다 폭도 넓고 깊이도 있어서 어안렌즈로 들여다보는 것 같은 느낌이었다. 플로어의 조명에도 신경을 쓴 것 같고, 고상한 척하는 배경음악도 없었다.

요란스런 광고도 하지 않고, 장소도 지하에 자리한 데다 큰길에서도 떨어져 있었지만, 그에 비해 관람객들은 꽤 많은 것 같았다. 정기적으로 열리는 다시로의 개인전을 찾는 애호가들의 수는 착실하게 늘어나고 있는 모양이다. '접수 보는 여직원이 선생님이라 부르는 것만 봐도 인기를 가히 짐작할 수 있군.' 린타로는 그렇게 생각했다.

'블라인드 페이스'라는 타이틀의 전시 작품은 나중에 천천히 감상하기로 하고, 우선 인사부터 하기로 했다. 다시로 슈헤이는 플로어 구석에서 고급 브랜드 제품을 쫙 빼입은 부잣집 사모님들에게 둘러싸여 있었다. 리더격으로 보이는 부인은 에르메스의 디자이너가 보면 졸도할지도 모르는 그로테스크한 차림이었는데, 그 복장에 어울리는 자기과시 욕망의 소유자 같았다. 다시로는 양 볼을 왁스로 고정시킨 듯 틀에 박힌 미소를 지으며 그녀의 이야기에 맞장구를 치고 있었다. 고등학교 시절부터 오랫동안 알고 지낸 사이가 아니라도 그것이 영업용 웃음이라는 것은 한눈에 알 수 있었다.

말을 걸기 전에 눈이 먼저 마주쳤다. 다시로는 부인들 너머로 안도한 듯한 표정을 지었다. 과장된 동작으로 이쪽을 향해 손을 흔들더니, 그는 자신을 둘러싼 포위망을 돌파하고 성큼성큼 회장을 가로질러 다가왔다.

"잠시 못 본 사이에 아주 호스트 다 됐는데?"

싱글거리며 비아냥거리자, 다시로는 등 뒤에서 느껴지는 시선을 신경 쓰며 목소리를 낮추고 말했다.

"그런 소리 마세요. 남편이 중요한 스폰서라 어쩔 수 없다고요. 하지만 솔직히 빠져나올 핑계가 생겨서 살았어요. 마감 있다면서요? 오늘은 시간 괜찮은 거예요?"

"걱정하지 마. 막상 닥치면 마감 한둘쯤은 거뜬하게 해치울 수 있으니까."

"어라. 요새 책 잘 내지도 않는 사람이 말은 잘 하네요."

"시끄러워. 철야 강행군에도 불구하고 일부러 와줬더니."

"진정하세요. 신작을 손꼽아 기다리는 독자들의 대표로서 한마디 드린 겁니다. 어제도 요코 선배와 새로운 장편은 언제쯤 볼 수 있을지 이야기를 나눴거든요."

다시로는 미안한 기색도 없이 그렇게 말했다. 린타로는 찌푸렸던 얼굴을 반쯤 펴며 물었다.

"요코 선배?"

"구보데라 선배 말이에요. 어제 일부러 전시회를 보러 와줬더라고요. 여전히 바쁜지 30분 정도 있다 갔지만."

"이제 구보데라가 아니라 다키타잖아."

린타로가 정정하자, 다시로는 순간 멍한 표정을 지었지만, 금방 '그렇지' 하고 머리를 긁적였다.

"그 선배도 결혼했었죠. 까맣게 잊고 있었네요. 결혼을 언제 했더라."

"무슨 소리야. 오래 됐잖아. 밴드가 해산된 그해 말이었던가."

"지진하고 옴진리교 사건이 일어났던 해였죠? 그럼 이제 곧 3년, 아니 4년째인가."

다시로는 손가락으로 햇수를 세더니, 결혼했다는 느낌이 들지 않는 듯 고개를 갸웃거렸다.

"그 선배가 이번 시리즈의 모델이거든요. 저기 있는 사진인데, 촬영 당시에도 결혼반지는 안 꼈던데요? 그리고 요코 선배는 옛날하고 똑같잖아요. 여자들은 결혼하면 얼굴이 확 변하던데."

"아저씨 같은 소리 하긴. 보는 사람이 그렇게 생각하니까 그런 거지. 솔로 명의는 예전과 똑같고, 연말에 혼인신고만 하고 식은 안 올렸으니까 그런 거 아냐."

"선배가 그런 주의인가? 그래서 더 결혼했다는 느낌이 안 들었는지도 모르겠네요."

"남편이 재혼에다 전부인하고도 이것저것 복잡했다고 하더라고.

그래서 더 드러내길 원치 않았던 것 같던데……."

요코의 사진을 곁눈으로 훔쳐보며, 린타로는 지나가는 말처럼 그렇게 말했다. 구보데라 요코는 고등학교 시절 같은 반이었던 친구로, 일찍이 소년 린타로는 딱 한 번 그녀에게 데이트 신청을 했었다. 그리고 그날 무참히 차인 경험이 있다. 쇼팽과 패티 스미스를 좋아했던 요코는 대학에서 만난 친구들과 함께 '슬렌더 걸즈'라는 여성 록 밴드를 결성, 졸업과 동시에 염원하던 프로 데뷔를 달성했다. 그리고 그 후로 몇 년 동안 히트곡을 연이어 발표하는 인기 뮤지션이 되었다.

밴드 붐이 한창이던 무렵, '이카텐'(일본 TBS에서 방영되었던 심야 프로그램. 수많은 밴드를 배출했다— 옮긴이)의 전성기였다. 뭐 이렇게 말해도 요즘 젊은 사람들은 모를 것이다. 지금으로부터 10년 전, 아직 사람들이 가라오케를 신기한 눈으로 바라보던, Jpop 같은 세련된 단어는 찾아볼 수 없었던 시절의 이야기다.

1990년 2월, 뜻밖의 장소에서 요코와 재회한 린타로는 그녀에게 등을 떠밀리듯 심각한 사건을 해결했다. 하지만 그 무렵부터 요코 자신도 남에게 말할 수 없는 심각한 문제를 껴안고 있었다. 그녀가 다키타라는 유부남 매니저와 깊은 관계를 맺고 있었다는 사실을 고백한 것은, 나이 먹고서도 한량 같은 생활을 하고 있다는 공통점 탓에 서로 스스럼없이 지내기 시작한 지 1년 이상이 지나서였다.

"한 번 만난 게 전부여서 그다지 기억에는 남지 않던데. 벌써 몇 년도 전에 투어 때문에 교토에 왔을 때 우연히 만나서 매니저라며 소개 받은 게 다니까."

"뭡니까. 뭔가 아는 척 하더니, 저랑 별반 다를 바 없잖아요."

"다를 바 없다니. 넌 결혼했다는 사실도 잊어버리고 있었잖아. 애초에 남의 부인 붙잡아놓는 것도 실례고."

"그렇게 실례되는 일인가요? 그건 좀 아닌 것 같은데. 아니면 요코 선배한테 무슨 감정이라도 있는 건 아니고요?"

"딱히 그런 거 없어."

"그래요? 아니, 전부터 물어보려고 했는데……."

다시로는 린타로의 무뚝뚝한 태도에 흥미 본위의 호기심이 발동한 것 같았지만, 그 이상 캐묻지는 못했다. 기다리다 지친 아줌마 군단이 두 사람 뒤로 다가왔기 때문이다.

"어머, 그쪽 친구 분은 아직 선생님 작품을 감상하지 않으셨나 봐요. 그럼 말씀은 나중에 나누시고 먼저 둘러보시는 게 어떨까요? 다시로 선생님도 저희의 감상을 끝까지 듣고 싶어 하실 테니."

다시로의 눈이 애원하고 있었지만, 린타로는 정중한 태도로 먼저 온 손님에게 사냥감을 양보했다. 나중에 만날 시간을 정하고 나자, 승리의 기쁨에 젖은 여자들은 회오리바람처럼 '다시로 선생님'을 낚아채 전시회장 밖으로 사라졌다. 값비싼 파우더와 향수 향기를 플로어에 남긴 채.

린타로는 재채기를 참으며 전시된 작품을 감상하기로 했다. 눈에 들어온 건 나란히 늘어선 얼굴, 얼굴, 얼굴. 작품은 모두 인물이 단독으로 찍힌 컬러 사진이었다. 등신대의 바스트 샷이 A판 포스터 사이즈로 인화되어 있다.

피사체의 연령과 성별은 모두 제각각이었다. 양복을 입은 회사원과 가슴에 번호표를 붙인 무명의 육상선수 사이에, 새까만 여고생의 클로즈 업 사진이 걸려 있는 형식이다. 짙은 화장 아래로 목젖이 튀어나온 여장 남자의 사진 옆에는 주름지고 기미 낀 얼굴에 눈과 코가 파묻힌 백발의 노파, 혹은 평상복 차림의 주부, 유치원생, 탁발승, 일을 마치고 귀가하는 사무직 여성 등 어느 하나도 같은 얼굴은 찾아볼 수 없다. 아무런 맥락도 없는 잡다한 사람들의 초상이 플로어 전체를 둘러싸고 있었다. 직업 불명, 나이 불명의 얼굴도 있었고, 개성적인 얼굴도 있는가 하면, 지극히 평범한 얼굴도 눈에 들어왔다.

촬영 데이터를 제외하고는 설명 비슷한 것은 찾아볼 수 없었다. 촬영 장소와 일시도 제각각이다. 사람들의 초상을 무작위로 모아 놓은 듯, 아는 얼굴이라고는 요코밖에 없었다. 그 대신, 모든 사진에는 한눈에 알 수 있는 공통점이 존재했다.

모든 사람들이 똑같이 눈을 감고 있었다. 깜빡이는 게 아니라 두 눈을 꼭 감고 있다. 사진작가가 일률적으로 지시한 것이 분명했다. 아무래도 영어가 아닌 가타카나로 표기된 전시회 타이틀은 발음이 비슷한 'faith'와 'face'를 통해 언어유희적인 요소를 가미한 것 같다.

다시로의 실력은 확실했기 때문에, 전체적인 콘셉트는 지나칠 정도로 명료해서 사진 한 장 한 장에서 작위적인 느낌은 전혀 들지 않았다. 하지만 렌즈를 바라보는 시선이 차단되어 있기 때문인지, 모든 표정이 명상하는 것처럼 종잡을 수가 없다. 모두 무방비로 스스로의 진공 상태를 드러내고 있었다. 흑백 사진이었다면 석고로 만든 데스마스크가 연상되었을지도 모른다. 자연스럽다고 하기도 좀 그렇고, 이유는 알 수 없지만 보는 사람을 안절부절못하게 만드는 사진이었다. 남의 자는 모습을 대놓고 엿보는 것 같은 기분이었다.

요코의 사진 앞에서 멈춰서는 것도 쑥스러워서, 린타로는 젊은 여성 관람객들 너머로 힐끔 시선을 준 다음 빠른 걸음으로 그 앞을 지나쳤다. 그렇게 한 번은 지나쳤지만, 전시회장을 한 바퀴 돌고 나자 역시 신경이 쓰여서 걸음이 자연스레 그쪽으로 향했다.

사진 속의 요코는 여전히 화장기 없는 얼굴이었다. 부스스한 머리 스타일하며, 꼭 상대를 위협하는 고슴도치 같다. 남성용 와이셔츠 소매를 접어올리고, 가느다란 넥타이를 걸친 모습은 로버트 메이플소프가 촬영한 패티 스미스의 앨범 'Horses'의 재킷에 대한 오마주일까? 하지만 편안한 분위기 속 친구의 표정에서는 장난스럽고 모난 구석은 조금도 찾아볼 수 없었다.

다시로의 이야기 때문은 아니지만, 두 눈을 꼭 감은 요코의 얼굴 앞에 서 있으려니 자연스레 옛날 일이 떠올랐다. 매니저와의 불륜이 그룹 내의 인간관계에 어떤 영향을 끼쳤는지, 린타로는 지금도 알지 못한다. 그가 알고 있는 것은 4년 전 여름, 3년에 걸친 다키타의 이혼 소송이 간신히 끝나자마자 슬렌더 걸즈가 10년간의 밴드 활동에 종지부를 찍고 무도관에서 성대한 해산 콘서트를 열었다는 사실뿐이다. 아니, 사실은 기회 있을 때마다 요코의 입을 통해 불평 같기도 하고 자문자답 같기도 한 복잡한 이야기들을 듣긴 했지만, 그 이야기들을 남에게 흘릴 수는 없는 노릇이다.

그해의 크리스마스 일주일 전, 갑자기 전화를 걸어온 그녀는 평소처럼 잠시 잡담을 하더니, 느릿한 말투로 성이 바뀌었다고 이야기했다. 누구보다도 먼저 알리고 싶었다는 요코의 말에, 린타로는 '축하해, 그리고 알려줘서 고마워' 하고 답했다. 순서가 바뀌었는지도 모른다. 아무튼 그런 식으로 그는 90년대의 반환점을 통과했다.

그 후에도 요코는 솔로 아티스트로서 마니아들이 좋아할 법한 두 장의 앨범을 발표했고, 최근에는 신인 뮤지션의 발굴과 프로듀스에까지 손을 뻗치고 있다. 결혼했다고 해서 손바닥 뒤집듯 연락을 끊은 것도 아니고, 원래부터 그런 쓸데없는 신경을 쓰는 사이도 아니었지만, 역시 전처럼 편하게 지내기란 어려웠다. 걸을 때 아주 살짝 오른발을 끄는 요코의 습관 같은 것이 떠오를 때면, 지금도 조금 쓸쓸한 기분이 들긴 하지만 그것도 어쩔 수 없는 일이다. 아무튼 지금 그녀에게 특별한 감정 같은 건 없다.

어라? 요코의 얼굴을 들여다보고 있는 동안, 문득 위화감을 느꼈다. 어쩐지 요코와 꼭 닮은 다른 사람이 찍힌 것 같은 기분이 들었기 때문이다. 어디가 어떻게 다른지는 모르겠지만, 눈을 크게 뜨고 보면 볼수록, 어딘지 아귀가 맞지 않는 것 같다는 생각이 강하게 들었다. 분명히 같은 얼굴이지만, 그래도 어딘가 미묘하게 균형이 맞지 않는다고 표현할 수밖에 없었다.

눈을 감고 있어서 그렇게 보이는 건가? 아니면, 다시로는 아니라고 했지만, 역시 결혼해서 얼굴이 달라진 건가? 린타로는 고개를 저었다. 마지막으로 요코와 만난 것이 언제였더라? 곧바로 기억나지 않아서 속이 탔다.

고개를 갸웃거리며, 한 발짝, 두 발짝 뒤로 물러선다. 시험 삼아 양 옆에 있는 사진과 비교해 보았다. 전염된 것인지, 요코뿐만이 아니라 전혀 모르는 남의 얼굴에서도 아귀가 맞지 않는 듯한 위화감이 느껴졌다. 아주 잠시 망막이 뒤집어진 것 같은 감각에 사로잡

혔지만, 거의 동시에 위화감의 원인을 알아챘다.

"뭐야, 그런 거였군." 다시 한 번 요코의 사진을 확인하고 린타로는 그렇게 중얼거렸다. 막상 알아채고 나면 왜 몰랐던 것인지 어이없을 정도로 사소한 트릭이었다.

"눈치채셨어요?"

그의 독백에 답하듯 누군가가 뒤에서 속삭였다. 깜짝 놀라 돌아보자, 젊은 여자의 얼굴이 보였다. 물론 사진이 아니라 살아 있는 사람의 얼굴이다.

린타로가 엄지손가락으로 자신을 가리키자, 여자는 가볍게 고개를 끄덕였다. 세련된 캐미솔 드레스와 하얀 레이스 숄 차림에, 목덜미까지 오는 자연스러운 검은 머리가 낯익었다. 조금 전 요코의 사진 앞을 지나쳤을 때 뒷모습만 슬쩍 보았던 여성 관람객이었다. 계란형의 작은 얼굴에 뚜렷하게 쌍꺼풀이 진 눈, 오똑한 코, 무언가 말하고 싶은 듯한 매력적인 입술 위로는 립글로스가 반짝이고 있었다. 볼에서 턱까지 이어진 라인에는 군더더기라고는 전혀 없어서, 척 보기에도 어른스럽고 심지가 굳을 것 같다는 느낌이 들었다. 피부 상태로 보아하니 스무 살 정도 되었을까.

모델 뺨치는 그녀의 외모에 약간 가슴이 뛰는 것을 느끼며, 린타로는 숨을 들이쉰 다음 여자의 물음에 긍정의 제스처를 취했다. 그녀가 언제부터 그곳에 서 있었는지는 모르겠다. 전날 밤을 샌 초췌한 30대 남자가 생각에 잠겨 있는 모습을 얼마나 오래 지켜보고 있었던 걸까? '외출하기 전에 옷을 갈아입고 오길 잘했군.' 그런 생각을 하며, 린타로는 천천히 요코의 사진 쪽으로 시선을 돌리며 말했다.

"셔츠 단추 구멍이 오른쪽에 있더라고요. 처음에는 남자 옷인가 했는데, 그게 아니라 필름을 뒤집어서 현상한 것 같군요. 옆에 있는 이 사진도 그렇고, 저쪽 사진도 마찬가지네요. 그러니까 아마도……."

"네. 여기 있는 사진은 전부 그래요. 하나하나 다 확인해봤거든요."

"그럼 역시 일부러 이런 건가?"

"모두 눈을 감고 있는 데다 뒤집어서 현상하다니, 무언가 의미가 있는 걸까요?"

린타로는 팔짱을 끼고 생각에 잠겼다. 제일 먼저 떠오른 건, 요코 본인이 이 사진을 보았을 때 어떤 반응을 보였을까 하는 궁금증이다. 답은 보지 않아도 알 수 있었다.

"이런 퀴즈 알아요? 결코 볼 수 없는 자신의 얼굴은 대체 어떤 얼굴일까?"

"자고 있을 때의 얼굴?"

여자는 즉시 대답했다. '머리 회전이 빠른 아가씨군.' 린타로는 싱긋 웃으며 대답했다.

"아깝지만 틀렸어요. 자는 얼굴은 누가 사진을 찍어주면 볼 수 있잖아요. 정답은 눈을 감은 자신이 거울에 비친 얼굴이에요. 물론 카메라로 찍을 수 있지만, 본인의 눈으로 직접 보는 것과는 각도가 달라지죠. 거기 있는 게 분명한데, 결코 볼 수는 없는 자신의 모습, 그것을 재현한다. 그런 콘셉트인 것 같네요."

"그래서 반대로 현상한 거군요! 이제야 납득이 되네요. 사진을 실제 크기로 확대한 것도, 정면에서 앵글을 잡아 촬영한 것도 다 그런 의미가 있었던 거군요."

여자는 그렇게 말하더니 처음으로 표정을 바꿨다. 하얀 이가 보일 정도로 환한 웃음을 보니, 어른스러웠던 첫인상은 단번에 희미해졌다. 하지만 금세 또 몸에 힘을 주고 손으로 입을 가리며 꾸벅 고개를 숙였다.

"죄송해요. 갑자기 말을 걸어서 놀라셨죠. 하지만 신경이 쓰여서 도저히 참을 수가 없었거든요. 그리고 다시로 선생님과 친해 보이셔서 그만."

그렇다면 들어온 직후부터 계속 주시하고 있던 건가.

"다시로는 고등학교 후배예요. 나는 사진이 좋고 나쁜 건 잘 모르는 사람이고요."

"좋고 나쁘고를 떠나서, 굉장한 재능을 가지신 분이라고 생각해요. 상업사진뿐만 아니라, 이런 분야에서도 더욱 주목 받으시면 좋을 텐데."

"흐음. 다시로의 팬인가 보네요."

"동경의 대상이죠. 사진집은 전부 가지고 있고, 잡지 광고 쪽도 체크할 수 있는 건 전부 체크하고 있으니까요."

열 띤 대답을 들으니, 다시로가 조금 부러워졌다. 얼굴에 드러난 시샘을 다른 반응으로 착각한 것인지 그녀는 손사래를 쳤다.

"하지만 이상한 의미로 쫓아다니는 건 아니에요. 그런 사람들 있잖아요. 원래 사진에 관심이 있었는데 스스로 사진을 찍기 시작한 뒤에 다시로 선생님에 대해 알게 된 거거든요. 그러니까 동경의 대상이라고 한 것도 그런 뜻으로 한 말이에요."

"흐음. 내가 보기에는 사진을 찍기보다는 찍히는 쪽이라고 생각했는데."

무심코 분위기에 휩쓸려 그렇게 말하자, 여자는 어색하게 웃으며 말했다.

"전문 모델 같은 건 아니지만 비슷한 흉내는 몇 번 내본 적 있어요. 아버지가 그쪽 방면에 연줄이 있으셔서 프로 작가분들께서 몇 번 해보지 않겠냐고 제의하신 적이 있거든요. 하지만 그쪽으로는 영 재능이 없나 봐요."

"재능이 없다?"

여자는 고개를 끄덕였다. 그 행동에서는 그녀보다는 조금 더 나이 든 여자들에게서 볼 수 있는 고단함이 느껴졌다.

"그림이나 조각의 모델이라면 또 몰라도, 카메라를 들이대면 나 자신이 아닌 것 같은 기분이 들어서 표정이 굳어버리거든요. 자의식과잉인가……. 그래서 저런 식으로 카메라 앞에서 스스로를 드러내지는 못하겠어요."

저런 식으로, 그렇게 말하며 그녀가 눈길을 준 건 다름 아닌 요코의 사진이었다.

"멋진 분이에요. 혹시 아는 분이세요?"

"맞아요. 아마 아가씨도 아는 사람일 것 같은데."

여자는 의아하다는 표정으로 고개를 갸웃했다. 린타로는 사진에 등을 돌리고, 자연스럽게 하던 이야기를 계속했다.

"렌즈 너머에 서고 싶지 않았던 게 사진을 시작한 계기인가요?"

"그렇게 말할 수도 있겠네요. 자신이 찍히는 것보다, 찍는 사람이 되는 편이 재미있을 것 같다는 생각이 들었거든요. 처음에는 친구에게 폴라로이드 카메라를 빌려서 반쯤 장난으로 찍기 시작했어요."

"HIROMIX의 셀프 카메라 같은 것 말인가요?"

"그냥 흉내만 낸 거죠. 그런 거 흔하잖아요. 하지만 그 후로 중고 일안 리플렉스 카메라를 입수해서 직접 사진을 현상하기 시작한 뒤로는 장난은커녕 완전히 빠져버렸지 뭐예요. 집에 암실이 있으면 더할 나위 없겠지만, 학교 현상실을 자유롭게 사용할 수 있어서 지금은 그걸로 만족하고 있어요."

"직접 현상까지 하다니. 상당히 전문적이군요."

리버설 필름과 네거티브 필름도 구별하지 못할 정도로 카메라에 문외한인 린타로가 감탄하자, 여자는 황급히 고개를 저으며 말했다.

"실은 남에게 말할 수 있을 정도의 실력도 아니에요. 이제 겨우 초보 딱지 뗀 정도랄까. 지식도 기술도 하나도 없는 데다……."

그녀는 말문이 막힌 듯 불편한 표정으로 입을 다물었다. 초면에 짧은 대화를 나누었을 뿐인데도 표정이 쉴 새 없이 바뀐다. 확실히 살짝 자의식과잉인 부분이 있는 것도 같지만, 이 또래 여자 아이라면 누구나 응당 이런 면이 있을 테고, 그렇다고 그로 인해 원래 가지고 있는 매력이 반감되는 것도 아니다. 모델 쪽에 재능이 없다고 생각하는 건 사진작가와의 상성이 나빴던 것뿐이고, 다시로 슈헤이라면 더욱 다른 면을 끌어낼 수 있지 않을까.

"아, 이렇게 만난 것도 인연이니 다시로에게 소개시켜 줄까요?"

순간 떠오른 무책임한 생각을 입 밖으로 낸 순간, 여자의 얼굴이 순식간에 환해졌다.

"정말요? 다시로 선생님을 소개해주신다니 꿈만 같아요. 직접 이야기할 수 있다니……. 하지만 정말 그래도 될까요? 처음 뵙는 분인데."

"괜찮아요. 동경의 대상이라면서요."

사기성 짙은 판촉 문구 같은 느낌이었지만, 이쪽도 사심이 있어서 이러는 것도 아니고, 상대방도 그럴 마음인 것 같았다. 하지만 여자는 잠시 동안 불안한 듯 시선을 움직이며 망설였다.

"그건 그렇지만, 낯 두꺼운 애라고 생각하시는 거 아닐까요."

"낯 두껍단 표현은 아까 그 아줌마들 같은 사람한테 쓰는 거예요. 괜찮다니까요. 서글서글한 녀석이니까 그렇게 걱정하지 않아도 돼요. 내가 보증할게요. 6시에 바깥 로비에서 만나기로 했으니까 그때 소개하죠."

"음, 그럼 감사히 받아드릴게요……. 앗! 그러고 보니 누구랑 만나기로 했던 걸 잊고 있었어요."

갑자기 생각난 듯, 당황한 듯 여자의 표정이 어두워졌다. 그 바람에 미처 이름을 묻지 못했지만, 그녀는 그런 건 안중에도 없는 것 같았다.

"6시면 아직 꽤 시간이 남았네. 어떡하죠?"

"친구랑 약속한 거예요?"

여자는 가볍게 고개를 젓더니, 손목시계를 바라보며 말했다.

"여기서 만나기로 했거든요. 이제 슬슬 올 시간이 됐는데."

친구가 아니라면 남자 친구인가? 여자는 안절부절못하며 기다리는 사람을 찾아 전시회장 안을 둘러봤다. 린타로도 따라서 주변을 둘러봤지만, 남자 친구로 추정되는 사람은 찾아볼 수 없었다.

"여길 못 찾는 건지도 모르겠네요. 잠깐 위에 올라가서 찾아보고 올게요."

그녀가 입구 쪽으로 향하려 한 순간, 스탠드칼라 셔츠에 낡은 여름용 재킷을 걸친 중년 남자가 전시회장 안으로 들어왔다. 보통 체격이라기보다는 호리호리하고 굽은 어깨의 소유자라 표현하는 게 맞을 것이다. 남자는 혈관이 불거진 허연 얼굴에 어울리지 않는 선글라스를 쓰고 있었다.

"왔네요."

여자는 환한 표정으로 안심한 듯 그렇게 말했다. 남자는 들어오자마자 주변을 두리번거렸지만, 그녀를 발견하자 늦어서 미안하다는 포즈를 취했다. 구불거리는 머리카락에 드문드문 흰머리가 섞여 있는 걸 보니, 여자의 아버지뻘쯤 되나 보다.

그렇게 생각한 순간, 남자는 이쪽을 바라보며 의아한 표정을 지었다. 곧장 린타로를 향해 걸어오더니, 선글라스를 벗으며 신기한 듯 묻는다.

"노리즈키 군 맞지? 자네가 어떻게 여길."

선글라스를 벗은 그의 얼굴을 보고, 린타로는 순간 얼이 빠졌다. 여자가 기다리는 사람이란 바로 그가 알고 지내는 번역가, 가와시마 아쓰시였기 때문이다.

2

린타로는 입을 떡 벌린 채 두 사람의 얼굴을 번갈아 보았다. 이렇게 말하긴 미안하지만, 무뚝뚝한 장승같은 가와시마의 외모는 긴자의 갤러리에서 모델 뺨치는 미녀와 데이트를 즐기기에는 전혀 어울리지 않았기 때문이다. 일 관계로 만난 것도 아닌 것 같고, 린타로가 알기로 가와시마는 줄곧 독신에다 결혼 경험은 한 번도 없었다. 이렇게 큰 딸이 있다는 소리도 들어본 적 없다.

숨겨둔 아이일 리도 없고, 부모 자식 사이도 아니라면 이 두 사람은 대체 어떤 관계인 것일까? 수많은 억측이 뇌리를 스쳐 지나갔지만, 여자의 반응은 단순하기 그지없는 것이었다.

"어머, 그럼 삼촌이랑 아는 사이세요?"

"삼촌?"

눈을 휘둥그레 뜨며 여자를 바라보자, 그녀 역시 깜짝 놀랐다는 얼굴로 고개를 끄덕였다. 서로를 잘 아는 친구 같은 두 사람의 호흡에, 이번에는 가와시마가 놀란 표정을 지었다.

"얘 말대로 나는 삼촌이지만, 자네야말로 전부터 알고 지낸 사인가?"

가와시마는 선글라스 다리로 린타로를 가리키며 시비조로 물었다. 그 모습이 우스웠는지 여자는 웃음을 터뜨렸다. 점점 더 미심쩍은 눈으로 노려보는 가와시마의 모습에, 린타로는 절레절레 고개를 저으며 말했다.

"우, 우연이에요. 조금 전에 막 만났다고요. 아직 통성명도 안 했습니다."

이러저러한 일이 있었다고 간략하게 사정을 설명하자, 가와시마는 들고 있던 선글라스를 접어 윗도리 주머니에 넣었다. 납득했다기보다는 김이 샜다는 듯한 표정이다.

"귀여운 조카에게 나쁜 벌레라도 꼬인 줄 알고 걱정하신 겁니까?"

"그런 건 아니지만, 너무 갑작스러워서. 자네도 내 얼굴을 보고 이상한 상상을 했지 않은가. 제자에게 손댄 거 아닌가, 하고 생각했지?"

"아하. 그건 생각 못했네요."

실제로 그런 경험이 있다면 이렇게 말하지는 못할 것이다. 가와시마는 요요기의 매스컴 전문학교에서 번역가 양성 코스의 강사를 맡고 있다. 가와시마 아쓰시 하면 베트남 전쟁 이후의 현대 하드보일드 작품들을 소개한 공로자로서 정평이 나 있으며, 서평 분야에서도 유명했지만, 지금은 월급쟁이 강사 쪽이 본업이라고 해야 할 것이다. 4년 전, 왼쪽 눈 망막 박리 수술을 받은 뒤로는 눈에 부담을 주지 않기 위해 새로운 번역 일은 대부분 사양하고 후진 양성에 정력을 쏟고 있기 때문이다. 눈 수술 이후로 외출할 때에는 항상 선글라스를 착용한다고 한다.

"이야기 못 들으셨어요? 아직 통성명도 안 했다고요."

대화에서 소외되어 있던 여자가 답답하다는 듯 가와시마의 소매를 잡아끌며 말했다.

"제대로 소개시켜 주지 않으면 다시 인사도 못하잖아요. 삼촌은 정말 눈치 없다니까."

"아, 그렇지. 미안하다."

가와시마는 머리를 긁적였다. 자타가 공인하는 하드보일드의 권위자도 조카딸 앞에선 체면이 서지 않는 모양이다.

린타로는 학생 시절부터 가와시마의 문장을 읽으며 많은 영향을 받았다. 오래 전부터 팬이었지만, 가까워진 건 4년 전부터다. 가와시마가 수술을 받기 전에 마지막으로 번역한 《필모어 자이브》에 해설을 쓴 것을 계기로 두 사람은 교류하기 시작했다.

UCLA의 영화학과 출신인 S.B.마르크마스라는 신인작가의 데뷔작 첫머리에는 데니스 호퍼, 클린트 이스트우드, 로버트 알트만의 이름이 거론되어 있었다. 내용을 한마디로 말하자면, 〈라스트 무비〉와 〈황야의 스트렌저〉, 그리고 《롱 굿바이》를 한데 섞어 놓은 듯한 사설탐정 소설의 야심만만한 패러디이다. 작품의 분위기 역시 모 카레가루 브랜드 같은 작가의 이니셜에 걸맞게 상당히 쌉쌀하다. 수많은 소설과 영화를 인용하며, 포스트모던적인 수법을 구사한 파격적인 스토리는, '하드보일드의 시대에 굿 나잇 키스를!' 이란 의미심장한 문구로 막을 내린다.

입원 중이었던 번역가를 대신해 린타로가 해설을 맡은 건 우연히 담당 편집자와 아는 사이였기 때문으로, 가와시마가 직접 지명한 건 아니었지만 그가 선택한 책은 역시 훌륭했다. 교정지를 읽고 한마디로 표현할 수 없는 공감과 선망을 느낀 린타로는 그 느낌을 어떻게든 독자들에게 전달하기 위해 장문의 해설을 썼다. 비록 《필모어 자이브》는 일부 마니아를 제외하고서는 거의 관심을 끌지 못했지만, 얼마 후에 가와시마는 린타로의 해설에 대한 감상이 담긴 정중한 감사 편지를 보냈다. 편지와 전화로 몇 차례 대화를 나눈 후, 두 사람은 어느 파티 석상에서 편집자의 소개로 첫 대면을 했다. 후에 비슷한 자리에서 한 번 더 만날 기회가 있었는데, 그때에는 서로 긴장도 거의 풀려서 허물없는 대화를 나누었다.

"……나오려면 아직 멀었고, 어디서 나올 건지도 정해지지 않았지만, 옛날부터 염원하던 레이먼드 챈들러의 장편 전권 번역에 조금씩 손을 대기 시작했네. 최근 들어 심해진 챈들러에 대한 무분별

한 비판은 도저히 납득할 수가 없고, 마침 나도 마흔 다섯이 되었고 해서 말이야. 캘리포니아의 석유 회사에서 해고된 챈들러가 〈버블 매거진〉에 탐정소설을 연재하기 시작한 나이와 같지. 일생의 작업이라 하면 우습게 들릴지도 모르겠지만, 그런 시기에 눈 수술을 받게 된 것도 무언가 인연이 아닌가 하는 생각이 드네."

친해지게 된 건 그 이후였다. 작업실 겸 살림집인 히가시나카노의 맨션에도 몇 번 초대받은 적이 있다. 가와시마는 전혀 술을 못했지만, 흥이 나면 일 관계뿐만 아니라 다양한 과거의 에피소드들과 개인적 견해를 이야기해주었다. 의사의 충고에 따라 하고 있던 일을 대폭 정리한 직후였기 때문에 더욱 더 이야기 상대가 필요했는지도 모른다. 그렇지만 가와시마의 입에서 가족 이야기가 나온 적은 한 번도 없었다.

린타로의 프로필에 대한 여자의 반응은 지극히 평범했다. 어찌 되었든 그녀의 머릿속에는 다시로 슈헤이의 친구로서 입력되어 있을 테니, 린타로가 자신을 서커스 조련사라 소개했어도 비슷한 반응을 보였으리라. 호기심 어린 눈으로 바라보거나, 괜한 질문에 시달리지 않아도 되니까 마음이 편하긴 했지만, 상대방은 나름대로 신경을 쓴다고 그런 것인지 미안한 표정을 지었다.

"죄송해요. 미스터리는 잘 안 읽어서."

"괜찮아요. 아, 그러면 삼촌 책도 안 읽어요?"

"엣짱은 내가 번역한 책 같은 건 쳐다보지도 않아. 예전에는 내가 이상한 소설을 쓰는 사람인 줄 알았을 정도니 뭐."

베테랑 번역가는 그렇게 탄식하며(가와시마 아쓰시가 젊은 시절 가

명으로 포르노 소설을 번역했던 건 업계에서는 유명한 이야기이다), 옛
짱이라는 건 에치카의 애칭이라고 설명을 덧붙였다.

"에치카? 어떻게 쓰는 거죠?"

"에도(江戶)의 강 자에 지식의 지, 그리고 가작의 가 자를 써서
가와시마 에치카(川島江知佳)라고 해요."

"좋은 이름이네요."

에치카라면 라틴어로 윤리학(Ethica)이라는 뜻이다. 옛말에 이름
은 몸을 나타낸다고 하던가. 발음하기 좋고 의연한 느낌을 주기 때
문에 한 번 들으면 잊을 수 없을 것 같은 이름이다. 에치카는 쑥스
러운 표정을 지으며 말했다.

"아빠가 붙여주신 이름인데, 저도 마음에 들어요."

"성이 같은 걸 보니 가와시마 씨의?"

"맞아. 우리 형님의 외동딸인데 이제 곧 스물한 살이 되지. 고마
시노 미대 입체 조형학과에 다니는데, 요새는 사진 쪽으로 관심이
기울었나 보더라고."

"그렇군요. 그럼 에치카 씨의 아버님은 유명한 조각가이신……."

거기까지 말하고, 린타로가 말끝을 흐렸다. 이름을 잊어버린 줄
알았는지 에치카가 말을 받았다.

"가와시마 이사쿠. 저희 아빠도 아세요?"

"아, 그게, 안다고 해야 하나……. 미술 방면으로는 영 문외한
이라, 작품에 대해서는 잘 모르지만 에세이는 몇 편 읽은 적이 있
어요."

린타로는 안절부절못하며 곁눈으로 가와시마의 안색을 살폈다.
조금 전에 말을 삼킨 것은, 가와시마 아쓰시 앞에서 그의 형의 이

름을 꺼내서는 안 된다는 이야기를 들은 적이 있기 때문이다.

가와시마 이사쿠는 전후 일본의 전위 예술을 대표하는 조각가 중한 사람이다. 1960년대 말, 인체에서 직접 형태를 뜬 석고상을 발표하며 주목을 받으며, '일본의 조지 시걸'이라는 별명을 얻게 된 인물이라는 것 정도는 문외한인 린타로도 알고 있다.

그 당시부터 글재주를 인정받은 모양이지만, 가와시마 이사쿠는 80년대 중반부터 창작 활동 이상으로 현대미술 입문자들을 위한 입문서와 신변잡기적인 내용의 에세이를 다수 발표해 왔다. 그의 에세이는 재치 있고 세련된 문체와 기발한 발상으로 폭넓은 독자들에게 사랑받았다. 이제는 글 쓰는 것이 본업이라고 해야 할 정도여서, 조각가로서의 활동은 거의 개점휴업 상태에 가깝다고 할 수 있을 것이다.

그런 가와시마 이사쿠와 동생인 아쓰시가 오랫동안 형제의 연을 끊고 있다는 사실을 가르쳐 준 사람은 다름 아닌 《필모어 자이브》의 담당 편집자였다. 놀란 건 그뿐만이 아니었다. 애초에 린타로는 두 사람이 피를 나눈 형제라는 사실조차 금시초문이었으니까.

'그럴 법도 하죠.' 편집자는 그렇게 말했다.

"저도 우연히 신바시에서 술집을 운영하는 가와시마 씨의 친구에게 들었어요. 일 관계자들도 친형제란 사실을 모르는 사람은 많을걸요? 본인들이 숨기고 있으니까요."

"숨긴다고요?"

"아니, 그렇게까지 표현하는 건 좀 지나친가? 그렇지만 두 사람 다 그 사실을 공표하지 않았고, 사적으로도 서로에 대해 전혀 언급하지 않으니까요. 이사쿠 씨는 뭐, 잡지 쪽에서 일할 때, 한 번밖에 만난 적이 없으니까 뭐라 하기도 그렇지만, 분명히 숨기고 있는 게 맞아요."

"활동 무대가 전혀 달라서 그러는 거 아닐까요?"

"번역가는 그리 주목 받는 직업도 아니니, 널리 알려진 예술가 형에 비하면 가와시마 씨의 지명도는 떨어진다고 할 수도 있겠죠. 그렇다 해도 보통은 이렇게까지 일언반구도 없을 순 없잖아요. 험 담조차 나오지 않는다는 건 보통 일이 아니잖아요. 제가 들은 바에 의하면 옛날부터 서로 사이가 좋지 않아서 벌써 20년 가까이나 말 도 안 하고 지낸다네요."

"골육상쟁, 뭐 그런 건가요? 혹시 배다른 형제나 그런 거 아니에 요?"

"그건 아닐 걸요. 사이가 틀어진 이유는 당사자들밖에는 모를 거 예요. 예전에 어떤 무신경한 사람이 이사쿠 씨에게 영문을 물었다 가 그 이후로 출입금지를 당했대요. 뭔가 남들이 건드려서는 안 될 사연이 있는 것인지, 일설에 의하면 가와시마 씨가 계속 독신을 고 수하는 이유와 무언가 관련이 있는 게 아니냐는 말도 있더라고요. 진위 여부는 보증할 수 없지만."

"흐음. 가와시마 아쓰시에게 그런 비밀이 있었다니……."

"아, 괜한 소릴 했나. 다시 한 번 말하지만, 가와시마 씨한테도 형님에 대한 이야기는 절대 금물이에요. 어설프게 물어봤다간 분 명 인연을 끊을 겁니다. 평소에는 온화한 사람이지만, 그런 사람이 한번 화나면 그냥 넘어가는 법이 없죠. 저한테 들었다는 것도 비밀 로 해주세요. 기분 상하시면 큰일이니까."

진지한 얼굴로 몇 번이나 주의를 들었기 때문에, 가와시마와 친해진 뒤로도 그 일에 대해 이야기한 적은 한 번도 없다. 상대방도 린타로가 알고 있는 줄은 몰랐을 것이다. 무언가 사연이 있을 것 같은 이야기에 호기심이 생긴 것도 사실이지만, 타인의 프라이버시를 존중하는 건 인간관계의 기본적인 매너다. 더군다나 상대가 가와시마 아쓰시처럼 좋은 사람이라면 더더욱 기분을 상하게 할 만한 짓은 하고 싶지 않았다.

그랬는데 가와시마 이사쿠에 대해 무심코 아는 척 해버린 건 에치카의 존재 때문이었다. 대화의 자연스러운 흐름이었고, 불가항력이라고 해도 좋다. 무엇보다 형제 사이에 심각한 문제가 있다면 가족들이 더욱 조심할 법도 한데, 에치카는 아무런 거리낌 없이, 오히려 자랑스러운 듯 아버지의 이름을 이야기했다. 조카딸 앞에서 울컥했다간 그거야말로 어른스럽지 못한 행동이라는 걸 가와시마도 알고 있을 터긴 하지만······.

분명 변명하는 듯한 표정이 얼굴에 드러났던 것이리라. 가와시마는 미간을 찌푸리며 린타로의 동요를 단번에 꿰뚫어본 듯한 눈빛으로 살짝 코를 실룩거렸다. 겨드랑이에서 식은땀이 난다. 입을 꼭 다문 채, 가와시마는 재킷 주머니에서 담배와 지포라이터를 꺼냈다.

"정말, 삼촌은 못 말려."

말이 끝나기가 무섭게 에치카는 탁구 선수처럼 재빠른 동작으로 삼촌의 손에서 담배를 빼앗았다. 전광석화처럼 재빠른 그녀의 동작에 가와시마도 얼빠진 표정을 짓고 있었다.

"저기 갤러리 안에서는 금연이라고 써 있잖아요."

"음? 아, 미안, 미안. 역에서 서둘러 오느라 한 대 피울 시간도 없었거든. 로비에선 괜찮나? 한 대만 피우고 올 테니까 돌려주면 안 되겠니?"

가와시마는 그렇게 말하며 애원하듯 오른손을 내밀었다. 가와시마 아쓰시는 린타로의 아버지에게도 지지 않을 정도의 애연가다. 에치카는 담배를 등 뒤에 숨기더니, 가차 없이 고개를 저었다.

"갑자기 나가버리면 작가에게 실례잖아요. 일단 사진부터 보고 피우세요. 삼촌도 나이가 있으시니까 이제 때와 장소를 가리실 줄은 아셔야죠."

젊은 아가씨다운 정론에 뭐라 되받아치지도 못하고, 가와시마는 린타로에게 시선을 돌렸다. 두 손 들었다는 얼굴로 쓴웃음을 짓는다. 평소에도 이런 식으로 잔소리를 듣고 있는 것이리라.

"저도 사진을 보시는 걸 권하겠습니다. 아는 사이라서 하는 소리는 아니지만, 보신다고 손해 볼 일은 없을 겁니다. 혹시 관심이 생기시면 나중에 작가 본인을 소개해 드리죠. 조금 전에 에치카 양에게도 그러겠다고 약속했거든요."

"아, 자네 아는 사람이었군."

"조카 분의 동경의 대상이라는데요."

"흐음. 그럼 어디 한번 구경해볼까."

린타로의 추천이 효과가 있었는지, 가와시마는 보호자의 얼굴로 에치카를 바라본 다음 뒷짐을 지고 관람객 대열에 합세했다.

"저렇게 잘난 척 하지만 사진에 대해서는 하나도 모른다니까요. 여길 단순히 약속 장소로만 생각했다는 게 다 보이지 않아요?"

에치카는 그렇게 속삭였다. 하지만 린타로가 받은 인상은 조금 달랐다. 기분이 상한 것 같진 않았지만 형의 이름이 나오는 바람에 거북해진 것은 분명했다. 상대방이 먼저 이야기를 꺼내지 않는 이상, 그 방면의 화제에 대해 깊게 들어가는 것은 피해야겠다.

"그럼 오늘은 에치카 양이 가와시마 씨를 초대한 건가?"

"네. 이 뒤에 유라쿠초에서 〈아이즈 와이드 샷〉을 보고 저녁을 먹기로 했지만, 영화는 다음에 보자고 해야겠어요. 삼촌이 오늘은 기분 전환시켜 주신다고 해서 만났거든요."

"기분 전환?"

그렇게 되묻자, 에치카는 입을 다물며 눈을 내리깔았다. 입술 사이로 옅은 한숨이 흘러나온다. 또 무언가 마음 쓰이는 일을 떠올린 것일까? 그렇지만 이번에는 한눈에 봐도 우울한 표정을 짓고 있어서, 가볍게 말을 걸 수 없는 분위기였다.

은근슬쩍 에치카의 눈을 들여다본 린타로는 당황을 금치 못했다. 지금까지 이야기를 나누었던 사람과는 전혀 다른 사람처럼 쓸쓸한 눈빛을 짓고 있었기 때문이다. 숨 막히는 침묵이 이어졌다. 딱히 소란스러운 것도 아닌데 주변 소리만 귀에 들어온다. 부자연스럽게 대화를 멈춘 상태로, 건너편에서 손짓하는 가와시마를 보고 에치카는 아무 일도 없었던 듯 그 자리를 떠났다.

멀뚱하게 선 린타로는 그녀의 움직임을 눈으로 좇았다. 가와시마는 어째서 사진의 모델들이 모두 눈을 감고 있는지 이해하지 못한 것 같았다. 에치카가 열심히 설명한 다음에야 사진을 보는 시선이 달라진 것을 알 수 있었다. 그녀는 린타로와 얘기한 것처럼 보이지 않는 거울상(鏡像)에 대해 해설했다. 그리고 삼촌 몰래 이쪽을 돌아보며, 커닝을 하다 들킨 학생처럼 손가락을 입에 대며 쉿, 하는 포즈를 취했다. 조금 전까지의 침울한 모습은 온데간데없는 생기발랄한 표정을 본 린타로는 마치 여우에게 홀린 듯한 기분이 들었다.

　조금 전의 그 쓸쓸한 눈빛은 뭐지, 잘못 본 건가?

　그럴 리 없다고 생각했다. 만약 지금보다 훨씬 젊고, 스스로에게 자신이 있었더라면, 린타로는 분명 그 순간 사랑에 빠졌을 것이다.

3

　가와시마 아쓰시는 충분한 시간을 들여 갤러리를 한 바퀴 돌더니, 진지한 얼굴로 말했다.

　"여러 가지 생각이 들게 하는 사진이로군. 자네 후배를 만나고 싶어졌어."

　다시로의 작품을 보고 기대한 것 이상의 감명을 받은 것 같았다.

　언제였던가, 망막 박리 수술을 받은 뒤부터 'sight' 나 'blind' 라는 단어를 전보다 더욱 더 강하게 의식하게 되었다는 이야기를 가와시마에게 들은 적이 있었다. 왼쪽 눈이 실명될 위기에 처했던 경험이 시선을 봉쇄당한 피사체에 대한 공감으로 이어졌다 해도 이상할 건 없다. 린타로가 흔쾌히 승낙하자, 에치카는 마치 자신의 공이라는 듯 우쭐한 표정을 지었다.

　다시로와 만나는 시간까지 앞으로 한 시간 정도밖에 남지 않았다. 일행은 근처에서 차나 마시면서 시간을 때우기로 했다. 맛있는 커피를 파는 곳을 알고 있다며 가와시마가 데려간 곳은, 어두운 톤으로 통일된 인테리어가 눈에 띄는 고풍스런 카페였다.

　"요새는 도심에서 이런 가게 찾기가 힘들어진 것 같아요. 어딜

가도 테이크아웃 전문인 체인점들만 늘어나는지라."

"경쟁이 심하니 어쩔 수 없지. 마쓰야 뒤에 있는 스타벅스에도 가봤지만 꼭 패스트푸드점처럼 정신없어서 영 불편하더라고."

주문을 마치자, 카페에 들어오기 전부터 묘하게 안절부절못하며 말수가 적어졌던 에치카가 천연덕스럽게 자리를 뜨려 했다. 가와시마는 제동을 걸 듯 손을 뻗으며 말했다.

"가기 전에 아까 그거나 주고 가. 담배에 화장실 냄새 배면 어쩌려고."

에치카는 분홍빛으로 뺨을 물들이며 삼촌을 노려보더니, 휙 고개를 돌리고 화장실로 향했다. 가와시마는 싱글거리며, 겨우 품으로 돌아온 담배에 불을 붙였다. 그러고 보니 린타로의 아버지도 스타벅스는 전혀 이용하지 않았다. 가게 안에선 금연이기 때문이다. 아버지는 요새는 애연가들이 살기 힘들어졌다며 자주 불평하곤 했다. 황홀한 표정으로 연기를 뿜으며, 가와시마는 느닷없이 말했다.

"내가 우리 형님과 사이가 나쁘다고 누가 알려주던가?"

허를 찔린 린타로는 몸을 움츠린 채 컵에 든 물을 마셨다.

"죄송합니다. 나쁜 뜻은 없었는데."

"누구에게 들었는지도 대충 상상이 가긴 해. 뭐, 그렇다고 해서 딱히 뭐라고 할 생각은 없지만. 이미 지나간 일이니 신경 쓰진 말고."

예상 외로 시원스런 반응에 린타로는 안심했다. 니코틴의 진정 작용에 감사해야 할 것 같다. 가와시마는 테이블의 재떨이를 끌어당기며 말했다.

"조금 전에는 에치카 앞이라 모른 척 했지만, 자네가 들은 이야기대로 오랫동안 형님하고 냉전 상태로 지내왔어. 뭐 냉전 상태라고는 해도 내 쪽에선 처음부터 아무런 악감정도 없었지만. 원인을 따지자면 상대방이 일방적으로 내게 화를 냈던 게 문제였지."

"형님이 일방적으로요?"

"그래. 이유를 물어도 제대로 대답도 해주지 않더군. 네 양심에 물어보라며 영문 모를 소리만 하고 말이야. 그런 식으로 구니까 나도 점점 화가 나더군. 예술가적 기질이라는 변명은 가족에겐 통하지 않으니까 말이야. 그때에는 시비를 걸면 거는 대로, 이유도 모른 채 형제의 연을 끊기에 이르렀지. 15, 6년 전 일이니까 서로 더 이상 젊은 혈기 때문이라고 치부할 수 없는 나이였지만."

"이미 지나간 일이라고 하신 걸 보니 서로 화해하신 모양이군요?"

"뭐, 그렇게 봐야겠지."

가와시마는 분명치 않은 대답을 한 다음 재떨이에 담뱃재를 털었다.

"반년 정도 전에 형님이 위암에 걸려서 위의 3분의 2를 잘라내는 대수술을 받았어. 수술 전에 날 부르더군. 지금은 기운이 펄펄 넘치지만, 그때에는 이제 가망이 없다는 분위기였어. 연을 끊었다고 해도 피를 나눈 형제는 형제니까 나도 각오를 굳히고 마지막이란 생각으로 문병을 갔었지."

"감동적인 이야기가 될 것 같은 느낌인데요?"

"그런 소리 마. 감동은커녕 막상 10년 만에 허물없이 이야기를 해보니, 애초에 화가 난 원인이란 게 단순한 형의 착각이었던 거야."

"착각이요?"

가와시마는 굳은 얼굴로 고개를 끄덕였다. 마음을 정리하듯 잠

시 뜸을 들이더니,

"집안 사정이라 남에게 이야기하긴 뭐하군. 요컨대 전부 혼자만의 착각이었고, 형님 혼자 난리친 거였어. 그러니까 내가 알 턱이 없지. 오랫동안 그런 걸로 휘둘렸다고 생각하니 얼마나 어이가 없던지. 그렇지만 형님은 무척이나 고민했던 듯, 깨달음을 얻은 듯한 표정을 짓더라고. 강박관념에 가까운 망상에 사로잡혀 옴짝달싹 못하고 있던 거지. 그런 걸 알고 나니 나도 화낼 마음이 싹 사라지더라고. 아픈 사람 상대로 불평을 해봤자 소용없지. 지금까지 일은 다 잊을 테니까 빚 갚은 셈 치고 병이나 빨리 나으라고 했더니, 그게 효과가 있었나봐. 수술도 무사히 끝났고, 형님도 고맙다고 하더군. 이런 걸 화해한 거라고 부를 수 있는지 몰라. 아무튼 건강도 되찾고 오해도 풀렸으니 이제 와서 누구 잘못인지 따지는 것도 어른스럽지 못한 행동이지."

"감동적인 이야기 맞네요."

"그런가? 난 아직도 석연치 않네만……."

가와시마는 떨떠름한 표정으로 거듭 담배를 피웠다. 그런 식으로 오해를 샀던 것이 못내 마음에 걸리는 모양이다. 결국 중요한 부분은 알아내지 못했지만, 괜히 긁어 부스럼 만들지 않도록 린타로는 더 이상은 캐묻지 않았다.

종업원이 커피를 가져왔다. 에치카는 아직 돌아오지 않았다. 가와시마에게 묻자, 형과 사이가 좋지 않았을 때에도 조카와의 연은 끊지 않았다고 한다. 그녀가 아버지의 눈을 피해 자주 삼촌을 찾아왔기 때문이었다.

"지금은 저렇지만, 에치카는 고등학교 때 꽤 문제가 많았어. 등교 거부라고 하기엔 좀 거창하지만, 출석수가 모자라서 유급당하기 직전이었던 걸 졸업만 겨우 시켰을 정도니까. 그 무렵부터 이것저것 고민을 털어놓기 시작하더군."

"흐음, 그렇게는 안 보이던데 의외네요."

그렇게 말하자, 가와시마는 살짝 불만스런 표정이 됐다.

"내가 그 애의 상담을 들어주는 게 그렇게 이상한가?"

"무슨 말씀을. 그 아가씨한테 그런 시절이 있었다는 게 의외라는 소리죠."

"그런 거였어? 아무튼 며칠 동안 집에 안 들어오는 정도면 귀엽게 봐줄 수도 있지. 이상한 남자랑 사귀다 험한 꼴을 당한 적도 있다고 하더라고……. 원래부터 감수성이 예민한 아이라 사춘기 때 파더 콤플렉스에서 오는 중압감으로부터 도망치기 위해 필사적으로 발버둥 쳤던 것뿐이야. 지금 생각해보면 아버지의 재혼 이야기가 나온 것이 계기가 된 것 같아."

형의 이름이 암호처럼 작동했는지 가와시마의 입에서는 그에 관련된 이야기가 줄줄이 쏟아져 나왔다. 린타로는 조심스레 물었다.

"재혼이요? 에치카 양의 어머니는 돌아가셨나 보죠?"

"아니, 좀 복잡한 사정이 있어. 비밀도 뭣도 아니지만."

그 말과는 반대로, 가와시마는 입을 다물고 커피를 마시는 시늉을 했다. 화제의 주인공이 자리로 돌아오는 모습이 보였기 때문이다.

"오래도 걸리네."

"시간 있을 때 마음의 준비를 해야죠."

에치카는 삼촌의 비아냥거림을 일축하며 자리에 앉았다. 다시로와의 만남에 대비해 거울 앞에서 공들여 자신을 점검하고 있었던 모양이다. 손목시계를 보며 살짝 숨을 내쉬더니, 어딘지 모르게 딴 데 정신이 팔린 듯 아이스커피를 마시기 시작한다. 가와시마는 새로 담배를 꺼내 불을 붙였다.

두 사람 모두 아무 말도 하지 않는 걸 보고 눈치 챈 것이리라. 에치카는 빨대에서 입을 떼며 비난 섞인 눈으로 삼촌을 바라봤다.

"지금까지 내 얘기 하고 계셨던 거죠? 삼촌, 이상한 소리 하신 거 아니죠?"

"아니. 형님 이야기를 하고 있었어. 아까 그 사진을 보니까 형님의 예전 작품이 생각나서 말이야. 모두 눈을 감고 있어서인가."

"삼촌도 그렇게 생각하셨어요? 역시."

두 사람 다 같은 생각을 한 모양이지만, 린타로는 무슨 말인지 알 수 없었다.

"예전 작품이요?"

"모르세요? 아버지가 사람 몸에서 직접 석고로 형태를 떠서 만든 석고상 말하는 건데."

대각선 방향에 앉은 에치카가 대답했다. 린타로는 가지고 있는 지식을 총동원했다.

"직접 석고로 형태를 뜬다면, 이사쿠 씨가 일본의 조지 시걸이라 불렸던 시절의 작품을 말하는 건가요?"

"네. 캐스팅, 즉 석고로 형태를 뜨는 작업은 물에 갠 석고를 거즈에 묻힌 깁스용 석고붕대를 모델의 몸에 직접 붙이는 거예요. 그것이 건조되어서 굳기를 기다렸다 떼어내는 건데, 얼굴 형태를 뜰 때는 눈을 뜰 수가 없잖아요. 그래서 필연적으로 모든 작품이 다 눈을 감고 있을 수밖에 없죠."

아하. 만일 살아 있는 인간의 안구를 석고로 직접 모형을 뜬다면, 그 모델은 당연히 실명하게 된다. 호러 영화의 고문 장면에 필적하는군.

"눈을 감고 있는 건 원조인 시걸의 작품도 마찬가지예요. 60년대의 아웃사이드 캐스팅과 70년대의 인사이드 캐스팅은 석고형의 용도가 서로 다르지만, 둘 다 얼굴 형태를 뜰 때 눈을 뜰 수 없다는 핸디캡은 피할 수 없었거든요. 하지만 그런 제약이 있기 때문에 시걸의 라이프캐스팅 조각은 보편적인 인간의 '소망'을 리얼하게 표현해내고 있죠. 학교의 조각사 강의에서는 이렇게 배웠어요."

에치카는 판단을 유보하듯 덤덤하게 이야기했다. 그러고 보니 가와시마 이사쿠의 에세이에서도 이런 비슷한 이야기를 읽은 적이 있다. 그 에세이에서 이사쿠는 인체에서 직접 석고형을 뜬 모든 조각들이 반드시 가지고 있는, 기도하는 듯한 경건한 표정이 아이러니하게도 '일본의 조지 시걸'의 아킬레스건이 되어버렸다고 이야기하고 있었다.

"《눈 위의 광부》에 이런 이야기가 있었죠? 이사쿠 씨가 자신의 작품에서 종교적 색채를 지우기 위해 일부러 석고상에 선글라스를 씌워 전시했더니 무척 평이 좋지 않아서 실망했다는."

"맞아요. 비슷한 이야기를 여기저기 기고했었죠. 《아(亞)시걸》이라든지."

"무척이나 한이 맺혔나 보지."

"한이라기보단, 아빠는 성격이 삐뚤어져서 '소망'이나 '치유' 같은 단어를 정말 싫어하거든요."

에치카는 단호한 목소리로 그렇게 말했다. 비아냥거리거나, 반발하려는 것이 아니라 부모 자식 간의 애정과 이해가 담긴 말투였다.

"전 어려서 잘 기억나지 않지만, 아마 그 무렵부터였을 거예요. 아무리 포즈를 고안해도 반드시 눈을 감을 수밖에 없는 조각의 얼굴에 아빠가 점점 질리기 시작했던 건. 선글라스 사건 이후에는 석고로 형태를 뜬 뒤에 얼굴에만 손을 대서 눈을 뜬 버전을 시험 삼아 만들어본 적도 있다고 하더라고요."

"마음은 알겠지만, 그건 좀 반칙 아닌가요?"

"아빠도 그렇게 말씀하셨어요. 오리지널의 질감을 망친, 차마 눈 뜨고 볼 수 없는 무참한 표정이었다고. 그래서 그 자리에서 산산조각 냈다고 하더라고요. 자신의 틀을 부수고 싶었던 건지도 몰라요. 시걸에 대한 존경심은 여전했지만, 눈도 못 뜨는 오뚝이한텐 이젠 질렸다며 금세 라이프캐스팅 조각을 그만두셨죠."

"그렇지만 이번 신작을 보니 드디어 비장의 수단을 선보이려는 모양이던데?"

다 피운 담배를 재떨이에 눌러 끄며, 가와시마는 느긋한 얼굴로 이야기했다.

"이번에 나고야 미술관에서 형님의 회고전이 열리거든. 옛날 작품이 메인이지만, 오랫동안 봉인했던 라이프캐스팅 신작을 발표하기로 약속했다고 하더군."

"과거의 미발표 작품이 아니라 완전 신작인가요?"

"물론이지. 막 나온 따끈따끈한 작품이야. 그렇지?"

동의를 구하는 가와시마의 말에 에치카는 어색하게 고개를 끄덕였다. 눈짓으로 무언가 신호를 보내고 있는 것 같았지만, 가와시마는 조금도 개의치 않는 얼굴로 말을 이었다.

"미술평론가 우사미 쇼진이라고 알지? 그 사람이 주선했어. 형님하곤 전부터 친한 사이라 회고전 기획도 우사미 군이 큐레이터로 발 벗고 나서주었지. 나이는 그렇게 많지 않은데도 꽤 수완이 좋은가봐. 반쯤은 이슈 만들기가 목적이지만, 전설적인 전위 조각 작품이 부활한다고 하니 미술계에서도 꽤 화제가 되겠지."

"그렇겠죠. 이사쿠 씨에게 무언가 심경의 변화라도 생긴 건가요?"

"응. 역시 위 절제 수술을 받고 난 뒤로 성격도 좀 둥글둥글해진 모양이야. 쓸데없는 오기가 사라졌다고 할까……. 에치카를 모델로 왕년의 작품을 리바이벌하다니, 예전이라면 상상도 못했을 일이지. 좋은 경향이야."

자신의 이름이 나오자 에치카는 숨을 삼켰다. 점점 인상을 찌푸리더니, 삼촌의 재킷 소매를 잡아끌며 말한다.

"그건 아직 비밀이잖아요. 저번에도 입단속 잘 하라고 했잖아요?"

"형님은 그런 소리 안 했어. 네가 비밀로 하고 싶은 건 자기가 모델이라서 그런 거 아냐? 그렇게 예민하게 굴지 않아도 되잖아."

"예민해질 법도 하죠. 삼촌은 정말, 남의 일이라고."

"내가 언제."

"아무튼 아빠는 오랜만의 복귀라 그런지 요즘 무척 예민해지셨고, 저도 직접 라이프캐스팅 모델이 된 건 처음이라고요. 게다가 이번엔 누드상이니까 안 예민해지는 게 이상……."

"누드?"

린타로는 저도 모르게 이야기에 끼어들었다. 그때까지 안 듣는 척하고 있었으니, 노골적인 반응이라고 여겨져도 하는 수 없다. 린타로를 바라보는 에치카의 뺨이 붉어진다. 마치 약 산성 용액에 담근 리트머스 시험지 같은 빛깔이다.

"지금 그건 완전히 성희롱적인 발언인데?"

말이 끝나기가 무섭게 전직 포르노 번역가가 지적했다. 가와시마의 눈을 피할 순 없었다. 옷 아래에 숨겨진 바디라인을 상상하지 않았다면 거짓말이리라.

"정말. 삼촌이 이상한 소리 하니까 그렇잖아요."

"난 누드란 소린 한마디도 안 했는데?"

"그러니까 그런 뜻이 아니라."

"아니, 죄송합니다."

린타로는 머리를 긁적였다. 에치카는 눈을 내리깐 채 고개를 홱 돌리고 아이스커피를 마셨다. 달아오른 얼굴이 가라앉은 것을 확인한 다음, 스스로를 타이르듯 이렇게 말했다.

"괜찮아요. 어차피 아실 일이고 제 누드를 전시하는 것도 아니니까요. 작품으로 완성된 걸 보면 부끄러운 마음도 사라질 테지만, 지금은 좀 그러네요."

"완성될 때까지 시간이 많이 걸리나 보죠?"

"벌써 완성 단계에 들어갔어요. 아빠는 오늘이나 내일 중에 완성될 거라고 했지만, 실제로는 어떨지. 지난주부터 아틀리에에 틀어박혀서 아무한테도 공개하지 않고 있으니 얼마나 완성되었는지는 모르죠."

에치카는 갑자기 어두운 표정을 지었다. 제작은 상당히 난항을 겪고 있는 모양이다. 옛날 작품의 재탕이라면 또 몰라도, 오랜 공백기를 거쳐 '일본의 시걸'이라는 봉인을 풀었으니 그에 상응하는 압박감이 드는 것도 사실이리라. 외동딸이 기분 전환을 하러 외출할 정도니, 집안 분위기도 꽤나 긴장감에 차 있는 것이 아닐까?

걱정되는 점은 아직 더 있다. 린타로는 그런 생각을 했다. 가와시마 이사쿠는 반년 전에 위의 3분의 2가량을 절제하는 대수술을 받았다. 아무리 퇴원해서 힘이 넘친다고는 해도 체력에 한계가 있을 테고, 언젠가 암이 재발해도 이상할 건 없다. 조금 전 갤러리에서 에치카가 쓸쓸한 눈빛을 감추지 못했던 것은 그런 불안함이 마음속에서 사라지지 않았기 때문이리라. 가와시마 아쓰시가 주책없는 삼촌 캐릭터를 연기하고 있는 것도……. 가와시마가 은근슬쩍 눈치를 주는 것을 알아채고, 린타로는 일부러 쾌활하게 이야기했다.

"그럼 석고로 형태를 뜨는 작업은 이미 끝났나 보죠?"

"그건 저번 달에 끝났어요. 처음에는 옷을 입고 작업했는데 아빠가 자기 이미지에 안 맞는다고 하셔서, 며칠 동안 의논한 끝에 딱 한 번만 하기로 하고 옷을 벗었어요."

"아무리 부모 자식 사이라고 하지만, 좀 그랬겠는데요?"

"당연하죠. 그렇지만 아빠가 병석에서 일어나신지 얼마 되지 않은 상태였기 때문에 무리할 수도 없어서, 캐스팅 작업은 하루하루 부위별로 나누어서 작업했어요. 그래서 한 번에 다 벗지는 않았죠. 그리고 밀폐된 아틀리에 안에서 작업하다 보니, 부끄러운 것보다 한여름에 더위를 참는 게 더 고역이었어요."

"냉방도 안 틀어놓고 했어요?"

"냉방이라니 말도 안 되죠. 비오는 날에는 빨리 굳으라고 난로까지 피우는걸요? 저도 이번에 처음 안 건데, 석고는 굳을 때 화학반응을 일으켜서 열을 낸다고 해요. 그래서 가만히 있기만 해도 더워서 붕대 밑은 땀으로 흠뻑 젖는답니다."

"사우나에 감금된 것 같은 상태군요?"

"맞아요. 어설픈 다이어트보다 훨씬 효과 있을 걸요."

장난스럽게 대답한 다음, 에치카는 갑자기 진지한 표정을 지으며 말했다.

"아빠가 편찮으시지만 않았다면 망설였을 거예요. 올봄에 갑자기 암 선고를 받았을 때는 본인보다 제가 더 당황했거든요……. 그렇게 불안했던 적은 평생 처음이었어요. 제멋대로만 굴며 계속 걱정만 끼쳤으니까 건강하실 때 제대로 효도해야겠다고 생각해서 모델 일도 받아들인 거예요."

"들었어요. 힘든 수술이었다고 들었는데 건강해지셔서 정말 다행입니다."

진부한 말이었지만, 에치카는 감동한 듯 고개를 끄덕였다.

"정말 그래요. 처음에는 병원에서도 이미 늦었다고 했거든요. 수술이 성공한 건 우사미 씨가 실력 좋은 의사 선생님을 소개해주신 덕분이에요. 처음 입원했을 때부터 줄곧 신세만 졌는데, 이번에는 회고전 큐레이터까지 맡아 주셨지 뭐예요. 오랫동안 고집 피우던 아빠가 라이프캐스팅 신작을 제작하기로 한 것도, 반쯤은 우사미 씨께 은혜를 갚을 요량이신 것 같아요."

"그렇군요. 의리가 있으신 분인가봐요."

"누구에게나 그러시는 분은 아니지만 이번에는 그러실 만도 하죠. 우사미 씨나 레이카 씨가 곁에 계시지 않았다면 저희 부녀도 지금쯤 어떻게 되었을지 막막해요. 삼촌은 진짜 급할 때는 별 도움도 안 되고."

"미안하다, 도움도 안 돼서."

가와시마는 담배 연기를 내뿜으며 그렇게 중얼거렸다. 벌써 담뱃갑이 텅 비어 있다.

"레이카 씨는 누구시죠?"

"구니토모 레이카. 형님의 비서랄까, 잡무 담당 같은 사람인데⋯⋯."

가와시마의 말이 끝나기 전에, 휴대폰 벨이 울렸다. 에치카의 휴대폰이었다. 에치카는 액정을 들여다보더니, '호랑이도 제 말하면⋯⋯' 하고 중얼거리더니 등을 곧게 펴며 전화를 받았다.

"레이카 씨? 에치카예요."

대답하는 목소리에서는 지금까지와는 다른 종류의 딱딱함이 느껴졌다. 알단테(al dente, 스파게티 면을 삶았을 때 안쪽에서 단단함이 살짝 느껴질 정도—옮긴이)로 삶은 스파게티는 아니지만, 아주 살짝 심이 살아 있는 듯한 목소리였다.

"뭐라고요?"

에치카의 옆얼굴이 굳어졌다. 눈을 크게 뜬 채 고개를 젓는 그 모습을 보니 무언가 좋지 않은 소식이 있다는 것을 알 수 있었다. 핏기가 가신 뺨에 전화를 댄 채, 그녀는 가와시마 쪽을 보며 말했다.

"아빠가 쓰러지셨대요."

"형님이?"

"아틀리에에서 의식을 잃으셨는데 지금 구급차로 병원으로 실려

가고 있대요⋯⋯. 긴자에 있어요. 삼촌이랑 같이요. 잠깐만요."

통화 상대와 동시에 이야기하며, 한손으로 펜을 달라는 시늉을 한다. 가와시마는 피우던 담배를 든 채 주머니 속을 뒤지기 시작했다. 린타로는 재빨리 가지고 있던 볼펜을 내밀었다.

"네, 하라마치다 종합병원이요. 전화번호는⋯⋯."

에치카는 테이블 위의 종이 냅킨에 번호를 적었다. 손이 떨려서 몇 번이나 볼펜이 냅킨에 걸린다. 가와시마는 마른침을 삼키며 그 모습을 지켜보고 있었다.

"알겠습니다. 바로 그쪽으로 갈게요. 그때까지 아빠를 부탁해요."

에치카는 전화를 끊었다. 망연자실한 표정이었다. 가와시마는 담배를 끄고 자리에서 일어났다. 그 얼굴을 올려다보며, '삼촌' 하고 중얼거리기만 할 뿐, 그녀는 얼이 빠진 듯 움직이지 않았다.

"형님은 그렇게 쉽게 죽을 위인이 아냐. 일단 병원으로 가자."

그렇게 말하더니, 가와시마는 냅킨과 라이터를 주머니에 넣었다. 지갑에서 천 엔짜리 지폐를 대충 꺼내 테이블에 올려놓더니, 턱을 추켜올리며 말했다.

"얘기 들었지? 자네 후배랑 인사하고 있을 때가 아닌 것 같군. 형님 상태가 안정되면 다시 연락하지. 그럼."

가와시마는 대답할 틈도 주지 않고 에치카의 등을 떠밀며 황급히 가게를 나갔다.

4

〈마이아사 신문〉 9월 13일(월) 석간 문화면 기사에서

가와시마 이사쿠 씨의 죽음을 애도하며

우사미 쇼진

전위 조각가인 가와시마 이사쿠 씨가 10일 아침에 타계했다. 향년 54세. 너무 이른 죽음이었다.

올봄, 위암 선고를 받은 뒤 성공률이 낮은 수술을 이겨내고 기적적으로 회복한지 얼마 되지 않아 날아든 비보였다. 근년에는 에세이스트로서 활약했지만, 퇴원 후에는 오랜 공백기가 있었다고는 믿어지지 않을 정도로 정정한 모습으로 아틀리에에서 창작에 몰두하며 하루하루를 보냈다. 올 가을에 '가와시마 이사쿠의 세계'란 제목의 첫 회고전(나고야 시립미술관, 기획과 감수는 필자가 담당)을 앞두고 세기말 아트의 현장으로 복귀하려던 참이라 더욱 아쉬움이 크다.

가와시마 이사쿠라는 예술가가 발표한 수많은 작품 중에서, 전위 예술가로서 그의 입지를 굳힌 작품은 주로 70년대에 제작한 라이프캐스팅에 의한 인체 조각이다. 세상을 떠나기 직전에 완성한 유작도 이 계열에 포함되는 작품으로, 고인의 일생의 업이라 불러도 손색이 없다.

가와시마 씨의 저서 중에 《아(亞)시걸》이란 작품이 있다. 일찍이 미국의 현대 조각가 조지 시걸의 아류라며 험담의 대상이 되었던 일(석고를 바른 붕대를 모델의 신체에 직접 붙여, 그것으로 직접 형태를 뜨는 독특한 기법은 널리 알려진 대로 시걸이 원조라 할 수 있다)을 역이용한 위트 있는 제목이지만, 그뿐만이 아니다. 이 제목에는 전전에는 유럽, 전후에는 미국의 압도적인 영향 아래에서 일그러진 형태로 발전해 온 일본의 전위예술계에 대한 저자의 씁쓸한 자기 반성이 담겨 있다.

생전에 이사쿠 씨는 '아시걸'의 아는 아시아의 '아'라고 했던 적이 있지만, 그 진의는 분명하다. '아시걸'이란 바로 유럽, 미국의 모더니즘과 아시아의 토속성에 의해 갈가리 찢긴 이 나라의 '현대미술'이라는 가상공간을 뜻하는 말이다.

그렇다 해도 가와시마 이사쿠의 작풍은 단순히 시걸을 모방한 것이 아니었다. 시걸의 기법이 라이프캐스팅으로 형태를 뜬 다음, 그것을 하나로 이어 붙여 인체의 윤곽을 투박하게 재구성하는 아웃사이드 캐스팅(석고를 바깥에 바른 다음 떼어내 재구성하는 기법)인데 반해, 가와시마 씨는 69년 무렵부터 인체에서 석고로 형태를 뜬 다음 그 안에 석고를 붓는 인사이드 캐스팅 기법을 확립했다. 시걸이 작품을 바뀌어 인사이드 캐스팅으로 제작한 작품을 발표하기 시작한 것은 71년 이후의 일이다. 그래서 부분적으로는 가와시마 씨의 기법이 시걸보다 앞서 있으니, 오리지널(미국)과 카피(일본)의 관계가 역전되었다고도 할 수 있을 것이다.

또한 서유럽의 조각사에서 인사이드 캐스팅은 근대 이전으로의 회귀 내지는 돌변에 가까운 성격을 가지고 있다. 라이프캐스팅으로 제작한 작품은 예술작품이라기보다는 장인적인 기술의 산물(레플리카)로 간주되었기 때문이다. 따라서 가와시마 이사쿠의 라이프캐스팅 조각은 시걸의 기법을 카피한 것이기도 하지만, 동시에 모델이 된 인체의 카피이기도 하다. 이른바 '이중 복제'란 도착된 태생을 가진 레플리컨트인 것이다.

'작가'와 '작품'이 모두가 다른 무언가의 '복제'에 지나지 않는다는 것. 가와시마 씨는 이러한 자신의 위상을 언제나 자각하고 있었고, 그런 자각의 이중성에서 시걸과 일선을 달리 했다(시걸은 연극적인 공간 구성에서 보다 회화성이 짙은 작품으로 변화했으나, 가와시마 씨는 82년의 '선글라스 사건' 이후 라이프캐스팅 기법을 봉인한다). 국내에서도 이러한 맥락의 일들을 찾아볼 수 있다. 가와시마 씨는 70년대 전후로 연이어 각광을 받은 '구체'나 '모노파'의 작가들과는 전혀 다른 시점에서 포이에시스(제작)과 프락시스(실천)의 상극을 이루는 도식을 뛰어넘으려 했다. 70년대 후반, 일본의 전위예술계가 기묘한 무풍상태를 맞이했던 시기, 가와시마 씨가 홀로 빛나는 것처럼 보였던 것도 이러한 이유에서이다. '이중 복제'란 위상이 발생시키는 절절한 비틀린 인식에 의해, 일본적인 '반(反)예술'의 무근거성을 상대화시켰기 때문이다.

이러한 관점에 의하면 가와시마 씨의 작품 중 최고의 완성도를 자랑하는 작품으로는 78년의 '모녀상1~9'를 들 수 있을 것이다. 이것은 장녀를 임신한 리쓰코 부인(당시)을 모델로 한 나부의 연작인데, 임신에 따른 모체의 섬세한 변화를 라이프캐스팅 기법을 이용해 적나라하게 드러내고 있다. '가와시마 이사쿠의 세계전'을 방문하는 관객들은, DNA에 의한 인체 '복제' 프로그램의 극명한 다큐멘터리를 직접 확인할 수 있을 것이다. 이 연작에 의해 가와시마 이사쿠는 '삼중 복제' 과정이 교착하는 곡예와도 같은 조형의 극치에 이르렀다.

(우사미 쇼진, 미술평론가)

우사미의 추도 기사를 읽는 동안, 린타로는 이상하게도 마음이 편치 않았다. 화제가 된 에세이를 몇 권 읽은 적 있을 뿐 고인과는 일면식도 없는 데다, 번역가인 동생과 아는 사이라 해도 형 쪽은 TV나 잡지에서 얼굴을 본 것이 전부였는데도 말이다. 게다가 '모녀상'은커녕 가와시마 이사쿠의 작품을 직접 감상한 적조차 없었다.

그래도 린타로는 생판 모르는 사람이 죽은 것 같은 기분이 들지 않았다. 목요일 오후, 긴자의 카페에서 친동생과 딸의 입을 통해 그의 인품을 나타내는 다양한 에피소드를 들었기 때문일까. 그것도 화제의 주인공이 이 세상을 떠나기 불과 열 시간 전에.

가와시마 아쓰시는 상태가 좋아지면 연락하겠다고 이야기했지만, 린타로의 집에 전화가 걸려온 건 이튿날 오후 늦게였다.

"형님이 돌아가셨어. 오늘 아침 해가 뜨기 전에."

옮겨진 병원의 집중치료실에서 혼수상태로 숨을 거뒀다고 한다. 잔뜩 가라앉은 번역가의 목소리는 무척이나 무거웠다. 분명 전날부터 제대로 눈도 붙이지 못한 것이리라. 린타로는 서툴게 애도의 뜻을 전한 다음 무언가 도울 일이 없냐고 물었지만, 스스로도 실속 없고 입에 발린 소리라는 것이 느껴졌다.

"고맙네. 일단 가족들만 모여서 비공개로 장례를 치르기로 했으니 일부러 올 것까진 없어. 마음만으로도 고마워. 지금 마치다의 형님 집에 있는데, 여러 가지로 정신이 없어서 연락이 늦었네. 미안하군."

"무슨 그런 말씀을. 그건 그렇고 에치카 양은 좀 어떻습니까?"

"음. 뭐 사람들 앞에선 겨우겨우 버티고는 있어. 그 애도 이미 성인이고, 언젠가는 이런 날이 올 거라고 각오하고 있었겠지. 설마 이렇게 갑작스레 가실 줄은 몰랐겠지만. 아, 미안하지만 상조업체 면담 시간이 다 되어서 이만 끊어야겠어. 일단 내가 가족 대표라서 말이야. 일이 마무리되면 다시 연락함세."

전날 했던 말과 비슷한 소리를 한 다음, 가와시마는 황급히 전화를 끊었다.

추모 기사의 내용에도 군데군데 짚이는 데가 있었고, 우사미 쇼진이란 이름도 들은 적이 있었다. 서두에 언급된 유작이란 분명 에치카가 모델을 맡은 누드상을 말하는 것이리라. 아직 제작 도중이라고 하더니, 간발의 차로 마지막 작업을 끝낸 것일까? 그렇다면 쇠약해진 가와시마 이사쿠의 육체에 그 작업이 마지막 일격을 가한 것인지도 모른다.

또 하나 눈에 띈 건, '장녀를 임신한 리쓰코 부인(당시)'이라는 부분이었다. 이건 아무리 생각해도 에치카의 어머니를 말하는 것 같다. 에치카는 이제 곧 21살이 된다고 하니, '모녀상' 연작이 발표된 해와도 계산이 맞는다. '당시'라는 괄호 표시가 뒤에 붙은 것은 가와시마 이사쿠, 리쓰코 부부의 결혼 생활이 파국을 맞이했다는 것을 완곡하게 표현한 것이리라. 가와시마 아쓰시는 복잡한 사정이 있다며 넌지시 암시하기만 했을 뿐, 부인의 소식에 대해선 일절 언급하지 않았지만, 이렇게 활자로 나타낸 걸 보니 그 바닥에서는 널리 알려진 이야기인 모양이다.

기사에 첨부된 고인의 사진은 몇 년 전 촬영한 것으로, 아직 원기 왕성했던 시절의 사진이었다. 짧게 깎은 반백의 머리에 운동으로 태운 듯한 까만 피부. 한눈에 보기에도 실내에만 있는 듯한 동생과는 대조적이었다. 하지만 자세히 보면 투박한 얼굴 생김새와 웃으면 주름이 생기는 것 등은 판박이라, 역시 같은 피가 흐르는 형제라는 사실을 실감하게 했다.

그렇다면 에치카는 부모 중 어머니를 닮은 것일까. 오랜 봉인을 풀고 선보이는 프리미엄 조각의 모델로 에치카가 선택된 것도 홀아버지의 종잡을 수 없는 변덕 때문은 아니었던 것이리라. 우사미 쇼진의 DNA에 의한 인체 '복제' 프로그램이란 이론을 그대로 받아들인다면, 가와시마 이사쿠는 이 세상을 떠나기 전에 어머니와 꼭 빼닮은 외동딸의 몸을 빌려 '모녀상' 연작을 포괄하는 작품을 남기려 한 것일지도 모른다.

기사 마지막에는 장례식, 고별식 일시와 장소가 고지되어 있었다. 내일 모레, 경로의 날 오후 1시부터 마치다 시의 호센 회관 메모리얼 홀에서 열리는 모양이다. 그 후, 가와시마에게서는 아무런 연락도 없었지만 린타로는 고별식에 참석할 생각이었다. 고인과 아무런 관계가 없었다 해도 유족을 위로할 자격은 있을 터였다. 가와시마는 물론, 에치카와 직접 만나서 애도의 뜻을 전하고 싫었다.

기사를 스크랩한 다음, 린타로는 잊기 전에 다시로 슈헤이에게 전화를 걸었다. 함께 고별식에 참석하자고 권유하기 위해서였다.

이야기의 순서가 뒤바뀌었지만, 린타로는 목요일 오후 가와시마 일행과 헤어진 다음 소니 거리의 갤러리로 돌아가 로비에서 다시로와 합류했다. 물론 다시로는 에치카에 대해 알지 못했다. 뒤풀이 겸 한잔 하러 간 가게에서, 가와시마 이사쿠의 외동딸이 사진전을 보러 왔다는 이야기를 하자, 다시로는 안색을 바꾸며 말했다.

"선배도 여간내기가 아니신데요? 사진발 끝내주는 따님이 있다는 소문은 동업자들 사이에선 유명하거든요. 전부터 아는 사이였어요?"

"아니, 오늘 처음 만났어. 우연히."

간략하게 사정을 설명하자, 에치카가 자신의 열렬한 팬이라는 소리를 들은 다시로는 아주 싫지도 않은 표정으로 말했다.

"모처럼의 기회였는데 아쉽게 됐네요. 선배도 그래요. 좀 센스 있게 소개시켜 주면 어디 덧나요?"

"그러려고 했는데, 긴급 사태가 발생해서 말이야. 방금 전에 아버님이 자택에서 쓰러지셔서 구급차에 실려 가신 모양이야. 연락을 받고 삼촌과 함께 병원으로 달려갔어."

"정말이에요?"

다시로는 화들짝 놀라며 마시던 맥주를 무릎에 흘렸다. 이야기를 들어보니 전에, 일 관계로 가와시마 이사쿠의 사진을 촬영한 적이 있다고 한다. 10년쯤 전, 양주 회사의 선전 포스터 촬영 때였다고 한다.

"처음 맡은 큰일이라 더 기억에 남네요. 광고주 반응도 아주 좋았고요. 아직 신인이었을 때라서, 그쪽은 저 같은 건 기억 못하시겠지만 저는 잊을 수 없는 얼굴 중 하나죠. 가와시마 이사쿠 씨는."

다시로는 진지한 얼굴로 그렇게 말했다. 직업상 발이 넓은 건 당연하다 쳐도, 개인적으로는 그 이상으로 감회가 남달랐나 보다.

"구급차에 실려 가셨다니 걱정이네요. 많이 위험하신 건가요?"

"자세한 건 나도 몰라. 올봄에 위암 수술을 받으셨다고 하던데."

"그 이야기는 저도 들었어요. 완쾌되셨다고 들었는데……."

겉보기에도 마음 쓰이는 눈치였기에, 린타로는 다음날 가와시마에게서 연락을 받은 뒤에 바로 다시로에게도 부고를 전했다. 고인과 직접 접촉한 적이 있는 만큼, 다시로는 무척이나 충격을 받은 모양이었다. 고별식이 열린다면 무슨 일이 있어도 참석할 테니 예정이 있는지 물어봐달라고 부탁까지 했다.

다시로는 스튜디오의 현상실에 틀어박혀 있었다. 고별식 일시와 장소를 전하자, 모레는 도저히 미룰 수 없는 일이 있다고 한다. 그는 되도록 빨리 끝내고 달려갈 테니 현지에서 합류하자고 했다.

부조를 어떻게 할 것인지에 대해 상의하는 도중, 가와시마 아쓰시에게 전화가 왔다. 다시로와의 통화를 마친 린타로는 일부러 연락해줘서 고맙다고 이야기했다.

"아니, 일전에는 이야기하던 도중에 끊어서 미안했네. 다시 걸려고 했는데 도무지 짬이 나야 말이지. 이제 좀 숨 돌리던 참이야."

히가시나카노의 자택에 돌아왔다고 한다. 사흘 전만큼 초췌한 목소리는 아니었지만, 그래도 우울한 기색은 감출 수 없었다. 스스로도 의식하고 있는 것인지, 가와시마는 한숨을 쉬며 말했다.

"요 이삼일 동안 몇 년은 더 늙어버린 기분이야. 오랫동안 인연을 끊었던 사이인데도 막상 그렇게 가고 나니 왠지 한쪽 눈이 안 보이는 듯한 느낌이 드니, 역시 피를 나눈 형제라는 사실이 실감이 나. 미신 같은 소리네만, 지금 생각해 보면 긴자에서 자네와 만났을 때도 뭔가 좋지 않은 예감이 들었어."

"좋지 않은 예감이요?"

"그렇게 형님 얘기만 했던 것 말이야. 에치카가 함께 있어서 그런 것도 있지만, 지금까지 그런 이야기를 남한테 했던 적은 없었거든."

아직 마음의 정리가 덜 된 까닭일까, 가와시마의 대답에서는 아직도 당혹스러움이 묻어나고 있었다.

"돌아가시기 전에 형님과 이야기는 해보셨습니까?"

"아니. 쓰러졌을 때부터 계속 혼수상태여서 마지막까지 의식을 회복하지 못했어. 몇 번인가 헛소리처럼 헤어진 형수 이름을 불렀지. 나보다 에치카가 안됐어. 마지막에는 간부전이 일어나서 그대로 가셨다네. 역시 이미 몸 안에 암세포가 퍼진 상태였나 봐."

"그럼 위 수술을 받으신 다음에 바로 재발한 겁니까?"

"응. 나중에 주치의한테 들으니 6월에 이미 몇 군데로 전이된 것이 발견되어서 손을 쓸 수 없는 상태였다고 하더라고. 형님에게 그 사실을 이야기하니 주변 사람들에게는 비밀로 해달라고 부탁을 했대. 퇴원해서 자택 치료를 받기로 한 것도 본인이 그렇게 원해서였다더군. 기적적으로 회복하기는커녕 기운 넘치는 것처럼 보인 것도 그야말로 목숨을 걸고 주변 사람들의 눈을 속인 산물인 거지. 그런 점은 참 형님다워."

"에치카 양은 그 사실을 알고 있나요?"

대답은 곧바로 돌아오지 않았다. 수화기 저편에서 찰칵, 하고 라이터 켜는 소리가 들렸다. 화제가 화제이니만큼, 담배 한 대 피우고 싶어지는 것도 이해는 간다.

"몰랐어. 에치카도 전부터 아버지 상태가 이상한 것 같다고 생각은 했지만 무서워서 직접 물어보지 못했다고 하더라고. 그렇지만 그녀에게만은 앞으로 얼마 남지 않았다는 사실을 넌지시 일러두었나봐."

"그녀라면?"

"구니토모 레이카. 형님이 쓰러졌을 때 알려줬던 여자 말이야."

"이사쿠 씨의 비서였다는 분 말씀이십니까?"

"맞아. 일전에는 말 못했지만, 형님이 재혼을 생각했던 상대가 바로 그 사람이야. 원래는 프리랜서 편집자였는데, 형님의 책을 만든 것이 인연이 되어 그런 사이로 발전했다고 하더군."

"내연 관계였던 건가요?"

"아니, 각자 사는 곳도 다르고, 표면상으로는 작업상의 파트너로 통하고 있지. 그렇지만 형님이 병을 얻은 뒤로는 마냥 체면만 중시할 순 없잖아. 아버지 마음을 생각해서 에치카도 상당히 양보한 건지, 요새는 조금씩 형님 일이나 집안일을 부탁했다고 하더라고."

전화가 왔을 때 에치카의 반응이 다소 굳어 있던 건 그 때문이었던 것이다. 가와시마 이사쿠가 구니토모 레이카와 재혼하지 못한 최대의 이유는 바로 딸이 승낙하지 않기 때문이리라. 작업상의 파트너라면 너그럽게 봐줄 수 있지만, 새엄마로서는 받아들일 수 없다. 그것이 에치카의 진실한 속마음이었다면, 아버지가 병석에 누운 이래로 레이카에 대한 감정적인 응어리는 날로 커져갔던 것이 아닐까.

다소 완곡한 표현을 써서 그렇게 묻자, 가와시마는 에치카의 편을 드는 듯 변명처럼 말했다.

"뭐, 그렇다고 해야겠지. 그렇지만 에치카도 구니토모와 허물없이 지내려 무척 노력했어. 형님이 조금만 더 오래 사셨다면 언젠가는 재혼을 받아들였을 거야. 제 아빠를 닮아 고집 센 면도 있지만, 그렇게 남의 마음을 몰라주는 아이는 아니거든. 어릴 적에 엄마가 집을 나간 뒤로 한 번도 못 만났으니, 소극적으로 나오는 것도 이해는 가네. 그렇지만 조금만 더 시간이 있었다면 구니토모와도 좋은 관계를 가질 수 있었을 텐데……."

가와시마 나름대로 에치카의 장래 진로에 대해 걱정하고 있는 것이리라. 린타로는 자연스레 아까부터 신경 쓰이던 것에 대해 물었다.

"그러고 보니, 에치카 양의 어머니 말인데, 리쓰코 씨 맞나요?"

"음? 자네가 그걸 어떻게 알지?"

"아까 전에 신문 기사에서 봤습니다."

"우사미 군이 쓴 글 말이지. 사적인 부분에는 일절 언급하지 않았으니 그 기사만 봐선 무슨 소리인지 모르겠군. 형수는 에치카가 초등학생이 되기 전에 형님과 이혼하고, 친권도 내팽개치고 혼자서 미국으로 떠났어. 여러 가지로 얽히는 게 귀찮다고 생각했나 봐. 그 후에 곧바로 그쪽에서 치과의사와 재혼했다고 하더군."

"미국인하고요? 집을 나간 후 한 번도 못 만났다면 아예 그쪽에 눌러앉은 겁니까?"

"그건 아냐. 재혼 상대도 같은 일본인이야. 2년 전쯤에 남편과 함께 귀국했는데, 일본에 돌아와서도 딸에 대해서는 철저히 모르쇠로 일관하기만 하고, 사과의 편지 한 장 없어. 아마 성장한 에치카의 얼굴도 본 적 없을걸?"

"이사쿠 씨의 장례식 때는 오셨나요?"

"안 왔어. 일단 연락은 했는데, 전화를 받은 사람이 지금 남편 어머니란 사람이어서 형수와는 제대로 이야기도 못했어. 그쪽은 그쪽 나름대로 아직 철도 안 든 딸을 버리고 와서 줄곧 죄책감을 느꼈는지도 모를 일이지만, 그렇다 해도 너무 무책임하지 않나? 어머니로서는 실격이야. 아마 고별식에도 오지 않을걸."

가와시마는 그쯤에서 이야기를 정리했다. 더 자세한 사정이 있지만, 복잡한 일은 통째로 잘라낸 듯한 말투였다. 아무래도 그다지 그 일에 대해 이야기하고 싶어 하지 않는 것 같았다. 대화가 끊기고, 잠시 불편한 공기가 흘렀다. 린타로는 화제를 바꿨다.

"내일 모레 고별식은 꽤 대규모로 치러질 건가 보네요?"

"그렇게 될 것 같아. 며칠 전에 에치카도 그랬지만, 정말 우사미 군이 있어줘서 다행이야. 난 미술 관계자들은 하나도 모르니까, 고별식 준비도 하나부터 열까지 우사미 군에게 떠넘기게 되었지 뭐가. 이러쿵저러쿵해도, 형님은 유명인이었고 그만큼 발도 넓었으니까, 장례식 하나 치르는 것도 아주 일이야. 모레 고별식은 꽤 성대하게 치러질 것 같네."

"그러면 당일에는 가와시마 씨나 에치카 양에게 말을 거는 건 되도록 삼가야겠네요? 저도 참석할 생각이거든요."

"일부러 오려고? 다행이군. 그러면 이야기가 빨라지겠어."

가와시마의 목소리가 바뀌었다. 고맙다고 하지 않고 다행이라고 하는 걸 보니, 이야기를 꺼낼 타이밍을 노리고 있었던 모양이다.

"사실은 오늘 전화한 데는 이유가 하나 더 있네. 자네한테 긴히 상담하고 싶은 일이 있어. 고별식이 끝나면 마치다의 형님 자택까지 함께 가주지 않겠나?"

"그건 상관없습니다만, 상담이라뇨. 에치카 양 일입니까?"

"뭐, 그렇다고 할 수 있지. 사정이 복잡해서 한마디로 요약할 순 없네만…… 형님 아틀리에에 보여주고 싶은 게 있어. 그걸 본 다음에 자네 의견을 들려줬으면 하네. 뭐랄까, 전문가로서의 의견 말일세."

가와시마는 점점 말을 흐렸다. 그렇지만 마지막 말을 들은 순간, 린타로는 무언가 짚이는 데가 있었다.

"이사쿠 씨의 사인에 뭔가 의심 가는 점이라도 있는 겁니까?"

"아니, 그런 게 아니라."

가와시마는 곧바로 부인했지만, 아주 틀린 것도 아닌 것 같았다.

"만일 무슨 일이 생긴다면 에치카에게 생기겠지. 경우에 따라선 신체적 안전에 관련된 일일지도 몰라. 물론 아직 그렇다고 정해진 건 아니지만……."

"분위기가 이상한데요? 물론 협력할 생각이지만, 그렇게만 말하시면 무슨 말씀인지 모르겠군요. 경찰도 개입해야 하는 일이면 확실히 말씀해주시는 게 나을 것 같은데요?"

강하게 이야기하자, 가와시마는 한숨을 흘리더니 그대로 입을 다물었다. 이렇게 망설이는 건, 그의 독단으로 린타로에게 상담을 요청한 것이라 미리 다른 사람들의 양해를 구하지 않았기 때문이리라. 잡음에 섞여 찰칵, 찰칵하고 연이어 라이터 뚜껑을 열고 닫는 소리가 들렸다. 결단을 내리기까지 카운트다운을 하듯.

그렇게 얼마쯤 생각에 잠긴 끝에, 가와시마는 겨우 무거운 입을 열었다.

"이렇게 된 이상 어쩔 수 없이 미리 말해야겠군. 그렇지만 아까도 말했듯이 복잡한 사정이 있으니 지금부터 내가 하는 이야기는 잠시 비밀로 해줬으면 하네. 물론 자네 아버님께도. 단순한 장난일 가능성도 있으니 경찰에 신고할지 안 할지는 신중하게 판단하고 싶거든."

일부러 다시 한 번 못을 박는 가와시마의 당부는 스스로에게 하는 변명처럼 들리기도 했다. 린타로가 비밀을 엄수할 것을 약속하자, 그는 한층 목소리를 낮춰 말했다.

"일전에 형님이 죽기 전에 만들었던 라이프캐스팅 조각 이야길 했었지?"

"에치카 양이 모델이 된 그 작품 말입니까?"

"그래. 그날, 형님이 아틀리에에서 쓰러지기 직전에 그 조각을 완성했다고 하더라고. 틀에서 빼낸 속틀을 하나로 이어서 에치카와 같은 모습으로 완성했지. 그런데 형님이 구급차로 병원에 실려 가서 집이 비어 있는 동안에 누군가가 아틀리에에 침입한 흔적이 발견됐어. 침입자는 완성된 석고상의 일부분을 절단해서 가져갔네."

'주거침입에 기물파손이군.' 린타로는 수화기를 쥔 손에 힘을 주었다.

"석고상의 일부분이라면?"

"에치카의 머리에 해당하는 부분이야."

찰칵. 라이터 소리가 들렸다. 가와시마는 불안 섞인 목소리로 말했다.

"목 윗부분을 댕강 잘라가서, 아무리 찾아도 보이질 않아."

제2부

Happy with You
Have to Be Happy

홍채와 동공을 조각적으로 표현하는 기법은 의외로 늦게 개발되었고, 그
것은 무척이나 까다로운 기법 중 하나이다. 아마 당신은 인체가 엄격한
아르카이크 조각의 규칙을 따르던 그리스 미술의 초기 단계에서, 그 눈을
채색된 동공과 홍채를 사실적으로 조각한 것이 이상하게 느껴질 수도 있
을 것이다. '델포이의 청동 마부 상'을 예로 들어보자. 마부의 눈은 유리
로 되어 있고, 안구는 흰색, 홍채는 갈색, 동공은 검은색이다. 두 눈은 무
척 활기를 띠고 있고, 용모가 주는 고풍스런 느낌은 그냥 지나치기 쉽다.
그리스 두부 조각상의 안구는 보통 단순한 돌출 형태로 표현되어 있고,
그 돌출된 면 위에 홍채와 동공을 그렸지만, 색채는 거의 대부분 완전히
지워져 버렸다.

〈조각의 제작 과정과 원리〉, 루돌프 비트코어

6

가와시마 이사쿠의 장례식과 고별식은 마치다 시 오야마마치의 호센 회관에서 개최되었다. 지도에서 찾아보니, 다마 뉴타운의 서쪽 끝에 위치한 오야마마치는 마치 하치오지 시와 가나가와 현 사가미하라 시 사이에 껴 있는 것 같았다. 장례식 회장은 마치다 가도의 오야마 교차점에서 하치오지 방면 북쪽, 교외의 언덕 부근에 있었다.

잘 모르는 지역인데다 차를 타고 장례식에 참석하는 건 왠지 내키질 않아서, 린타로는 전철로 가기로 했다. 회장은 게이오사가미하라 선의 다마가이 역에서 택시로 채 10분이 되지 않는 거리에 있었다.

목적지를 이야기하자, 초로의 운전수는 불길한 이야기를 꺼냈다. 남쪽의 다마시 공동묘지와 화장터 옆을 지나는 전차 도로는 이 지역에서는 심령 현상이 자주 목격되기로 유명한 곳이라고 한다.

"전차 도로라면, 벚꽃으로 유명한 데 아닌가요?"

"거긴 오네료쿠도라고 해서 오비린 대학 주변만 깔끔하게 정비해놓은 거고요. 애초에 사가미 육군 보급창에서 전차 시험운행용으로 만든 도로라 지금도 하치오지의 야리미즈 근처까지 능선을 따라 좁은 길이 이어져 있죠. 옛날부터 유적이나 옛 전장이 있던 곳으로 유명해서 자주 군인이나 변사자의 유령이 출몰한다고 하더군요. 나도 한 번 본 적이 있어요. 다마 센터에 손님을 내려주고 돌아오는 길에, 묘지 뒤편의 오야마나가이케 터널을 지나는데 두 눈을 부릅뜬 젊은 여자의 머리가 차 앞을 쓱 가로지르는 것을 보았지 뭐예요."

"젊은 여자의 머리요?"

"네. 지금부터 3년 전, 비가 추적추적 내리던 밤이었는데……."

운전사는 그날 밤의 체험담을 이야기하기 시작했지만, 린타로는 자신의 예상이 빗나가서 실망을 금치 못했다. 저도 모르게 몸을 앞으로 내밀고 있던 건, 엊그제 가와시마 아쓰시에게 들은 이야기를 염두에 두고 있었기 때문이었다. 요 며칠 사이에 일어난 일이라면 또 몰라도, 3년이나 전에 있었던 괴담에 관심 있을 리가 없다. 듣는 사람이 급속하게 관심을 잃자, 운전수도 맥이 빠졌는지 목적지에 도착할 때까지 이야기는 줄곧 소강상태였다.

"조심해서 가십시오."

린타로는 우산을 들고 택시에서 내렸다. 열기를 머금은 바람이 변덕스레 비구름을 몰고 온다. 낮게 깔린 구름 아래로 보이는 다마 구릉지 너머의 교외 풍경에도 뿌옇게 안개가 껴 있었다. 도카이 지방에 태풍이 몰려오고 있어서인지 아침부터 하늘은 끄무레했다. 기세등등한 늦더위에 높은 습도까지 더해지는 바람에 며칠째 열대

야가 이어지고 있다. 이렇게 어중간하게 습할 바에야 차라리 본격적으로 비나 쏟아지는 편이 나으련만.

잡목림과 공사가 중단된 조성지에 둘러싸인 호센 회관의 모습은 허름한 온천 리조트 시설을 연상시켰다. 버블기의 잔재가 느껴지는, 종이를 한 겹씩 붙여서 만든 것 같은 절충 양식의 건물은 악취미라고까지 할 수는 없었지만, 생전 '아시걸'이라 자칭했던 전위 조각가의 명복을 비는 장소로서는 어울리지 않는 것 같았다.

바깥 주차장에 늘어선 신문사와 방송국 차들을 보니 언론이 가와시마의 죽음에 얼마나 관심이 많은지 알 수 있었다. 장례식 한 번 치루는 것도 참 큰일이라던 가와시마 아쓰시의 말도 과장된 것만은 아니었던 모양이다. 석고상의 머리가 절단된 사실을 경찰에 신고하지 않은 것도 유족 측으로서는 어쩔 수 없었던 조치였던 게 아닐까? 그런 일이 공공연하게 알려진다면 고별식이 소란스러워질 것이 불 보듯 빤하니까.

장례식이 시작되는 오후 1시까지는 아직 시간이 있었지만, 로비는 일찍부터 조문객들로 가득 차 있었다. 유족들은 이미 대기하고 있을 테니, 다시로 슈헤이가 도착해 있다 해도 이런 인파 속에서 만나는 건 어려울 것 같다. 린타로는 상장을 단 홀 직원의 지시에 따라 접수 순서를 기다리는 일반 조문객들의 줄 맨 끝에 섰다.

자신의 차례가 돌아왔다. 부조금을 건네고 붓펜으로 이름을 기입하자, 미리 귀띔을 해놓은 것인지 서명을 본 접수 담당 여성이 친근하게 인사를 건넸다.

"노리즈키 씨 맞으시죠? 아쓰시 씨께서 고별식이 끝나면 유족 대기실로 와달라고 전해드리라고 하셨습니다."

"알겠습니다. 대기실이 어디죠?"

여성은 장소를 설명한 다음 정중한 태도로 자기소개를 하며 고개를 숙였다.

"인사가 늦었습니다. 구니토모 레이카라고 합니다."

린타로는 황급히 이름을 대며 인사했다.

"아, 가와시마 씨께 성함은 들었습니다."

"그 밖에도 다른 이야기도 많이 들으셨죠?"

레이카는 소박한 어조로 그렇게 말했다. 그렇다는 건 상대방도 이쪽의 정체나 목적에 대해서 이미 알고 있다는 건가. 린타로는 암묵적 동의를 담아 고개를 끄덕였다.

나이는 자신과 비슷한 것 같으니, 서른 중반 정도로 아직 마흔은 넘지 않았으리라. 여성으로서는 드물게 체구가 커서, 배구 선수를 연상시키는 몸매의 소유자였다. 짧게 자른 머리도 스포티하단 표현이 딱 들어맞았다.

이마는 볼록했고, 두꺼운 눈썹도 모양이 예쁘게 잡혀 있는 데다 코도 오뚝하다. 상복으로 입은 바지 정장이 지나치게 잘 어울린다는 생각이 들 정도였다. 초면인데도 응대가 부담스럽지 않은 것은 이전에 프리랜서 편집자였기 때문일까. 모두가 인정하는 미인이라고 할 수는 없지만, 기지가 뛰어나고 곁에 있기만 해도 기운이 날 것 같은 타입의 여성이었다.

"지금 여기 계셔도 되는 겁니까? 슬슬 유족들과 같이……."

깊이 생각하지 않고 그렇게 묻자, 레이카는 겸허하게 고개를 저었다. 심기가 불편한 듯 어두운 표정을 짓더니, 주위 사람들에게 들리지 않도록 낮은 목소리로 말했다.

"저 같은 사람이 유족과 함께 앉았다간 무슨 소리를 들을지 몰라요. 남 말하기 좋아하시는 분들이 많이 와 계시니 오늘은 얌전히 있어야죠."

결코 불만에 찬 목소리는 아니었지만, 그녀가 어떤 입장에 있는지를 알 수 있게 해주는 대답이었다. 공공연하게 유족처럼 행동하기에는 걸리는 데가 있는 것이리라. 본인들의 감정이 형식에 구애받지 않는 순수한 것이었다 해도(플라토닉하다는 뜻은 아니지만), 세상에는 색안경을 끼고 보려 하는 사람들이 많으니까.

확실히 고인과는 나이 차이도 많이 나니, 분명히 에치카를 생각해서 재혼을 미뤘던 일도 사람들의 편견을 부추겼을 것이다. 레이카의 말쑥한 상복은 아무래도 자기방어를 겸한 공적인 가장에 지나지 않는 모양이다.

"심려가 많으시겠습니다."

"괜찮습니다. 어제 오늘 일도 아니니까요."

레이카는 그렇게 말했지만, 그 말은 허세처럼 들렸다. 가와시마 이사쿠가 세상을 떠난 건 불과 며칠 전이었으니까. 스스로도 그 사실을 눈치 챈 것인지, 그녀는 갑자기 가족의 일원으로서의 의식을 상기시키듯 말했다.

"고별식이 끝나면 저도 대기실로 갈 거예요. 자세한 이야기는 나중에 드리죠."

메모리얼 홀은 소규모 체육관 정도의 크기였다. 접의자가 플로어를 가득 채우고 있었다. 내빈석과 일반 조문객들의 자리는 구분

되어 있었는데, 내빈석은 벌써 대부분 차 있었고 일반석도 빈자리는 3분의 1 정도밖에 남아 있지 않았다. 이제 곧 그 빈자리도 가득 찰 것이다. 린타로는 자리가 얼마나 되는지 세기 시작했지만, 곧 귀찮아져서 그만두었다. 교통편도 불편하고 날씨도 흐린데 이 정도면, 성황을 이루었다고 할 수 있는 게 아닐까.

"참석하신 분들께서는 되도록 앞자리부터 차례대로 앉아주십시오."

생전에 고인과 면식이 없었기 때문에 조심스레 맨 뒷자리에 앉으려 했지만, 홀 직원에게 제지당했다. 투덜거려봤자 어쩔 도리가 없었기 때문에 다른 조문객들과 함께 앞쪽 비어 있는 자리로 이동했다. 보이는 곳에 다시로 슈헤이의 모습은 없었지만, 다섯 줄 정도 앞쪽에 낯익은 뒷모습이 보였다. 가와시마 아쓰시가 번역한 《필모어 자이브》를 담당했던 편집자다. 그러고 보니 고인과도 아는 사이라고 들었던 것 같다.

말을 걸기에는 자리가 너무 떨어져 있고, 일부러 움직이면 주변에 민폐를 끼치게 된다. 나중에 인사만이라도 해야겠군. 그런 생각을 하며 린타로는 자리에 앉았다. 만년의 가와시마 이사쿠의 행보를 생각하면, 오늘 이 자리에는 출판 관계자들도 다수 참석했을 것이리라.

유골을 안치한 불교식 제단은 트럭 두 대분은 되어 보이는 꽃들로 장식되어 있었고, 그 중앙에는 커다랗게 확대한 영정이 놓여 있었다. 표정이나 각도가 다를 뿐, 신문의 추도 기사에 실린 것과 같은 시기에 찍은 사진인 것 같았다. 제단 양쪽에 설치된 스피커에서는 바로크 풍의 쳄발로 연주곡이 흘러나오고 있었다. 식 차례에는

'고 가와시마 이사쿠 미술장'이라 적혀 있었지만, 회장의 분위기는 기존의 매뉴얼을 따른 전통적 고별식이었기 때문에 조문객들의 눈길을 사로잡을 예술적인 연출이 준비되어 있는 것 같은 낌새는 없었다.

직원들이 부산하게 움직이기 시작했다. 식이 시작될 시간까지 앞으로 몇 분밖에 남지 않았는데, 회장의 정리나 다른 일들로 인해 준비가 늦어진 듯 아직 유족들과 승려의 모습은 보이지 않았다. 흘러나오던 쳄발로 곡이 다시 처음으로 돌아가 같은 선율을 반복하자, 맨 뒷자리에 앉아 있던 2인조가 수군거리며 이야기를 시작했다.

"쉰넷이셨나? 아직 앞날이 창창한데. 역시 암이 무섭긴 무섭나 봐."

"올봄에 수술을 받았잖아. 그래서 얼마 안 남았구나, 생각은 했지만 이렇게 가실 줄이야."

"의사는 처음부터 가망 없다고 했다던데? 본인은 억울해서 눈도 못 감을 것 같아. 대대적으로 선전하며 회고전을 준비하고 있었는데, 그것도 못 보고 가다니."

사정에 밝은 것으로 보아하니 미술 관계자인 듯 싶다. 린타로는 정면을 향한 채 은근슬쩍 그들의 이야기에 귀를 기울였다.

"꼭 그렇지만도 않을걸? 그 회고전도 애당초 우사미 쇼진이 기획한 거고. 그 소문 들었잖아, 라이프캐스팅 신작을 발표한다는 이야기."

"딸을 모델로 했다는 그 작품? 엊그제 신문 보니까 우사미가 장황하게 써놨던데."

"꽤 고심한 흔적이 보이던데. 가와시마 이사쿠의 작풍은 단순히 시걸을 모방한 것이 아니었다나. 그거 읽고 웃었어. 그렇지만 우리끼리니까 하는 얘긴데, 지금쯤 우사미는 좋아서 어쩔 줄 몰라 하고 있지 않을까? 이사쿠의 유작이잖아. 최고의 선전문구 아냐?"

"목소리가 너무 커. 이 안에 우사미도 있을 거 아냐. 그 녀석, 오늘 여기 책임자라면서."

"지금부터 유족들에게 잘 보여서, 가을에 회고전이 성공적으로 끝나면 전부 자기 공으로 돌리려는 거지. 계산적인 녀석이니까 그런 것까지 치밀하게 계획하고 움직이는 거야."

"아무리 그래도 방법이 너무 거친 거 아냐? 내가 듣기로는 회고전에 낼 신작을 제작하려고 막 병석에서 일어난 몸으로 무리하다 수명이 단축된 거라고 하던데. 녀석의 꼬임에 넘어가서 그런 거잖아? 요컨대, 우사미가 죽인 거나 마찬가지인 거 아냐."

"죽은 사람도 그 정도는 알고 있었을 거야. 이런 화젯거리라도 없으면, 요즘 세상에 누가 가와시마 이사쿠의 조각 같은 걸 신경이나 쓰겠어. 그런 구 시대의 골동품이 화제에 오른 건 밑 준비가 확실히 되어 있었기 때문이지. 10년 만의 복귀작인 데다, 모델은 외동딸. 덤으로 얼마 남지 않은 목숨을 깎아가며 완성한 작품이라니, 무슨 영화 속 이야기도 아니고. 분명히 다 짜고 벌인 거야."

"하긴. 좀 비약하는 것 같지만 아주 틀린 얘기도 아닌 것 같네."

"그렇지만 그 작품 좀 보고 싶지 않아? 누드상이라고 하던데. 가와시마의 딸 말인데, 나이도 스무 살밖에 안 먹었고 얼굴도 미인이라고 하더라고. 오늘도 상복 입은 그 딸의 모습을 보고 싶어서 일부러 이런 촌구석까지 온 거란 말이지. 그건 그렇고, 왜 이렇게 시작이 늦는 거지? 벌써 시작할 시간이 지나지 않았나?"

"이런 행사는 대부분 늦어지는 법이잖아. 아무튼 지금 그 이야기를 듣고 난 솔직히 실망했어. 에세이도 잘 나가서 돈도 많이 벌었을 텐데 이제 와서 옛날 작품을 재탕할 것까진 없잖아. 예전의 명성을 더럽힐 만한 작품이라면 아예 내놓지도 않는 게 낫지."

"옛날 작품 재탕이라 해도 애초에 시걸의 재탕이잖아."

"그렇게 말해버리면 할 말 없고. 하지만 옛날 작품도 나쁘진 않았어. '체조 시리즈' 같은 건 괜찮은 작품이었지. 겉만 번지르르하다고 반박하면 할 말 없지만, 사실 의외로 심취했던 시기도 있었거든. 그래서 더더욱 마음이 안 좋아."

"라이프캐스팅으로 인간 피라미드를 만들었던 그 작품 말이야? 음, 그건 나도 괜찮다고 생각해. 분명히 그 시기 작품은 나쁘지 않지. 그런 서커스 노선으로 쭉 나갔으면 예술가 생명도 오래 부지할 수 있었을 텐데. 결국 그 선글라스 사건 후에는 이렇다 할 작품도 없었잖아. 눈빛이 어쩌고저쩌고, 너무 깊이 생각하니까 그렇게 막히는 거 아냐."

"슬럼프에 빠진 건 부인이 도망가서 그런 거 아냐? 시기적으로 봐서도 이혼한 뒤로 영감을 잃은 건 누구나 인정하는 사실이잖아."

"그것도 한 원인이긴 하지. 우사미는 아무 말 안 했지만, 그 부부는 제일 잘 나갔던 시절에는 단순한 제작자와 모델 관계를 뛰어넘어 일심동체로 한 팀처럼 일했으니까. 뭐 그 후로도 가와시마는 편집자와 그렇게 지냈다지만."

"그러고 보니 아까 접수 받던 여자 말이야, 가와시마의 이거였다고 하더라고. 가와시마 부부가 이혼한 건 그 여자 때문이라는 이야기를 들었는데."

"구니토모 레이카 말이야? 아니, 그건 헛소문이야. 그 두 사람이 연인 관계였던 건 사실이지만 구니토모와 만난 건 이혼하고 한참 뒤의 일이거든. 전처와 헤어진 지도 벌써 15, 6년은 됐으니까."

"그래서 나이가 그렇게 차이가 났던 거군. 그럼 이혼하게 된 건 다른 여자 때문이었던 건가? 지금 말하는 걸 들어보니 바람피운 상대가 누군지 알고 있는 것 같은데? 누구야?"

"알긴 알지. 대놓고는 말 못하지만, 하필이면 전처의 친동생을 건드린 모양이야. 그것뿐만이 아니라, 그 처제도 가정이 있는 유부녀라 남편한테 들켜서 궁지에 몰린 나머지 자살했다나 뭐라나."

"그게 정말이야?"

"그럴걸? 옛날 일이고, 나도 건너서 들은 이야기라 확실한 증거는 없지만 밑도 끝도 없는 헛소문은 아니야. 그런 일이 있었으니, 제아무리 현모양처라 해도 집을 뛰쳐나갈 수밖에 없지. 딸을 떼어 놓고 간 게 이상할 정도라고. 그러니까 내 생각엔 가와시마 이사쿠가 슬럼프에 빠진 것도 다 자업자득이라고밖에……."

"쉿. 유족들이 나온 것 같아. 그 이야기는 나중에 하자고."

두 사람은 한창 이야기가 무르익으려 할 찰나에 대화를 중단해서 린타로를 안타깝게 만들었다. 설령 그들이 구니토모 레이카가 표현했던 것처럼 '남 말하기 좋아하는 사람들'의 대표라 해도, 마지막 부분은 밑도 끝도 없는 소문으로 흘려 넘길 수는 없었다. 린타로는 고별식이 끝나면 가와시마 아쓰시에게 한두 개쯤 어려운 질문을 하기로 마음 먹었다.

쳄발로 소리가 점점 작아지더니, 실내에는 장엄한 분위기의 곡이 흐르기 시작했다. 마이크 앞에 선 사회자는 조문객 전원에게 자리에서 일어나달라고 부탁했다. 가와시마가 부탁한 조사란 건 예상보다 힘든 작업이 될 것 같았다. 린타로는 그런 생각을 하며 자리에서 일어났다.

상주인 에치카를 선두로 하여, 유족들이 실내로 입장했다. 칠흑 같은 원피스 차림에 아버지의 위패를 안고 걸음을 옮기는 에치카의 표정은 일주일 전, 긴자의 갤러리에서 만났던 해맑은 미소의 소유자와는 전혀 다른 사람 같았다.

예정보다 15분 늦게 개식사가 낭독되자, 회장 안에는 종소리가 울려 퍼졌다. 승려들이 입장해 경을 읽기 시작했다. 이윽고 회장 가득히 향냄새가 진동했다.

우치보리 가즈마사라는 백발의 조각가가 조사를 낭독했다. 고인의 은사라는 그는 오늘 장의위원장을 맡고 있다고 했다. 린타로는 처음 듣는 이름이었지만, 에치카가 다니는 고마시노 미술대학의 명예 교수로, 현대미술계에서는 무척이나 유명한 대가라고 한다. 그가 고인의 업적을 칭송하고, 이른 죽음을 애도하는 격조 높은 조사를 낭독하는 동안, 청중들은 찬물을 끼얹은 듯 정숙한 태도로 귀를 기울이고 있었다. 뒷좌석의 2인조도 잔뜩 긴장해서 아무 소리도 못 하는 것 같았다. 아마도 고별식의 책임자인 우사미 쇼진이 낭독을 부탁한 것이리라.

린타로는 목을 길게 빼고 관계자석을 관찰했다. 책임자석에 앉아 있는 사람은 검은 테 안경을 낀 40대 초반의 남자였다. 마른 몸매였지만 굴곡은 확실히 있는 좋은 체격의 소유자였다. 동그란 얼굴 때문에 동네 꼬마 대장이 그대로 성장한 것 같은 분위기를 풍겼지만, 엄숙한 표정에서는 성대한 장례식을 치러낼 수 있을 만한 위엄이 느껴졌다. 그는 지성이 담긴 날카로운 눈으로 식의 진행을 지켜보고 있었다. 익명 콤비의 신랄한 인물평은 귀찮은 걸 감수하면서도 들을 필요가 있을 것 같다. 그들의 평가대로 우사미 쇼진이라는 남자가 상당한 수완가라는 사실은 장의위원장 선정만 봐도 알 수 있었다.

엄숙한 분위기 속에서 식은 막힘없이 진행되었다. 각계의 유명인사들이 보낸 조전이 낭독되는 가운데, 위원장인 우치보리 가즈마사를 필두로 유족과 내빈, 관계자들이 차례로 분향을 마치자 승려들은 일단 퇴장했다. 막간의 휴식 시간을 이용해 제단 앞의 일반 조문객들 대상으로 분향대가 설치되었다. 마침 타이밍 좋게 다시로 슈헤이가 두리번거리며 들어오는 모습이 보였다.

린타로는 자리를 옮겨 다시로와 합류했다. 오전 중에 있던 촬영은 날씨 때문에 생각처럼 진행되지 않아서 결국 다른 날에 다시 찍기로 했다고 한다. 급하게 옷을 갈아입고 온 듯, 와이셔츠 옷깃이 뒤로 접혀 있었다.

다시로와 이야기를 나눌 틈도 없이, 다시 승려들이 등장했다. 장의에 이어 고별식이 시작되었다.

작은 해프닝이 일어난 것은 일반 조문객들이 한참 분향을 하고 있을 때였다.

끝없이 이어지는 독경 소리를 들으며, 다시로와 분향 행렬에 껴서 기다리고 있는데, 유족석의 가와시마 아쓰시와 눈이 맞았다. 익숙하지 않은 분위기에 휩싸여 긴장하고 있던 것이리라. 아주 조금

이었지만 번역가의 표정이 풀어지는 것을 느낄 수 있었다. 린타로는 가볍게 인사한 다음, 가와시마 옆에 있던 에치카에게도 눈으로 인사했다.

에치카는 린타로의 존재를 눈치채지 못한 것 같았다. 보다 못한 가와시마가 살며시 옆구리를 찌르며 귓속말로 알려준 뒤에야 겨우 이쪽으로 얼굴을 돌렸지만, 에치카의 표정은 넋이 나가 있었다. 그녀는 멍한 시선으로 린타로를 바라봤지만, 얼굴을 잊어버린 건 아닌 것 같다. 린타로뿐만 아니라 다시로 슈헤이에게도 전혀 시선을 주지 않기 때문이다. 아버지를 여읜 충격이 너무 커서, 동경하던 사진작가의 얼굴조차 분간하지 못할 정도로 슬픔에 잠겨 있는 것일까.

그런 것은 아니었다. 에치카는 다른 무언가에 정신이 팔려 그 이외의 것은 안중에도 없는 것 같았다. 입을 꼭 다물고 분향대 쪽을 보더니, 무언가를 결심한 듯한 눈빛으로 조문객들의 행렬 맨 앞을 쳐다봤다. 대체 누구를 보고 있는 거지?

가와시마도 에치카의 범상치 않은 기척을 눈치 챈 모양이다. 그는 시선이 향한 곳을 눈으로 쫓더니, 화들짝 놀라 숨을 삼켰다. 지금 막 분향을 마친 한 남자가 제단 앞에서 나와 유족석 쪽으로 목례를 하고 있었다.

남자는 고개를 들기도 전에 유족석에서 고개를 돌리더니, 몸을 비스듬하게 돌리고 그 자리를 떠나려 했다. 에치카의 가슴이 출렁였다. 그녀는 용수철이 튀어 오르듯 의자에서 일어나 남자를 불러 세웠다.

"가가미 씨!"

남자는 걸음을 멈추고 망설이듯 뒤돌아봤다. 큰 키에 말랐지만 다부진 체격의 소유자였다. 선이 가는 얼굴에 낀 얇은 무테안경이 이지적인 인상을 더하고 있었다. 나이는 마흔 다섯, 여섯 정도 되어 보였지만 남의 눈을 신경 쓴 듯한 검은 양복 차림새를 보아하니, 실제 나이보다 훨씬 젊어 보이려 노력한 것 같기도 하다.

"오랜만입니다. 에치카예요."

"아, 정말 오랜만이네. 아버님 일은 정말 유감이야. 일부러 연락까지 해줬는데 장례식에도 못 와서……."

가가미라 불린 남자는 겸연쩍은 표정으로 무성의한 애도의 말을 늘어놓으며 상황을 회피하려 했다. 에치카는 무뚝뚝한 얼굴로 남자의 말을 끊었다.

"그 사람, 리쓰코 씨는 같이 안 오셨나 봐요."

"에치카, 그 얘긴 나중에 해."

가와시마가 나무라듯 끼어들었지만, 에치카는 전혀 들으려 하지 않았다. 그녀는 힐난하는 어조로 계속 같은 사람의 이름을 거론했다.

"대답해 주세요. 리쓰코 씨는 같이 안 오신 건가요?"

남자는 힘없이 어깨를 늘어뜨리며 더 이상 못 견디겠다는 듯 고개를 저으며 말했다.

"집사람은 같이 못 왔어. 요즘 몸이 안 좋았거든. 그리고 에치카도 알잖아. 집사람이 아버님을 어떻게 생각했는지. 딸인 네 앞에서 이런 소리 하고 싶진 않지만, 아무리 지나간 일이라고 해도 순순히 흘려보낼 순 없는 거 아니겠어. 집사람 마음이 그런데 어떻게 여길 오겠어……. 그래도 나라도 가봐야겠다고 생각해서 대신 오긴 했지만, 솔직히 내 마음도 리쓰코와 마찬가지야."

남자의 완곡한 이야기 속에는 고인에 대한 비난이 섞여 있는 것 같았다. 예의에 어긋난 상주의 행동을 나무랄 생각은 없지만, 자신들에게도 나름대로 할 말이 있다는 식이었다. 린타로는 조금 전 뒤에 앉았던 2인조의 이야기를 떠올렸지만, 에치카는 굴하지 않고 대꾸했다.

"무슨 말씀인지 알아요. 그렇지만 그 사람한테 꼭 확인하고 싶은 일이 있어요. 부탁이에요. 리쓰코 씨께 그렇게 전해주세요. 피를 나눈 외동딸이 이렇게 부탁한다고요."

남들 이목 같은 건 아랑곳하지 않는 에치카의 탄원에, 남자는 어쩔 줄을 몰라 하는 것 같았다. 에치카는 비통한 결의가 깃든 눈빛으로 또다시 무언의 압력을 가했다. 그녀는 삼촌인 가와시마조차 끼어들 수 없을 정도로 긴장감 서린 얼굴로 남자의 대답을 기다리고 있었다.

독경과 분향은 끊임없이 계속되고 있었지만, 조문객들 사이에서 수군거리는 목소리가 흘러나오기 시작했다. 그리고 그것은 곧 심상치 않은 술렁거림이 되어 온 회장으로 퍼져 나갔다. 형세는 아무리 생각해도 에치카가 유리했다. 가가미라 불린 남자는 잠시 망설이는 듯했지만, 수많은 사람들의 시선을 견디지 못하겠다는 듯 고개를 저으며 말했다.

"알겠어. 에치카가 그렇게까지 말하니 집에 가서 집사람이랑 이야기해보지. 그러니까 오늘은 그만……."

"상의해보시고 연락주세요. 잘 부탁드립니다. 그리고 늦었지만, 오늘 바쁘신 중에도 아버지를 위해 이렇게 와주셔서 감사드립니다."

대답을 얻은 에치카는 깊이 고개를 숙이며 인사한 다음, 그대로 아무 일도 없었던 듯 상주석으로 돌아갔다. 그 의연한 표정에서는 아무런 감정도 느껴지지 않았다. 남자는 잠시 얼빠진 표정을 지었지만, 한숨을 쉬며 도망치듯 고개를 숙이고 유족석 앞을 떴다.

가와시마가 어색하게 인사하며 남자를 보냈다. 그는 허리를 굽힌 채 자리로 돌아와 이마에 흐르는 땀을 닦았다. 우사미 쇼진이 넌지시 지시하자, 사회자는 황급히 마이크를 붙잡고 조문객들을 재촉했다.

"시간이 없는 관계로 아직 분향을 하지 않으신 분은 차례대로 줄을 서주시길 부탁드립니다."

큰 종소리와 함께 독경 소리가 한층 더 무거워진다. 그 소리에 사람들이 술렁이는 소리가 묻히자, 메모리얼 홀은 엄숙한 분위기를 되찾았다.

"방금 그 남자는 누구예요?"

다시로가 얼굴을 대며 속삭였다. 린타로는 사정을 안다는 듯 대답했다.

"에치카 양 어머니의 남편일 거야. 치과의사라고 하던데."

"어쩐지 나이에 비해 이가 너무 하얗더라고요. 분명히 미백 같은 걸 했을걸요."

린타로는 다시로의 눈썰미에 감탄했다.

"그런데 에치카 양의 태도도 이상하지 않았어요? 흘려보낼 수 없는 과거라니, 무슨 이야기일까요?"

다시로는 의아하다는 듯 그렇게 말했다. 린타로는 다시로에게 조용히 하라고 눈짓을 한 다음, 주머니에서 염주를 꺼내 분향대 앞으로 나갔다.

6

긴 분향 행렬이 끝나고, 승려들이 퇴장하자 친족을 대표해 가와시마 아쓰시가 마이크를 잡았다. 형식적인 인사였지만, 군데군데에 들어간 번역가 특유의 함축적인 표현과 정에 휩쓸리지 않는 덤덤한 문체가 눈길을 끌었다. 상주인 에치카는 위패를 안은 채, 마지막까지 눈을 내리깔고 삼촌의 말에 귀를 기울이고 있었다.

유체는 이미 화장을 마친 상태였기 때문에 출관을 지켜볼 수는 없었다. 폐식사가 끝나자, 메모리얼 홀에 모인 사람들은 아쉬운 듯 돌아갈 채비를 시작했다.

"이제 어떻게 하실래요?"

다시로 슈헤이는 시계를 보며 큰일을 하나 끝냈다는 어조로 그렇게 말했다. 시간은 3시 반을 지나고 있었다.

"미안하지만 오늘은 먼저 가봐야겠어. 가와시마 씨와 유족 대기실에서 만나기로 했거든."

"오늘요? 뭐 급한 일이라도 있으세요?"

"아니, 그게……."

말끝을 흐리자 다시로는 의아한 표정을 지었다. 이상하게 생각할 법도 하다. 웬만한 일이 아닌 이상, 가족끼리 모인 자리에 제삼자인 린타로를 부를 이유는 없으니까.

석고상의 머리가 잘려나간 것은 극비 사항이니 다시로에게도 사

정을 이야기할 수는 없었다. 그렇다고 해서 이대로 돌려보내는 것
도 내키지 않았다. 호기심이 왕성한 데다, 이런 일에는 눈치가 빠
른 남자라 조금 전 고별식에서 일어났던 일과 연관지어 낌새를 알
아챌지도 모른다. 그런 사태가 일어나지 않도록, 린타로는 이렇게
제안했다.

"그러면 이렇게 된 김에 너도 인사나 하고 갈래?"

"전 괜찮은데, 그쪽이 불편해하지 않을까요?"

"잠깐 얼굴 내미는 거니까 그쪽도 신경 쓰지 않을 거야. 이런 날
이 아니면 소개할 기회도 없고, 네가 가면 에치카 양에게는 무척
힘이 될 거다."

단순히 방편으로 삼기 위해 꺼낸 이야기는 아니었다. 가와시마
의 부탁이라고는 해도, 오늘 린타로가 해야 할 일은 유족들의 감정
을 상하게 할 것 같았고, 특히 에치카를 생각하면 영 마음이 내키
지 않았기 때문이다. 다시로를 데리고 가면 어느 정도 이야기하기
쉬울 것도 같았다.

"그러면 좋겠지만……."

"그 대신 오래 있진 마. 사람들 나가고 조용해지면 대기실로 가
자. 그 전에 잠깐 아는 편집자한테 인사 좀 하고 올게."

로비가 한산해지자, 린타로는 다시로와 함께 3층으로 향했다.
구니토모 레이카가 일러준 방 앞으로 가자, 때마침 복도로 나오던
가와시마 아쓰시와 마주쳤다. 고별식 책임자였던 우사미 쇼진도
함께였다.

"아직 이야기 중입니까?"

"아니, 마침 잘 왔어."

가와시마는 그렇게 말했다. 그리고 자신과 우사미는 뒤처리를 위해 중간에 빠져나왔지만, 대기실에 남아 있는 친척들은 평소에 그다지 왕래가 없었던 먼 친척들뿐이라, 에치카 혼자 붕 떠 있는 분위기라는 말을 덧붙였다.

"일이 끝나는 대로 돌아올 테니, 노리즈키 군이 그때까지 에치카의 말벗이나 되어주게."

"물론이죠."

흔쾌히 승낙하자, 가와시마는 그제서야 다시로를 발견했다는 듯 물었다.

"전화로는 일행이 있다는 소리는 안 했던 것 같은데……."

"후배인 다시로입니다. 사진작가죠. 일전에는 미처 소개하지 못했잖아요. 두 분께 인사나 시킬 겸해서요."

"그 사진작가님이신가? 여기까지 일부러 와주셔서 감사합니다."

가와시마는 사태 파악을 못하겠다는 얼굴로 처음 보는 손님에게 인사를 건넸다. 다시로가 이름을 대며 인사하자, 가와시마의 옆에 있던 우사미 쇼진이 싹싹한 말투로 대화에 끼어들었다.

"예전에 이사쿠 씨의 포스터를 촬영하셨던 다시로 슈헤이 씨?"

"네, 맞습니다."

"아, 역시 그 분이셨군요. 미술평론가인 우사미라고 합니다. 폭넓은 분야에서 활약하고 계신다는 소문은 익히 들었습니다."

우사미는 명함을 꺼내며 가와시마 이사쿠전의 큐레이터라는 것을 넌지시 내비쳤다. 다시로는 황급히 주머니를 뒤졌지만, 상복으로 갈아입는 바람에 미처 명함을 챙기지 못한 것 같았다. 우사미는 손사래를 치며, "사무실 번호라면 알고 있습니다, 실은 드릴 말씀이 있는데요."하고 이야기를 꺼냈다.

"이번 회고전 말입니다만, 그 포스터를 전시하고 싶습니다. 당시 이사쿠 씨의 됨됨이를 엿볼 수 있는 좋은 사진이니까요. 이렇게 뵙게 된 것도 인연인 것 같군요. 나중에 사무실 쪽으로 정식으로 의뢰드릴 테니 부디 사용 허가를 내주셨으면 합니다."

생각지도 못한 상대에게 실력을 인정받아서인지, 다시로는 황송한 얼굴로 그 자리에서 기꺼이 필름을 제공하기로 약속했다. 기회를 잡는 데 능하다고 해야 할까. 상당히 강압적인 구석이 있긴 했지만, 우사미 쇼진이란 남자가 어떻게 사람의 마음을 사로잡는지, 그 기술의 일부분을 엿볼 수 있었다.

"아직 할 일이 많아서 길게 이야기도 나누지 못할 것 같군요. 오늘은 이렇게 서서 이야기하게 해서 죄송합니다. 언젠가 날을 잡아 천천히 이야기를 나누도록 하죠."

우사미는 갑작스런 교섭을 정리하고서 황급히 고개를 숙인 다음 가와시마와 함께 엘리베이터 쪽으로 향했다. 린타로에게는 가볍게 눈으로 인사를 했을 뿐, 다시로를 대하던 것과 비교하면 무시한 것이나 마찬가지다. 그렇지만…….

고별식 책임자에, 큐레이터까지 맡고 있는 그가 회고전의 간판 작품인 석고상의 머리가 절단되었다는 사실을 모를 리가 없다. 당연히 가와시마에게 린타로를 부른 이유에 대해서 들었을 것이다. 초장부터 린타로의 기를 꺾겠다는 듯 저런 태도를 취한 건, 제삼자의 개입을 거북스러워하기 때문인 것일까? 그러고 보니 이틀 전에 전화했을 때, 가와시마가 무척이나 이야기를 삼가던데, 혹시 우사미 쇼진의 의사가 개입되면서 사태가 복잡해진 것일까?

그렇게 생각하며 안색을 살피자, 가와시마는 가와시마 나름대로 아까부터 다른 생각을 하는 것 같았다. 말도 없이 다시로를 데리고 와서 기분이 상한 것 같지는 않았다. 그보다 더 즉흥적인 무언가를 떠올린 듯한 표정이었다. 우사미를 먼저 보낸 다음, 그는 다시로의 얼굴을 유심히 살피더니, 갑작스레 물었다.

"갑작스런 질문입니다만, 도모토 슌이라는 사진작가를 아십니까?"

"도모토요?"

허를 찔린 듯, 다시로의 얼굴에서 웃음이 사라졌다.

"알고 있습니다. 그냥 얼굴만 아는 사이라 친하다고 할 수는 없지만요."

"면식은 있으신가 보군요. 현재 주소나 연락처에 대해서도 알고 계십니까?"

"글쎄요. 오랫동안 왕래가 없어서 지금 당장은 알 수 없지만 주변에 물어보면 알 수 있을 겁니다. 도모토에게 무슨 용건이라도?"

"아, 아무것도 아닙니다. 갑자기 이름이 떠올라서, 같은 업계에 계시는 분이니 소식을 아실 수도 있겠다 싶어서…… 쓸데없는 소리를 해서 죄송합니다."

가와시마는 얼렁뚱땅 대꾸하더니, 부자연스럽게 린타로를 바라보며 말했다.

"그럼 그 건에 대해선 나중에 이야기하도록 하지."

그렇게 말한 다음 서둘러 우사미의 뒤를 따랐다. 꼬리를 자르고 도망치는 도마뱀 같은 태도였다. 얼빠진 얼굴로 가와시마의 뒷모습을 바라보던 다시로는 갑자기 인상을 찌푸리며 중얼거렸다.

"설마 그 소문이 사실이었나……."

"그 소문이 뭔데?"

"아니, 아무것도 아니에요……. 별일 아닙니다."

다시로는 고개를 저으며 조금 전 가와시마처럼 대답한 다음 석연치 않은 얼굴로 대기실 문을 두드렸다. 갑작스레 벌어진 일이라 자세한 이야기를 물을 틈도 없었다. 안에서 대답이 들려오더니, 검은 기모노를 입은 반백의 노부인이 문을 열었다.

"누구시죠?"

린타로는 입술을 깨물었다. 다시로를 추궁하는 건 나중으로 미뤄야 할 것 같다.

다다미가 깔린 방 안은 여관 객실처럼 꾸며져 있었다. 탁자를 둘러싸고 앉아 있던 열 명 남짓 되는 유족들은 하던 이야기를 중단하고 일제히 이쪽을 바라봤다. 남녀 비율은 반반. 모두가 60대 이상의 연배였다. 탁자 위에는 실제 인원수보다 많은 찻잔이 놓여 있었다.

입구에 서서 흠칫거리며 인사를 하자, 연장자인 듯한 배불뚝이 노인이 틀니 낀 입을 시원스레 벌리며 안쪽을 향해 소리쳤다.

"이야기는 아쓰시에게 들었네. 안으로 들어오시게나. 에치카, 손님 오셨다."

에치카를 부를 때만 목소리가 살짝 조심스럽게 바뀐다.

안쪽에서 "네"라는 대답이 들렸다. 린타로는 몸을 앞으로 굽혀 실내를 들여다봤다. 안쪽 창가에 깔린 얇은 방석 위에 에치카가 오도카니 앉아 있었다.

눈이 맞았다.

무언가 켕기는 것처럼 보인 것도 잠시, 단순히 빛 때문이었는지도 모르겠다. 아니면 조금 전 고별식 중간에 넋이 나간 얼굴로 린타로를 모른 척 했던 것을 이제야 떠올린 건가? 자리에서 일어난 에치카는 있는 힘을 다해 환한 표정으로 린타로를 향해 살짝 고개를 숙였다.

문을 열어준 노부인이 안으로 들어오라고 권한다. 신발을 가지런히 벗어놓고 냉방이 되어 시원한 방 안으로 들어서자, 다시로도 뒤를 따랐다. 친척들은 지나갈 때만 고개를 숙일 뿐, 금세 손님에 대한 관심을 잃은 것 같았다. 배불뚝이 노인이 중단했던 이야기를 다시 시작했다. 그 이야기의 내용이란 건 오늘 고별식과는 아무 상관없는 노인네들의 잡담으로, 다카노하나, 와카노하나 형제가 언제까지 모래판에 설 수 있을지가 최대 관심사인 것 같았다. 대기실에 TV가 있었다면 분명히 아키바쇼(가을에 열리는 스모 대회─옮긴이) 중계방송을 시청하고 있었을 것이다.

아무래도 가와시마 이사쿠는 친척들과의 왕래를 그리 중시하지 않았던 사람인가 보다. 이렇게 말하긴 뭐하지만, 여기 있는 사람들은 유족석을 채우기 위해 단순히 머릿수만 모아온 것 같다. 에치카의 어머니 쪽 친척들이 이미 오래 전에 가와시마 부녀와 관계를 끊었다는 건, 조금 전 회장에서 보고 들은 것을 통해 쉬이 짐작할 수 있었다. 고인의 부모님은 예전에 세상을 떠나신 모양이고, 동생인 아쓰시도 독신을 고수하고 있으니, 친척들이라고 해봤자 이름과 얼굴조차 연결할 수 없는 먼 친척들밖에 없을 터였다. 에치카가 고립되는 것도 무리는 아니었다.

하지만 본인이 스스로 고립을 원했던 측면도 있는 것 같았다. 얼굴 표정이 확 바뀌는 걸 보니, 안 지 얼마 되지도 않은 린타로가 더 가깝게 느껴지는 것인지도 모른다.

"아버님 일은, 정말 너무 갑작스러웠네요."

"네. 봄에 수술받으셨을 때부터 마음의 준비를 하고 있긴 했지만, 정말 이렇게 갑자기 가실 줄은 몰랐어요……. 오늘은 아버지를 위해 이렇게 와주셔서 정말 감사합니다."

"아니요, 여기까지 찾아와서 민폐가 되지 않을까 생각했습니다만……."

린타로는 헛기침을 한 다음 자세를 갖춰 앉았다. 형식적인 위로의 말은 요 며칠 동안 수도 없이 들었을 테고, 에치카를 만난 건 이번이 겨우 두 번째다. 고인에 대해서도 잘 알지 못하니 지나친 위로는 도리어 실례로 들릴 수 있다. 그런 생각이 들었기 때문에 위로의 말은 간결하게 끝내기로 했다.

가까이서 본 에치카는 무척이나 야위어 있었다. 아버지가 세상을 떠난 지 아직 일주일도 채 지나지 않았다. 더구나 오늘은 대규모 고별식에 참석해 많은 사람들의 주목을 받은 뒤라 지치기도 했을 것이다. 처음 만난 날에 비해 얼굴이 창백했고, 표정이나 조그만 동작 하나에도 기운이 없다. 가슴에 구멍이 뻥 뚫린 것 같다는 표정을 자주 사용하지만, 에치카의 경우에는 뻥 뚫린 구멍이라기보다는 볼링공처럼 무거운 응어리를 갑자기 껴안게 되어서 어쩔 줄 몰라 하는 것 같았다.

"그러고 보니 아까 구니토모 씨와 만났어요. 이쪽으로 오라고 알려주셔서 잠깐 이야기를 나눈 것뿐이지만, 믿음직한 분 같던데요?"

넌지시 운을 띄우자, 에치카는 진지한 얼굴로 고개를 끄덕였다.

"네, 맞아요. 레이카 씨도 아버지가 돌아가셔서 정말 슬프실 텐데, 제 앞에서는 전혀 그런 내색 없이 신경을 써주시는 게 느껴져요. 그러니까 더더욱 제가 마음을 굳게 먹어야겠다는 생각이 들어요……"

너무나도 모범생 같은 대답이라 어쩐지 더욱 위태로운 느낌이 들었다. 구니토모 레이카는 어른이니 스스로를 추스를 수 있다. 하지만 아무리 어른인 척 해도, 에치카는 바로 얼마 전까지 아버지의 보호를 받던 딸이다. 가슴을 짓누르는 고통을 주변 사람들과 나누어도 될 텐데, 혼자서 모두 해결하겠다는 생각으로 너무 무리하고 있는 건 아닐까. 린타로는 조금 전 분향 중에 일어났던 해프닝을 떠올리고 더욱 걱정이 되었다. 마음만 앞서서 도리어 더 상처 받는 일은 없어야 할 텐데.

"선배, 선배. 절 잊고 있는 거 아니에요?"

다시로가 어깨를 붙잡으며 그렇게 말했다. 린타로는 뒤를 돌아봤다. 그를 잊고 있었던 것은 아니다. 방에 들어왔을 때부터 에치카가 힐끔힐끔 뒤에 있는 다시로를 신경 쓰고 있던 것도 눈치채고 있다. 다시로의 존재를 무시한 건, 가와시마 아쓰시가 아느냐고 물었던 사진작가에 대해 무언가 아는 것이 있음에도 모르는 척 했기 때문이다.

이제 정신 좀 차렸겠지. 그제야 기분이 후련해진 린타로가 다시로를 소개하자, 에치카는 역시, 하는 얼굴로 얼굴을 붉혔다. 당혹스러움과 망설임이 반반, 들뜬 표정을 보이진 않았지만, 이런 때에도 기쁜 건 기쁜가 보다.

형식대로 다시로는 먼저 위로의 말을 전하기 시작했다. 이전에 포스터 촬영 때 신세를 진 적이 있다는 이야기를 하자, 에치카는 감개무량하다는 듯 고개를 끄덕였다. 그녀가 다시로 슈헤이라는 사진가의 존재를 알게 된 것도, 돌이켜 보면 그 사진이 계기가 되었다고 한다.

"아빠는 그 포스터를 아주 마음에 들어 하셨어요. 아직은 거칠지만 좋은 사진작가가 될 거라고 초등학생인 저한테 말씀하셨죠."

"정말인가요? 저한테는 과분한 말씀이신데요. 제 실력이 조금 더 좋아지면 다음번엔 개인적으로 모델이 되어주십사 부탁할 생각이었는데……."

두 사람이 조금씩 마음을 터놓고, 다시로가 개인전을 화제로 삼아 이야기하기 시작하자, 이번에는 카메라에 문외한인 린타로가 덩그러니 남겨졌다. 필름의 네가포지나 라이프캐스팅, 조각의 겉틀, 속틀의 공통점 정도라면 상상할 수 있지만, 노출이나 현상 이야기까지 나오니 전혀 따라갈 수가 없었다. 린타로는 그래도 역시 다시로를 데려오길 잘한 것 같다는 생각을 했다. 상복 차림의 에치카가, 아주 조금이지만 스무 살 여자애다운 표정을 보인 것은 사진 이야기를 할 때뿐이었기 때문이다. 사진작가의 심금을 울리는 질문이 있었는지, 다시로도 열띤 어조로 조언을 해주었다. 사실은 이런 자리가 아니라 좀 더 다른 자리에서 두 사람을 소개시켜 주고 싶었지만, 지금 그런 말을 해 봤자 소용없을 것이다.

현재의 에치카에게 이 만남이 잠시 동안의 휴식에 지나지 않는다는 건 린타로도 잘 알고 있었다. 그렇지만 이런 상황이기 때문에 더더욱 그런 시간이 필요한 것이다. 지금은 아직 아버지의 죽음이 마음을 무겁게 짓누르고 있지만, 언젠가는 그것을 극복하고 자신의 인생으로 눈을 돌려야만 하니까.

'동경하는 사진작가와의 대화가 그때를 위한 발판이 되어준다면…….' 시샘 없이 그런 생각을 하고 있는데, 다시로 슈헤이의 입에서 생각지도 못한 이름이 튀어나왔다.

"조금 전에 삼촌께서 도모토 슌이라는 사진작가에 대해 물으시던데."

린타로는 저도 모르게 다시로의 얼굴을 들여다봤다. 너무 정신을 차린 건가? 다시로는 린타로를 향해 참견하지 말라는 눈빛을 보냈다. 무언가 생각이 있는 것 같다.

화들짝 놀라 숨을 삼킨 채, 에치카는 경직된 자세로 몸을 움츠렸다. 생기를 되찾고 있던 표정이 순식간에 어두워진다. 손대선 안될 상처를 건드린 것 같은 반응이었다. 그녀는 처음 듣는 굳은 어조로 다시로를 향해 물었다.

"그 사람에 대해 아시나요?"

"옛날에 잠깐 알았어요. 이 바닥이 워낙 좁아서 다들 얼굴은 알고 지내거든요. 에치카 양은 도모토의 모델이 된 적이 있었다면서요?"

거침없는 다시로의 물음에, 에치카는 다소 경계하듯 고개를 끄덕이며 대답했다.

"3, 4년 전에 아빠 지인의 소개로 모델을 한 적이 있었어요. 그다지 좋은 기억은 아니었지만요."

"그럴 줄 알았어요. 아, 미안해요. 전에 그런 소문을 들은 적이

있거든요. 도모토가 에치카 양에게 빠져서 얼마 동안 따라다녔다
면서요. 스토커처럼."

"그게 무슨······."

다시로는 린타로의 물음을 손으로 막았다. 그는 고개를 푹 숙인
에치카의 얼굴에서 눈을 떼지 않았다. 부끄러울 건 하나도 없으니
까 말해보라는 듯한 눈빛이었다.

"소문은 사실이에요. 아직 고등학생이었을 때라 저도 많이 어렸
어요."

얼마 동안 마음을 정리하듯 침묵을 지킨 뒤에, 에치카는 겨우 입
을 열었다.

"처음에는 떠받들어줘서 하늘 높은 줄 몰랐죠. 사진을 찍을 때마
다 자신이 다른 사람이 된 것 마냥 착각하고 있었던 것 같아요. 그
렇지만 도저히 그 사람 방식에 따라갈 수가 없더라고요. 그야말로
무언가에 씌인 사람처럼 하루 종일 쉬지도 않고 셔터만 눌러대는
데, 마치 내가 1초마다 가늘게 썬 고기가 되는 것 같은 기분이었어
요. 점점 그 사람이 무서워져서, 두 번 다시 모델은 하지 않겠다,
더 이상 얼굴 보는 것도 싫다고 했더니 갑자기 이성을 잃고······."

에치카는 말끝을 흐리더니 괴로운 듯 고개를 저었다. 이루 다 말
할 수 없을 정도로 아수라장이 벌어졌음이 틀림없다. 린타로는 가
와시마 아쓰시의 이야기를 떠올렸다. 이상한 남자와 사귀다 지독
한 꼴을 당한 적이 있다는 건, 도모토 슌과의 일을 말하는 것이리
라. 다시로가 아무 말 없이 고개를 끄덕이자, 그것이 신호라도 되
는 양 에치카는 후 하고 한숨을 쉬며 하던 이야기를 계속했다.

"그 후로 반년 정도는 제 뒤를 밟고, 도촬을 하고, 장난전화가 끊

이지 않는 날이 없었어요. 걱정하실까봐 아빠한테는 계속 비밀로 했지만, 그것도 한계가 와서……. 큰 맘 먹고 사정을 털어놓자 해결해주시더라고요. 경찰에는 신고하지 않고, 다양한 경로를 통해 압력이랄까, 협박 비슷한 일까지 하셨다고 하던데, 자세한 이야기는 해주시지 않았어요. 그렇지만 그런 일이 있고 나니까 겨우 제 앞에서 사라졌지요. 필름도 다 회수해서 한 장도 남김없이 태워버렸고요."

"이사쿠 씨는 아버지로서 딸을 위해 할 수 있는 모든 일을 하신 겁니다. 아버님은 비록 세상을 떠나셨지만 그 사실만은 잊지 마세요."

다시로는 어울리지 않게 분별 있는 척 타이르듯 말했다.

"거친 방법을 써서라도 도모토와 인연을 끊은 건 정말 잘한 일입니다. 아버님께 이야기하는 것이 조금만 더 늦었어도 에치카 양이 먼저 망가졌을지도 모를 일이에요. 기술은 뛰어날지도 모르지만, 난 도모토의 사진을 도통 좋아할 수가 없어요. 소재나 테크닉의 문제가 아니라, 대상을 보는 눈 그 자체가 일그러진 것 같거든요. 최근에는 제대로 된 일은 하지 않는 것 같고, 그다지 좋은 소문도 들리지 않아요. 이상한 사진을 찍어 그걸로 공갈을 일삼는다는 소문도 있고요."

"그렇군요."

그렇게 중얼거리긴 했지만, 에치카는 그다지 놀란 것 같지도 않았다. 보는 관점에 따라서는 의도적으로 무관심한 척 가장하고 있는 것처럼 보이기도 했다.

"어디까지나 소문이지만요. 아니, 이제 도모토 이야기는 그만 하죠. 선배한테 에치카 양이 모델이 되는 것에 대해 거부 반응을 일으킨다는 이야기를 듣고, 혹시나 해서 물어본 거예요. 그건 에치카 양 탓이 아닙니다. 도모토의 카메라에 나쁜 영향을 받은 것뿐이에요. 그 사실을 알아줬으면 해서……. 미안해요, 처음 만난 사람이 주제넘은 참견을 했네요. 기분 상했으면 사과할게요."

다시로는 고개를 숙였다.

"아니에요."

에치카는 망설이며 고개를 저었다.

"다시로 씨가 그렇게 말씀해주신 것만으로도 얼마나 기쁜데요. 정말 감사합니다."

7

대기실 문을 두드리는 소리가 나더니, 구니토모 레이카가 등장했다. 그녀는 이제 곧 퇴실 시간이니 슬슬 떠날 준비를 해달라고 부탁했다.

"너무 오래 있었네요. 그만 가봐야겠어요."

다시로는 시계를 보며 겸연쩍은 얼굴로 말했다. 도모토 슌의 이야기가 두 사람 사이에 벽을 만든 것인지 에치카도 붙잡으려 하지는 않았다. 조금 전까지의 스스럼없는 분위기는 온데간데없고, 완전히 남을 대하듯 대꾸하고 있었다.

짐을 챙기고, 대기실 뒷정리를 시작한 에치카를 향해 먼 친척들이 차례차례 인사를 건넸다. 장례식 후에 이미 친척들과 함께 식사를 했기 때문에, 오늘은 따로 자리를 마련하지는 않는 모양이다. 린타로는 사람을 물리기 위해 친척들을 여기서 해산시키는 것이라는 사실을 눈치챘다.

호센 회관의 로비에서 다시로를 배웅한 린타로는 검은 승용차를 타고 가와시마 이사쿠의 자택으로 향했다. 에치카와 레이카, 그리고 고인의 유골이 뒤따랐다. 금색 비단에 싸인 오동나무 상자가 에치카의 무릎 위에 올려져 있었다.

마치다 가도를 타고 시의 중심부까지 내려간 차는 오다큐 오다와라선을 지나 곧 미나미오오야의 조용한 주택가에 도착했다. 제일 가까운 역은 다마가와 학원과 마치다의 중간 정도로, 바로 근처에는 벚나무로 유명한 온다 강이 흐르고 있다. 가와시마 이사쿠의 에세이에서 강을 따라 한밤중에 자전거 도로를 배회하는 이야기를 읽은 적이 있었다.

가와시마의 자택 안채는 이층 건물로, 현관 포치와 돌출된 창이 있는 서양식 건물이었지만 지붕은 기와를 올린 맞배지붕으로, 전전의 서양식 건물을 현대적인 공법으로 재현한 것 같은 느낌이었다. 일본식과 서양식이 한데 섞인 양식은 가와시마 이사쿠의 취향으로, 에치카가 태어난 직후에 신축한 집이라고 한다. 별관인 아틀리에는 안채 뒤에 있어서 겉에서는 보이지 않는다고 한다.

"이제 오세요. 고별식은 잘 치루셨나요."

현관에서 일행을 맞이한 사람은 세련된 전통 조리복 차림의 사람 좋아 보이는 할머니였다. 나이는 환갑을 막 넘겼을까, 작고 통통한 체형이었지만 동작은 빠릿빠릿했다. 에치카는 적당히 대답한 후 린타로에게 말했다.

"저희 집 일을 도와주시는 아키야마 후사에 할머니예요."

나중에 들은 이야기지만, 후사에는 입주 가정부가 아니라 일주일에 네 번, 쓰루가와의 아파트에서 버스와 전철을 갈아타고 통근한다고 한다. 가와시마 가에서 일한 지도 벌써 10년이 넘은 베테랑으로, 이미 가족 같은 사람이지만 병약한 남편을 돌봐야 하기 때문에 완전히 이곳으로 옮겨올 수도 없었던 모양이다.

그래도 이 집 주인이 세상을 떠난 후에는 매일 이곳에 묵으며 모든 집안일을 도맡아 하며, 헌신적으로 에치카를 돌봐주었다고 한다. 오늘 고별식에 참석하지 않은 것도, 주인 없는 상갓집을 지키는 것을 최우선으로 했기 때문이고, 그것이 후사에의 신념이라고 한다. 아틀리에의 석고상이 파손된 일도 있었으니 더더욱 집을 비워둘 수 없었던 것이리라.

린타로가 인사를 건네자, 후사에는 오랫동안 집에서 기른 터줏대감 고양이 같은 얼굴로 말했다.

"아쓰시 씨의 친구 분이시군요. 일부러 와주셔서 감사합니다. 안으로 들어오세요. 우산은 저기 우산꽂이에 세워두시고요. 구니토모 씨도 어서 오세요. 어머, 제일 중요한 삼촌이 안 보이시네?"

"아직 식장에 계세요. 우리만 아빠랑 같이 먼저 온 거고요."

에치카가 그렇게 대답했다. 레이카가 말을 받아,

"회장 뒤처리도 그렇고 아직 일이 많이 남았나 봐요. 일이 끝나는 대로 우사미 씨랑 같이 오신대요. 한 시간 정도 걸릴 것 같은데요?"

"그래요, 우사미 선생님도 오시는군요. 이제 더 오실 분 없죠? 여러분, 저녁은 드시고 가실 거죠?"

린타로는 레이카의 얼굴을 바라보며 고개를 끄덕였다. 곧 5시다.

가와시마 아쓰시와 우사미 쇼진이 도착할 때까지 기다렸다 아틀리에를 조사한다고 하면, 저녁 식사 전에 돌아가는 건 아무리 생각해도 어려울 것 같다.

1층 도코노마에 놓인 제단에 유골과 위패를 안치한 다음, 순서대로 정좌하여 영정을 향해 합장했다. 안치가 끝나자, 에치카는 단번에 얼이 빠진 듯 수심 어린 표정으로 상복에서 평상복으로 갈아입어도 되겠냐며 레이카에게 물었다.

"그래. 많이 피곤한 것 같으니까 잠시 누워서 눈 좀 붙여."

에치카는 그 말을 듣고 갑자기 피로를 실감한 것 같았다.

"그럼 삼촌 오시면 깨워주세요."

린타로에게 고개를 숙인 다음 2층 방으로 올라갔다.

후사에 역시 정원과 붙어 있는 거실 테이블에 차를 내다준 다음 곧바로 부엌으로 돌아가버렸기 때문에, 휑한 방에는 검은색 복장의 레이카와 린타로, 둘만 덩그러니 남겨졌다.

소파에 편히 앉자마자 구니토모 레이카는 가방을 열고 멘톨 담배와 라이터를 꺼냈다. 고별식 회장에서는 계속 참고 있었나 보다. 피우기 시작하자마자 편하게 풀어진 표정을 보니, 그녀가 가와시마 아쓰시나 노리즈키 경시(린타로의 아버지. 부자 탐정으로 이는 엘러리 퀸의 설정과 같다— 옮긴이)와 같은 인종이라는 것을 확연히 알 수 있었다.

"고별식 중에는 안 보이시던데, 계속 접수처에 계셨나요?"

"스태프니까요. 식장에는 거의 끝날 때쯤에만 잠깐 들어갔다 나왔어요. 분향도 했고, 오늘은 그걸로 됐어요."

스스로도 납득하고 있는 것인지, 의외로 털털한 대답이 돌아왔다.

호센 회관에서는 먼 친척들이 자리를 떠날 때까지 대기실에 출입하는 것조차 망설이는 것 같더니, 지금은 고인의 체취가 배어 있는 방에 있어서인지 로비의 접수처에서 대화를 나누었을 때에 비해 태도도 훨씬 여유로워 보였다.

"거의 끝날 때쯤이라면? 에치카 양이 분향하는 도중에 가가미라는 남자를 불러 세우는 거 보셨나요?"

"그랬다면서요. 그 자리에는 없었지만 접수처에 있을 때 가가미 씨가 오신 건 봤어요. 리쓰코 씨, 에치카의 어머니가 재혼하신 분이라는 건 아시죠?"

"네. 그럼 레이카 씨와도 전부터 면식이 있던 분인가요?"

"본인과 만난 건 오늘이 처음이에요. 그렇지만 이름을 기입한 걸 보고 금세 알았죠. 모르는 척 했기 때문에 상대방은 눈치를 채지 못했겠지만."

"이름이 정확히 뭡니까?"

"가가미 준이치예요. 순번할 때 순(順) 자에 숫자 1의 일(一) 자를 써요. 아마 후추에 살고 있을 거예요."

"후추라. 제 생각이긴 하지만, 그 자리에서 두 사람이 대화 나누는 걸 보니, 가가미 부부와 이사쿠 씨 사이에는 아직도 무언가 감정적인 응어리가 남아 있는, 아니 있던 것 같더군요. 리쓰코 씨는 어머니로서의 책임도 포기했다고 하고. 그렇지만 가가미 씨가 영정 앞에서 그렇게 불손한 태도를 취한 이유를 지금도 잘 모르겠어요."

레이카는 곤혹스러운 듯 어두운 표정을 지었다. 가능한 한 완곡한 표현을 사용하려 노력했지만, 역시 건드려선 안 될 것을 건드린 것 같다. 답답한 한숨과 함께 연기를 뿜어내더니, 레이카는 어깨를 으쓱하는 시늉을 하며 말했다.

"죄송해요. 모르는 척할 생각은 없지만 그 이야기는 아쓰시 씨에게 들으세요. 리쓰코 씨와 이혼한 건, 제가 이사쿠 씨와 알기 전이었고, 과거에 그 부부가 어땠는지는 그 사람도 이야기하는 걸 꺼려했기 때문에 제 입으로는⋯⋯."

그녀는 목이 막힌 듯 말을 끊더니, 고개를 저었다.

고별식장에서 우연히 들은 이야기가 사실이라면, 가와시마 부부의 이혼의 원인이 된 불행한 사건에 대해 레이카가 언급하길 꺼려하는 것도 당연한 일이다. 물론 그녀에게는 그녀 나름의 생각이 있을 테지만(그렇지 않으면 고인을 대하는 태도도 달라졌으리라), 지금 그것을 밝힐 생각은 없는 것 같았다. 레이카의 기분을 상하게 하고 싶진 않았기 때문에, 린타로는 조금 더 무난한 방향으로 화제를 전환했다.

"이사쿠 씨와 알게 된 지는 얼마나 되셨죠?"

"《눈 위의 광부》라는 에세이집을 맡으면서 알게 되었어요. 그게 89년이었으니까 편집자로서는 10년 넘게 알고 지낸 셈이네요. 이사쿠 씨의 명예를 위해 말해두는 거지만, 처음에는 단순히 일 관계로 만난 사이였고, 서로 사적인 부분에서는 전혀 상관없는 사람들이었어요."

"뭔가 급격히 가까워지게 된 계기라도 있는 겁니까?"

"급격히 가까워졌다기보다는. 음, 동유럽 미술관을 탐방하는 시리즈 기행의 취재에 동행해서 프라하에 간 적이 있는데요, 그때 질 나쁜 소매치기에게 둘 다 여권을 도둑맞은 적이 있었어요. 현지 대사관을 방문해서 결국 어떻게 무사히 돌아오긴 했지만, 그때는 둘 다 새파랗게 질려서……. 지금 생각해 보면 재밌는 추억이지만요."

레이카는 입가에 웃음을 지었지만, 눈에는 살짝 눈물이 고인 것 같았다.

"그 소매치기에게 감사해야 되는 건지도 몰라요. 그 사건을 계기로 서로를 보는 눈이 달라졌으니까요. 그렇지만 이런 종류 이야기는 너무 흔해서 제삼자 입장에서는 지루할 뿐이죠. 그 다음은 상상에 맡길게요."

담배를 비벼 끄는 레이카의 모습을 보며, 린타로는 흔한 상상을 했다. 프라하의 거리에서 새파랗게 질려 우왕좌왕하던 사람은 주로 가와시마 이사쿠였고, 아마도 그보다 연하인 레이카가 훨씬 침착했으리라. 모성본능을 자극하는 사건이 있어서, 이 사람은 내가 지켜줘야 해, 하고 그때부터 결심했던 게 아닐까.

"몇 년 전에 재혼 이야기가 나왔다면서요? 혼인신고를 하는 걸 망설였던 건 에치카 양의 존재가 걸림돌이 되었기 때문이라고 들었는데요."

레이카는 두 팔로 몸을 감싸 안으며 당연하다는 말투로 대답했다.

"그때엔 그 애도 사춘기라 어른들의 사정을 강요하는 건 좀 그렇다고 생각했어요. 그 나이 또래의 아이들이 어떤지 저도 알고는 있지만, 에치카는 철들 때부터 아빠밖에 몰랐잖아요. 그래서 더더욱 망설여졌어요. 둘이서 한참 고민한 끝에 그 이야기는 없었던 걸로 하기로 했죠."

"후회하지는 않습니까?"

"그 사람은 미안해하는 것 같았지만, 전 오히려 그 편이 더 편했고, 무엇보다 에치카에게는 그게 제일 좋은 방법이었던 것 같아요. 결과가 이렇게 되었다고 해서, 이제 와서 후회하지는 않고요."

레이카는 가슴을 폈다. 자기 안에서는 이미 끝난 일이라는 것을 드러내듯.

"그렇지만 올봄에 수술을 받은 뒤에는 꽤 상황이 달라졌을 것 같은데요? 이사쿠 씨가 얼마 못 사신다는 걸 레이카 씨는 알고 계셨잖아요."

"아쓰시 씨가 그래요?"

"엊그제 저녁에 전화로 들었습니다. 돌아가시기 전에 이사쿠 씨가 혼인신고만이라도 해두자는 이야기는 하지 않으시던가요?"

레이카는 낭패한 기색을 감추려는 듯 입을 삐죽였다. 잠시 집안에서 나는 소리에 귀를 기울이는 시늉을 하더니, 절대 다른 데선 이야기하지 말라며 린타로에게 못을 박았다.

"죽기 한 달 전에, 딱 한 번 그런 이야기를 했었어요. 그렇지만 제가 승낙하지 않아서 그 이야기는 거기서 끝났죠."

"왜 그러셨죠?"

"일단 정한 일을 나중에 바꾸고 싶지 않았고, 그렇게 하면 남겨진 에치카를 볼 낯이 없잖아요."

"그렇지만 이전과는 달리 이번에는 에치카 양도 레이카 씨를 받아들이려고 무척 노력했다고 하던데요? 아쓰시 씨도 유감스러워하시는 것 같던데요. 형님이 조금만 더 사셨다면 에치카도 재혼을 받아들였을지도 모른다고."

"맞아요, 그건 제가 제일 잘 알고 있어요."

레이카는 솔직하게 사실을 인정했다.

"그렇게 무리하지 않아도 된다고 몇 번이나 말하려 했는지 몰라요. 그렇지만 만일 제가 에치카의 새엄마가 된다면 그런 중요한 사실을 이야기하지 않을 순 없잖아요. 그렇지만 그 이야기를 해버리면, 아버지가 가실 날이 얼마 안 남았다는 걸 암묵적으로 인정하는 꼴이 되고요. 병세가 실제로 어떤지는 감추고 있었기 때문에, 그것만은 절대로 안 된다고 생각했어요. 그 문제뿐만 아니라 일부러 혼인신고를 하면 역시 유산을 노렸다는 둥 뒷말이 많을 게 분명하잖아요. 앞으로도 계속 그런 눈초리를 받을 바에야, 차라리 지금 이대로가 낫다고 생각했죠."

그 말에도 일리는 있지만, 앞으로의 일을 생각하면 이야기는 달라진다. 쓸데없는 참견이란 건 알고 있지만, 린타로는 앞으로 어떻게 할 생각이냐고 물었다.

"그건 묻지 마세요. 뭐, 당분간은 이사쿠 씨가 남긴 일들을 처리해야겠고, 엄마 행세하려는 건 아니지만 에치카에 대해서도 고민해 봐야죠. 어쨌든 11월의 회고전이 끝나기 전까지는 제 일에 대해 생각할 여유는 없을 것 같네요."

레이카는 두 개비 째의 담배를 집어 들더니, 바통처럼 휘둘렀다. 쉽게 불을 붙이려 하지 않는 것을 보니 장래에 대해 생각으로 지친 모양이다.

"회고전이라고 하니 생각났는데, 큐레이터인 우사미 씨와 일하기는 어떠십니까? 상당한 야심가라고 들었는데."

"맞아요."

다른 화제가 나와서 안심한 것인지, 레이카는 그제야 겨우 담배에 불을 붙였다.

"적도 많은 것 같고."

"이사쿠 씨가 갑자기 돌아가신 건 그 사람이 신작 발표를 무리하게 강요했기 때문이라고 하는 사람들도 있던데요. 고별식장 뒤쪽에 앉은 2인조였는데, 미술계 관련 인사들인 것 같더군요."

레이카는 얼굴을 찌푸리더니, 경멸하는 듯 후, 하고 연기를 내뿜었다.

"그 사람들 얼굴이 눈에 선하네요. 그렇지만 그런 식으로 단정지으면 우사미 씨가 불쌍하죠. 분명히 살짝 타산적인 면이 있긴 하지만, 내가 봐도 이사쿠 씨에 대한 존경심은 진심이었거든요."

"단언하실 수 있는 겁니까?"

"이래 봬도 사람 보는 눈은 확실해요. 그렇지 않으면 오늘 처음 만난 사람에게 이런 이야기를 털어놓을 리 없잖아요?"

레이카는 여자의 눈으로 모든 것을 꿰뚫어보고 있는 듯한 웃음을 지었다. 그런 말을 곧이곧대로 받아들일 만큼 린타로도 순진하진 않았지만.

"이사쿠 씨의 병을 제일 신경 쓰고 있던 사람도 우사미 씨였고, 만일 본인에게 그럴 생각이 없었다는 걸 알았다면 강제로 입원시켜서라도 몸에 부담이 되는 일은 그만두게 했을 거예요. 그건 순전히 이사쿠 씨의 의사였어요. 생명이 줄어들 것을 각오하고, 마지막 작품을 완성하려 했죠. 우사미 씨는 묵묵히 이사쿠 씨의 의사를 존중해, 그야말로 죽음을 앞둔 사람 입에 물을 축여준다는 마음으로 후원했던 거겠죠."

"그렇지만 이사쿠 씨에 대한 존경심이 진심이었다 해도, 그가 에치카 양에 대해서도 그렇게 생각하고 있었다고 할 순 없지 않습니까."

린타로는 그렇게 말했다. 레이카는 허를 찔린 표정으로 되물었다.

"그게 무슨 소리죠?"

"석고상의 목이 절단된 것 말입니다. 그 사실은 아직 경찰에 신고하지 않았다면서요. 우사미 씨가 신고하지 말라고 해서 그런 거 아닙니까?"

어림짐작으로 말해 본 것인데 들어맞았나 보다. 레이카는 미간을 찌푸리며 고개를 끄덕였다.

"그건 그렇지만, 어떻게 알고 계시는 거죠? 그 이야기도 아쓰시 씨에게 들으셨나요?"

"아뇨. 조금 전에 유족 대기실 앞에서 우사미 씨와 만났습니다. 그때 노골적으로 절 경원시하는 분위기였기 때문에 감으로 알겠더군요."

"예리하시네요. 아쓰시 씨가 당신을 부른 이유를 알겠어요."

"그렇다는 건 역시 우사미 씨는 저를 달가워하지 않으시는 거군요."

"그럴 거예요. 오늘만 해도 노리즈키 씨를 불렀다는 이야기를 하니까 썩 좋은 표정을 짓진 않더라고요. 경찰을 부르지 않는 건 무언가 깊은 뜻이 있어서 그런 건지도 모르겠지만, 그 사람 대응 방식에는 저도 좀 걸리는 부분이 있어서요."

"아쓰시 씨는 에치카 양의 안전을 걱정하고 계시는 것 같던데요."

"저도 그래요."

레이카는 걱정스런 듯 바닥을 바라보며 말했다. 저녁노을로 물든 정원 한 귀퉁이에는 단층 건물이 들어서 있었다. 가와시마 이사쿠의 아틀리에다.

"실물을 보시면 아시겠지만, 본 순간 온몸이 오싹해졌어요. 라이프캐스팅 조각이니까 글자 그대로 에치카의 분신 같은 작품이거든요. 그 머리를 톱으로 잘라 가져가다니, 무언가 무척 병적인 느낌이 들어요. 꼭 에치카를 지목해서 협박하는 것 같잖아요. 우연히 이사쿠 씨의 마지막 작품이 표적이 되었다고 해서, 광적인 마니아에 의한 미술품 손상 사건처럼 취급해서는 안 된다고 생각해요."

"에치카 양을 지목해 협박하는 거라면, 석고상의 목을 자른 게 미술 마니아의 짓이 아니라 에치카 양에 대한 살인 예고일 가능성이 높다고 할 수 있겠군요."

"설마요."

너무 자극이 강했던 건지, 레이카는 갑자기 겁에 질린 듯 고개를 저었다.

"그렇게까지 거창한 건 아닐 거라고 생각하고 싶지만……. 악질적인 장난이라고 해도 무섭긴 마찬가지죠. 집 안까지 침입한 거니까요. 장례식을 치르던 날에 가족들이 집을 비우기를 기다렸다가 아틀리에 창문을 깨고 몰래 들어왔나 봐요."

"그게 언제 일이죠?"

"11일 토요일이에요. 금요일 밤에 여기서 밤을 새고, 다음 날에 가족들만 모여서 장례식을 치렀어요. 그날은 후사에 씨도 함께 장례식장에 가서 이 집에는 아무도 없었어요. 화장을 끝내고 유골을 수습해 돌아가니 아틀리에의 석고상이 그렇게 되어 있지 뭐예요."

처음 전화로 들었던 이야기와 약간 어긋나는 부분이 있다. 가와시마는 요점만 전하려는 생각에 중간 과정을 생략하고 이야기했나

보다.

"타임 테이블을 만들어 보죠. 이사쿠 씨가 구급차로 병원에 실려 간 건 목요일 오후였죠. 정확한 시간은 몇 시였습니까?"

"4시가 지나서였을 거예요."

"별채 아틀리에에서 쓰러진 이사쿠 씨를 발견한 사람은 누구죠?"

"저예요. 마침 이사쿠 씨에게 볼일이 있어서 부엌에서 인터폰으로 연락을 했는데 답이 없어서, 나쁜 예감이 들더라고요. 올봄에 수술을 받은 후에는 아틀리에에 인터폰을 설치했어요. 이사쿠 씨의 몸에 무슨 일이 생겼을 때에는 안채에서 금방 알 수 있게요."

"레이카 씨가 연락했을 때까지 부엌 인터폰은 울리지 않았던 겁니까?"

"그날 오후에는 연락이 한 번도 없었어요. 후사에 씨도 같이 있었기 때문에 이사쿠 씨가 SOS를 보냈으면 금방 알아챘을 거예요. 석고상을 제작하는 중에는 이사쿠 씨의 허가 없이 아틀리에에 출입하는 건 금지되어 있었지만, 그런 걸 신경 쓸 때가 아니었죠. 급히 아틀리에로 달려가 보니, 그 사람이 핏기 없는 얼굴로 쓰러져 있었어요……. 곧바로 후사에 씨에게 구급차를 부르라고 해서 병원으로 갔어요."

"하라마치다 종합 클리닉이었죠? 후사에 씨도 같이 구급차에 타고 병원으로 간 겁니까?"

"아뇨. 일단 저 혼자 따라갔고, 후사에 씨는 여기 남았어요. 이사쿠 씨의 상태가 좋지 않았기 때문에 그날 밤은 여기서 집을 지켜 달라고 부탁했죠. 남편 분 저녁 식사를 준비하기 위해 중간에 한 번 쓰루가와의 자택으로 돌아갔을 동안에만 집을 비웠다고 하더라고요. 그리고 한밤중에 이사쿠 씨의 상태가 위독해지자 후사에 씨도 병원으로 오셨어요."

"에치카 양과 아쓰시 씨는요?"

"저녁 무렵 병원에 도착했을 때부터 이사쿠 씨가 숨을 거둘 때까지 계속 곁에 있었어요."

"그렇군요. 아까 하던 이야기로 돌아가서, 이사쿠 씨가 쓰러지기 전에 석고상을 완성시키려 했다면, 레이카 씨는 아틀리에에서 완성품을 봤겠군요?"

"아뇨, 못 봤어요."

린타로의 예상과는 달리 레이카는 아쉽다는 듯 고개를 저었다.

"그때엔 이사쿠 씨가 걱정되어서 다른 것에 눈을 돌릴 여유가 없었어요. 그리고 이사쿠 씨는 완성된 작품에는 직접 커버를 씌워 놓거든요. 그러니까 저는 물론 나중에 온 후사에 씨도 실물은 보지 못했어요."

"커버라고요?"

"캔버스 재질의 하얀 천으로 석고상 전체를 가리도록 바닥까지 커버를 씌워놨어요. 이사쿠 씨의 맥을 짚어보던 때 본 것 같아요."

"그렇군요. 이사쿠 씨가 돌아가신 금요일에는 누가 출입했었죠?"

레이카의 이야기에 의하면 금요일 이른 아침에 집중치료실에서 가와시마 이사쿠가 숨을 거둔 뒤, 그날 정오 전에 시신과 함께 자택에 돌아온 뒤에도 장례 준비다 뭐다 해서 정신이 없어서 사람들은 아틀리에에 있는 조각상에 대해선 완전히 잊고 있었다고 한다.

손님들을 돌려보내고 한숨 돌릴 무렵에야 조각상에 대해서 떠올린 에치카가 새벽에 혼자 아틀리에로 향했다고 한다.

"물론 밤샘에는 우사미 씨도 왔지만, 외동딸을 제쳐두고 아틀리에에 들어가는 건 역시 거북했겠죠. 예술적 가치 운운하기 전에, 에치카에게는 둘도 없는 아버지의 유품이니까요. 부정 탈까봐 그러는 건 아니지만, 장례식이 끝날 때까지는 다른 사람은 아틀리에에 출입하는 걸 삼가자고 아쓰시 씨가 그러시더라고요."

린타로는 '어라?' 하고 생각했다. 그렇다면 목이 잘리기 전의 석고상을 본 사람은 에치카 혼자밖에 없다는 소린가. 레이카에게 다시 한 번 묻자, 그녀는 그렇다고 대답했다.

"금요일 밤에 석고상이 무사했다는 건 확실합니까? 아니면 밤샘하러 온 문상객 중 누군가가 틈을 봐서 아틀리에에 숨어들었을 가능성도 있고요."

"그럴 가능성은 없어요."

레이카는 말이 끝나자마자 대답했다.

"그때까지 무슨 일이 있었다면 에치카가 제일 먼저 눈치채고 사람들에게 알렸을 테니까요. 그 애가 범인을 감쌀 이유는 없을 테니."

"그건 그렇지만……. 완성된 자신의 석고상에 대해 에치카 양이 뭐라고 하진 않던가요?"

"딱히 뭐라고 하진 않았어요. 꽤 늦은 시간이었고, 그날은 그냥 내버려 뒀거든요. 자세한 이야기를 듣고 싶으면 본인에게 직접 물어보세요."

그녀가 그렇게 엉거주춤한 태도를 취한 건 에치카를 대하는 게 어려웠기 때문일 것이다. 부녀간의 인연의 증표라 할 수 있는 작품에 대해 이것저것 묻는 건 분명 레이카에게도 무척이나 용기가 필요한 일일 테니.

"다음날인 토요일에 치러졌던 장례식에 대해 묻겠습니다만, 여러분이 이 집에서 나가신 건 몇 시경이었죠?"

"장의사가 10시에 도착하자, 에치카와 아쓰시 씨가 관과 함께 영구차에 탔고, 저와 후사에 씨는 택시로 장례식장으로 향했어요. 식은 11시부터였고요. 전 나루세에 있는 집에서 9시 반에 여기로 왔지만, 우사미 씨는 하치오지 자택에서 장례식장으로 직행했기 때문에 아침에는 여기 들르지 않았어요."

"유골을 수습한 뒤에 집에 돌아온 건 몇 시쯤이었죠?"

"그쪽에서 간단한 모임을 가진 다음에 집으로 돌아온 것이 오후 4시가 지나서였어요. 그때는 우사미 씨도 함께 왔어요. 이 방에서 잠시 쉬고 있었는데, 우사미 씨가 선생님의 유작을 보고 싶다는 이야기를 꺼내더군요. 그래서 저와 에치카가 아틀리에로 안내했어요. 입구는 잠겨 있었지만, 안에 들어가자 창문이 깨져 있었고, 석고상의 머리도 잘려나가 있었어요."

"아틀리에 열쇠 관리는 누가 하죠?"

"지금은 우사미 씨가 맡고 있어요. 토요일 저녁부터 현장 보존이라는 명목으로요."

"사건이 일어난 후부터란 말씀이시죠. 그 전은요?"

"원래는 이사쿠 씨가 가지고 있었는데, 우사미 씨를 아틀리에로 안내했을 때는 에치카가……. 제가 가지고 있던 열쇠를 전날 밤에 에치카에게 줬어요."

린타로가 고개를 갸웃거리자, 레이카는 어떻게 된 일인지 차례대로 설명했다. 가와시마 이사쿠는 석고상을 제작하는 동안 아틀리에의 열쇠를 엄중하게 관리하고 있었다. 다른 사람이 멋대로 아틀리에에 출입해 제작을 방해하지 않도록. 열쇠는 하나뿐이었고, 여벌 열쇠도 없었다고 한다.

레이카가 그 중요한 열쇠를 주운 건 목요일 오후, 아틀리에에서 기절해 있는 가와시마 이사쿠를 발견했을 때였다. 발작을 일으켜 쓰러졌을 때 셔츠 주머니에서 떨어진 모양이다. 구급대원들이 도착해서 아틀리에에서 의식불명의 환자를 옮긴 직후, 레이카는 거의 무의식적으로 문을 잠그고 그 열쇠를 가지고 구급차에 올라탔다고 한다.

그 이후 다음날 밤까지, 레이카는 가지고 있던 열쇠에 대해 잊고 있었다. 열쇠에 대해 떠올린 건 조문객들이 돌아가고 에치카가 석고상을 보고 싶다는 이야기를 꺼냈을 때였다. 레이카는 에치카에게 열쇠를 건네고, 별채의 아틀리에로 향하는 그녀의 뒷모습을 지켜보았다고 한다. 그동안 줄곧 아틀리에가 잠겨 있던 건 확실하다고 봐야 할 것이다. 그 대신 린타로는 사소한 의문점을 떠올렸다.

"이사쿠 씨가 발작을 일으켜 쓰러졌을 때, 아틀리에의 문은 잠겨 있지 않았던 거군요. 레이카 씨가 문을 억지로 열었다면 그 후에 문을 잠글 수 없었을 테니. 목요일 오후에 이사쿠 씨가 석고상 최종 마무리 작업을 하고 있었을 때 그냥 문을 열어놓았던 걸까요?"

세 개비째 담배에 불을 붙이며, 레이카는 전혀 이상할 것 없다는 얼굴로 대답했다.

"만일의 사태가 생길 때를 대비해 혼자서 아틀리에에 있을 때에는 절대로 안에서 문을 잠그지 말라고 입 아플 정도로 이야기했었거든요. 그 사람은 싫어했지만, 저와 에치카, 후사에 씨까지 세 명이 잔소리를 하니, 결국에는 그러겠다고 약속했어요."

"그렇지만 이사쿠 씨는 예술 작업에 대해서는 고집불통이었다고 들었는데요? 작업실의 환경 설정에 대해서도 그렇게 쉽게 타협했을 분은 아니었을 것 같아요. 그냥 입으로만 그러겠다고 하고 아틀리에에서 작업에 몰두하고 있을 때에는 몰래 문을 잠가두거나 하진 않았나요?"

린타로가 끈질기게 물고 늘어지자, 레이카는 어깨를 으쓱해 보이며 대답했다.

"남자들은 그렇게 생각하나 봐요. 우사미 씨도 같은 소리를 하더군요."

"같은 소리라면?"

"아틀리에의 문이 열려 있던 건 이사쿠 씨가 쓰러지기 전에 문을 열었기 때문이라더군요. 분명 작품이 완성되었기 때문에 작업실의 봉인을 풀고 밖으로 나오려 했던 거라고요. 발작을 일으킨 시점에서 석고상이 미완성이었다면, 문이 잠겨 있었을 거예요."

같은 남자라고 편을 드는 건 아니지만 그 점에 관해서는 우사미의 의견이 합당한 것 같다는 생각이 들었다. 그의 이름이 나온 김에 린타로는 조금 더 떠보기로 했다.

"우사미 씨 말인데요, 석고상의 머리가 잘린 것에 대해 구체적으로 대응책을 생각하는 것 같습니까? 아니면 단순히 불상사를 덮어버리려고 합니까?"

"아틀리에를 다시 폐쇄한 것에는 무언가 이유가 있는 것도 같지만, 속내는 잘 모르겠어요. 우사미 씨는 경찰에 신고하는 건 오늘 고별식이 끝난 뒤에 해도 늦지 않다고 하던데. 쓸데없는 트러블을 피하기 위한 방편이라며……. 만일 노리즈키 씨의 말대로 석고상의 머리를 자른 것이 무언가를 예고하는 것이라면, 언제 본인에게 위험이 닥쳐도 이상할 건 없겠죠. 우사미 씨는 어떻게 그렇게 침착한 건지, 전 이해할 수가 없어요."

"혹시 범인이 누군지 짐작 가는 데가 있는 게 아닐까요."

슬쩍 떠보자, 레이카는 불안한 듯 시선을 돌렸다.

"우사미 씨는 어떤지 모르겠지만, 아쓰시 씨는 짐작 가는 데가 있나 봐요. 이전에 에치카한테 스토커 같은 남자가 달라붙은 적이 있었는데."

"도모토 슌이라는 사진작가 말씀이시군요."

"네. 아쓰시 씨가 그래요?"

"간접적으로 들었습니다. 아까 호센 회관 대기실에서 에치카 양도 그 이름을 언급하더군요."

"그렇군요. 전 그 일에 대해 자세하게는 몰라요. 하지만 에치카가 도모토와 사귀게 된 건 어쩌면 제가 쓸데없는 짓을 했기 때문일지도 몰라요."

박하 향이 밴 공허한 목소리로, 레이카는 죄책감 어린 표정으로 고백했다.

"당신이 도모토를 소개한 겁니까?"

"그런 뜻이 아니에요. 도모토를 소개한 건 이사쿠 씨가 아는 갤러리 관계자였을 거예요. 저와 아는 사이는 아니었지만, 이전에도 같은 편집 일 하는 사람을 통해 그에 대한 좋지 않은 소문을 들은 적이 있었어요. 그래서 되도록 가깝게 지내지 말라고 넌지시 충고했는데, 오히려 역효과만 난 거예요. 에치카 입장에서는 엄마도 아니면서 귀찮게 간섭하는 것처럼 느꼈겠죠. 결과적으로 에치카의 등을 떠민 꼴이 된 거죠."

그것은 꼭 레이카의 지나친 생각만은 아니었다. 마침 아버지와 레이카의 재혼 이야기가 나와서 에치카가 비뚤어지기 시작했을 무렵의 일이었으리라. 새엄마 후보에 대한 반발심이 에치카를 도모토 슌과 가까워지게 만들었다 해도 이상할 건 없다.

바깥 도로에 자동차가 멈추는 소리가 들렸다. 이윽고 현관에 인기척이 났다.

"아쓰시 씨가 돌아오셨나 봐요. 에치카를 깨워야겠어요."

레이카가 담배를 끈 것을 신호로, 린타로도 소파에서 일어났다.

8

"그렇게 들어오고 싶으면 나를 제치고 들어가보시오."

상복 윗도리를 벗은 우사미 쇼진은 아틀리에 문을 열쇠로 열더니, 턱을 쓱 올리며 주문처럼 중얼거렸다.

"미리 말해두지만, 나에게는 권력이 있소. 하지만 난 제일 낮은 계급의 문지기에 지나지 않지."

거만한 대사에 린타로는 울컥했지만, 금세 그것이 우사미의 창작이 아니라는 것을 눈치챘다. 상대해주지 않으면 더더욱 우습게 보일 것이 틀림없다. 설마 이런 곳에서 문학 컬트 퀴즈에 답하게 되리라고는 생각도 못 했다.

"카프카의 《법 앞에서》에서 문지기의 대사죠? 제가 그렇게 끈질긴 놈으로 보입니까?"

정답임을 알려주는 종소리 대신 우사미는 흥, 하고 콧방귀를 끼며 검은 테 안경을 올리며 말했다.

"자네가 작가 나부랭이라고 해서 시험 삼아 물어본 것 뿐, 깊은 의미는 없네. 좌우 분간도 못 하는 녀석에게 순순히 고인의 작업실을 보여줄 순 없지 않나. 입구에 슬리퍼가 있으니 그걸로 갈아 신도록."

문전에서 쫓겨나는 건 가까스로 면했나 보다. 린타로는 우사미의 말대로 슬리퍼로 갈아 신고 아틀리에 안으로 들어갔다. 아틀리에 내부는 조립식으로 만들어진 임시 창고 같았다. 발밑의 콘크리트 바닥에 석고 가루를 빗자루로 쓴 흔적이 남아 있다. 입구 옆에 T자형의 빗자루가 걸려 있었다.

해가 지기까지는 아직 시간이 있었지만, 우중충한 구름이 저녁 해를 가리는 바람에 실내는 한층 더 어두웠다. 윤곽이 뚜렷하지 않은 기괴한 실루엣 무리가 이쪽을 살피는 듯 어둠 속에 한데 모여 있었다. 먼지 섞인 공기 사이로 희미한 등유 냄새가 났다.

갑자기 눈부신 빛이 실내를 채웠다. 린타로를 맞이한 기괴한 실루엣들은 어수선하게 늘어선 석고상들과 다양한 오브제로 모습을 바꿨다. 우사미가 아틀리에의 불을 켠 것이다. 방 전체가 균등하게 밝은 건 계산된 조명의 배치 효과 덕분이기도 하겠지만, 그보다 더 큰 이유는 석고상이 하얗게 반사되었기 때문이었다.

린타로는 바로 앞에 있는 물체에 시선을 빼앗겼지만, 선입관을 가지지 않도록 의식적으로 주의를 딴 곳으로 돌렸다. 현장 분위기에 익숙해지는 것이 먼저다. 올려다보자, 단층 건물 치고는 높은 천장이 눈에 들어왔다. 지붕에는 채광용 창문이 달려 있었고, 크랭크 식의 수동 핸들로 열고 닫을 수 있었다. 남쪽과 북쪽 벽에는 알루미늄 새시로 만들어진, 어른 허리춤까지 오는 높이의 창문이 하나씩 달려 있었다. 남쪽 창에는 베이지 색의 블라인드가 달려 있었지만, 건너편 북쪽 창은 창문으로서의 기능을 다하지 못하고 있었다. 서쪽에서 북쪽 벽을 따라 건설 현장에 있는 발판처럼 높은 선반이 달려 있었고, 그 위에는 석고 일부분과 공구, 나무틀과 발포 스티로폼으로 만들어진 오브제 등이 콩나물시루처럼 빽빽하게 놓여 있었기 때문이다. 물론 사람이 출입할 수 있을만한 틈새는 없었다. 도둑이 침입했다면 남쪽 창으로 들어왔겠군. 린타로는 그렇게 짐작했다.

바닥 위에는 선반에 미처 올려놓지 못한 크고 작은 다양한 물건들이 놓여 있었다. 대부분은 먼지를 뒤집어쓰고 있었지만, 그중에서 유독 새것처럼 보이는 물것이 있었다. 석고를 뜰 때 사용하는 깁스용 붕대가 든 상자는 최근에 한꺼번에 구입한 듯, '블래스터 밴디지', '블래스터 밴디지E'란 두 종류의 상표명이 기입되어 있었다. E는 elastic(신축성)의 이니셜로, 가와시마 이사쿠는 신체 부위에 맞춰 두 종류의 붕대를 사용했던 것 같다. 겹겹이 쌓인 방수 가공된 석고 봉두 옆에는 플라스틱 물통과 드라이어, 그리고 석유난로가 두 대 놓여 있었다. 그러고 보니 에치카에게 석고 붕대를 건조시키기 위해 한여름에도 난방이 필요하다는 이야기를 들은 적이 있었다.

남쪽 창문 앞에는 스틸로 만들어진 접사다리와 커다란 전신 거울이 놓여 있었다. '크라흐츠만'이란 로고가 들어간 외제 가동식 작업대와 대형 냉장고가 자리를 차지하고 있어서, 자유롭게 사람이 움직일 수 있는 공간은 원래 면적의 절반 정도밖에 되지 않았다. 작업장 겸 창고로 사용하고 있는 듯, 아틀리에라는 단어에서 쉽게 연상되는 섬세하고 퇴폐적인 이미지는 눈곱만큼도 찾아볼 수 없다. 미술관 창고나 극장 무대 뒤편이 그렇듯이 말이다.

작업대 위에는 분해된 겉틀의 잔해와 함께 구니토모 레이카가 언급한 인터폰이 놓여 있었다. 콘센트가 꽂혀 있는 냉장고는 주인을 잃은 지금도 끊임없이 윙윙거리는 소리를 내고 있었다. 무엇이 들어 있는 걸까? 신경 쓰여 문을 열어보려 했지만 우사미가 못을 박았다.

"모두 중요한 유품들이니 괜히 이것저것 만지지 말게."

조심하겠다는 말과 함께 린타로는 얌전히 냉장고 문에서 손을 뗐다. 호센 회관에서 다시로 슈헤이의 비위를 맞출 때와는 말투부터 태도까지 천지차이다. 아니, 아예 상대도 해주지 않는다고 해야 하나. 고인의 집에서 다시 마주쳤을 때에도, 가와시마 아쓰시의 체면을 세워주기 위해 하는 수 없이 상대한다는 것을 감추려 하지 않았으니까.

상대방이 온몸으로 텃세를 부리고 있다 해도 일부러 우사미와 부딪칠 생각은 없었다. 여기서 말썽을 일으켰다간 가와시마 아쓰시의 체면을 구기는 꼴이 된다. 그런 맥락에서 보면 서로 비슷한 입장일지도 모르지만, 가와시마 이사쿠의 경력과 가와시마 집안의 속사정에 정통하다는 것만으로, 우사미 쪽이 압도적으로 유리하다고 할 수 있었다. 지금으로서는 그 간극을 메우는 것이 먼저일 것이다.

"오래 닫아놔서 그런지 더 더운 것 같군."

어색한 분위기를 풀어준 건 가와시마 아쓰시의 목소리였다. 그는 얼굴에 부채질을 하며 아틀리에로 들어왔다. 가와시마의 말을 듣고서야 깨달은 듯, 우사미는 리모컨으로 에어컨을 켰다. 찬바람이 빠져나가지 않도록 가와시마는 문을 닫았다.

"에치카 양은요?"

가와시마의 등장으로 겨우 움직일 수 있게 된 린타로가 그렇게 묻자, 번역가는 부채질을 하며 고개를 저었다.

"구니토모가 몇 번이나 깨웠는데 당분간은 못 일어날 것 같다고 하더군. 무척 지친 것 같으니 조금 더 자게 내버려두지. 모델이 없어도 현장 검증은 할 수 있겠지?"

"물론이죠. 차라리 그 편이 낫죠."

우사미가 먼저 대답했기 때문에, 린타로도 동의할 수밖에 없었다. 그렇지만 왜 이 자리에 에치카가 없는 편이 나은지, 우사미는 설명해줄 생각이 없는 것 같았다.

린타로가 시선을 보내자, 의도적으로 시선을 피했다. 무언가를 감추고 있는 것 같은 반응이었다. 역시 레이카가 암시했던 대로, 우사미 쇼진은 석고상의 머리가 절단된 사건에 대해 자기 나름대로 결론을 낸 것이 아닐까?

"그럼 모일 사람은 다 모였으니 시작해 볼까요."

작업대 옆으로 이동하면서 우사미는 성가시다는 듯 말했다. 작업대 옆에는 캔버스 소재의 하얀 천으로 덮인 높이 1미터 남짓 되는 물체가 당당하게 놓여 있었다. 아틀리에에 들어온 순간부터 눈을 뗄 수가 없었지만, 사소한 이유로 인해 그것이 문제의 석고상이란 확신은 가질 수 없었다. 머리가 없다는 것을 고려해도, 등신대의 입상이라고 하기에는 크기가 작았기 때문이다. 그렇지만 입상이라고 단정 짓고 있던 건, 린타로의 지레짐작이었는지도 모른다.

"가와시마 선생님의 마지막 작품입니다. 현 시점에서 작품명은 미정입니다만……."

우사미 쇼진은 헛기침을 한 다음, 공손한 손놀림으로 살며시 커버를 벗겼다.

등받이가 달린 둥그런 의자에 벌거벗은 하얀 여자가 다리를 모아 옆으로 구부린 자세로 앉아 있었다. 의자는 목재에 니스를 덧칠하기만 한 소박한 물건으로, 오브제의 일부라기보다는 석고 몸체를 지탱하기 위한 버팀목 역할에 지나지 않는 것 같았다.

다리를 모아 옆으로 구부리고 있긴 했지만, 편해보이지는 않았다. 등을 곧게 세우고, 가슴 한가득 숨을 들이마시고 있는 느낌으로, 엑스레이를 찍을 때와 비슷한 자세였다. 왼손은 무릎 위, 오른쪽 팔꿈치는 의자 등받이에 기댄 채, 한쪽으로 어깨가 들리지 않도록 힘을 뺀 듯한 느낌이었다.

석고상 표면에 찍힌 자잘한 거즈 붕대 자국을 제외하면, 좌우 가슴의 고운 형상을 해치는 것은 없었다. 한없이 하얗고 매끄러운 석고의 굴곡이 탄력 있는 유방의 질감을 충실하게 재현하고 있었다. 거기다 살짝 위를 향한 유두의 생생한 형태하며, 속이 빈 딱딱한 석고로 만들어진 것을 잊어버릴 정도로 섬세하게 표현되어 있어서, 자신도 모르게 손을 뻗어 부드러운 피부의 감촉을 확인하고 싶어질 정도였다. 가와시마 이사쿠가 석고라는 소재에 집착한 이유를 알 것 같았다. 표면이 매끄러운 플라스틱으로는 이런 맨살의 따스함은 표현할 수 없을 테니까.

가와시마는 흠, 하고 헛기침을 했다.

실제 에치카의 알몸을 눈으로 범하고 있는 듯한 느낌을 받았기 때문이리라. 린타로는 자세를 바꿔 석고상의 하반신에 주목했다. 다리는 약간의 틈만 남긴 채 모으고 있었다. 양 무릎은 각도를 달리 해서, 왼쪽 다리는 앞쪽 바닥을 딛고 있고, 오른쪽 다리는 반쯤 뒤로 빼서 발끝을 세우고 있었다. 오른쪽 허벅지와 장딴지의 라인은 예각을 이루고 있었고, 화살촉처럼 꽉 쥔 발끝 라인은 움직임이 없는 포즈에 악센트를 주고 있었다.

"이 포즈에 대해……."

뭐라고 설명하려 하는 우사미를 제지하고 린타로는 석고상 뒤편으로 향했다. 균형 잡힌 둥그런 엉덩이는 의자와 닿은 부분은 평평해져 있었지만, 탄력 있는 느낌은 그대로 가지고 있었다. 등 뒤는 막 칠한 하얀 벽처럼 생생해 보여서, 만지면 손자국이 날 것 같다. 낭창낭창한 허리 곡선과, 엉덩이뼈부터 척추를 지나 견갑골에 이르는 완만한 상승곡선. 딱히 요염한 포즈를 취한 것도 아닌데, 미열처럼 관능적인 오라가 석고 표면에 감돌고 있는 것은 본디지 취향과 일맥상통하는 일종의 구속감 때문인지도 모른다. 마치 석고붕대로 쌓인 에치카의 땀 냄새가 형태를 뜨는 과정에서 작품 본체에 옮겨 밴 것처럼.

그렇지만 눈을 즐겁게 해준 것도 목덜미까지였다. 에치카의 얼굴이 있어야 할 부분에는 아무것도 없었다. 어깨부터 1센티미터 위쪽 부분에서 수평으로 목이 잘려 있었다.

가차 없이. 흔적도 남기지 않고.

린타로는 다시 한 번 숨을 삼켰다. 거칠거칠한 절단면은 그것이 피가 흐르는 인간의 몸이 아니라, 메마른 석고 덩어리에 지나지 않는다는 사실을 여실히 드러내고 있었다. 피 한 방울 흐르지 않는 가상의 살인. 절단면의 가장자리는 깔쭉깔쭉하게 잘게 갈라져 있었고, 양 어깨에 비듬이 떨어진 듯 석고 가루가 쌓여 있었다.

소름 끼친다는 구니토모 레이카의 표현은 결코 과장된 것이 아니었다. 그렇지만 살아 있는 육체에 가해진 폭력과는 확연히 차원이 달랐다. 균형이 맞지 않는 일그러진 의사에 그대로 형태를 부여한 것 같은 무서운 인상. 잘라도 피가 나오지 않는 천연덕스러운 잔혹함이라는 것이 만일 존재한다면, 이 석고상이야말로 바로 그것이리라. 파괴 행위의 단순함과 얼룩 하나 없는 하얀 석고가, 을씨년스러운 범행을 한층 더 스산하게 만들고 있었다.

우사미 쇼진의 말이 맞다. 분명히 에치카는 이 자리에 없는 것이 낫다.

석고상의 머리 이외의 부분에 손을 댄 흔적은 없었다. 린타로가 고개를 들자, 가와시마 아쓰시는 턱으로 작업대 위를 가리키며 말했다.

"저걸로 자른 것 같아."

작업대 위에 놓인 건 U자 형태의 프레임에 가느다란 칼을 단 실톱이었다. 꽤 오래된 물건인 듯, 손잡이 부분의 페인트가 상당 부분 벗겨져 있었다. 린타로가 주머니에서 손수건을 꺼내려 하자, 가와시마는 면목 없다는 듯 고개를 저으며 말했다.

"지문이 묻을까 신경 쓰는 거라면 그러지 않아도 되네. 석고상이 이렇게 된 걸 발견했을 때, 나와 우사미가 생각 없이 그냥 만졌거든."

이제 와서 불평해봤자 소용없는 일이다. 린타로는 낙담한 기색 없이 말했다.

"발견 당시에는 어디에 있었죠?"

"거기 있었어. 평소에는 다른 공구들과 함께 저기 선반에 놓여 있었을 거야."

가와시마 대신 발견 당시의 상황을 설명하며, 우사미 쇼진은 선반 한 구석을 가리켰다. 보통 키의 성인이 손을 내밀면 닿을 만한 높이로, 크기가 다른 실톱과 교체용 칼날 세트가 여러 개 놓여 있는 것이 눈에 들어왔다. 이 아틀리에에 들어온 사람이라면 누구나 쉽게 사용할 수 있었던 것이다.

린타로는 작업대 위의 실톱을 들고 칼날과 석고상의 절단면을 대조해보았다. 깔쭉깔쭉한 칼날 사이에 석고 가루가 끼어 있었고, 군데군데 이가 빠진 흔적도 있었다. 감식반이나 현미경의 도움을 받을 필요까지도 없었다. 이 실톱이 석고상의 머리를 절단하는 데 사용되었다는 사실은 명확했다.

"이렇게나 물건이 많으면, 아틀리에에 침입한 도둑이 석고상의 머리 이외에 다른 것을 가져갔다 해도 금방 눈치채지는 못하겠군요."

린타로가 그렇게 이야기하자, 우사미는 선수를 치듯 눈을 가늘게 뜨며 말했다.

"그게 어쨌다는 거지? 도둑이 진짜 노리는 건 따로 있었고, 석고상의 머리를 잘라간 건 진짜 목적을 알아채지 못하도록 하기 위한 위장 공작이었다고 하고 싶은 건가?"

"그렇게 말하지는 않았습니다만."

"과연, 미스터리 작가다운 발상이군. 그렇지만 그럴 가능성은 없을 거야."

자신이 말을 꺼낸 주제에, 우사미는 황당하다는 듯 이야기했다.

"그렇게 생각하시는 이유라도 있습니까?"

"이유고 뭐고, 그런 건 말도 안 되는 소리라고 하고 싶은 것뿐이네. 그런 걸로 머리를 싸매고 고민해봤자, 시간 낭비라고 생각하네만."

물론 린타로도 진심으로 그런 생각을 했던 건 아니다. 오히려 염두에 두고 있던 건 여기서 인간의 머리를 절단할 수 있는 도구가 반출되었을 가능성이었지만, 우사미의 반응을 보니 그런 가능성은 낮아보였다.

유족들 앞에서는 아닌 척했지만, 상당한 수완가로 통하는 우사미다. 확실히 말하지 않았을 뿐, 아틀리에 내의 유품은 이미 전부 체크했을 테고, 흉기가 될 만한 물품이 사라졌다면 벌써 눈치채고도 남았을 것이다.

"창문을 살펴봐도 되겠습니까?"

"창문? 아, 구니토모 씨가 그러던가? 상관없네. 도둑이 침입한 건 블라인드가 쳐진 저쪽 창이야."

예상했던 대로의 대답이었다. 린타로는 접사다리와 전신 거울을 치운 다음, 끈을 조절하여 남쪽 창문의 블라인드를 올렸다. 창문 유리의 경계 부분에 임시로 테이프가 붙어 있었다. 테이프를 떼어내자 반원형의 구멍이 뚫려 있었다. 밖에서 손을 넣어 창문 걸쇠를 열 수 있는 위치를 골라 유리 자르는 공구를 사용한 것 같았다.

창문을 열자 바깥은 완전히 어두워져 있었다. 오른편에 안채의 불빛이 눈에 들어왔다. 린타로는 창틀에 손을 올리고 바깥으로 몸을 내밀었다.

"창밖이나 정원에 도둑이 발자국을 남기진 않았던가요?"

"아니. 아틀리에 주변을 살펴봤지만 딱히 이거다 할 만한 흔적은 없었네. 계속 날이 더워서인지 정원 흙 표면에 경화제를 섞어놓아서 비가 오지 않는 이상 발자국이 남진 않을 거야."

우사미는 관심 없다는 듯 대답했다. 팔짱을 낀 채 접사다리에 기대고 있던 가와시마도 우사미의 말에 동의하듯 고개를 끄덕였다. 지금 감식반을 부른다 해도, 고작해야 우사미나 유족들이 걸어 다닌 흔적밖에 찾을 수 없을 것이다. 린타로는 창문을 닫고 테이프를 다시 붙이는 시늉을 했다. 블라인드는 그대로 놓고, 오른쪽으로 돌아 미술평론가와 마주본다.

"실내에 다른 발자국은 없었습니까? 바닥에 이렇게 석고 가루가 많이 떨어져 있으니, 이 위를 걸어 다니면 어떤 형태로든 흔적이 남을 텐데요."

우사미는 검은 넥타이를 맨 굵은 목을 흔들며 말했다.

"바닥에 난 자국 봤지? 도둑은 여기에서 나갈 때 자신의 발자국을 꼼꼼하게 지웠어. 문 옆에 있는 빗자루로. 그렇게 조심스런 녀석이 지문을 남기거나 정원에 발자국을 남기지는 않았겠지."

린타로는 바닥을 바라보며 턱을 쓰다듬었다. 그렇다면 이 빗자루 자국은 도둑이 직접 쓸어낸 흔적이었던 거군. 그는 고개를 들어 우사미에게 질문을 던졌다.

"석고상의 머리가 잘려나간 걸 발견한 건 토요일 오후라고 들었습니다. 처음에 발견한 사람은 구니토모 씨와 에치카 양, 그리고 우사미 씨까지 세 분이었다고 하던데, 아틀리에의 문을 연 사람은 누구죠?"

"날세. 에치카 양이 가지고 있던 열쇠를 받아 열었지. 이 열쇠가 그 열쇠야."

우사미는 그렇게 말하며 아틀리에의 열쇠를 린타로의 코앞에 들이댔다.

"그때 분명히 문이 잠겨 있었습니까?"

"음? 그럼, 물론이지. 열기 전에 확인했거든."

"그렇다면 석고상의 머리를 잘라 도망간 범인은 침입했을 때와 마찬가지로 이 창문을 통해 밖으로 나갔겠군요?"

우사미는 가볍게 고개를 끄덕이더니, 코웃음 치듯 말했다.

"그렇다고 할 수 있겠지. 미스터리 소설이라면 또 모르지만, 열쇠를 가지고 있지 않은 외부인이 문을 열고 나가는 건 불가능하니까."

"그때, 창문 걸쇠는 걸려 있었나요?"

잇달아 질문을 퍼붓자, 우사미는 잠시 생각에 잠겼다 다시 입을 열었다.

"창문이 깨진 것을 발견했을 때는 걸쇠가 걸려 있었어. 그렇지만 딱히 이상한 건 없지 않나? 유리 자르는 공구를 사용해 유리를 잘라낸 다음 구멍으로 손을 넣어 바깥에서 다시 걸쇠를 내리면 되는 거니까."

"그렇죠."

순순히 동의하자, 우사미는 의아하다는 듯 검은 테 안경을 올렸다. 그 이상 깊이 들어가면 자신의 속내를 드러내는 꼴이 된다. 린타로는 화제를 바꿨다.

"그러고 보니 우사미 씨. 조금 전에 제가 이 상을 조사하고 있을 때 뭐라고 말씀하지 않으셨습니까? 이 포즈가 어떻다고."

"뭐야. 못 들은 줄 알았더니. 도둑의 목적과는 상관없을지도 모르지만, 이 상이 취하고 있는 포즈의 의미에 대해 주제넘지만 자네에게 이야기해주려 했지."

"포즈의 의미라고요?"

"어라, 알아채지 못했나? 꽤 열심히 보고 있어서 새삼스레 설명할 필요도 없을 줄 알았는데."

우사미는 기회는 이때라는 듯 심술궂게 말했다.

"무슨 말씀인지 모르겠습니다만……."

"이 상이 '모녀상' 연작을 계승한 작품이라고 한다면 알아듣겠나?"

린타로는 말문이 막혔다. '모녀상'이라는 연작이 에치카를 임신했을 당시의 리쓰코 부인을 모델로 한 가와시마 이사쿠의 라이프캐스팅 조각의 정점에 선 작품이라는 건 알고 있다. 우사미 쇼진이 신문에 기고한 추모 기사에 그렇게 쓰여 있었기 때문이다. 그러나 벼락치기로 익힌 지식은 거기까지였다. 린타로가 주눅 든 얼굴로 실물을 본 적이 없다고 고백하자,

"모녀상을 본 적이 없다고?"

우사미는 야단법석을 떨며 어이없다는 표정을 짓더니, '왜 이런 미술에 대해 알지도 못하는 아마추어를 데려온 겁니까?' 하는 비난의 눈빛으로 가와시마 아쓰시를 쳐다봤다.

"선입관을 가지지 않은 제삼자가 공평한 시선으로 이 사건을 조사했으면 했네."

가와시마는 살짝 겸연쩍은 표정으로 꼴사나운 변명을 했다.

최소한 현대미술 공부를 조금 더 해둬야겠군. 린타로는 가와시마에게 면목이 없었다.

"그런 의도셨다면 어쩔 수 없죠."

우사미는 혀를 차며 작업대의 인터폰을 향해 손을 뻗었다. 별 것 아닌 동작에도 자연스레 우월감이 배어 있었다. 스피커에서는 아키야마 후사에의 목소리가 들렸다.

"우사미입니다. 잠깐 구니토모 씨를 불러주시겠습니까."

레이카가 대답하자, 우사미는 가와시마 선생님의 서재에서 전시회 작품 카탈로그를 가져와달라고 말했다.

"어떤 카탈로그 말씀이시죠?"

"'모녀상 1'의 사진이 실린 거라면 아무거나 좋습니다. 되도록 사진이 크고 포즈를 확실히 알 수 있는 게 좋겠네요."

"'1' 말씀이시군요. 알겠습니다."

인터폰 스위치를 끈 우사미는 안경을 벗고 두 눈을 비볐다. 갑작스레 피로감을 느낀 것 같은 모습이었다. 그는 작업대에 손을 대고 체중을 실으며, 초점이 맞지 않는 심한 근시인 눈으로 린타로를 바라보았다.

"이 상을 만들기 위해 가와시마 선생님은 예전과 같은 방식에 집착하셨어. 무엇보다 70년대 후반의 작품과의 연속성을 유지하는 게 중요했어. 라이프캐스팅 기법만이 아니라, 소재에서 도구까지 20년 전과 같은 것을 사용해야만 성에 차셨지. 살에 닿는 거즈의 재질이 표면의 완성도를 크게 좌우하기 때문이야. 그렇지만 막상 재료를 모으려 하니, 뜻밖에도 라이프캐스팅에 사용하는 석고붕대를 입수할 수가 없더라고."

"블래스터 밴디지인가요?"

"맞아. 자랑하는 건 아니지만, 그걸 찾느라 얼마나 고생했는지. 요즘 의료 현장에서는 글라스파이버 수지와 열가소성 플라스틱을 사용한 새로운 재료가 주류라, 예전처럼 석고 기브스를 하는 환자는 거의 찾아볼 수 없거든. 무거운 데다 손도 더러워지고, 굳을 때까지 시간도 걸리니까. 몇몇 의료용품 회사에 연락해 봤지만, 모두 재고가 없다고 하더군. 그렇지만 가와시마 선생님이 예전에 사용하셨던 블래스터 밴디지가 아니면 '모녀상' 연작을 마무리 지을 수 없는 탓에 이곳저곳 찾아본 결과 겨우 재고품을 손에 넣었네만, 그게 어디 있었을 것 같나?"

"글쎄요. 잘 모르겠는데요."

"그럴 테지. 황당하게도 가부키초의 SM숍에서 배포하는 통신판매 카탈로그에 실려 있지 뭔가. 관장이며 토사제 리스트와 함께 말이야. '블래스터 밴디지'는 숨은 인기 상품으로, 주로 붕대 페티시즘이 있는 사람들이나 기브스 마니아들이 구입한다고 하더군. 그런 마니아들은 석고의 무게와 질감에 집착하기 때문에, 신소재인 플라스틱 같은 걸로는 부족함을 느낀다고 하더군. 그런 이야기를 했더니 가와시마 선생님도 쓴웃음을 지으시더군. 이대로 가다간 언젠가 관장 아티스트가 한 세대를 풍미하는 시대가 올지도 모른다며."

말수가 많아진 건 작품에 대한 순수한 애정 때문일까, 아니면 단순히 고인과의 친밀한 관계를 강조하고 싶은 것뿐일까. 우사미의 이야기를 듣고 있는 동안, 구니토모 레이카가 아틀리에에 도착했다. 그녀는 오래된 영화의 팸플릿 같은 카탈로그를 들고 있었다.

"이거면 되죠? 제일 먼저 눈에 띈 것으로 가져왔는데."

"네, 이거면 됩니다. 고맙습니다."

"뭐에 쓰시려는 거예요?"

"아니, 가와시마 선생님의 작품을 본 적 없다는 강적이 나타나서요."

우사미는 생색을 내며 린타로를 턱으로 가리키더니, 카탈로그의 한 페이지를 가리키며 말했다.

"이게 '모녀상' 연작 제1호야. 1978년, 리쓰코 씨의 임신 사실을 안 직후에 만들어진 작품이지. '모녀상 2' 이후의 작품도 달라진 건 모델의 체형뿐. 기본적으로는 같은 포즈를 취하고 있지만, 역시 첫 작품인 이게 제일 알기 쉽겠군."

우사미가 보여준 건 심플한 둥근 의자에 다리를 모아 구부리고 앉은 석고 나부상(裸婦像)을 정면에서 촬영한 컬러 사진이었다. 좌상을 선택한 건 연작의 후반 작업을 고려해, 임신 중인 모델에게 되도록 부담이 가지 않도록 하기 위해서이리라. 황홀한 표정으로 눈을 감고 있는 여성의 얼굴은 딸인 에치카와 판박이였다. 머리 모양도 현재 에치카와 무척 비슷했다. 분명 에치카가 일부러 어머니의 머리 모양을 흉내 낸 것이리라.

다리를 모아 옆으로 구부리고 있긴 했지만, 편해보이지는 않았다. 등을 곧게 세우고, 가슴 한가득 숨을 들이마시고 있는 듯한 느낌으로, 엑스레이를 찍을 때와 비슷한 자세였다. 오른손은 무릎 위, 왼쪽 팔꿈치는 의자 등받이에 기댄 채, 한쪽으로 어깨가 들리지 않도록 힘을 뺀 듯한 느낌이었다. 아직 임신 초기이기 때문이리라. 평평한 배에서는 생명을 잉태하고 있는 봉긋한 느낌은 전혀 느껴지지 않았다.

양 무릎은 각도를 달리 해서, 오른쪽 다리는 앞쪽 바닥을 딛고 있고, 왼쪽 다리는 반쯤 뒤로 빼서 발끝을 세우고 있었다.

린타로는 카탈로그의 사진과 머리가 잘려나간 에치카의 상을 몇 번이고 번갈아 바라봤다. 그리고 남쪽 창문 옆에 놓인 전신 거울을 향해 '모녀상 1'의 사진을 펼쳤다.

거울에 비친 '모녀상 1'과 등신대의 에치카의 상은 완전히 똑같은 포즈를 취하고 있었다.

"이런 거였군요."

린타로가 저도 모르게 그렇게 중얼거리자, 가와시마와 레이카는 눈짓으로 맞장구를 치는 시늉을 했다. 에치카의 상에는 머리가 없지만, 원래 완성품이 '모녀상 1'과 입체적으로 거울상이라는 건 누가 봐도 한눈에 알 수 있었다. 린타로는 자신의 무지를 부끄러워하며, 카탈로그를 덮어 우사미에게 건넸다.

"바로 이런 거라네, 노리즈키 군. 물론 모델이 다르니까 세세한 부분을 고려하면 완전한 좌우대칭이라고 할 수는 없지만……. 아무리 피가 섞인 모녀라 해도 말일세."

우사미 쇼진은 안경을 올리더니, 점잔을 빼며 미술평론가다운 말투로 말했다.

"그렇다고는 해도 가와시마 선생님이 이 작품을 구상하는 데 있어서 21년 전의 '모녀상 1'의 반전 복제라는 콘셉트를 제일 중요시하신 것은 틀림없네. 추도문에서도 했던 소리지만, DNA 암호의 전사, 번역에 기초한 단백질 합성 과정을 외부에서 시뮬레이트해서 '3중 복제'라는 곡예와도 같은 조형을 실현한 작품이 만들어지는 것이지. 당시 어머니의 태내에 있던 딸 에치카 양을 모델로 삼아 21년 만에 '모녀상' 연작을 마무리 짓겠다고 결심했을 때, 가와시마 선생님은 거울상이라는 새로운 복제 양상을 덧붙이기로 하셨어. 보르헤스의 말에 빗대서 표현하자면, '거울과 성교, 그리고 조각은 사람의 수를 증식시키기 때문에 축복받는다'라고 할 수 있지. 나는 가와시마 선생님의 유작에는 그런 메시지가 담겨 있다고 믿네. 모델이 된 에치카 양도 그런 사실을 잘 알고 있을 거야."

열기 어린 해설에 귀를 기울이는 린타로의 뇌리에 처음 에치카와 만났던 날의 기억이 떠올랐다. '블라인드 페이스', 네거티브필름을 뒤집어서 인화하기만 해도 쉽게 피사체의 거울상을 만들어낼 수 있는 사진에 비해, 석고를 사용한 인사이드 캐스팅 수법으로는 모델의 속틀에서 직접 오리지널 거울상을 만들기란 불가능하다. 굳은 속틀의 좌우를 뒤집으려 해도, 한 장의 필름을 뒤집어 인화하는 것처럼 쉽지는 않으니까.

따라서 가와시마 이사쿠는 모델이 포즈를 취하는 단계에서 '모녀상 1'과 좌우대칭이 되도록 지시한 것이다. 아틀리에에 전신 거울이 있는 건 바로 그 때문이다. 가와시마 부녀는 조금 전의 린타로처럼 거울에 비친 '모녀상 1'의 사진을 한시도 눈을 떼지 않고, 정신없이 형태 잡는 작업에 매진했으리라. 다시로 슈헤이는 '블라인드 페이스'를 촬영할 때, 현실의 거울에 의지하지 않아도 됐지만, 가와시마 이사쿠가 그의 콘셉트를 구체화시키기 위해서는 반드시 실재하는 거울이 눈앞에 놓여 있을 필요가 있었던 것이다.

연상은 연상을 불렀다.

실재하는 거울.

가가미(鏡, 일본어로 거울은 가가미라고 한다 — 옮긴이)?

가가미(各務).

"가와시마 씨, 하나 확인하고 싶은 게 있는데요. 오늘 고별식 중에 에치카 양이 가가미 씨란 사람을 불러 세워서 이야기를 나눴지 않습니까. 그 사람이 에치카 양의 어머니, 리쓰코 씨의 재혼 상대인 거죠?"

갑작스런 질문에 가와시마 아쓰시는 눈썹을 치켜뜨며 대답했다.

"맞는데, 왜 지금 그걸 묻는 거지?"

"이사쿠 씨의 마지막 작품은 원래 리쓰코 부인을 모델로 한 '모녀상 1'을 거울에 비친 듯한 포즈를 취하고 있습니다. 거울과 가가미. 어설픈 언어유희 같지만, 어쩌면 이사쿠 씨는 헤어진 아내, 가가미 리쓰코 씨에 대해 세상을 떠나기 직전까지 미련을 가지고 있던 게 아닐까요?"

가와시마는 불편한 표정으로 구니토모 레이카를 보았다. 레이카는 입술을 깨물며 시선을 피했다. 가와시마는 웅크린 채 한숨을 쉬며 마지못한 얼굴로 대답했다.

"그건 단순한 우연의 일치 아닐까? 우사미 씨는 어떻게 생각하시죠?"

"글쎄요, 거기까지는 모르겠군요."

우사미 쇼진은 갑자기 흥이 깨진 듯 나랑 상관없다는 듯 모르는 척을 했다. 린타로는 우사미의 반응에는 신경도 쓰지 않고,

"이사쿠 씨와 리쓰코 씨가 이혼하게 된 계기에 대해 알려주시겠습니까?"

"그런 게 이번 사건과 무슨 상관이 있다는 거지?"

가와시마는 무의식적으로 주머니를 뒤적이며 담배와 라이터를 꺼내려 했다. "아틀리에 안에서는 금연입니다" 하고 우사미가 주의를 주자, 그제야 자신이 무엇을 하고 있는지 깨달았다는 표정을 짓는다. 감정이 동요되어 방어 자세를 취하고 있다는 증거였다. 린타로는 무자비한 말투로 말을 이었다.

"고별식이 시작되기 전에 그냥 흘러 넘길 수 없는 소문을 들었습니다. 금슬 좋던 두 사람이 헤어지게 된 계기는 이사쿠 씨가 아내의 친동생과 불륜 관계를 가졌기 때문이라고."

가와시마는 무거운 목줄을 찬 듯 고개를 저으며 린타로의 말을 막았다.

"알았어. 이리 오게. 둘이서 이야기하지."

9

가와시마 아쓰시는 린타로를 안채 2층으로 데려갔다. 계단에서 남쪽으로 뻗은 복도는 2층 중간 부분에서 오른쪽으로 꺾여 있었다.

그 앞쪽, 왼편의 정원과 접한 쪽(2층 동쪽 절반을 차지하는)에 문이 두 개, 그리고 모퉁이 정면에 또 하나 문이 보였다. 거꾸로 된 L자 모양의 복도 바깥쪽을 따라 벽으로 나뉜 방이 세 개 놓인 것이라 생각하면 된다.

정원과 접한 두 방 중 계단과 가까운 방이 에치카의 방이고, 그 옆은 고인의 침실이었다고 한다. 가와시마의 안내를 받은 린타로가 향한 곳은 그 둘 중 어느 곳도 아니었다. 잠든 에치카를 깨우지 않도록 살금살금 복도를 지나, 모퉁이 정면에 위치한 세 번째 문을 살며시 열었다.

"형님 서재야. 여기라면 누구에게도 방해받지 않고 이야기할 수 있겠지."

하나 마나 한 말이었다. 가와시마가 방의 불을 켜자, 천장까지 빽빽하게 책이 들어찬 책장이 삼면 벽을 가득 매우고 있는 것이 눈에 들어왔기 때문이다.

대형 미술서적, 사진집, 카탈로그 등이 많았고, 장서의 판형도 제각각이었기 때문에 군데군데 움푹 들어갔다 나왔다 해서 책장은 금방이라도 가득 차 넘칠 것 같았다. 돌담이라도 쌓는 듯 공간을 채우는 즉흥적인 수납 방법은 아틀리에의 선반에서 본 것과 마찬가지였다. 이곳 역시 책장에 다 들어가지 못한 책들이 바닥 이곳저곳에 쌓여 있어서, 방바닥은 자갈밭처럼 정신없는 상태였다. 지진이 일어나면 잠시도 견디지 못할 것이다.

서재에서 유일하게 막혀 있지 않은 건 남쪽으로 난 창문뿐이었다. 창가 밑에는 보기에도 묵직해보이는 집필용 책상이 있었고, 책상 위에는 사전과 원고지, 굵은 만년필 등이 그대로 놓여 있었다.

번역가 동생과는 달리, 가와시마 이사쿠는 마지막까지 자필 원고를 고집했던 듯, 워드프로세서나 컴퓨터 같은 것은 찾아볼 수 없었다. 책상 위가 비교적 잘 정리되어 있는 건, 아틀리에에서 육체노동에 전념할 수 있도록 퇴원 후는 펜을 놓고 있었기 때문이리라.

새하얀 원고지 위에는 문진 대용으로 돋보기가 올려져 있었다. 시신과 함께 관에 담지 않은 건 11월에 열릴 회고전에서 유품의 일부를 공개하기 위해서가 아닐까? 그런 생각이 문득 머릿속을 스치고 지나갔다. 이미 이 서재에도 우사미 쇼진의 손길이 닿았을 것이리라. 가와시마 이사쿠가 일지 같은 것을 쓰지 않았는지 우사미에게 확인해볼 필요가 있다.

가와시마 아쓰시는 거실에서 가져온 재떨이를 책상에 올려놓더니, 커튼과 창문을 열고 방 안 공기를 환기시켰다. 오늘 밤도 열대야가 될 것 같다. 형의 체온이 배어 있는 안락의자의 방향을 바꾼 다음, 주저하는 기색도 없이 털썩 앉은 가와시마는 담배를 꺼내 물었다. 린타로는 못 본 척하며 의자와 쌍을 이루고 있는 오토만을 가져왔다.

달리 의자도 없었고, 그렇다고 책 위에 앉을 수도 없다. 본래 용도와는 다르지만, 튼튼해 보이는 오토만이니 앉는다고 부서지지는 않을 것이다. 놓인 장소로 보아하니 고인도 높은 곳에 있는 책을 꺼내거나 꽂아놓을 때 발판 대용으로 삼지 않았을까. 아니면 구니토모 레이카가 조금 전 '모녀상 1'의 카탈로그를 꺼낼 때 이것을 사용했던 것인지도 모른다.

"그래서 자네는 유코 씨에 대해 어디까지 알고 있는 건가?"

조급하게 푸른 연기를 뿜으며, 가와시마는 그렇게 말을 꺼냈다.

처음 듣는 이름이었지만 그것이 누구를 지칭하는 것인지는 잘 알고 있었다.

"리쓰코 씨의 동생 말씀이시군요. 한자는 어떻게 되죠?"

"맺을 결 자에 아들 자 자를 써서 유코(結子)라고 하네. 그보다 조금 전의 소문 운운하는 것에는 아직 뒷이야기가 남아 있을 테지. 날 떠본 게 아니라면 얼버무리지 말고 끝까지 이야기해줬으면 하네."

혼자서 조바심을 내는 듯한 강압적인 말투였다. 평소의 가와시마답지 않은 태도였지만, 그렇게 만든 건 바로 자신이다. 린타로는 속내를 전부 밝히기로 했다.

그렇다고 해도 소스는 고별식 회장에서 엿들은 무책임한 소문뿐이다. 진위 여부도 분명치 않고, 구니토모 레이카도 언급하는 것을 꺼려했기 때문에 아틀리에에서 했던 발언에 덧붙일 만한 이야기는 그다지 없었다. "그 처제도 가정이 있는 유부녀 남편한테 들켜서 궁지에 몰린 나머지 자살했다나 뭐라나." 이 정도 말로 과연 가와시마의 무거운 입을 열게 만들 수 있을까?

하지만 그 정도의 이야기만으로도 충분했다. 자살이란 단어를 말한 순간, 가와시마는 눈을 감았다. 입술은 납작하게 얇아져 있다. 순간 고개를 저으려 했지만, 금세 동작을 멈췄다. 모르는 척해도 소용없다고 생각한 것 같았다.

"역시 사실이었군요."

새삼스레 못을 박을 것까지도 없었다. 가와시마의 목이 이물질을 삼킨 것처럼 씰룩거렸다. 손에 든 담배의 재는 금방이라도 떨어질 것처럼 길어져 있었다. 그는 의자째 몸의 방향을 바꾸더니, 신중하게 재떨이에 재를 턴 다음 입안이 바싹 타들어가는 것 같은 목소리로 입을 열었다.

"그 소문이 사실인지 아닌지는 보는 각도에 따라 달라질 것 같네."

"보는 각도라니요?"

가와시마는 담배를 끈 다음 다시 린타로를 보았다. 이마에는 땀방울이 맺혀 있었다.

"유코 씨가 자살한 건 틀림없는 사실이네. 조사해보면 금방 알수 있는 사실이니 숨겨봤자 소용없겠지. 그렇지만 그녀를 죽음으로 몰고 간 책임이 정말 형님에게 있느냐고 묻는다면, 그렇다고 대답하진 않을 거야."

"일방적으로 남자 쪽을 비난하는 건 불공평하니까요?"

"그런 뜻이 아닐세."

가와시마는 답답하다는 듯 고개를 저었다.

"형님을 감싸려는 건 아니지만, 그 사건에는 조금 더 깊은 사정이 있네. 적어도 내가 들은 바에 의하면."

"깊은 사정?"

"일부러 세상에 알릴 만한 사정은 아니네. 벌써 오래 전 일이라 아틀리에 침입 사건과 관련은 없을 것 같지만 에치카와 관련된 일이니 이야기해두도록 하지."

가와시마는 견제하듯 말했다. 부끄러운 집안일을 함부로 퍼뜨리지 말아달라고 암묵적으로 주의를 주는 것이다. 린타로가 알겠다는 얼굴로 고개를 끄덕이자, 가와시마는 무릎 위에 양손을 깍지 끼며 입을 열었다.

"자네가 들은 소문에는 중요한 부분이 하나 빠져 있네. 그것이 있느냐 없느냐에 따라 형님의 입장이 완전히 달라져버리지. 자살한 유코 씨의 남편이 누구였는지 모르지?"

무언가를 암시하는 듯한 말투였다. 린타로는 미간을 찌푸리며 물었다.

"혹시 저도 알고 있는 사람입니까?"

"그래. 오늘 분향대 앞에서 에치카와 이야기했던 남자야."

"가가미 준이치요?"

가와시마는 냉담한 얼굴로 고개를 끄덕였다. 예상치도 못한 사실에 린타로는 눈을 동그랗게 뜨며 물었다.

"설마요. 그 사람은 리쓰코 씨의 재혼 상대잖아요."

"그 설마가 맞네. 형수는 형님과 헤어진 후 죽은 여동생의 남편과 재혼했어. 외동딸인 에치카를 버려두고."

"잠깐만요."

머리가 어질어질해지는 것을 가까스로 참으며, 린타로는 분향대 앞에서 에치카와 가가미가 나누었던 대화를 반추했다.

"아무리 지나간 일이라고 해도 순순히 물에 흘려보낼 순 없는 거 아니겠어……. 솔직히 내 마음도 집사람이랑 마찬가지야."

확실하게 말한 건 아니었지만, 가가미 준이치는 시종일관 가와시마 이사쿠에 대해 개인적인 원한을 가지고 있는 듯한 태도를 취하고 있었다.

전처(가가미 유코)가 가와시마 이사쿠와 불륜을 저지르고, 그 때문에 자살까지 하게 되었다면, 고인의 영정 앞에서 무례를 서슴지 않는 가가미의 태도에도 나름대로 이유가 있다고 할 수 있을 것이다. 그렇지만…….

"분명히 언니인 리쓰코 씨는 이사쿠 씨와 이혼한 뒤에 홀로 미국으로 건너가 그곳에서 친해진 가가미 씨와 재혼했다고 하지 않으셨습니까."

린타로는 이틀 전에 가와시마에게서 들은 이야기를 떠올리며 입을 열었다.

"그렇지만 지금 이야기를 들어보면 두 사람은 미국으로 건너가기 전부터 유코 씨를 통해 서로 면식이 있었다는 건데요. 실제로 그런 건가요?"

"면식이 있었던 정도가 아니지. 난 그 두 사람이 그 이상의 관계였다고 생각해. 그런 두 사람이 나란히 미국으로 건너가 비밀리에 재혼한 다음 귀국한다. 아무리 생각해도 너무 작위적이지 않나? 물론 그쪽은 그쪽 나름대로 할 말이 있겠지만. 어찌 되었든 유코 씨의 자살에 대해 형님 혼자만 비난받아야 하는지 의문이라고 한 건, 지금 말한 것 같은 사정이 있기 때문이네. 진상은 다른 곳에 있는 게 아닐까."

가와시마의 얼굴에서는 조금 전까지의 고민은 찾아볼 수 없었다. 오랫동안 가슴속에 뭉쳐 있던 응어리를 떼어 내려는 듯, 조금씩 목소리에 힘이 담긴다. 단순히 세상을 떠나기 직전에 화해한 형을 변호하려는 것이 아니라, 에치카를 버린 그녀의 어머니에게 아직도 의분을 느끼고 있는 것인지도 모른다. 그것을 과연 의분이라 할 수 있는지는 차치하고서라도.

"유코 씨가 자살한 건 언제죠?"

"1983년 7월이야. 호스를 이용해 자동차 배기가스를 차 안으로 끌어들여서 일산화탄소 중독으로 사망했지. 장소는 사가미하라 시 가미쓰루마에 있는 자택이었고, 죽기 전에 수면제를 복용했다고 하더군. 로스 맥도널드가 세상을 떠난 달에 일어난 일이라 똑똑히 기억하고 있어."

가와시마는 하드보일드 번역가다운 주석을 덧붙였다. 16년 전에 일어난 사건이다. 에치카가 5살이 되기도 전의 일이다.

"돌아가신 유코 씨는 어떤 분이었죠?"

"그 사람하고는 몇 번 만난 적이 없어서 자세히는 몰라. 형수보다 두 살 아래였을 거야. 세상을 떠났을 때는 서른이었던가. 자매니까 당연히 생김새는 비슷했지만, 굳이 말하자면 유코 씨가 더 화사한 느낌이었어. 화장이라든지, 옷차림 같은 게 말이야. 낭비벽이 있었다는 소문도 들은 것 같네만, 성격은 어땠는지는 잘 몰라. 아이는 없었어."

"부부 사이가 좋지 않았습니까?"

가와시마는 의자 등받이에 털썩 기댔다. 삐걱거리는 소리가 났다.

"그런 일이 있었으니 아마 그랬겠지. 사건 전부터 가가미가 경영하는 치과의 수입이 그다지 좋지 않았다고 하더군. 어쩌면 경제적인 이유가 가정불화의 원인이었을지도 모르고."

"유코 씨는 그래서 형부에게 접근한 겁니까?"

가와시마는 입술을 오므리며 고개를 저었다. 새 담배에 불을 붙이더니, 정리되지 않는 생각들을 정리하듯 아무 말 없이 한 차례 연기를 뿜어낸다.

"솔직히 나는 그 일에 대해서도 계속 의문을 가지고 있었어. 형님이 정말 유코 씨와 불륜을 저질렀을까? 겉으로는 그런 것으로 되어 있고, 형님 자신도 이의를 제기하지는 않은 모양이지만 사실은 그렇지 않은 게 아닐까?"

가와시마가 입 밖으로 낸 의문은 마치 연극의 독백 같았다. 레토리컬 퀘스천(rhetorical question)이라는 것으로, 화자의 내면에서는 이미 결론이 나 있는 의문을 말한다.

"그렇다면?"

"유코 씨가 자살한 건 형님과 연을 끊기 전의 일이야. 그래서 그 당시 나도 완전히 제삼자 취급을 받았던 건 아니지. 조금 이야기가 길어질지도 모르지만, 실은 이혼하기 훨씬 전부터 형님 부부는 사이가 좋지 않았어."

"이사쿠 씨와 리쓰코 씨가요?"

"그래. 애당초 원인은 당시 형님의 창작 활동이 난항을 겪고 있었기 때문일 거야. 80년대 전반부터 라이프캐스팅 조각 제작을 중단했던 건 자네도 들어서 알고 있지?"

"그러고 보니 긴자에서 만났던 날에도 에치카 양이 그런 이야기를 했던 것 같군요. 눈 부분이 뚫린 버전을 제작했다 그 자리에서 산산조각 내버렸다고. 같은 시기에 있었던 일인가요?"

"아마 그럴 거야. 형님은 여러 번 시행착오를 거듭했지만, 내가 보기에도 궁지에 몰려 있는 것 같았어. 갈 곳 없는 분노를 이기지 못하고 형수에게 심하게 대한 적도 많았을 거야. 애초에 형님의 창작 활동은 형수와의 2인 3각 같은 것이었으니까 더더욱 그랬겠지."

그 2인조도 고별식 회장에서 비슷한 이야기를 했었다. 이혼이 먼저인지, 가와시마 이사쿠의 창작 활동이 난항을 겪었던 것이 먼저

인지에 따라 조금 뉘앙스가 달라지긴 하지만, 어떤 의미로는 같은 동전의 앞뒤라 할 수 있으리라.

"물론 그것은 형님이 형수에게 어리광을 부렸기 때문일 거야. 조금 전 자네가 아틀리에에서 지적한 것 말이네만, 아마도 그 말이 맞을 걸세. 거울 원리를 사용한 것도 우사미 군의 말처럼 고상한 생각이 있어서가 아니라, 단순히 헤어진 전처에게 자신의 마음을 전하려 했던 것이라고 생각하네. 형님은 마지막까지 그 사람의 이름을 불렀을 정도니까 말이야. 오히려 배우자에게 정이 떨어진 사람은 형님이 아니라 리쓰코 씨가 아니었을까. 그렇게 생각하면 그 후에 일어난 일들도 이해가 가네만."

"그 후에 일어난 일들이라뇨?"

"유코 씨와 형님의 관계 말일세. 그녀는 들뜬 기분으로 형님에게 다가간 것이 아니라, 같은 환경에 처한 피해자 입장에서 상담을 요청했던 게 아닐까? 요컨대 먼저 불륜을 저지른 건 형님과 유코 씨가 아니라, 형수와 가가미 준이치가 아니었냐는 거지."

"지금 당장은 믿기 힘든 이야기군요. 이사쿠 씨가 그렇게 말씀하시던가요?"

린타로가 고개를 갸웃거리자, 가와시마는 말귀를 못 알아듣는 아이를 차근차근 타이르듯 말했다.

"아니, 자존심 센 형님이 그런 걸 인정할 리 없지. 어디까지나 나 혼자만의 생각이니, 그렇게 알고. 이것도 나중에 들은 이야기이긴 하지만, 리쓰코 씨는 당시 가가미가 운영하던 치과에 빈번하게 드나들었다고 하더군. 동생의 남편이니 치료할 때에도 여러 가지로 편의를 봐줄 테니 병원에 다닌다는 것 자체는 이상할 것 없지. 그렇지만 그것을 계기로 가가미와 친해졌고, 이윽고 의사와 환자 관계를 넘기에 이르렀다면? 치과에 예약을 해두었다, 남편 눈을 피해 바람을 피우기에는 데 좋을 구실이었겠지."

가와시마의 생각은 억측에 불과했다. 린타로는 그렇게 생각했다. 그럼에도 불구하고 묘하게 설득력이 있다는 사실도 부정할 수 없었다. 적어도 이야기 속에 등장하는 두 쌍의 부부에 대해 자신보다 가와시마가 더 잘 알고 있을 테니.

"유코 씨와 이사쿠 씨가 서로 배우자를 빼앗긴 피해자 관계에 지나지 않았다면, 제가 들은 소문은 잘못된 것이었겠군요. 가와시마 씨는 두 사람 사이에 남녀 관계가 없었다고 지금도 확신하십니까?"

"그건 잘 모르겠네. 그저 나로서는 아무 일도 없었다고 믿고 싶을 뿐이지."

"하지만 만일 그랬다면 이사쿠 씨는 왜 그 사실을 알리지 않았던 걸까요? 리쓰코 씨와 가가미 씨의 관계가 먼저였다면, 정정당당하게 자신의 결백을 주장하면 되지 않습니까."

린타로의 물음에 가와시마는 자신 없다는 듯 고개를 저으며 말했다.

"그럴 수 없는 이유가 있었겠지. 형님의 자존심이 용서하지 않았든지, 형수에 대한 배려였을 수도 있고. 아니면 무언가 약점이라도 잡혔던 게 아닐까."

"약점?"

"뭐, 실제로 정에 휩쓸려 유코 씨와 한 번쯤 실수를 저질렀던 게 아닐까. 당시 서른일곱, 여덟이었으니 말이야. 무슨 일이 일어나도 이상할 것 없는 나이지."

자신의 일처럼 얼굴을 붉히며, 가와시마는 이전에 한 말을 철회했다.

"그 때문에 형님은 오히려 섣불리 움직일 수 없게 되었던 거지. 리쓰코 씨와 가가미 쪽은 처음부터 꼬리를 잡히지 않도록 교묘하게 만나고 있었을 거야. 그래서 어느 쪽이 먼저냐는 논쟁이 일어나지도 않았던 거고."

"그렇다고 하죠. 그러면 유코 씨가 자살할 정도로 궁지에 몰린 이유는 뭡니까? 주변에서 뭐라고 하든, 당사자들 입장에서 보면 분명히 잘못은 상대방에게 있는 셈이잖아요. 그녀가 스스로 목숨을 끊을 이유 같은 건 없을 텐데요?"

"바로 그거야."

가와시마의 눈매가 갑자기 험악해졌다. 그는 무릎 위에서 손가락으로 글씨를 쓰는 시늉을 하며 말했다.

"오늘 고별식에서도 가가미 준이치 혼자 피해자인 척했지만, 과연 그의 말을 곧이곧대로 받아들여도 되는 걸까? 큰 소리로는 말못하지만, 유코 씨의 죽음으로 제일 이득을 본 사람은 바로 그 남자였어. 돌이켜보면 볼수록, 형님과의 관계 운운하는 건 자살의 이유로서는 부차적인 것에 지나지 않는다는 생각이 들어."

담담한 목소리로 흘려 넘길 수 없는 소리를 하는군. 린타로는 몸을 앞으로 내밀며 물었다.

"가가미 씨가 이득을 보았다니, 무슨 뜻이죠?"

"당시 가미쓰루마에 있던 가가미의 병원 사정이 좋지 않았다는 건 아까도 이야기했었지? 좀 더 확실히 말하자면, 설비 자금을 회수하지 못해서 빚에 시달리고 있던 상황이었어. 그것도 나중에 다른 사람을 통해 들은 이야기지만, 그 당시에 치과의사가 우후죽순으로 늘어나면서 생존경쟁이 치열해졌다고 하더군. 사채나 다름없는 업자에게 매월 운영 자금을 빌렸던 지경이라, 동네에서도 평판이 좋지 않았나 봐. 한 번 그런 소문이 돌면 환자들이 떨어져 나가는 건 시간문제지. 결국 병원을 팔아넘기고 미국으로 건너갔지만, 병원 자체에 차압이 걸려 있어서 매각 대금으로는 빚을 다 갚지도 못했다고 하더군. 결국 가가미가 빚을 갚을 수 있었던 건 유코 씨의 사망 보험금이 나왔기 때문이야."

린타로는 무의식중에 입술을 핥았다. 이야기는 생각지도 못했던 방향으로 흘러가고 있다.

"생명보험? 자살했을 경우의 면책 특약에 걸리지 않았던 겁니까?"

"보험에 가입한 것이 1년 전이었거든. 최근에는 면책 기간을 계약 개시일로부터 3년간으로 연장하는 회사가 늘었지만. 버블이 터지기 전이라고는 해도, 당시에는 요새보다 훨씬 경기가 좋았으니까."

"가가미 준이치가 보험금을 노리고 유코 씨를 자살로 몰아갔다는 겁니까?"

가와시마는 모호한 표정으로 어깨를 으쓱하며 말했다.

"보험회사 조사과에서 사람이 나와 이것저것 알아봤다고 하던데, 결국 계약대로 보험금이 지급되었으니 수상한 구석은 없었을 거야. 본인이 유서도 남겼고."

"유서 내용은 뭐였죠?"

"가가미의 요청으로 공표되지 않았어. 유족을 제외하고 내용을 알고 있는 사람들은 경찰과 보험회사 조사원뿐이야. 뭐, 대충 상상은 가지만. 형님과의 불륜 관계와 유코 씨의 낭비벽을 연결지어 가가미로부터 심리적인 압력을 받고 있었던 게 아닐까. 뭐 분명한 살의가 있었던 건 아니겠지만, 욱하는 마음에 그냥 죽어주면 돈이라도 생길 텐데, 하는 정도의 기대는 품고 있었겠지. 그런 관점에서 보면 가가미의 생각대로 일이 진행되었다고 할 수 있고."

"혹시 리쓰코 씨도 그 계획에 가담했을 거라고 생각하시는 겁니까?"

"아마 그랬겠지."

가와시마는 아무 망설임도 없이 그렇게 대답했다.

"그 후의 두 사람의 행동을 보면 사전에 미리 계획했다고밖에 생각할 수 없어. 유코 씨가 자살한 후 얼마 되지 않아 리쓰코 씨는 이 집에서 나가 시내에 있는 맨션에서 혼자서 살기 시작했지. 그해 말에 형님과도 이혼 수속을 마쳤고, 이듬해 초에는 이미 LA로 떠난 뒤였어. 그 일 전후로 가가미 역시 일본을 떠났고. 병원을 매각한 돈과 유코 씨의 보험금으로 빚을 다 갚고, 남은 돈으로 미국으로 건너간 거야. 미용 치과의 새로운 기술을 공부하기 위해 미국으로 유학 간다는 명목이었지."

"작년에 마쓰다 세이코(일본의 유명 연예인 ― 옮긴이)가 재혼한 상대도 미용 치과의사였죠?"

"그래, 그 사람들도 미국으로 건너갔지. 치열 교정이라든지 덴탈 에스테의 본고장은 할리우드니까 그런 케이스도 흔하게 볼 수 있을지도 모르지. 가가미의 경우에는 일반적인 치과의사로 벌어먹고 살기 어렵게 되었으니 하는 수 없이 그쪽 길을 선택했다고 해야겠지만, 일찍 전직을 시도한 것이 행운이었나 봐. 86년 말에 귀국해서 시내에 미용 치과 병원을 개원한 뒤부터는 옛날에 빚더미에 앉았던 것이 거짓말처럼 장사가 잘 되어서, 요새는 아주 잘 나가나 보더라고. 그건 그렇고 유코 씨가 자살한 후의 두 사람의 행동에는 부자연스러운 점이 너무 많아. 마치 세간의 관심이 식길 기다리듯 외국으로 도망쳤잖아."

"하긴 듣고 보니 그렇긴 하네요."

린타로는 맞장구를 쳤지만, 속으로는 서서히 경계를 높이고 있었다. 재혼한 가가미 부부에 대한 가와시마의 의심이 지나치게 과대망상적인 색깔을 띠기 시작했기 때문이다.

분노와 억측을 무기로 타인을 공격하는 사람은 때때로 자신 안에 똑바로 바라볼 수 없는 죄책감을 숨기고 있기도 하다. 가와시마는 확실히 언제인지 이야기해주지 않았지만, 형인 이사쿠로부터 절연 선고를 받은 건 가가미 유코가 자살한 직후였던 게 아닐까? 그렇다면 일부러 사실을 생략하는 것만으로, 가와시마 자신이 지금까지 했던 이야기 속의 어떤 취약한 부분에 어떤 형태로든 관여되어 있을 가능성도 배제할 수 없다. 형과의 관계가 나빠진 원인에 대해 언급하지 않으려는 것도 그 사실을 들킬까봐 두려워하고 있기 때문인지도 모른다.

가와시마 아쓰시가 독신을 고수하는 건 젊었을 적 실연의 아픔으로 인해서라는 이야기도 소문에 지나지 않는다. 몹쓸 추측을 할 생각은 없지만, 그의 말을 100퍼센트 그대로 받아들이지 않는 편이 좋을 것 같다. 그렇게 되뇌며, 린타로는 자연스레 화제를 바꿨다.

"그러고 보니 고별식에서 에치카 양이 보였던 행동 말입니다만.

가가미 씨에게 리쓰코 씨에게 할 말이 있다고 하던데, 지금 하신 이야기와 무언가 관계가 있는 겁니까?"

가와시마는 겨우 어깨 힘을 빼더니 글쎄, 하고 고개를 갸웃거렸다.

"에치카에게 물어봤지만 이야기해주지 않더군. 석고상의 포즈에 대해 엄마에게 이야기하려던 게 아닐까."

"아버지의 유작에 거울 원리가 사용되었다는 것 말입니까?"

"그래. 형님이 마지막 작품에 담은 메시지를 리쓰코 씨에게 전하는 것이 딸의 의무라고 생각하는 것 같아. 자신을 버린 어머니에게 꼭 한마디 해주고 싶은 마음은 모르겠는 것도 아냐. 16년간 줄곧 흐지부지하게 묻혀왔던 일이니까 말이야."

나름대로 수긍이 가는 대답이었다. 그러나 하나 더 결정적 요소가 빠져 있다.

"에치카 양은 16년 전의 사건에 대해 자세히 알고 있는 겁니까?"

"아마도. 오늘 가가미와 나눈 대화를 들어보니 그런 것 같더군. 당시에는 아직 철이 덜 들어서 주변에서 일어났던 일을 이해하지 못했을지도 모르지만, 성장하면서 저절로 알게 되었을 거야."

"에치카 씨가 이사쿠 씨의 재혼에 반대하며 엇나갔던 시기가 있었다고 하셨죠. 그것과 16년 전의 사건에 무언가 관계가 있나요?"

가와시마는 천장을 올려다보며 잠시 생각에 잠겼지만, 이윽고 음, 하고 한숨을 쉬며 입을 열었다.

"엄마 없이 커서 아빠에게 많이 의지했던 것도 사실이지만, 그 이상으로 영향을 받았냐고 묻는다면 나로서는 뭐라 할 말이 없네. 관계가 있었을지도 모르고, 없었을지도 모르지. 아무튼 생각지도 못하게 옛날 이야기에 시간을 낭비한 것 같군. 석고상 이야기가 나왔으니 지금 당장 직면한 문제에 대해 이야기하도록 하지."

에치카에 대해 생각하고 있는 동안, 별로 아름답지도 않은 옛날 이야기를 하며 다소 격양된 모습을 보였던 것을 반성했던 것일까. 의문은 끊이지 않았지만, 슬슬 때가 된 것 같다. 린타로가 "그럴까요" 하고 대답하자, 가와시마는 창문 밖으로 정원을 내다보듯 시선을 던진다.

"아틀리에에 있는 석고상을 보고 어떤 생각이 들던가? 우사미군에게는 뭔가 생각이 있는 것 같지만, 그렇다고 해도 그 친구는 너무 비밀주의야. 어떻게 해볼 수도 없더군."

"구니토모 씨도 그렇게 말씀하시더군요."

"말 돌리지 말고. 조금 전에 옆에서 이야기 나누는 걸 보니 자네는 자네대로 뭔가 생각하는 게 있는 것 같더군. 아닌가?"

아틀리에 있는 동안 줄곧 말수가 적다 싶더니, 역시 가와시마의 관찰력은 우습게 볼 것이 아니다. 린타로는 혀를 내두르며 말했다.

"수확이 전혀 없는 것도 아닙니다만, 무엇인지 밝힐 때까지 조금만 더 기다려주시지 않겠습니까? 결론을 내기에는 아직 시기상조라서요."

"이런, 소문으로 들은 것보다 훨씬 대단하신 명탐정님이시로군."

순수하게 비아냥거리는 것만은 아닌 듯 싶다. 린타로는 고개를 저으며 대답했다.

"그보다 가와시마 씨야말로 뭔가 패를 감추고 계신 게 아닙니까? 다시로 슈헤이를 소개했을 때 도모토 슌이라는 사진작가에 대해 물으셨죠?"

"음? 아, 조금 신경 쓰이는 일이 있어서."

"이제 숨기지 않으셔도 됩니다. 에치카 양과의 과거사에 대해서는 들었습니다. 동업자인 다시로가 관련된 소문을 들었다더군요."

선수를 빼앗긴 가와시마는 잠시 당황한 표정을 지었다.

"그랬나."

"본인 입으로 직접 피해를 당했을 때의 일에 대해 들었습니다. 이야기를 듣고 구니토모 씨에게 확인도 했고요. 가와시마 씨는 도모토라는 남자가 석고상의 머리를 잘라갔을 거라고 생각하고 계신 거죠?"

"역시 수완이 좋군. 에치카가 직접 말했다면, 새삼스레 설명할 것까지도 없겠지. 어떻게 잘라갔는지 생각하고 있었네만 분명히 자네 추측대로야. 난 도모토 짓이라고 생각해."

"왜 그 사람을 지목한 거죠? 두 번 다시 에치카 양에게 접근하지 못하도록 이사쿠 씨가 만전을 기해 손을 썼다고 들었습니다만."

기분 탓인지도 모르겠지만, 가와시마는 어두운 표정으로 입에 담는 것을 꺼리듯 입을 열었다.

"그건 그렇지만, 그다지 깨끗하게 처리한 건 아니라서 말이야. 도모토도 그 일 때문에 앙심을 품고 있을지도 몰라. 형님이 돌아가신 것을 듣고 때는 이때다 하고 또다시 예전처럼 비겁한 수법으로 에치카를 괴롭히려 한다고 해도 이상할 건 없지."

"무언가 구체적인 징후라도 있었던 겁니까?"

"짐작 가는 게 있어. 후사에 씨가 이 근처에서 도모토와 비슷한 남자를 봤다고 하더군."

"후사에 씨가요?"

"그래. 월요일 저녁에 역 앞 슈퍼로 물건을 사러 갔을 때, 길모퉁이에서 도모토와 꼭 닮은 남자를 목격했다고 하더군. 4시부터 5시 사이였을 거야. 후사에 씨는 여기서 일한지 오래 되었으니까 도모토의 얼굴도 잘 알고 있어. 상대방이 금방 모습을 감췄기 때문에 틀림없이 도모토 본인이 맞는지 확인하지는 못했다고 하지만, 장례식을 치른 지 이틀밖에 되지 않은 날이잖아? 닮은 사람이라고 하기에는 타이밍이 너무 기막히지."

월요일 저녁이라면 가와시마 아쓰시가 전화를 걸어 긴히 할 이야기가 있다고 했던 날이다. 그렇지만 가와시마는 그때는 아직 석고상의 머리가 절단된 것과 도모토 슌의 관계에 대해 의혹을 가지고 있지 않았다. 후사에의 목격담을 들은 건 린타로와 전화로 이야기한 후의 일이리라.

"그렇지만 석고상의 머리가 절단된 건 장례식이 있었던 토요일 날이었잖습니까. 모습을 비춘 것이 이틀 후라면, 아틀리에 침입 사건에 연루되어 있다고 단언할 순 없을 텐데요?"

모순을 지적하자, 가와시마는 고뇌하듯 양손을 깍지 끼며,

"그날 하루였다면 말이지. 그렇지만 그 전부터 이 근처에 출몰하지 않았다는 보증도 없어. 오히려 석고상의 머리를 잘라간 건 단순한 예고 차원에서 한 짓이고, 앞으로 무슨 짓을 저지를 것 같은 예감이 드네. 그러니까 미리 예방 차원에서 도모토의 동향을 파악하는 게 안전을 위해서 좋을 것 같다고 생각했네. 다시로 군에게 그의 근황을 물어본 건 바로 그 때문이야."

가와시마가 걱정하는 이유는 이해할 수 있었다. 린타로는 이해한다는 것을 보여주기 위해 고개를 끄덕이며 말했다.

"오늘 내일 중에 다시로에게 연락해서 도모토 슌의 현 거주지를 알아봐달라고 부탁하겠습니다. 주소를 알아내는 대로 다시로와 함께 찾아가봐야겠군요. 어쩌면 행방불명된 석고상의 머리를 자택에 숨기고 있을지도 모르니까요."

"그렇게 해주겠나. 고맙네."

가와시마는 눈을 반짝이며 두 손으로 린타로의 손을 잡았다. 그 순간, 린타로는 바깥 복도에서 인기척을 느꼈다. 말소리를 듣고 잠에서 깬 에치카가 문 너머에서 두 사람의 대화를 엿듣고 있는 건가?

"무슨 일이지? 거기 누가 있나?"

가와시마는 의아한 얼굴로 물었다. 린타로는 문을 닫으며 고개를 저었다.

"아뇨. 그런 기분이 들었을 뿐입니다. 제 착각이었나 보군요."

제3부

Dangerous Curves

순수하게 조각적인 수단으로 눈을 표현하는 방법은 헬레니즘 시대에 들어와서야 발견되었다. 그 후로 조각가들은 안구 위에 원 모양으로 홍채를 조각하였고, 동공도 가운데 하나 내지는 두 개의 작은 구멍으로 표현하였다. 그러한 구멍에 의한 만들어진 그림자는 어두운 동공처럼 보이고, 그 사이에서 뚜렷하게 눈에 띠는 작은 융기는 인간의 눈을 생생하게 만들어 주는 눈빛을 연상시킨다. 현실 생활 속에서 이 광점(光點)은 사람이 보는 각도에 따라 변화하기 때문에 융기는 조각가가 시선의 방향을 고정시키는 것을 가능하게 만들어 주었다. 이제 당신은 왜 내가 색채부터 조소적 형식으로의 변화를 지극히 손이 많이 가는 작업이라고 불렀는지 알게 될 것이다. 로마인들은 헬레니즘 시대에 조각된 눈을 어떤 시기에는 받아들였지만, 그 외의 시기에는 단순한 그리스인의 안구를 선호했다. 요컨대 그들은 다채로운 색상을 단념했기 때문에 안구를 채색하지 않은 채 남겨둔 것이다.

《조각의 제작 과정과 원리》, 루돌프 비트코어

10

다음날인 목요일 오전에 구니토모 레이카에게 전화가 왔다. 무슨 일이 생기면 연락해달라고 번호를 남겨두긴 했지만, 용건은 사소한 것이었다. 가와시마 가의 현관에 낯선 우산이 하나 놓여 있었고, 그 대신 집안의 우산이 하나 사라졌다고 한다.

"노리즈키 씨가 실수로 잘못 가져가신 것 같은데요."

"죄송합니다. 곧 돌려드리겠습니다. 2시쯤에 댁에 들러도 될까요?"

미나미오오야의 집에 여자 세 명밖에 없다는 사실을 은근슬쩍 알아낸 린타로는 전화를 끊었다. 가와시마 아쓰시와 우사미 쇼진의 눈을 신경 쓰지 않아도 된다면 그만큼 움직이기 편해진다.

채비를 마친 린타로는 점심이 지났을 즈음 도도로키의 집을 나섰다. 오야마다이의 유명한 케이크 가게에서 선물로 들고 갈 케이크를 사서 드라이아이스 포장을 마친 다음, 도메이 고속도로를 탔다. 상쾌하고 맑은 가을 하늘이라고까지는 할 수 없지만, 어제까지의 찌는 듯한 무더위를 생각하면 상당히 가을 느낌이 나는 것 같았다. 요코하마 마치다 IC에서 고속도로를 빠져나와 마치다 가도를 북상한다. 하라마치다 고초메의 교차로에서 우회전하여 세리가야 공원을 지나 오후 2시 정각에 미나미오오야의 가와시마 저택에 도착했다.

현관에서 그를 맞이한 사람은 구니토모 레이카였다. 그녀는 가을 니트에 긴 스커트 차림으로, 갑작스런 조문객이 찾아왔을 때에도 대처할 수 있도록 색상도 짙은 남색이었다. 가져온 우산과 함께 케이크 상자를 내밀자, 레이카는 죄송하다는 얼굴로 말했다.

"이것 때문에 오신 거예요? 괜히 신경 쓰게 해드려서 죄송합니다. 이 우산은 그 사람이 쓰던 거라 조금 당황했거든요."

"그럴 거라 생각했습니다. 그리고 어제 미처 묻지 못한 것이 있어서 검사검사 그 이야기도 할 겸해서요. 에치카 양은 안에 있습니까?"

말이 끝나자마자 레이카의 표정이 무섭게 변했다. 그녀는 린타로를 매섭게 노려봤다. 처음부터 이럴 생각으로 일부러 다른 우산을 가져간 것을 이제야 눈치 챈 모양이다.

"그런 거였군요. 그럼 이건 뇌물이군요."

확인하듯 그렇게 말하며 케이크 상자를 받아든 레이카는 계단 앞으로 가서 2층까지 들리도록 커다란 목소리로 에치카를 불렀다.

"에치카, 노리즈키 씨가 오셨어. 묻고 싶은 게 있으신가 봐. 오봉뷔땅의 케이크 사가지고 오셨으니까 어서 내려와."

"지금 갈게요."

잠시 후에 2층에서 탁한 목소리로 대답이 돌아왔다. 린타로를 거실로 안내한 레이카는 부엌으로 가 아키야마 후사에와 차 준비를 시작했다. 어제와 같은 소파에 앉아서 기다리고 있으니, 계단을 내려오는 발소리가 들렸다.

에치카였다. 검은 청바지에 회색 튜닉 스타일의 블라우스 차림이다. 편한 복장을 하고 있어서인지 전체적으로 나른한 기운이 감돌고 있었다. 무슨 이유에서인지 노란 표지의 전화번호부를 옆구리에 끼고 있었다.

"안녕하세요. 어제는 그대로 잠들어버려서 죄송해요."

아직 붓기가 덜 빠진 눈으로 린타로를 향해 인사하며, 에치카는 아무렇지도 않은 척 전화기가 놓인 테이블 안에 전화번호부를 넣었다. 마침 거실로 들어온 레이카가 그 모습을 보고 물었다.

"뭐 찾아볼 거 있니?"

"네. 중고 카메라를 수리해줄 가게를 찾고 있었어요. 오랜만에 사진이라도 찍어볼까 했는데 셔터가 잘 눌리지 않더라고요. 오랫동안 관리하지 않아서 상태가 나빠졌나 봐요."

"어머, 그래? 좋은 가게는 찾았고?"

"여기에는 하는 데가 없어요. 학교 친구에게 물어봐야겠어요. 이제 슬슬 수업에도 나가봐야 하고."

에치카는 꾸밈없는 말투로 그렇게 말했다. 호센 회관에서 다시로 슈헤이와 나눴던 이야기에 자극을 받은 것일까. 카메라에 대한 관심을 되찾고 있는 거라면, 일상생활로 복귀하려는 전조일 것이다.

레이카가 오봉뷔땅의 케이크 상자를 열자, 에치카의 관심은 금세 그쪽으로 옮겨갔다. 조리복 차림의 아키야마 후사에가 컵에 홍차를 다 따르기도 전에, 에치카는 점찍어둔 케이크의 랩을 벗기기 시작했다. 그리고 어제부터 아무것도 안 먹은 사람처럼 겉보기에도 당분이 가득할 것 같은 케이크를 세 개나 먹어치웠다. 레이카 역시 에치카의 모습에 완전히 질린 표정으로 입을 열었다.

"점심은 안 먹는다고 했으면서."

"뭐 어때요, 잘 먹으니 보기 좋네. 내 것도 먹을래?"

레이카는 자신의 접시를 밀어놓는 후사에를 만류했다. 에치카는 입을 삐죽이며 불만을 표시했다. 후사에는 그러면 이건 밤에 먹자고 선언했다. 먹다 만 접시를 들고 부엌으로 향한 후사에는 랩을 씌운 다음 접시를 냉장고에 넣었다. 세 사람 모두 혈연관계가 없는 남남이라는 사실을 파악하고 있었지만, 지금은 일시적인 가족 관계를 자연스레 연기하는 데 온 힘을 다하고 있는 것처럼 보였다.

"요즘 계속 카메라를 만지지 않았던 겁니까?"

천천히 이야기를 꺼내자, 에치카는 자세를 바로 한 다음 고개를 끄덕였다.

"네. 요 한 달 반 동안은 한 번도 건드린 적 없어요."

"그럼 아버님의 사진도?"

에치카는 다시 한 번 고개를 끄덕이더니, 숨을 고르듯 찻잔을 입에 가져다 댔다.

"훨씬 전에 퇴원하신 뒤로 7개월 동안은 매일 빠지지 않고 아빠 사진을 찍었어요. 그렇지만 어느 날 문득 이제 곧 사라질 사람의 기록 앨범을 만들고 있는 것 같다는 생각이 들어서, 갑자기 셔터를 누르는 게 무서워졌어요. 흔히들 하는 소리 있잖아요, 사진을 찍으면 영혼이 빠져나간다고. 그건 미신이지만, 역시 찍히는 사람 입장에서 보면 그다지 기분 좋은 일은 아니지 않을까 하는 생각이 들더라고요."

"그렇겠죠. 아직 살아 있는데 어느 날의 누구누구 씨, 이런 제목이 붙을 것 같은 사진만 찍힌다면."

"그래서 아빠가 건강하신 동안에는 사진을 찍지 말자고 생각했어요. 수십 롤 쌓인 필름도 모두 현상하지 않고 아틀리에 냉장고에 넣어두었어요."

아버지의 건강을 기원하며 사진을 끊다니, 나이에 어울리지 않게 옛날 사람 같은 생각이었다. 좋아하는 사진 촬영을 참으며 아버지가 하루라도 오래 사시도록 기도했던 것이리라.

"보관해둔 필름은 언젠가 직접 현상할 생각인가요?"

별다른 뜻 없이 한 질문이었는데, 에치카는 대답하기 불편하다는 듯 머뭇거렸다. 에치카 대신 레이카가 대꾸했다.

"그 필름이라면 우사미 씨가 어제 전부 다 가져갔어요."

"우사미 씨가? 어째서요?"

"스스로도 어떻게 할지 고민하고 있었어요."

에치카가 말을 이었다.

"빨리 현상하지 않으면 품질이 나빠지지만, 마음 정리가 잘 되지 않더라고요. 우사미 씨에게 상담했더니, 가을에 열릴 회고전에서 제 사진을 쓰고 싶은데 현상하지 않은 필름을 주면 안 되겠냐고 하셨어요. 일부러 찍은 귀중한 필름이 아깝다면서. 그 자리의 분위기에 휩쓸려 그만 알겠다고 대답했거든요."

린타로는 티스푼 끝으로 뺨을 건드렸다. 가져간 필름 더미를 앞에 두고 히죽거리고 있을 우사미 쇼진의 얼굴이 눈에 선했다. 그에게 마음에 걸리는 점이 있다면 마지막 작업에 몰두하는 가와시마 이사쿠의 모습을 담은 사진이 한 장도 없다는 것뿐이리라.

어제 아틀리에의 냉장고 안을 들여다보려다 퇴짜를 맞은 것도 바로 그 때문인가. 우사미는 기회를 잡는 데 도가 텄으니, 귀중한 필름뿐만이 아니라 회고전에서 전시한다는 명목으로 다른 비품들에도 손을 댔을 것이다.

"우사미 씨에게 아틀리에의 열쇠 관리를 맡긴 건 섣부른 행동이었는지도 모르겠군요."

린타로가 슬쩍 유도 심문을 하자, 에치카와 레이카는 누가 먼저랄 것도 없이 서로를 마주보았다.

"그렇지만 어쩔 수 없었어요. 저와 꼭 닮은 석고상의 머리가 잘려나간 걸 보고 갑자기 기분이 나빠졌었거든요. 레이카 씨가 아틀리에 밖으로 데리고 나가지 않았더라면 그대로 기절했을 거예요. 그리고……."

이번에는 레이카가 에치카 대신 변명했다.

"그래서 우사미 씨가 그 자리에 남아 피해 상황을 확인하는 건 분위기상 당연한 흐름이었고, 현장을 보존하기 위해 자신이 열쇠를 관리하겠다고 했을 때에도 그것이 제일 타당한 대처법이라 생각했어요."

"그렇군요. 그 일이 일어난 건 토요일 오후, 이사쿠 씨의 장례식을 마치고 돌아온 직후였고, 그때까지는 에치카 양이 아틀리에의 열쇠를 가지고 있던 거군요?"

에치카는 진지한 얼굴로 고개를 끄덕이더니, 전날 레이카가 했던 이야기를 입증해 주었다. 금요일에 밤샘이 끝난 후, 레이카에게 열쇠를 건네받아 아틀리에로 향했고, 나올 때에는 분명히 문을 잠갔다. 그리고 다음날인 토요일에 아침부터 장례식장으로 향했을 때에도 열쇠를 가지고 있었다고 한다.

"아틀리에에서 석고상을 처음 봤을 때, 무언가 느끼지 못했습니까? 특히 사라진 머리 부분에 대해 기억에 남아 있는 점이 있나요?"

"그렇게 말씀하셔도, 그걸 봤을 때는 그저 눈물이 쏟아져서 다른 생각할 여유가 없었어요. 잠시 동안은 드디어 완성되었구나, 하는 생각밖에 들지 않았어요. 오랫동안 혼자 상 앞에 서 있었던 것도 같지만, 시간 감각도 분명치 않았거든요. 구체적인 모양이라든지, 이미지 같은 건 거의 흐릿하게만 떠오를 뿐이에요. 우사미 씨도 목 윗부분이 어땠냐고 물으셨거든요, 그래서 몇 번이나 떠올리려 했지만……."

옅은 안개가 낀 듯한 시선을 이리저리 움직이며, 에치카는 살짝 머리를 흔들었다.

"기억나는 건 거울로 본 자신의 얼굴과 조금 다른 느낌이 들었다는 것밖에 없었어요. 거울로 보는 것과는 얼굴 좌우가 반대였던 데다, 눈을 감고 있어서 더더욱 그런 느낌이 들었는지도 모르겠네요."

"다시로 슈헤이가 사진을 반대로 해놓은 것처럼 말입니까?"

린타로가 다시 한 번 확인하자, 에치카는 동작을 멈췄다. 그 말의 무언가가 계기가 된 듯 갑자기 눈이 커지더니, 서서히 배어나오듯 눈가에 눈물이 맺혔다. 에치카는 눈을 깜빡거리며 황급히 눈을 비비면서 말했다.

"죄송해요. 머릿속이 좀 혼란스러워서."

"괜찮아, 에치카. 무리하지 마."

레이카는 그렇게 말하며 조심스레 에치카의 어깨를 만졌다. 손

의 온기를 통해 슬픔을 나누려는 듯. 그렇지만 에치카는 아무 반응
도 보이지 않았다.

레이카는 얼마 동안 그러고 있었지만, 이윽고 처음 그랬던 것처
럼 조심스레 어깨에서 손을 뗐다. 공중에 뜬 팔을 어디다 둬야 할
지 모르겠다는 듯, 레이카는 손가락을 오므려 자신의 얼굴 쪽으로
가져오더니, 눈을 내리깔고 그 주먹 위에 턱을 올렸다.

"그러고 보니 저도 마음에 걸리는 게 하나 있어요. 아빠 핸드폰
이 보이지 않는데, 에치카는 어디 있는지 아니?"

레이카는 분위기를 바꾸려는 듯한 목소리로 그렇게 물었다. 에
치카는 짐작 가는 데가 없다는 듯 고개를 저었다. 린타로가 설명을
부탁하자, 레이카는 근심 어린 표정으로 대답했다.

"오늘 아침 그 사람 서재와 침실을 정리하는 김에 휴대전화도 찾
아봤거든요. 슬슬 전화를 해지해야겠다고 생각했어요. 그런데 아
무리 찾아봐도 없는 거예요. 후사에 씨께도 물어봤지만 금요일 이
후로는 집안에서 본 일이 없다고 하시네요."

"전화는 해보셨습니까?"

"전원이 꺼진 것인지 연결이 되지 않아요. 어쩌면 일이 있어서 아
틀리에로 가져간 채 거기 그대로 방치해둔 것인지도 모르지만요.
이사쿠 씨는 작업 중에는 항상 휴대전화 전원을 꺼놓았거든요."

"그럼 지금 아틀리에 안을 살펴보실래요?"

린타로가 그렇게 말하자, 레이카는 고개를 갸웃거렸다.

"그렇지만 거기 열쇠는 우사미 씨가 가지고 있는데요. 그 사람이
없으면 못 들어가요."

"그렇지 않다는 건 아틀리에에 침입한 범인이 가르쳐주지 않았

습니까."

린타로는 웃옷을 벗어 소파 등에 걸쳐놓으며 대답했다.

아틀리에의 창문 유리를 잘라낸 반원형의 구멍. 린타로는 그 안으로 손을 집어넣어 쉽게 걸쇠를 내렸다. 임시방편으로 붙여놓은 테이프는 어제 일단 벗겨놓았다 다시 붙여놓았기 때문에 아무 걸림돌도 되지 않았다.

린타로는 창문을 연 다음 신발을 벗었다.

"처음부터 이럴 생각이셨군요?"

구니토모 레이카는 머쓱한 얼굴로 한숨을 쉬었다. 린타로는 새시 아랫부분에 한쪽 다리를 걸치고 창문을 붙잡고 몸을 위로 올렸다. 그리고 바깥으로 돌출된 새시 윗부분을 잡은 다음, 가이드레일에 양 다리 힘을 실어 중심을 잡았다. 손끝에 뭔가 위화감이 느껴졌다.

"안에서 문을 열겠습니다. 구니토모 씨는 입구 앞에서 기다리세요."

린타로가 그렇게 말하자, 레이카는 어깨를 으쓱해 보이며 창문에서 떨어졌다. 레이카의 시선이 다른 곳을 향한 것을 확인한 다음, 린타로는 새시 윗부분을 따라 한쪽 끝에서 다른 쪽 끝까지 손가락으로 쓱 훑었다. 손가락에는 아무것도 묻어 있지 않았다. 최근에 누군가가 창문 주변을 꼼꼼히 닦아낸 증거다.

숨을 고르고, 린타로는 블라인드를 치운 다음 머리를 안으로 넣으며 아틀리에로 들어갔다. 입구 앞으로 가 슬리퍼를 신고, 조명과 에어컨 스위치를 켰다. 문을 열자, 레이카는 부루퉁한 얼굴로 안으로 들어왔다.

"에치카가 오기 싫어한 것도 이해가 가네요."

레이카가 아틀리에를 수색할 것을 동의하자마자, 에치카는 '케이크를 한 번에 너무 많이 먹어서 속이 안 좋아요' 라고 말하더니 다시 2층 자기 방에 틀어박혔다. 핑계에 지나지 않는다는 건 알고 있었지만, 이곳에 억지로 데려오는 것도 못할 짓이다.

"그럼 빨리 찾아보죠."

두 사람은 아틀리에 안을 살펴보기 시작했다. 30분 정도 구석구석 찾아 봤지만, 가와시마 이사쿠의 휴대전화는 보이지 않았다. 린타로가 고개를 저으며 냉장고 문을 닫은 것을 신호로 수색은 종료되었다.

레이카는 고인의 땀이 밴 구겨진 수건으로 손을 닦은 다음, 작업대에 앉아 치맛자락에 묻은 먼지를 털어내며 말했다.

"어떻게 된 걸까요. 만일 범인의 짓이라면 훔친 휴대전화를 가지고 에치카에게 협박 전화나 메일을 보낼지도 몰라요."

"좋은 생각인데요? 다른 가능성은……."

레이카는 미간을 찌푸리더니 치마 주머니에서 담배와 라이터를 꺼냈다. 그리고 작업대 위에 방치된 빈 유리병을 자기 앞으로 끌어당기며 입에 문 담배에 불을 붙였다.

"우사미 선생님이 아틀리에 내부는 금연이라고 하던데요."

린타로가 충고하자, 레이카는 여봐란 듯 연기를 내뿜으며 말했다.

"상관없어요. 짜증나는 우사미 쇼진."

분실된 가와시마 이사쿠의 휴대전화에는 레이카와의 개인적인 교류 기록이 남아 있던 것이 아닐까. 린타로는 그렇게 추측했다.

레이카가 안절부절 못하는 건, 제삼자가 그 기록을 볼까봐 신경이 곤두서 있기 때문이리라. 다음에 우사미 쇼진과 만나면 휴대전화의 행방에 대해서 추궁해봐야겠군.

"일부러 아틀리에에 온 김에, 하나 더 확인하고 싶은 것이 있습니다."

레이카가 담배를 다 피울 때까지 기다렸다 그렇게 말을 꺼내자, 그녀는 이제 익숙해졌다는 얼굴로 대꾸했다.

"또 그 소리네요. 이번엔 뭐죠?"

"다름이 아니라 이사쿠 씨가 쓰러지신 것을 발견했을 때 석고상의 커버가 어떻게 되어 있었는지 여기서 다시 한 번 떠올려주셨으면 합니다."

"전에도 말했잖아요. 제정신이 아니었기 때문에 살펴볼 여유가 없었다고요."

"그때는 그랬겠죠. 하지만 한 번 눈에 들어온 것은 의외로 머리가 기억하고 있는 법입니다. 지난주 목요일에 했던 행동을 다시 한 번 재현하면, 잊고 있던 사실을 떠올릴 수 있을지도 모르잖아요? 후사에 씨께도 도움을 요청해야겠습니다. 필요하면 제가 이사쿠 씨의 대역을 맡죠."

레이카는 린타로의 얼굴을 빤히 바라보며 말했다.

"진심이에요? 이렇게까지 하는 데에는 분명한 이유가 있는 거겠죠?"

"물론이죠."

"그럼 어쩔 수 없군요. 내키진 않지만 시키는 대로 할게요."

레이카는 작업대의 인터폰으로 안채에 있는 아키야마 후사에를 불렀다. 용건을 말한 다음, 다시 한 번 치맛자락을 털어내고 바닥에 발을 디뎠다.

린타로는 레이카의 지시에 따라 아틀리에 무대장치를 설치했다. 설치라고 해도, 접사다리와 전신 거울을 옮긴 것 정도로, 그렇게 대단한 일은 아니었다. 커버를 씌운 석고상은 지난주 목요일에도 지금과 같은 자리에 있었다고 한다. 준비를 다 마치자, 두리번거리며 후사에가 등장했다. 지나가다 창문 아래에서 발견했는지, 린타로의 신발을 들고 있었다.

"우리 마음대로 이런 짓을 했다가 우사미 선생님께 혼나도 전 몰라요."

앞으로 하려는 일에 대해 설명하자, 후사에는 불안한 표정을 지으며 말했다. 레이카가 무슨 말을 해도 책임은 자신이 지겠다며 달래자, 그제야 승낙의 의사를 보였다. 린타로는 일단 두 사람을 정원으로 내보낸 다음 아틀리에의 문을 닫았다.

바닥 위에 엎드려 몸을 둥글게 말았다. 바닥에 늘어진 캔버스 소재의 커버로부터 30센티미터 정도 떨어진 곳에 왼쪽 팔을 놓고, 오른손은 구부려 왼쪽 가슴 아래에 놓았다. 위치와 포즈는 가능한 한 레이카의 기억에 맞췄다. 시간도 마침 이때쯤이었을 것이다.

"준비 OK. 시작해주세요."

신호에 맞춰 문이 열리더니 레이카가 아틀리에 안으로 뛰어 들어왔다. 이사쿠 씨, 하고 소리치며 린타로를 향해 달려온 그녀는 바닥에 무릎을 꿇고 얼굴을 들여다봤다. 어깨를 흔들며, 귓가에 대고 몇 번이나 이름을 부른다. 반응이 없자, 왼손을 잡고 맥을 짚어 아직 가망이 있는 것을 확인했다. 벌떡 일어나 작업대 위의 인터폰을 향해 손을 뻗었다.

"후사에 씨, 이사쿠 씨가 아틀리에에서 쓰러졌어요. 빨리 구급차를 불러주세요."

레이카는 다급히 그렇게 말한 다음 작업대를 떠나 곧바로 이쪽으로 돌아왔다. 그리고 양손으로 린타로의 왼손을 잡았다. "죽지 마요, 죽지 마요" 하고 염불을 외듯 중얼거리며.

그렇지만 아키야마 후사에가 아틀리에에 들어오자마자 레이카는 갑자기 실제 상황처럼 절박한 재현을 중단했다. 후사에의 눈길을 의식하고 수치심을 느낀 것이리라. 그녀는 갑자기 린타로의 손을 놓고 고개를 돌리며 상기된 목소리로 말했다.

"이제 못하겠어요. 그만할게요."

"됐습니다. 어려운 부탁을 드려서 죄송합니다."

린타로는 바닥에서 일어나 고개를 숙였다. 어떻게 대처해야 되는지 모르겠다는 듯, 후사에는 입구 쪽에서 안절부절못하고 있었다. 레이카는 계속 시선을 돌린 채, 될 대로 되라는 목소리로 입을 열었다.

"괜찮아요. 대충이지만 느낌은 파악했어요. 이제 뭘 하면 되죠?"

"석고상을 덮고 있는 커버 말입니다만, 지난주 목요일에 보았을 때와 높이에 차이가 납니까?"

"높이요?"

레이카는 곤혹스러운 듯 시트가 덮인 석고상을 돌아봤다.

"무슨 소리예요? 머리 부분만큼 작아졌으니까, 당연히 높이가 달라졌겠죠."

"당연한지 아닌지 잘 생각해보십시오. 자신의 기억과 대조해서 틀림없이 높이가 달라졌다고 단언하실 수 있습니까?"

린타로는 강한 어조로 말했다. 레이카는 압도된 듯 한 발짝 뒤로 물러서며, 하얀 커버의 그림자를 눈여겨봤지만, 금세 망설임 없는 표정으로 고개를 저었다.

"틀림없어요. 커버 맨 위도 이렇게 평평하지 않았고, 바닥에 닿은 부분도 훨씬 짧았어요. 바닥에 앉았을 때 머리 하나만큼 높이가 달라졌다는 느낌이 들었어요."

"후사에 씨는요?"

아키야마 후사에의 답도 레이카와 같았다. 확실히 어디가 어떻게 다르다고는 말 못하겠지만, 지난주 목요일에 보았을 때와 비교해 보면 확실히 무언가 모자란 듯한 인상을 받았다고 한다.

린타로는 턱을 쓰다듬었다. 그 모습을 보고, 레이카는 짜증스럽다는 듯 몸을 비틀었다.

"잠깐만요. 그런 걸 확인하기 위해 일부러 이런 요란스런 연극을 한 거예요? 그런 건 처음부터 다 알고 있던 일이잖아요. 금요일 밤에 에치카는……."

레이카는 갑자기 입을 다물었다. 눈 깜빡이는 것도 잊은 듯, 그녀는 빤히 린타로의 얼굴을 바라보며 말했다.

"당신, 설마."

"소란을 피워서 죄송합니다. 전 그만 실례하겠습니다. 에치카 양에게 인사 전해주십시오."

린타로는 허둥지둥 인사한 다음 슬리퍼를 갈아 신고 아틀리에를 나섰다. 레이카도 후사에도 모두 얼빠진 표정을 지을 뿐, 그를 붙잡으려 하지 않았다.

린타로는 벗어놓은 웃옷을 가지러 안채 거실로 돌아왔다. 집안은 정적에 휩싸여 있었다. 에치카와는 얼굴을 마주치지 않아도 될 것 같다. 소파에 걸쳐놓은 웃옷을 가지고 거실을 나가려던 린타로의 눈에, 문득 아까 보았던 전화전호부가 들어왔다.

육감이 무어라고 속삭인다. 린타로는 전화번호부를 꺼내 마구잡이로 페이지를 넘기다 갑자기 동작을 멈췄다. 페이지 끝을 삼각으로 접었다 다시 편 자국이 보였기 때문이다.

색인에는 '병원, 의원(산부인과)'이라고 적혀 있었다.

11

"도모토 슌의 은신처를 알아냈습니다."

집으로 귀가한 린타로를 기다리고 있던 건 다시로 슈헤이의 전화였다.

가와시마 아쓰시와의 약속대로, 린타로는 어젯밤에 다시로에게 연락하여 도모토의 주거지를 알아봐달라고 부탁해 놓았다. 물론 다시로는 석고상 머리가 잘려나간 건 알지 못했다. 가와시마 이사쿠가 세상을 떠난 지 사흘째 되던 날에 마치다의 역 앞에서 도모토와 비슷한 사람을 목격했다는 것을 전했을 뿐이었지만, 다시로의 도움을 얻는 데 그 이상의 이유는 필요하지 않았다.

"은신처라니, 말이 뭐 그래. 녀석이 뭔가 일을 저지른 건가?"

"맞아요. 원래 도모토는 니시이케부쿠로의 맨션을 스튜디오 겸 살림집으로 사용하고 있었는데, 꽤 오래 전부터 그곳에 들르지 않는다고 하더라고요. 여기저기 알아봤더니 아무래도 위험한 사람들과 문제를 일으켜서 숨어 다니는 모양입니다."

"위험한 사람들?"

"어제 잠깐 이야기했잖아요. 이상한 사진을 찍어 그걸로 공갈을 일삼는다는 소문이 있다고."

그러고 보니, 호센 회관의 대기실에서 그런 이야기를 했었다. 에치카를 설득하기 위해 일부러 과장되게 꾸며 낸 이야기는 아니었나 보다.

"연예인의 밀회 사진을 몰래 촬영해서 돈을 요구하다 소속사를 화나게 했다나봐요. 누구인지는 말할 수 없습니다만, 무서운 형님들에게 찍혀서 집에도 못 가고 여자 집에 숨어 지내는가 보더군요."

"그다지 가깝게 지내고 싶지 않은 위인이군. 신세지고 있는 여자는 누군데?"

"야마노우치 사야카라는 여자인데, 도모토와 예전에 그라비아 잡지 촬영 현장에서 만났나봐요. 지금은 신주쿠의 유흥업소에서 일하고 있다던데요. 요쓰야의 맨션에 산다고 하니 내일 잠깐 가볼까 하는데, 선배도 같이 가실래요?"

"물론이지. 가게 이름은 뭐래?"

"뭔가 착각하시는 거 아닙니까? 낮에 집으로 찾아간다니까요."

직업상 여자 알몸은 질릴 정도로 봤을 텐데도 다시로는 그런 쪽으로는 보수적이었다. 결혼하기 전부터 그랬다. 린타로는 혀를 차며 말했다.

"너야말로 착각하지 마. 무서운 형님들에게 찍혔다면서. 갑자기 집으로 찾아가면 문 앞에서 쫓아낼 게 뻔하잖아."

"그런 걱정이라면 안 하셔도 됩니다. 이미 손을 써놨으니까요."

다시로는 걱정 말라는 듯 그렇게 말했다. 다음날 오후 요쓰야에서 만나기로 하고 전화를 끊었다. 그렇지만 수화기를 내려놓자마자 또 금방 벨이 울리기 시작했다. 뭐 잊어버리고 하지 않은 말이라도 있는 건가. 그런 생각을 하며 린타로는 수화기를 들었지만, 그게 아니었다.

"미술평론가인 우사미라고 합니다만."

전화를 건 사람은 그렇게 말했다. 린타로는 수화기를 손으로 막고 휘파람을 불었다. 가와시마 저택에서는 방해꾼 취급을 한 주제에 친히 전화를 하시다니, 무슨 바람이 부셨기에?

"노리즈키입니다. 어제는 여러 가지로 가르쳐주셔서 감사합니다."

"아니, 나야말로 어제는 실례되는 행동을 해서 미안하네. 사정이 있어서 그런 것이니 너무 나쁘게 생각하지 않았으면 좋겠네."

무척이나 퉁명스러운 말투였지만, 우사미 입장에서는 최선을 다해 예의를 지키려 하는 모양이었다. 가와시마에게 무슨 말이라도 들은 건가? 린타로는 괜히 상대의 신경을 거스르지 않고 어떻게 나오는지 지켜보기로 했다.

"당치도 않으신 말씀이십니다. 확실히 제가 공부가 부족했습니다. 제 번호는 가와시마 씨가 가르쳐주시던가요?"

"아니, 아는 편집자에게 들었네."

잠시 머뭇거리더니, 우사미는 헛기침을 한 다음 입을 열었다.

"이렇게 연락한 건, 다소 민감한 문제에 대해 직접 자네와 상의

하고 싶기 때문이네. 가와시마 씨 모르게 말이야."

"민감한 문제라면?"

"그래. 그 석고상 건으로 하고 싶은 이야기가 있다면 알아듣겠지? 어쩌면 자네도 눈치채고 있는지도 모르겠네만……."

어울리지 않게 머뭇거리며 답답한 태도를 취한다. 자신을 떠보는 것이라 생각한 린타로는 끙, 하고 신음했다. 그것을 긍정적인 대답이라 생각한 것인지, 우사미는 갑자기 빠른 말투로 이야기했다.

"어찌 되었든 전화로 할 이야기는 아니야. 내일 잠시 시간 좀 내줄 수 있겠나? 오후라도 좋으니 신주쿠 쪽으로 와줬으면 좋겠는데."

린타로는 늦게라도 괜찮다면 가겠다고 대답했다. 우사미는 일 때문에 게이오 플라자 호텔에 머물고 있다고 한다. 야마노우치 사야카의 맨션에서 엎어지면 코 닿을 거리다. 도모토 슌의 얼굴을 먼저 본 다음에 오후 4시에 호텔 3층의 라운지에서 만나기로 했다.

"거듭 말하지만 이 일은 가와시마 씨에게는 비밀로 해야 하네. 물론 다른 사람에게도 마찬가지야. 에치카 양을 위해 우리 둘만의 비밀로 해야만 하네. 알겠나?"

몇 번이고 못을 박은 다음, 우사미 쇼진은 전화를 끊었다.

다음날 오후 1시. 린타로는 요쓰야 산초메 역에서 소방박물관 앞으로 나오는 출구 앞에서 다시로 슈헤이와 만났다. 폴로셔츠에 여름용 재킷 차림의 다시로는 복사한 지도를 들고 있었다.

"야마노우치 사야카의 집은 '시티하우스 요쓰야'라는 맨션의 302호실입니다. 번지를 보니 요쓰야 보건소 뒤쪽인 것 같네요."

지도를 보며 두 사람은 서쪽으로 이동했다. 날씨는 변함없이 흐렸지만, 새벽녘에 비가 내려서인지 도심인데도 불구하고 열기는 다소 누그러져 있었다. 요쓰야 욘초메 교차로 앞에서 우회전해서 야스쿠니 거리 쪽으로 난 좁은 일방통행 도로를 따라가다 보니, 금세 목적지에 도착했다. 환기가 잘 되지 않을 것 같은 5층 맨션이었는데, 1층은 생긴 지 얼마 되지 않은 듯한 편의점이 들어서 있었다.

"빈손으로 가기도 뭐하니 뭐라도 사들고 갈까?"

반쯤 농담으로 말하자, 다시로는 퉁명스런 얼굴로 고개를 저으며 3층 창문을 올려다봤다. 역에서 만났을 때부터 표정이 굳어 있던 건 도모토 슌과의 대결을 앞두고 감정이 고양되어 있기 때문이리라. 역시 에치카 일과는 별개로 무언가 개인적인 원한이 있는 모양이다.

가와시마 아쓰시가 물었을 때에는 적당히 얼버무렸지만, 도모토와 그냥 얼굴만 아는 사이에 불과하다면 에치카 앞에서 그렇게나 엄하게 말하지는 않았을 것이다. 오늘만 해도, 일부러 자신이 앞장 선 걸 보니 그래야 할 이유가 있는 것 같다. 린타로는 여기 오기 전부터 그런 느낌이 들었지만, 괜히 건드렸다 부스럼이 날지도 모른다는 걱정에 미처 묻지 못했다.

새 것처럼 보이는 것은 편의점 뿐, '시티하우스 요쓰야'의 다른 부분은 상당히 낡아 있었다. 어스름한 현관에는 자동 잠금장치도 설치되어 있지 않았고, 먼지를 뒤집어쓴 우편함 안은 소비자 대출과 윤락업소의 광고지로 가득 차 있었다. 302호의 우편함에 야마노우치라고 적힌 것을 확인한 두 사람은 퀴퀴한 냄새가 나는 계단을 올라갔다.

"여기 도모토가 있다는 건 확실한 정보야? 막상 찾아가니 이미 도망치고 없는 건 아니겠지?"

"제삼자를 통해 확실히 담판을 지었죠. 아는 사람 중에 이이다라는 녀석이 있는데, 자유기고가라고 하기엔 뭐하고, 아무튼 일을 가리지 않는 녀석이에요. 어디에나 있는 업계의 쓰레기 같은 녀석이지만 발은 넓거든요. 그 녀석이 저한테 빚이 좀 있어서요. 도모토의 은신처를 조사해달라고 했죠. 그런 쪽 뒷사정에 밝은 녀석이거든요. 야마노우치 사야카와도 면식이 있는 사이라고 해서, 제가 도모토와 만나 이야기할 수 있도록 야마노우치에게 잘 이야기해달라고 했습니다. 옛 친구가 도모토에게 상의하고 싶은 일이 있다고."

"흠. 편리한 친구를 두었군."

린타로는 다시로의 수완에 감탄했다. 나보다 다시로가 훨씬 탐정에 어울리는 게 아닐까?

"물론 에치카 양의 이름은 꺼내지 않았습니다. 그걸 말해버리면 다 끝이니까요. 어제 말해두어서 아직 확답은 받지 못했습니다만, 찾아가기만 하는 거라면 상대방도 다급히 도망치진 않겠지요."

"그렇다면 좋겠는데. 302호실이라고 했지? 이 집 아냐?"

린타로는 3층 통로에서 걸음을 멈추고 빛 바랜 파란색 문을 가리켰다. 문패는 걸려있지 않았지만, 방 번호는 여기가 맞다.

다시로는 입을 다물며 고개를 끄덕이더니, 어깨를 들썩이며 천천히 벨을 눌렀다. 린타로는 문 앞에서 떨어져 방범 카메라의 사각에 몸을 숨겼다. 문 너머로 사람 기척이 나더니, 문을 여는 소리가 들렸다. 방범용 체인을 건 채, 문이 살짝 열렸다. 그 사이로 코맹맹이 여자 목소리가 들렸다.

"누구세요?"

"다시로라고 합니다만, 야마노우치 사야카 씨 되시죠?"

"그런데요. 아, 이이다 씨 친구라는 사진작가 다시로 씨?"

다시로는 인상 좋게 고개를 끄덕이며 주머니에서 명함 한 장을 꺼내 문틈으로 밀어 넣었다. 단순한 종이조각에 불과하니 신분을 증명할 수는 없었지만, 여자 쪽도 애초부터 다시로의 인상이나 외모에 대해서 들은 것인지 딱히 의심하지 않고 체인을 풀고 문을 열었다.

"어머, 혼자 온다고 하지 않으셨어요? 같이 오신 분은 누구세요?"

일행이 있는 것을 본 야마노우치 사야카는 의심스럽다는 듯 눈을 가늘게 뜨며 말했다. 눈꺼풀이 부은 것처럼 보이는 건 일어난 지 얼마 안 되었기 때문일까, 아니면 성형수술 흔적인 것일까. 물 빠진 브랜드 티셔츠에 오래된 청바지를 입은 그녀는 짧은 머리를 밝은 갈색으로 염색하고 있었다. 단번에 눈길을 끄는 미인이라기보다는 귀여운 다람쥐 같은 생김새였고, 화장하지 않은 얼굴도 실제 나이보다 어려 보이는 타입이었다. 어두운 실내에서 영업용 화장을 하고 있었더라면 요즘 여고생이라고 해도 믿을 정도다.

"제 선배이자 소설가인 노리즈키 씨입니다. 도모토를 소개해달라고 부탁하셔서요."

"처음 뵙겠습니다. 오늘은 소설 취재 때문에 도모토 씨에게 인터뷰를 요청하려고 합니다만, 이이다가 말 안 하던가요?"

입에서 나오는 대로 술술 읊어대자, 사야카는 린타로의 얼굴을 빤히 바라보며 대꾸했다.

"소설 취재요? 이이다 씨는 그런 소리 한마디도 안 하던데요? 뭐, 어느 쪽이든 마찬가지지만. 일부러 오셨는데 죄송하지만, 도모토는 여기 없어요."

"없다고요?"

태연하게 고개를 끄덕이는 사야카의 모습을 보고, 린타로는 저도 모르게 다시로와 얼굴을 마주봤다. '이야기가 다르잖아' 라고 말하려던 순간, 갑자기 방 안에서 삐삐, 하는 소리가 들렸다.

"죄송해요. 지금 파스타 만들던 중이었거든요. 자세한 이야기는 안에서 하죠. 들어오세요."

사야카는 말이 끝나자마자 몸을 돌려 집안으로 뛰어 들어갔다. 원래 성격이 개방적인 것인지, 처음 본 남자들임에도 불구하고 경계심 없이 대하고 있는 것 같았다.

"어쩔 거야? 역시 도모토가 눈치채고 내뺀 거잖아."

"이상하네. 이이다가 그런 실수를 할 녀석이 아닌데. 어떻게 할까요?"

"일단 저 여자 이야기를 들은 다음에 판단할 수밖에 없겠군."

두 사람은 사야카의 집으로 들어갔다. 평범한 방 하나, 부엌 하나가 딸린 집으로, 예상했던 것과 달리 건실한 생활을 하고 있는 듯, 실내는 제법 정리가 잘 되어 있었다. 이곳저곳을 둘러보긴 했지만, 도모토 슌이 숨어 있는 것 같지는 않았다. 대신 눈에 들어온 건, 주식 투자 매뉴얼과 차트였다. 신문도 경제신문을 구독하는 모양이다. 이국적인 분위기의 테이블에는 모뎀이 달린 노트북이 놓여 있었다.

사야카는 건져낸 파스타를 접시에 담아 인스턴트 소스를 부었다.

노트북을 치우고 테이블에 접시를 놓는다.

"집이 좁긴 하지만 거기 소파에 앉으세요. 1인분밖에 안 만들어서 혼자 먹어야 하는데 괜찮으시죠? 뭐 차가운 거라도 드릴까요?"

"아뇨, 신경 쓰지 마세요."

두 사람이 소파에 앉자, 사야카는 상관하지 않고 식사를 시작했다. 초조함은 금물이지만, 아무 말 없이 지켜보는 것도 얼빠진 짓이다. 기회를 살피던 린타로는 사야카에게 물었다.

"그 노트북은 뭐죠? 인터넷으로 주식 거래를 하십니까?"

"맞아요. 지금 유행하는 이트레이드라는 거죠."

사야카는 입을 우물거리더니, 말이 끝나기가 무섭게 눈을 반짝이며 물었다.

"가게에 오는 손님 중에 그런 쪽으로 잘 아는 사람이 있는데, 하도 열심히 권해서 시작해봤어요. 전 아직 공부 중이지만, 다음 달부터 증권 거래 수수료 규제가 풀린다면서요?"

"그렇다고 들었습니다."

"이 기회를 놓치면 정말 손해라는 생각이 들어서요. 저도 지금하는 일을 그렇게 싫어하진 않지만 앞으로 얼마나 계속할 수 있을지 불확실하잖아요. 요새처럼 앞날이 불투명한 때야말로 더더욱 진지하게 장래에 대해 생각해야 한다고요. 이래 봬도 자금은 좀 가지고 있고, IT혁명의 물결을 잘 타면 인생의 승자가 되는 것도 아주 꿈은 아닐 거예요. 제 친구 아는 사람 중에도 주식으로 대박을 낸 애가 있거든요. 들은 이야기지만······."

사야카는 온라인 주식 투자의 이점에 대해 한 차례 열변을 늘어놓았지만, 경험 부족은 어쩔 수 없었다. 남에게 들은 것을 앵무새처럼 조잘대던 그녀의 이야기 밑천은 먹던 파스타보다 먼저 바닥을 드러냈다.

"슬슬 본론으로 들어가죠. 도모토는 연예기획사와 문제를 일으켜서 얼마 전부터 여기 숨어 산다고 들었는데요."

다시로가 딱딱한 말투로 말을 꺼내자, 사야카는 꿈에서 현실로 돌아온 듯한 얼굴로 대답했다.

"그 이야기였어요? 이이다 씨 소개니까 그냥 다 털어놓겠지만, 다른 데에선 이야기하지 마세요. 아마 도모토가 나타난 건 지난달이었을 거예요. 아무 연락도 없이 가방 하나 들고 갑자기 들어앉지 뭐예요. 위험한 녀석들에게 찍혀서 도망 다니는 중이라고 하더군요."

"어째서 도망 다니는지 이유는 이야기해주던가요?"

"물론이죠. 요새 잘 나가는 아이돌 K.Y와 이벤트 기획사 대표의 뜨거운 포옹 장면을 도촬해서 K.Y의 사무소에 사진을 팔아넘기려 했다지 뭐예요. 예전부터 같은 수법으로 얼마씩 용돈 벌이를 하던 모양인데, 입막음 조로 너무 많이 요구해서 상대방이 화났나봐요. 다시로 씨라고 하셨죠? 그쪽도 동업자니까 알고 있죠? K.Y의 기획사는 뒤에 조직폭력배가 관련되어 있는 걸로 유명하잖아요."

"뭐, 거기가 그렇긴 하죠."

"그쪽도 체면이 있으니까, 살짝 본때를 보여주라고 했나 봐요. 도모토도 사진작가로서의 실력은 일류니까 열심히 일하면 될 걸, 괜히 위험한 짓만 해서 자기 목을 자기가 조른다니까요. 아무튼 갈 데가 없다, 일이 잠잠해질 때까지 여기 있게 해달라고 무릎을 꿇고 사정하더라고요. 저도 그런 성가신 일에 말려들고 싶진 않았지만, 옛정이 있으니 그냥 쫓아낼 수도 없었어요."

"옛정이라. 도모토는 그때부터 계속 여기 있던 겁니까?"

"지난주까지요. 여기 숨어 있다는 걸 들키는 건 어차피 시간 문제였거든요."

"지난주까지? 그럼 도모토를 쫓던 조직원들에게 들킨 겁니까?"

"직접 여기로 쳐들어오진 않았지만 아마도 그럴 거예요. 그 사람, 태평하게 아래층 편의점도 드나들고 그랬으니까 지나가던 누가 보고 연락했나 보죠. 지난주 월요일이었나. 일하고 돌아오는데, 그쪽 이야기 아니라 이상한 2인조가 절 미행하는 거예요. 그때는 잘 빠져나갔지만요."

나름대로 인생 경험이 풍부한 것이리라. 사야카는 대수롭지 않다는 듯 코를 실룩거리며 말을 이었다.

"도모토에게 그 이야길 했더니 꼭 엉덩이에 불붙은 것처럼 안절부절못하더라고요. 더 이상 저한테 폐를 끼칠 수 없다면서. 처음부터 폐 끼치려고 온 주제에. 다음날에는 타이페이 행 비행기 티켓을 예약하더니, 수요일 새벽에 날이 밝기도 전에 나가버렸어요. 대만에 친한 친구가 있으니까 한 달 정도 거기 있을 생각이라고 하더라고요."

"대만에요?"

생각지도 못한 대답에 다시로의 눈이 휘둥그레졌다. 린타로도 몸을 앞으로 내밀며 물었다.

"지난주 수요일이라면 8일이군요. 도모토 씨가 이 집에서 나간 건 틀림없이 그날 아침입니까?"

사야카는 벽에 걸린 달력을 보더니, 그날이 틀림없다고 단언했다.

9월 8일이라면 가와시마 이사쿠가 숨을 거두기 이틀 전이다. 사야카의 말대로 도모토 슌이 대만으로 출국했다면 이번 주 월요일에 마치다 역 앞에서 목격된 남자는 도모토와 꼭 닮은 다른 사람이었을 가능성이 높아지는데…….

"도모토 씨는 정말로 대만으로 떠난 겁니까? 여권은 가지고 있었고요?"

"그건 전부터 준비해뒀어요. 상황이 나빠지면 외국으로 도망친다고 했었거든요."

"비행기에 타는 걸 직접 보셨나요? 나리타 공항까지 배웅했을 거 아닙니까."

"설마요. 단순한 군식구였는데 뭐하러 그렇게까지 하겠어요."

박정한 소리를 내뱉더니, 사야카는 갑자기 자신을 변호할 필요를 느꼈는지,

"그리고 오해할까봐 말하는 건데요. 도모토가 우리 집에 있는 동안 우리 사이는 깨끗했어요. 저도 도모토랑 처음 만났을 때처럼 세상 물정 모르는 꼬맹이도 아니고, 여기 들어왔을 때에도 허튼 짓 했다간 바로 쫓아낼 거라고 다짐을 받아 놓았거든요. 그랬더니 그 사람, 쓴웃음을 지으면서 그러는 거예요. 오래 전부터 카메라를 들여다볼 때 아니면 성욕을 느끼지 못한다고. 저도 직업상 그런 사람은 질릴 정도로 보긴 했지만, 역시 그것도 직업병의 일종인 걸까요?"

어렴풋이 저의가 느껴지는 사야카의 물음에, 다시로는 무표정한 얼굴로 고개를 저었다.

"글쎄요. 제가 도모토도 아니고 어떻게 알겠습니까."

"도모토가 찾아간 대만의 친구란 어떤 사람입니까?"

사야카는 모른다고 답했다. 대만의 연락처도 가르쳐주지 않았다고 한다. 지난 주 목요일 이후로 도모토에게서는 아무 연락도 없었고, 자신이 먼저 연락할 생각도 없다고 했다.

"얼마 전에 일본에서 도모토 씨를 본 사람이 있다고 들었거든요. 예정을 변경해 지난주 말부터 이번 주 초 사이에 귀국한 게 아닐까요?"

사야카는 고개를 갸웃거리며, 슬슬 이 이야기에 질렸다는 듯 대꾸했다.

"사람 잘못 본 거 아니에요? 나갈 때 보니까 그렇게 금방 돌아올 것 같지 않던데요?"

"그야 그럴지도 모르지만. 만일 도모토 씨가 대만에서 귀국했다고 가정했을 때, 당신 말고 의지할 만한 사람이 누가 있는지 짐작 가는 데 없습니까?"

"없는데요."

사야카는 깊이 생각할 것도 없다는 듯 즉답했다.

"애초에 절 찾아온 걸 보면 얼마나 상황이 급박했는지 알 수 있거든요. 벌써 몇 년 동안이나 전화 한 번 안 하던 사람이라고요. 그런 사람이 갑자기 찾아왔으니, 얼마나 갈 데가 없으면 그랬겠어요. 달리 갈 곳이 있을 거란 생각은 안 드네요."

12

"죄송합니다. 일부러 불러냈는데 허탕만 치고."

야마노우치 사야카의 집에서 나오자마자, 다시로는 면목 없다는 듯 고개를 숙였다. 그의 말대로 허탕만 쳤지만, 지금 다시로를 탓해서 뭐하겠는가.

"그건 그렇다 치고, 조금 더 정보를 얻을 수 없었을까? 도모토의 행적에 관해 간신히 실마리는 잡은 것 같은데."

"아니, 그 이상 물어봐도 결과는 마찬가지였을 거예요. 정말 도모토가 대만에 갔는지 그것조차 불분명하니까요. 선배 아버님께 부탁해 탑승자 명단을 체크하는 게 확실하지 않을까요?"

"그러고 싶은 마음은 굴뚝같지만, 조금 걸리는 게 있어서 말이야."

린타로는 말을 흐렸다. 이 건에 대해서는 절대 이야기하지 않겠다고 가와시마 아쓰시에게 굳게 다짐했기 때문에, 가볍게 노리즈키 경시에게 상담할 수도 없었다.

"그럼 다시 한 번 이이다를 들볶아야겠군요. 녀석의 정보를 곧이곧대로 믿은 결과가 이거니, 제대로 빚을 갚아줘야겠어요. 지금 연락해 볼게요."

다시로는 웃옷 주머니에서 휴대전화를 꺼내 이이다에게 전화를 걸었다. 연결될 때까지 상당히 시간이 걸렸다. 자고 있는 걸 깨운 모양이다. 방금 일어난 상대에게 실컷 불평을 늘어놓은 다음, 다시로는 전화로는 끝이 안 날 것 같으니 잠깐 만나자고 말했다.

억지로 약속을 받아낸 다음, 다시로는 전화를 다시 주머니에 넣으며 말했다.

"지금 이이다의 집 근처까지 가기로 했습니다. 선배는 어떻게 하실래요?"

"4시에 신주쿠에서 약속이 있어. 그때까지는 시간이 남고."

"그럼 같이 가죠. 신주쿠라면 좀 돌아가게 되긴 하지만. 이이다 는 나카노사카시타의 패밀리 레스토랑에서 기다린다고 했어요."

린타로는 다시로와 함께 가기로 했다. 다시 요쓰야 산초메까지 되돌아가 마루노우치 선을 타고 나카노사카우에로 향했다. 두 사 람은 오우메 가도를 지나 간다가와 앞에 있는 패밀리 레스토랑으 로 들어갔다.

만나기로 한 상대는 4인석에 앉아 휴대전화 메일을 체크하고 있 었다. 노랗게 물들인 머리를 짧게 민 데다, 뾰족한 턱수염까지 기 르고 있었지만 얼굴만 보자면 나이를 짐작할 수 없는 큐피 같은 생 김새였다. 눈병이라도 걸렸는지 왼쪽 눈에는 안대를 하고 있었다. 국방색 티셔츠 위에는 땀에 찌든 사파리 재킷을 걸치고 있었다. 모 든 주머니에 물건이 빼꼭히 차 있어서, 마치 구명조끼를 입고 있는 것 같았다.

"수상해 보이는 사람인데? 정말 믿을 수 있는 거야?"

"그 점은 걱정하실 것 없어요. 보기에는 저래도 의리 하나는 끝 내주거든요. 그게 아니더라도 저한테는 평생 굽실거려야 할 처지 예요."

다시로는 진지한 얼굴로 단언하더니, 이이다를 향해 손을 흔들 었다. 직업상 이 사람, 저 사람 특이한 인종들과 사귈 기회가 많은 것이리라. 그 특이한 인종 속에는 자신도 포함되어 있을지도 모르 지만.

이이다는 자리에서 일어나 공손히 두 사람을 맞이했다. 다시로 에게 아부하듯 인사한 다음, 주머니에서 화려한 명함을 꺼내 린타로 앞으로 밀었다. 명함에는 '만능 저널리스트 이이다 사이조'라고 적혀 있었고, 연락처 외에도 '사이조의 미심쩍은 저널'이란 웹사이트의 주소가 적혀 있었다.

"노리즈키 씨죠. 다시로 씨에게는 언제나 신세를 지고 있습니다."

이이다가 싹싹한 얼굴로 굽실거리자, 다시로는 당연하다는 표정을 지었다. 아까 전화하는 걸 봐도 그렇고, 빚이 있다는 이야기도 완전히 과장된 건 아닌 모양이다.

"이런 시간까지 잘 수 있다니, 팔자 한번 좋군. 우린 요쓰야까지 헛걸음을 했는데 말이야."

"아침까지 홈페이지 업데이트를 했거든요. 그보다 다시로 씨가 전화해서 일어난 뒤에 야마노우치 사야카에게 메일을 보냈습니다. 평소에는 금방 답장이 왔는데, 아무래도 무시하는 것 같아요."

"우리 속내를 들켰으니까 그렇지. 도모토는 지난 주 수요일에 대만으로 떠났다고 하던데, 사야카랑 만났을 때 그런 소리 들은 적 있어?"

"도모토가 대만에 갔다고요?"

이이다 사이조는 오른쪽 눈을 깜빡거리더니, 자신 없는 표정으로 답했다.

"이상하네. 그런 일이 있었다면 제 귀에 안 들어올 리가 없는데. 전 분명히 아직 사야카 집에 있는 줄 알았어요."

"그 여자가 그렇게 말하던가?"

"확실히 인정한 건 아닙니다. 도모토에게 말을 전해달라고 했더니, 확답은 못하지만 기회가 있으면 그러겠다는 식으로 말했거든요. 대놓고 집에 같이 있다고 대답할 순 없어서 그런 식으로 말하는 줄 알았죠."

종업원이 주문한 음료를 가지고 오는 바람에 이야기는 잠시 중단되었다. 린타로는 종업원이 떠나기를 기다렸다 신중하게 입을 열었다.

"사야카의 집에 도모토가 숨어 있다는 정보는 어디서 얻은 겁니까?"

"그게, 거의 운이나 마찬가지였거든요."

이이다는 노란 까까머리를 문지르며 넉살 좋게 웃었다.

"야마노우치 사야카와는 유흥업소를 취재하다 알게 된 뒤로 정기적으로 연락하던 사이였는데, 예전에 도모토에게 신세진 적 있다는 이야기를 들었거든요. 여기저기 물어보는 도중에 잠깐 떠보니까 금세 꼬리를 드러내더라고요."

"그러고 보니 사야카도 옛정 어쩌고저쩌고 하던데."

"옛정이란 말로 끝낼 순 없죠. 2년 전 이야기인데, 도모토는 사야카의 부탁을 들어주다 하마터면 감방에 갈 뻔했으니까요."

"감방이라고?"

그렇게 되묻자, 이이다는 물 만난 고기 같은 표정으로 고개를 끄덕였다.

"사야카가 고등학생이었을 때 어머니가 재혼했는데, 그 의붓아버지가 정말 쓰레기 같은 놈이었나 봐요. 성추행을 견디지 못하고 학교를 졸업하자마자 집을 나왔는데도, 몇 년 후에 가게로 찾아와서 끈질기게 돈 뜯으러 왔다고 하더라고요. 의붓아버지는 원래 자동차 영업사원이었는데, 명예퇴직으로 직장을 잃고, 부인에게도 쫓겨나서 의지할 곳이 없었나 봐요. 사야카는 의붓아버지의 요구를 딱 잘라 거절했지만, 상대방이 돌아버렸나 봐요. 녀석이 계속 악질적으로 괴롭히니까, 잡지 촬영으로 알게 된 도모토에게 어떻게 좀 해달라고 울면서 부탁했던 거죠."

"폭력 사건이라도 일으킨 건가?"

"맞아요. 호텔방으로 녀석을 불러내서 신나게 패준 다음에, 가지고 있던 현금을 전부 빼앗고 다시는 사야카에게 접근하지 말라고 겁을 줬죠. 피해자는 자기도 한 짓이 있으니 경찰에 신고해봤자 뭐라 할 수도 없는 노릇이잖아요. 결국 가정 문제로 처리되었고, 사야카의 의붓아버지가 고소를 취하한 덕분에 도모토는 감방행을 면하게 된 거죠."

"그랬군."

린타로는 빨대로 잔에 담긴 얼음을 헤집었다. 2년 전 일이라고 하지만, 사야카의 의붓아버지와 도모토 슌의 입장을 바꾸어 보면, 에치카에게 일어났던 일과 똑같다는 걸 알 수 있다. 보다 정확하게 말하자면, 도모토는 사야카의 의붓아버지를 폭행함으로써 가와시마 이사쿠에 대한 원한을 풀려 한 것일지도 모른다.

"지금도 사야카가 그 일에 대해 고맙게 생각하고 있는 거라면, 대만 운운하는 것도 도모토를 감싸주기 위한 연막이라는 건데……. 아니면 정말 대만에 도모토가 의지할 만한 사람이라도 있는 건가?"

다시로의 물음에 이이다는 엄지손가락과 집게손가락으로 턱수염을 잡았다 놓았다 하며 입을 열었다.

"짐작 가는 데가 없는 건 아니에요. 오래 전에 〈PIXies〉라는 엉터리 투고 사진 잡지가 있었는데, 도모토가 거기 편집부에 자주 드나들던 모양이에요. 회사는 반년 만에 망했는데, 그것도 도모토와 어울려 다니던 부편집장이 경비를 진창 써 버린 다음 대만으로 도망쳤기 때문이라더군요. 도모토가 횡령을 부추긴 장본인이란 소문도 돌았을 정도니까, 만일 대만으로 갔다면 제일 먼저 그 남자를 찾아갔을 겁니다."

"도모토란 녀석, 들으면 들을수록 이곳저곳에서 나쁜 짓만 하고 돌아다녔잖아. 그래서 그 부편집장이었다는 사람의 주소는 알아낼 수 있는 거야?"

"아마도요."

"그럼 도모토가 국외에 있는지 아닌지 확인 좀 해. 이 건에 대해서는 정확히 보수를 계산해줄 테니까."

다시로가 저자세로 나가자, 이이다는 껄끄러운 표정으로 답했다.

"보수라니 됐습니다. 저는 그보다 왜 도모토에 대해 조사하고 다니는지, 그 배경에 관심이 가는데요. 다시로 씨가 도모토의 행적을 신경 쓰는 건 당연한 일이긴 하지만, 왜 지금 이 시기에 녀석의 움직임에 주목하는 거죠? 우리끼리 이야기로 할 테니, 노리즈키 씨 관련된 것도 포함해서 자세한 내막을 들려주지 않으시겠습니까?"

"노코멘트."

"그런 소리 마시고요. 우리가 알고 지낸 지가 얼만데. 절대로 아무한테도 발설하지 않을게요. 우리끼리 이야기지만, 혹시 얼마 전에 죽은 유명한 조각가의 따님과 관계있는 겁니까? 이 사진 말인데요."

이이다는 막 배운 마술을 자랑하듯 재킷 주머니에서 컬러 프린터로 인쇄한 디지털 사진을 꺼냈다. 사진에는 아버지의 위패를 안고 있는 에치카의 모습이 찍혀 있었다. 언론 관계자들도 고별식에 참석했으니, 아마도 인터넷 뉴스 사이트에서 찾아낸 것이리라.

"이름이 가와시마 에치카던가요. 도모토는 3년 전에 이 아가씨랑 사건을 일으켰다고 하고, 제가 듣기로는 엊그제 마치다에서 열린 가와시마 이사쿠의 고별식에 다시로 씨와 노리즈키 씨가 함께 참석했다고 하던데……. 아프잖아요!"

이이다가 갑자기 펄쩍 튀어 오른 건 다시로가 테이블 밑으로 정강이를 걷어찼기 때문이다. 다시로는 그런 내색은 전혀 보이지 않은 채, 어린애를 달래는 것 같은 말투로 말했다.

"아무래도 자기 입장을 모르는 것 같군. 일의 배경에 대해서는 더 이상 알려 하지 마."

"알겠다고요. 죄송합니다, 이제 묻지 않을게요."

이이다는 울음을 터뜨릴 것 같은 얼굴로 테이블에 머리를 박았다. 다시로 슈헤이에게 이런 가학적인 일면이 있는 줄은 몰랐다. 다시로와 도모토의 사정에 대해서 이이다 사이조에게 물어보고 싶었지만, 아무리 그래도 본인 앞에서 입 밖으로 낼 수는 없었다. 이건에 관해서는 언젠가 기회가 있을 것이다.

시계를 보니 슬슬 우사미 쇼진과 만나기로 한 시간이 다 되어 있었다. 이이다에게 도모토 슌의 작업실 겸 살림집의 주소를 들은 다음, 린타로는 계산서와 에치카의 사진을 들고 먼저 자리에서 일어났다.

우사미 쇼진은 라운지 안쪽 자리에서 다른 손님과 한창 이야기 중이었다. 반팔 셔츠에 발목까지 오는 편한 팬츠를 입은 그는 잡지 편집자와 회의 중인 것 같았다. 상대방도 린타로가 온 것을 눈치채고, 조금만 더 기다리라며 손짓한다.

회의를 마치고 편집자를 보낸 다음, 우사미는 성큼성큼 이쪽으로 걸어왔다.

"일부러 여기까지 와줘서 고맙네. 여기저기서 가와시마 선생님의 추도문을 부탁해서 말이야. 마감할 원고가 너무 많아서 이렇게 자발적으로 호텔에 틀어박혀 원고를 쓰고 있다네."

"우사미 씨가 먼저 제의한 것 아닙니까? 가을 회고전을 대비한 포석으로 말입니다. 고별식 회장에서 사람들이 시샘하던데요. 이런 절호의 선전이 어디 있냐고, 추모전이 성공하면 모든 공이 당신 것이 된다고요."

린타로는 한껏 비아냥대며 말했다. 우사미의 말대로 얌전히 움직일 생각은 없다는 걸 확실히 인식시켜 주기 위해서다.

"오늘은 갑자기 선제 펀치를 날리는군."

우사미는 언짢은 기색도 보이지 않고, 도리어 유쾌하다는 듯 말했다.

"그렇지만 자네도 아예 사정을 모르는 것 같지도 않군. 안심했어. 괜한 설명할 시간이 줄었으니 말이야. 이야기는 내 방에서 하지. 여기선 누가 들을지 모르니. 민감한 이야기라 바깥으로 비밀이 새어나가면 일이 귀찮아져."

아무래도 연기 실력은 상대방이 훨씬 위인 것 같다. 린타로는 포커페이스로 대꾸하고 우사미와 함께 엘리베이터로 향했다.

우사미 쇼진의 방은 호텔 본관의 스위트룸이었다. 월요일 아침까지 여기 체류하다 바로 나고야로 떠날 예정이라고 한다. 침실 테이블에는 전원이 켜진 노트북과 룸서비스로 시킨 커피포트가 놓여 있었다. 침대 위에는 여행 가방 하나 분량은 되어 보이는 자료가 널려 있었다. 마감할 원고가 너무 많다고 호언한 것도 아주 허세만은 아니었나 보다.

우사미는 프론트에 연락해 커피를 주문했다. 린타로에게 앉으라고 권하고 자신도 테이블 맞은편에 자리를 잡는다. 그는 이야기를 끝낼 시간을 정하듯 시계를 본 다음, 단도직입적으로 말을 꺼냈다.

"가와시마 씨도, 구니토모 씨도 모두 내 태도를 수상하게 여길 거야. 어째서 석고상의 머리가 잘려나간 걸 경찰에 신고하지 않는지."

"당연하죠. 두 분 다 작품이 손상된 것 이상으로 에치카 양에게 위험이 닥치지 않을까 우려하고 있습니다. 가와시마 씨가 이번 사건에 절 끌어들인 건 그걸 막기 위해서고요."

린타로가 강조하자, 우사미는 진지한 얼굴로 고개를 끄덕였다.

"물론 그건 나도 잘 알고 있네. 특히 가와시마 씨는 도모토 슌이라는 사진작가가 신경 쓰이는 모양이야. 예전에 에치카 양을 스토커처럼 따라다닌 남자거든. 가와시마 선생님이 손을 써서 떼어 내버리긴 했지만, 상대방은 그때 일을 아직도 잊지 못하고 이번에 선생님이 돌아가신 걸 기회 삼아 다시 에치카 양을 괴롭히려는 게 아닌지 의심하고 있는 모양이지."

"도모토 슌에 대해서는 에치카 양에게 직접 어떻게 된 일인지 들었습니다. 하지만 가와시마 씨의 예측은 빗나간 것일 수도 있습니다. 실은 여기 오기 전에 도모토 본인을 만나서 직접 추궁하려 했습니다. 그렇지만……."

린타로는 간략하게 '시티하우스 요쓰야'에서 보고 들은 이야기를 전했다. 결국 아무 수확도 없이 끝났다는 것을 듣고도, 우사미는 그다지 놀란 기색도 없이 말했다.

"그랬군. 도모토 슌은 가와시마 선생님이 돌아가시기 전에 대만으로 건너갔다는 건가. 그게 사실이라면, 가정부 아키야마 씨가 마치다 역 앞에서 보았다던 도모토 같은 남자도 결국 꼭 닮은 다른 사람이었다는 건가. 그럴 줄 알았어."

이야기하던 도중 초인종이 울려서, 우사미는 자리에서 일어났다. 호텔 종업원이 커피가 든 포트와 컵 두 개를 들고 방안으로 들어왔다. 전표에 사인하고 종업원을 내보내자, 우사미는 자리로 돌아와 갑작스레 화제를 바꿨다.

"엊그제 가와시마 선생님의 아틀리에를 조사했을 때 창문 걸쇠와 문이 잠겨 있었던 것에 대해 무척이나 신경 쓰는 것 같던데, 뭔가 알아낸 거라도 있나?"

'역시 알아챘던 거군.' 린타로는 커피를 마시며 우사미의 시선을 피했다.

"아틀리에에 들어가자마자 석고 가루를 빗자루로 쓸어낸 자국이 바닥 위에 남아 있는 걸 목격했습니다. 창문과 석고상 주변뿐만 아니라, 문 앞에까지 말입니다. 그렇지만 우사미 씨가 지적하신 것처럼 석고상의 머리를 잘라간 도둑이 자신의 발자국을 지우기 위해 그런 짓을 한 거라면, 앞뒤가 맞지 않는 부분이 하나 있습니다."

"앞뒤가 맞지 않는 부분이라니?"

"우사미 씨의 설명대로라면 도둑은 아틀리에 창문을 통해 침입한 게 됩니다. 유리 자르는 도구로 창문에 구멍을 뚫고 걸쇠를 내려 안으로 들어왔다. 석고상의 머리를 자른 후에도 들어왔을 때와 마찬가지로 창문을 통해 밖으로 나간 다음 구멍으로 손을 넣어 다시 걸쇠를 잠갔다. 창문으로 들어와 창문으로 나갔다면 도둑은 입구 쪽에 가까이 갈 필요가 없습니다. 문 옆에 발자국을 남기지도 않았을 테고요. 그렇다면 어째서 있지도 않은 발자국을 지우기 위해 일부러 빗자루로 문 앞까지 쓸어야 했던 것일까요?"

"아틀리에의 불을 켜기 위해 문 옆까지 간 게 아닐까? 스위치는 입구 옆에 있으니까."

우사미는 마음에도 없는 소리를 내뱉었다. 린타로는 고개를 저으며 말했다.

"도둑이 아틀리에에 들어올 기회가 있던 건, 토요일 낮, 장례식 때문에 집안사람들이 모두 외출했던 오전 10시부터 오후 4시까지입니다. 남쪽 창문에 블라인드가 쳐 있었다 해도, 천장에 난 창문에서 빛이 들어오니까요. 그 시간대에 불을 켤 필요는 없죠."

"그럴지도 모르지만, 꽤 거친 추리군. 석고상의 머리를 자를 도구를 찾기 위해 아틀리에 안을 이곳저곳 뒤졌을 가능성도 있지 않나."

"그럴 가능성은 낮습니다. 제가 보기에 범인은 아틀리에 내부를 잘 아는 사람일 겁니다. 창문에서 침입하기 위해 유리 자르는 도구를 준비했을 정도라면 석고상을 절단할 톱도 직접 준비하면 되지 않습니까. 그 자리에서 도구를 찾아 귀중한 시간을 버릴 필요는 없으니까. 그렇게 하지 않았던 건 처음부터 선반에 놓인 실톱을 사용하려 했던 게 아닐까요. 요컨대, 도둑은 애초부터 실톱의 존재에 대해 알고 있었고 그런 뜻에서 아틀리에 내부에 대해 잘 아는 사람이라고 추리한 겁니다."

우사미는 눈을 치켜뜨며 턱을 쓰다듬었다. 그리고 아무 반박도 하지 못한 것을 거만함으로 만회하려는 듯 입을 열었다.

"흠. 그건 자네 말이 맞는지도 모르겠군."

"그것뿐만이 아닙니다. 이건 제 감이지만, 창문을 자를 때 사용한 도구도 원래 아틀리에에 있었던 것일 겁니다. 그것을 공구함 속에서 찾을 수 없던 건 누군가가 가져가서 감췄기 때문일 테죠."

우사미는 검은 테 안경을 손으로 밀어 올리며, 의아하다는 듯 미간을 찌푸리며 말했다.

"애초에 아틀리에에 있던 유리 자르는 도구를 도둑이 가져갔다고? 곧이곧대로 믿을 수만은 없는 추측이지만, 백보 양보해서 자네 감이 맞았다고 가정하지. 그래서 뭐가 어쨌다는 건가?"

"전 도둑이 가져갔다고는 하지 않았습니다. 그렇지만 그 점은 일단 뒤로 미뤄두고, 이야기를 계속하죠. 석고상의 머리를 자른 인물은 가와시마 집안 외부 사람이 아니라 아틀리에에 자유롭게 드나들 수 있었던 내부인일 겁니다. 그렇지 않으면 아틀리에 안에 있던 유리 자르는 도구를 사용해 밖에서 침입하는 건 불가능하니까요. 그 인물은 아틀리에의 열쇠를 사용해 문으로 들어가, 절단 작업을 마친 뒤에도 당당하게 문으로 나갔죠. 창문에 구멍을 낸 건 도둑이 외부인으로 보이게 하기 위한 위장이었던 겁니다."

"잠깐만."

우사미는 겉보기에도 과장된 동작을 섞어 가며, 갑자기 언성을 높였다.

"석고상의 머리를 자른 것이 집안사람 짓이라고? 바보 같은 소리 작작 하게. 장례식장에 있었던 토요일 10시부터 4시 사이에는 나와 아키야마 씨까지 포함해 모두에게 알리바이가 있네. 아틀리에에 침입하는 건 불가능하지."

"내부 범행이라면 꼭 장례식 중에 석고상을 절단할 필요는 없죠. 범인은 아마 그전에, 아마도 금요일 밤에 석고상의 머리를 잘라서 아틀리에 밖으로 반출했을 겁니다."

"금요일 밤? 그러면 역시 자네 결론은……."

"우사미 씨 생각과 같습니다."

우사미의 표정이 죽은 사람처럼 딱딱하게 굳어간다. 부정하지 못하는 건 여기까지 온 이상 더 이상 감출 수 없다는 사실을 그 자신이 누구보다 잘 알고 있기 때문이다. 린타로는 말을 이었다.

"이사쿠 씨가 쓰러진 뒤, 아틀리에의 열쇠를 사용할 수 있었던 건 구니토모 씨와 에치카 양 두 사람뿐입니다. 밤샘이 끝날 때까지 열쇠는 구니토모 씨가 가지고 있었지만, 병원에서 시신을 인수받고 밤샘을 준비하고, 그 뒤에도 조문객들을 접대하며 바쁘게 움직였을 테니 아틀리에에서 석고상의 머리를 자를 여유 같은 건 없었을 겁니다. 그러나 에치카 양은 밤샘을 마친 후, 구니토모 씨에게 받은 열쇠로 아틀리에에 들어가 줄곧 혼자서 그 안에 있었죠. 그녀가 안채로 돌아오는 것을 본 사람은 없습니다. 결국 석고상의 머리를 자르고, 외부 범행인 것처럼 위장 공작을 하고, 절단한 머리를 반출할 수 있었던 사람은 에치카 양밖에 없다는 거죠."

우사미 쇼진은 멈추고 있던 숨을 천천히 내뱉었다. 얼굴의 긴장이 풀어진 것과 동시에, 그때까지 남을 위하는 척 하면서 자기 잇속만 챙기려는 태도 역시 자취도 없이 사라졌다.

"거기까지 꿰뚫고 있다니 어쩔 수 없군. 진실을 이야기하겠네. 조금 전 자네가 이야기한 대로, 아틀리에에서 유리 자르는 도구를 가져간 건 바로 나야. 선반에 있는 공구함 바닥에 감춰져 있는 걸 발견한 순간 감이 오더군. 금요일 오후에 구니토모 씨에게 아틀리에에 출입할 만한 여유는 없었으니, 창문을 이렇게 만든 사람은 에치카 양이라는 게 말이야. 현장에 유리 자르는 도구를 남겨두면 무슨 일이 있었는지 한 눈에 알 수 있으니, 다른 사람들의 눈을 피해 몰래 가지고 나왔어. 빗자루 자국까지는 눈치채지 못했지만."

"역시 그랬군요. 창문 새시 바깥을 닦아낸 것도 우사미 씨죠?"

추가 펀치를 가하자, 우사미는 꿀꺽 침을 삼키며 말했다.

"언제 알았나?"

"어제 다시 아틀리에에 갔었습니다. 창문을 통해 아틀리에 안으로 들어가려 했는데 새시 윗부분 먼지가 깨끗하게 닦여 있더군요. 그건 침입자의 흔적을 지우기 위해서가 아니라, 흔적이 남아 있지 않은 것을 감추려 한 것이죠."

"어째 처음부터 자신만만하다 했더니 그 사실을 눈치채고 있던 거군. 자네 말대로야. 에치카 양을 감싸려 했는데 괜히 역효과만 난 모양이군."

"그렇게만 보실 것 없습니다. 경찰에 신고하지 않은 건 현명한 판단이었다고 생각합니다. 그 정도의 위장으로는 감식반의 눈은 속일 수 없으니까요. 에치카 양이 석고상의 머리를 자른 것이 공표되면 스캔들은 피할 수 없었을 테죠."

"스캔들이라."

그렇게 중얼거리더니, 우사미는 커피를 마셨다. 웃음 같기도 한 일그러진 표정이 입술 끝에서부터 뺨을 타고 번져간다. 혀를 날름거리며 잔을 내려놓은 다음, 우사미는 숨겨둔 비밀 이야기를 하는 듯한 말투로 입을 열었다.

"유감이지만 자네 추리는 절반만 맞았네. 중요한 부분에서 크게 오해하고 있기 때문이지. 석고상의 머리를 자른 사람은 에치카 양이 아니네. 설령 그렇다 해도, 머리를 자를 순 없었어. 다른 누구도 그러지 못한 것처럼 말이야."

"다른 누구도 그러지 못했다고요? 무슨 뜻이죠?"

"말 그대로네. 가와시마 선생님의 유작에는 처음부터 머리가 없었어."

13

폭탄 발언을 의도했던 거라면 불발이었다. 적어도 우사미가 그렇게 말한 순간에는. 린타로는 다 식은 커피를 마신 다음, 다시 잔을 받침 위에 살며시 내려놓았다.

"진심이십니까? 절 속이려는 거라면……."

"진심이네."

냉담한 반응이 마음에 들지 않았는지, 우사미는 안달이 난 듯 몸을 앞으로 내밀며 말했다.

"속임수라면 속임수일 수도 있지만, 날 탓할 일이 아니야. 그 말은 돌아가신 가와시마 선생님께 해야 할 말이고, 나는 단순히 있는 그대로의 사실을 이야기하는 것뿐이네."

"이사쿠 씨가 의도적으로 그랬다고요? 그렇지만……."

"이러쿵저러쿵 말하기 전에 내 얘길 먼저 듣게. 에치카 양의 상에 커버가 씌워져 있던 걸 기억하나? 그건 나중에 다른 사람이 씌운 게 아니라 가와시마 선생님이 쓰러지기 직전에 스스로 씌운 거네. 그래서 아틀리에로 뛰어간 구니토모 씨 일행은 완성된 실물을 보지 못했지. 그때엔 환자를 돌보느라 정신이 없어서 작품은 눈에 들어오지도 않았지. 게다가 선생님이 병원으로 실려 간 뒤, 다음날 밤샘이 끝날 때까지 아틀리에에 들어간 사람은 아무도 없으니까 말이야."

"그 이야긴 레이카 씨께 들었습니다."

무뚝뚝하게 맞장구를 친 뒤, 린타로는 테이블에 놓인 포트를 들고 뜨거운 커피를 잔에 부었다. 우사미가 자신도 달라는 듯한 시늉을 하기에 한 번 더 포트를 기울였다.

"고맙네. 본심을 말하자면, 나는 한시라도 빨리 가와시마 선생님의 유작이 보고 싶었어. 생각이 짧다는 소리를 들어도 하는 수 없네만, 회고전의 큐레이터를 맡은 사람으로서 에치카 양의 상이 제대로 완성되었는지, 대체 어떤 모습일지 신경이 쓰여서 견딜 수가 없었네. 그렇다고는 해도 주제넘게 나섰다 유족들의 반감을 사면 말짱 헛일이니 말이야. 금요일 밤, 에치카 양을 혼자 아틀리에에 내버려 둔 것도 그녀의 마음을 존중했기 때문이야. 그때 함께 따라갔다면 이런 소동으로 번지진 않았을 텐데."

우사미는 고개를 저으며 깨물듯 커피 잔을 입에 대며 말했다.

"요컨대 석고상의 얼굴을 본 사람은 에치카 양을 제외하고는 아무도 없다는 거지. 그 얼굴도 에치카 양이 보았다고 말하는 것뿐,

실제로 존재했다는 증거는 아무 데도 없고."

린타로는 입을 내밀며 생각에 잠겼다. 그쪽 노선은 이미 검토한 뒤였기 때문에 지금 당장 우사미의 착각을 일축해버릴 수도 있다. 그렇지만 그러기 전에 다시 한 번 상대방의 생각을 들어도 손해 볼 건 없을 것이다.

"절단되기 전의 머리가 어땠는지 에치카 양에게 물어봤습니까?"

"물론이네. 아틀리에가 어지럽혀진 것을 목격하고 제일 먼저 한 일이 그거네. 전날 밤에 봤을 때는 분명히 머리가 달려 있었다고 했지만, 아무래도 석연치 않은 반응이었어. 세부적인 사항에 대해 물어봐도 애매하게 말을 흐릴 뿐 구체적으로 대답하지 못하더군. 에치카 양의 심정을 생각해서 추궁하지는 않았네만, 무언가를 숨기고 있는 건 확실한 것 같아."

자신이 질문했을 때에도 그런 느낌이었다. 그렇지만 단지 그런 이유만 가지고 처음부터 머리가 없었다고 결론을 내리는 건 너무 성급한 것이 아닐까? 린타로는 그렇게 물었다.

"그렇게 생각하진 않네. 성급한 건 오히려 자네 아닌가?"

우사미는 양손을 깍지 끼며 다짜고짜 딱 잘라 말했다.

"분명히 논리적으로만 따지자면, 그녀가 석고상의 머리를 잘랐을 가능성도 부정할 수는 없네. 그렇지만 당사자의 입장이 되어 보게. 그 상은 가와시마 선생님이 자신의 목숨과 바꿔, 온 힘을 다해 만들어낸 유품이나 마찬가지야. 게다가 그 상의 모델은 에치카 양바로 자신이고. 그 사실이 얼마나 중요한 의미를 가지는지 조금만 생각해보면 알 수 있지 않은가. 목숨이 얼마 남지 않은 아버지와 처음이자 마지막으로 공동 작업을 했던 나날들, 그 기억 전부를 쏟아 부은 둘도 없는 기념비적인 작품을 남겨진 딸이 자신의 손으로 망쳐버릴 이유가 없지! 그 가능성을 도저히 포기하지 못하겠다면, 어째서 에치카 양이 그런 말도 안 되는 행동을 한 것인지 제대로 납득할 수 있는 이유를 대보게."

"아니, 그건 아직……."

"그거 보게. 에치카 양이 이유도 없이 그런 말도 안 되는 짓을 하겠나."

아픈 구석을 찔린 린타로는 말문이 막혔다. 에치카가 석고상의 머리를 자른 장본인이라고 해도, 동기에 대한 건 전혀 짐작 가는 데가 없다. 우사미 쇼진의 입에서 그 이유나, 적어도 힌트라도 들을 수 있으면 좋겠다고 기대하고 있었지만, 생각이 너무 물렀던 것 같다. 결말이 나지 않는 논쟁으로 시간을 낭비하지 않기 위해 자신의 속내를 드러낼 수밖에 없을 것 같다.

"그럼 저도 묻겠습니다만, 저 역시 한 번은 이사쿠 씨가 머리가 없는 석고상을 만들고 있었을 가능성에 대해 검토해 봤습니다. 그렇지만 그건 있을 수 없는 일입니다. 실제로 머리가 존재하고 있었던 것을 뒷받침할 제삼자의 증언이 있기 때문입니다."

"제삼자의 증언?"

"어제 가와시마 가에 들러 아틀리에에서 현장을 조사한 다음, 레이카 씨와 후사에 씨에게 목요일 오후에 있었던 일을 다시 한 번 떠올려달라고 부탁했습니다. 인간의 기억은 우습게 볼 것이 아니거든요. 두 분이 아틀리에에 들어왔을 때 커버가 씌워진 석고상의 사이즈는 지금보다 머리 하나는 더 컸다고 합니다. 전체적인 형태의 양감이나 바닥에 늘어진 커버의 길이도 지금과는 확연히 달랐다고 하더군요. 작품 본체를 직접 보지 않았어도 머리가 있는 것과 없는 건, 커버 너머로 느껴지는 인상이 완전히 달라지니까요. 두 분의 증언이 있는 이상, 이사쿠 씨가 그 상을 완성한 시점에서 처음부터 머리 부분이 없었다고 생각할 순 없습니다."

예상과는 달리 우사미는 조금도 동요하는 기색을 보이지 않았다. 애초부터 레이카와 후사에의 증언도 알고 있었던 모양이다. 그는 귀 아래를 긁적이며, 이미 알고 있다는 듯 고개를 끄덕였다.

"현장 조사라. 일부러 그럴 것까지도 없었네. 이미 난 알고 있었으니까. 은근슬쩍 두 사람에게 물어보아서 같은 답을 들었거든. 그렇지만 자네는 한 가지 중요한 사실을 간과하고 있네. 두 사람이 목격한 건 어디까지나 바깥에 씌운 커버에 불과해. 작품 본체가 아니지. 그렇다면 캔버스 소재의 커버 아래 감춰져 있던 건, 석고로 만든 머리가 아니라 그와 비슷한 모양의 가짜 머리였음이 분명해."

"가짜 머리?"

"그래. 천을 뒤집어씌우는 건 마술의 정석이지. 그러니까 조금 전에도 가와시마 선생님의 속임수라고 한 거네. 하지만 그것뿐만이 아니야. 지금부터 하는 이야기는 내 상상이네만, 선생님은 자신이 혼수상태에 빠져 아틀리에에서 실려 나간 후에 시간의 경과와 함께 커버 밑에 감춰진 가짜 머리가 자동으로 사라지도록 준비했던 게 아닐까?"

"자동으로 사라진다고요?"

"아틀리에에 대형 냉장고가 있었던 걸 기억하나? 내가 살펴봤을 때 냉장고 안은 텅 비어 있었어. 딱 사람 머리 하나가 들어갈 만한 공간이 있었지. 그리고 지금 이 계절에는 냉방을 끄고 창문을 닫아

놓으면 아틀리에 안의 온도는 상당히 높아질 거야."

우사미가 의미심장하게 던진 힌트에, 린타로는 눈을 휘둥그레 뜨며 되물었다.

"얼음으로 가짜 머리를 만들었다는 겁니까?"

"아니, 얼음이라면 녹은 후에 물이 흘러내린 부분에 얼룩이 생기겠지. 그렇지만 커버에도 몸통 부분에도 그런 흔적은 없었어. 가와시마 선생님은 얼음 대신 드라이아이스를 사용한 게 아닐까? 전부터 준비해두었던 얼굴 모양의 드라이아이스 덩어리를 완성된 상의 머리에 고정시키고 그 위로 커버를 씌운다. 색도 하얗기 때문에 만일 커버가 흘러내려도 잠깐 본 것만으로는 석고라고 생각할 확률이 높지. 일석이조의 수법이야."

"설마요. 농담이시죠?"

놀랐다기보다는 어이가 없었다. 죽음을 앞둔 남자가 그런 어린애 속임수 같은 트릭으로 가족들을 속이려 했을까? 그렇지만 우사미는 지금까지보다 훨씬 진지한 얼굴로 말을 이었다.

"농담이 아냐. 사실은 소설보다 기이하다고 하지. 가와시마 선생님이라면 충분히 그러고도 남으실 분이고, 실제로 과거에 드라이아이스 소재로 오브제를 제작했던 일도 있네. 결코 억지로 이상한 가설을 날조한 게 아냐. 적어도 선생님이 가짜 머리를 준비하고 있던 것에 대해서는, 자네가 모르는 구체적인 증거가 남아 있기 때문이지."

"제가 모르는 증거라고요? 혹시 이사쿠 씨의 휴대전화를 말씀하시는 겁니까?"

선수를 치려는 생각이었지만, 우사미는 별 반응을 보이지 않았다. 도리어 선생님의 휴대전화가 어쨌다는 거냐고 묻기에, 린타로는 전날에 레이카에게 들었던 이야기를 전했다.

"아니, 난 모르는 일이네. 아틀리에에는 없었는데."

"정말입니까? 우사미 씨가 몰래 가지고 간 게 아니고요?"

"아냐. 선생님의 개인 물건에는 손댄 적 없네."

우사미는 딱 잘라 부정하더니, 마음을 다잡듯 흐흠, 하고 헛기침을 했다.

"구체적인 증거란 건 다른 거네. 자네에게 그 사실을 알려야 하는지 지금까지 고민했지만, 이렇게 된 이상 전부 털어놓을 수밖에 없지. 그렇지만 지금부터 내가 하는 이야기는, 내가 됐다고 할 때까지 반드시 비밀을 지켜야만 하네. 물론 나에게 그런 권한이 있었기 때문에 불법행위를 저지른 건 아니지만, 그래도 상당한 위험이 따르는 건 분명하네. 자네 통찰력을 높이 사서 협력을 요청하는 거야. 지금 이 자리에서 아무에게도 발설하지 않겠다고 약속해주지 않겠나?"

린타로는 거부하지 않았다. 비밀을 지키겠다고 맹세하자, 우사미는 안경을 벗고 미간을 손가락으로 주무르기 시작했다. 셔츠 주머니에서 안약을 꺼내 익숙한 손놀림으로 두 눈에 넣는다. 시중에서 판매하는 약이 아니라, 안과에서 처방받은 약 같았다. 트레이드마크인 검은 테 안경이 없으니, 인상이 많이 달라져 보인다.

안경을 다시 쓴 뒤, 우사미는 잠시 실례하겠다는 말을 남기고 침실로 들어갔다. 그는 얼마 지나지 않아 커다란 봉투를 안고 자리로 돌아왔다.

"증거란 건 다름이 아니라 에치카 양의 얼굴에서 뜬 겉틀(암형,

雌型)이네. 그렇지만 그것을 보기 전에 가와시마 선생님의 라이프 캐스팅 기법, 인사이드 캐스팅의 순서에 대해 간단하게 설명하도록 하지."

우사미의 강의를 듣고 새로 알게 된 사실은 없었다. 전에 에치카에게 들은 이야기와 우사미가 쓴 추모 기사를 통해 대충 순서를 파악했기 때문이다. 제일 먼저 석고액을 바른 석고붕대를 모델의 몸에 붙인다. 석고가 굳으면 그것을 떼어내 각 부위별로 이어 붙여, 안쪽이 빈 겉틀을 만든다. 그 안에 다시 한 번 물에 갠 석고를 붓고 충분히 건조시킨 다음 속틀(수형, 雄型)을 뜬다. 몸의 부위별로 떠낸 속틀을 조립하면, 모델의 모습을 충실히 재현한 석고상이 완성된다.

"직접 뜬 겉틀을 어떻게 취급하는지 잘 들어보게. 아웃사이드 캐스팅에서는 겉틀 자체를 이어 붙인 것이 완성작품이 되는데 반해, 인사이드 캐스팅에서는 작품을 완성하면 사용이 끝난 겉틀은 쓰레기통으로 직행하지. 안쪽 속틀을 뜨는 과정에서 삶은 계란껍질을 벗기는 것처럼 정과 망치로 산산조각 내기 때문이야."

"그러고 보니, 아틀리에 작업대에 분해된 석고 껍질, 석고붕대의 잔해가 남아 있더군요. 그게 겉틀이었던 겁니까?"

"맞네. 따라서 만일 그 상에 머리가 있었다면 에치카 양의 얼굴에서 직접 뜬 겉틀의 머리 부분이 원형을 유지하고 있을 리가 없네. 무슨 말인지 알겠지?"

"네."

"그럼 이걸 봐주게."

우사미는 봉투 안에서 커다란 사진을 네 장 꺼내 요란스레 테이블에 늘어놓았다. 첫 번째 사진은 석고 라이브마스크를 정면에서 찍은 것이었다. 두께가 느껴지는 석고붕대로 형태를 뜬 얼굴의 요철에서 가까스로 에치카의 흔적을 찾을 수 있었다. 형태를 뜬 직후의 상태로, 조각을 하거나, 균열을 메운 흔적은 찾아볼 수 없었다.

두 번째 사진은 같은 석고 마스크를 안쪽에서 촬영한 것이었다. 에치카의 표정과 살결을 정확히 재현한 건 바로 이 안쪽 면이다. 세 번째와 네 번째 사진은 양 귀를 포함한 뒷모습 겉틀을 안쪽과 바깥쪽에서 찍은 사진으로, 역시 파손된 흔적은 찾아볼 수 없었다.

"에치카 양의 얼굴 겉틀이 맞는 것 같군요. 이걸 어디서 찾으신 겁니까?"

사진에서 시선을 떼며 묻자, 우사미는 살짝 불편한 듯한 얼굴로 말했다.

"장례식이 끝난 다음 가와시마 선생님의 아틀리에에서 찾았네. 에치카 양과 이야기한 뒤에 혹시나 해서 아틀리에를 뒤져봤더니 스티로폼 상자에 담겨 선반 위에 놓여 있었네. 물론 이 사실은 유족에게는 비밀로 했네. 에치카 양 본인에게도."

"역시 무단으로 들고 나오신 거군요. 실물은 지금 어디 있는 겁니까?"

"아는 석고 기술자에게 맡겨놨네. 믿을 수 있는 사람이니 비밀을 발설하진 않을 거야. 만일의 사태를 대비해 작업대에 남겨진 겉틀의 잔해 샘플과 비교를 부탁했네. 틀림없이 같은 시기에 같은 소재에서 나온 것이지만, 얼굴 파츠에 물에 갠 석고를 부은 흔적은 없다고 하더군. 그렇다면 에치카 양의 얼굴에 대응하는 속틀도 처음부터 존재하지 않았다는 거지."

"논리적으로는 그렇겠지만, 얼굴 겉틀이 하나만 존재한다고 할 순 없는 거 아닙니까?"

"아니. 그 점은 가와시마 선생님이 돌아가시기 전에 에치카 양에게 확인했네. 얼굴은 한 번만 떴다고 하더군. 선생님은 병 때문에 쇠약하셨으니, 다시 만들 기력은 남아 있지 않았을 테고, 작품이 완성하기 전이니 에치카 양이 거짓말을 할 이유도 없었고 말이야. 따라서 얼굴 겉틀은 이것 하나밖에 존재하지 않아. 그것이 이렇게 아무 상처 없이 남아 있는 이상, 그 석고상에 처음부터 머리가 없었던 건 불 보듯 뻔한 일이지."

결정적인 증거가 나타나자, 린타로의 추리는 산산조각이 났다. 우사미의 주장은 논리적이었기 때문에 반박할 여지는 거의 없었다. 그렇지만 머리가 절단되지 않았다고 해도, 여전히 다른 문제가 남아 있다.

"석고상의 머리 부분에 분명히 실톱으로 자른 흔적이 남아 있지 않았습니까. 우사미 씨의 생각이 맞는다고 치면, 그 흔적은 머리가 없었던 것을 감추기 위한 위장이란 겁니까?"

자신의 주장이 받아들여진 것을 깨닫고, 우사미는 살며시 미소 지으며 대답했다.

"역시 이해가 빠르군. 완성된 석고상의 목은 지금보다 더 길었을 거야. 완성한 목을 그대로 방치해두었다간 애초부터 머리가 없었다는 사실이 드러나게 되지. 그래서 윗부분을 살짝 잘라서 머리가 절단된 것처럼 위장한 거지."

"요컨대, 에치카 양이 그랬단 말씀이십니까?"

"물론이네. 아틀리에 창문을 부순 것도 바로 에치카 양이야. 그래서 자네 추리가 절반만 맞았다고 했던 거야. 금요일 밤에 혼자 아틀리에에 남아 있던 동안 즉흥적으로 한 짓일 테지. 석고상의 머리가 있었던 것을 기정사실로 만들기 위해."

"그렇지만 그 부분이 제일 이해가 안 가는데요. 어째서 에치카 양은 일부러 아버지의 유작에 흠집을 내면서까지 있지도 않은 머리를 보았다고 거짓말을 한 거죠?"

린타로가 고개를 갸웃거리자, 우사미는 두 손가락으로 무릎을 두드리며 신중한 말투로 입을 열었다.

"죽은 아버지의 진의를 파악할 수 없어서 혼란스러워했던 것이 겠지. 조금 전에도 이야기했지만, 그 상은 가와시마 선생님이 목숨과 바꾸어 남긴 유품이야. 에치카 양 자신도 라이프캐스팅 모델로서 제작에 참여했지. 그럼에도 불구하고 완성된 작품에는 제일 중요한 머리가 없었어. 당연히 충격을 받았겠지. 어째서 자신의 머리가 없는지 이유를 묻고 싶어도, 아버지는 이미 이 세상에 없어. 그녀는 죽은 사람에게 거절당한 듯한 기분을 맛보았을 거야."

"그걸 인정하기 싫어서 제삼자가 석고상의 머리를 잘라간 것처럼 꾸몄다는 겁니까?"

"난 그렇게 생각하네. 가짜 머리가 드라이아이스가 아니라 무언가 다른 소재로 만들어져 있었다면, 에치카 양도 그런 난폭한 행동은 하지 않았을 거야. 머리 대신 어떤 오브제가 남아 있었다면 그것이 제작자의 의도를 알아낼 수 있는 단서가 되었을 테니. 그렇지만 가와시마 선생님은 아무 힌트도 주지 않고 을씨년스러운 머리 없는 상을 내밀었지. 일지나 메모 같은 것도 존재하지 않아……. 그래서 지금 당장 에치카 양을 추궁해도 나쁜 결과를 초래하는 것이 아닌가 하는 생각이 드네. 조금 더 시간이 흘러서 에치카 양이 안정을 되찾으면 자연스럽게 물어볼 생각이었네만."

린타로가 팔짱을 끼자, 우사미는 또다시 커피 잔을 향해 손을 뻗었다. 에치카가 보인 과민 반응에 대해서는 우사미의 해석이 들어맞는 것 같기도 하다. 그렇지만, 그보다 이해가 되지 않는 건 세상을 떠나기 전 마지막으로 여러 사람을 놀라게 하는 작품을 남긴 가와시마 이사쿠의 의도였다.

"이사쿠 씨가 에치카 양에게도 아무 말 없이 머리가 없는 상을 만들려고 한 건 무슨 이유에서였나요? 속임수도 정도가 있죠. 만일 우사미 씨 말씀대로 드라이아이스로 가짜 머리까지 준비해서 가족들의 눈을 속였다면, 무언가 그럴 만한 심오한 이유가 있었을 텐데요."

그렇게 물었지만, 우사미는 즉시 대답하지 않았다. 그는 찻잔을 입에 댄 채 아득한 시선으로 생각에 잠겨 있었다. 피곤한 기색이 역력한 창백한 표정을 바라보며, 린타로는 그제서야 겨우 눈치챘다. 가와시마 이사쿠에 대한 우사미의 경외심이 진심이라는 것을.

타산이나 공명심이 눈에 띄긴 했지만, 우사미는 그 나름대로 진심이었다. 지금 이 순간에도 미술평론가로서의 지식과 경험을 총동원하여 머리가 없는 에치카 상에 담긴 고인의 유지를 이해하려고 노력하고 있으니까.

"선글라스 사건이라는 일이 있었어."

우사미는 잔을 받침에 내려놓으며 옛 추억을 회상하듯 입을 열었다.

"가와시마 선생님은 82년 개인전에서 라이프캐스팅 작품에 필연적으로 따라붙는 명상적인 분위기를 일소하기 위해 석고상의 얼굴을 선글라스로 가리는 계획을 세웠어. 그렇지만 당시의 평가는 혹독했지. 그때까지 선생님의 작업을 높이 평가해 온 모 평론가가 '영혼이 빠져나간 마네킹들'이라고 혹평했던 일화는 유명하지. 자신을 이해해주지 않는 주변 사람들의 태도에 상당히 타격을 받았는지, 얼마 지나지 않아 선생님은 라이프캐스팅 작품을 제작하지 않게 되었어."

린타로는 고개를 끄덕였다. 에치카와 처음 만난 날에 그녀가 역설했던 것도 바로 이 이야기였다.

"아무리 포즈를 구상해도, 반드시 눈을 감고 있는 조각의 모습에 성이 차지 않으셨던 거군요. 에치카 양에게 들었습니다. 선글라스 사건 후에 라이프캐스팅으로 만든 얼굴 겉틀에 손을 대서 눈 부분이 뚫린 버전을 만들어본 적도 있다고. 그 자리에서 산산조각 내신 모양이지만요."

"그래. 나도 본인에게 직접 들은 적이 있네. 오리지널의 살결과 질감은 전혀 느껴지지 않는 참혹한 표정이었다고 하네. 신문의 추모 기사에서도 이야기했지만, 가와시마 선생님은 조지 시걸의 작풍에 대해 상반된 두 감정을 가지고 계셨지. 시걸의 표현이 얼마나 심오하고 강한지 누구보다 절절히 느끼고 있었지만, 당신 자신은 '일본의 시걸'이란 평가에 안주할 생각은 없었네. 그래서 더욱 시걸의 종교적인 모티프와는 일선을 달리해 스스로 독창성을 확립하기 위해 고심했지. 그 고통은 조각이란 형식에서 '눈'의 표현이란 모순으로 상징된다고 해도 좋네."

"모순이라뇨?"

"동서양을 막론하고 조각의 역사를 통틀어 입체적인 눈의 표현은 항상 까다로운 문제지. 말할 것까지도 없이, 눈은 그 형태보다 홍채와 동공이란 색채로 만들어진 모양에 의해 인지되기 때문이네. 고대 그리스에서는 채색 같은 회화적인 기법이 사용되었고, 일본의 불상 조각에도 흑요석이나 눈동자를 그려 넣은 수정을 얼굴에 박아 넣는 옥안(玉眼)이란 양식이 있네. 하지만 그러한 절충주의는 입체적인 표현으로서의 조각의 독립성을 심하게 저해하지. 순수하게 조각적인 수단으로 눈을 표현하고, 눈빛을 고정하는 방법이 발견된 건 헬레니즘 시대 이후지만, 그래도 후세의 조각가들은 조각된 눈뿐만 아니라 채색되지 않은, 단순히 튀어나온 면으로서의 눈을 즐겨 사용했어. 종교적인 주제를 표현하기 위해서는 허공을 바라보는 듯한 공백의 안구가 어울린다고 생각했기 때문이지. 지금까지 한 이야기는 어디까지나 일반적인 조각 작품에 대한 이야기지만, 그러한 표현상의 한계는 시걸의 라이프캐스팅 작품에도 여과 없이 나타나 있네. 눈을 감은 인물의 얼굴에 깃든 명상적인 표현이란, 시선을 빼앗긴 공백의 안구의 음화(陰畫)에 불과하니 말이야."

"이사쿠 씨가 싫어했던 겸허한 이미지 말입니까?"

"바로 그거야! 인사이드캐스팅 기법을 사용한 가와시마 선생님에게 눈을 표현한다는 건 더욱 엄격한 제약과의 싸움이었지. 자네도 알겠지만 라이프캐스팅이라는 기법으로는 기본적으로 모델이 눈을 뜬 상태에서 얼굴 형태를 뜨는 건 불가능하네. 선글라스 사건 이후, 선생님이 라이프캐스팅 작품을 봉인한 건 감은 눈의 표현에 의해 종교적인 주제를 강조한 시걸 작풍과의 결별을 의미하지. 따라서 선생님이 오랜 공백을 뛰어넘어 다시 한 번 인사이드캐스팅 작품을 제작한다는 건 '눈'의 표현이 내포한 모순을 해소하는, 이론적인 별도의 해법을 준비하고 있었다는 것으로 해석할 수 있지."

"이론적인 별도의 해법이라고요? 그런 방법이 있습니까?"

반신반의하며 묻자, 우사미는 의기양양한 얼굴로 답했다.

"있었어, 콜럼버스의 달걀 같은 해결 방법이. 석고상의 머리가 없었던 것도 그 때문이네. 얼굴이 없는 상이라면 감은 눈 표현을 회피할 수 있지."

"그것뿐입니까? 너무 쉬운 방법이잖아요. 그냥 도망치는 것뿐이라고요."

"단순히 머리가 없는 상을 만드는 것뿐이라면 그럴지도 모르지. 그렇지만 그 작품은 자네가 생각하는 것 이상으로 주도면밀한 과정을 통해 만들어졌네. 에치카 양을 모델로 삼은 것도 그렇지만, 그것뿐만이 아니야. 드라이아이스로 가짜 머리를 만든 것도 그 과정의 일환이라네."

뜸을 들이는 듯 장황한 대사를 읊으며, 우사미는 회심의 미소를 흘렸다. 미술평론가로서의 자신감과 자존심이 담긴 웃음이었다. 린타로는 꿀꺽 침을 삼키며 뒷이야기를 재촉했다.

"아까 전엔 속임수란 표현을 썼지만, 그건 일면만 보고 판단했을 경우의 이야기네. 적어도 가와시마 선생님은 사전에 처음부터 머리가 없었던 것이 아니라는 듯 작품을 프레젠테이션 했네. 실제로 머리가 절단되지 않았다고 해도, 작품을 제시하는 과정에서 '머리 절단'이란 콘셉트가 강조되었다는 거네. 이 점을 파악하고 작품의 완성 과정을 살펴보면, 그 상에는 신화적인 주제가 깃들어 있다는 사실을 저절로 알 수 있지."

"신화적인 주제라고요?"

"아틀리에에서 자네에게 했던 이야기를 잊지 않았겠지? 에치카 양의 상은 과거의 '모녀상' 연작을 거울에 비춘 듯한 포즈를 취하고 있었어. 그것은 원래 거울 앞에 놓여야 했던 작품이야. 이만큼이나 힌트를 줬으면 알겠지. 부릅뜬 눈, 거울과 절단된 머리……."

우사미는 잠시 입을 다물었다 깨달음을 얻었다는 듯 턱을 쓰다듬었다. 린타로는 저도 모르게 앗, 하는 소리를 내며 외쳤다.

"메두사의 머리!"

"이제야 이해한 것 같군."

우사미는 만족스레 고개를 끄덕이며 손으로 안경을 올렸다.

"그리스 신화에 등장하는 괴물 메두사는 고르고 세 자매의 막내로, 원래는 절세의 미모를 가진 소녀였지만 신성한 아테나 여신의 신전에서 포세이돈과 정을 통하다 여신의 분노를 사서 아름다운 머리카락이 뱀으로 변해버렸지. 그 모습이 너무나도 무시무시했기 때문에 그녀와 눈이 마주친 사람은 한 명도 남김없이 돌이 되어 버렸어. 괴물 퇴치의 명을 받은 용사 페르세우스는 거울처럼 잘 닦인 청동 방패에 비친 그림자를 보며 메두사에게 접근했고, 그녀가 깊은 잠에 빠져 있을 때 그 목을 베었지. 자네도 알겠지만 페르세우스에게 이 거울 방패를 건넨 건 아테나 본인이었고, 모험이 끝나자 페르세우스는 약속의 증거로서 메두사의 머리를 그녀에게 바쳤지."

린타로는 우사미의 뛰어난 통찰력에 혀를 내둘렀다. 메두사 전설에 비추어 보면, 에치카의 상을 둘러싼 불가사의한 수수께끼가 시원하게 풀린다.

눈빛에 의한 석화와 머리 절단. 어머니의 피를 이어받은 에치카의 나체가 보여지는 존재로서의 메두사의 여성성(과 그 상처 받기 쉬운 감성)을 상징하는 것이라면, 한 번 거울에 비친 자신의 모습에 빠져든 순간, 그것은 석화, 말 그대로 석고 덩어리가 되어버린다. 돌로 변해 눈빛의 마력을 잃은 메두사의 머리. 용사 페르세우스는 크로노스의 낫을 휘둘러 그 머리를 베어버렸다. 예술을 관장하는 여신 아테나에게 바치기 위해.

"아테나는 페르세우스가 바친 머리를 아이기스라 불리는 산양 가죽으로 만든 방패 중앙에 새겼다고 하네. 상징으로서의 메두사의 머리는 고르고네이온이란 이름으로 나쁜 것을 쫓는 부적으로 사용되게 되었지. 프로이트는 '메두사의 머리'란 짧은 글에서 머리 절단을 거세 콤플렉스와 연관 지어 고르고네이온이 가진 무시무시함을, 어머니의 성기를 목격한 소년의 공포라고 해석했지. 메두사를 본 사람이 돌로 변하는 건 발기를 의미한다고 하지만, 메두사의 머리라는 표현의 최대 특징은 역시 그 무서운 눈에 있는 게 아닐까. 석화의 공포란 눈과 시선이 교착하는 데서 유래하는 것이니 말이야. 그러한 관점에서 보자면, 메두사 신화는 이른바 사안(邪眼)에 관련된 전형적인 이야기로 간주할 수 있겠지."

"사안이라면 evil eye를 말씀하시는 겁니까?"

"맞아. 로제 카유아는 '메두사와 동료들'에서 이 이야기를 곤충의 의태나 눈 모양 무늬와 관련지어, 메두사 신화는 눈 모양 무늬가 인간화된 형태라고 설명했어. 자크 라캉도 카유아의 주장을 언급하며 동물과 인간 사이에서 볼 수 있는 미메티즘(mimetism), 즉

의태의 유비성(類比性)에 무척 관심을 가졌지. '카유아＝라캉' 적인 미메티즘론이 예술의 영역에서도 유효하다면, 종래의 미메시스론과는 다른 차원의 논의가 시작될 가능성도 있지."

"미메시스? 별로 들어보지 못한 용어인데요."

"공부가 부족하군. 고대 그리스어로, 모방을 뜻하는 단어네. 현실이나 자연의 대상을 재현하고, 묘사하는 것이 예술의 기원이라고 생각하는 것을 미메시스론이라고 하지. 그렇지만 고르고네이온은 적으로부터 몸을 지키고, 또한 적의 힘을 빼앗는 강력한 부적이네. 애초에는 거울을 사용해 어려움 없이 벨 수 있었다고 해도, 시각 표현 단계에서는 메두사의 머리가 단순히 거울상적(鏡像的)인 모방의 산물에 지나지 않는다고 할 순 없지 않나. 부적이기 위해서는 무엇보다도 두려운 적, 혹은 보이지 않는 나쁜 기운에 대해 주술적인 힘을 발휘해야만 하네. 그래서 그것들은 자연을 흉내 낸 정적인 모조품이라기보다는, 실용적인 효과를 주는 역동적인 장치로서 만들어진 것이지. 이 적이라는 개념을 미지의 무언가, 저편의 존재, 심연, 혹은 어둠이라는 표상 불가능한 것의 영역으로 설정하면 모방이 아니라, 의태(mimetism)라는 행위를 통해 예술의 다른 기원으로 거슬러 올라갈 수 있지 않을까. 거짓으로 사람을 놀라게 하는 고르고네이온으로서의 예술이란 시점이지. 거기서 가와시마 선생님의 유작으로 다시 돌아오면, 그것은 단순히 조지 시걸에 대한 동양적인 대답이라고 해석하는 것만으로는 부족해. 오히려 시걸이 처한 눈빛의 부재라는 난관, 즉 입체적인 '눈'의 표현이 내포하는 모순을 역이용하여, 허상(虛像)의 중심으로서의 메두사의 머리라는 콘셉트를 구체화한 급진적인 작품이란 장황한 평가를 내리는 것이, 새로운 가와시마 이사쿠론의 첫 걸음이 될 거라 생각하네. 그렇지만 그 첫 걸음을 내딛기 전에, 확실하게 사전 준비를 해놓아야 하지만 말이야."

"사전 준비라고요?"

불길한 예감이 들었다. 그 말을 입에 올린 순간, 우사미 쇼진에게서 학문적인 진지함이 사라지면서, 광신적인 야심가의 모습으로 변모했기 때문이다.

14

캔버스 소재의 커버를 벗기자, 석고상에는 머리가 나 있었다. 머리카락은 수없이 많은 백사(白蛇)였고, 억지로 뜬 허연 두 눈은 이쪽을 노려보고 있었다. 얼어붙은 것 같은 전율을 느끼고 바로 팔을 뿌리치자, 꼭 쥐고 있던 주먹에 무언가를 낫으로 벤 듯한 느낌이 들었다. 뚝, 하는 소리와 함께 잘린 석고 덩어리가 아틀리에 바닥에 떨어졌다. 고르곤의 머리는 산산조각 나는 대신, 서늘한 하얀 연기를 내뿜으며, 점점 작아져 갔다. 하얀 연기가 사라지자, 갑자기 바닥이 새빨간 얼룩이 번지며 그 안에서 공허한 검은 눈동자를 가진 사람이 얼굴을 내밀었다. 피 웅덩이에 떠올라 있는 것은, 두 눈꺼풀이 없는 에치카의 머리였다.

"이건 꿈이야."

린타로는 자신의 목소리를 듣고 잠에서 깨어났다. 토요일 이른 아침이었다. 꿈의 내용은 어제 우사미 쇼진에게 들었던 이야기 그

218

대로였다. 무언가 새로운 구석은 하나도 없었다. 그래도 기분은 찜 찜했다.

침대에서 나와 샤워를 하며 꿈의 잔재를 깨끗이 씻어 내렸다. 고 인의 유작을 메두사 신화에 비유한 우사미의 해석에는 경의를 표하 지만, 역시 드라이아이스로 만든 가짜 머리 이야기는 납득이 가지 않았다. 에치카가 위장 공작을 벌인 이유 역시 설득력이 부족했다.

그것뿐만이 아니다. 한바탕 자신의 주장을 피로한 뒤, 우사미는 더더욱 말도 안 되는 소리를 했다. '사전 준비'라 칭하는 그의 계획 을 그대로 내버려둬도 되는지, 다시 한 번 가와시마 아쓰시의 생각 을 물어봐야만 한다.

문제는 산더미처럼 쌓여 있다. 몸을 말린 뒤 옷을 입고 있는데 노리즈키 경시가 일어나 나왔다.

"오늘도 일찍 일어났군. 요새 매일 외출하는 것 같은데, 또 이상 한 일에 말려든 건 아니겠지?"

"무슨 말씀을. 그냥 지루한 소설 취재라고요."

"그럼 다행이지만. 네가 그런 식으로 부산스럽게 뛰어다닐 때면 항상 좋지 않은 사건이 벌어지니까 말이다. 이번에는 그렇게 되지 않길 빌겠다."

린타로도 같은 마음이었지만, 입 밖으로 내지는 않았다.

아버지가 출근한 것을 확인한 린타로는 가와시마 아쓰시에게 전 화를 걸었다. 조금 이른 시간이라 신경이 쓰였지만, 가와시마는 그 다지 개의치 않는 눈치였다. 오늘 오후에 그쪽으로 찾아뵈어도 되 겠냐고 묻자,

"에치카 일 때문에 그러는군. 도모토 슌이 어디 있는지 알아낸

건가?"

"그 일도 포함해 여러 가지로 진전이 있었습니다. 일단 에치카
양이 위험에 처할 걱정은 없을 것 같지만, 도모토의 소재와는 별도
로 전해드려야 할 일이 있어서요. 석고상의 취급을 둘러싼 우사미
씨의 의향을 파악했습니다. 전화로 이야기하기에는 민감한 이야기
라 직접 찾아뵙고 싶습니다만."

우사미 앞에서는 끝까지 아닌 척했지만, 비밀을 엄수한다는 약
속을 지킬 생각은 없었다. 가와시마는 갈라진 한숨을 쉬며 말했다.

"우사미 군의 의향이라. 큰일이군. 오늘은 낮에 요요기에 볼일이
있어서 말이야. 수업은 없지만 강사들과 회의가 잡혀 있어서 도저
히 빠져나올 수가 없네. 그 이야기란 건 일각을 다투는 내용인가?"

만일 그렇다면 벌써 어젯밤에 연락했을 것이다. 린타로의 대답
을 들은 가와시마는 다소 마음이 편해졌다는 목소리로 말했다.

"그러면 저녁에 만나도록 하지. 회의가 길어진다 해도 6시 전까
지는 끝날 것 같네. 여유 있게 7시에 우리 집으로 오게."

명목상으로는 프리랜서 번역가지만, 지금 가와시마 아쓰시는 언
론 전문학교의 강사가 본업이기 때문에 언제까지나 휴가를 낼 수
도 없다. 사적인 영역에서 아무리 걱정거리가 많다 해도, 바쁜 일
상의 업무를 내팽개칠 수는 없는 법이니까.

"알겠습니다. 하나 더 묻고 싶은 게 있는데요, 가가미 준이치가
운영하는 치과의 전화번호 알고 계십니까?"

"가가미의 병원 번호? 알아보면 나오겠지만, 무엇 때문에 그러
지?"

가와시마의 목소리에 신랄한 울림이 섞였다. 린타로는 신중하게

말을 고르며 대답했다.

"고별식에서 에치카 양이 보였던 행동이 도저히 이해가 가지 않아서 그렇습니다. 그 석고상은 '모녀상' 연작의 완결에 해당한다고 우사미 씨가 역설하지 않았습니까. 그렇다면 이번 사건에도 어머니인 리쓰코 씨의 존재가 어떠한 형태로든 그림자를 드리우고 있는 게 아닐까 하는 생각이 들어서요. 가가미 준이치의 이야기를 들어보면 그와 관련된 의문이 조금은 풀릴 것 같습니다만."

"자네가 그렇게 하고 싶은 마음도 모르는 건 아니지만, 리쓰코 씨는 그냥 내버려두었으면 하네. 괜히 연못 밑바닥에 쌓인 진흙을 헤집어서 에치카를 동요하게 만들었다간 그 애는 다시 눈도 마주치려 하지 않을 테니."

"윗부분을 살짝 떠보려는 겁니다. 결코 물을 흐리는 일은 없을 겁니다. 자택에 쳐들어가 리쓰코 씨를 추궁하려는 게 아니에요. 그리고 오랫동안 치과에 가지 않아서 치석이 많이 끼었거든요. 환자인 척 가가미 씨의 반응을 보고 오려는 겁니다."

"환자인 척 하겠다고? 그래서 병원 번호를 물어본 건가. 그렇지만 그런 방법으로 과연 이야기를 끄집어낼 수 있을까……."

가와시마는 계획에 찬성할 수 없다는 눈치였지만, 고별식 석상에서 가가미 준이치와 나눈 약속이 그 뒤에 어떻게 되었는지, 조카딸에게서 구체적인 이야기는 듣지 못했다고 한다. 그렇다면 에치카의 삼촌으로서 가가미 부부가 어떻게 대응하는지 관심을 가질 수밖에 없을 것이다. 끈질기게 설득한 결과, 가와시마는 못 이기는 척 가가미의 병원 번호를 가르쳐주었다.

정중하게 인사하고 전화를 끊자마자 린타로는 바로 그 번호로 전화를 걸었다. 다이얼이 두 번 울리자, 간호사가 전화를 받았다.

"가가미 치과 클리닉입니다. 예약하셨습니까?"

진료 시간을 묻자, 여자는 토요일은 오전만 진료한다고 대답했다. 린타로는 후추까지의 이동 시간을 고려하여 11시에 덴탈 에스테를 예약했다.

'가가미 치과 클리닉'은 게이오선 후추 역 북쪽 출구로부터 걸어서 5분, 고슈 가도와 맞붙은 빌딩 2층에 세들어 있었다. 도도로키의 자택에서 도큐 오이마치선과 다조노도시선(미조노구치까지), JR 난부선(부바이가와라까지) 등등 게이오선을 포함해 몇 대나 되는 전철을 갈아타며 이동한 건 주차장에 주차 공간이 없으니 대중교통을 이용해달라는 말을 들었기 때문이다.

바깥 간판을 보아하니 미용 치과뿐만 아니라 일반 치과 치료도 겸하고 있는 것 같았다. '최신 임플란트 치료, 자성(磁性) 어태치먼트 상담 받고 있습니다'라고 쓰여 있었다. 임플란트가 인공 치근이란 건 알고 있지만, 자성 어태치먼트는 대체 뭐지?

린타로는 접수처에서 초진 예약을 확인하고 보험증을 건넸다. 접수를 보는 여자는 주소 란을 보며 물었다.

"세타가야에 사시네요. 일부러 이 먼 곳까지 오신 건가요?"

"여기 선생님이 본고장인 미국 유학파 출신이라 무척 솜씨가 좋다고 친구에게 들었습니다."

"어머, 그러세요."

여자는 싱긋 미소 지었다. 입술 사이로 새하얗고 가지런한 치아가 드러났다.

"친구 분이 저희 환자 분이신가요?"

"그럴 겁니다. 도모토 슌이라는 사진작가인데요."

린타로는 순간적으로 도모토의 이름을 꺼냈다. 에치카에게 끈질기게 달라붙던 시절의 도모토가 무언가 좋지 못한 꿍꿍이로 환자인 척 가가미 준이치에게 접촉을 시도했다. 그야말로 있을 법한 일이었다. 그렇지만 그 예상은 빗나갔다. 여자는 고개를 갸웃거리며 말했다.

"도모토 씨? 그런 분은 본 적이 없는 것 같은데요."

"그래요? 그럼 그냥 다른 사람에게 들은 이야기인가 보네요."

린타로가 얼버무리자, 그녀는 다시 한 번 입가에 미소를 지으며 가지런한 치아를 자랑하듯 내보이며 말했다.

"친구 분이 사진작가라면 모델 분들에게 저희 선생님 소문을 들으셨는지도 모르겠네요. 저희 환자 분들 중에는 그쪽에서 활약하고 계시는 분이 무척 많거든요."

문진표를 기입한 다음, 린타로는 아무도 없는 대기실 소파에 앉았다. 진료실로 이어지는 문 너머에서 결코 듣기 좋다고는 할 수 없는 기계 소리가 들렸다. 예약 시간보다 빨리 도착했기 때문에 앞으로 15분 정도는 더 기다려야 하는데, 저 소리를 듣기만 해도 조건반사적으로 심장이 쿵쾅쿵쾅 뛴다.

대기실에 놓인 책장을 훑어보자 여성 잡지와 만화책 외에도 일반인을 대상으로 한 미용 치과 의료 안내서가 놓여 있었다. 린타로는 마음을 진정시킬 겸 가가미 준이치의 전문 분야를 예습해두는 것도 나쁘지 않겠다는 생각에 쉽게 읽을 수 있을 만한 것을 골라 뽑았다. Q&A 형식의 책을 펼치고, 재미있을 것 같은 부분을 골라 읽고 있는데, '자성 어태치먼트'라는 항목이 눈에 들어왔다. 바깥에 있던 간판에 적혀 있던 수수께끼의 단어다. 린타로는 글자에 이끌리듯 그 페이지를 정독했다. 소설의 소재로 써먹을 수 있을지도 모르겠다는 생각과 함께.

Q 부분 틀니의 금속 고리는 외견상으로도 보기 싫고, 음식 찌꺼기가 끼기 때문에 식사할 때도 불편합니다. 고리가 없는 틀니는 없을까요?
A 일반적인 틀니는 잇몸(의 발치한 부분)에 맞춰 바닥에 설치한 인공치아에 클래스프라 불리는 고리를 주변 치아에 걸어 이와 잇몸으로 고정하여 만듭니다.
발치한 후의 치료법으로 자주 사용되지만, 고리가 신경 쓰여서 식사할 때 불편함을 호소하는 환자 분들도 적지 않습니다. 고리 때문에 건강한 치아에 강한 힘이 작용하여 음식을 씹을 때마다 진동이 전해져 통증의 원인이 되는 일이 부지기수죠. 게다가 제거하는 것이 어렵고, 고리 주변이 더러워지기 쉬워서 충치의 원인이 되는 경우도 있습니다.
이러한 고민을 해결하기 위한 최신 치료법으로 자성 어태치먼트라는 고성능 자석을 사용한 틀니가 있습니다. 틀니 안쪽에 자석을 넣어 자력에 의한 흡착력을 증가시킵니다. 틀니를 입 안에 넣기만 해도 지정한 위치에 착 달라붙습니다.
자성 어태치먼트식 틀니를 시술하면 거치적거리는 고리나 복잡한 장치가 필요 없기 때문에 간단하게 장착, 탈착이 가능해서 주변 치아에도 부담이 가지 않습니다. 사용하는 자석의 크기는 쌀 한

톨 정도밖에 되지 않지만 최대 1킬로그램까지 지탱할 수 있는 강한 흡착력을 가지고 있기 때문에 틀니가 흔들릴 염려는 없습니다. 금속 고리를 사용하지 않기 때문에 외견상으로도 깔끔하고 자연스러워 보입니다.

Q 인공치근과 자성 어태치먼트를 병행하는 치료법이 있다고 들었습니다만, 장점은 무엇인가요?

A 자성 어태치먼트와 임플란트 치료를 병용함으로써 보다 안정적인 틀니를 만들 수 있습니다. 특히 잇몸이 얼마 남아 있지 않아서 임플란트를 많이 심을 수 없는 환자나 임플란트를 많이 시술하는 데에 거부감이 있는 환자 등, 고정식 임플란트 치료가 부적합하신 분께는 이 조합으로 효과적으로 치료할 수 있습니다.

예를 들어 윗니를 모두 틀니로 바꿀 때, 유지하기 위해 틀니의 크기가 커지지만, 자성 어태치먼트를 사용한 임플란트의 경우에는 안정성이 높아질 뿐만 아니라 틀니 자체도 비교적 작게 만들 수 있습니다.

Q 자성 어태치먼트식 틀니는 어떻게 관리해야 하나요?

A 자성 어태치먼트식 틀니도 관리법은 일반적인 틀니와 마찬가지입니다. 구조가 간단하기 때문에 음식 찌꺼기가 잘 쌓이지 않아서 관리도 비교적 쉽습니다. 손이 불편하신 분들이나 노인 분들도 쉽게 관리하실 수 있으니, 지금 틀니에 불편함을 느끼시는 분들께 권하고 싶습니다.

"노리즈키 씨, 3번 진료실로 들어오세요."

자신의 이름을 부르는 소리에 린타로는 진료실로 향했다. 환자의 프라이버시를 지키기 위해 각각의 방들은 독립적으로 구분되어 있었다. 치과의사의 진료실이라기보다는, 유명 미용사가 경영하는 헤어 스튜디오 같은 분위기였다.

첨단 기술의 집합체 같은 시술대 위에 앉자, 치위생사로 보이는 여자가 턱받이를 준비해주었다. 그녀는 약품으로 손가락이 갈라지는 것을 막기 위해, 치기공용 아론알파(Aronalpha)를 손에 바르고 있었다. 그런 기술이 있다는 건 알고 있었지만, 실제로 보는 건 처음이었다. 충치를 때울 때나 금속 치관을 고정할 때는 빼놓을 수 없는 물품이니 순간접착제에도 면역이 되어 있는 것일까. 그대로 얼마간 기다리자, 가가미 준이치가 문을 열고 들어왔다.

전에 보았을 때는 상복 차림이었지만, 오늘은 빳빳하게 다림질된 하얀 백의 차림이다. 가까이서 본 하얀 치아는 반짝반짝하게 닦은 무테안경 렌즈와 비교해도 뒤지지 않을 정도로 반짝거렸다. 서글서글하게 웃으며, 가가미는 차트를 살피며 말했다.

"노리즈키 씨라고 읽는 거군요. 이름이 특이하네요. 일부러 세타가야에서 오셨다고 하던데, 오늘은 어떻게 내원하셨습니까?"

"치석이 많이 껴서요. 깨끗하게 하고 싶은데요."

"클리닝 말씀이시군요. 알겠습니다. 그리고 어디 아프신 곳은 없는지 봐드리죠. 자, 입을 크게 벌려주세요."

린타로는 딜레마에 빠졌다. 질문을 하고 싶어도, 입을 벌린 상태에서는 말을 할 수가 없다.

치위생사에게 차트를 확인하며, 가가미는 솜씨 좋게 치아 상태를 확인했다. 오른쪽 어금니에 때운 부분에 충치의 전조가 보인다고 했다.

"차가운 물을 마실 때 이가 시리거나 하지 않습니까?"

"그러고 보니 계절이 바뀔 때 좀 그런 느낌이 들더군요."

"그러면 빨리 치료하는 것이 좋습니다. 먼저 엑스레이를 찍을 텐데, 괜찮으시죠?"

린타로는 애가 탔다. 이 기회를 놓치면 얼마 동안은 또 이야기를 나누지 못할 것이다.

"저기, 그 전에 하나만 물어봐도 되겠습니까. 최근에 선생님을 뵌 적이 있는 것 같은데요."

억지스런 물음에 가가미는 고개를 갸웃하며 말했다.

"그런가요? 어디서 뵈었더라⋯⋯."

"이번 주 수요일, 경로의 날에 마치다의 장례식장에 가시지 않으셨습니까?"

린타로는 단도직입적으로 물었다. 가가미는 살짝 굳은 표정으로 대답했다.

"마치다의 장례식장이라면, 조각가 가와시마 이사쿠 씨의 고별식 회장 말씀이십니까?"

"네. 저도 참석했지만, 분향을 드릴 때 고인의 따님과 이야기하고 계신 걸⋯⋯."

"그걸 보셨습니까? 부끄럽군요. 가와시마 씨의 고별식에 참석하셨다면 노리즈키 씨도 미술과 관계된 일을 하고 계신가요?"

"아뇨. 일단 글쟁이 나부랭이긴 하지만, 분야는 전혀 다릅니다. 번역가인 가와시마 아쓰시 씨와 가깝게 지낼 뿐, 돌아가신 형님과 면식은 없습니다."

가가미는 입을 꼭 다물고 살짝 인상을 찌푸렸다. 눈빛 역시 살짝 차가워졌다.

"그거 참 신기하군요. 아무튼 환부 엑스레이를 찍은 뒤에 치석을 제거하도록 하겠습니다."

그렇게 말하더니, 가가미는 엑스레이 촬영에 전념하는 시늉을 했다. 치위생사에게 필름 현상을 맡긴 다음, 가가미는 직접 스케일 링 작업을 시작했다.

클리닝 과정은 무척 세심하게 이루어졌고, 가가미는 하나하나 순서를 설명했다. 치아의 변색된 부분을 염료로 착색한 다음, 스케 일러라는 기구로 치아에 낀 치석을 제거한다. 그것이 끝나면 제트 폴리셔란 기계로 물과 연마제를 불어넣어 구강 안을 구석구석 세 정한다. 끝으로 페스트와 고무 칩으로 치아 표면을 반짝반짝하게 닦는다.

"많이 깨끗해졌네요. 다시 한 번 입을 헹궈주세요."

양치질을 하자 살짝 피가 나오긴 했지만, 입안이 산뜻해져서 기 분이 좋았다. 혀끝으로 만질만질한 치아 뒤의 감촉을 확인하며, 린 타로는 잡담을 건네듯 조금 더 가가미의 속을 떠보았다.

"건너 들었습니다만, 선생님은 돌아가신 이사쿠 씨의 부인과 재 혼하셨다면서요. 지금은 가가미 리쓰코 씨 되시겠군요."

마스크를 벗으려던 손을 멈추고, 가가미는 탁한 목소리로 말했다.

"아쓰시 씨게 들으셨습니까?"

"네. 꽤 복잡한 사정이 있는 것 같던데요."

린타로가 다 안다는 얼굴로 그렇게 덧붙이자, 상대는 빈틈없이 답을 얼버무리듯 말했다.

"그렇다면 그 이야기 말고 다른 이야기도 많이 들었겠군요."

"뭐, 이것저것 들었습니다."

마침 그때 진료실 문을 열고 치위생사가 들어왔다. 현상한 엑스레이 사진을 받아든 가가미는 적당한 이유를 붙여 그녀를 방에서 내쫓았다. 잠시 동안, 가가미는 엑스레이 사진을 뚫어져라 바라보고 있었지만, 곧 아무 일도 없었던 듯 마스크를 쓰고 환부에 대해 설명하기 시작했다. 각오를 굳힌 린타로는 가가미의 말을 끊고 물었다.

"에치카 양의 부탁을 어머니인 리쓰코 씨에게 전하셨습니까? 영정 앞에서 약속하셨지 않습니까. 돌아가서 상의해보겠다고."

가가미 준이치는 순간 짜증스런 표정을 지었지만, 고개를 저으며 가까스로 의사의 위엄을 지켰다. 천천히 한숨을 쉬며, 그는 엑스레이 사진을 진찰대 위에 올려놓으며 말했다.

"환자에게 이런 질문을 받고 싶지는 않군요. 가와시마 집안 사람들이 우리 부부에게 좋은 감정을 가지고 있지 않다는 건 알고 있습니다. 특히 아쓰시 씨는 더 심하시겠죠. 당신이 여기 온 것도 그 분 부탁 때문입니까?"

"반은 맞습니다만, 반은 틀렸습니다. 아쓰시 씨는 사태가 어지러워질 것을 염려해 제가 당신과 리쓰코 씨를 만나는 걸 말리려 하셨습니다."

"말리려 했다고요? 무슨 뜻인지 잘 모르겠군요. 조금 전 글쟁이라고 하시던데, 설마 프리랜서 르포라이터나 신문기자는 아니시겠죠. 만일 그렇다면 아무 이야기도……."

"걱정하지 마십시오. 그런 쪽은 아닙니다. 실은 이사쿠 씨가 돌아가신 직후에 자택 아틀리에에 도둑이 침입했습니다. 자세한 상황은 생략하겠습니다만, 누군가가 에치카 양을 노리고 있는 것 같습니다. 에치카 양을 걱정한 아쓰시 씨가 비밀리에 저에게 조사를 의뢰한 겁니다. 그녀가 위험에 빠질 것 같으면, 미연에 그것을 방지해달라고 하시더군요."

"에치카가 위험하다고요?"

가가미는 의심스럽다는 듯 미간을 찌푸렸다. 린타로는 상대에게 생각할 여유를 주지 않으려는 듯 말을 이었다.

"도모토 슌이라는 사진작가를 아십니까? 예전에 에치카 양을 귀찮게 굴던 남자인데, 최근에 에치카 양의 집 근처에서 그를 보았다는 사람이 있습니다."

"도모토? 아니, 그런 사람은 모르는데요."

가가미는 진짜 모르겠다는 얼굴로 고개를 갸웃거리더니, 벌레를 손으로 쫓는 시늉을 하며 말했다.

"그 녀석이 에치카를 귀찮게 군다고 칩시다. 그게 나랑 무슨 상관이 있다는 겁니까? 에치카와 이야기를 나눈 건 고별식 때뿐이었고, 집사람도 오랫동안 그 아이와 만나지 않았어. 이렇게 말하긴 미안하지만, 이제는 타인이나 마찬가지라고. 에치카에게 위험이 닥친다 해도 우리 부부가 할 수 있는 일은 아무것도 없단 말이야."

저도 모르게 진심이 튀어나온 듯, 이미 환자를 대하는 말투가 아니었다. 린타로는 턱받이를 떼어 내며 말했다.

"그럴지도 모르죠. 그렇지만 이번 사건에는 어머니에 대한 그녀의 복잡한 감정이 얽혀 있을 가능성이 있습니다. 고별식에서의 그

발언도, 시기적으로 봤을 때 상관없다고 생각할 수는 없으니까요. 가가미 씨를 만나러 온 건 그 점에 대해 명확하게 하기 위해서지, 다른 의도는 없습니다."

가가미 준이치는 눈을 부릅뜨며 내뱉듯 말했다.

"멋대로 쑤시고 다니는 거라면 다른 데 가서 알아보게. 에치카 양 일은 안됐다고 생각하지만, 우리에겐 우리의 생활이 있어. 이제 와서 과거 일을 들쑤시는 건 분명히 말해 민폐네. 가와시마 이사쿠 란 남자와 엮여서 우리가 얼마나 험한 꼴을 당했는지, 자네도 들었을 거 아닌가."

"16년 전에 자살한 전부인 말씀이십니까?"

린타로가 유도 심문을 하자, 가가미의 얼굴이 점점 붉어졌다. 이 지적이고 환자에게 친절한 의사의 가면 아래에서 억누를 수 없는 격정의 불길이 치밀어 오르듯.

"잘 알고 있군. 유코 일까지 알고 있다면, 새삼 옛날 일을 들쑤실 필요가 뭐 있겠나? 그 남자는 내 처를 빼앗아 죽음으로 몰고 갔어. 지금 집사람에게는 하나밖에 없는 동생이었지. 자신의 처제를 범하고 자살로까지 몰고 간 주제에, 녀석은 아무 벌도 받지 않고 태연한 얼굴로 살아왔지. 그게 제대로 된 인간이 할 짓이란 말인가?"

"그렇지만 제가 들은 이야기는 좀 다릅니다. 이사쿠 씨와 유코 씨가 그런 관계를 맺게 된 건, 애초에 서로의 배우자가……."

"말도 안 되는 소리는 집어치우게!"

가가미는 진료실 밖까지 들릴 정도로 버럭 화를 내며 린타로의 입을 막았다.

"가와시마의 동생이 그러던가? 형도 형이지만, 동생도 만만치 않군. 녀석이 밑도 끝도 없는 억측으로 우리 부부를 중상모략하고 있는 건 예전부터 알고 있었어. 상대하지 않고 그냥 내버려 둔 건 그런 헛소리에 휘둘려 더 이상 리쓰코를 괴롭히고 싶지 않기 때문이지. 그 후로 16년이나 지났는데 집사람은 아직도 당시의 충격에서 벗어나지 못하고 있어. 대인공포증과 공황장해로 사람들 앞에 나서지도 못한단 말이야. 그걸 빌미로 부모 실격이네 뭐네 말도 안 되는 소리나 해대고. 누구 때문에 리쓰코가 그렇게 됐는데. 고별식에서는 자리가 자리이니만큼 그렇게 말했지만, 딸과는 절대 만나게 할 수 없어. 리쓰코가 배 아파서 낳은 자식인 건 맞지만, 그 안에 흐르는 피에는 가와시마 이사쿠의 피가 절반이나 섞였으니까."

숨 쉴 틈도 없이 쏘아 대더니, 너무 말이 심했다고 생각한 것인지 가가미는 달아오른 얼굴을 식히려는 듯 입가를 문질렀다. 린타로는 가가미가 진정될 때까지 기다렸다 다시 물었다.

"그럼 에치카 양과 한 약속은 뭡니까?"

"에치카와 이야기한 건 그날밤에 없었다고 말했지 않나. 내가 먼저 연락할 생각은 없고, 에치카도 그 후로 연락한 적 없네."

감정을 있는 대로 드러내고 갑작스레 허탈함이 찾아왔는지, 그는 될 대로 되라는 듯 대답했다. 하지만 그것은 그만큼 진실한 대답이기도 했다. 린타로가 다음에 어떻게 할지 생각하고 있는데, 노크 소리가 들리더니 접수처에 있던 여자가 가가미를 불렀다.

"선생님, 전화 왔습니다. 진료중이시라고 말씀드렸는데, 꼭 불러달라고 하셔서……."

"전화? 하는 수 없군. 노리즈키 씨, 미안하지만 잠시 실례하겠습니다."

가가미는 조금 전과는 다른 사람처럼 그렇게 말한 뒤 불행 중 다행이라는 얼굴로 진료실 밖으로 나갔다. 몇 분 후, 치위생사가 들어오더니 오늘 진료는 다 끝났다고 말했다.

"가가미 선생님은요? 아직 충치 치료가 남았는데."

"죄송하지만 다른 환자분들 예약이 밀려서요. 그 대신 선생님께서 이렇게 전해달라고 하셨습니다."

"선생님이?"

"네. 진단서에 엑스레이 사진을 첨부해둘 테니, 충치 치료는 가까운 병원에서 받으시라고 하셨어요. 진단서는 돌아가실 때 창구에서 가져가시면 됩니다."

15

30분 정도 병원 앞에서 기다려 봤지만, 수확은 없었다. 전화는 그냥 자리를 떠날 핑계였고, 실제로는 전화 같은 건 오지 않았을 것이다. 치위생사를 밖으로 내보낼 때, 안에서 큰 소리가 나면 바로 자신을 부르라고 지시해두었던 것이리라.

켕기는 구석이 없다면 그런 잔재주를 부릴 필요도 없겠지. 애당초 그렇게 말하기엔 린타로의 접근 방식도 썩 좋지는 않았지만, 가와시마 아쓰시가 우려한 대로 이런 즉흥적인 방법으로 가가미 준이치의 무거운 입을 열게 만들 수 있을 리 없다. 그나마 어금니 두세 개 정도 뽑히지 않은 것을 가가미에게 감사해야 하는 건가.

린타로는 감시하는 걸 그만두고 후추 역으로 돌아갔다. 적어도 가가미는 에치카를 어머니와 만나게 해줄 생각이 없는 것 같다. 그것을 확인한 것만으로도 여기까지 온 보람은 있었지만, 가가미의 말 중 하나 더 마음에 걸리는 것이 있었다. 가가미 리쓰코가 대인공포증으로 인해 사람들 앞에 나서지 못한다는 게 사실일까?

린타로는 역 안에서 전화번호부가 놓인 공중전화를 찾았다. 지금은 멸종 위기에 처한 종족이라 얼마 남지 않은 생존자를 찾아내기까지 무척이나 고생했다. 앞으로도 계속 이 속도로 거리에서 철거된다면, 문화재보호법 대상으로 지정되어도 이상하지 않을 것이다. 평소에는 집 전화를 사용하기 때문에 휴대전화를 가지고 다닐 필요는 느끼지 못하지만, 언젠가는 생각을 바꿔야 할 날이 올 것이다.

겨우 찾아낸 전화번호부에 가가미 준이치의 주소는 실려 있지 않았다.

마치다의 가와시마 가에 전화해 구니토모 레이카에게 방명록의 주소를 알려달라고 부탁하는 방법도 있긴 하지만, 그 방법은 사용하지 않기로 했다. 가가미와 한판 벌인 직후에 빈 집으로 쳐들어갔다간, 린타로 자신은 둘째 치고 가와시마 아쓰시에게 폐가 된다. 번거롭긴 하지만 일단 집으로 돌아가 머리를 식힌 뒤에 가와시마와 천천히 상의한 뒤에 다시 찾아가보는 편이 나을 것이다.

올 때는 JR난부선이 각 역마다 정차해서 지겨웠기 때문에, 돌아갈 때는 다른 코스를 이용해보기로 했다. 게이오선으로 시부야까지 가서 도큐선 지유가오카를 경유해 도도로키로 돌아가면, 특급과 급행을 이용할 수 있다. 차비도 얼마 들지 않고, 걸리는 시간도 큰 차이 없을 것이다.

신주쿠로 가는 급행을 타자, 두 번째 정차역은 메이지 대학이었다. 거기서 이노가시라선 급행으로 갈아타야 했지만, 무의식중에 그만 신주쿠까지 가버린 건 전화번호부에 대해 생각하느라 주의가 산만해졌기 때문이다. 전화번호부라 해도, 후추 시의 전화번호부가 아니다. 조금 전 보았던 전화번호부가 연상 작용을 일으켜, 린타로는 엊그제 에치카가 찾아보던 마치다 시의 전화번호부에 대해 생각하고 있었다.

산부인과 페이지를 접어 표시해놓은 것이 꼭 에치카라 할 수는 없다. 그 전에 다른 사람이 그랬을 가능성도 있기 때문에 가급적이면 그에 대해 지나친 생각은 하지 않으려 했다. 민감한 문제니 속단은 금물이지만······.

만일 레이카나 아키야마 후사에가 산부인과에 볼일이 있다면, 자택에 있는 전화번호부를 찾아보았을 것이다. 가와시마 형제나 우사미 쇼진이 산부인과에 볼일이 있진 않을 테니, 남은 건 에치카 혼자다. 시기적으로도 그녀가 자신의 방에서 전화번호부를 찾아보고 표시해놓았을 가능성이 제일 높다.

그렇다면 에치카가 현재 임신했거나, 혹은 몸에 그런 징후가 나타난 것일까? 그렇게 결론짓는 건 너무 섣부른 판단이지만, 하나 잊어선 안 될 사실이 있다. 에치카를 모델로 라이프캐스팅한 석고상이 '모녀상' 연작의 완결편이란 것이다.

그녀가 현재 임신 중이며, 그 사실을 아버지가 알고 있었다면, 석고상의 콘셉트에 대해 논의할 필요성은 없을 것이다. 그것은 글자 그대로 '모녀상'의 차세대 버전이며, 드라이아이스로 만든 가짜 머리나, 메두사의 머리란 곡예적인 해석을 가하지 않아도, 연작의 완결편으로써 모든 사람을 납득시킬 수 있을 것이다. 우사미 쇼진이 그러한 가능성을 검토하지 않았던 건, 고인의 의도가 너무 명쾌해서 오히려 맹점으로 작용했기 때문이 아닐까.

게이오선의 JR연결구에서 야마노테선의 시부야 행 전철을 갈아타기 위해 걸으며, 린타로는 차 안에서 떠올렸던 생각을 다시 시작했다. 만일 에치카가 임신했다면, 상대 남자는 누굴까? 제일 먼저 떠오른 건 도모토 슌이라는 이름이었다.

그렇게 생각한 데에는 이유가 있다. 고별식이 있던 날, 호센 회관 대기실에서 다시로 슈헤이로부터 도모토의 근황을 들었을 때, 에치카는 그리 놀라는 것 같지 않았다. 일부러 관심 없는 척하는 것 했던 것도, 감정적인 거절 반응이 아니라 최근에 도모토와 어떤 형태로든 접촉한 적이 있었기 때문에, 그 사실이 알려지지 않도록 모르는 척하고 있었던 것이 아닐까.

고등학교 시절의 에치카가 도모토 슌에게 호감을 가지게 된 계기는 아버지의 재혼 이야기가 나왔기 때문이었다. 파더 콤플렉스가 도모토에게로 옮겨갔다고 해도 좋으리라. 남자의 비정상적인 집착을 견디지 못한 에치카는 그 관계를 끊긴 했지만, 스토커와 피해자 사이에서는 때로 다른 사람들은 이해하기 힘든 교감 심리가 나타나는 경우도 있다고 한다. 올해 봄, 가와시마 이사쿠가 절망적인 암 선고를 받자, 어쩔 줄 몰라 하던 에치카는 아버지를 대신할 의존의 대상을 찾던 끝에 그렇게 혐오했던 남자와의 관계를 다시 시작하게 된 것인지도 모른다.

내부 순환 전철을 갈아타기 위해 계단을 오르던 린타로는 걸음을 멈췄다. 지나친 생각이란 건 스스로도 잘 알고 있었다. 그래도 한 번 피어오르기 시작한 의심을 머릿속에서 지워버릴 수는 없었다. 요 며칠간, 에치카의 언동에는 석연치 않은 점이 너무 많았고, 야마노우치 사야카와 우사미 쇼진의 이야기를 곧이곧대로 믿고 도모토 슌을 결백하다고 단정 지을 수도 없다⋯⋯.

린타로는 목적지를 변경해 야마노테선의 외부 순환 전철 승강장으로 향했다. 그 전에 연결통로에 있는 공중전화에서 다시로 슈헤이의 사무실로 전화를 걸었다. 고객과 회의 중이란 대답이 돌아왔지만, 린타로는 여직원에게 다시로를 바꿔달라고 부탁했다.

"어제는 고생하셨어요. 요쓰야 건으로 뭔가 새로운 정보라도 있나요?"

"아니, 그게 아냐. 지금 신주쿠 역에 있는데, 시간이 난 김에 지금부터 이케부쿠로에 가서 도모토의 사무실을 정찰하고 오려고. 지금 시간 되면 같이 가자고 하려고 했는데⋯⋯."

다시로는 음, 하고 신음하더니, 오늘은 어려울 것 같다고 대답했다. 가고 싶은 마음은 굴뚝같지만 중요한 고객과 회의 중이라 도저히 중간에 빠져나올 수 있는 분위기가 아니라고 했다.

"그럼 하는 수 없지. 오늘은 나 혼자서 다녀와야겠군. 어제 이이다가 가르쳐 준 주소가 있으니 찾을 수 있을 거야. 어제도 그랬으니 오늘 가 봤자 허탕만 칠 것 같지만, 만일 무슨 수확이 있으면 연락하마. 갑자기 전화해서 미안하다."

"저야말로 같이 못 가서 죄송합니다. 맨션 근처에 도착하면 조심하세요. 위험한 사람들이 어슬렁거리고 있을지도 모르니까 너무 무리는 하지 마시고요."

도모토 슌은 이케부쿠로 고초메의 '파르나소스 니시이케부쿠로'에 스튜디오 겸 살림집을 차렸다고 한다. 릿쿄 대학과 에도가와 란포 자택 근처라는 이이다의 말을 따라 이케부쿠로 역 서쪽 출구를 나와 릿쿄 거리로 향했지만, 실제로는 보다 서쪽 지점, 야마노테 거리의 앞까지 멀리 돌아가고 말았다. 유라쿠초선의 가나메초에서 내려서 가는 편이 훨씬 가까울 것 같았다.

'파르나소스 니시이케부쿠로'를 찾아낸 건 오후 1시가 지나서였다. 야바타 강의 녹지가 내려다보이는 6층 건물로, 주변을 둘러싼 높은 철조망과 어수선한 장식이 주변 경관과 동떨어져 있었다. 린타로는 노상에 주차된 차량에 넌지시 눈길을 주며, 조직 관계자로 보이는 사람들의 모습이 없는 것을 확인했다.

토요일 오후인데도 현관에는 인기척이 없었다. 안쪽 문은 자동 잠금장치였고, 천장에도 감시 카메라가 설치되어 있었다. 카메라가 알맹이 없는 빈껍데기란 건 금방 알 수 있었지만, 잠금장치는 진짜였다. 벽에 붙은 인터폰으로 주민을 부르거나 전용키를 사용하지 않는 한 안으로 들어가기란 어려워 보였다.

린타로는 로비의 우편함을 통해 도모토의 방 번호를 확인했다. 대충 둘러보니 주인의 절반은 영어 이름으로 된 직업에 종사하는 독신자들인 것 같았다. 다이얼식 자물쇠가 달린 502호 박스에는 도모토의 이름과 함께 '스튜디오 슌'이라는 스티커가 붙어 있었다. 신문 배달은 그만두게 한 것 같았지만, 우편함 안에는 쌓인 우편물이 넘쳐흐르고 있었다.

역시 여기엔 오지 않은 건가? 린타로는 도모토의 방 번호를 누르고 인터폰을 눌러 보았다. 몇 번을 눌러도 대답은 없었다. 가냘

픈 여자 목소리로 "에치카예요" 하고 속삭여도 봤지만, 모두 헛수고였다.

자, 앞으로 어떻게 할까. 즉흥적으로 여기까지 오긴 했지만, 구체적으로 어떻게 하겠다는 계획은 없었다. 대낮부터 담을 넘을 수도 없는 일이고, 우편함 안을 찾아봤지만 열쇠 같은 것은 보이지 않았다. 방문 판매원인 척 주민들을 불러내 문을 열게 해야 하나.

생각에 잠겨 로비에 서 있는데, 눈앞의 문이 스윽 열리며 명품 가방을 든 여자가 나왔다. 아니, 여자가 아니다. 비정상적일 정도로 짙은 화장에, 굽 높은 구두를 신은 것도 아닌데 키가 크다. 다리 라인을 감추는 긴 치마, 징그러운 핑크색 프릴 재킷의 어깨 부분은 금방이라도 뜯어질 것 같았다.

린타로는 인사하는 척 고개를 숙였다. 지나치는 순간, 툭 튀어나온 울대뼈가 눈에 들어왔다. 이 모습으로는 트랜스젠더라 변명해도 통하지 않을 것이다. '여자 말투로 어필하는 게이 접대부'라고 하는 게 제일 타당하겠군.

상대방은 수상한 사람을 보는 눈빛으로 린타로를 힐끔 쳐다보더니, 우편함을 열고 안을 들여다보았다. 501호 박스에는 나카모토 마사오라는 평범한 이름이 적혀 있었다.

방 번호로 보아하니 도모토의 이웃 사람인 것 같다. 린타로는 그에게 말을 걸었다.

"실례지만 하나 물어봐도 될까요."

"뭐죠?"

그는 굵은 남자 목소리로 퉁명스레 대답했다. 이 시간대는 아직 영업시간이 아닌가 보다.

"사진작가인 도모토 씨의 이웃에 사시는 분이십니까?

"도모토 씨라면 맞은편에 사는 사람인데, 무슨 일이죠?"

린타로는 품 안에서 일 관계로 알고 지내는 편집자의 명함을 꺼냈다. 월간지 편집자의 이름이 적힌 명함이다.

"이런 사람입니다. 잡지 기획 때문에 도모토 씨에게 일을 맡겼는데, 이번 달 들어서부터 전혀 연락이 되질 않아서요. 걱정돼서 보러왔는데, 벨을 울려도 대답도 없네요. 어떻게 된 일인지 아십니까?"

아이섀도를 덕지덕지 바른 눈이 수상하다는 듯 명함과 린타로의얼굴을 몇 번이고 번갈아 바라봤다. 향수 냄새가 코를 찌른다. 커다란 짐이 든 가방을 무거운 듯 다른 쪽 손으로 바꿔 들며, 남자는두꺼운 입술을 내밀며 물었다.

"당신, 정말 출판사 사람이에요?"

"물론입니다."

"뭐, 무서운 사람은 아닌 것 같네. 그럼 말해도 괜찮겠네."

"무서운 사람이라뇨?"

"한 달 전부터 무서운 사람들이 맨션 주변을 어슬렁거린단 말이야. 혈안이 되어 도모토 씨를 찾고 있는 것 같던데. 나도 몇 번 붙잡혀서 아주 꼬치꼬치 캐묻던데, 가급적이면 그런 쪽이랑은 관련되고 싶지 않아서 모른 척했지. 분명히 이거 관련으로 문제를 일으켜서 도망치고 다니는 거겠지 뭐."

남자는 매니큐어를 바른 새끼손가락 끝으로 뺨에 상처를 내는 시늉을 해보였다.

"조직폭력배에게 쫓겨 다닌다고요? 그럼 여기엔 계속 돌아오지 않았겠네요."

"아마 그럴걸? 지난달 중순부터 한 번도 본 적 없거든. 그렇긴 하지만 애초에 도모토 씨와는 그렇게 친한 사이도 아니었으니까."

"큰일이네. 아니, 도모토 씨 일은 됐습니다. 사진작가는 얼마든지 있으니까요. 하지만 그 사람 소개로 모델로 삼으려 했던 여자애 연락처를 알 수가 없어서요. 치사하게 전화도 주소도 안 가르쳐줬거든요. 저기, 여기 이 사진 좀 봐주세요. 혹시 여기 스튜디오에 드나드는 걸 보신 적 없습니까?"

린타로는 나카노사카시타의 패밀리 레스토랑에서 이이다 사이조에게 빼앗은 에치카의 사진을 보여줬다. 상대방이 수상하게 여기지 않도록 위패 부분을 손으로 가린 채. 사진을 뚫어지게 보던 남자는 고개를 저으며 말했다.

"여자랑 같이 있는 건 많이 봤지만, 이런 앤 본 적 없는데."

"정말입니까? 반년 전부터 도모토 씨랑 알고 지내는 것 같던데."

"정말 모르겠는데. 예쁜 애라 한 번이라도 봤으면 잊어버릴 리 없을 텐데. 여기 데려온 적은 없는 게 아닐까?"

낙담 섞인 한숨을 쉬는 것까지 연기할 필요는 없었다. 전철 안에서 했던 생각은 아무래도 지나친 생각이었나 보다. 그래도 만일의 경우가 있을 수 있다. 린타로는 명찰 뒷면에 자택 전화번호를 써서 남자에게 건넸다.

"만일 도모토 씨나 이 사진 속 여자를 보면 이쪽 번호로 연락해주시겠습니까? 취재비 명목으로 사례도 할 테니까요."

"사례라. 확답은 할 수 없지만 일단 받아는 둘게요. 그럼."

가방을 소중하게 껴안으며, 남자는 뚜벅뚜벅 로비에서 멀어져 갔다.

가나메초 역에서 전철을 갈아타고 자택으로 돌아오자, 집을 비운 사이 잡지 단편 교정지가 팩스로 들어와 있었다. 지난 주 목요일, 에치카와 처음 만난 날에 편집자에게 넘긴 원고로, 수신 시간은 오전 10시. 토요일인데도 아침부터 고생하는 모양이다.

내용을 읽어보니, 오늘 자정까지 초벌 교정을 끝내서 보내달라고 쓰여 있었다. 갑자기 이러는 법이 어디 있냐고 생각했지만, 가와시마와 약속한 시간까지 들여다볼 여유는 있었다. 다행히도 크게 고친 부분은 없어서 나가기 전까지 교정을 봐서 돌려보낼 수가 있었다. 이제부터 눈앞의 문제에만 전념하면 될 것이다.

오후 7시에 딱 맞춰 히가시나카노의 맨션으로 찾아가자, 가와시마 아쓰시는 인사도 하는 둥 마는 둥, 린타로를 거실로 안내했다. 몇 번 온 적이 있었기 때문에 집안 구조는 잘 알고 있었다. 언제나 앉는 손님용 의자에 앉자, 테이블 위에 놓인 피자 박스가 눈에 들어왔다.

"저녁을 아직 못 먹어서 말이야. 자네도 안 먹었으면 같이 먹지."

가와시마는 박스를 열며 그렇게 말했다. 린타로는 사양하지 않고 피자를 집었지만, 마음은 다른 곳에 가 있었다. 식욕이 일지 않는 건 집주인도 마찬가지인 듯, 처음 한 쪽은 진저엘과 함께 억지로 넘기자마자 곧바로 담배를 꺼내 물었다.

"그래서 오늘 아침에 가가미 준이치를 만나러 후추까지 다녀왔나?"

"다녀왔습니다. 역 근처의 빌딩에 최신 설비를 들여놓고, 장사도 꽤 잘 되는 모양이더군요. 이사쿠 씨 이야기를 하자마자 언짢은 기색을 보이더니 안에 틀어박혀 두 번 다시 나오지 않았습니다."

"그런 사람이네. 분명 형님과 내 험담을 늘어놓았을 테지."

"뭐, 그렇죠. 그 사람 이야기로는 고별식 후에 에치카 양으로부터는 전혀 연락이 없었다고 합니다. 고별식에서 한 약속도 그 자리를 피하기 위해서 한 약속일 뿐, 리쓰코 씨와 만나게 해줄 생각은 없다던데요."

"상대방의 생각이 그렇다면 만나지 않는 게 좋겠지. 그 두 사람은 서로를 위해서 만나지 않는 게 좋아. 리쓰코 씨에 대해 가가미가 뭐라던가?"

"아직도 16년 전의 충격에서 벗어나지 못한다고 하더군요. 대인공포증과 공황장해로 사람들 앞에 제대로 나서지도 못하는 상태랍니다."

그 말투가 신경에 거슬렸는지, 가와시마는 침울한 얼굴로 코를 실룩거렸다.

"자기들이 한 짓을 생각하면 얼굴 들고 살지 못하는 것도 당연하지. 자업자득이니 가가미 부부는 그냥 내버려두게. 그보다 도모토 슌이 어디 있는지는 알아냈나?"

"네. 어제 오후에 다시로 슈헤이와 함께 요쓰야에 있는 도모토의 여자 집을 찾아갔습니다."

허탕으로 끝난 방문에 대해 보고하자, 가와시마는 의아하다는 듯 눈을 가늘게 뜨며 물었다.

"도모토가 지난주 수요일에 대만으로 떠났다고?"

"야마노우치 사야카의 말에 의하면 그렇다던데요."

"형님이 돌아가시기 전이잖아. 그렇다면 후사에 씨가 월요일에 역 앞에서 본 사람은 대체 누구지?"

"단순히 잘못 본 것일 수도 있고, 꼭 닮은 다른 사람일 수도 있지요."

"그대로 믿을 순 없지. 상대는 물장사의 프로잖나. 산전수전 다 겪은 여자의 혀에 놀아난 거 아닌가? 확실한 증거를 확보한 건가?"

"혹시나 해서 후추에서 돌아오는 길에 니시이케부쿠로에 있는 도모토의 맨션에 들렀습니다. 같은 층 주민의 말에 의하면 줄곧 집에 돌아오지 않았다고 합니다."

가와시마는 납득하지 못하는 것 같았다. 그는 불붙은 담배를 털며 입을 열었다.

"조직폭력배에게 쫓겨 해외로 도피한 게 사실이라 해도, 대만에서 형님이 돌아가셨다는 소식을 듣고 서둘러 귀국했을 가능성도 있네. 요쓰야 주소도 이미 알려진 상태였지 않나. 그럼 더더욱 여자한테 돌아가진 않았을 거야."

"말씀대로 그럴 가능성도 완전히 배제할 순 없다고 생각해서 정보통인 기자에게 추적 조사를 부탁했습니다. 아버지께 부탁해서 비행기 탑승객 명단을 확인해보면 해결될 일이지만요."

"우사미 군의 체면을 세워주기 위해 경찰은 관련되지 않도록 부탁한 사람은 바로 나니 어쩔 수 없지. 그렇지만 그것과 이건 다르지 않나. 도모토의 여자가 하는 말을 곧이곧대로 믿고 에치카에게 위험이 닥칠 염려가 없다고 단정 지으면 안 돼. 그거야말로 녀석이 원하는 거라고. 악의를 가진 누군가가 석고상의 머리를 절단한 건 분명한 사실이니까."

"그 일 말입니다만, 실은 오늘 찾아뵌 것도 그 건에 관련해서 마음에 걸리는 일이 있어서입니다."

"마음에 걸리는 일이라니?"

우사미 쇼진과 했던 이야기를 하나부터 열까지 털어놓자, 가와시마는 입을 떡 벌렸다.

"처음부터 석고상에 머리가 없었다고? 말도 안 돼."

믿지 못하는 것도 무리는 아니다. 린타로 역시 그 결론에는 의문을 가지고 있었지만.

"적어도 우사미 씨는 그럴 거라 확신하는 것 같았습니다."

"경찰에 신고하지 못하게 한 건 그것 때문인가. 그렇지만 갑자기 그런 이야기를 들어도 금방 믿을 수는 없네. 첫째로 드라이아이스로 가짜 머리를 만들었다니 너무 억지스럽지 않나. 어설픈 추리소설도 아니고."

"저도 그 점이 마음에 걸립니다. 그렇지만 우사미 씨의 생각에 전혀 근거가 없는 것도 아닙니다. 사진만 보고 실물은 확인하지 못했습니다만, 그는 에치카 양에게서 뜬 겉틀을 몰래 반출해 보관하고 있습니다. 아틀리에에서 처음 발견했을 때에도 전혀 사람 손이 닿지 않은, 상처 하나 없는 상태였다고 들었습니다."

"상처가 없었다고? 그건 즉 속틀을 만들지 않았다는 이야긴가?"

린타로는 고개를 끄덕였다. 가와시마는 팔짱을 낀 채 고개를 갸웃거리더니, 문득 생각난 듯 입을 열었다.

"잠깐만. 형님의 유작에 머리가 있었느냐, 없었느냐 하는 건 일단 미뤄두고, 우사미 군은 어째서 그 사실을 숨기려 하는 거지. 가족들에게 한마디 상의도 없는 건 좀 이상하지 않나. 오늘 아침 통화할 때 그의 의향을 확인했다고 하던데, 혹시 그것과 무슨 관련이 있는 건가?"

린타로는 미간을 찌푸리며 다시 한 번 고개를 끄덕였다.

"민감한 문제란 바로 그겁니다. 아무래도 우사미 씨는 아무 상처 없이 남은 겉틀을 가지고 얼굴 속틀을 떠서 머리 없는 석고상과 하나로 이어붙인 완성품을 11월 회고전에서 공개할 생각인가 봅니다. 사전 준비를 위해 그렇게 해야 한다고 하더군요."

우사미의 말을 그대로 전하자마자 가와시마는 안색을 바꿨다.

"왜 그런 소리를? 우사미 군은 형님이 머리 없는 석고상을 유작으로 남겼는지 그 이유를 알고 있지 않나. 멋대로 손을 대서 제작자가 의도하지 않은 머리를 붙여 전시하겠다니, 형님의 예술에 대한 모독이네."

"저도 그런 생각이 들어서 물어봤습니다. 우사미 씨는 이렇게 대답하더군요. '그런 건 내가 제일 잘 알고 있네. 그렇지만 선생님의 추모전에서 머리 없는 석고상을 공개했다 어떤 반응이 돌아올지 생각해본 적 있나? 그 상은 보는 사람의 가슴 속에 정체 모를 불길한 인상을 불러일으키네. 자네도 실물을 보았으니 내 말을 이해할 것 아닌가. 세상 사람들은 전부 시선을 돌려버릴 거야. 굳이 선글라스 사건을 언급하지 않아도 되겠지. 가와시마 선생님의 심오한 예술성을 이 나라의 바보들이 이해할 수 있을 리 없어. 대중들이 원하는 건 예술적인 일관성이 아니야. 마음의 갈망을 치유해 줄 이해하기 쉬운 대중가요지. 그렇지만 아이러니하게도 선생님이 돌아가신 지 얼마 안 된 지금이라면 그들이 원하는 이야기를 보여줄 수 있는 조건이 모두 갖춰져 있네. 오랜 공백과 투병 생활 직후, 자신의 목숨과 맞바꿔 사랑하는 딸을 직접 모델로 삼아 유작을 완성시켰으니까. 이 이야기만 홍보하면 가와시마 이사쿠란 예술가의 신화는 불멸이 될 것이네. 어느 정도 연출이나 거짓이 섞이면 어떤가, 누가 그런 걸 신경이나 쓴단 말인가. 작품의 진정한 가치를 가르쳐주는 건 나중으로 미뤄도 돼. 사전 준비란 건 그런 뜻으로 한 소리네. 가와시마 선생님의 사후의 명성을 높이기 위해서라면 나는 기꺼이 배신자 유다 역을 맡을 각오가 되어 있어.'"

린타로가 말을 끊자, 가와시마는 씁쓸한 표정으로 가느다란 담배 연기를 천천히 내뿜었다. 못 믿는 눈치라기보다는, 곤혹스러워하는 것 같았다.

"머리 절단 사건을 외부에 알리지 못하게 했던 진짜 이유는 그거였나."

"에치카 양을 배려했기 때문이라는 듯 말하긴 했지만, 그건 나중에 생각해 낸 변명이겠죠."

"그렇겠지. 우사미 군은 우리에겐 비밀로 그 계획을 실행할 생각인가 보지?"

"아뇨, 가까운 시일 내에 어떤 형태로든 이야기를 꺼낼 겁니다. 일부러 절 부른 건 사전 공작을 위해서겠죠. 비밀을 지키라고 약속하게 했지만, 제가 그 약속을 깨고 가와시마 씨에게 사정을 이야기할 거라는 걸 처음부터 계산하고 있었을 겁니다."

"그렇군. 자네를 비공식적인 메신저로 삼아 미리 자신의 의향을 전하게 한 다음, 우리 반응을 보려는 거군."

"아마도 그럴 겁니다. 우사미 씨는 우사미 씨 나름대로 이사쿠 씨의 평가를 높이려 하는 건지도 모르지만, 아무래도 개인적인 이해관계가 얽혀서 말을 들을 것 같지가 않습니다. 이대로 가다간 그의 시나리오대로 서서히 일이 진행될 것 같습니다."

"알려줘서 고맙네. 또 걱정거리가 늘었군. 도모토 일도 그렇고, 모두 내가 감당하기 벅찬 일들뿐이야. 에치카에게는 또 뭐라고 해야 할지."

가와시마는 불평을 털어놓더니, 갑자기 나이를 먹은 듯 한숨을 쉬었다.

그 순간, 거실 전화벨이 울렸다. 가와시마는 피우던 담배를 재떨이에 내려놓고 근심스런 얼굴로 전화를 받았다. 이야기를 시작하자마자 그의 뒷모습이 뻣뻣해진 것을 느낄 수 있었다. 잠깐만 기다리라고 말한 뒤, 가와시마는 수화기를 손으로 막으며 말했다.

"후사에 씨야."

뒤를 돌아보는 가와시마의 얼굴이 파랗게 질린 것을 보고, 린타로는 저도 모르게 자리에서 일어났다. 그는 긴박한 목소리로 말을 이었다.

"외출했던 에치카가 지금까지 돌아오지 않았대. 전화를 해도 응답이 없다고 하는군. 행방이 묘연하다고 하네."

인터루드

Facts of life : intro

9월 20일 아침, 호텔 체크아웃을 마친 우사미 쇼진은 그대로 택시를 타고 도쿄 역으로 향했다. 나고야 행 '노조미' 티켓을 들고. 출발 시간 5분 전에 개찰구를 지나 승강장 자판기에서 무설탕 캔 커피를 사서 특실 차량에 올라탔다. 허리둘레에 군살이 붙어서, 일반 차량의 좌석은 불편했기 때문이다.

여행 가방을 짐칸에 올려놓고, 우사미는 창가 좌석에 털썩 주저앉았다. '노조미'는 서서히 출발했다. 차내 안내 방송을 들으며, 좌석의 각도를 조절한 다음 노트북 전원을 켰다. 월요일 아침임에도 불구하고 차내에는 승객들이 얼마 없었다. 노트북이 켜지기를 기다리며, 우사미는 캔 커피를 따서 단숨에 들이켰다.

세간에는 와인 전문가로 알려진 우사미였지만, 실상은 커피 중독자였다. 원두나 드립의 질은 둘째 치고, 일단 양을 중시하는 타입이다. 어젯밤에는 새벽까지 뒤척였기 때문에 아직도 머리가 몽롱하다. 신칸센으로 이동하는 건 그리 힘들지 않았지만, 뇌세포가 평상시보다 훨씬 많은 카페인을 갈망하고 있었다.

오늘은 오후 1시부터 나고야 시립미술관에서 가와시마 이사쿠전에 관한 회의를 할 예정이었다. 제일 중요한 주인공은 불귀의 객이 되었지만, 2개월 후로 닥친 전시회 스케줄을 변경할 수는 없었다. 고별식 날은 내빈들을 상대하느라 전시회에 대해 이야기할 틈도 없었기 때문에, 가와시마의 사후 회고전 스태프들이 정식으로 모임을 가지는 건 오늘이 처음이었다. 우사미의 큐레이터로서의 능력을 보여줘야 하는 자리이기도 했다.

손등으로 입을 닦은 뒤, 우사미는 에디터를 열고 쓰던 문서 파일을 불러왔다. 나고야에 도착할 때까지 차 안에서 회고전의 기획수정안의 개요를 정리해둬야 한다. 전시 콘셉트나 레이아웃뿐만 아니라, 전시회 카탈로그의 원고도 추도문을 바탕으로 상당 부분 변경할 필요가 있다. 그리고 홍보회사 담당자에게 연락해 포스터나 광고 전단 등도 다시 인쇄할지에 대해서도 검토해야 한다…….

기계적으로 키보드를 두드리며, 번호를 붙여 요점을 하나씩 정리해 간다. 대체적인 변경 계획은 정해져 있었기 때문에 우사미는 독단으로 그 방침을 실행에 옮기고 있었다. 대형 스폰서나 카탈로그 집필자들에게는 지난주에 미리 연락해두었다. 실질적으로는 오늘 모임도 그가 제출한 수정안에 미술관 측이 사후 승낙을 내리는 형식이 될 것이다.

물론 그 자리에서 고인의 유작에 머리가 없다는 사실을 밝힐 생각은 없다. 겉틀을 바탕으로 복원한 에치카의 머리를 몸통과 이어 붙여 가와시마 이사쿠의 작품으로 공개하는 비책은 금요일 오후에 노리즈키 린타로에게도 설명했지만, 보수적인 공립 미술관이 그런 사기에 가까운 계획을 순순히 받아들일 리가 없다. 그러니까 더더욱 우사미의 계획을 무사히 실현시키기 위해서는 유족들의 묵인과 협력이 필요하다. 일부러 노리즈키를 호텔로 불러서 비밀 이야기를 한 것도, 가와시마 아쓰시에게 암암리에 협력을 구하려는 속셈이었다.

유족들 앞에서 그런 내색은 할 수 없지만, 우사미에게 가와시마 이사쿠의 갑작스런 죽음은 말하자면 이미 계획에 포함된 조건이었다. 본인의 입으로 직접 병세에 대해 들었기 때문에, 죽을 날이 얼마 남지 않았다는 건 각오하고 있었고, 만일의 경우에 대비해 추모전 계획을 수정할 여유도 충분히 있었다. 아마도 가와시마 자신이 그러기를 원했던 것이리라. 입만 산 녀석들이 뒤에서 우사미에 대해 있는 말 없는 말 지어내서 떠드는 것을 모를 리 없었지만, 적어도 고인에 대해서는 한 점 부끄럼 없었다.

그뿐 아니라, 가와시마 이사쿠가 이 시기에 저승길로 떠난 건 본인은 물론, 남겨진 유족들에게도 최적의 타이밍이었다. 2개월이란 기간은 회고전을 추모전으로 바꾸기에도 적절한 시간이고, 전람회에 대한 관심을 높이는 데 아티스트의 부고만큼 강력한 홍보 수단은 없었다. 당사자인 가와시마 역시 외동딸을 모델로 삼은 라이프 캐스팅 석고상을 남기고 떠날 수 있었으니, 마음에 걸리는 건 아무것도 없었을 것이다. 조각가로 태어나 누릴 수 있는 건 모두 누린 셈이 아닌가.

그렇지만 우사미는 고인의 속셈이 그것만이 아니라는 것을 알고 있었다. 어제까지는 눈치채지 못했지만, 지금은 확신을 가지고 있었다. 경외심을 품고 있던 조각가에게 그대로 걸려들었다는 씁쓸한 확신을.

그 사람은 분명 처음부터 이럴 생각으로 제작일을 계산했을 것이다. 석고 라이프캐스팅 작품을 완성하는 순간 자신의 수명이 다하도록. 그리고 자신의 목숨과 바꿔, 그런 귀찮은 선물을 남기고 떠난 것이다!

가슴이 메는 듯 답답해서, 키보드를 두드리던 손이 굳어졌다. 창밖으로 흘러가는 풍경을 보니, 겨우 미시마를 지난 모양이다.

우사미는 액정 화면을 닫고 작업을 중단했다. 현실도피에 지나지 않는다는 것을 스스로도 알고 있었기 때문이다. 한시라도 빨리 대책을 생각해야 하는 문제가 지금도 가슴 대부분을 차지하고 있었다. 그 문제로부터 눈을 돌리고 다른 일에 열중하는 척해봐도, 오래 가지 못한다는 건 잘 알고 있었다.

안경을 벗고 좌석 등받이에 머리를 기댄 채, 미간을 손으로 문질렀다. 세 개째의 캔 커피를 마시며, 우사미는 거친 한숨을 흘렸다. 어젯밤에 제대로 잠을 자지 못했기 때문이다. 이 수정안도 어젯밤에 호텔에서 완성할 계획이었는데, 예상하지 못한 사태에 직면하는 바람에 회의 준비도 제대로 하지 못했다.

협박 편지를 받은 건 어제 오후였다. 게이오 플라자 호텔에서 머무는 기간이 길어지다 보니 하치오지의 자택으로 돌아갈 여유가 없었기 때문에, 우사미는 아내에게 1주일 분량의 우편물을 호텔로 보내달라고 부탁했다. 그 안에 낯선 글씨체로 적힌, 보낸 사람을 알 수 없는 편지가 한 통 섞여 있었다.

편지 내용은 사진 한 장뿐이었다. 나중에 집으로 전화해 물어보니, 금요일에 배달된 편지라고 했다. 봉투의 소인은 그 전날로, 신주쿠 우편국 관내의 우체통에 넣은 것이라고 한다.

어깨와 목을 마사지하며, 우사미는 주변을 살펴봤다. 다른 승객들의 시선이 이쪽을 향하고 있지 않은 것을 확인한 다음, 수첩을 펼치고 페이지 사이에 끼워놓은 사진을 꺼냈다.

머리로는 이런 걸 가지고 다니면 위험하다는 건 알고 있었다. 만일 이것이 남의 눈에 들어간다면, 되돌릴 수 없는 사태가 벌어질 것이다. 받은 그 자리에서 찢어 호텔 쓰레기통에 버려야 했지만, 우사미는 그러지 못했다. 어찌 되었든 사진을 버린다고 해서 사태가 바뀌는 것도 아니니까.

안경을 다시 끼고, 명함 사이즈의 컬러 사진을 내려다본다.

그곳에는 말도 안 되는 것이 찍혀 있었다. 처음 호텔방에서 보았을 때에는 착각이나 합성인 줄 알았다. 그렇지만 사진에 대해 우사미는 나름대로 지식을 가지고 있었다. 착시나, 필름을 조작해서 만든 합성사진이 아니라는 건 금방 알 수 있었다. 그래도 얼마 동안은 얼이 빠져서, 어째서 이런 것이 존재하는지 제대로 이해조차 할 수 없는 상태가 계속되었다.

그 이유를 알아챈 순간, 사진의 피사체는 말도 안 되는 것에서 있어서는 안 될 것으로 모습을 바꿨다. 그 안에 숨겨진 계략에 대해 생각하는 것만으로도 몸이 부들부들 떨렸다. 하룻밤이 지난 지금에도 그 소름끼치는 감각이 온몸에 달라붙어 떨어지질 않았다.

'일본의 시걸'이 빠진 딜레마와 메두사의 머리에 대한 해석. 노리즈키 린타로에게 한 이야기는 심사숙고를 거친, 그 당시 우사미의 본심이었다. 하지만 만일 이것이 실재한다면, 가와시마 이사쿠라는 조각가에 대해 근본적으로 다시 평가해야만 한다.

어제까지 우사미가 가지고 있던 지론에 의하면, 가와시마의 유작은 필연적으로 머리가 없는 상으로서 완성시켜야만 한다. 눈을 감고 있는 표정으로부터 생겨나는 겸허한 이미지를 회피하기 위해. 가와시마 이사쿠의 아킬레스건이 그 표정에 있다는 건 누가 봐도 분명했기 때문에, 그 약점을 역이용한 기책이 사용되었을 가능성도 적지 않았다. 드라이아이스로 만든 가짜 머리를 이용해 가족의 눈을 속이는, 어린애 같은 트릭을 사용한 것도 남들이 보기에 그렇게 부자연스러운 행동도 아니었다. 우사미는 진심으로 그렇게 믿었었다.

'정말 얼마나 우스운지.'

가와시마 이사쿠가 남기고 간 선물은 그런 어린애 장난 같은 생각을 단번에 날려버릴 정도의 위력을 가지고 있었다. 그 속에 나타난 조각가의 완고한 신념에 우사미는 경외심을 가질 수밖에 없었지만, 이를 어쩌랴. 이것은 이미 예술적인 평가 이전의 문제였다. 미술평론가의 눈으로 봐도, 예술가의 제작자유를 옹호할 수 있는 범위에서 크게 벗어나 있었다. 이런 것이 세상에 알려진다면, 가와시마 이사쿠의 사후 명성은커녕, 그의 편을 든다는 이유만으로도 자신의 현재 지위는 위태로워질 것이다.

설령 고인의 유지를 배신하게 된다고 해도 여기 찍힌 것은 도저히 존재해선 안 되는 것이다. 다시 한 번 마음을 다진 뒤, 우사미는 사진 뒤쪽을 보았다. 사진 뒤에는 붉은 볼펜으로 이렇게 적혀 있었다.

우사미 쇼진 씨

사진에 찍힌 물건의 보관료로서 당신에게 500만 엔을 요구한다.

자세한 것은 나중에 연락하겠다.

서명이나 연락처는 적혀 있지 않았지만, 누가 사진을 보냈는지 는 짐작이 갔다. 정확한 구도와 분명한 명암 처리 등, 단번에 프로 사진작가가 찍은 사진이라는 것을 알 수 있었기 때문이다. 우사미 의 판단이 맞는다면, 가와시마 아쓰시가 걱정하던 일이 현실로 나 타난 것이리라.

연락이 늦어지는 건 우사미가 계속 호텔에 체류했기 때문에 소재 지를 파악하지 못했기 때문일 것이다. 조만간 상대방이 먼저 접촉 을 시도할 것이다. 그리고 그때에는 망설임 없이 자신의 정체를 밝 힐 것이다. 짐작 가는 인물과 직접 만나본 적은 없었지만, 이름은 예전부터 알고 있었다. 그 남자를 둘러싼 좋지 못한 평판도. 제대 로 된 일을 맡지 못해서 이상한 사진을 찍어 공갈을 해서 그걸로 생 계를 유지한다는 소문도 들렸다.

500만 엔이라는 금액은 우사미가 개인적으로 준비할 수 있는 액 수였다. 상대방이 현금과 사진의 물건을 맞바꿀 생각이라면, 순순 히 요구를 들어줄 생각이었다. 가와시마 이사쿠의 명예와 자신의 지위를 지키기 위해서라면, 그 정도야 얼마든지 감수할 수 있다.

그렇지만 만일 그걸로 끝나지 않고 요구가 계속 이어진다면…….

카페인이 더 필요하다. 네 개째의 커피를 손에 든 우사미 쇼진은 이번에는 천천히 음미하듯 마시기 시작했다.

안내 방송이 나고야 역에 도착했음을 알린 것은 기획수정안을 완성하고 플로피 디스크에 저장하고 있을 무렵이었다. 짐을 챙겨 '노조미'에서 내린 우사미는 역 앞에서 택시를 잡아 시내 중심부로 향했다.

나카 구 사카에 니초메, 와카미야 큰길가의 시라가와 공원은 나무들로 둘러싸인 휴식 공간으로서 시민들에게 사랑받고 있다. 가와시마 이사쿠전의 무대가 될 나고야 시립미술관은 모딜리아니의 '갈래머리 소녀'를 비롯해 위트릴로, 로랑생, 기타가와 다미지, 아라가와 슈사쿠, 가와라 온 등의 작품을 소장하고 있다.

삼각형의 부지와 맞춘 쐐기 형태의 이축(二軸) 구성과 직선과 곡면(曲面)을 대담하게 조합한 기하학적인 디자인은 일본을 대표하는 건축가의 작품이었다. 공원의 용적률과 건평율의 제한을 넘지 않도록, 아래층은 지하에 설계하고, 건물의 높이를 2층으로 맞추었다. 지상에는 크고 작은 전시회를 열 수 있는 기획 전시실과 강당이 있다. 상부 톱라이트에는 두 종류의 차광 패널을 장비하여 자연광을 조절해 최적의 전시 환경을 만들 수 있도록 설계되어 있었다.

지층에는 상설 전시실과 소장실 이외에도 3층까지 천장이 뚫린 로비와 옥외 정원으로 이어진 침상원(sunken garden)을 만들어, 지하의 압박감을 덜어주려는 건축가의 배려가 돋보였다. 현대적인 구조가 눈길을 끌지만, 서구와 일본의 문화, 역사와 미래의 공생이라는 주제를 강조한 설계는 '아시아의 시걸'이라는 별명을 가진 조각가의 추모전을 개최함에 있어 전혀 손색이 없었다. 어프로치 그리드라 불리는 도리이(일본의 신사 앞에 설치된 문 모양의 조형물 — 옮긴이)를 연상시키는 격자 구조의 입구 통로를 지나며, 우사미는 새삼 자신이 올바른 판단을 했다고 확신했다.

오늘은 월요일이라 미술관은 휴관한다. 직원 전용 통로로 들어가 자신의 신분과 목적을 밝히자, 초로의 경비는 서글서글한 얼굴로 우사미를 맞이했다.

"도쿄에서 오신 우사미 선생님이시군요. 이야기 들었습니다."

방문자 명부에 이름을 쓴 다음, 우사미는 출입증을 받았다.

뻥 뚫린 천장에 구두 소리가 울려 퍼진다. 우사미는 공중 통로를 건너 플로어 안쪽에 있는 사무실로 향했다. 노크를 하고, 곧바로 안으로 들어가자 낯익은 큐레이터가 혼자 도시락을 먹고 있었다. 그는 우사미의 얼굴을 보자마자 황급히 젓가락을 놓고 일어섰다.

"어서 오십시오. 멀리서 오시느라 고생 많으셨습니다."

"오늘 회의는 빠질 수 없는 회의잖나. 다른 사람들은?"

"선생님이 일등으로 도착하셨습니다. 식사는 하셨습니까?"

"방금 기차에서 내렸네. 커피 몇 잔 마신 게 다야."

"회의실에 도시락을 준비해 놓았습니다. 입에 맞으실런지는 모르겠습니다만."

고맙다는 말을 건네고, 우사미는 손목시계를 보았다. 회의 시작까지 아직 조금 시간이 남았다. 다른 사람들이 도착할 때까지 기획 수정안을 체크해야겠다. 회의실로 향하려던 찰나, 갑자기 무언가를 떠올린 듯 큐레이터가 우사미를 불렀다.

"그러고 보니 아까 '가와시마 이사쿠전 준비위원회' 앞으로 택배가 도착했습니다."

"준비위원회 앞으로? 내용물은 뭔가?"

"아직 열어보지 않았습니다. 송장에는 미술품이니 취급 주의라고 써 있던데요."

뭐지? 우사미는 짐작 가는 데가 없었다. 준비 위원회란 명칭도
지금까지 공식적으로 사용한 적은 없었다.

"잠깐 보여주게."

큐레이터가 들고 온 것은, 가로 30센티미터, 세로 30센티미터,
높이 50센티미터 정도의 상자로, 업계 최대 업체인 야마네코 운송
회사의 송장이 붙어 있었다. 받는 사람은 '나고야 시 나카 구 사카
에 니초메 나고야 시립미술관 가와시마 이사쿠전 준비위원회' 였다.

보낸 사람을 보고, 우사미는 앗, 하고 소리를 지를 뻔했다. 도쿄
도 시부야 구 진구마에라고 쓰인 주소 밑에는 생각지도 못한 이름
이 적혀 있었기 때문이다. 수첩에 끼워놓은 사진이 머리를 스쳐 지
나간다. 상자 사이즈와도 딱 맞는다.

내용물을 남이 보았단 큰일이다. 우사미는 순간적으로 그렇게
판단했다. 갑자기 미술관으로 보낸 이유는 알 수 없었지만, 만일
자신이 상상한 물건이 상자 안에 들어 있다면······.

"알았네. 이건 회의실에서 내가 열어보지."

"제가 들까요?"

"아니, 내가 들지. 자네는 하던 식사나 마저 하게."

그렇게 말했지만, 큐레이터는 택배의 내용물에 무척 관심이 가
는 듯, 회의실까지 따라오고 싶어 하는 눈치였다. 자연스럽게 그를
떼어 낼 방법은 없는 것일까.

"맞아. 자네한테 부탁이 있네. 오늘 회의를 위해 회고전 기획수
정안을 정리해 왔어. 이 디스켓에 데이터를 저장해 놓았으니 출석
자 수만큼 프린트 해주게."

디스켓을 큐레이터에게 건넨 우사미는 가방과 상자를 양손에 안고 사무실을 나왔다. 조급한 마음을 억누르며, 상자를 떨어뜨리지 않도록 조심해서 회의실 문을 열었다. 긴 테이블에 도시락이 놓여 있을 뿐, 실내에는 아무도 없었다.

우사미는 문을 꼭 닫고, 상자를 테이블 위에 올려놓았다. 송장과 테이프를 벗겨내고 상자를 연다. 벗겨낸 송장은 그냥 두기 뭐해서 반으로 접어 양복 안주머니에 넣었다.

상자 속에는 스티로폼으로 만든 상자가 하나 더 들어 있었다.

안에 든 상자의 뚜껑을 봉한 테이프를 벗겨내던 우사미는 무언가 이상한 냄새가 흘러나오고 있다는 사실을 눈치챘다. 뚜껑을 열자 검은 비닐봉투로 싸인 무언가가 들어 있었다. 비닐봉투와 상자 사이에는 다 녹은 냉각제가 빼곡하게 들어차 있었다.

왜 이런 걸 넣었지? 우사미는 고개를 갸웃했다. 완충재 대신이라 해도, 겉이 차가운 건 설명할 수 없었다. 얼어서 딱딱해진 건 충격을 완화시키는 데 도움이 되지 않는다. 상자 속에서 꺼내기 위해 비닐봉지를 잡은 순간 느껴진 감촉도 우사미의 예상을 배신했다. 딱딱한 석고의 감촉이 아니라, 보다 부드럽고 탄력이 있는 물건이 들어 있는 것 같았다.

'그리고 이 고기 썩는 것 같은 냄새는 대체 뭐지?

우사미는 숨을 죽인 채 조심스레 비닐봉지를 열었다. 다음 순간, 그는 비명을 지르며 내용물을 쳐서 바닥에 떨어뜨렸다.

그것은 젊은 여자의 머리였다. 누군가가 만들어 낸 가짜가 아니라, 한 치의 거짓도 없는 진짜 머리였다.

헝클어진 머리로 바닥 위에서 우사미를 올려다보는 참혹한 형상. 부릅뜬 두 눈은 빛을 잃어서, 생전의 모습은 찾아볼 수 없었지만 우사미는 그 얼굴을 기억하고 있었다.

무언가가 손가락에 달라붙어 있었다. 머리를 바닥으로 떨어뜨릴 때 여자 머리에서 뽑힌 머리카락이었다. 떼어 내려 하자, 단단히 들러붙은 피 냄새가 났다. 위장 속의 커피가 역류한다. 입을 틀어막으며, 우사미는 신음했다.

"메, 메두사의 머리……."

제4부

Facts of life

한편, 르네상스와 후기 르네상스 시대에서 발견할 수 있는 두 눈의 표현 방법에서 흥미로운 문제 중 하나는, 동일한 조각가가 단순한 볼록면의 눈과 조각된 눈, 이 모두를 이용했다는 점이다. 바꿔 말하자면 그들은 오랜 시간을 거쳐 로마에서 발전된 눈의 표현 방법을 사용했다. 미켈란젤로는 자신의 조각 '다빈치'에서 조각된 눈을 사용했다. 미켈란젤로는 그 조각의 시선이 고정되고 확정되기를 원했다. 이러한 바람은 그의 다른 작품 '모세'에서도 찾아볼 수 있지만, 메디치 가 예배당에 놓인 그의 성모상과 다른 조각상들에서는 안구에 손을 대지 않은 것을 확인할 수 있다. 베르니니 역시 마찬가지로 자신의 초상 조각이나 영웅상에서 결의와 의지의 힘을 표현하기 위해 정으로 조각한 눈을 사용했지만, 한편으로는 성인상이나 상징적 조상에는 공백의 안구를 사용하기도 했다. 1630년대 중반, 명확하게 고전주의화하고 있는 시기에, 베르니니 역시 조각상에 공백의 눈을 사용했다는 점은 흥미로운 사실이라 할 수 있다.

〈조각의 제작 과정과 원리〉, 루돌프 비트코어

16

일요일 아침이 되어도 에치카는 돌아오지 않았다.

오전 중에 차를 몰고 가와시마 가로 향한 린타로는 거기서 가와시마 아쓰시와 합류했다. 전날 밤, 아키야마 후사에의 전화를 받고 자택에서 마치다로 직행한 가와시마는 그대로 죽은 형의 집에서 밤을 샜다고 한다. 구니토모 레이카도 함께 뜬눈으로 밤을 지샌 듯, 그녀 역시 충혈된 눈 밑에 짙은 다크서클을 드리우고 있었다.

에치카가 집을 나간 시간을 묻자, 가와시마는 고개를 저었다.

"모르겠네. 아무도 에치카가 나가는 걸 보지 못했대. 구니토모는 여기 없었고, 후사에 씨도 아침에 집에 갔다 해가 저물고 나서야 이쪽으로 돌아왔다고 하네. 그때는 이미 집안에는 아무도 없었고, 에치카의 자전거도 보이지 않았다더군."

"아키야마 씨가 집을 비운 건 언제부터 언제까지였죠?"

후사에는 떨리는 목소리로 아침 9시에 나갔다 오후 7시가 넘어서 돌아왔다고 대답했다. 처음에는 학교 친구와 만나기 위해 외출한 줄 알고 별 생각 없이 저녁 준비를 시작했다고 한다. 그렇지만 8시, 9시가 넘어서도 에치카는 돌아오지 않았다.

"늦어지는 날에는 거의 연락을 하는데, 어제는 전화 한 통도 없었어요. 걱정이 되어서 에치카에게 전화를 걸었지만 받지도 않았고요. 그래서 놀란 마음에 아쓰시 씨와 레이카 씨에게 연락한 거예요……"

갑자기 머뭇거리는 후사에를 대신해 레이카가 이야기를 계속했다.

"어제는 하루 종일 집에서 이사쿠 씨가 남긴 원고를 컴퓨터로 옮겼어요. 그래서 후사에 씨가 연락할 때까지 에치카가 외출했다는 사실조차 몰랐죠. 전화를 받고 곧바로 이리로 달려와 여기저기 연락해 봤지만 모두 모른다고 하더군요."

"잠깐만요. 지금 이야기를 들어보면, 에치카 양은 어제 친구와 만나기로 했던 겁니까? 아니면 외출한다고 쪽지라도 남겨놓은 건가요?"

린타로가 캐묻자, 후사에는 면목 없다는 듯 고개를 저으며 대답했다.

"쪽지 같은 건 없었고, 아침에 제가 나갈 때도 그런 소리는 한마디도 없었어요. 친구와 만나는 줄 알았던 건 엊그제 그랬기 때문이에요."

"엊그제요? 에치카 양이 금요일에 학교에 갔었습니까?"

"10시쯤 카메라를 들고 나가더니, 3시 되기 전에 산뜻한 얼굴로 돌아왔어요. 어디 갔다 오냐고 물었더니 오랜만에 사진과 선배와 이야기해서 기운이 났다고 하더라고요. 그래서 어제도 친구와 이야기하다 늦는 줄 알았어요."

"카메라를 들고?"

"노리즈키 씨가 우산을 가지러 오셨던 날 에치카가 그런 소리를 했잖아요. 셔터 상태가 좋지 않으니 카메라 수리를 맡길 가게를 찾고 있다고."

레이카가 보충 설명을 했다. 목요일 오후에 에치카가 문제의 전화번호부를 손에 들고 아래층으로 내려왔을 때의 일이다. 린타로는 잠시 생각한 뒤에 다시 입을 열었다.

"에치카 양의 방을 잠시 살펴봐도 될까요?"

가와시마의 허락을 받은 린타로는 레이카와 함께 2층으로 올라갔다. 3평쯤 되는 방에는, 바닥에는 카펫이 깔려 있었고, 침대와 책상이 놓여 있었다. 창문은 장지였고, 커튼은 달려 있지 않았다. 옷가지도 대부분 벽장 안에 넣어놓은 듯, 그다지 여성스러운 방은 아니었다.

카메라는 CD와 책을 수납한 철제 선반에 덩그러니 놓여 있었다. 투박한 중고 일안 레플리카로, 제법 오래 사용한 듯했다. 시험 삼아 버튼을 누르자, 셔터는 매끄럽게 움직였다.

"이상하네. 저번에는 고장 났다고 하더니."

"학교에 가서 사진과 선배에게 고쳐달라고 한 거 아니에요? 돌아왔을 때 표정이 밝았던 건 저도 기억나거든요. 필름은?"

린타로는 뚜껑을 열고 안을 확인했다.

"비었는데요. 레이카 씨, 잠깐 저랑 드라이브 가시죠."

"드라이브요?"

"에치카 양의 학교에 가보려고 합니다. 학교 현상실이라면 일요일에도 나와 있는 학생이 있을 겁니다. 길 안내 부탁드립니다."

마치다 가도를 따라 하치오지 방면으로 달리다 국도 16호선을 경유해 유기 가도로 들어갔다. 에치카가 다니는 고마시노 미술대학 야리미즈 캠퍼스는 다마 뉴타운 서쪽 끝, 하치오지 고텐야마와 이어진 언덕 위에 세워져 있었다. 예전에는 양잠업으로 유명했던 지역으로, 전차 도로의 종점도 그 바로 옆에 위치했다.

"자동차가 없으면 다니기 불편하겠는데요. 에치카 양은 어떻게 통학했습니까?"

"마치다에서 JR로 하시모토까지 가서 학교 앞으로 가는 버스를 탔어요. 마치다 역까지는 자전거를 타고 다녔으니까, 집에서 40분 정도 걸렸을 거예요."

일요일이라서 캠퍼스 안은 한적했다. 2학기가 시작된 지 얼마 지나지 않았고, 축제 기간도 아직 멀었지만, 간간히 학생들의 모습을 찾아볼 수 있었다. 린타로는 인체 모형을 옮기던 학생들을 불러 세워 학생 현상실의 위치를 알아냈다. 현상실이 있는 D호관은 반년 전부터 개장 공사 중이기 때문에, 사진과 학생들은 B호관 뒤에 지은 가건물을 이용하고 있다고 한다. 인체 모형은 의대 수업에서 쓰는 것처럼 정밀하게 만들어져 있었는데, 등에는 천사의 날개, 머리에는 바늘로 고정된 후광이 달려 있었다. 은색 후광은 은박지로 만든 모양이다.

학생 현상실이 이전한 조립식 건물은, 건물 자체가 멀티스크린의 입체 스크랩북으로 변해 있었다. 드나드는 학생들이 합세하여 앨범 대용으로 사용하고 있는 것이리라. 벽이건 창문이건 상관하지 않고 몇 겹으로 붙인 흑백과 컬러 사진으로 실내는 빼곡히 뒤덮여 있었다. 너무나도 다양한 사진들이 함께 존재했기 때문에, 사진 한 장 한 장을 찬찬히 바라볼 마음도 들지 않을 정도였다. 피사체의 색과 형태가 모두 의미를 잃고, 하나로 이어진 벽지 문양에 녹아든 것 같은 상태였다.

누군가가 앨범의 제목이 필요하다고 생각한 것이리라. 눈에 잘 띄는 곳에 빨간 컬러 스프레이로 'Helter Skelter'라고 휘갈겨 쓴 글씨가 보였다. 더 수다스런 누군가가 맨 앞에 S자를 덧붙여 놓았다.

"노숙자들의 피난처 같네요"라고 레이카가 속삭였다.

천장에는 현상을 마친 필름들이 파리 끈끈이처럼 매달려 있었다. 그 아래에서 라디오헤드의 티셔츠를 입은 굽은 어깨의 남학생이 만화책을 읽고 있었다. 현상 중임을 알리는 램프에 불이 들어와 있는 걸 보니 암실 안에는 친구가 있는 것 같다. 린타로가 말을 걸자, 굽은 어깨의 청년은 긴 테이블 위에 올려놓았던 다리를 내렸다. 그는 레이카의 얼굴을 힐끔힐끔 보면서, 에치카에 대해 잘 안다고 말했다.

"어제요? 아니, 안 왔을 텐데요. 엊그제도 못 봤는데. 잠깐만요. 친구한테 물어볼게요. 후지모리, 문 열어봐."

청년은 암실 문을 두드린 뒤 대답을 기다렸다. 얼마 지나지 않아 긴 머리를 하나로 묶은 학생이 문 사이로 얼굴을 내밀었다. 후지모리라 불린 학생은 친구의 질문에 고개를 저으며 말했다.

"아버지 장례식에서 본 게 마지막이에요. 여름방학 전부터 학교에는 한 번도 오지 않았을 걸요."

"엊그제 낮에 누군가에게 중고 카메라를 수리해달라고 왔을 텐데."

레이카가 그렇게 말하자, 후지모리는 고개를 갸웃거리며 대답했다.

"엊그제면 금요일이죠? 금요일엔 안 왔어요. 제가 하루 종일 여기 있었으니까 틀림없어요. 카메라는 어디 다른 데서 고친 게 아닐까요?"

"학교 말고 다른 곳에서? 그럼 엊그제부터 오늘까지 어딘가에서 에치카와 만났거나 전화 같은 걸로 연락했을만한 친구 없을까?"

"일단 연락 되는 애들한테 물어볼게요."

굽은 어깨의 청년은 곧바로 휴대전화를 꺼내 전화부에 등록된 친구들에게 하나하나 연락하기 시작했다. 30분이나 걸려 스무 명 가까운 친구들에게 연락했지만, 수확은 하나도 없었다. 학교 친구들은 요 며칠 아무도 에치카와 만나지 못했다고 했다.

"이런 질문하긴 뭐하지만, 에치카 양에게 남자 친구가 있었나?"

린타로가 그렇게 묻자, 굽은 어깨의 청년은 현상을 마치고 암실에서 나온 후지모리를 턱으로 가리켰다. 후지모리는 어깨를 으쓱하는 시늉을 했다.

"남자 친구요? 몰래 사귀는 사람이 있을 수도 있지만, 제가 아는 바로는 없어요. 옛날에 어떤 남자에게 호되게 당한 적이 있어서, 남성 불신까지는 아니라도 남자에 대한 경계심이 높았거든요. 올봄에 아버지가 쓰러지신 뒤로는 남자 만날 여유도 없었을 테고……. 그건 그렇고, 그쪽이 구니토모 레이카 씨죠?"

이야기 도중에 갑자기 지명당한 레이카는 놀란 얼굴로 되물었다.

"혹시 에치카한테 내 이야기 들었어요?"

270

"역시 맞는군요. 때때로 화제가 나와서 혹시나 해서요. 빨리 파더 콤플렉스에서 벗어나라고 몇 번이나 이야기했었고, 본인도 머리로는 알고 있는 것 같았지만……. 혹시 에치카가 집을 나간 겁니까?"

"차라리 그런 거라면 좋겠어요. 어제부터 행방불명이에요."

"그렇구나. 그렇지만 분명 금방 돌아올 겁니다. 에치카가 돌아오면 빨리 학교에 나오라고 전해주세요. 모두 기다리고 있다고요."

린타로와 레이카는 친구들이 가르쳐 준 하시모토 역 부근의 에치카가 잘 가는 곳을 뒤져봤지만, 아무도 에치카를 본 사람은 없었다. 역 앞 주차장으로 돌아와 차 시동을 걸자, 조수석의 레이카는 한숨을 푹 쉬며 말했다.

"학교 친구랑 만났다는 건 거짓말이었군요. 그럼 에치카는 엊그제 낮에 혼자서 어딜 갔었던 거죠?"

아무 말 없이 차를 출발시킨 린타로는 오야마 교차로 앞에서 좌회전했다. 통행량이 많은 마치다 가도에서 조금 떨어진 지점에 도착한 그는 갓길에 차를 댔다.

"가와시마 씨 집에 돌아가기 전에 하나만 묻겠습니다. 최근에 에치카 양의 몸에 이상한 징후가 보이지 않았나요?"

"이상한 징후라니, 무슨 소리예요?"

"구체적으로 말하면, 임신 증상이 나타나지 않았냐는 소립니다."

"임신이요? 에치카가?"

레이카는 놀랐다기보다, 어처구니없는 질문의 내용에 힘이 빠진 듯한 목소리로 대답했다.

"말도 안 되는 소리 마요. 어째서 그런 황당한 이야기를 하는 거예요?"

"에치카 양은 엊그제 외출했던 것뿐만 아니라, 카메라에 대해서도 거짓말을 했습니다. 아마도 셔터는 처음부터 고장 나지 않았을 겁니다. 카메라 수리라는 건 순간적으로 생각해 낸 구실이고, 그날 전화번호부를 뒤지고 있던 건 다른 이유 때문이었을 겁니다."

"다른 이유라고요?"

산부인과 전화번호가 실린 페이지에 접은 자국이 있었다는 사실을 털어놓자, 레이카는 비난하는 눈빛으로 린타로를 노려봤다.

"미스터리 작가는 태연한 얼굴로 지저분한 소리를 늘어놓을 수 있는 사람이 아니면 못 해먹나 보죠? 지나친 생각이에요. 어쩌다 보니 우연히 접힌 건지도 모르잖아요."

"그런 것 치고는 타이밍이 너무 절묘하죠. 그리고 또 하나, 이사쿠 씨의 작품이 '모녀상' 완결편이었다는 것도……."

"이봐요, 이상한 소리 집어치워요!"

레이카는 갑자기 고함을 질렀다. 린타로는 순간 움츠러들었지만, 금방이라도 달려들 것 같은 레이카의 모습을 보니 그녀가 머릿속으로 어떤 상상을 했는지 금방 알 수 있었다.

"아닙니다. 그런 뜻으로 한 말이 아니에요."

"그런 뜻이라니, 그게 무슨 뜻인데요."

"'모녀상'을 리메이크하기 위해 부녀간에 무슨 일이 있었던 게 아닌가, 그렇게 생각하신 거죠? 전 그런 소리는 한마디도 안 했습니다."

정곡을 찔린 듯, 레이카는 고개를 돌리고 상기된 얼굴을 감췄다.

"아까 만났던 학생이 그런 이야기를 해서······. 그렇지만 단순한 가능성으로만 따져봐도 있을 수 없는 일이에요. 이런 소리 하긴 좀 그렇지만, 이사쿠 씨는 방사선 치료와 항암제 부작용으로 인해 그쪽으로는 완전히 가망이 없었으니까요."

"그럴 거라 생각했습니다. 죄송합니다, 떠보려는 건 아니었는데."

린타로가 고개를 숙이자, 레이카는 고개를 돌린 채 손사래를 쳤다.

"사과할 거 없어요. 창문 열어도 될까요?"

가방 안에서 담배와 라이터를 꺼내더니, 부산스런 손놀림으로 불을 붙였다. 고양된 감정을 가라앉히는 듯, 후우, 하고 창밖으로 연기를 뿜어낸다.

"상대가 이사쿠 씨가 아니라도 마찬가지예요. 매일 얼굴 보는 사이인데, 무슨 일이 있었으면 바로 알아챘을 거예요. 후사에 씨도 겉보기와는 달리 눈썰미가 좋은 사람이라 임신 증상을 놓쳤을 리 없고요."

"이사쿠 씨가 건강하셨다면 그랬겠죠. 모두 이사쿠 씨에게 신경이 쏠려 에치카 양의 상태를 눈치채지 못했을 수도 있지 않습니까. 금요일 오후에 집에 돌아왔을 때, 에치카 양은 앓던 이가 빠진 듯 시원한 표정을 짓고 있었다면서요."

레이카는 이쪽으로 고개를 돌리더니 담배 냄새 섞인 비아냥거린 목소리로 말했다.

"그렇게 에치카가 임신했다고 우기고 싶어요? 하지만 그러려면 상대가 필요하다는 걸 잊지 마세요. 조금 전 후지모리 군이었나, 그 친구도 딱히 남자 친구는 없었고, 아버지가 쓰러지셔서 그럴 여유도 없었다고 했잖아요. 그 친구가 거짓말을 했을 리는 없잖아요."

린타로는 팔짱을 끼고 뒤로 머리를 기댔다. 그 상대 남자 후보자 리스트 맨 위에 도모토 슌의 이름이 올라 있다는 것을 섣불리 말해서는 안 될 것이다. 긴장이 풀어진 것인지, 레이카는 하품을 참으며 창밖으로 담뱃재를 털었다.

"'모녀상' 이야기를 꺼내는 것도 좀 억지인 것 같아요. 이사쿠 씨가 라이프캐스팅 작업에 착수한 건 지난달이라고요. 그 시점에서 에치카가 임신했다는 걸 확신했다면, 이제 와서 다급히 병원을 찾진 않을 거 아니에요. 엊그제 낮에 에치카가 어디 갔는지는 몰라도, 산부인과에서 진찰은 받은 건 아닐 거예요."

레이카의 지적은 아픈 곳을 찔렀다. 린타로는 화제를 돌려 에치카의 석고상에 대해서 알고 있는 것이 없냐고 물었다.

"우사미 씨의 황당한 해석 말이에요? 그 이야기라면 어제 아쓰시 씨에게 들었어요. 후사에 씨와도 이야기해 봤지만, 드라이아이스로 만든 가짜 머리라니, 말도 안 돼요. 누가 언제 아틀리에에 들어올지 이사쿠 씨가 어떻게 알겠어요. 내가 도착하기 전에 전부 날아가버렸으면 어쩌려고요. 그리고 아무리 커버가 씌워져 있었다고 해도, 바닥에 하얀 연기가 흘러나오고 있었다면 이사쿠 씨의 맥을 짚을 때 못 봤을 리가 없잖아요."

"그렇군요."

휴대용 재떨이에 담배를 끄면서, 레이카는 눈을 비빈 다음 또 하품을 했다. 금요일 밤부터 밤을 새며 원고 정리를 하느라 이틀이나 잠을 못 잤다고 한다.

"그렇게 무리해도 괜찮아요?"

"이 정도야 뭐. 그보다 당신도 내부 범행설을 지지한다면서요? 아틀리에에서 재현 실험을 했을 때부터 그럴지도 모른다고 생각했지만요. 갑자기 모습을 감춘 것도 그렇고, 석고상의 머리를 자른 건 역시 에치카일까요?"

린타로는 고개를 저으며 모르겠다고 답했다. 목요일까지는 에치카가 한 짓이라는 확신이 있었지만, 게이오 플라자 호텔에서 원형을 유지한 얼굴 겉틀 사진을 본 뒤로 그 확신은 흔들리고 있었다. 드라이아이스로 가짜 머리를 만들었다는 설을 레이카가 웃음으로 넘겨버렸기 때문에, 현시점에서는 완전히 두 손 두 발 다 든 상태였다.

"그러고 보니, 이사쿠 씨의 휴대전화는 찾으셨습니까? 우사미 씨에게 물어봐도 모른다고 하던데."

레이카는 대답하지 않았다. 조수석을 보니, 그녀는 안전벨트를 맨 채 고개를 숙이고 꾸벅꾸벅 졸고 있었다.

린타로는 벨트를 풀고 자세를 편하게 고쳐주었다. 조금만 더 쉬게 내버려두어야겠다. 그녀가 눈을 뜰 무렵에는 에치카가 무사히 돌아와 있을지도 모른다.

밤이 되어도 에치카는 돌아오지 않았다. 휴대전화는 여전히 불통이었다. 아무래도 전원이 꺼진 것 같았다.

"혹시나 해서 가가미 준이치에게도 연락해 봤지만, 오지 않았다며 매몰차게 끊더군. 오늘 밤에도 아무 연락이 없으면 내일 날이 밝자마자 경찰에 신고해야겠어."

"아틀리에 침입 사건에 대해서도 신고하실 겁니까?"

린타로가 그렇게 묻자, 가와시마 아쓰시는 망설이는 표정을 지었다.

"그러는 편이 낫겠지. 경찰도 진지하게 대처해줄 테니. 하지만 아직도 망설여지네. 만일 사건이 거짓이었다면 괜히 일만 더 커질 테니까. 우사미 군에게 얼굴 겉틀에 대해 확인하려고 아까부터 호텔로 전화를 걸고 있는데 통화 중인지 연결이 되지 않는군."

"아틀리에 건은 조금 더 상황을 지켜본 다음에 신고하도록 하죠. 왜 일주일이나 지나서 신고했냐며 의심하면 곤란하니까요."

레이카의 제안을 들은 가와시마는 오랜 생각 끝에 쉰 한숨을 쉬며 말했다.

"그래. 그 건은 일단 미뤄두기로 하지. 노리즈키 군, 자네는 그만 가보도록 해. 뒷일은 우리가 어떻게든 할 테니. 에치카의 소식을 알게 되면 바로 연락하지."

"알겠습니다. 도움이 되지 못해서 죄송합니다."

수고했다는 말은 돌아오지 않았다. 린타로는 불편함을 느끼며 가와시마 가를 뒤로 했다.

집에 돌아가자 9시가 지났다.

노리즈키 경시는 아침에 나간 뒤로 돌아오지 않은 것 같았다. 자동응답기 램프가 깜빡거리고 있었다. 메시지를 재생하자, 이이다 사이조의 목소리가 흘러나왔다.

"몇 번 전화했는데 받지 않으셔서 용건만 전합니다. 도모토가 대만으로 도망쳤다는 이야기는 역시 거짓이었습니다. 도모토를 봤다는 사람이 있습니다. 말을 걸려고 하니 도망쳤다고 하더군요. 아무튼 이 메시지를 듣는 대로 저한테 연락주십시오."

17

사체 검안서(요지)

이름: 불명, 여자

생년월일: 15세~25세(추정)

사망 시각: 2000년 9월 18일(추정)

사망 장소의 종류: 기타

사망 장소: 아이치 현 나고야 시 나카 구 사카에 니초메(발견)

시설 명칭: 나고야 시립미술관

사망 원인

1. 직접 사인: 질식사

2. 영향을 미친 병명 등: 두부 타박상에 의한 뇌진탕(추정), 경부
　　　　　　　　　　 절단(사후)

사망의 종류: 타살

외인사(外因死)의 추가사항

상해 발생 일시: 2000년 9월 18일(추정)

상해 발생 장소: 도쿄 도(추정)

상해 발생 장소의 종류: 기타(불명)

수단 및 상황

후두부를 구타하여 기절시킨 후, 밧줄 형태의 끈으로 교살. 그 후

톱니 형태의 날붙이로 머리를 절단, 포장한 뒤 위에서 서술한 미술관 앞으로 택배로 보냄. 머리 이외는 발견하지 못함.

위와 같이 검안함.
검안 일시: 2000년 9월 20일
의사: 아이치 중앙의과대학 법의학교실 후지와라 시게유키

20일. 월요일 저녁, 린타로는 가와시마 아쓰시의 전화를 받고 에치카로 보이는 시체가 발견되었다는 사실을 알았다.

도쿄 역 신칸센 승강장에서 전화를 건 가와시마는 지금 나고야로 신원 확인을 위해 출발할 것이라고 했다. 설마 하는 생각이 들었지만, 정보가 너무 단편적인 데다 가와시마 역시 동요하고 있어서 처음에는 무슨 일이 일어난 것인지 제대로 파악할 수가 없었다. 애초에 왜 나고야인가?

"아이치 현경에게서 연락이 왔어. 자세한 건 모르겠지만, 아무래도 심상치 않은 일이 일어난 것 같아. 나고야 미술관에 여자의 시체가 든 소포가 배달되었다고 하네."

"소포라고요? 미술관이라면 이사쿠 씨의 회고전이 열리기로 한 곳인가요?"

"아마도 그런 것 같아. 우편으로 보낸 게 아니라 택배로 보낸 것인지도 모르고, 크기가 얼마나 되는지도 듣지 못했어. 담당 형사는 시체의 일부라고 표현하더군."

시체의 일부라는 표현을 들은 린타로의 머릿속에서 불길한 무언가가 연상되었다. 분명 가와시마도 같은 생각을 하고 있을 테지만,

두 사람 다 그 이야기는 꺼내지 않았다. 현지에서 신원을 확인할 때까지는 에치카의 시체라고 단정 지을 순 없으니까.

"저도 같이 갈까요?" 하고 묻자, 가와시마는 그러지 않아도 된다고 했다. 구니토모 레이카도 함께 가는 길이라고 했다. 그 대신 린타로에게 도쿄에 남아 정보를 모아달라고 부탁했다.

"이쪽에 남아서? 무슨 뜻이십니까?"

"아무래도 문제의 소포는 도내에서 발송된 것 같네."

가와시마는 목에 무언가가 걸린 듯한 갈라진 목소리로 그렇게 말했다.

"조만간 경시청에도 조사 협력을 요청하게 될 것 같네. 지금쯤 소식이 들어갔을지도 모르고. 그래서 자네가 아버님 편으로 자세한 조사 정보를 수집해줬으면 하네. 만일의 경우에는 아틀리에 사건도 숨기지 말고 털어놓아도 상관없어. 이럴 줄 알았으면 오늘 아침에 실종 신고와 함께 침입 사건 신고도 해놓을걸……."

"제가 할 수 있는 일은 모두 하겠습니다"라고 린타로는 약속했다. 그 이상의 구체적인 지시는 없었지만, 가와시마는 최악의 사태를 상정하고 그에 대해 각오하고 있는 것이리라.

석고상의 머리를 절단한 것이 에치카를 향한 글자 그대로의 살인 예고였다고 한다면, 그 사건의 성격을 어떻게 처리하느냐에 따라 수사의 방향도 달라진다. 아틀리에 불법 침입과 기물 파손 혐의로 입건하여, 동일범에 의한 연속 범행으로서 가급적 빨리 경시청이 주도하는 수사본부를 마치다 서에 설치한다면, 아이치 현경이 살인과 사체 유기 사건의 합동 수사를 지휘하는 것보다 지역 내에서의 수사 활동을 원만하게 전개해 나갈 수 있을 것이다. 가와시마는 린타로의 아버지를 통해 경시청에 비공식적으로 도움을 요청하고 있는 것이리라.

"일단은 그쪽을 부탁하네. 나고야에서 보다 확실한 정보를 얻는 대로 다시 연락하겠네. 무언가 착오가 있어서 헛걸음하는 것이라면 좋겠군."

기도하듯 중얼거리더니, 인사를 남기고 가와시마는 전화를 끊었다.

"무언가 착오가 있는 거라면 좋을 텐데."

수화기를 내려놓으며 그렇게 중얼거렸지만, 위안조차 되지 못했다.

에치카가 모습을 감춘 뒤로 벌써 이틀이나 지났는데도, 전혀 행방을 알 수가 없었다. 도모토 슌을 도내에서 목격했다는 정보(어젯밤 이이다 사이조에게 전화로 확인한 결과, 본인일 가능성이 60퍼센트 정도라고 했다)도, 불안감을 더하고 있었다. 꾸물거리고 있을 때가 아니다. 린타로는 곧바로 집을 나와 노리즈키 경시의 집무실로 향했다.

귀가할 채비를 하고 있던 아버지는 린타로의 이야기를 듣고서는 수상하다는 듯 미간을 찌푸리더니, 수사 공조과에 문의를 넣었다. 2시간 쯤 전에, 아이치 현경으로부터 살인과 사체 유기 사건에 관한 소식이 들어왔다고 한다. 타살로 추정되는 변사체가 발견된 곳은 나카 구 사카에 니초메의 나고야 시립미술관. 피해자가 도쿄 도민일 가능성이 높기 때문에 정보 교환과 수사 협력을 요청한다는 내용이었다.

"여기 산다며. 어떻게 나고야 미술관에서 발견된 거지?"

"지난주에 돌아가신 아버지의 회고전이 거기서 열릴 예정이었거든요."

노리즈키 경시는 집으로 돌아가려던 것을 중지하고 집무실로 저녁 식사를 배달시켰다.

경시청 공조과로 조금 더 자세한 정보가 들어오기 시작한 건 오후 8시가 지나서였다. 발견된 변사체는 절단된 젊은 여성의 머리였다. 그 머리는 19일에 마치다 시내에서 발송된 야마네코 운송의 택배 소포 안에 들어 있었다고 한다. 그리고 소포를 개봉한 사람은 도쿄 도 하치오지에 사는 미술평론가 우사미 쇼진이라고 한다…….

새로운 소식이 들어올 때마다 상황은 점점 더 절망적으로 변해갔다. 첫 번째 발견자의 이름을 듣고, 린타로는 말을 잃었다.

"잠깐. 이 우사미 쇼진이란 사람도 네가 아는 사람이냐?"

린타로가 고개를 끄덕이자, 경시는 그에게 책임을 묻듯 크게 한숨을 쉬었다.

"역신 같은 놈. 소설 취재한다면서?"

"면목 없습니다. 이렇게 될 줄은 꿈에도 몰랐어요."

"바보 같은 소리. 네가 관련되면 항상 이 모양 이 꼴이야. 그 표정을 보니 또 뭔가 아는 게 있는 거로군. 괜히 사람 바쁘게 만들지 말고 다 털어."

오후 9시 반, 공조과에서 온 연락으로 최악의 예상이 현실로 나타났다.

"나고야에 도착한 피해자의 유족 두 명이 조금 전에 유체를 확인했다. 아이치 현경은 피해자의 신원을 18일에 실종된 가와시마 에치카로 단정했어."

아무런 대답 없이 의자에 쓰러진 아들을 힐끔 쳐다본 뒤, 노리즈 키 경시는 정력적으로 움직이기 시작했다. 경시청과 공안위원회를 시작으로 각 방면에 연락을 넣고, 아이치 현경과 연계하여 수사에 착수하기 위해 일단 살인과 사체손상 혐의로 마치다 서에 공동 수사 거점을 설치하기로 방침을 굳혔다.

아이치 현경의 담당 수사원이 정식 원조 요청을 하기 위해 내일 상경한다고 한다. 따라서 경시청 측의 대응 방침도 내일 이후 결정하기로 했다.

어떤 루트를 통했는지 밝힐 수는 없지만, 상층부에 열심히 로비를 펼친 것이 결실을 맺은 모양이다. 한숨 돌린 경시는 현경과의 협의 전에 아틀리에 침입 사건과 석고상 파손 피해 신고를 제출하면 내일이라도 경시청이 주도하는 합동수사본부를 마치다 서에 설치할 수 있을 것이라고 장담했다. 오전 중에 수리된 수색 신고에 살짝 손을 대서, 미술품 파손과 협박 및 살해 목적의 유괴일 것이라고 강하게 주장하기만 하면 된다. 린타로는 어깨를 으쓱하며 실무 차원의 이야기에 대해서는 아무것도 듣지 못한 것으로 하기로 했다.

11시까지 버텨봤지만 그 후로 새로운 소식은 없었다. 노리즈키 경시는 담배꽁초 더미를 치우고 업무 종료를 선언했다. 집으로 돌아오자 자동응답기에 가와시마 아쓰시가 남긴 짧은 메시지가 녹음되어 있었다. 린타로는 가와시마가 묵고 있는 나고야의 호텔로 전화를 걸었다.

전화를 받은 가와시마는 최소한의 말로 현지에서 일어난 일을 전했다. 대부분이 이미 알고 있는 사실이었지만, 질문을 해도 대답해

줄 것 같은 분위기가 아니었다. 내일 돌아오는 대로 마치다 서로 피해 신고를 하러 가라는 말을 전한 린타로는 서둘러 전화를 끊으려 했다.

"아직 끊지 말게. 중요한 이야기를 하는 걸 잊었어."

가와시마는 마른침을 삼키는 소리를 내더니, 눈물 섞인 목소리에 분노와 분한 마음을 담아 말했다.

"신원 확인을 하기 위해 만난 형사가 도모토 슌이라는 사람을 모르냐고 묻더군. 택배 송장의 보내는 사람에 도모토의 이름이 적혀 있었다고 하네."

"사망 추정 일시는 18일 토요일 낮부터 밤. 후두부에 살아 있을 때 가해진 구타의 흔적이 발견되었지만, 치명상은 아님. 직접적인 사인은 질식사로, 절단된 경부에 교살된 흔적 일부가 남아 있었음."

화요일 오후 3시, 어젯밤과 같은 경시청 집무실. 노리즈키 경시는 팩스로 도착한 사체 검안서과 그 외의 관련 서류 복사본을 체크하고 있었다. 아이치 현경이 지금 막 보낸 최신 정보라고 한다. 린타로는 충혈된 눈을 부릅뜨고 가라앉은 목소리로 말했다.

"뒤통수를 때려 기절시킨 뒤 목을 졸라 살해한 겁니까?"

"검안서의 소견도 그런 것 같아."

"머리가 절단된 건 살해된 직후인가요?"

"아니. 절단면 상태로 볼 때, 사후 몇 시간에서 반나절쯤 경과한 후에 톱날 형태의 날붙이로 절단되었을 가능성이 높다고 적혀 있어. 자세한 법의학적 견해는 생략하겠지만."

사전에 관계 기관들끼리 미리 협의를 마친 상태였고, 피해 신고도 신속하게 끝낸 덕분에(린타로는 오전 중에 가와시마 아쓰시를 따라 마치다까지 다녀왔다), 노력이 성과를 거두어 현경 측과의 협의는 노리즈키 경시의 생각대로 진행되었다. 오늘 중에 경시청과 아이치 현경의 파견수사원으로 구성된 합동수사본부를 마치다 서에 설치하기로 쌍방이 합의에 이른 것이다. 현경이 초동 수사에서 얻은 증거와 정보도 가급적 신속하게 합동수사본부로 인계하기로 했다.

"사후 몇 시간에서 반나절이라. 계획적인 범행이었다면 살해 현장과 절단 현장이 각각 다른 곳일 수도 있겠네요. 사망 추정 일시도 포함해 조금 더 자세히 시간대를 좁혀 볼까요."

"몸이 발견되지 않는 한은 이게 한계일 거야."

경시는 그렇게 중얼거렸다.

"가급적 빨리 과학경찰연구소에 시신을 보내서 조직 분석과 모의실험을 의뢰할 생각이지만, 그다지 기대는 안 해. 범행 후에 방치된 장소의 온도도 고려해야 하고, 택배 배달 과정에서 어떤 영향을 받았는지 특정 짓는 것도 어려우니까."

"그건 그러네요. 잘린 머리는 상당히 부패가 진행된 상태였나요?"

그렇게 물은 건 가와시마의 입에서 시신의 상태에 대해 듣지 못했기 때문이다. 오늘 아침 마치다 서에 동행했을 때에도 서로 입을 다물고 있는 시간이 길었다.

"그래도 꽤 괜찮은 편이야. 신원을 확인하는 데도 문제는 없었고. 검은 비닐봉지로 잘 밀봉되어 있었고, 냉각제까지 빼곡하게 채워 넣어서 부패 진행이 늦어졌다고 하더군."

"냄새 때문에 수상하게 생각할까봐 그랬나 보죠. 용기는 뭐였대요?"

손에 든 서류를 차례로 넘기던 노리즈키 경시는 해당 서류를 찾아 읽어 내려갔다.

"가로 30센티미터, 세로 30센티미터, 높이 50센티미터 정도의, 겉에 아무것도 인쇄되어 있지 않은 지극히 평범한 상자였어. 상자 안쪽에는 거의 비슷한 사이즈의 스티로폼 상자가 하나 더 들어 있었고. 유체의 머리를 밀봉한 비닐봉지와 냉각제는 이 스티로폼 상자 안에 들어 있었어. 이 상자는 셀로판테이프로 봉해져 있었고, 그 안에서는 조회 가능한 지문이 여럿 채취되었다고 하는군."

"지문이 남아 있었다고요? 범인의 지문인가요?"

"그러면 얼마나 좋겠어. 물론 최초 발견자의 지문은 제외했어. 아이치 현경이 지문 데이터를 보내는 대로 감식 컴퓨터로 분석할 준비를 마쳤으니 금방 결과가 나오겠지."

거기서 일단 말을 끊더니, 경시는 담배에 불을 붙였다. 후, 하고 연기를 뿜어내더니, 할 말이 있다는 듯 눈을 가늘게 떴다.

"그건 그렇고, 문제의 택배를 개봉한 미술평론가 우사미 쇼진 말인데, 현경 측의 정보를 종합해보면 아무래도 사건 전후의 행동이 수상해."

"수상하다고요?"

"먼저 택배가 도착한 당일에 미술관을 방문했다는 점이야. 네 말에 의하면 우사미는 피해자와 무척 가까운 사이였다고 하던데. 최초 발견자인 우사미의 증언이 없었다면 신원 확인에도 더욱 시간이 걸렸을 거란 사실은 인정하지만, 그래도 우연히 유체가 도착한 곳에 있었다는 건 좀 수상해."

린타로는 턱을 쓰다듬었다. 그것만으로 수상하다고 할 수 있을까?

"금요일에 만났을 때에 일 때문에 나고야에 갈 예정이라고 하던데요……."

"그래. 신칸센으로 나고야에 도착한 뒤에 역에서 택시를 타고 시립미술관으로 직행한 모양이야. 오후 1시부터 미술관 회의실에서 가와시마 이사쿠전 회의가 열릴 예정이었어. 우사미가 도착한 건 회의가 시작되기 30분 전이고."

"시신의 일부가 든 택배가 미술관에 도착한 시간은?"

"그날 오전 11시. 택배를 받은 경비원이 사무실에 있던 큐레이터에게 건넸어. 받는 사람 이름은 '가와시마 이사쿠전 준비위원회'로 되어 있었기 때문에 제일 일찍 도착한 우사미가 개봉했다고 해서 이상할 건 없지. 그렇지만 계속 마음에 걸리는 건, 회의실에서 머리를 발견했을 때 우사미가 혼자였다는 점이야."

"혼자였다고요? 사무실에 있던 큐레이터는?"

"그 자리에 남아서 우사미가 건넨 데이터를 인쇄하고 있었다고 하더군. 비명이 들려서 황급히 회의실로 달려가보니, 우사미는 기겁하고 있었고, 바닥 위에는 사람 머리가 떨어져 있었다고 해. 그러니까 상자를 여는 모습은 보지 못한 거지."

"우사미 씨가 상자 내용물을 바꿔치기했을 가능성이 있다는 말씀이세요?"

린타로가 눈을 휘둥그레 뜨며 묻자, 노리즈키 경시는 고개를 가로저으며 말했다.

"더 작은 물건이면 몰라도, 그건 어려울 거야. 여행 가방을 들고 미술관에 나타나긴 했지만, 사람의 머리가 들어갈 정도의 크기는 아니었다고 하니까. 그보다 이상한 건 상자에 붙어 있던 송장이 어딘가로 사라져 버렸다는 거야. 경찰이 현장에 도착했을 때에는 관내 아무 데도 없었다고 하더군."

"송장이? 그렇지만 가와시마 씨는 보낸 사람의 이름에 대해 알고 있는 눈치던데요?"

"그건 아이치 현경이 야마네코 운송의 나고야 영업소에 문의해서 알아낸 거야. 마치다 시내에서 발송되었다는 것도 그때 알아낸 사실이고. 큐레이터는 물론, 우사미 쇼진도 송장을 버린 기억은 없다고 하지만, 발견 당시의 상황을 생각해 보면 누가 거짓말을 하는지는 뻔하지."

"그렇죠. 인쇄를 부탁한 것도 큐레이터를 떼어 내기 위해서고요."

"게다가 우사미는 미술관에서 조사를 받은 뒤에 바쁘다는 이유로 수사원을 설득해 그대로 도망쳤어. 피해자의 유족과는 만나지 못했고, 아이치 현경도 그의 행방을 모른다고 하더군. 어제 도쿄로 돌아왔을 것 같긴 한데."

린타로도 그런 느낌이 들었다. 상자에 붙은 송장을 파기해도, 영업소에 기록이 남아 있을 거란 것쯤은 조금만 생각해 보면 금방 알 수 있는 일이다.

그런데도 굳이 쓸데없는 짓을 벌인 건, (a)어쩔 수 없는 사정이 있어서 시간을 벌어야 했기 때문에. (b)상자의 내용물을 바꿔치기하는 것까진 불가능하다고 쳐도, 나고야에 가는 일정에 맞춰 전날에 유체가 든 택배를 자신이 보냈기 때문에.

"만일의 경우에 대비해 우사미 씨의 주말 알리바이를 확인해두

는 게 좋을 것 같네요. 신주쿠 게이오 플라자 호텔 프론트에 문의
하면 알려줄 겁니다."

노리즈키 경시는 담배를 문 채 고개를 끄덕이자, 책상 위의 인터
폰이 울렸다. 수사 1과의 구노 경부였다. 야마네코 운송의 마치다
영업소에서 탐문 조사를 마치고 지금 돌아왔다고 한다.

"수고했네. 바로 보고해주게. 마침 아들 녀석도 여기 같이 있어."

18

"마치다 서에서는 벌써부터 언론에 어떻게 대응할지 신경을 곤
두세우고 있더군요. 피해자가 유명 인사의 딸인데다, 택배로 머리
를 보낸 엽기적인 사건이니까요. 저희도 바짝 긴장해야 할 것 같습
니다."

집무실의 문을 닫자마자 구노 경부는 그렇게 말했다.

마치다 영업소(마치다 시 가나이 초)의 탐문 수사에는 아이치 현
경의 히라마츠 경부보가 동행했다고 한다. 종업원들에게 이야기를
들은 뒤, 합동수사본부가 있는 마치다 서로 경부보를 바래다준 다
음 증거품을 가지고 구노 혼자서 경시청으로 돌아온 것이다.

"그건 이미 각오했네. 수사본부가 본격적으로 가동하는 건 오늘
8시부터지? 본부장의 훈시가 시작되기 전까지 그쪽에 도착해야 하
는데……."

노리즈키 경시는 다급히 시계를 보며 말했다.

"아직 시간이 남아 있군. 지문 조회 결과가 나올 때까지 여길 떠

날 순 없으니 지금 시간이 있을 때 가능한 한 수사 방침을 정하도록 하지. 아무리 사정이 있다고 해도 합동수사본부에 이 녀석을 파견할 수는 없으니."

구노는 옆에 앉은 상사의 아들을 향해 턱을 쓰다듬으며 히죽 웃었다. 그는 파일에 끼운 서류를 책상 위에 올려놓더니, 격식을 갖춘 말투로 이야기를 시작했다.

"영업소에서 압수한 송장 복사본입니다. 원본은 감식반에 넘겼습니다만, 영업소에서 보관하던 송장은 감압식 복사지에 복사된 면이라 보낸 사람이 직접 기입한 면은 아닙니다. 지문 채취는 힘들 것 같습니다."

경시는 담배를 끄고 돋보기를 올리더니, 송장 복사본을 들고 기입란의 필적을 유심히 살폈다.

"필적 샘플을 얻은 것만으로도 충분해. 탐문 조사에서 건진 건 있나?"

"송장을 철해놓은 장부를 보고 택배의 형태와 맡긴 시간을 확인했습니다. 나고야로 보낸 택배는 19일 오후 4시 20분에 마치다 영업소의 고객 카운터에 직접 접수된 것이라고 합니다."

"직접 영업소에 접수했다고? 그럼 종업원은 보낸 사람의 얼굴을 봤겠군."

"네. 범행에 연루되었을 혐의가 짙기 때문에 아까 마치다 서에 들려 몽타주 작성과 지문 채취를 부탁했습니다. 그렇지만 목격한 종업원의 증언에 의하면 용의자는 아무래도 변장을 하고 있던 것 같습니다."

"변장이라고?"

구노는 수첩을 펼치고 용의자의 특징에 대해 설명했다. 택배를 가지고 온 사람은 중년 남성으로, 검은 야구모자에 선글라스를 끼고 시종일관 고개를 숙인 채 얼굴을 감추고 있었다고 한다. 접수를 맡은 종업원의 기억에 의하면 그때까지 방문한 적 없는 손님이라고 한다. 이상할 정도로 움푹 들어간 뺨에 오므린 입이 기억에 남았을 뿐, 수염이나 점 등 눈에 띄는 특징은 없었다고 한다. 영업소 주차장에 차를 세운 것도 보지 못했다.

복장은 허름한 작업복 같은 운동복에 흔한 남색 청바지. 키가 크고 마른 체격으로, 신발은 샌들을 신고 있었다고 한다. 접수할 때도 몸짓으로 의사를 표현했을 뿐, 물건을 건네거나 요금을 지불할 때에도 전혀 말을 하지 않았다고 한다.

송장은 미리 준비해오지 않고, 카운터에 놓인 착불 용지를 사용했다고 한다. 용의자는 카운터에 놓인 볼펜을 왼손으로 잡고 그 자리에서 필요한 사항을 기록했다.

"맨손으로 썼답니까? 아니면 장갑 같은 걸 끼고 있었답니까?"

린타로가 묻자, 구노는 고개를 저으며 대답했다.

"장갑은 끼지 않았다고 합니다. 그러니까 운이 좋으면 영업소 카운터에 지문이 남아 있을지도 모르죠. 사람들이 많이 드나드는 곳이라 골라내는 데 시간이 걸리겠지만."

"그걸 노렸든지, 아니면 의외로 계획이 없는 범행이었는지도 모르겠네요. 운동복에 샌들 차림이었다던데, 혹시 근처 주민은 아니겠죠?"

"그럴 리 있겠냐."

노리즈키 경시는 다 아는 이야기를 일일이 묻지 말라는 표정을 지었다.

"근처에 사는 사람처럼 보이려고 일부러 그런 편한 차림을 한 거지. 분명 근처에 차를 세우고 영업소까지 걸어왔을 거야. 마치다 영업소에 물건을 가지고 간 건 피해자의 자택에서 제일 가까운 곳에 있는 가게이기 때문이고. 아마 영업 안내 같은 걸 보고 조사했겠지. 범인도 처음 방문하는 곳이 아니었을까. 그런 것보다 영업소 고객 카운터에 방범용 감시 카메라는 없었나?"

구노의 대답은 '노'였다. 그는 "이것은 동행했던 히라마츠 경부보의 의견입니다만" 하고 운을 띠웠다.

"편의점이 아니라 야마네코 운송의 영업소로 물건을 가지고 간 건 감시 카메라에 기록을 남기지 않기 위해서일 겁니다. 편의점이나 택배 대리점에는 대부분 방범 카메라가 설치되어 있으니까요. 용의자는 조금이라도 흔적은 남기지 않기 위해 마치다 영업소를 선택했던 겁니다."

"그렇군. 좋은 지적이야. 나고야 경찰도 제법인걸?"

경시는 그 추리에 감탄했지만, 린타로는 왠지 모르게 이치에 맞지 않는다는 생각을 했다.

도모토 슌이 에치카를 살해하고 절단한 머리를 나고야 미술관으로 보낸 범인이라면, 일부러 변장하고 택배를 보내거나, 방범 카메라에 찍히는 것을 꺼릴 이유는 없다. 자신의 이름으로 사람의 머리가 든 택배를 보낸 건 범행을 과시하기 위해서니까. 흔적이 남는 것을 두려워했다면, 처음부터 그런 짓은 하지 않았을 것이다.

"송장 복사본 좀 보여주세요."

건네받은 복사본은 일반적인 양식의 야마네코 운송의 송장이었다. 용의자가 왼손으로 글씨를 쓴 건, 필적을 감추기 위해 평소에 사용하지 않는 쪽 손을 사용했기 때문이리라. 매끄럽지 않고 삐뚤빼뚤한 못 쓴 글씨체였다.

받을 곳에 기록된 내용에 이상한 점은 없었지만, 보내는 사람의 주소를 보고 린타로는 고개를 갸웃했다. 도쿄 도 시부야 구 진구마에라고 적혀 있었기 때문이다.

"이상하군. 도모토 슌의 현 주소지는 니시이케부쿠로 고초메인데."

"진구마에에는 도모토의 스튜디오가 있다던데요? 자료실에 있는 언론 관계자 명부에서 확인해 봤더니 같은 주소가 적혀 있었습니다."

구노의 말에 린타로는 고개를 저으며 대답했다.

"그럼 그 명부가 예전 것인가 보네요. 지금은 니시이케부쿠로의 맨션을 작업실 겸 살림집으로 사용하고 있으니까요. 직접 가서 우편함을 확인했으니 틀림없습니다."

노리즈키 경시도 책상 위로 몸을 내밀어 린타로가 든 복사본을 들여다봤다.

"예전 주소가 적혀 있다고? 도망치기 위해 현 주소를 감춰서 시간을 벌려는 거 아닐까?"

"아뇨, 그건 아닐 겁니다. 여기를 잘 보세요."

린타로는 상기된 목소리로 보내는 사람의 이름을 가리켰다.

"글씨가 삐뚤빼뚤해서 알아보기 힘들지만, 도모토 슌의 슌이라는 글자가 잘못됐어요. 부수가 사람 인(俊)자가 아니라 뫼 산(峻)자인 게 맞는데."

"뭐라고?"

린타로의 손에서 복사본을 빼앗은 경시는 돋보기를 고쳐 쓰고 뚫어져라 이름을 확인했다.

"네 말을 듣고 보니 그런 것 같기도 하다만……. 필적을 감추기 위해 익숙하지 않은 손으로 쓰다가 실수한 게 아닐까?"

"자기 이름을 쓰는 거니 필적을 감출 필요는 없겠죠. 이건 혹시 그거 아닐까요? 이 송장을 쓴 사람은 도모토 슌이 아닐지도 몰라요."

"누군가가 도모토의 이름으로 택배를 보냈다는 거냐?"

누군가가 집무실 문을 두드린 건, 바로 그때였다.

문을 두드린 사람은 수사 1과의 나카시로 형사였다. 수사자료 파일을 들고 집무실로 들어온 나카시로는 실내의 불온한 분위기를 감지한 듯한 표정으로 물었다.

"지문 조회 결과가 나왔습니다만……. 혹시 제가 방해했습니까?"

노리즈키 경시는 돋보기를 벗고 아무렇지도 않게 송장을 내려놓으며 말했다.

"아니, 천만에. 조회 결과는 어떻게 나왔나?"

"정확하게 일치했습니다. 모든 샘플을 특정 지을 수는 없었지만, 안쪽 스티로폼 상자를 봉한 테이프에서 채취한 지문 중 하나가 전과자 리스트에 올라 있었습니다. 감식반에서는 90퍼센트 이상의 확률로 일치한다고 하더군요."

"수고했네. 누구 지문인가?"

"곤도 모토하루, 37세. 직업은 사진작가입니다. 2년 전에 공갈

혐의로 체포된 적이 있습니다. 당시에는 체포된 후에 피해자가 고소를 취하해서 기소까지 가진 않았습니다."

"곤도 모토하루? 그건 또 누구야?"

경시는 귀신에게 홀린 듯한 표정을 지었다. 갑자기 누구냐고 물어봐도 나카시로가 대답할 수 있을 리 없다.

"한자를 불러봐."

구노가 다시 물었다.

"성은 권력의 권(権) 자에 집 당(堂) 자, 이름은 원소의 원(元)에 봄 춘(春) 자를 씁니다. 호적상의 본명이긴 하지만, 이름이 무서워 보이는 인상을 준다고 생각했나 봅니다. 일할 때는 다른 이름을 사용했다고 합니다. 이쪽은 본명에서 권 자를 빼고 춘 자를 음독으로 읽었군요."

"도모토 슌이군!"

경시가 안도의 한숨을 내쉬자, 나카시로는 신기하다는 표정으로 고개를 끄덕였다.

"혼노지(本能寺)의 본(本) 자에 험준하다 할 때의 준(峻) 자를 씁니다. 방금 말씀드렸듯 전과는 없지만 상당히 악랄한 짓을 많이 한 듯, 그쪽 방면에서는 도촬로 유명하던데요."

"그러면 이번에야말로 감방에 쳐 넣어야겠군. 범인은 이 녀석이야. 송장 기록과 상자에 묻은 지문이 있으니 도모토에 대한 체포영장을 청구할 수 있을 거야."

"잠깐……."

노리즈키 경시는 끼어드려는 린타로를 막으며 말을 이었다.

"아니, 감식 결과는 한 치의 오차도 없어. 그게 아니면 넌 아이치 현경이 채취한 테이프 지문이 조작되었다고 주장하려는 거냐?"

그런 단순한 이야기가 아니잖아요. 린타로는 한숨을 쉬며 입을 열었다.

"그런 소린 안 했습니다만, 송장의 이름과 주소가 잘못된 것도 분명한 사실이에요. 변장하고 택배를 보낸 것도 그렇고, 범인의 행동에는 묘하게 아귀가 맞지 않는 구석이 있습니다. 현시점에서 도모토의 범행이라고 단정 짓는 건 시기상조 아닐까요. 조금 더 신중하게 수사를 진행시켜야 합니다."

"난 시기상조라고 생각하지 않아. 그리고 아귀가 맞지 않는 건 네 녀석이겠지."

지문이 일치했다는 소식에 자신감을 되찾은 것인지, 경시는 린타로를 매섭게 나무랐다. 린타로는 화들짝 놀라 되물었다.

"제가요?"

"그래. 이런 소리는 하고 싶진 않았지만, 네가 인정하고 싶지 않아하는 마음은 잘 안다. 가와시마 에치카의 친족이 도모토를 직접 지목하며 범행을 막아달라고 부탁했는데도 네가 어물거리는 사이에 그녀는 사전에 예고했던 대로 잔혹한 수법으로 살해당했으니, 더 빨리 손을 썼더라면 죽지 않았을지도 모른다. 뭐 그런 자책감에 빠져 무의식중에 도모토가 범인이 아닐 가능성을 찾고 있는 거 아니냐?"

자책감에 빠진 게 아니냐고 묻는다면, 반박할 말이 없다. 린타로는 마른침을 삼키며 눈을 감았다. 이렇게 될 것을 예상하지 못한 건 명백한 자신의 실수다.

오늘 아침과 마찬가지였다. 피해 신고를 하러 간 마치다 서의 로비에서, 입을 꾹 다문 가와시마 아쓰시와 대면했을 때에도 그의 시선이 마치 자신을 비난하는 것 같아서 줄곧 고개를 들지 못했었다.

"그렇지만 그것과 이건 이야기가 다르지."

경시는 말을 이었다.

"지금 무엇보다 우선해야 할 건 그녀를 살해한 범인을 붙잡아 법의 심판을 받게 하는 일이다. 네가 제공한 정보는 충분히 도움이 되고 있어. 네가 열심히 노력했다는 건 알고 있어. 네 실수를 탓하기만 할 생각은 없어. 분명히 조금 더 일찍 아틀리에 침입 사건을 신고하고 경찰의 보호를 받았다면 이렇게까지는 되지 않았을지도 모르지만, 그러지 않은 건 애초에 유족들의 판단 때문이었잖니. 책임을 묻는다면, 자신의 이기심 때문에 일을 이렇게 만든 우사미 쇼진에게 물어야지. 우사미가 미술관에서 모습을 감춘 것도 분명 그것 때문에 뒤가 켕겼기 때문일 거다. 요컨대, 가와시마 에치카의 죽음에 대해 네가 필요 이상으로 책임을 느낄 필요는 없다는 말이다."

"경시님 말씀대로 이제부터가 진짜 승부니까, 정신 똑바로 차리십시오."

구노 경부는 경시의 말을 이어받듯 린타로의 어깨를 두드리며 기운을 북돋았다.

"평소의 기세는 다 어디 간 겁니까. 송장의 이름과 주소가 잘못된 건 체포당했을 경우에 누군가가 누명을 씌운 거라고 주장하기 위해 일부러 틀리게 쓴 겁니다. 듣자하니 그 녀석은 그런 교활한 수법을 쓰고도 남을 녀석 같던데요."

린타로는 겨우 고개를 들었다.

구노의 말도 일리가 있긴 하지만, 그래도 그다지 설득력은 없었다. 송장의 이름에 집착하는 건, 아버지에게 지적당한 이유 때문만이 아니라, 그 사실과 연관성이 있는 더욱 중요한 사실에 손이 닿을 것 같았기 때문이다.

그렇지만 그것이 대체 무엇인지, 도무지 생각이 나지 않았다. 린타로는 고개를 저으며, 지금은 일단 전략적으로 후퇴하기로 했다.

"그럴 수도 있겠군요. 사진이든 뭐든, 도모토의 얼굴을 알 수 있는 물건이 있습니까?"

"이걸 보시죠. 2년 전 사진이지만 지금도 얼굴은 변하지 않았을 겁니다."

린타로의 요청에 나카시로 형사는 들고 있던 파일 안에서 사진을 꺼내 건넸다.

흑백 정면사진이었다. 도모토의 얼굴을 본 순간, 린타로는 사진에서 눈을 뗄 수가 없었다. 바로 최근에 어디선가 이 얼굴과 꼭 닮은 얼굴을 본 적이 있는 것 같았기 때문이었다.

이상한데. 린타로는 고개를 갸웃거렸다. 이야기만 들었을 뿐, 도모토 슌과는 이제껏 한 번도 만난 적이 없었다. 다시로 슈헤이나 이이다 사이조가 사진을 보여준 적도 없었다.

가와시마 이사쿠의 고별식에 몰래 참석했던 도모토와 마주쳤던 것일까? 그렇지만 그건 말도 안 되는 일이다. 만일 도모토가 장례식장에 나타났었다면, 반드시 누군가의 눈에 띄어 소란이 일어났었을 것이다.

린타로는 사진의 얼굴을 뚫어지게 바라본 다음, 눈을 감고 과거 일주일 동안의 자신의 행동을 하나하나 떠올렸다.

"녀석이야!"

저도 모르게 그렇게 외치며 벌떡 일어난 바람에, 의자를 쓰러뜨릴 뻔 했다. 노리즈키 경시는 무슨 일이냐는 얼굴로 몸을 내밀며 물었다.

"린타로, 무슨 일이냐. 그 사진을 본 적 있는 거냐?"

"완전히 당했어요! 전 얼마 전에 이 녀석을 만났었다고요."

실내의 모든 시선이 린타로를 주목했다. 경시는 조급한 목소리로 물었다.

"도모토와 만났다고? 언제, 어디서!"

"토요일 오후에 도모토의 집을 정찰하러 갔었다고 했죠. '파르나소스 니시이케부쿠로' 502호실 말입니다. 자동 잠금장치 때문에 안에는 못 들어갔는데, 마침 안에서 나오던 물장사하는 게이 같은 남자와 마주쳤어요. 나가는 길에 501호 우편함을 들여다보기에, 도모토의 이웃 사람인 줄 알고 그에 대해 이것저것 물어봤거든요."

"잠깐만. 게이 같은 남자라면, 여장을 하고 있었다는 거냐?"

"맞아요."

린타로는 입술을 깨물며 자신의 멍청함을 저주했다.

"복장도 화려했고, 화장이 심하게 짙어서 이상하다는 생각은 했어요. 그렇지만 너무 힐끔거리는 것도 실례인 것 같아서……. 제 앞에서는 이웃집 사람인 척, 되는 대로 떠들어댔지만, 이 사진이 도모토 본인이라면 분명 그건 도모토가 변장한 모습입니다."

노리즈키 경시는 아들의 갑작스런 태도 변화에 머쓱한 표정을 지으며 말했다.

"그렇지만 만일 그 게이 같은 녀석이 도모토 본인이라 해도, 네

가 정찰하러 올 거라고는 예상하지 못했을 거 아니냐. 우연히 마주
쳤다 해도, 자신의 집에 드나드는데 어째서 변장까지 하고 다닐 필
요가 있지?"

"나쁜 소문이 끊이지 않는 녀석이라고 했잖습니까. 도촬한 사진
을 가지고 공갈하다 위험한 녀석들에게 찍혀서 도망 다니는 중이
었습니다. 붙잡힐 위험이 있는데도 일부러 변장까지 하고 집에 돌
아온 걸 보니, 무척이나 중요한 볼일이 있었나보군요."

린타로의 말을 들은 경시의 표정이 점점 매서워졌다.

"중요한 볼일이라고? 토요일 오후에 도모토와 만났다고 했지.
토요일 오후라면 피해자의 사망 추정 일시와 겹치잖아."

"잠깐만요. 그러고 보니 그때……."

토요일 오후, 긴 치마와 핑크색 프릴 재킷을 입고 당당하게 로비
에 나타난 도모토 슌은 명품 가방을 들고 있었다. 그리고 그 가방
안에는 꽤 부피가 커 보이는 물건이 들어 있었던 걸로 기억한다.
사람 머리만한 크기의…….

사람 머리?

설마!

양손으로 도모토의 사진을 쥔 채, 린타로는 천장을 올려다보았
다. 만일 그것이…….

눈앞이 캄캄해졌다. 이제는 도모토 슌의 범행에 대해 의구심을
품고 있을 때가 아니다. 그러기는커녕, 돌이킬 수 없는 실수를 저
질러버린 건지도 모른다.

토요일 오후, 그의 눈앞을 지나쳐간 그 가방 속에 아직 절단된
지 얼마 되지 않은 에치카의 머리가 들어 있었다고 한다면.

19

"다 제 잘못입니다. 거기서 붙잡을 수도 있었는데, 그까짓 변장에 속아서 도모토를 그냥 보내버렸어요."

9월 22일, 수요일 아침. 아버지보다 한 발 먼저 마치다의 가와시마 가를 찾은 린타로는 거실 테이블을 둘러싸고 가와시마 아쓰시와 마주 앉아 있었다. 이 집을 찾은 건 이번으로 네 번째지만, 그중 제일 괴로운 걸음이었다. 이미 늦었긴 했지만, 일요일에 방문했을 때에는 아직 에치카의 무사를 기원할 수 있었으니까.

피비린내 나는 이야기는 싫다며 구니토모 레이카는 일찌감치 자리를 떴다. 에치카의 사진을 앨범에 정리하겠다는 말을 남기고 2층으로 올라간 그녀는 한 번도 내려오지 않았다. 이제는 귀에 익은 아키야마 후사에의 목소리도 오늘은 들리지 않았다. 어제 오후부터 건강이 악화되어 쓰루가와 집에서 요양 중이라고 했다.

후사에는 가와시마와 레이카가 직접 이야기할 때까지 에치카의 죽음을 인정하려 하지 않았다고 한다.

"날이 저물기 전에 택시로 집까지 바래다줬지만, 친딸을 먼저 보낸 것처럼 제정신이 아니라서 어떻게 할 수가 없더군."

가와시마는 비통한 표정으로 그렇게 중얼거렸다.

"자네는 상대의 얼굴을 몰랐지 않나. 인상만이라도 먼저 알려줄걸 그랬어. 내가 생각이 짧았네."

"어떡하든 사진을 입수했어야 하는데, 제 실수입니다. 변명의 여지도 없습니다."

린타로는 메마른 입술을 깨물며 고개를 푹 숙였다. 눈을 내리깔고 있는데도 가와시마의 시선이 따가울 정도로 느껴졌다. 그 눈이 절단된 에치카의 머리와 마주보며, 그 참혹한 죽음을 똑똑히 새겼을 것이라 생각하니, 더더욱 고개를 들 수가 없었다.

가와시마는 나고야에서 돌아온 뒤에 히가시나카노의 자택으로 돌아가지 않고 곧바로 이곳으로 돌아와 대기하고 있다고 했다. 갈아입을 옷도 없어서 형님의 옷을 빌렸다고 한다. 무심코 흘린 한마디에도 어두운 그림자가 짙게 깔려 있었다. 에치카의 사망을 확인하긴 했지만, 시신 대부분은 행방불명 상태였고, 절단된 머리도 법의학적인 감정을 위해 경찰에 맡겨놓았기 때문에 언제 돌려받을 수 있을지 알 수 없어서 장례식을 치를 수 있는지도 불투명한 상황이었다. 땀에 젖은 손바닥을 무릎에 비비며, 린타로는 괴로운 마음을 견디지 못하고 더욱 깊이 고개를 숙였다.

가와시마는 그를 질책하지 않았다. 그 대신 몸을 내밀어 린타로의 어깨를 잡으며, 물 없이 쓴 약을 먹는 사람처럼 가라앉은 목소리로 말했다.

"이미 지난 일이네. 이제 와서 이러쿵저러쿵한다고 달라지는 건 없어."

린타로를 위로한다기보다는, 스스로를 설득하려는 것 같은 말투였다. 우사미 쇼진과 에치카 때문에 경찰에 신고하는 것을 미루고, 도모토 슌에 대한 정보를 선뜻 내주지 않은 것을 후회하고 있는 것일까. 린타로는 그나마 남은 용기를 모두 짜서 겨우 고개를 들었다.

"자네가 도모토의 변장을 간파했다고 해도, 아마 그때에는 이미 늦었을 거야. 그러니까 그 일로 자책하지 말게."

"그건 그렇지만, 그래도……."

"아니. 이미 일이 이렇게 되었으니, 그런 소릴 해서 어쩌겠나. 내 앞에서는 두 번 다시 그런 소리 말게."

가와시마는 어리광은 용서치 않겠다는 태도로 말했다. 린타로는 고개를 끄덕인 다음, 견딜 수 없는 후회와 자책감을 가슴 깊숙이 감췄다.

가와시마는 핏발 선 탁한 눈을 돌리며 담배를 물었다. 그는 라이터 불꽃을 물끄러미 바라보며, 필요 이상으로 시간을 들여 불을 붙였다. 하고 싶은 말은 가와시마가 훨씬 많을 테지만, 분명 자신의 약한 마음에 휩쓸리지 않기 위해 입 밖으로 내는 것을 금하고 있는 것이리라.

한껏 들이마신 연기를 뿜으며, 가와시마는 천천히 입을 열었다.

"도모토가 대만으로 도망쳤다는 이야기는 역시 새빨간 거짓말이었군."

"네. 각 항공사에 문의한 결과, 9월 8일 대만행 비행기에 도모토는 탑승하지 않았다는 대답이 돌아왔습니다. 혹시나 해서 9일 이후의 탑승자 명단도 확인해달라고 했지만, 출입국 어느 편에도 도모토 슌 내지는 곤도 모토하루란 이름은 없었습니다."

린타로는 마음을 다잡고 최신 수사 결과를 전했다. 그가 중간에서 비공식적인 대변인으로 활동하는 건 이미 노리즈키 경시도 허락한 일이다. 수사본부와 유족 사이에서 원만하게 의사소통이 이루어지도록 스스로 지원한 역할이었다.

"가명을 사용했다면 이야기는 달라지겠지만, 아마도 국외로는 한 번도 나가지 않았을 겁니다. 그리고 또 하나, 13일 오후 7시경 에 신주쿠 역에서 도모토와 비슷한 남자를 보았다는 목격자 증언 이 있습니다. 도모토와 면식이 있는 중국인 접대부가 우연히 인파 속에서 마주쳤는데, 인사를 하자 상대는 모르는 척 그대로 모습을 감췄다고 합니다. 저도 전해 듣기만 하고 확인해보지 않은 정보라 그 남자가 도모토 본인이었는지는 알 수 없지만요."

이이다 사이조에게 전화로 들은 이야기를 전하자, 가와시마는 확신을 굳히듯 말했다.

"13일이라면 지난주 월요일, 후사에 씨가 역 앞에서 도모토와 닮 은 남자를 목격했던 날이군. 해가 저물 때까지 범행의 사전 준비를 마치고, 오다큐 급행을 타면 마치다에서 신주쿠까지 40분이면 갈 수 있지. 양쪽 모두 도모토 본인이었던 게 확실해."

"그렇다면 요쓰야의 애인 집으로 돌아가던 길이었는지도 모르겠 네요. 어찌 되었든 도모토는 지난주 중반까지 야마노우치 사야카 의 집에 머물러 있었던 것 같습니다."

"그렇겠지. 그 야마노우치란 여자도 도모토의 공범으로 봐야 되 지 않을까. 살인에 직접적으로 관련되어 있는지는 둘째치고서라 도, 아무것도 모르는 건 있을 수 없는 일이야. 대만 운운한 것도 자 네와 다시로 군이 찾아올 걸 예상하고 도모토가 미리 준비를 시킨 거야. 갑자기 그 자리에서 지어낸 이야기치고는 앞뒤가 너무 잘 맞 는 이야기였지 않나."

"아마도 그랬겠죠. 사야카에게는 도모토를 도와줄 개인적인 이 유도 있었고요."

가와시마의 말에 동의하며, 린타로는 마음속으로 부끄러움을 느졌다. 가와시마는 처음 그 이야기를 들었을 때부터 산전수전 다 겪은 여자에게 속고 있는 게 아니냐며 의심했기 때문이다.

린타로도 사야카의 말을 곧이곧대로 믿은 건 아니지만, 같은 날 게이오 플라자 호텔에서 우사미 쇼진과 의견을 교환했던 것이 실수였다. 우사미가 그렇게 자신만만하게 석고상 머리의 존재를 부정하지 않았다면, 그의 대응은 훨씬 달랐을 것이다.

책임을 전가할 생각은 없었지만, 그 때문에 판단이 흐려진 것도 사실이다. 그 생각을 하자, 새삼 우사미가 원망스러웠다.

"그렇다면 한시라도 빨리 그 여자를 붙잡아야 하는 거 아닌가?"

"도모토와 연락을 취할 경우를 대비해 어제부터 야마노우치 사야카를 감시하고 있습니다. 그렇지만 수사본부의 판단에 따라서는 오늘 중에라도 사야카의 집을 방문해 취조할지도 모릅니다. 그 시기가 어떻게 될지는 가늠하기 어렵습니다만."

가와시마는 대충 이해했다는 표정을 짓더니, 다시 새 담배에 불을 붙였다.

"니시이케부쿠로의 도모토의 집은 수색했나? 택배에서 도모토의 지문이 나왔으니, 영장을 받는 데 지장은 없을 거 아닌가."

"어젯밤에 절차를 밟아 수색했습니다. 대만에 갔다는 건 거짓말이었지만, 도모토가 문제를 일으켜 조직 관세사들에게 쫓겨 다니느라 한 달 넘게 집에 들어오지 못했다는 건 틀림없는 사실인 것 같습니다. 실내에는 생활한 흔적이 전혀 없었던 데다, 자동응답기에도 협박 메시지가 수없이 남겨져 있었다고……."

"그런 건 아무래도 좋아. 내가 묻고 싶은 건 더 중요한 일이네. 시신의 나머지 부분을 찾았나?"

가와시마는 못 견디겠다는 듯 담배를 내려놓고 채근했다. 린타로는 기운 없는 표정으로 고개를 저었다.

"에치카 양의 시신은 찾지 못했습니다."

"못 찾았다고?"

얼굴을 찡그리는 바람에 다시 입에 문 담배 끝에서 재가 떨어졌다. 가와시마는 무릎 위에 떨어진 재를 거칠게 털어냈다.

"그렇지만 범행 현장은 당연히 도모토의 집이지 않나."

린타로는 조용한 표정으로 다시 한 번 고개를 저었다.

"그것도 다시 생각해봐야 할 것 같습니다. 감식반이 실내를 샅샅이 조사했지만, 시신의 일부는커녕 피해자의 유류품이나 혈흔 비슷한 것조차 발견하지 못했습니다."

"말도 안 되네. 욕실에서 시신을 절단한 뒤에 물로 깨끗이 씻어버린 거 아닌가?"

"아니오. 욕실을 포함해 수도관이 있는 곳은 모두 얼마 동안 물을 사용한 흔적이 없습니다. 증거 인멸을 위해 황급히 집을 치운 흔적도 없고, 머리를 자르는 데 사용한 도구나 방수 시트 같은 것도 찾지 못했고요. 제가 만났을 때 도모토는 가방 말고 다른 짐을 가지고 있지 않으니, 집 밖에서 피 묻은 물건을 처분하지도 못했을 겁니다. 그러니까 현시점에서 감식반은 '파르나소스 니시이케부쿠로'에서 시신의 절단이 이루어졌을 가능성은 지극히 낮다고 판단하고 있습니다. 그리고 애초에 에치카 양이 정말 도모토의 집에서 살해당했는지조차도 의심스럽다고 하더군요."

"설마."

"아직 단정 지을 수는 없지만, 오늘 감식반이 에치카 양의 지문을 채취하러 방문하기로 되어 있습니다. 도모토의 집에서 검출된 다른 지문과 조회해보면 명확한 결론이 나올 겁니다. 만일 모두 일치하지 않는다면, 피해자는 한 번도 그 집에 온 적이 없다는 결론이……."

"잠깐만."

가와시마는 손을 내밀어 린타로의 말을 막았다. 무척 당혹스러워하는 눈치였다.

"결론을 내리기 전에 다시 한 번 자네 이야기를 정리해주게. 에치카의 사망 추정 일시는 18일 토요일 오전부터 밤까지. 그리고 시신의 머리가 절단된 건 살해된 뒤로 몇 시간 내지는 반나절이 지난 후라고 추정된다. 그렇지?"

"맞습니다."

"자네가 니시이케부쿠로의 맨션에서 여장한 도모토와 이야기를 나눈 것도 같은 날이지?"

"오후 1시 20분쯤이었습니다. 가와시마 씨가 요요기에서 회의에 참석하시고 계실 무렵이죠."

린타로의 말을 듣고 감을 잡은 듯, 가와시마는 살짝 얼굴을 찌푸리며 말했다.

"혹시 경찰에서 내 알리바이까지 조사한 건가?"

"죄송합니다. 제가 아버지께 부탁했습니다."

"그렇다는 건 나도 용의 선상에 올랐다는 거군. 실망했다는 소린 않겠지만 아무리 그래도 너무 융통성이 없다는 생각 안 드나?"

"천만의 말씀이십니다. 변명처럼 들릴지 모르지만, 가와시마 씨를 의심해서 그런 게 아닙니다. 이렇게 수사 정보를 밝힐 수 있는 건, 아버지가 절 관대하게 봐주고 있기 때문입니다. 그리고 아버지의 동의를 얻기 위해서는 꼭 알리바이 확인이 필요했습니다. 그 점에 관해서는 언젠가 아버지께서 설명하실 겁니다."

"그럼 됐네. 조금 놀라긴 했지만."

가와시마는 어른스럽게 대처했다. 말하지 않고 넘어가도 되는 일을 일부러 털어놓았기 때문에, 불쾌해하지 않고 넘어간 모양이다.

"이야기가 옆길로 샜습니다만, 문제는 사망 추정 시각과 머리 절단 시각 사이의 간격이네. 토요일 아침, 후사에 씨가 이곳을 나선 건 오전 9시. 에치카도 후사에 씨가 나간 뒤 금방 집을 나섰고, 그 직후에 상당히 이른 시간대에 살해당했다고 가정해보겠네. 그러면 최대 4시간가량의 시간차가 발생하니, 오후 1시까지 머리 절단이 끝났다고 해도 법의학적으로 모순은 없지. 자네와 마주쳤을 때 도모토는 사람 머리가 들어갈 만한 크기의 가방을 들고 있었다고 했지? 그 안에 에치카의 머리를 숨기고, 자네 눈을 피해 당당히 맨션에서 나갔다고 한다면, 역시 시신 절단 현장은 도모토의 집 말고는 없지 않은가."

"저도 처음에는 그렇게 생각했습니다."

린타로는 일단 맞장구를 쳤다.

"그렇지만 감식 결과를 들어보면 그 가방 안에 에치카 양의 머리가 들어 있을 수 없다는 사실을 알 수 있습니다. 아니, 만일 들어 있었다고 해도 도모토가 맨션에 들르기 전부터 다른 장소에서 절단한 머리를 들고 돌아다녔다고밖에 생각할 수 없습니다만……."

다 타버린 담배를 손가락 사이에 끼운 채, 가와시마는 팔짱을 끼며 말했다.

"그렇다면 더더욱 이해가 가질 않는군. 폭력배들에게 쫓기는 몸이었으니, 웬만큼 중요한 이유가 없는 이상, 붙잡힐 위험을 무릅쓰고 집에 들르지는 않았을 거 아닌가. 머리를 자르기 위해서가 아니라면, 도모토는 무엇 때문에 집에 간 거지?"

"저도 그 이유를 도무지 모르겠습니다. 에치카 양의 머리를 든 채, 일부러 여장까지 하고 자신의 집에 들렀어야 했던 이유란 대체 무엇일까요."

주저하고 머뭇거리는 린타로의 모습을 못 견디겠다는 듯, 가와시마는 팔짱을 풀고 담배꽁초를 재떨이에 버리며 말했다.

"그렇다고 해서 그렇게 예민하게 굴 건 없잖나. 아틀리에의 살인 예고도 그렇고, 피해자의 머리를 잘라 택배로 보내는 엽기적인 수법도 그렇고, 도모토의 범행은 일반인들이 이해할 수 없는 정신이상자의 행동 그 자체야. 프로파일러 행세를 하려는 건 아니지만, 복장도착이라든지, 토막 시체를 기념품처럼 지니고 다니는 것 등은 그런 정신이상자들에게서 흔히 볼 수 있는 행동 패턴 아닌가."

"그건 그렇죠. 경찰의 수사방침도 그쪽으로 굳어지고 있는 것 같고요."

"그렇다면 처음부터 그런 거라고 결론을 내리고 세세한 데는 신경 쓰지 말게. 범행 현장이 어디가 되었든, 택배 상자의 지문이 일치한 이상 에치카를 살해해 머리를 자른 범인이 도모토란 사실은 변하지 않으니까. 자네 앞에서 이런 소릴 하기도 뭐하지만, 본인을 붙잡아 추궁하면 분명 다 털어놓을 거야."

"그렇다면 좋겠지만요. 실은 풀리지 않는 수수께끼가 하나 더 있습니다."

린타로가 약한 모습을 보이자, 가와시마는 석연치 않은 얼굴로 물었다.

"또 뭔가 있는 건가?"

"범인으로 추정되는 남자가 가나이 초에 있는 야마네코 운송의 마치다 영업소로 물건을 가지고 왔다는 건 알고 계시죠? 카운터에서 접수를 받은 종업원의 증언을 바탕으로 용의자의 몽타주를 작성했습니다만, 완성된 그림이 도모토와는 그다지 닮지 않아서……."

"그 몽타주를 보여줄 수 있나?"

린타로는 가져온 복사본을 테이블 위에 올려놓았다. 가와시마는 몽타주를 들고 뺨이 움푹 들어간 용의자의 얼굴을 뚫어지게 바라보며 말했다.

"확실히 도모토와는 느낌이 많이 다르군. 그렇지만 몽타주라고 해도 모자와 선글라스 때문에 얼굴을 거의 알아볼 수 없잖나. 닮고 안 닮고를 따지기 이전의 문제라고."

라이터를 집어든 가와시마는 무의식중에 하는 행동처럼 뚜껑을 열었다 닫았다하기 시작했다.

"얼굴 특징을 기억하지 못하도록 화장으로 감춘 게 아닐까요?"

"그렇지만 여장하고 있었을 때는 나중에 금방 알아봤습니다. 그렇게 화장이 짙어도 인상 자체는 달라지지 않으니까요."

"그렇다면 누구 다른 사람에게 대신 부쳤겠지. 도모토 자신이 위험을 무릅쓸 필요는 없으니까. 무슨 물건인지 가르쳐주지 않고, 입막음조로 돈을 좀 쥐어주면 그 정도 일을 대신해줄 사람은 얼마든지 있으니까."

그렇게 말한 뒤, 가와시마는 비생산적인 논의를 끝내려는 듯 새 담배에 불을 붙였다.

도모토가 대역을 이용했을 가능성을 완전히 부정할 수는 없다. 노리즈키 경시도 가와시마와 똑같은 주장을 하며 몽타주 문제에 종지부를 찍으려 하고 있다. 그렇지만 대역을 이용했다면, 송장에 자신의 이름을 쓰게 하는 건 모순된 행동이 아닌가? 린타로는 의혹을 털어버리지 못했지만, 도모토가 누명을 썼다고 주장하기 위해 계획한 행동이라 반박하면 대꾸할 말이 없었다.

가와시마는 잠시 동안 담배를 피우더니, 갑자기 묘안을 떠올렸다는 표정으로 입을 열었다.

"도모토가 맨션에 들른 이유 말인데, 그가 거기에 나타난 건 어쩌면 자네와 만날 것을 예상하고 양동작전을 펼치려 했던 게 아닐까?"

"양동작전이요?"

"경찰의 주의를 그쪽으로 돌리기 위한 작전 말이야. 야마노우치 사야카는 사전에 자네가 방문할 것을 알고 대만 이야기로 주의를 돌리려 했어. 도모토 본인 역시 자네에게 같은 방법을 썼을 가능성이 있지."

린타로는 고개를 갸웃거리며 물었다.

"무슨 말씀이시죠?"

"어떤 방법을 써서 자네를 자신의 집으로 불러들인 도모토는 여장한 모습으로 여봐란 듯 안에 무언가를 넣은 가방을 들고 자네 기억에 남게 만들었어. 나중에 그 가방 안에 에치카의 머리가 들어 있었다고 생각하게 만들기 위해. 그렇지만 범행 현장은 '파르나소스 니시이케부쿠로'와는 전혀 상관없는 곳으로, 물론 가방 안에 머리는 들어 있지 않았지. 에치카를 살해하고 유체를 절단한 건 자네가 도모토와 마주친 오후 1시 반 이후에 이루어진 게 아닐까?"

"그렇지만 어째서 수고스럽게 그런 짓을 할 필요가 있죠?"

"범행이 실제 시각보다 일찍 이루어졌다고 착각하게 만들어서, 가짜 알리바이를 확보하기 위해서였겠지. 도모토는 토요일 오전의 알리바이를 준비해놨을 거야."

목격자의 선입관을 이용한 시간차 트릭인가. 자신의 전문 분야에서 가와시마에게 뒤처진 꼴이었지만, 린타로는 곧바로 고개를 가로저었다.

"재미있는 발상이지만 그건 말이 안 됩니다. 제가 도모토의 집으로 정찰을 나간 건 후추에서 돌아오는 길에 즉흥적으로 떠올린 생각에서였습니다. 도모토가 미리 제 행동을 예상하고 먼저 니시이케부쿠로로 향했을 리 없죠."

"정말 그런가? 뜻밖의 계기로 인해 즉흥적인 계획을 세우고 실행에 옮겼을 수도 있지. 도모토의 집으로 향하기 전에 누군가에게 그에 대해 이야기한 적은 없나?"

"신주쿠 역에서 다시로에게 전화를 걸긴 했습니다만……."

자신의 대답에 화들짝 놀란 린타로는 숨을 삼켰다.

만일 다시로가 도모토와 내통하고 있었다면, 가와시마가 주장하는 알리바이 공작설도 실현 가능성을 가지게 된다. 통화가 끝나자마자 다시로가 도모토에게 바로 그 사실을 알렸다면, 린타로가 릿쿄 대학 부근에서 어슬렁거리고 있는 동안에 '파르나소스 니시이케부쿠로'에 먼저 도착했을 수도 있다. 지난주 금요일, 사야카의 집을 방문했을 때도 마찬가지다. 도모토가 시기적절하게 모습을 감출 수 있었던 건 다시로가 먼저 우리의 목적을 알려줬기 때문이 아닐까?

도모토 슌에 대한 다시로 슈헤이의 태도는 처음부터 어딘가 석연치 않았다. 겉으로는 불편한 사이인 척 했지만, 뒤에서는 몰래 협력하고 있었다면 처음부터 이쪽의 움직임은 모두 간파되고 있던 것이나 마찬가지다.

그렇지만 설마 다시로 슈헤이가? 아니, 그건 말도 안 된다. 고등학교 시절부터 친하게 지냈던 후배에게 배신당했다는 생각은 하고 싶지 않았다. 도모토 슌이 니시이케부쿠로의 맨션에 나타난 건 무언가 다른 이유가 있어서일 것이다.

바깥에서 차를 세우는 소리가 들렸다. 현관 초인종이 손님이 온 것을 알렸다.

"실례합니다. 경찰에서 나왔습니다만."

노리즈키 경시의 목소리였다.

20

가와시마 가에 도착한 건 감식반이 주체가 된 소규모 수사반이었다. 구노 경부보의 말에 의하면 마치다 서의 합동수사본부에서는 어제부터 엄중하게 보도를 규제하고 있다고 한다. 언론이 낌새를 채지 못하도록 이곳을 방문할 시간도 신중하게 선택했고, 일부러 눈에 띄지 않는 차량을 이용했다고 한다.

20일 월요일, 나고야 시립미술관에서 여성의 시신 일부가 발견된 사건은 어제부터 텔레비전과 신문에서 보도되고 있었지만, 대만 중부 지진과 여당의 총재 선거 뉴스가 지면을 도배하고 있었기 때문에 오늘자 조간에는 구체적인 속보는 거의 보도되지 않았다. 피해자가 얼마 전 세상을 떠난 가와시마 이사쿠의 외동딸이라는 것은 물론, 유체의 일부가 절단된 머리라는 것도 아직은 비밀에 부쳐지고 있었다.

아버지의 지명도도 있지만, 에치카에게는 모델 경험도 있다. 그렇지 않아도 시체의 머리를 절단한 다음 포장해서 택배로 발송한 비정상적인 범행이다. 사실을 공표하자마자 이슈에 혈안이 된 언론 매체들이 달려들어 사건을 장난감 취급할 것이 뻔하다. 생전의 에치카의 사진과 함께 '세상을 떠난 전위 조각가의 미인 외동딸이 토막 살인의 희생자가 되다!' 같은 기사를 내보낼 것이 눈에 선했다.

"그렇게 되기 전에 조금이라도 시간을 벌어, 용의자의 신병을 확보하고 가능한 한 증거를 모아두고 싶습니다. 그것이 수사본부의 견해입니다만."

거실로 들어오자마자 노리즈키 경시는 조급한 말투로 현재 상황을 설명했다.

"나고야가 아니라 마치다 서에 합동수사본부를 설치한 것이 대형 언론사의 억측을 부른 것 같습니다. 어쩔 수 없이 오후에 있을 기자회견에서 피해자의 성명을 공표하기로 했습니다. 더 미루다간 오히려 수사에 악영향을 끼칠 거란 판단에서입니다."

"오후라면 정확히 몇 시쯤이죠?"

"지금으로선 3시 이후로 예상하고 있습니다. 오늘 아침 브리핑 이후에 언론은 야마네코 운송 마치다 영업소에 주목하고 있지만, 오늘 저녁이 되면 리포터나 카메라맨들이 이 집으로 대거 들이닥칠 가능성이 높습니다. 저희도 가능한 한 대책을 세우겠습니다만, 유족 분들께서도 지금부터 각오하시는 편이 좋을 듯합니다."

"알겠습니다."

가와시마는 긴장한 얼굴로 고개를 끄덕이더니, 동석한 레이카를 향해 눈짓하며 말했다.

"당분간은 구니토모와 교대로 자리를 지킬 생각이었지만, 취재 공세를 견디지 못하면 바깥으로 피신할지도 모릅니다. 그때는 경찰 측에서 사람을 파견해주셨으면 합니다만."

"그 점은 걱정하시 마십시오."

경시는 그렇게 말하며 옆에 있는 구노 경부를 가리켰다. 구노는 값을 매기듯 가와시마와 레이카를 번갈아 바라보며 말했다.

"택배 상자에서 재취한 지문과 조회해보기 위해 피해자의 지문을 채취하고 싶습니다. 가능하면 모발 샘플도요. 에치카 양의 방으로 안내해주시겠습니까?"

"제가 가죠."

레이카가 자리에서 일어났다. 구노는 감식반과 사진사를 데리고 레이카와 함께 2층으로 올라갔다. 최소한의 인원을 동원했기 때문에, 아틀리에 조사는 나중으로 미뤄질 모양이다. 거실에 남은 사람은 노리즈키 경시와 가와시마 아쓰시, 그리고 린타로까지 셋뿐이었다.

"한 대 피워도 되겠습니까?"

먼저 침묵을 깬 사람은 가와시마였다. 경시는 흔쾌히 승낙하며 가지고 있던 라이터로 불을 빌려준 다음 자신도 담배를 꺼내 피우기 시작했다. 순식간에 실내는 동병상련의 장이 되었다.

참고인 조사를 하는 자리인 것을 감안하면 이례적인 행동이었지만, 노리즈키 경시는 피해자 유족과의 벽을 허물기 위해 일부러 이런 행동을 취하고 있는 것이리라. 그 뜻은 가와시마도 알아챘을 것이다. 린타로는 잠시 동안 아무 말도 없이 참관인 역할에 충실하기로 결심했다.

"아까 그 분이 구니토모 레이카 씨죠."

이야기를 꺼낼 계기를 찾듯, 경시는 계단 쪽을 바라보며 말했다.

"돌아가신 이사쿠 씨의 비서였다고 들었습니다만. 아들 녀석 이야기를 들어보니 한때는 형님과 재혼 이야기까지 나왔던 사이라고 하던데요."

"네. 그렇지만 그때는 에치카의 반대로 인해 금세 없었던 일이 되어버렸습니다. 최근 몇 년 사이에는 상황도 상당히 달라진 것 같습니다만."

가와시마는 가엾다는 듯 입을 오므렸다. 경시는 다른 의도가 없는 부드러운 어조로 물었다.

"이사쿠 씨의 목숨이 얼마 남지 않았다는 사실을 알고 이 집으로 들어온 겁니까?"

"아닙니다. 지금도 나루세의 맨션에 살고 있습니다. 여기서 엎어지면 코 닿을 거리라 매일같이 왕래하긴 했습니다만, 동거한 적은 없습니다. 남의 눈을 신경 쓴다기보다는, 에치카를 생각해서였을 겁니다."

"그렇다면 내연 관계라고도 할 수 없으니, 위치가 상당히 불안정했군요. 실례지만 이사쿠 씨가 세상을 떠나기 전에 그녀의 처우에 대해 유언 등을 통해 구체적으로 지시한 바는 없습니까?"

가와시마는 담배를 든 손을 천천히 움직이며 입을 열었다.

"유산이나 법적인 지위에 대한 언급 말입니까? 없었습니다. 형님은 죽기 전에 혼인신고라도 하려고 했지만, 구니토모가 승낙하지 않은 모양입니다. 그러니까 법적으로 형님과 에치카와는 전혀 상관없는 남남입니다. 당사자들에게 그런 것이 얼마나 의미가 있었냐고 묻는다면, 이야기는 달라지겠지만요."

"부인과 이혼하신 지 한참 되었다고 들었습니다만, 돌아가신 이사쿠 씨와 따님을 제외하고 이 집에서 같이 살던 사람은 없습니까?"

"아키야마 후사에 씨라는 가정부 할머니가 계시긴 했지만 가족은 단 둘뿐이었습니다. 후사에 씨는 일주일에 네 번 쓰루가와의 자택에서 출퇴근하기 때문에 구니토모와 마찬가지로 동거인이라 할 순 없지만, 여기서 일한지도 벌써 10년이 넘었습니다. 형님이 돌아가신 뒤로는 계속 이 집에서 집안일을 도와주시고 계시니, 저보다 훨씬 가족에 가깝다고 해야겠죠."

"그 아키야마 씨라는 분은 지금 어디 계십니까? 오늘은 못 뵌 것 같습니다만."

가와시마는 조금 전 린타로에게 했던 것과 같은 이야기를 되풀이했다.

"형님이 돌아가시고 열흘 동안 장례식이다 뭐다 해서 한동안 정신이 없었을 테고, 자신이 아침부터 집을 비우지 않았더라면 에치카가 그렇게 되지는 않았을 거라는 자책감에 건강을 해친 모양입니다. 마지막으로 살아 있는 에치카의 모습을 본 사람은 후사에 씨거든요."

"그렇다고 들었습니다. 아키야마 씨 자택 주소를 가르쳐주시겠습니까?"

가와시마는 쓰루가와의 아파트 주소를 가르쳐주었다. 노리즈키 경시는 담배 대신 볼펜을 들고 수첩에 주소를 적으며 말했다.

"아키야마 씨의 건강은 좀 어떻습니까? 쓰루가와에 수사원을 파견해 몇 가지 질문을 드리려 하는데."

"지금 당장이요? 뭐, 하룻밤이 지났으니 이야기는 할 수 있을 겁니다. 상당히 지쳐 계실 테니 무리하게 조사하진 마십시오."

"물론 충분히 신경 쓰겠습니다."

경시는 전화로 수사본부를 연결해 아키야마 후사에의 주소를 가르쳐줬다.

가와시마도 자리에서 일어나 쓰루가와에 전화를 걸었다. 후사에의 남편에게 사정을 이야기하고, 조금 있다 경찰이 이야기를 듣기 위해 찾아갈 것이란 사실을 알리기 위해서다. 폐를 끼쳐 죄송하다고 몇 번이나 양해를 구하고 전화를 끊은 가와시마는 고개를 갸우뚱거리며 자리로 돌아왔다.

"후사에 씨 상태도 어제에 비해 훨씬 나아졌다고 합니다. 그런데 무언가 잊어버린 것이 있는 듯, 우사미 군에게 연락이 없냐며 계속 신경을 쓰고 있다고 합니다. 남편 분께는 어떤 사소한 일이라도 빠뜨리지 말고 경찰에 이야기하라고 말씀드리긴 했습니다만."

"우사미 군이라면, 미술평론가인 우사미 쇼진 씨 말입니까?"

경시의 물음에 가와시마는 무언가 마음에 걸리는 것이 있다는 듯 고개를 끄덕였다.

"월요일부터 전혀 연락이 되지 않습니다. 시신의 일부분을 발견한 건 우사미 군이라고 들었는데, 나고야로 신원을 확인하러 갔을 때에는 서로 엇갈려서 만나지 못했고, 도쿄로 돌아온 뒤에도 어디 있는지 파악이 되질 않습니다. 전화도 몇 번 해 봤습니다만, 집에도 돌아오지 않았다고 합니다."

"도쿄에 있을 가능성이 높다고 생각합니다만, 아직 저희도 그의 행적을 파악하지 못했습니다. 사건에 직접 연루되어 있는지는 둘째치고서라도, 우사미 씨의 행동에는 미심쩍은 점이 많습니다. 아키야마 씨의 진술로 무언가 알아낼 수 있다면 좋을 텐데……."

계단을 내려오는 발소리가 그 목소리를 덮었다. 노리즈키 경시는 이야기를 멈추고 입구 쪽으로 시선을 돌렸다. 구니토모 레이카가 거실로 들어왔다.

"감식은 벌써 끝난 겁니까?"

경시의 물음에 레이카는 눈앞에 안개가 낀 듯, 석연치 않은 얼굴로 말했다.

"아직 더 있어야 할 것 같지만, 제가 있으면 방해가 되는 것 같아서."

변명처럼 들린 건, 그 자리에 있기가 괴로워서 내려왔기 때문이리라. 방해가 된다기보다는 에치카의 유품을 다른 사람이 만진다는 것에 거부감이 들었을 것이다.

린타로는 자리를 이동해 레이카의 자리를 만들었다. 자리에 앉은 그녀는 테이블 위의 재떨이를 보았지만, 담배를 피울 생각은 없는 것 같았다.

"위에서 형사님께 들었는데, 에치카의 자전거를 찾으셨다면서요."

레이카가 자연스럽게 던진 말에, 가와시마는 놀란 표정을 지으며 물었다.

"자전거를? 어디에서?"

물론 그 이야기는 린타로도 처음 듣는 이야기였다.

오늘 아침 수사 회의 중에 들어온 소식인 것 같았다.

"이제 그 이야기를 하려고 했습니다만."

아버지는 머리를 긁적이며 그렇게 말했다.

"오늘 아침 일찍 순찰 중이던 마치다 서의 경찰이 다마가와 학원 역 부근 주차장에서 수색 대상이었던 에치카 양의 자전거를 발견했습니다. 방범 등록번호가 일치했으니 에치카 양의 자전거가 틀림없을 겁니다. 현재 경찰들을 파견해 역 주변에서 탐문 수사를 벌이고 있습니다."

"다마가와 학원 역이라."

가와시마는 그렇게 중얼거리며 새가 모이를 쪼듯 머리를 앞으로 숙였다.

"그렇다면 오다큐선을 탔을지도 모르겠군요. 아니면 에치카의 행적을 감추기 위해 범인이 일부러 그곳에 방치해둔 걸까요?"

"아니, 아마도 에치카 양 본인이 놓아두었을 겁니다. 확인되지 않은 정보긴 하지만, 발견된 자전거는 아무래도 18일 토요일 낮부터 그곳에 방치되어 있었다고 합니다."

"토요일 낮부터요?"

"네. 오후 1시 전후에 역 앞에서 에치카 양으로 보이는 여성을 목격한 사람도 있다고 합니다. 시간적으로 봐서 범인이 에치카 양을 살해한 후에 수사를 교란시킬 목적으로 역 앞에 버리고 갔다고 생각하기보다, 에치카 양이 직접 그날 낮에 집을 나와 다마가와 학원 역까지 자전거를 타고 갔다고 생각하는 편이 자연스럽지 않을까요?"

노리즈키 경시는 설명하며, 은근슬쩍 린타로에게 눈빛을 보냈다. 아직 증거는 확보하지 못한 것 같지만, 이 시점에서 유족에게 이야기하는 걸 보니 상당히 신빙성이 높은 정보인 모양이다.

오후 1시 전후에 다마가와 학원 역 부근에서 에치카가 목격되었다면, 그녀가 살해된 시각은 그 이후가 되어야 한다. 굳이 말할 것도 없이, 1시 20분경에 니시이케부쿠로의 맨션에 나타난 도모토 슌이 가방 속에 에치카의 머리를 넣어 들고 다니는 건 불가능하다.

린타로는 그 말을 듣고 어깨의 짐을 조금이나마 내려놓을 수 있었다. 이 일로 밝혀진 사실이 하나 더 있다. 도모토에게는 조금 전 가와시마가 이야기한 시간차 트릭을 이용해 토요일 오전 중의 알리바이를 위조할 필요가 전혀 없다는 사실이다.

"낮부터 외출한 거라면, 누가 갑작스레 불러내기라도 한 걸까요? 수색 요청과 함께 휴대전화 통화 내역 조사 동의서에 서명했는데, 그쪽에선 무슨 소식 없습니까?"

가와시마는 그쪽에 기대하고 있던 모양이지만, 경시는 유감스럽다는 듯 고개를 저었다.

"통신사에 요청해 에치카 양의 통화 내역을 일주일 전까지 조사해봤지만, 범행과 관련 있어 보이는 수상한 내역은 없었습니다. 자택 전화도 토요일 당일에는 착신, 수신 기록이 전혀 없었습니다."

"휴대전화는 찾았습니까?"

"토요일 오후부터 계속 전원이 꺼져 있는 상태라 발신 추적은 불가능합니다. 아마도 추적당할 것을 두려워한 범인이 처분했을 확률이 높습니다."

두 사람이 한창 대화를 나누던 중, 레이카가 미간을 찌푸리는 모습이 눈에 들어왔다. 무언가 마음에 걸리는 것이라도 있는지 입술에 손을 대고 생각에 잠긴 것 같았지만, 경시는 괘념치 않고 말을 이었다.

"린타로에게 들으니 에치카 양은 실종되기 전날인 금요일에도 자전거를 타고 어딘가로 외출했었다고 하더군요. 먼저 그날 일부터 자세히 이야기해주시겠습니까."

"아, 네."

자신을 향한 물음에 레이카는 자세를 바로 하고 앉았다. 무언가 생각하고 있었던 모양이지만, 그 생각은 구체적인 형태를 띠기 전에 안개처럼 사라져 버린 것 같았다.

"음. 학교에 간다고 집을 나섰던 에치카 양은 캠퍼스에는 나타나지 않았다. 그렇지만 일요일에 방을 뒤져보니 고장 났다던 카메라가 멀쩡한 상태로 발견되었단 말이죠. 그래서 그녀의 행동에 의구심을 품으신 거군요?"

"네. 어째서 에치카가 그런 거짓말을 했는지는 잘 모르겠지만요."

레이카는 자신이 보고 들은 것을 자세히 이야기했지만, 린타로가 제기했던 임신 의혹에 대해서만은 한마디도 하지 않았다. 애당초 말도 안 되는 이야기라고 생각했기 때문에, 경찰은 물론 가와시마에게도 털어놓을 가치가 없다고 판단한 것 같았다.

물론 린타로는 아버지에게 전화번호부에 접힌 흔적이 있었다는 이야기를 털어놓았다. 피해자의 임신 사실을 모르게 하기 위해, 유체의 머리와 몸통을 절단했을 가능성이 있기 때문이다. 하지만 일이 이렇게 된 이 마당에, 유족들 앞에서 일부러 그런 의혹을 제기하는 데는 조심스러웠다.

"에치카 양이 거짓말을 했다고 단정 짓기엔 이르죠."

노리즈키 경시는 볼펜으로 턱을 건드리며 진지한 얼굴로 그렇게 중얼거렸다.

"사진과 선배에게 부탁한 것이 아니라면, 카메라 가게에 수리를 의뢰했을 가능성도 있습니다. 전날에 전화번호부에서 수리점을 찾고 있었다면서요?"

"그렇지만 그때엔 적당한 곳을 찾지 못했다고 했어요."

"다음 날이 되어보니 마음이 바뀌었는지도 모르죠. 사건과 관계가 있는지는 모르겠지만, 혹시 모르니 시내 카메라 가게에 문의해보죠. 가와시마 씨, 이 댁 전화번호부를 가져가도 되겠습니까? 무언가 표시라도 되어 있으면 좋을 텐데."

가와시마는 자리에서 일어나 아무 의심 없이 전화번호부를 건넸다. 경시는 페이지를 넘기며, 태연한 얼굴로 접힌 자국을 확인했다. 마치다 서에 가지고 돌아가 해당 페이지에 실린 모든 산부인과에 형사를 파견해 에치카가 진찰을 받지 않았는지 진료 기록을 확인할 계획이었다.

레이카는 아마 눈치챘을 테지만, 항의해봤자 어차피 입만 아플 거라 생각했는지 린타로를 살짝 노려보기만 할 뿐, 딱히 뭐라고 하지는 않았다.

"잠깐 실례하겠습니다. 이제야 겨우 조사가 끝났나 봅니다."

노리즈키 경시는 전화번호부를 들고 자리에서 일어나 거실 밖에서 감식반장인 이시즈카, 구노 경부와 머리를 맞대고 잠시 동안 이야기를 나눴다. 이야기를 마친 경시는 다른 형사들을 정원으로 내보내고 혼자서 거실로 돌아왔다.

"이어서 아틀리에 현장검증을 하겠습니다. 참고인 조사는 일단 중지하도록 하죠. 두 분도 검증에 동참해주셨으면 합니다만."

가와시마와 레이카는 얼굴을 마주보고 고개를 끄덕인 다음 소파에서 일어났다.

린타로도 두 사람을 따라 거실에서 나왔다. 시계를 보니, 오전 11시가 지났다.

"아틀리에에 마지막으로 사람이 출입한 건 언제죠?"

신발을 갈아 신고 아틀리에로 향하는 도중, 경시는 그렇게 물었다.

"지난주 수요일, 형님 고별식이 끝난 뒤입니다."

레이카는 곧바로 가와시마의 대답을 정정했다.

"목요일 오후에 노리즈키 씨가 창문을 통해 들어갔었어요. 저와 후사에 씨도 함께였지만, 그 후에는 아무도 들어가지 않았습니다. 우사미 씨가 아틀리에의 열쇠를 가져갔기 때문에 문으로는 출입할 수 없었거든요."

"우사미 씨가 열쇠를 가져간 건 언제죠?"

"지지난주 토요일, 장례식이 끝난 뒤예요."

"여벌 열쇠는 없습니까?"

"없습니다."

경시는 아틀리에의 문을 노려보며, 난감한 표정으로 턱을 문질 렀다. 전에 린타로가 했던 것처럼 깨진 창문 안으로 손을 넣어 걸 쇠를 벗겨낸 다음, 창문을 통해 안으로 들어갈 수도 있었지만 감식 반 입장에서는 창문 주변에 손대는 건 망설여질 것이다. 침입 사건 이 일어난 뒤로 꽤 오랜 시간이 흘렀고, 제삼자가 증거물을 '오염' 시킨 것이 확실하긴 하지만 가급적이면 원형에 가까운 형태로 감 식 작업을 진행하는 것이 바람직하기 때문이다.

"열쇠가 없는 것 같은데, 무슨 방법 없나?"

경시가 그렇게 묻자, 바닥에 무릎을 꿇고 열쇠구멍을 조사하고 있던 이시즈카 반장이 말했다.

"제가 열어 보죠. 간단한 구조라 지식과 도구만 있으면 아마추어 도 5분 안에 열 수 있습니다."

그는 안경 너머로 씩 웃음 짓더니, 부하에게 도구를 준비시켰다. 그의 말에 과장은 없었다. 아틀리에의 문은 채 5분도 되지 않아 열 렸다.

"도모토 슌은 그 바닥에선 유명한 도촬 전문가라고 했지?"

경시는 혀를 내두르며 뒤에 있는 구노 경부에게 물었다.

"도촬 장소를 확보하기 위해 자주 빈집에 드나들었을지도 모르 겠군. 열쇠 따는 기술을 익히고 있었는지 확인해주게."

"알겠습니다. 2년 전 사건의 조서를 확인해 보죠."

린타로는 입술을 깨물며 고개를 저었다. 아버지의 감이 맞을 경 우에는 아틀리에 침입 사건에 관한 지금까지의 추리를 하나부터 다시 시작해야만 한다. 창문을 깨서 위장 공작을 펼친 사람이 에치카라 해도, 그 이전에 도모토가 문을 열고 아틀리에에 침입해 석고상의 머리를 절단했을 가능성이 생기기 때문이다.

에치카의 상에 처음부터 머리는 없었다는 우사미의 주장도 지금 와서는 그다지 믿음이 가질 않았다. 모델 얼굴에서 뜬 겉틀 사진이라 칭하는 것을 보았을 뿐, 이 눈으로 실물을 본 것이 아니기 때문이다. 머리 부분의 겉틀이 그대로 남아 있는 것을 확인하고 싶어도, 우사미의 행방조차 알 수 없으니 그것도 불가능하다.

"문제의 그 석고상은 어디 있습니까?"

아틀리에 안으로 들어온 이시즈카 반장은 의아한 듯 그렇게 물었다.

"하얀 캔버스 천으로 된 커버가 씌워져 있습니다."

문 밖에 있던 가와시마가 큰 소리로 외쳤다.

"눈 씻고 봐도 그런 건 없는데요?"

"네? 무슨 말씀을……. 잠깐만요."

가와시마는 사진사를 밀치고 아틀리에 안을 들여다봤다.

그는 곧바로 비명이라고도, 신음 소리라고도 할 수 없는 목소리를 흘렸다.

"당했어!"

"가와시마 씨, 대체 무슨 일입니까?"

참다못한 린타로는 아틀리에 안으로 뛰어 들어갔다. 가와시마는 입을 떡 벌린 채, 문가에 서서 바닥을 가리키고 있었다.

"어떻게 이런 일이. 후사에 씨가 하려던 이야기가 바로 이거였군."

가와시마의 손가락이 가리키는 곳에는 아무것도 없었다.

머리 없는 에치카의 석고상은 커버와 함께 그 자리에서 사라져 있었다.

아틀리에에서 자취를 감춘 것은 에치카의 상과 상이 놓여 있던 의자뿐만이 아니었다. 작업대 위에 방치되어 있던 석고 가루, 분해된 겉틀의 잔해도 깨끗하게 사라져 있었다.

무슨 이유가 있어서 이런 짓을 했든 간에, 한 사람이 모두 할 수 있는 일은 아니다. 린타로는 그렇게 생각했다. 도모토 슌이 단독으로 한 번 더 침입했다고 생각하기에는 무리가 있다.

"그렇다면 석고상을 가져간 게 우사미 씨란 말입니까?"

당혹감을 감추지 못하는 노리즈키 경시의 물음에, 가와시마는 벌겋게 달아오른 얼굴로 고개를 끄덕였다.

"그렇게밖에 생각할 수 없습니다. 아틀리에 열쇠를 가지고 있는 사람은 우사미 군밖에 없으니까요."

"그렇다고 해도 대체 어느 틈에 이런 짓을 벌였단 말입니까? 아틀리에 침입과 기물 파손 신고가 들어온 후에 곧바로 이 집 주변에 경찰들을 배치했지만 누군가가 아틀리에에 출입했다는 보고는 받지 못했습니다."

"아마 어제 아침 일찍 저와 구니토모가 나고야에서 돌아오기 전에 선수를 친 것 같습니다. 피해 신고를 하기 전이니, 이 집에 있던 사람은 후사에 씨 혼자였습니다. 후사에 씨 혼자서는 우사미 군을 막을 수 없었겠지요."

사건을 어디서 담당할지 조정하고 있던 사이에, 경찰이 한 방 먹은 것이다. 경시는 벌레 씹은 표정으로 팔짱을 끼더니, 천천히 턱을 만지며 구노 경부에게 의견을 구했다.

"아침 일찍 운반하기 시작했다면 전날 밤에 미리 트럭이나 용역을 구해 놓았을 겁니다. 우사미 쇼진이 나고야 미술관에서 모습을 감춘 건 그날 중에 이곳으로 돌아와 전 단계 준비를 하기 위해서였던 게 아닐까요."

"나도 그렇게 생각하네. 지금쯤 아키야마 후사에가 어떻게 된 일인지 설명하고 있겠군. 쓰루가와에 연락해보게."

구노는 수사본부에 연락해 후사에의 집으로 참고인 조사를 하러 간 형사들의 이름과 휴대전화 번호를 알아냈다. 곧바로 형사들에게 연락을 취한 그는 조사 결과에 대해 물었다.

구노의 통화는 꽤 오랫동안 계속되었다. 그 사이, 심란한 걸음으로 아틀리에 안을 돌아다니던 가와시마는 담배에 불을 붙이려다 감식반에 의해 제지당했다. 레이카는 바닥에 주저앉은 채 꿈적도 하지 않고 있었다.

통화를 마친 구노는 짜증스럽다는 듯 고개를 저었다.

"역시 우사미 쇼진이 벌인 짓입니다. 어제 아침 9시가 지났을 무렵, 갑자기 우사미가 보냈다는 운송업자들이 나타나 아틀리에의 석고상을 어디론가 반출했다고 합니다."

9시가 지나서라. 경시는 혀를 차며 물었다.

"우사미 본인은?"

"직접 오지는 않았다고 합니다. 그 대신 업자가 도착하자 때맞춰 우사미에게 전화가 왔다고 합니다. 고인의 유작을 보호하기 위해 보낸 사람들이니 걱정할 필요 없다고. 나고야에서 만났을 때에 가와시마 씨와 구니토모 씨에게도 허락을 받은 일이라면서 호언장담했다고 합니다. 아키야마 후사에는 두 사람이 허락했다는 소리를 듣고 업자들이 석고상을 가지고 나가는 것을 말리지 않았다고 하고요."

"거짓말입니다! 나고야에서는 얼굴도 본 적 없습니다."

가와시마는 이미 알고 있는 사실을 다시 한 번 주장했다. 노리즈키 경시는 알고 있다는 표정으로 가와시마를 달랜 다음, 다시 구노를 향해 물었다.

"우사미가 오지 않았다면 아틀리에의 열쇠는 누가 가지고 있었던 거지?"

"업자가 가지고 있었다고 합니다. 열쇠까지 가지고 있었으니 아키야마 후사에가 그들을 막는 건 불가능했죠. 어디로 가지고 가는 거냐고 물어도, 나중에 의뢰인이 보관 장소를 알려줄 거란 말만 되풀이할 뿐, 아무것도 가르쳐주지 않았답니다."

"그래서 우사미에게 연락이 오지 않는지 계속 신경 쓰고 있던 거군. 마음고생이 심했겠어. 석고상을 가지고 간 업자에 대해서는 뭔가 알아냈나?"

"아니오. 남자 3인조였는데, 아무래도 이름 없는 영세업체인 듯 유니폼도 입고 있지 않았다고 합니다. 그 대신 미술품 취급에는 익숙해 보였다고 합니다."

"이름 없는 영세업체라. 수령증 정도는 놓고 가지 않았을까?"

구노가 대답하기 전에 주저앉아 이야기를 듣고 있던 레이카가 용수철처럼 벌떡 일어나 대답했다.

"부엌에서 그 비슷한 걸 봤어요. 뭔지 몰라서 냉장고에 붙여뒀는데."

"그게 맞을 겁니다. 번거로우시겠지만 가져다주시겠습니까?"

경시의 요청에 고개를 끄덕인 뒤, 레이카는 구노와 함께 아틀리에에서 나갔다. 가와시마는 의기소침한 표정으로 한숨을 쉬더니, 양손을 정신없이 비비며 말했다.

"후사에 씨를 나무라지 마십시오. 자신의 잘못을 감추기 위해 이런 중요한 이야기를 빠뜨린 건 아닐 겁니다. 어제는 에치카 소식을 듣고 정말로 제정신이 아니어서 이야기할만한 상황이 아니었습니다. 책임져야 할 사람은 바로 접니다. 제가 더 일찍 아틀리에 사건을 경찰에 신고했다면 이런 식으로 모든 것이 엉망이 되진 않았을 텐데."

"아니. 아키야마 씨는 물론, 가와시마 씨까지 자책하실 필요는 없습니다. 피해 신고가 늦어진 것도 우사미 쇼진이 그렇게 시켰기 때문이잖습니까. 나고야에서의 행동도 그렇고, 의도적으로 수사를 방해하려는 것 같습니다. 이 점에 대해서 가와시마 씨는 어떻게 생각하십니까? 솔직한 심정을 듣고 싶습니다만."

겉으로는 태연하게 물었지만, 그 질문은 그렇게 간단하게 답할 수 있는 것이 아니었다. 가와시마는 손등을 입에 댄 채, 경직된 표정을 지었다. 잠시 후에 손 밑에서 신음 소리와 함께 목소리가 흘러나왔다.

"우사미 군은 형님을 제일 잘 이해해주던 사람이었습니다. 그것만은 지금도 의심하고 싶지 않습니다. 어쩌면 우사미 군의 머릿속은 11월의 추모전으로 가득 차 있는 건지도 모릅니다. 경찰이 석고상을 증거로서 압수하면, 추모전의 간판 작품을 공개할 수 없게 되지 않습니까. 그것 때문에 조급한 나머지 앞뒤 생각 않고 이런 짓을 저지른 게 아닐까요?"

가와시마는 우사미를 변호하려 애썼지만, 얼굴 표정은 도저히 진심으로 보이지 않았다. 경시는 불만스런 듯 몸을 흔들며 말했다.

"하긴 그렇게 생각할 수도 있습니다만……. 린타로, 넌 어떻게 생각하니?"

"제 생각 말입니까."

린타로의 머릿속에서는 또 다른 생각 하나가 형태를 갖춰가고 있었지만, 그것을 입 밖으로 내기 전에 레이카와 구노 경부가 안채에서 돌아왔다.

증거 보존용 비닐에 담긴 수령증을 받아든 노리즈키 경시는 돋보기를 끼고 그 내용을 훑었다. 다 살펴본 다음, 그는 가와시마와 린타로에게도 수령증을 보여주었다. '각종 미술전시회 진열 및 운송 업무'를 맡는 '유한회사 아오이 미술'이 발행한 수령증으로, 가와시마와 레이카 모두 알지 못하는 업체였지만, 시부야 사무소의 주소와 전화번호가 인쇄되어 있었다.

"수령증만 봐선 정상적인 회사 같은데요?"

"법에 저촉되는 걸 알고도 우사미의 의뢰를 받았을 가능성도 있습니다. 서둘러 사무소에 연락해 석고상을 보관한 장소와 의뢰인의 소재지를 파악하도록 수사본부에 전하게."

구노는 수령증을 받아들고 다시 휴대전화를 꺼냈다.

"현장검증은 중지하실 겁니까? 아니면 이대로 석고상 없이 진행할까요?"

대기하고 있던 이시즈카 반장이 기다리다 지쳤다는 표정으로 물었다. 노리즈키 경시는 한숨을 쉬더니, 현장 지휘관의 위엄을 잃지 않겠다는 듯 입을 열었다.

"가능한 범위에서 진행해주게. 제일 중요한 석고상을 놓친 건 아쉽지만 일단 도둑의 침입 방법과 머리를 절단하는데 사용한 도구를 조사해야 하니까 말이야. 가와시마 씨, 구니토모 씨, 아틀리에 안에서 무언가 이전과 달라진 점을 발견하면 아무리 사소한 것이라도 좋으니 이야기해 주십시오. 린타로, 너도 마찬가지야! 우사미 쇼진과 '아오이 미술' 업자들이 또 무슨 짓을 벌이지는 않았는지 눈 똑바로 뜨고 살펴보도록 해."

감식반이 모든 작업을 끝낸 건 오후 1시 반이 지나서였다. 아틀리에에서 철수하던 이시즈카 반장은 현장 보존상태가 생각 이상으로 좋지 않았기 때문에 수확은 거의 전무했다고 불평했다.

감식반을 보낸 뒤, 노리즈키 경시는 가와시마와 레이카에게 다시 참고인 조사를 시작하겠다고 고했다.

일행은 허탈한 마음을 안고 안채 거실로 돌아왔다. 하지만 그들이 자리에 앉을 틈도 주지 않고 구노 경부의 휴대전화가 울리기 시작했다.

마치다 서의 합동수사본부에서 걸려온 전화였다. 전화를 받는 구노의 표정이 순식간에 굳어지는 것을 본 경시는 무슨 일이냐고 물었다.

"야마노우치 사야카의 집을 감시하던 미야모토 형사에게서 본부로 긴급 연락이 들어왔습니다. 도모토 슌으로 보이는 남자가 나타나서 붙잡으려 했지만, 방심한 사이에 도망쳤다고 합니다. 황급히 추적했지만 놓쳤답니다."

21

요쓰야 욘초메에 있는 야마노우치 사야카의 맨션 '시티하우스 요쓰야'에 심상치 않은 움직임이 일어난 때는 오후 1시가 넘어서였다.

현장에 있던 건 어젯밤부터 잠복근무를 계속했던 수사 1과의 나카시로, 미야모토 형사였다. 요쓰야 보건소 뒤편에 세워놓은 차 안에서 맨션 주변을 감시하던 두 형사는 감시 대상인 사야카가 집 밖으로 나온 것을 목격했다.

사람들의 눈을 신경 쓰며 움직이던 사야카는 신주쿠 거리에서 택시를 잡아, 황궁 방면으로 향했다고 한다. 눈에 띄지 않는 평상복 차림에 자외선 방지용 선글라스를 끼고 금방이라도 터질 것 같은 보스턴백을 들고 있었다고 한다. 일을 나가기에는 너무 이른 시간이었고, 가방 안에는 갈아입을 옷이 들어 있는 것처럼 보였다.

틀림없이 도모토 슌에게서 급한 연락을 받고 어딘가에서 몰래 만나기로 약속한 것이다. 그렇게 판단한 나카시로 형사는 즉시 택시를 추적했다. 물론 미행한 건 나카시로 혼자였고, 미야모토 형사는 차에서 내려 그 자리에 대기했다. 사야카의 행동이 감시의 눈을 피하기 위한 양동작전일 경우에 대비하기 위해서다. 적절한 판단이었지만, 감시팀이 두 패로 나뉘었기 때문에 일시적으로 방어가 허술해진 건 부정할 수 없는 사실이었다.

15분 정도가 지난 후, 이번에는 헬멧을 쓴 남자가 현관에 모습을 드러냈다. 남자는 주차장에 세워둔 오토바이를 바깥으로 끌고 나왔다. 알로하셔츠에 반바지 차림이었기 때문에 잠복하던 형사는 처음에 맨션의 주민일 거라 생각하고 남자를 놓칠 뻔했다. 도모토가 사야카의 집에 들를 거라고만 생각한 나머지, 안에서 나오는 사람에게는 그다지 신경을 쓰지 않았기 때문이다.

수상하다는 생각을 하게 된 계기는 남자가 교통 신호를 무시했기 때문이었다. '시티하우스 요쓰야' 앞 도로는 남쪽으로 일방통행하게 되어 있다. 하지만 알로하셔츠의 남자는 오토바이를 반대 방향으로 향한 채 올라탔다. 저 녀석, 여기 사는 사람이 아닌가? 그렇게 생각한 미야모토 형사가 길 위로 달려가 제지하려 하자, 남자는 황급히 시동을 걸고 제지하는 미야모토를 뿌리치고 그대로 도미히사초 방면으로 도주했다.

남자를 놓친 시각은 오후 1시 20분. 헬멧을 쓰고 있었기 때문에 얼굴은 확인하지 못했지만, 키나 체격은 수배 전단에 적힌 도모토 슌의 특징과 일치했다. 사야카를 미행하기 위해 감시 차량을 이동시킨 것이 실수였다.

경찰은 즉시 비상선을 펼쳤지만, 지금 현재 도모토로 추정되는 남자는 찾지 못했다고 한다.

"도미히사초 방면이라. 포위망을 뚫고 빠져나가 그 근처에서 오토바이를 버리고 가부키초로 도망쳐버리면 절대로 못 찾겠군."

수사본부에서 들어온 정보를 정리한 노리즈키 경시는 분한 듯 입을 오므렸다. 수사 정보가 새지 않도록 가와시마 아쓰시와 구니토모 레이카에게는 다른 방으로 자리를 피해줄 것을 요청했다. 린타로는 불편함을 느끼며 한숨 섞인 목소리로 말했다.

"도모토가 맨션 안에서 나왔다는 건, '시티하우스 요쓰야'를 감시하기 전부터 계속 사야카의 집에 숨어 있었다는 거군요. 이거 참, 도모토에겐 계속 당하기만 하는군요. 설마 같은 곳에 숨어 있으리라고는 상상도 못 했습니다."

"수수방관하지 말고 곧바로 여자 집으로 들어갔어야 했는데."

구노 경부는 불평을 내뱉었다. 경시는 짜증스런 표정으로 린타로를 향해 말했다.

"애초에 사야카의 연극을 곧이곧대로 믿은 네 잘못이야. 너 때문에 우리까지 사야카의 집에 도모토가 없을 거라고 생각해버린 거잖아. 미야모토 형사를 일방적으로 탓할 수는 없어."

"면목 없습니다. 제 판단 실수예요."

이렇게 머리를 숙이는 게 대체 몇 번째일까. 린타로는 자신의 어설픈 추리에 좌절했지만, 그래도 어떻게든 기운을 차리고 입을 열었다.

"그건 그렇고, 도모토의 행동을 이해할 수 없군요. 부주의한 나머지 택배로 보낸 짐에 지문을 남긴 건 그렇다 쳐도, 에치카 양을 살해한 뒤에도 야마노우치 사야카의 집에서 움직이지 않았던 건 자살행위라고밖에 할 수 없습니다. 이번에는 어떻게 빠져나갔지만, 언젠가 그녀의 집도 수사 대상에 오르리라는 것 정도는 사전에 예상할 수 있었을 겁니다. 도모토는 사건이 일어나기 전부터 제 움직임을 알아채고 항상 선수를 쳤습니다. 당연히 저와 경찰의 관계에 대해서도 눈치채고 있었을 텐데요."

"그 집에 있었던 건 달리 갈 곳이 없었기 때문 아닐까?"

경시는 무뚝뚝한 얼굴로 그렇게 지적했다.

"확실히 자살행위에 가깝긴 하고, 도주 수법도 전적으로 운에 달린 수법이긴 했지만, 완전히 승산이 없었던 것도 아니지. 너와 다시로 군이 한 차례 그곳을 방문했으니, 상대방도 맹점을 찌르려 했던 게 아닐까. 그 집에 몸을 숨기고 소란이 가라앉을 때까지 기다리는 편이 훨씬 합리적이라고 할 수 있지 않을까? 그리고 그것뿐이 아니라 도모토의 행동은 하나에서 열까지 모두 지리멸렬하잖아. 대체 무엇을 노리고 있는 건지 모르겠군."

린타로가 고개를 갸웃거리자, 경시는 못 견디겠다는 듯 고개를 저으며 말했다.

"그리고 너도 너무 깊게 생각하는 경향이 있어. 애초에 도모토는 석고상의 머리를 잘라 도망치거나, 모델을 죽여 그 머리를 미술관에 보내는 정신 나간 놈이라고. 그런 녀석이 논리적으로 행동할 리가 없잖아."

노리즈키 경시는 가와시마와 마찬가지로 그렇게 단정 지었다. 세 번씩이나 도모토에게 뒤통수를 맞았으니 뭐라고 반박할 수는 없었지만, 그래도 그 의견에는 동의할 수 없었다.

린타로가 생각하는 도모토 슌의 이미지는 정신 나간 엽기적인 살인마라기보단, 더욱 현실적인 것이었다. 계산적인 악당이랄까. 그래서 설령 석고상의 머리를 자르고 에치카를 살해한 것이 도모토라 할지라도, 그 행동에는 무언가 계산적인 이유가 숨어 있을 것이라고 확신하고 있었다. 분명 일반인들의 상식을 거부하는 비정상적인 도착 심리 때문은 아닐 것이다.

물론 도모토 슌이라는 인물이 일종의 반사회적 인격 장해의 유형에 해당한다는 것만은 부정할 수 없었다. 그렇지만 과거의 행동 패턴만 놓고 보면, 도모토는 항상 물러날 때를 알고, 치명적인 선을 넘기 않도록 조심해 왔다. 에치카를 스토킹 했을 때에는 가와시마 이사쿠의 압력을 이기지 못하고 손을 뗐었고, 야마노우치 사야카의 의붓아버지 사건 때에도 최종적으로는 처벌받지 않도록 잘 빠져나갔다.

그럼에도 불구하고 이번 일련의 범행에 관해서는 도모토답지 않은 무모한 행동이 눈에 띈다. 아귀가 맞지 않다는 인상을 지울 수 없는 건 바로 그 때문이었다.

"어찌 되었든 지금 여기서 그런 소리를 해봤자 아무 소용도 없어."

린타로의 명상은 경시의 일갈에 의해 중단되었다.

"범행에 연루되어 있는지는 둘째 치고, 야마노우치 사야카가 도모토의 도주를 도운 건 명백하군. 여자를 붙잡아 도모토의 행방을 알아내도록 해. 나카시로 형사가 사야카가 탄 택시를 쫓고 있다고 했지? 아직도 미행하고 있나?"

"그럴 겁니다."

구노가 대답했다. 여자를 놓쳤다는 보고는 아직 들어오지 않았다고 한다.

"여자가 집을 나선 뒤로 삼사십 분쯤 됐지? 도모토를 도망치기 위한 양동작전이라면, 슬슬 돌아올 때가 됐군. 먼저 집 앞에서 대기하고 있다 사야카가 돌아오면 붙잡도록. 아니, 잠깐."

다시 한 번 시계를 보더니, 노리즈키 경시는 혀를 차며 말했다.

"마치다 서에서 기자회견이 있는 걸 깜빡했군. 지금 당장이라도 요쓰야로 달려가고 싶지만, 일단 수사본부로 돌아가야겠어. 시작은 3시지만 그 전에 회의가 있어서 말이야. 참고인 조사도 하다 말

왔고."

"그럼 제가 요쓰야로 가겠습니다. 나카시로와 합류해 야마노우치 사야카를 붙잡도록 하죠. 아드님을 함께 데려가도 되겠습니까?"

"린타로를? 그래, 이 녀석을 보면 그 여자도 발뺌하지는 못하겠지. 만일 입을 열지 않으려 하면 임의동행하도록. 차는 밖에 있는 걸 사용하고."

"알겠습니다. 경시님은 어떻게 하실 겁니까?"

"난 조금 더 여기서 이야기를 들은 다음에 시간이 되면 아들 녀석 차로 본부에 돌아가겠네. 바깥에 있는 두 사람도 자전거 확인을 위해 마치다 서에 출두해야 하니, 일부러 누구를 부르는 것보다는 네 고물차를 타는 게 남의 눈에도 안 띄고 좋겠지."

명예를 회복할 기회가 이렇게 빨리 돌아올 줄이야. 린타로는 구노의 배려에 감사하며 아버지에게 고물차 열쇠를 건넸다.

"아버지, 실수하지 마시고 기자회견 잘 마치세요."

"쓸데없는 걱정 마라. 너야말로 이번에는 여자한테 속지 말고."

구노가 운전하는 차가 요쓰야 욘초메에 도착한 때는 오후 2시 20분경이었다. 요쓰야 보건소 뒤쪽에 회색 봉고차가 서 있었다. 조금 떨어진 곳에 차를 세운 다음, 두 사람은 주위를 둘러보며 조심스레 감시 차량으로 향했다.

운전석의 나카시로 형사의 모습을 확인한 구노는 뒷좌석 문을 열고 안으로 들어갔다. 린타로도 그 뒤를 따라 차에 올랐다. 두 사람의 얼굴을 본 나카시로는 알겠다는 표정을 지었다. 엔진도, 에어컨도 모두 꺼져 있었지만 차 안은 덥지 않았다. 조수석에는 사복 차림의 젊은 형사가 앉아 있었다. 수사 1과의 미야모토 형사다. 머리를 염색했기 때문에 말하지 않으면 경찰인 줄 모를 것이다.

미야모토는 의기소침한 얼굴로 상사에게 실패를 보고했다. 구노는 무뚝뚝한 표정으로 대답했다.

"어떻게 된 일인지 들었어. 나중에 시말서를 작성하도록. 다음부터는 같은 실수를 되풀이하지 않도록 조심해. 이 건은 이걸로 끝이다. 지금 상황은?"

"감시 대상은 10분 전에 귀가했습니다. 안에 들어간 뒤로 딱히 별다른 움직임은 없습니다."

야마노우치 사야카는 약 한 시간 동안 되는 대로 택시를 타고 돌아다녔지만, 결국 그대로 처음 위치로 돌아왔다. 처음부터 미행이 붙을 거라 예상한 듯, 택시 안에서도 계속 뒤따라오는 차를 신경 쓰는 눈치였다고 한다.

나카시로는 1시 50분경에 휴대전화를 받는 사야카의 모습을 목격했다고 한다. 그 직후, 택시는 진로를 바꿔 곧바로 요쓰야로 돌아왔다.

"1시 50분경이라. 도모토가 도미히사 초 방면으로 도주한 게 1시 20분이었으니, 전화로 무사히 도망쳤다고 알렸나 보군. 소식을 듣고 미끼 역할을 완수한 사야카는 가슴을 쓸어내리며 자택으로 돌아온 거고."

구노의 말에, 차 안의 모두가 고개를 끄덕였다. 나카시로는 '시티하우스 요쓰야' 3층 창문에 시선을 고정한 채, 전쟁을 앞둔 무사처럼 어깨를 들썩이며 말했다.

"수사본부의 지시는?"

"경시님이 고 사인을 내렸어. 지금부터 야마노우치의 집을 방문해 이야기를 들을 예정이야. 협력하지 않으면 마치다 서까지 임의 동행하라고 하셨네."

"진작 그렇게 했어야 하는데. 인원은 어떻게 분담할까요? 노리즈키 씨도 같이 가실 겁니까?"

"물론이죠. 내부 구조도 알고, 야마노우치에게는 빚이 있거든요."

미야모토 형사가 차에 남고, 구노와 나카시로, 그리고 린타로까지 셋이서 진입하기로 했다. 이야기를 마친 그들은 '시티하우스 요쓰야'로 향했다.

"또 당신이에요?"

사야카는 생각과는 달리 순순히 문을 열고, 다람쥐 같은 얼굴로 짜증스럽게 대꾸했다. 낡은 청바지에 시원한 여름용 니트 차림이었지만, 강한 눈 화장 때문에 사람 좋아 보이는 인상은 많이 흐려져 있었다. 미끼 역할을 완수하기 위해 나가기 전에 화장에 공을 들인 것이리라.

"소설가 노리즈키 씨라고 했나요? 오늘은 다시로 씨는 안 보이네요."

"호오. 기억하고 계시네요?"

"한 번 만난 사람의 이름과 얼굴은 잊어버리지 않아요. 저쪽 두 분은 누구시죠?"

사야카는 업소에서 손님을 대하듯 시치미를 뚝 떼고 말했다. 구노는 경찰수첩을 제시하며 신분을 밝혔다.

"야마노우치 사야카 씨 맞으시죠? 잠깐 물어볼 것이 있는데 들어가도 괜찮겠습니까?"

형사들이 찾아왔는데도 사야카는 눈 하나 깜짝하지 않았다. 나카시로의 얼굴을 빤히 쳐다보며, 납득했다는 표정을 짓는다. 직접 대면하는 것도 시간문제라 생각하고 미리 마음의 준비를 하고 있었던 모양이다.

"지저분한 집이지만 들어오세요."

세 사람을 안으로 들여보낸 사야카는 부자연스러울 정도로 뻣뻣한 동작으로 시계를 보았다.

"시간이 오래 걸리나요?"

그녀는 애교스런 목소리로 구노에게 물었다.

"오래 걸릴지도 모르겠네요. 야마노우치 씨의 대답 여하에 달려 있습니다."

"그래요. 이제 곧 출근해야 해서요. 가게에 전화해도 되나요?"

구노가 허락하자, 사야카는 매니저에게 전화를 걸어 개인적인 사정으로 늦을 것 같다고 양해를 구했다. 몰래 도모토에게 연락을 취한 것이 아닌가 하는 생각에 통화 내용에 귀를 기울였지만, 수상한 낌새는 없었다. 왠지 모르게 태도가 굳어 있는 것 같기도 하다. 손을 내밀면 닿을 거리에 속이 꽉 찬 보스턴백이 놓여 있었다.

사야카는 전화를 끊고 자세를 바로 잡았다. 린타로와 구노도 테이블 건너편에 자리를 잡았다. 나카시로는 현관 쪽 벽에 기대 만일의 사태에 대비했다.

"오늘은 갑자기 무슨 일로 찾아오셨죠?"

"한 시간 반 전에 저기 있는 가방을 들고, 택시를 타고 외출하셨죠? 어디 다녀오셨는지 알려주시겠습니까?"

사전에 상의한 대로 구노가 이야기를 꺼내자, 사야카는 과장된 동작으로 한숨을 쉬었다. 그리고 곁눈질로 나카시로 쪽을 가리키더니, 질 나쁜 웃음을 지으며 말했다.

"빙 둘러서 말하지 마시죠. 제가 어디 갔는지 이미 알고 있잖아요. 저쪽 형사님이 계속 미행한 거 다 알거든요."

"그러시군요. 혹시 모르니 가방 안을 보여주시겠습니까."

사야카는 보스턴백을 가져오더니 이보라는 듯 지퍼를 열었다. 안에는 이국적인 무늬의 커버를 씌운 오리털 베개 하나가 들어 있었다. 머쓱한 듯 구노는 곁눈으로 린타로를 향해 눈짓했다. 린타로는 질문을 이어받아 물었다.

"그럼 단도직입적으로 묻죠. 지금부터 한 시간 전에 도모토 슌으로 추정되는 남자가 이 맨션 밖으로 나왔습니다. 그리고 주차장에 있던 오토바이를 타고 밖에서 잠복하고 있던 형사를 따돌리고 도미히사 초 방면으로 도주했고요. 요컨대 당신은 방에 숨겨두고 있던 도모토가 도망치는 것을 돕기 위해 미끼 역을 자처한 거죠?"

"말했잖아요. 거기까지 알고 있으면서 입 아프게 또 묻지 말라고요."

미안해하는 기색도 없이, 사야카는 태연하게 대답했다. 용의자의 도주를 도운 것을 숨길 생각은 없는 것 같았다.

"그렇다는 건 도모토 슌이 여기 숨어 있던 것도 부정하지 않는 거군요?"

구노가 다시 한 번 묻자, 사야카는 지겹다는 듯 고개를 끄덕였다.

"언제부터죠?"

"지난달 말부터예요. 그 얘긴 지난주에 여기 있는 노리즈키 씨에게도 했어요. 아무 말도 없이 갑자기 가방 하나 들고 나타났다고. 가끔씩 밖으로 나갔던 적은 있었지만, 그 후로 한 달 동안은 거의 매일 여기서 지냈어요."

"그럼 이번 달 8일에 이곳에서 나가 대만으로 떠났다는 이야기는?"

"그건 거짓말이죠."

그 거짓말에 휘둘린 당사자가 눈앞에 있는데도, 사야카는 얄미울 정도로 뻔뻔하게 대꾸했다.

"지난주 목요일이었던가, 제가 야근을 끝내고 집에 돌아왔더니 도모토가 짐을 챙기고 있었어요. 앞으로 이삼 일 안에 노리즈키 린타로나 다시로 슈헤이란 사람이 자기를 찾으러 올지도 모른다면서, 만일 그 녀석들이 나타나면 이런 사정으로 자기가 대만으로 건너갔다고 전해달라고 부탁하더군요. 녀석들을 따돌리면 연락해달라는 말을 남기고, 날이 밝기 전에 사라졌어요. 그리고 곧바로 그날 저녁에 이이다 씨가 도모토와 만나고 싶어 하는 사람이 있다고 연락하더군요."

"우리가 여기 오는 걸 알고 그런 거짓말을 한 겁니까? 그러면 퇴근길에 이상한 2인조가 뒤를 밟았다는 것도 지어낸 이야기였습니까?"

린타로는 과장된 동작으로 그렇게 물었다. 한 명쯤 얼빠진 멍청이가 있어야 사야카의 입도 가벼워지겠지.

"내 연기도 꽤 쓸만했죠? 원래는 소극단의 배우가 되고 싶었거든요. 업소에 나가게 된 것도 원래는 연기 연습하려고 들어간 거고요. 도모토가 이 일이 끝나면 아는 극단에 소개시켜 준댔어요."

"그게 연기였다면 연예기획사와 문제를 일으켜서 위험한 녀석들에게 쫓겨 다닌다는 이야기도 거짓말인가 보군요."

"그건 진짜예요. 처음에는 정말로 겁먹었다니까요. 그렇지만 나한테까지 무서운 아저씨들이 찾아오진 않았어요. 사진을 가지고 협박해 봤지만, 상대방이 한 수 위라 본전도 못 건지고 쫓겨난 거겠죠. 겁먹고 도망쳤다는 소문이 퍼지면 기획사 체면도 서니까. 잔챙이는 잔챙이답게 잠시 숨죽이고 살고 있으면 잠잠해질 테니까요."

"잔챙이는 잔챙이답게라. 일단 행방을 감췄던 도모토가 다시 여기 돌아온 건 언제입니까?"

"금요일 저녁이요. 당신들이 돌아간 뒤에 연락했더니 바로 왔어요."

"토요일에는? 도모토가 또 어디 나가지는 않았습니까?"

"점심쯤에 나간 것 같아요. 난 자고 있어서 나가는 건 못 봤지만, 1시 넘어서 일어나 보니 이미 없더라고요."

그 시간이라면 니시이케부쿠로의 맨션에서 린타로가 여장한 도모토에게 한 방 먹고 있을 때였다. 핑크색 프릴 재킷과 긴 치마에 대해 아는 것이 없냐고 물었더니, 사야카는 자신이 일하는 가게에서 빌려온 물건이라 했다.

"여장 마니아인 손님 요청으로 LL사이즈 여자 옷을 상비해놓고 있거든요. 변장용 옷을 준비해달라기에 대충 가져다 준 건데, 설마 진짜로 입을 줄은 몰랐어요. 그런 모습으로 바깥을 돌아다니다니,

정말 그런 배짱만 있어서 어쩌자는 건지."

"그런 차림으로? 혹시 도모토가 여장하고 여기 온 겁니까?"

"맞아요. 일하러 나가기 전이었으니까 아마 토요일 4시 전이었을 거예요. 내 눈앞에서 화장을 지우고 이제 필요 없다면서 옷을 돌려주더군요. 어디서 뭘 했는지 물어봤지만 히죽대기만 하고 가르쳐주지 않았어요."

어설픈 탐정을 따돌리고 한껏 신이 나 있었으리라. 린타로는 두 손으로 사각형 모양을 만들며 물었다.

"그때 도모토가 이 정도 크기의 가방을 가지고 있지 않았습니까?"

"아뇨. 그날은 빈손이었어요."

"꼭 토요일 오후가 아니라도, 도모토가 이 정도 크기의, 사람 머리가 들어갈 정도의 짐을 여기에 들고 오거나, 맡아달라고 부탁한 적은 없나요?"

사야카는 연이어 고개를 저었다. 그 사이즈만한 물건(베개라든지, 쿠션 등)을 이 집에서 가지고 나간 적도 없다고 한다. 린타로는 머릿속에서 빨간 줄을 긋고 팔짱을 꼈다. 기다렸다는 듯 구노가 이어서 질문을 던졌다.

"토요일 오후 4시 이후부터 야마노우치 씨가 집에 돌아온 다음날 새벽까지 도모토는 혼자였던 거군요. 그 사이에 어디서 무엇을 했는지 알고 계십니까?"

"계속 여기 있었을 거예요. 변장용 옷도 없었으니까. 그리고 전 더 일찍 돌아왔어요. 전날부터 몸이 피곤했는데, 도착하니까 생리가 시작하더라고요. 일도 못할 것 같아서 그날은 일찍 들어왔어요.

집에 오니 8시가 넘었던 걸로 기억해요. 도모토는 텔레비전을 보면서 컵라면을 먹고 있더군요."

"당신이 집을 비운 사이 도모토 말고 다른 사람이 이 집에 있었던 흔적은 없었습니까?"

"없었어요. 손님이 왔었다면 금방 눈치챘을 거예요."

사야카의 대답에 망설임은 없었다. 구노는 고개를 끄덕이는 척하며 나카시로에게 눈짓을 했다.

"이야기 중에 죄송합니다만, 화장실 좀 빌릴 수 있을까요."

"그러세요. 저기 보이는 문이에요."

나카시로는 사야카가 가리킨 문을 열고 안으로 들어갔다. 방 구조를 고려했을 때, 화장실 안은 아마도 욕조, 세면대, 변기로 구성되어 있을 것이다. 그곳에서 머리 절단 작업이 이루어진 흔적은 없는지, 나카시로가 몰래 살펴보는 동안, 구노는 태연한 얼굴로 질문을 계속했다.

"다음 날인 일요일에 있었던 일에 대해 묻겠습니다. 도모토가 오후에 외출하지 않았습니까?"

"그날은 아무 데도 안 갔어요. 계속 방에 있었어요."

구노는 얼굴을 찌푸리며 틀림없는 사실이냐고 한 번 더 확인했다. 야마네코 운송 마치다 영업소에 선글라스와 야구모자로 얼굴을 가린 남자가 나타나, 에치카의 머리가 든 상자를 맡긴 건 19일 일요일 오후 4시 20분이었다.

"틀림없어요. 전날부터 계속 몸이 좋지 않아서 일을 쉬고 집에 누워 있었거든요. 하루 종일 여기 있었기 때문에 도모토가 밖에 나가지 않은 건 장담할 수 있어요. 가게 매니저에게 확인해보세요."

사야카는 업소 연락처와 매니저의 이름을 불러주었다. 시원스런 말투가 거짓말하는 것처럼 느껴지지는 않았다. 도모토의 전화번호를 묻자, 그것도 순순히 가르쳐주었다.

물 내리는 소리가 들렸다. 나카시로가 화장실 밖으로 나왔다. 그는 기대가 어긋난 듯한 표정으로 가만히 고개를 저었다. 욕조나 샤워 커튼에 눈에 띄는 흔적은 없는 모양이다. 구노는 입을 내밀더니, 품안에서 접힌 종이를 꺼내 펼쳤다.

"이렇게 생긴 남자를 본 적 있습니까?"

사야카는 아무 말 없이 뚫어지게 몽타주를 바라봤지만, 곧바로 고개를 저었다.

"본 적 없어요. 모자랑 선글라스가 없으면 또 모르지만……. 이 사람이 가와시마 에치카란 애를 죽인 범인이에요?"

린타로의 몸이 굳어졌다. 사야카가 먼저 꼬리를 드러냈기 때문이다.

"잠깐만요. 어떻게 그걸 알고 있죠?"

"어떻게 알긴요. 텔레비전에서 엄청 떠들어대던데요. 나고야 미술관에서 젊은 여자의 시신 일부가 발견됐다고. 신문에도 나왔던데."

"언론에서는 피해자의 이름은 보도하지 않았습니다. 아직 공표되지 않았으니까."

"그게 어쨌는데요? 이름은 도모토가 가르쳐줬어요."

"도모토가? 언제 어떤 상황에서 말입니까?"

사야카의 대답을 들은 구노는 안색을 바꾸며 물었지만, 그녀는 전혀 두려워하는 기색 없이 천연덕스러운 목소리로 말했다.

"어젯밤, 날짜로는 오늘이겠네요. 일 끝내고 돌아오니까 불을 끈 채 도모토가 자지 않고 기다리고 있더라고요. 그 사람 말로는 월요일에 나고야 미술관에서 여자 시체가 발견되었다고 했어요. 석간 기사만 읽어서 자세히는 모르겠지만, 살해된 사람은 아마도 가와시마 에치카라는 여자일 거라고 했어요. 자칫 잘못하단 자기가 범인으로 몰릴지도 모른다면서, 무척 혼란스러워하는 것 같았어요."

"자칫 잘못하단? 자기가 죽였다고 고백한 게 아니라요?"

"설마 그럴 리가요. 나쁜 놈이지만 사람을 죽일만한 배짱은 없어요."

사야카는 진지한 얼굴로 구노의 말을 일축했다.

"그랬으면 그렇게 갑자기 태도가 바뀔 리 없잖아요. 일이 이렇게 되다니, 내가 너무 어리석었다면서 자기를 탓하는 것 같더니, 돌아오는 길에 형사에게 미행당하지 않았느냐, 이 집도 누군가에게 감시당하고 있는 거 아니냐면서, 이번에는 그게 신경 쓰이는지 한시도 가만 있지 못하더라고요. 자기가 한 짓이라면 전부터 겁에 질렸겠지, 갑자기 그렇게 정신 못 차리고 벌벌 떨었겠어요."

근거 없는 추측이었지만, 미리 준비해놓은 대사가 아니라면 나름대로 설득력이 있었다. 구노는 일단 정면 돌파할 생각은 버린 것 같았다.

"그렇군요. 그래서 당신을 미끼로 삼아 여기서 도망친 겁니까?"

"네. 도모토가 그렇게 해달라고 부탁했어요."

"헬멧과 오토바이는?"

"제 거예요. 오토바이는 꽤 오래된 거라 다 쓰면 그냥 버리라고 했어요."

"알겠습니다. 굳이 말할 것까지도 없이, 당신의 행동은 범인 은닉, 또는 사후공범죄에 해당할 수도 있습니다. 수사본부에서 정식으로 진술해야 하니 마치다 서까지 동행해 주십시오. 물론 변호사를 선임할 권리가……."

"진술할게요. 하지만 변호사는 필요 없어요."

사야카는 단호한 어조로 구노의 말을 막았다.

"도모토는 그 여자를 죽이지 않았으니까요. 나도 바보는 아니에요. 그 사람이 범인이었다면 진작 눈치챘다고요. 도모토가 하지도 않은 살인죄를 뒤집어쓸 것 같아서 도망치도록 도와준 거예요. 결백한 사람을 돕는 게 어째서 죄가 되나요?"

"그게 말입니다."

구노는 사야카를 진정시키듯 말했다.

"이건 극비 정보입니다만, 나고야 미술관에서 발견된 시체가 든 상자에서 도모토의 지문이 검출되었습니다. 야마노우치 씨도 잘 아시다시피, 도모토는 2년 전에 공갈협박 혐의로 고소당한 적이 있습니다. 그때 채취한 지문과 상자를 봉한 테이프에 남아 있던 지문이 정확히 일치했습니다."

"그건 분명 뭔가 잘못된 거예요!"

"잘못되기는커녕, 움직일 수 없는 사실입니다. 야마노우치 씨, 당신은 의붓아버지와의 문제로 도모토에게 빚이 있으니, 녀석을 거스를 수 없을지도 모르겠지만, 무턱대고 범죄자를 감싸다간 당신 자신이 손해를 볼 수도 있습니다."

협박으로도 받아들일 수 있는 그 말에, 사야카는 힘없이 한숨을 쉬었다. 그것을 계기로 마음을 정한 듯, 굳건한 각오를 목소리에 담아 입을 열었다.

"예전 일로 빚이 있는 건 사실이에요. 그렇지만 이것과 이건 그 거랑 별개의 문제예요. 제가 피해를 보면서까지 도모토를 감쌀 생 각은 없다고요. 어차피 밝혀질 일이니까 말하겠는데, 도모토는 그 에치카란 애를 미끼로 누구에게 돈을 뜯어내려고 했던 것 같았어 요. 요즘 움직임이 묘했던 것도 그 때문일 거예요. 그렇지만 도모 토는 절대로 그 애를 죽이지 않았어요. 돈줄을 죽여봤자 아무 득도 없을 테고, 제가 알고 있는 도모토란 남자는 그런 엄청난 짓을 저 지를 만한 위인이 아니거든요."

구노는 퉁명스럽게 어깨를 으쓱하더니, 사야카에게 갈 채비를 서두르라 재촉했다. 거짓말쟁이 여자를 보는 눈이 아니라, 남자의 거짓말을 그대로 믿었다 신세를 망친 여자를 가엾게 여기는 눈빛 이었다.

그렇지만 사야카에게는 또 나름대로 사람을 보는 눈이 있을 것이 다. 여자의 직감이라 해도 좋다. 적어도 린타로가 도모토의 일련의 행동에서 느꼈던 비합리적인 느낌과, 사야카의 진술에는 부합하는 부분이 상당 부분 존재했다. 어쩌면……

"가기 전에 하나만 더 묻죠. 피해자를 미끼로 삼아 도모토가 돈 을 뜯어내려는 상대가 누군지, 구체적으로 짐작 가는 사람이 있습 니까?"

린타로가 그때까지의 무뚝뚝한 말투를 바꿔 묻자, 사야카는 나 갈 채비를 하던 것을 멈추고 머리를 젖히며 말했다.

"그렇게 물어도 내가 아는 건 거의 없어요. 도모토가 내 컴퓨터 를 빌려서 인터넷으로 무언가를 조사하고 있었던 것 같다는 사실

밖에 몰라요. 브라우저의 열어본 페이지가 전부 삭제되어 있는 걸 보고 감이 왔죠. 하지만 확실히 확인한 건 아니에요. 그저 오늘 저녁이나 밤에 그 상대와 몰래 만나기로 약속했던 게 아닐까 추측했던 것뿐이죠."

"오늘 저녁이나 밤에?"

"아마도요. 곧 있으면 수중에 돈이 들어온다는 뉘앙스로 말했었고, 위험을 무릅쓰고 밖으로 도망친 것도, 오늘 중에 만나야 할 사람이 있었기 때문이 아닐까요."

구노는 침을 꿀꺽 삼키며 나카시로에게 눈빛을 보냈다. 나카시로는 한손에 휴대전화를 들고 급히 밖으로 나갔다. 린타로는 테이블을 두드리며 사야카를 추궁했다.

"에치카 양에 대해 돈줄이라고 했죠. 도모토가 그렇게 말했습니까?"

사야카는 엉거주춤한 태도로 고개를 끄덕였다.

"돈도 돈이지만, 사건에 대해 듣고 혼란에 빠진 도모토가 그렇게 말했어요. 난 가와시마 에치카에 대한 굉장한 비밀을 알고 있다고. 그게 자기 마지막 패라고."

"굉장한 비밀? 그게 뭡니까?"

"잠깐만요, 지금 생각하고 있어요. '그 애 엄마는 친엄마가 아니다. 아버지는 가와시마 이사쿠지만, 에치카를 낳은 건 십 몇 년 전에 자살한 이모다'라고."

제5부

Level Five

그리스 조각의 채색된 눈은 무척이나 강한 인상을 주었지만, 이탈리아의 조각가들은 채색되지 않은 안구가 감수성이나 배려 같은 추상적인 사고를 표현하기에 적합하다고 생각했다. 이 경우에 무언가를 바라본다기보다, 오히려 허공을 바라보는 쪽이 더 선호됐다. 확실히 기독교 미술의 조각상들이 표현하려는 주제에 적합했고, 보다 표현력이 뛰어났기 때문이다. 그러나 왕이 자신의 장군 가운데 한 명에게 명령을 내리는 듯한 표정을 의도했던 '루이 14세의 초상' 같은 경우는 예외라 할 수 있다. 베르니니가 진정한 왕후의 눈빛을 표현하려 했을 때, 조각된 눈은 무척 중요한 요소였다.

《조각의 제작 과정과 원리》, 루돌프 비트코어

22

마치다 서의 현관 앞에는 수많은 취재진들로 가득 차 있었다. 수사본부의 기자회견은 이미 끝났으니, 저녁 뉴스 중계를 앞두고 한창 자리싸움을 벌이고 있는 것이리라.

아마도 지금쯤 미나미오오야의 가와시마 가 주변에도 속속 중계차들이 몰려들고 있을 것이다. 피곤에 절어 축 처진 채, 린타로는 창문을 손가락으로 두드렸다. 사건이 언론의 주목을 받을 거란 사실은 알고 있었지만, 보도 열기가 너무 지나치면 앞으로의 수사에 지장을 줄 수도 있다.

"이대로 정면으로 댈까요?"

미야모토 형사는 브레이크를 밟으며 상사에게 물었다. 구노는 야마노우치 사야카와 나란히 뒷좌석에 앉아 있었다. 임의동행이기 때문에 수갑을 채우지는 않았지만, 몰려든 취재진을 보고 사야카도 이제야 사태의 심각성을 실감한 것 같았다. 조금 전까지의 뻔뻔한 태도는 온데간데없이 사라지고, 얼굴을 가린 채 신경질적으로 손톱을 물어뜯기 시작했다.

"밖에서 소란을 일으켰던 일이 번거로워질 거야. 참고인을 카메라에 노출시킬 순 없어. 본부에 연락해서 뒷문을 열어달라고 해."

일단 마치다 서를 지나친 미야모토는 무선으로 사령실에 연락했다. 음식점 배달원 같은 톤으로 도착을 알린 그는 취재진의 눈에 띄지 않도록 도로를 돌아 차를 뒷문에 세웠다. 그리고 문이 열리자마자 토끼처럼 잽싸게 경찰서 안으로 들어갔다.

안에서 대기하고 있던 여경에게 사야카를 인도하고, 참고인 조사를 계속하라고 지시했다. 사야카는 토라진 듯 부루퉁한 얼굴로 항의하며 취조실로 끌려갔다.

"수고했네."

노리즈키 경시가 직접 내려와 구노와 미야모토에게 수고의 말을 건넸다.

"요쓰야 보건소 뒤에 나카시로를 내려주고 왔습니다. 긴급 증원을 부탁드립니다."

"벌써 요청했네. 도모토가 요쓰야로 다시 돌아올 가능성은 있나?"

"거의 없다고 봐야겠죠. 녀석의 행방에 대한 정보는 들어왔습니까?"

"하나조노 신사 근처에서 오토바이를 찾긴 했지만 그거 말고는 딱히 수확은 없네. 완전히 놓친 것 같아."

"기자회견은 잘 빠져나오셨나요?"

린타로의 물음에 경시는 무뚝뚝한 얼굴로 고개를 끄덕였다.

"매뉴얼대로 엄숙하게 진행됐어. 물론 용의자에 관해서는 아직 아무것도 공표하지 않았고. 일단 정보를 통제하고는 있지만, 너무 느긋하게 굴 수도 없을 것 같아. 바깥에 몰려든 기자들 봤지?"

"벌써부터 특종 경쟁이 시작된 것 같네요."

"회견 전보다 사람이 더 들었어. 피해자의 신원을 발표하자마자 이 모양이야. 정말이지 앞으로가 걱정되는군. 덤으로 요쓰야에서 한 방 먹었으니, 한시라도 빨리 도모토를 찾아내지 못하면 일이 귀찮아질지도 몰라."

불평을 쏟아내는 경시를 향해, 미야모토 형사는 면목 없다는 표정을 지었다. 경시는 살짝 턱을 쓰다듬으며 말했다.

"아니, 설교는 나중에 하지. 먼저 요쓰야에서 얻은 정보를 자세히 보고하게."

"가와시마 씨와 구니토모 씨는 어디 계십니까? 벌써 돌아가셨나요?"

노리즈키 경시는 고개를 저었다. 두 사람 모두 이제 막 조사가 끝나서 지금은 한숨 돌릴 겸 2층 응접실에서 대기하고 있다고 한다.

"그럼 전 그쪽에 가 있겠습니다. 무슨 일 있으면 바로 연락하시고요."

응접실은 담배 연기로 가득 차 있었다. 테이블에는 녹차 캔이 덩그러니 놓여 있을 뿐, 그 밖에는 아무것도 없었다. 가와시마와 레이카는 모두 지친 표정으로 아무 말 없이, 그저 망연자실하게 소파에 앉아 한숨의 횟수만큼 담배꽁초의 수를 더하고 있는 것 같았다.

요쓰야에서 돌아왔다고 이야기하자, 가와시마는 등을 긁으며 탁한 목소리로 말했다.

"표정이 왜 그래? 아직 도모토의 소재는 파악하지 못한 건가?"

"도주에 사용한 오토바이만 찾았고, 본인 행방은 묘연해요. 그 대신 야마노우치 사야카를 데리고 왔습니다."

"그 거짓말쟁이 여자 말이군. 공범 혐의로 체포된 건가?"

"아직 참고인 자격입니다. 도모토가 도망치도록 도운 건 인정하지만, 도모토는 범인이 아니라고 완고하게 주장하더라고요."

"어차피 도모토와 한패일 텐데, 끝까지 물고 늘어지는군. 그렇지만 진짜 형사한테 걸렸으니 언젠가는 꼬리를 드러내겠지. 자백하는 것도 시간문제겠어."

가와시마의 낙관적인 예측에 대해서는 답하지 않고, 린타로는 레이카 쪽을 향해 말했다.

"다마가와 학원 역에서 발견된 자전거는 확인하셨습니까?"

"에치카의 자전거가 맞아요. 아까 들은 바로는 토요일 1시경에 자전거를 타고 역까지 간 건 확실한가 봐요. 본 사람도 여럿 있었고."

"그 시간이 확실한가 보군요. 역에서 어디로 갔답니까?"

"오다큐선을 탄 것 같대요. 하지만 거기서부터는."

모른다는 말 대신 레이카는 고개를 저었다.

시간도 그렇고, 행선지도 그렇고, 도모토와 행동이 겹치는 점이 마음에 걸렸다. 범행이 일어난 토요일뿐만이 아니다. 그 전날, 에치카가 카메라를 가지고 외출한 금요일에도 도모토는 어디론가 외출했었다고 한다. 린타로와 다시로의 방문을 피해, 그날 저녁 요쓰야로 돌아올 때까지 어디서 무엇을 하고 있었는지 행적이 묘연하다.

"혹시 지난주 월요일에 가와시마 씨의 집에 가셨습니까?"

"지난주 월요일이라면 13일 말이군요. 그날은 점심에 한 번 들렀다 오후에는 신주쿠에서 사람을 만났어요. 도저히 미룰 수 없는 약속이었거든요. 이사쿠 씨가 죽은 걸 핑계로 약속을 취소할 수도 없었으니까요."

"그렇군요. 가와시마 씨도 그날 저녁에는 히가시나카노의 자택에 계셨죠? 그러면 후사에 씨가 장을 보러 나간 사이, 에치카 양 혼자 집에 있었다는 거네요."

"그랬겠지. 그런데 그게 어쨌다는 건가? 지난주 월요일이라면 후사에 씨가 마치다 역 앞에서 도모토를 봤던 날 아닌가."

가와시마는 의아하다는 듯 인상을 찌푸렸다. 린타로는 가능한 한 신중하게 말했다.

"그때부터 두 사람이 서로 합의하에 몇 번 접촉했을 가능성이 있습니다. 에치카 양은 빈번하게 도모토와 연락을 주고받고 있었을지도 모릅니다. 야마노우치의 진술에 의하면 도모토는 지난주 수요일, 고별식이 있었던 날입니다. 그날 심야에 저와 다시로가 요쓰야의 맨션으로 찾아갈 것을 알고 있었다고 합니다. 가와시마 씨에게 도모토의 신변 조사를 부탁한 건 그날 밤이니까, 아무리 생각해도 정보가 너무 빨리 새 나갔죠. 그렇지만 이사쿠 씨 서재에서 이야기를 나눴을 때, 에치카 양이 복도에서 몰래 엿듣고 그 즉시 도모토에게 알려줬다면 그렇게 신속하게 대피한 것도 납득이 갑니다. 토요일 오후에 그녀가 아무 말 없이 외출한 것도 도모토의 전화를 받고 이케부쿠로 쪽으로 가려던 게 아니었을까요?"

"에치카와 도모토가? 말도 안 돼. 있을 수 없는 일이야."

가와시마는 말도 안 되는 소리 말라는 듯 손을 내저으며 망연자실한 표정으로 말을 이었다.

"몇 년 전이라면 또 몰라도, 지금 두 사람 사이에는 아무 접점도 없네. 애초에 전화를 했다 해도, 경찰 조사로 통화 기록에 수상한 점은 없었다는 게 밝혀졌지 않나."

"그것 말입니다만……. 레이카 씨, 이사쿠 씨의 휴대전화는 찾으셨습니까?"

"아뇨. 저도 그게 마음에 걸리는데……. 그렇지만 아틀리에와 석고상을 무단으로 가지고 간 것처럼 휴대전화도 우사미 씨가 가져간 게 아닐까요?"

"그럴 가능성도 배제할 순 없습니다만, 에치카 양이 아버지의 휴대전화를 숨겼을 가능성도 있죠. 분실된 전화에 도모토의 전화번호가 등록되어 있었습니까?"

레이카는 뺨에 손을 대더니, 잘 모르겠다는 듯 고개를 저었다. 전화번호부를 직접 본 적은 없지만, 도모토의 번호가 등록되어 있어도 이상할 건 없다고 한다.

린타로의 생각대로였다. 딸에 대한 스토커 행위를 강압적으로 중지시킨 다음에도, 가와시마 이사쿠는 제삼자를 통해 정기적으로 도모토 슌을 감시하고, 눈에 보이지 않는 압력을 행사했던 것 같다. 그래서 다시 무언가 불온한 움직임이 포착되었을 때, 도모토에 대해 즉시 경고할 수 있도록 가와시마가 자신만의 핫라인을 확보하고 있었을 가능성이 아예 없다고는 할 수 없다. 실제로 어떻게 하려는 것이 아니라, 액운을 쫓는 부적 같은 것이었겠지만. 레이카는 망설이는 목소리로 그렇게 말했다.

"그 사실은 아직 경찰에 말하지 않으셨죠?"

"네. 생전의 그 사람을 욕보이는 것 같아서 도저히 말 못하겠더라고요."

"마음은 알겠습니다만, 만일의 경우란 것도 생각해야죠. 이사쿠 씨 휴대전화의 과거 1주일 동안의 통화 기록을 살펴보는 게 좋을 것 같습니다. 가와시마 씨, 동의서에 사인 부탁드립니다."

"꼭 그렇게 해야겠다면 그러겠네."

가와시마는 담배를 잘근잘근 씹으며 불쾌함을 감추지 않고 말했다.

"설령 형님이 그러셨다 해도 자네의 억측을 받아들이진 못하겠군. 에치카가 자신을 스토킹 했던 남자와 내통하고 있었다니, 말이 안 되는 소리도 정도껏 해야지. 자네는 모르겠지만, 집요한 협박이 계속된 나머지 당시 에치카는 정신이 나가기 일보 직전이었어. 그런 저주스런 기억이 그렇게 쉽게 사라질 리 있겠나. 아무리 시간이 흘렀다 해도, 도모토의 목소리만 들어도 꼼짝할 수 없었을 거야. 한술 더 떠서 아버지가 죽은 직후에 그런 천적과도 같은 남자와 연락을 취했을 리 없잖나."

"그 반대일지도 모르죠. 자신을 지켜주던 아버지가 돌아가셨기 때문에, 더더욱 홀로 그 천적에게 맞서 과거의 트라우마를 극복하려 했던 게 아닐까요? 적어도 고별식 날의 에치카 양은 그렇게 보였습니다."

"그것도 억측에 불과해. 자네 이야기는 모두 '그럴지도 모른다'는 가능성의 이야기잖아. 아까부터 도모토를 옹호하는 것처럼 보이는데, 대체 자네는 누구 편인가? 살해된 에치카인가, 아니면 스토커에 도촬 사진작가에 엽기적인 살인자인 도모토 슌인가."

분개한 가와시마는 린타로에게 힐난을 퍼부었다.

"너무 말씀이 지나치시네요."

레이카가 중재하듯 끼어들었다.

"노리즈키 씨 말에도 일리는 있어요. 이사쿠 씨가 죽고 난 후로 에치카는 모든 걸 혼자 짊어지려 하는 것 같았거든요. 그렇지만 도모토와 사전에 약속하지는 않았을 것 같아요."

"무슨 말이지?"

"에치카에겐 자기 나름의 생각이 있었고, 도모토에게 마음을 허락한 건 아니란 뜻이에요. 에치카는 절단된 석고상의 머리를 되찾기 위해 먼저 도모토에게 접근해서 상대를 회유하려 했던 게 아닐까요? 소중한 아버지의 유품을 되찾는 것이 목적이었다면, 그간의 부자연스러운 행동도 설명이 되죠. 독단으로 움직였다 변을 당했다 해서 에치카를 비난할 순 없어요."

"그런 거라면 나도 이러쿵저러쿵할 생각은 없네."

가와시마는 일단 공격을 멈췄지만, 표정은 여전히 납득할 수 없다는 눈치였다. 담배를 재떨이에 끄더니, 과장된 동작으로 팔짱을 낀다.

"그렇다고 해도, 역시 에치카의 행동은 납득이 가질 않는군. 도모토에게서 석고상의 머리를 되찾는 게 목적이었다면, 어째서 우리와 의논하지 않은 거지? 혼자서 맞서기엔 너무 위험한 상대란 건 에치카가 제일 잘 알고 있을 텐데."

"아무에게도 이야기할 수 없었던 이유가 있었을지도 모르죠."

린타로는 그렇게 대답했다. 지금까지의 대화는 앞으로 이야기할 것의 전초전에 지나지 않는다.

"야마노우치 사야카를 추궁했더니, 놀라운 사실을 털어놓더군요. 도모토는 에치카 양에 관한 엄청난 비밀을 알고 있었고, 그걸 미끼로 누군가에게서 돈을 뜯어내려고 했다고 합니다."

"엄청난 비밀?"

가와시마는 인상을 쓰더니, 마른침을 삼키며 물었다.

"설마 에치카의 옛날 사진 말인가? 형님이 필름은 전부 처분했을 텐데, 아직도 몰래 가지고 있던 필름이 있었나보군."

"그런 게 아닙니다. 비밀이란 건 에치카 양의 출생에 관한 것입니다. 도모토는 가와시마 이사쿠의 딸을 낳은 사람은 부인인 리쓰코 씨가 아니라 16년 전에 자살한 유코 씨라고 했답니다."

"말도 안 돼요."

레이카는 그렇게 중얼거리며 가와시마의 얼굴을 보았다. 그렇지만 제일 중요한 가와시마의 반응은 썰렁했다. 그는 공허한 얼굴로 이쪽을 바라보며, 벌린 입이 다물어지지 않는다는 듯 고개를 갸웃거렸다.

"유코 씨가 에치카의 생모라고? 말도 안 되는 소리는 이제 그만하게. 그런 일이 있을 리 없잖아."

"과연 그럴까요. 전에 가와시마 씨도 말씀하셨잖습니까. 리쓰코 씨는 이사쿠 씨와 이혼한 뒤에도 딸은 나 몰라라 했고, 성장한 에치카 양의 얼굴도 제대로 본 적 없다고. 그렇게 무책임한 사람은 어머니로서는 실격이라고. 그녀의 어머니가 리쓰코 씨가 아니라면, 딸에게 전혀 엄마로서 관심을 가지지 않았던 것도 지극히 당연하다고 할 수 있겠죠."

"그건 자네 생각이고. 야마노우치 사야카의 거짓말에 휘둘려 큰 코 다친 지 얼마 되지도 않았는데 또 이러나. 자네 같은 사람이 어째서 그런 밑도 끝도 없는 헛소리를 믿는 거지?"

가와시마는 짜증과 불신을 넘어, 이제는 질렸다는 듯 탄식했다.

사야카의 말을 곧이곧대로 믿을 수 없다는 건, 린타로도 그간의 경험으로 인해 뼈저리게 알고 있었다. 그렇지만 이 일에 대해서는 쉽게 물러설 수 없는 근거가 있었다.

"밑도 끝도 없는 헛소리라고 생각할 수만은 없습니다. 사야카의 말이 맞는다고 하면, 에치카 양이 아무에게도 의논하지 않고 도모토의 말대로 움직인 이유도 상상이 가죠. 이사쿠 씨의 고별식에서 그녀가 가가미 준이치에게 했던 말을 기억하십니까?"

"그 사람에게 꼭 확인하고 싶은 일이 있다. 피를 나눈 외동딸의 부탁이라고 전해달라는 것 말인가?"

"에치카 양의 생모가 리쓰코 씨가 아니라 동생인 유코 씨라면, 그 말에도 숨겨진 메시지가 담겨 있었을 가능성이 있습니다. 일부러 피를 나눈 외동딸이라는 표현을 쓴 것도, 정반대의 사실을 암시해서 가가미 준이치의 반응을 살피기 위해서였던 게 아닐까요?"

"그건 자네 생각이고."

가와시마는 질렸다는 듯 조금 전과 같은 말을 되풀이했다.

"에치카가 어떤 생각으로 그런 소리를 했는지는 모르겠지만, 자네가 생각이 틀렸다는 건 확실하네. 아무리 이유를 갖다 붙여도, 사실을 뒷받침해줄 증거가 없으면 탁상공론에 불과하지. 에치카의 생모는 리쓰코 씨가 분명해."

"정말 틀림없는 사실입니까?"

"사람 귀찮게 하는군. 내가 이 눈으로 봤다면 믿겠나. 에치카는 1978년 가을에 태어났어. 형님과 사이가 틀어지기 전이라 배부른 리쓰코 씨와도 몇 번이나 만나 이야기를 나눴어. 무사히 아이를 낳은 다음에 병원으로 찾아간 적도 있으니까."

"가와시마 씨가 만난 임산부는 틀림없이 리쓰코 씨가 확실했습니까?"

"당연하지. 아무리 피를 나눈 자매라도, 평소부터 잘 알고 있는 사람을 헛갈릴 리 없잖나. 로스 맥도널드의 소설도 아니고. 당시 유코 씨와는 그렇게 친하지 않았지만, 병원에 찾아갔을 때 우연히 그녀와도 몇 번 만난 적이 있네."

"유코 씨도 문병을 온 겁니까?"

"그래. 두 사람이 함께 있는 걸 보면 확연히 차이를 느낄 수 있네. 누가 봐도 아이를 낳은 건 리쓰코 씨야. 유코 씨는 자기도 얼른 아이를 가지고 싶다며, 언니의 출산을 무척이나 부러워했어. 남편인 가가미는 오지 않았지만, 분명히 결혼한 지 얼마 되지 않았을 무렵이었을 거야. 가가미 부부는 그 해 봄에 식을 올렸으니까."

"두 사람이 함께 있는 걸 보셨단 말씀이시군요."

출산 직후에 언니와 동생이 나란히 얼굴을 마주하고 있었다면, 위장 임신이나 갓난아이 바꿔치기가 이루어졌을 가능성은 거의 없다고 봐야 한다. 린타로가 힘없이 어깨를 떨어뜨린 것을 보고, 가와시마는 못을 박듯 다시 한 번 말했다.

"그러니까 틀림없다고 했지 않나. 애당초 에치카가 리쓰코 씨의 딸이 아니라면, '모녀상' 연작도 이 세상에 존재하지 않았을 거야. 우사미 군에게 확인해보든지. 그건 틀림없이 리쓰코 씨를 라이프캐스팅한 작품이라고 대답할 걸세. 그게 아니라면, 우리 형님이 신혼인 처제를 몇 번이고 아틀리에로 끌어들여 전부 9체의 전라의 임부상을 만들고, 그것을 자신의 아내라고 속여 공표했다는 건가. 그런 비상식적인 짓을 하고도 아무도 눈치채지 못할 수가 있나."

가와시마는 확신하고 있었다. 의심이 완전히 풀린 건 아니었지만, 더 이상 물어도 밑 빠진 독에 물 붓기다.

"알겠습니다. 그러면 사야카의 진술이 밑도 끝도 없는 헛소리라는 것을 확인하기 위해, 에치카 양이 태어난 병원이 어딘지 가르쳐주시겠습니까?"

말이 끝나기가 무섭게 레이카의 눈빛이 날카로워진 건, 전화번호부에 남아 있던 접은 흔적이 마음에 걸렸기 때문이리라. 하지만 아직 그 사실을 모르는 가와시마는 린타로의 질문을 글자 그대로 받아들인 것 같았다.

"장소는 분명히 나루세 역 부근이었으니까, 미나미나루세 근처일 거야. 이름은 기억나지 않지만, 산부인과 병원이 아니라 자그마한 조산원이었어. 기억이 확실치 않아서 미안하네. 20년 전에 한번 가봤을 뿐이니 말이야. 그러고 보니 조산사가 줄어들어서, 예전에 폐업했다는 소식을 들은 기억이 있네. 후사에 씨라면 이름 정도는 기억하고 있지 않을까."

23

"미나미나루세의 조산원?"

노리즈키 경시는 미간을 찌푸리며 매정하게 고개를 저었다.

"아니, 전화번호부에 실린 목록에는 없었어. 조산 관련 시설은 산부인과 병원과는 따로 분류되어 있으니까. 아키야마 후사에에게 조산원 이름을 물어보긴 하겠지만, 예전에 폐업한 곳이라면 전화번호부에 실려 있지 않을 거야. 어찌 되었든 피해자가 생모에 대한 단서를 찾다 자신이 태어난 곳을 방문했을 것 같진 않군. 그보다 피해자 본인이 임신 중이었다는 쪽이 설득력이 있겠어."

"그렇게 단정 짓기엔 너무 이르지 않나요?"

린타로는 한 발짝도 물러서지 않고 반박했다.

"에치카 양을 받은 조산사가 아직 현역이라면, 미나미나루세의 조산원이 폐업한 후에 마치다 시내의 산부인과 병원으로 이직해 지금도 그곳에서 일하고 있을지도 몰라요. 에치카 양은 자신을 낳아준 생모가 호적상의 어머니인지 아닌지, 출산을 지켜봤던 조산사를 찾아 당시의 기억을 확인하려 했던 거겠죠. 목요일에 전화번호부를 뒤졌던 것도 그 때문일 거라 생각해요. 산원 목록은 모두 확인하려면 얼마나 걸릴까요?"

"아까 시작했는데 아직 별다른 보고는 들어오지 않았어."

그렇게 대답하며 경시는 손쉽게 담배에 불을 붙였다. 수사본부가 설치된 마치다 서의 대회의실은 원칙적으로는 완전 금연이기 때문에, 골초인 노리즈키 경시는 위층 흡연실에 피난 중이다. 입장상, 린타로도 드러내놓고 본부에 출입할 수는 없으니, 중요한 이야기는 이곳에서 하는 것으로 합의가 되어 있다.

"접힌 자국이 있는 페이지 대부분은 광고였지만, 혹시 모르니 옆면과 뒷면까지 살펴본다고 치면, 하루 이틀 가지고 가능할지 모르

겠군. 전화로 물어보는 것만으로는 마음이 놓이질 않고, 그렇다고
그 일에 많은 인원을 투입할 수도 없으니."

"오늘 밤 뉴스를 보고 병원에서 먼저 연락해주면 좋을 텐데요."

"우리도 그러길 기대하고 있어. 그렇다고 해서 네 편을 들 생각
은 없지만."

경시는 단호하게 못을 박았다.

"조금 전에 취조실을 들여다보고 왔는데, 야마노우치 사야카의
말은 믿을 만한 게 못 돼. 피해자의 생모가 16년 전에 자살한 이모
라니. 어째서 그런 헛소리를 믿는 건지, 난 널 이해 못하겠다."

"과연 헛소리일까요. 전에 가와시마 씨한테 들은 이야기로는 가
가미 리쓰코는 에치카가 5살 때를 마지막으로, 한 번도 딸을 보러
오지 않았대요. 이사쿠 씨의 부고를 접했을 때에도 피를 나눈 친딸
을 만나려 하지 않았죠. 만나기는커녕 그녀가 실종된 걸 이미 알고
있을 텐데도, 아직까지 안부조차 묻지 않아요. 전남편에게 아무리
원한이 있다 해도, 어머니로서 친딸에게 너무 박정하게 군다는 생
각 안 드세요?"

린타로가 계속 물고 늘어지자, 경시는 퉁명스럽게 어깨를 흔들
며 말했다.

"자기 배 아파 낳은 딸이 아니라면, 그런 태도를 취하는 것도 이
해가 간다고 하고 싶은 거냐? 그렇지만 피가 섞인 부모 자식 간에
도 그런 예는 얼마든지 있고, 요즘에는 자식을 죽이는 어머니까지
있는 판국이야. 괜히 어설프게 모성애 같은 소리를 지껄이다간 페
미니스트 단체의 절호의 공격 대상이 될 걸? 애초에 가와시마 아쓰
시가 그 가능성을 부정했잖아."

"바보 같은 소리도 작작하라며 일축해버리시더군요. 우리끼리 이야기지만, 가와시마 씨의 발언에도 상당히 편견이 섞인 것 같아요. 전에도 비슷한 질문을 했는데, 그때도 가가미 부부에 대해 상당히 좋지 않게 이야기하던걸요. 그 때문에 20년 전의 기억이 나중에 덮어씌워졌다 해도 이상할 건 없죠."

"편견이라. 좋지 않게 이야기했다니, 구체적으로는 어떻게?"

"그게, 이야기가 좀 복잡해집니다."

린타로는 고별식이 끝난 뒤에 죽은 형의 서재에서 가와시마 아쓰시가 토로했던 과거 이야기를 자기 나름대로 정리해 아버지에게 들려주었다. (a)1980년대 초, 인사이드캐스팅 신작을 더 이상 발표하지 않게 된 시기부터, 잉꼬부부로 소문난 가와시마 이사쿠와 리쓰코 부부 사이에 냉랭한 기운이 감돌기 시작했다. (b)같은 시기, 사가미하라 시 가미쓰루마에서 치과를 운영하던 가가미 준이치는 병원 운영에 어려움을 겪고 있었고, 리쓰코의 동생인 유코와의 부부관계도 싸늘하게 식어가고 있었다.

어느 쪽이 먼저인지는 확실치 않지만, 그 무렵부터 (c)가와시마 이사쿠와 가가미 유코, (d)가가미 준이치와 가와시마 리쓰코 사이에 각각 불륜 관계가 시작되었다고 한다. (e)이 뒤엉킨 사각관계로 인해 갈등하던 가가미 유코는 배기가스로 자살했다. 지금으로부터 16년 전, 1983년의 일이다.

(f)동생이 자살한 뒤 얼마 지나지 않아, 가와시마 리쓰코는 남편 이사쿠와 별거에 들어갔고, 그 해 말에 이혼했다. 리쓰코는 딸의 친권도 포기하고, 연초에 홀로 미국으로 건너갔다. (g)홀아비가 된 가가미 준이치는 병원 매각 대금과 부인의 사망보험금으로

빚을 갚고, 미용치과 공부를 하기 위해 미국으로 유학을 떠난다. (h)두 사람은 미국으로 건너가기 전부터 미리 계획한 것처럼 그곳에서 재혼했고, 2년 후인 86년에 귀국했다. 가가미 준이치는 후추 시에서 가가미 치과 클리닉을 개업했다.

"미리 계획한 것처럼, 이라."

노리즈키 경시는 담배 연기를 내뿜으며 이제 납득이 간다는 표정을 지었다.

"요컨대 가와시마 아쓰시는 형인 이사쿠가 두 사람에게 감쪽같이 당했다고 생각하는 거군. 가가미 준이치와 리쓰코는 전부터 내통하고 있었고, 서로 빚과 방해물을 없애버리기 위해 가와시마 이사쿠와 유코가 불륜 관계를 가지도록 꾸몄고, 한술 더 떠 유코를 자살로 몰아넣어 사망보험금과 재혼할 수 있는 신분을 한 번에 손에 넣었다는 건가. 만일 그렇다면 일석이조……. 아니, 두 사람 다 각자 배우자와 깨끗하게 헤어질 수 있었으니 일석삼조라고 해야겠군."

"역시 아버지는 눈치가 빠르시군요."

린타로는 맞장구를 치며 말했다.

"그런 계획이 실제로 존재했는지는 알 수 없지만요. 토요일에 치과를 방문해 가가미 준이치를 떠 봤어요. 이야기가 복잡해지기 전에 내쫓기긴 했지만, 당사자에게는 그 나름대로 할 말이 있는 것 같더군요."

"그야 그렇겠지. 곧바로 진위를 가릴 수 있는 이야기는 아니지만, 어느 쪽 편을 드느냐는 둘째 치고, 가와시마 아쓰시가 사야카의 발언을 긍정할 리 없다는 사실은 잘 알고 있어. 만일 가와시마 에치카가 가가미 유코와 가와시마 이사쿠 사이에서 생긴 혼외 자식이라 한다면, 이미 그 무렵부터 두 사람은 공공연하게 육체관계를 가졌다는 결론이 나오지. 몇 년 전부터 불륜 관계를 지속했다면, 가가미 준이치와 가와시마 리쓰코가 피해자 동맹을 결성해 두 사람에게 앙갚음하려 한 것도 어찌 보면 당연하니까 말이야. 가와시마, 유코 측에 서서 가가미, 리쓰코 측을 일방적으로 비난할 수는 없지."

"편견이라 한 건, 그런 뜻이에요. 그래서 가와시마 씨의 증언만을 근거로 사야카의 발언 내용을 부정할 수는 없고요."

"그렇다고 해도 그것이 사실을 증명해주는 건 아니야."

경시는 손바닥을 뒤집듯 매몰찬 태도로 말했다.

"오히려 나는 점점 더 사야카를 못 믿겠어. 동생인 유코가 낳은 딸을 리쓰코가 낳은 아이로 만들기 위해서는, 아내인 리쓰코는 물론 가가미 준이치도 두 사람의 관계를 묵인해야 한다는 전제가 필요해. 그렇지만 가가미, 리쓰코에게 그런 불합리한 관계를 보조해 줘야만 할 이유가 있을까? 유코가 가와시마 이사쿠의 내연녀였고, 그 대가로 가가미가 경제적인 지원을 받고 있었다고 생각하면 이해가 가긴 하지. 하지만 그랬다면 가가미도 빚에 쪼들리고 있을 때 돈줄인 유코에게 괜한 압박을 가해 죽이진 않았겠지."

"그 부분의 설명이 부족한 건 저도 인정합니다. 그래도 일단 가나가와 현경에게 연락해서 가가미 유코의 자살에 관한 당시의 조서를 확인해주실래요? 자살의 배경이었던 사각 관계에 대해 흥미 깊은 사실을 찾을 수 있을지도 모르니까요."

"정말이지, 넌 또 그렇게 내 평판을 떨어뜨릴 속셈이냐. 그렇지 않아도 수사 관할을 둘러싸고 아이치 현경의 비위를 건드렸는데, 이번에는 가나가와 현경의 관할지에까지 참견을 하란 말이냐. 그쪽에서 언짢아할 건 안 봐도 빤하지 않아."

경시는 한숨을 쉬며 불평을 쏟아냈다.

"뭐, 그 건에 관해서는 네 말대로 연락해두마. 자살 교사 혐의가 있다 해도, 벌써 공소시효가 한참 지났으니 지금 와서 뭐라고 하지는 않겠지. 그렇게 되면 사야카의 계획도 물거품으로 돌아가겠군. 가가미 유코가 피해자의 생모일 가능성은 현실적으로는 거의 제로에 가까우니까."

"가능성은 낮을지도 모르지만, 결코 제로라고는 할 수 없죠. 제가 사야카의 정보를 헛소리라고 치부하지 못하는 건, 이사쿠 씨가 세상을 떠난 뒤의 에치카 양이 보였던 기묘한 행동과 하나하나 부합되는 점이 있기 때문이에요."

"하나하나 부합되는 점이라고?"

경시는 수상하다는 듯 고개를 갸웃했다. 린타로는 조금 전 응접실에서 제기했던 의문(가와시마는 지나친 생각이라며 일축했지만)에 대해 다시 한 번 이야기했다.

"고별식에서 했던 수수께끼 같은 말과 도모토 슌과의 거듭된 접촉. 일련의 이해할 수 없는 언동을 살펴보면, 에치카 양에게 아버지의 죽음을 전후해 자신의 출생에 의문을 품게 될 만한 사건이 일어났을 가능성이 있습니다. 도모토는 그 의혹에 편승하여 그녀를 마음대로 움직였고, 이 뜻밖의 행운을 이용하여 돈을 뜯어낼 계획을 세운 게 아닐까요."

"그건 네 상상이잖아. 사야카의 발언과 연결 짓는 건 근거 없는 비약에 불과해."

린타로는 아버지의 얼굴에 시선을 고정한 채 좌우로 고개를 저었다.

"근거라면 있습니다. 돌아가신 이사쿠 씨는 에치카 양을 모델로 라이프캐스팅 유작을 완성시켰거든요. 문제의 석고상은 1978년에 발표된 '모녀상' 연작에 종지부를 찍는, 21년 만의 완결작품이에요. 그 콘셉트 자체는 에치카 양이 출생했을 때까지 거슬러 올라가죠. 작가가 세상을 떠나자 누군가가 아틀리에에 침입해 그 머리를 절단해 반출한 것도 그렇고, 고인의 유작이 이번 사건의 핵심을 독차지하고 있는 건 확실해요.

"잘난 척하긴. 사건의 핵심이고 뭐고. 그건 도모토가 모델을 살해한다는 걸 예고하기 위해 벌인 퍼포먼스잖아. 나고야 미술관에 피해자의 머리를 보낸 것과 같은 맥락이고."

"그렇게 단순히 치부해도 되는지 모르겠네요. 이 사건은 단순히 정신 나간 스토커 살인과는 다른 것 같아요."

린타로는 신중하게 자신의 생각을 이야기했다. 지금 노리즈키 경시를 설득하지 못하면, 사건의 조기 해결은 바랄 수 없다.

"그 머리에는 뭔가가 있습니다. 도모토가 협박의 수단으로, 자신의 마지막 패라고 이야기할만한 무언가가요. 우사미 쇼진이 뭐라하든, 전 석고상의 머리가 실재한다고 확신해요. 그렇지 않으면 범행이 있었던 토요일 오후에 도모토가 여장까지 하고 니시이케부쿠로의 맨션에 들를 필요는 없겠죠."

"니시이케부쿠로의 맨션? 요컨대 절단된 석고상의 머리가 도모토의 집에 감춰져 있었단 소리냐?"

"맞아요. 오후 1시에 다마가와 학원 역에서 살아 있는 에치카 양이 목격된 이상, 제가 본 가방 속에 에치카 양의 머리가 들어 있었다는 건 말이 안 되죠. 가방 크기로 봐서, 절단된 석고상의 머리가 들어 있었을 가능성이 높습니다. 그렇다면 도모토가 남의 눈에 띌 위험을 무릅쓰고 집으로 돌아간 이유도 설명할 수 있고요. 토요일 낮까지는 자신의 집에 석고상의 머리를 보관하고 있었지만, 어떤 필요에 의해 긴급히 그것을 가지러 가야만 했던 거죠."

"어떤 필요에 의해?"

경시는 새로 담배를 꺼내 물더니, 겨우 들을 마음이 생긴 듯 자세를 바로하며 물었다.

"석고상의 머리가 급히 필요해진 건 도모토가 꾸미던 공갈과 관련이 있는 건가?"

"아마도 그렇겠죠. 제 생각에 도모토 슌은 석고상의 얼굴에 표현된 무언가를 보고, 에치카 양이 가가미 유코의 딸이라는 것을 눈치챘을 겁니다. 그렇다면 석고상의 머리를 절단해 가져간 건 영화처럼 살인을 예고하기 위해서가 아니라, 공갈협박의 소재를 확보하기 위해서였다는 게 되죠. 사야카의 발언이 이 추측을 뒷받침해주는 건 말할 것까지도 없겠죠?"

"석고상의 얼굴에 표현된 무언가라니, 구체적인 심증이라도 있는 거냐?"

"구체적으로 무엇인지, 지금 현재로서는 상상도 가지 않아요. 그렇지만 에치카 양의 상은 오리지널 '모녀상 1'과는 좌우대칭의 포즈를 취하고 있습니다. 마치 거울에 비친 것처럼."

"거울? 좌우대칭의 포즈는 가가미란 성을 뜻하고 있는 건가?"

노리즈키 경시는 담배에 불을 붙이는 것도 잊고, 린타로의 말에 서서히 설득되는 듯 진지한 얼굴로 중얼거렸다. 린타로는 고개를 끄덕였다.

"오리지널 '모녀상' 연작은 당시 임신 중이었던 리쓰코 부인을 모델로 한 작품이라고 알려져 있어요. 그래서 처음에는 가가미와 재혼한 전처에 대한 미련을 나타낸 포즈라고 생각했는데, 지금은 단도직입적으로 가가미 유코를 가리키고 있는 거란 생각이 들어요. 그것뿐만이 아니에요. '모녀상'이 20년 전 사건에 유래하고 있다면, 죽음을 각오한 이사쿠 씨가 연작의 완결 작품이란 형태를 빌려 딸의 출생에 관한 진실을 드러내고 싶다고 바랐다고 해도 이상할 건 없죠. 그런 강한 동기가 있었기 때문에 얼마 남지 않은 목숨을 희생해가며 에치카 양을 모델로 삼아, 석고 라이프캐스팅 신작을 만들 결심을 했던 게 아닐까요."

"흠. 아주 가능성이 없는 이야기는 아니지만, 남겨진 사람들 입장에서 보자면 민폐도 그런 민폐가 없군. 그런 성가신 비밀은 남몰래 무덤까지 가지고 가는 게 먼저 가는 이의 예의가 아니겠어."

"이사쿠 씨는 뼛속까지 전위조각가였으니까요. 물론 그런 비밀이 밝혀지면 '모녀상' 연작의 예술적 가치가 흔들리게 되는 사태는 피할 수 없었을 테지만요. '모녀상 1~9번' 작품은 고인이 제작한 인사이드캐스팅 대표작이었고, 11월에 나고야 시립미술관에서 개최되는 추모전에서도 메인으로 전시될 간판 작품이에요. 이제 와서 그 모델이 다른 사람이었다는 사실이 알려지면, 가와시마 이사쿠란 예술가에 대한 평가도 땅에 떨어져버리겠죠. 그러한 사태를 바라지 않는 인물이 있다면……."

"우사미 쇼진이군."

경시는 내뱉듯 그렇게 말하며, 입술을 일그러뜨렸다.

"아틀리에에서 반출된 석고상의 행방은 알아내셨습니까?"

"아직 못 찾았어. 시부야의 '아오이 미술'에 수사원을 파견했지만 사장이 자취를 감췄더군. 종업원들에게 캐물으니 가와시마 가에서 미술품을 운반한 건 인정하지만, 의뢰인이 허가하지 않는 한 어디에 물품을 보관했는지는 알려줄 수 없다는 말만 되풀이하고, 그 이상은 물어봐도 대답을 안 해. 결국에는 고문 변호사라는 사람까지 나타나서 뭐라고 난리를 쳐서, 일단 물러날 수밖에 없었다는 군. 지금 압수수색영장을 신청해 놓았지만, 그건 아무리 봐도 우사미가 뒤에서 조종한 것임에 틀림없어."

"그렇게까지 할 정도면 보통이 아니네요. 우사미 본인의 행적은?"

그렇게 묻자, 경시는 한층 더 떨떠름한 얼굴로 대답했다.

"여전히 행방불명이야. 월요일에 도쿄로 돌아온 건 확실한데, 연락을 취해도 감감무소식이야. 아무래도 진심으로 경찰을 따돌리려는 모양이야. 하지만 우사미가 범행을 도왔을 가능성은 없어. 게이오 플라자 호텔에 문의한 결과, 우사미의 알리바이가 입증되었어. 지난주 토요일에는 호텔에서 한 발짝도 나가지 않았다는군. 마감이 급하긴 급했는지, 편집자와의 회의도 모두 호텔 안에서 했다던걸."

린타로는 고개를 숙이고, 양손 깍지를 꼈다 풀기를 반복했다. 에치카 살해에 직접 연루되어 있지 않다 해도, 우사미 쇼진의 행동은 명백히 상식에서 벗어나 있다.

"하나 마음에 걸리는 점이 있어요. 머리 없는 석고상뿐만 아니라, 작업대에 방치되어 있던 석고 부스러기까지 깨끗이 사라졌다는 사실 말이에요."

"음? 석고 부스러기라고?"

"완성 단계에서 분해된 겉틀의 잔해 말이에요. 석고 부스러기를 과학수사 연구소에 가져가 하나하나 맞춰보면, 머리가 절단되기 전의 석고상을 복원할 수 있죠. 그러니까 우사미 쇼진이 제일 두려워하는 건 석고상의 얼굴에 표현된 무언가가 공개되는 것이 아닐까요. 그렇게 생각하면, 절단된 석고상의 머리를 통해 도모토 슌과 우사미 쇼진 사이에 연결 고리가 그려지죠."

"도모토가 돈을 뜯어내려던 상대가 우사미란 말이냐? 그러고 보니 야마노우치 사야카도 도모토가 위험을 무릅쓰고 집에서 탈출한 건 오늘 중에 누군가와 만나기로 했기 때문이 아니냐고 하던데."

"사야카의 이야기는 분명히 아귀가 맞아요."

아버지의 말투에서 희망을 발견한 린타로는 한층 더 힘찬 목소리로 말했다.

"도모토의 목적이 돈을 뜯어내는 거라면, 에치카 양을 죽여서 이득 되는 건 없어요. 잘못해서 실수로 그녀를 죽였다 해도, 그런 식으로 자신의 범행을 과시할 필요는 없겠죠. 행동의 자유를 없앨 뿐, 아무런 이득도 되지 않으니까요. 바꿔 말하면, 에치카 양을 살해하고 시체의 머리를 절단해 나고야 미술관으로 보낸 범인은 도모토 슌이 아니에요!"

"잠깐만. 너무 앞서가지 마라."

노리즈키 경시는 탁한 목소리로 아들을 나무랐다.

"네 주장에 나름대로 설득력이 있다는 건 인정하마. 하지만 지금 한 이야기는 모두 가설에 지나지 않는다는 걸 잊지 마라. 도모토의 범행을 부정하는 근거는 사야카의 입에서 나온 애매한 정보뿐이야. 피해자의 생모가 16년 전에 자살한 가가미 유코가 맞는지, 먼저 그 점부터 확인해야 한다."

"그건 그래요."

"그럼 다음에 어떤 행동을 취해야 하는지도 알고 있겠지. 자."

경시는 의미심장하게 말하더니, 몸을 돌렸다. 그쪽을 향해 시선을 돌리자 구노 경부가 다급하게 이쪽으로 다가오는 모습이 보였다.

"어디로 사라지셨나 했더니 이런 곳에 계셨던 겁니까. 조금 전부터 본부장님께서 혈안이 되어 경시님을 찾고 계십니다. 아무래도 요쓰야 일이 언론에 새어 나간 것 같습니다."

구노가 가져온 나쁜 뉴스를 들은 경시는 인상을 찌푸렸다.

"큰일이군. 얼른 녀석을 체포해야 잠잠해지겠는데. 새로운 움직임은 없나?"

"도모토의 행방에 관한 유력한 단서는 없습니다. 야마노우치 사야카에게서 알아낸 휴대전화 번호로 통신사에 교신 상태를 모니터해달라고 요청했습니다만, 추적을 피하기 위해 계속 전원을 꺼 놓고 있는 것 같습니다. 그 대신 도모토의 휴대전화 통화 기록을 확인했더니 재밌는 사실이 나왔습니다."

"휴대전화 통화 기록에서?"

"피해자의 아버지가 생전에 사용하던 휴대전화 번호가 과거 2주간 기록에 몇 번이나 남아 있었습니다. 아까 구니토모 레이카가 분실 신고를 했던 바로 그 전화입니다. 노리즈키 씨가 그러라고 하셨다면서요."

린타로는 고개를 끄덕이며 "좋았어" 하고 중얼거렸다. 이걸로 에치카와 도모토가 몰래 연락을 주고받았다는 사실이 증명되었다. 진상 규명을 위한 커다란 진전이라 할 수 있다.

"아니, 아직 그렇게 단정 지을 순 없지."

린타로의 판단에, 경시는 신중한 태도를 보였다.

"금품 갈취 건을 고려하면, 우사미 쇼진이 도모토와 연락을 취하기 위해 고인의 휴대전화를 슬쩍했을 가능성도 있어. 양쪽 기록을 대조해보지 않았는데 결론을 내는 건 시기상조야. 분실된 가와시마 이사쿠의 휴대전화 통화 기록은 바로 입수 가능한가?"

"오늘 안으로는 어려울 것 같습니다."

구노는 안타까운 표정으로 그렇게 말했다. 유족들의 동의서가 있어도, 통신사 시스템과 담당자의 교대 문제가 겹쳐서, 내일 오전이나 되어야 통화 기록을 볼 수 있다고 한다. 레이카가 신고를 망설인 바람에, 이런 상황이 발생한 것이다.

"그럼 어쩔 수 없군. 그리고 또 하나 부탁했던 건 어떻게 되었나? 린타로에게도 알려주게."

"가가미 준이치와 리쓰코 부부의 자택 주소 말이군요. 치과의사 협회의 명부에 실린 후추 시 미요시 초에 있는 맨션 '팸라이프 부바이'에 거주하는 것을 확인했습니다. 게이오선과 난부선이 교차하는 부바이가와라 역 근처입니다."

"부바이가와라라면 닛타 요시타다가 호조 야스이에의 대군을 격파한 곳 부근이겠군."

이미 모든 준비를 마친 두 사람의 대화를 들은 린타로의 눈이 휘둥그레졌다.

"이러실 거예요? 사야카의 이야기를 전혀 안 믿는 것처럼 구시더니. 제가 채근하지 않으면 가가미 부부에 대해서도 무시하려는 줄 알았다고요."

노리즈키 경시는 싱긋 웃더니, 피우던 담배를 재떨이에 비벼 껐다.

"경찰을 우습게보면 안 되지. 헛수고라 해도, 발로 직접 뛰어서 하나하나 확인하는 게 수사의 기본이다. 난 지금부터 린타로와 함께 후추에 다녀오겠네. 도모토 수색 작업으로 동원 가능한 인원도 없고, 무엇보다 머리에 피가 오른 본부장을 상대하는 건 사양하고 싶거든."

24

노리즈키 경시는 미야모토 형사를 운전수로 지명했다. 요쓰야에서의 실책이 밖으로 새어 나갔으니, 그를 이대로 수사본부에 남겨 둘 수 없기 때문이다. 과거의 실수에 연연해하지 않도록 새로운 임무를 내려 분발하게 할 생각인 것이리라. 미야모토는 마치다 시내를 지나 기자들이 미행하지 않는 걸 확인한 다음 가마쿠라 가도로 북상했다.

차는 다마 뉴타운 단지를 지나, 저녁노을로 물든 다마 강을 건너 후추 시로 들어섰다. 게이오선 나카가와라 역 북쪽에서 가마쿠라

가도를 빠져나와 중앙자동차도로 고가도로 밑을 지났다. 이 부근이 부바이가와라라고 불리는 건, 다마 강이 무사시노 대지의 절벽 아래를 흐르던 시절이 있었기 때문이지. 경시는 꼭 옛날 사람처럼 그렇게 이야기했다. 부바이(分梅)란 지명은 부바이(分倍)의 다른 표기로, 가가미 부부가 사는 미요시초까지 그 이름을 딴 길이 뻗어 있었다.

'팸라이트 부바이'는 부바이 거리의 서쪽, 녹지로 둘러싸인 조용한 주택가 한구석에 자리하고 있었다. 8층짜리 고급 맨션으로, 지하주차장까지 딸려 있었다. 대지 주변에는 높은 펜스가 세워져 있었고, 모퉁이마다 방범용 적외선 센서가 설치되어 있었다. 주변에는 인적이 드물었고, 평화로운 생활을 방해하는 기자나 카메라맨의 모습은 아무 데도 보이지 않았다.

"피해자의 어머니 소재는 아직 파악하지 못했나 보군."

경시는 안심한 듯 그렇게 중얼거렸다. 제일 먼저 부모를 취재하러 왔을 언론이 소재 확인조차 못 했다는 건, 가가미 리쓰코에 관한 정보가 극단적으로 부족했기 때문이리라. 가가미 준이치와 재혼해 미국에서 귀국한 뒤, 과거의 인간관계를 모두 청산하고 몰래 은둔 생활을 보낸 증거라고도 할 수 있을 것이다.

맨션 앞 포장도로에 노리즈키 경시와 린타로를 내려준 뒤, 차는 후추 역 방면으로 떠났다. '가가미 치과 클리닉'을 감시하기 위해서다. 시각은 오후 6시 20분, 이미 저녁 뉴스로 절단된 시신의 신원이 보도되었을 것이다. 하지만 가가미 준이치가 일하느라 피해자의 이름을 못 듣고 넘겼을 수도 있다. 아내를 걱정해 병원 문을 일찍 닫고 서둘러 집으로 돌아갈 경우에는 미야모토가 연락하기로 되어 있었다. 이동하는 것을 막을 순 없겠지만, 가가미가 있느냐 없느냐에 따라 이쪽의 태도도 달라져야 할 테니.

"가가미 부부에게 아이는 없다고 했지? 부부 둘이서 사는 건가?"

담배에 불을 붙이며, 경시는 그렇게 물었다. 린타로는 고개를 저었다.

"가가미의 모친과 같이 산다고 들었습니다. 전에 가와시마 씨가 그러시더군요."

형의 부고를 전했을 때 전화를 받은 인물이 그 어머니였다고 들은 기억이 있다. 가가미 리쓰코가 대인공포증과 공황장해로 남들 앞에 제대로 나서지도 못한다는 것이 사실이라면, 집안일은 그 시어머니가 도맡아하고 있는 건가?

5분 정도 지난 뒤에, 미야모토에게서 연락이 왔다. '가가미 치과 클리닉'은 평소처럼 진료를 계속하고 있고, 가가미의 차도 병원 주차장에 세워져 있다고 한다.

"그럼 가볼까."

노리즈키 경시는 휴대용 재떨이에 담배를 끈 뒤 그렇게 말했다.

가가미 부부는 상당히 유복하게 생활하고 있는 것 같았다. 대리석을 아낌없이 사용한 현관 천장에는 대형 경비 회사의 로고가 들어간 감시 카메라가 설치되어 있었다. 자동 잠금장치 안쪽 문은 수족관의 수조 같은 두꺼운 방범 유리문으로, 줄줄이 늘어선 편지함과 택배 박스에도 일일이 자물쇠가 달려 있었다. 도모토 슌이나 야마노우치 사야카의 맨션과는 보안 설비 하나만 봐도 수준 차이가 어마어마했다.

부부의 집은 맨 위층인 8-A호였다. 카메라가 달린 인터폰에 호수를 누르자, 스피커에서 갈라진 여자 목소리가 대답했다.

"누구세요?"

"가가미 씨 댁이죠. 경찰에서 나왔습니다만, 잠시 이야기 좀 할 수 있을까요?"

"뭐라고요? 조금 더 큰 소리로 말씀해주세요."

귀가 먼 것일까. 노리즈키 경시는 큰 소리를 내는 대신, 인터폰에 얼굴을 가까이 대고 천천히 같은 말을 되풀이했다.

"경찰? 신분증 보여주실 수 있으신가요?"

잠시 틈이 있긴 했지만, 차분한 대응이다. 경시는 카메라 렌즈 너머로 신분증을 제시했다.

"알겠습니다. 그런데 오늘은 어떻게 오셨죠?"

"여기서 말씀드리긴 좀……. 오늘 뉴스를 보셨으면 아실 거라고 생각합니다만. 괜찮으시면 일단 들어가서 말씀드려도 되겠습니까."

경시의 예상은 들어맞았다. 스피커 너머로 한숨 소리가 들리더니, 목소리의 주인은 조심스럽게 말했다.

"저희는 아무 도움도 못 드릴 것 같습니다만, 일이 일이니만큼 하는 수 없네요. 잠시만 기다리세요, 지금 문을 열겠습니다."

얼굴이 보이지 않는 상대를 향해 경시가 고개를 숙이자, 잠금장치가 풀렸다.

엘리베이터 앞에서 올라가는 버튼을 누른 다음, 지하주차장에서 엘리베이터가 올라오자 안에 탔다. 감시 카메라가 없는 건 주민의 프라이버시를 우선했기 때문일까. 밖에서 엘리베이터 안이 들여다보이는 방범창과 유사시에 대비한 모니터가 감시 카메라를 대신하고 있었다.

8-A호실은 엘리베이터에서 내려 바로 옆에 있었다. 다시 한 번 초인종을 누르자, 희끗한 단발머리에 커다란 안경을 쓴 나이 많은 여성이 문을 열어주었다.

헐렁한 트레이닝복에 운동화 차림으로, 조깅이나 강아지 산책이라도 나가는 것 같은 복장이었다. 허리와 등은 꼿꼿했지만, 나이보다 젊어 보이기 위해 뺨의 주름과 늘어진 살에 손을 댄 흔적이 보였다.

"외출하시는데 저희가 방해했나요?"

"아니에요. 조금 더 서늘해지면 나가려고요. 요새는 좋은 기계가 많아서 운동은 집 안에서 해도 된답니다."

숨소리와 함께 한약 냄새 같은 달달한 냄새가 났다. 체형이 통통한 건 당뇨기가 있기 때문이리라.

복도 문 너머로 또 다른 여자 목소리가 들렸다. 뭐라고 하는지는 거의 들리지 않았지만, 아무래도 자신의 목소리가 현관까지 들리는지 모르는 것 같았다. 린타로는 아버지와 얼굴을 마주봤지만, 문을 열어준 여성은 그 목소리를 무시하고 집안에 자기 혼자밖에 없다는 듯 행동했다. 그녀는 허리를 숙이고, 손님 앞에 슬리퍼를 놓으며 말했다.

"준이치의 어미인 가가미 다에코라 합니다."

"소개가 늦었습니다. 경시청에서 나온 노리즈키입니다. 이쪽도 마찬가지로 아들인 린타로고요."

마찬가지란 말은 성이 같다는 뜻이었지만, 가가미 부인은 아들역시 아버지처럼 경찰이라고 오해한 것 같았다. 오해를 푸는 대신,

린타로는 태연한 얼굴로 고개를 숙이고 슬리퍼로 갈아 신었다.

거실로 들어간 린타로는 부인이 여자 목소리를 무시한 이유를 알 수 있었다. 볼륨을 높인 텔레비전 소리가 널따란 거실 구석구석까지 울려 퍼지고 있었다. 외국계 보험회사의 광고였다. 화면 앞에는 러닝머신이 있었다. 요새는 좋은 기계가 많다는 말은 이걸 뜻하는 것이었나.

부인은 리모컨으로 텔레비전 소리를 죽였지만, 영상은 그대로 두었다. 실내조명은 절전 모드인 듯, 와이드 화면이 보통보다 더 눈부시게 보였다. 활자를 읽기엔 부족한 밝기로, 텔레비전에서 나오는 빛의 세기에 의해 사람의 안색도 미묘하게 변화했다. 가가미 부인은 야행성 동물처럼 밝은 곳을 피해 걷고 있었다.

"저기 앉으세요. 지금 차가운 음료를 내 오죠."

부인이 내어준 차는 뭐라고 형언하기 힘든 맛이었다. 통신판매로만 판매하는 건강 음료인 듯했다. 경시는 냄새만 맡고 마시지 않을 생각인 것 같았다. 곧바로 본론으로 들어가려 했는데, 가가미 부인이 선수를 쳤다.

"살해당한 아가씨 일로 리쓰코를 만나러 오신 거죠? 어느 채널을 틀어도 모두 그 이야기뿐이더군요. 일부러 와주셨는데 죄송하지만, 그 애는 지금 여기 없답니다."

"여기 없다고요?"

"신슈에 있는 요양원으로 보냈어요. 예전에 신세지고 있는 카운슬러 선생님이 그러라고 하시더군요."

경시가 아무 말도 하지 않자, 부인은 이것 보라는 듯 말했다.

"처음에 그렇게 말씀드렸잖아요. 아무 도움도 못 드릴 것 같다고. 그건 그렇고, 하던 운동을 마저 해도 될까요? 매일 정해진 양대로 운동해야 하거든요. 소리는 안 나니까 이야기하는데 방해는 되지 않을 거예요."

미간을 찌푸리며 경시는 조용히 한숨을 쉬었다.

"그러시죠."

부인은 서둘러 러닝머신으로 다가갔다. 속도를 최저로 맞춘 다음, 그녀는 사이드 바를 붙잡고 기는 듯한 속도로 걷기 시작했다. 코로 숨을 들이쉬고, 들이쉰 다음, 입으로 내쉬고, 내쉬는 4보 1호흡의 리듬에 따라. 설마 일이 이렇게 될 줄은 노리즈키 경시도 예상하지 못했던 것이리라. 웃기지도 않는 개그를 보는 듯한 기분이 들었지만, 린타로는 조급한 마음을 억누르며 아버지에게 대응을 맡겼다.

"몇 가지 질문 드리겠습니다. 운동하시면서 대답해주십시오. 리쓰코 씨가 요양소에 간 건 언제입니까?"

"지난주 화요일이에요. 그 전주 주말에(후후, 하하) 그 아이 전남편이 죽은 건 알고 계시죠?"

"조각가인 가와시마 이사쿠 씨 말씀이시군요."

"그 사람 같지도 않은 놈!"

가가미 부인은 갑자기 사이드 바를 내리치며 내뱉듯 말했다.

"아들 부부는(후후, 하하) 그 남자에게 지독한 일을 당했어요. 아직 애들이 결혼하기 전이지만, (후후, 하하) 평생 지울 수 없는 상처를 입었죠."

"아드님의 전부인과 불륜을 저지르고, 그녀를 자살로 몰아갔다고 하던데요."

"그것뿐만이 아니에요. 죽은 유코는(후후, 하하) 리쓰코의 친동생이었어요. 그 남자는 어떻게 그런 천벌받을 짓을……."

부인은 쉰 한숨을 내뱉더니, 후들거리는 다리에 힘을 주었다.

"죽었다는 소식을 듣고 잘됐다고 생각했지만(후후, 하하) 리쓰코에게 있어서는 부부의 연을 맺고 딸까지 낳았던 사람이니까요. 우리처럼 죽어서 속 시원하다고(후후, 하하) 쉽게 마음 정리가 되진 않겠죠."

"이사쿠 씨의 부고를 들은 리쓰코 씨가 동요했다는 겁니까?"

"그렇게 말씀드리지 않았나요? 저도 잘못하긴 했어요(후후, 하하). 유족에게 연락을 받고 그만 본인에게 말해버렸거든요. 그랬더니 바로 상태가 나빠져버렸어요. 리쓰코는 마음에 상처가 많은 아이라 평소에 조심하긴 했는데, 그날은 그만 깜빡했어요. 몇 년 동안은 괜찮았는데 제가 쓸데없는 소리를 해서, 아들에게도 얼마나 혼났는지."

"상태가 나빠졌다니, 구체적으로는 어떻게?"

"맥박이 빨라지고, 숨이 차고(후후, 하하), 요즘은 공황장애라고 하던가요. 평상시에는 사람이 많은 곳이나 엘리베이터 안에서도 일어나긴 했지만, 이번에는 특히 심했어요. 집에 있어도 쉴 새 없이 발작이(후후, 하하) 일어났어요. 정말로 금방이라도 죽어버릴 것처럼 심각한 상태였죠……. 제 남편도 심장병으로 죽었는데, 남편도 그렇게 고통스러워하지는 않았어요. 아무리 신경성이라고는 해도 너무 심하더라고요. 딸이 심장을 떼어 간다면서(후후, 하하) 진땀을 흘리면서 괴로워하며 뒹굴었어요. 그런 발작이 한두 시간마다 계속되니, 본인도 가족도 견딜 수가 있어야죠."

"딸이 심장을? 에치카 양을 말하는 겁니까?"

"그러겠죠."

가가미 부인의 늘어진 뺨이 살짝 굳어졌다.

"어려운 건 잘 모르겠지만, 카운슬러 선생님이 그렇게 말씀하셨으니. 일요일에 아들이 병원에 데려갔더니(후후, 하하), 가급적이면 전남편으로부터 멀리 떨어진 곳으로 보내라고 하셨어요. 선생님이 신슈의 요양시설을 가르쳐주셔서, 지난주 화요일부터 그쪽에 머물고 있어요."

"리쓰코 씨 혼자서 가신 겁니까? 그런 상태라면 움직이는 것도 힘들 텐데."

"병원 문을 하루 닫고(후후, 하하) 아들이 차로 데려갔어요. 기차를 탈 수는 없으니까요."

"그렇군요. 신슈의 어느 요양원이죠?"

"그것까지 묻지는 말아주세요. 제가 아들에게 혼납니다."

부인은 눈초리를 올리고 경시의 물음에 퉁명스레 대꾸했다.

"어느 요양원인지 가르쳐줬다가 경찰이 그쪽으로 찾아가기라도 하면(후후, 하하) 일부러 멀리까지 보낸 보람이 없잖아요. 죽은 아가씨에게는 미안하지만(후후, 하하) 벌써 부모 자식 간의 인연을 끊고 남남이 된 지 오래니까 그냥 내버려두세요. 그렇지 않아도 전남편이 죽어서 동요하고 있는데, 이번에는 딸까지 살해당하다니……. 그런 무서운 소식이 리쓰코 귀에 들어갔다간 두 번 다시 제정신을 찾지 못할 겁니다(후후, 하하). 그렇게 되면 그쪽에서 책임지실 건가요. 지난주에 그쪽으로 보내길 잘했어요. 리쓰코가 여기 있는데(후후, 하하) 무서운 형사님들이나 천박한 기자들이 들이 닥치기라도 한다면……."

"무슨 말씀인지 잘 알겠습니다."

경시는 헉헉대는 부인을 달래며 말했다.

"그렇다면 카운슬러 선생님의 이름이라도 가르쳐주시겠습니까? 리쓰코 씨의 정신 상태에 대해 전문적인 조언을 얻을 필요가 있습니다."

"선생님이요? 음, 성함이 뭐였더라."

가가미 부인은 과장된 동작으로 몇 번이고 고개를 갸우뚱거렸다.

"죄송합니다. 기억이 날듯 말듯 하는데(후후, 하하). 나이를 먹으면 사소한 일은 금방 잊어버리거든요. 이제 곧 아들이 돌아올 테니(후후, 하하) 그 애한테 물어보세요."

노리즈키 경시는 갑자기 피로함이 돌려온 듯 어깨를 떨어뜨리며 무뚝뚝한 얼굴로 입을 다물었다. 더 이상 질문이 날아오지 않자, 가가미 부인은 러닝머신의 전원을 껐다. 바닥 위에 털썩 주저앉더니, 운동화를 벗고 다리를 마사지하기 시작했다.

"질문 하나 드려도 되겠습니까."

기운이 빠진 아버지 대신, 린타로가 입을 열었다.

"조금 전에 이야기했던 유코 씨, 돌아가신 전부인 말입니다만, 가가미 씨와는 어떤 경위로 만나신 겁니까?"

"아들과 유코 말인가요. 리쓰코 씨가 아니고요? 별로 특별할 건 없어요. 처음에는 의사와 환자 사이였죠. 벌써 20년도 더 된 이야기네요. 제 남편이 사가미하라 시에서 치과를 운영하고 있던 시절이니까요."

카운슬러의 이름은 잊어버려도, 20년도 더 된 과거의 일은 또렷하게 기억하고 있는 모양이다. 가가미 부인은 상기된 얼굴로 마녀 같은 미소를 지으며, 입술에 흘러내린 땀을 핥았다.

"그 당시에는 가미쓰루마의 가가미 치과라고 하면 동네에서도 유명했어요. 준이치는 외동아들이었기 때문에 처음부터 가업을 잇게 할 생각이었죠. 고생해서 치대에 진학한 뒤, 25살 때부터 아버지 일을 도왔어요. 그때는 젊은 여자 환자들에게 인기도 많았죠. 꼭 병원 아들이기 때문만은 아니었어요. 유코가 우리 병원에 처음 온 건, 결혼한 게 준이치가 28살, 쇼와 53년(1978년) 봄이었으니까, 그 애를 노리고 병원에 다니기 시작한 건 그 전해인 52년 초부터였을 거예요."

"유코 씨는 결혼하기 전에 무슨 일을 하셨죠?"

"그 애는 사가미오노의 결혼식장에서 일했어요. 그 분야의 전문가였죠. 먼저 관심을 보인 건 준이치였지만, 그 후로는 유코가 적극적으로 대시했을 거예요. 나중에 생각해 보니 그게 다 유코의 계획이 아니었나 싶어요."

부인의 말투에서는 독기가 느껴졌다. 세월이 흐르며 옅어지기는커녕, 오히려 더 짙어지는 그런 독기가.

"유코 씨의 계획이었다고요?"

"준이치는 병원 아들이고, 당시에는 우리 병원도 잘 나갔었거든요. 유코가 팔자를 고치려 애쓰는 게 눈에 보였죠. 금세 꿈이 깨지긴 했지만. 뭐, 엄마인 제 입장에서 보면 솔직히 첫 번째 며느리는 역신이나 마찬가지였어요."

"역신이요?"

린타로가 되묻자, 가가미 부인은 가식적인 태도로 입을 막았다.

"어머, 나도 모르게 말이 헛 나왔네. 죽은 며느리에 대해 이런 말하면 벌 받겠어요. 지금 한 이야기는 아들에겐 비밀로 해주세요."

"시어머니 입장에서 유코 씨는 어떤 며느리였습니까?"

렌즈 아래의 교활한 눈이 가늘게 변했다.

"준이치가 완전히 홀렸을 정도로, 겉보기에는 굉장한 미인이었어요. 성격은 뭐, 엄청나게 지기 싫어하는데다 허영심이 강했죠. 남이 무언가를 가진 걸 보면 자기도 꼭 그걸 가져야겠다며 고집을 피운다고 할까⋯⋯. 리쓰코와 결혼하고 나서야 알겠더라고요. 분명 어렸을 때부터 언니에게 라이벌 의식을 느껴서 성격이 그렇게 된 것 같아요. 마음이 삐뚤어졌다고까지는 안 하겠지만, 리쓰코 씨와 비교해보면 싫어도 그런 부분이 눈에 띈다고 해야 하나."

'무척 리쓰코 씨 편을 드시는군요.' 그런 말이 목구멍까지 올라왔지만, 린타로는 곧바로 자제했다.

"그러고 보니, 유코 씨가 사치가 심했다고 들었습니다."

"사치가 심했다고요? 하긴 돈 문제에 대해 야무지진 못했어요. 제 얼굴에 침 뱉기니 그 이상은 말씀드리기 힘들지만⋯⋯."

매너 모드로 바꾸어 놓았던 휴대전화의 진동 소리로 인해 가가미 부인의 의미심장한 대답은 거기서 끊겼다.

노리즈키 경시의 휴대전화였다.

"잠깐 실례하겠습니다."

경시는 그렇게 말하며 돋보기를 꼈다. 메시지를 확인한 그는 아무 말 없이 턱을 치켜 올리며 신호를 보냈다.

린타로가 알았다는 표시를 했다. 가가미 준이치가 집으로 돌아온다는 신호였다. 휴대전화와 돋보기를 집어넣으며, 경시는 가볍게 헛기침을 했다.

"실례지만 급한 일이 생겨서 그만 가봐야 할 것 같습니다. 그 전에 하나만 더 묻겠습니다. 도모토 슌, 또는 곤도 모토하루란 사람을 아십니까?"

가가미 부인은 바닥에 앉은 채, 어깨를 으쓱하며 대답했다.

"그런 사람은 모르겠는데요. 어떤 분이시죠?"

"예전에 가와시마 에치카 양을 귀찮게 따라다니던 녀석인데, 스토커라고 해야 하겠죠. 저희는 그 녀석이 에치카 양을 살해한 범인이라고 보고 있습니다만, 바로 그 도모토가 피해자의 어머니에 대해 이상한 소리를 지껄인 모양입니다."

"이상한 소리라뇨? 리쓰코에 대해 뭐라고 하던가요?"

부인은 의아하다는 듯 몸을 움츠렸다. 완전히 연을 끊었다고 하더니, 아주 관심이 없는 건 아닌가 보다. 경시는 고개를 저으며 말했다.

"저희가 입수한 정보에 의하면 에치카 양은 리쓰코 씨의 친딸이 아니라 자살한 유코 씨와 가와시마 이사쿠 씨의 딸이라고 합니다. 도모토는 그걸 미끼로 누군가에게 금품을 뜯어내려 한 것 같습니다. 그게 사실입니까?"

갑자기 숨이 막힌 것처럼, 가가미 부인은 입을 다물었다.

눈을 크게 뜬 채, 그녀는 그대로 굳어버렸다. 소리가 나오지 않는 텔레비전 영상이 색깔을 바꾸며 경직된 얼굴을 비춘다. 일그러진 주마등의 그림자를 투영하듯.

역시 사실이었나? 그렇게 생각한 것도 잠시, 부인의 코에서 불규칙적으로 숨소리가 흘러나오기 시작했다. 후, 후, 후, 하는 소리에 맞춰 메마른 입술이 젖혀진다.

그녀는 웃고 있었다.

"제가 뭔가 이상한 말이라도 했습니까?"

경시의 물음에 부인은 겨우 제정신으로 돌아온 듯 고개를 저었다.

"아니, 아니에요. 그저 아들 부부가 이 이야기를 들으면……. 아뇨, 그보다 죽은 유코가 너무 가여워서요."

"무슨 말씀이시죠? 대답하기 힘든 질문일지도 모르지만, 도모토의 말이 사실인지 아닌지 확실히 말씀해주시겠습니까."

가가미 부인의 표정이 매서워졌다. 그녀는 바닥에 손을 대고, 몸을 구부려 자세를 바로 했다.

"유코가 그 아가씨 어머니라니, 당치도 않은 소리예요. 그 남자가 뭔가 착각했나 보군요. 그 아가씨는 분명히 리쓰코가 배 아파 낳은 자식이에요. 처음부터 피 한 방울 섞이지 않은 남이었다면, 리쓰코도 이렇게 고통스러워하지 않았을 텐데."

"정말 틀림없는 사실입니까?"

"입 아프게 몇 번이나 말하게 하지 마세요. 제가 이런 말하는 것도 우습지만, 적어도 에치카 양 일에 관해서는 유코를 의심하지 않습니다. 그렇게 신경 쓰이신다면, 예전 기록이라도 찾아보시든가요."

매정한 대답이었다. 그렇지만 가가미 부인의 말은 단순한 부정은 아니었다. 오만한 말투 뒤에는, 아직 밝혀지지 않은 가족의 비밀이 숨어 있을 것이다. 그렇게 확신한 린타로는 지원 사격에 나섰다.

"적어도 에치카 양 일에 관해서는 그렇게 말씀하셨죠. 그건 대체 무슨 뜻이시죠? 그녀의 어머니가 틀림없이 리쓰코 씨라 해도, 자살한 유코 씨를 가엾게 여길 이유가 달리 있다는 말씀이십니까?"

"네, 그래요."

부인은 가슴 깊은 곳에서 짜내는 듯한 낮은 목소리로 대답했다.

"그 도모토란 남자가 한 말은 반만 맞거든요. 어딘가에서 이야기를 듣고, 자기 식으로 해석한 거겠죠."

"반만 맞는다고요? 16년 전에 유코 씨가 이사쿠 씨와 불륜 관계를 가졌던 것 말입니까?"

"그건 아까도 말씀드렸잖아요. 그렇지만 그것뿐만이 아니에요. 부끄럽지만, 유코는 다른 아이를 임신하고 있었어요. 에치카 양이 아니라, 다른 아이를요."

"유코 씨가 자살했을 때 임신 중이었다는 말씀이십니까?"

"맞아요. 유코 배 속엔 가와시마의 아이가 있었어요."

가가미 부인은 위태로운 눈빛으로 고개를 끄덕이더니, 느닷없이 후후, 하하, 하고 호흡을 가다듬기 시작했다. 누가 뭐라 하지도 않았는데, 그녀는 비틀거리며 바닥에서 일어났다.

"왜 그러십니까? 어디 편찮으신 겁니까?"

노리즈키 경시의 목소리는 부인의 귀에 들리지 않는 것 같았다. 호흡이 점점 가빠지는 바람에 숨쉬기가 힘들어진 것이리라. 그녀는 숨을 헐떡이며 독백하듯 입을 열었다.

"자살한 차 안에, 불륜을 고백한 유서와 함께 산부인과 진단서가 남겨져 있었어요. 부검을 해보니 임신 3개월이더군요⋯⋯. 가와시마의 아이를 임신한 걸 알고, 어쩔 줄 몰라 하다 결국 그런 방법을 택한 모양이에요."

저도 모르게 고개를 돌리고 싶어질 정도로, 가가미 부인의 얼굴은 고통스러워 보였다.

식어버린 수프 표면에 얇은 막이 덮이듯, 그녀의 얼굴은 백지장처럼 새하얗게 변해가고 있었다. 늙은 시어머니의 가면을 유지하는 것조차 불가능한 것 같았다. 그녀는 반백의 가발이 삐뚤어졌다는 사실조차 눈치채지 못했다. 인간의 청취 가능한 영역을 벗어난 곳에서, 마음의 매듭이 풀리는 소리가 들린 것 같았다.

"남편을 추궁했더니, 그 사람은 유코와 관계했다는 것을 인정했어요……. 좋은 동생은 아니었지만, 스스로 목숨을 끊어야 할 정도로 나쁜 짓을 하진 않았다고요. 유서에도 그렇게 적혀 있었어요. 처음에는 억지로 당했고, 그 다음부터는 협박당했다고……. 전부 그 자식 때문이에요! 가와시마 이사쿠! 내 남편이었던 그 남자가 동생을 억지로 범하고 죽음으로 몰아넣었다고요!"

현관문이 열리는 소리가 그녀의 독백을 중단시켰다.

가가미 부인은 헉, 하고 숨을 삼키며 복도 쪽을 돌아봤다. 그것과 거의 동시에 거실 문이 열리며 한 남자가 혈안이 되어 뛰어 들어왔다.

가가미 준이치였다.

"뉴스를 보고 바로 돌아왔어. 리쓰코? 리쓰코!"

눈을 뒤집으며 그 자리에 쓰러지는 아내를 가까스로 부축하며, 가가미는 그제야 겨우 두 사람의 존재를 알아챈 것 같았다.

"자네였군. 이제 집사람이 남들 앞에 나서지 못한다고 했던 이유를 알겠나?"

그의 얼굴에 떠올라 있는 건, 분노보다 수치심에 가까운 표정이었다.

25

"겨우 잠이 들었습니다. 약물을 사용하고 싶지는 않았지만, 달리 방법이 없으니까 어쩔 수 없군요."

부부 침실에서 나온 가가미 준이치는 침통한 표정으로 그렇게 말했다. 노리즈키 경시는 동정적인 태도를 취하더니, 말하기 힘든 듯 턱을 까닥이며 말했다.

"부인은 남들 앞에서는 항상 저러십니까?"

"아뇨, 지금이 제일 안 좋은 상태입니다. 요즘 들어서야 겨우 있는 그대로의 자신과 마주볼 수 있게 되었죠. 저러지 않은 지도 벌써 오래 되었습니다만."

"혹시 해리성 다중인격 같은 겁니까?"

"그건 아닙니다. 병적인 행동을 보이긴 하지만, 본인은 분명히 연기란 걸 자각하고 있으니까요. 남의 눈을 두려워할 뿐, 정신은 온전합니다. 이 사건에 휘말리기 전까지는 상태도 괜찮았는데……."

가가미는 갑자기 말끝을 흐리더니, 겉보기에도 석연치 않은 표정으로 말했다.

"그건 그렇고, 이야기를 나누면서 이상하다는 생각이 안 드셨습니까? 집사람은 이제 젊다고는 할 수 없는 나이지만, 제 어머니만큼 늙지는 않았습니다. 아무리 가발을 쓰고 화장을 했다고 해도, 형사님이라면 한눈에 알아볼 수 있지 않습니까."

"죄송합니다. 그 말씀이 맞습니다."

경시는 안쓰럽다는 표정으로 가가미에게 고개를 숙였다.

"실은 현관에서 얼굴을 봤을 때부터 리쓰코 씨가 변장한 거라고 알고 있었습니다. 사전에 부인이 정신적인 문제를 가지고 있다는 건 들었기 때문에, 이야기를 원만하게 진행하기 위해 일부러 모른 척했죠."

"일부러 모른 척했다고요? 그럼 리쓰코는 이미 알아챘다는 것도 모른 채……."

가가미는 얼굴을 붉히며 몸을 들썩였지만, 가까스로 자제심을 발휘했다. 감정적인 마찰에 의한 충격에서 도망치듯 러닝머신의 사이드 바를 붙잡더니, 등을 구부리고 후, 하고 한숨을 쉬었다. 하지만 고개를 저으며 이쪽을 다시 바라본 순간에는, 완전히 각오를 굳힌 표정을 짓고 있었다.

"리쓰코의 정신적 문제니 형사님에게 뭐라고 할 수도 없군요. 토요일에 확실히 사정을 설명해두었어야 하는데, 괜히 감추려 했다 역효과만 난 것 같습니다."

가가미 준이치는 자조하듯 그렇게 중얼거리더니, 린타로 쪽을 바라보았다.

"발끈해서 설명도 없이 내쫓은 건 죄송하게 생각하네. 그렇지만 그때에는 자네가 제대로 된 사람인지 아닌지 그 자리에서 판단할 만한 근거가 없었어. 환자인 척 찾아와서 캐물어대니, 질 나쁜 인간이라 생각했지. 나중에 인터넷으로 검색해서, 신원이 확실한 사람이란 것을 확인했지만, 그렇다고 새삼스레 연락할 마음은 들지 않았지. 그 분야에서 유명한 전문가라 해도, 그때는 그냥 우리를 내버려두었으면 하는 마음뿐이었으니까."

"환자인 척 찾아간 건, 제 잘못이었습니다. 그렇지만 선생님도 전화가 왔다며 도망치셨잖습니까. 두 사람 다 잘한 건 없으니, 그 일은 없던 걸로 하죠."

"전화?"

린타로의 말을 들은 가가미는 미간을 찌푸리더니, 갑자기 어울리지 않는 미소를 지으며 대꾸했다.

"아, 그 전화 말이군. 자네 말대로 자리에서 빠져나가기 위한 궁여지책이었네. 진료실에서 도망치기 위해서 그랬지. 이렇게 될 줄 알았다면 그런 태도는 취하지 않았을 텐데."

어깨를 으쓱하며, 그는 사이드 바에 기댔다. 강화조약이 성립된 것이라 생각했는지, 노리즈키 경시는 입을 열었다.

"몇 가지만 확인하겠습니다. 가와시마 이사쿠 씨의 부고를 듣고 부인의 상태가 나빠진 겁니까?"

"그렇습니다. 유족에게 연락을 받았을 때, 자기도 모르게 시어머니인 척했나 보더군요. 그것 때문에 그게 튀어나온 모양입니다. 하지만 그렇게 된 후로도 약물로 발작을 억누르면서 어떻게든 버텼습니다. 오늘 아침에도 외모는 그대로였고요. 형사님들이 왔을 때는 이미 저 모양이었습니까?"

"그런 것 같습니다. 저녁 뉴스로 사건에 대해 알게 되었다고 하시더군요."

"리쓰코가 그러던가요? 그렇다면 저게 튀어나왔어도 이상할 게 없군요. 어머니인 척하는 건, 자신의 존재를 지우기 위한 연막입니다. 그렇게 되지 않도록 신경을 쓰고 있었는데, 하필이면 친딸이 살인 사건의 피해자가 되다니……."

"그렇지만 에치카 양이 실종된 건 알고 계시지 않았습니까?"

린타로의 지적에 가가미는 씁쓸한 얼굴로 고개를 끄덕였다.

"나는 알고 있었네. 일요일에 저쪽 집에서 전화가 왔었거든. 우연히 내가 받아서 집사람에게는 한마디도 하지 않았어. 고별식에서 에치카와 한 약속도 그렇지만, 이야기하면 집사람이 동요할 건 불 보듯 뻔했으니까."

"말하는 편이 낫지 않았을까요? 애초에 선생님은 일 때문에 평일에는 집을 비우시지 않습니까. 만일 선생님이 안 계신 동안, 에치카 양이 어머니를 만나러 직접 찾아오면 어쩌시려고 그랬습니까."

"나도 그 생각은 했었네. 그래서 맨션의 관리인에게 에치카의 생김새를 일러두고, 만일 이렇게 생긴 아가씨가 찾아오면 사정을 이야기하고 돌아가기를 부탁해달라고 했지. 현관에 방범 카메라가 달린 거 봤지? 이 맨션은 방범 설비가 잘 되어 있어서 관리인이 항시 모니터로 드나드는 사람들을 체크하고 있네. 그래서 걱정하지 않았는데, 설마 뉴스에 나올 줄은 몰랐어."

가가미는 켜져 있던 텔레비전 화면을 노려보더니, 리모컨을 찾아 전원을 껐다. 조명을 밝게 하더니, 장기전이 될 것을 각오했는지 부엌에서 의자를 가져와 앉았다.

"언제 관리인에게 에치카 양에 대해 이야기했습니까?"

"고별식 다음날이었으니, 지난 주 목요일이었을 거야. 정확한 날짜는 밑에서 확인하게. 결국 에치카는 아무 연락도 하지 않았네만."

린타로는 한숨을 쉬며, 아버지 쪽으로 고개를 돌렸다. 노리즈키 경시는 이마를 긁적이며 부스럭거리며 몸을 흔들었다.

"물어보는 게 늦었습니다만, 어머님이신 다에코 씨는 건강하십니까?"

"8년 전에 병으로 돌아가셨습니다."

"아, 혹시 선생님과 리쓰코 씨가 미국에 계실 때 돌아가신 겁니까?"

"맞아, 귀국하기 2개월 전에. 혼자 계셔서 걱정되긴 했지만, 미국으로 오시라 해도 싫다고 하셔서 말이야. 갑자기 돌아가셔서 마지막으로 뵙지도 못하고, 큰 불효를 저질렀어."

아직도 마음에 걸리는 듯 그렇게 덧붙이는 가가미를 향해, 경시는 날카로운 시선으로 물었다.

"그럼 리쓰코 씨가 어머님과 동거한 적은 없던 거군요?"

"그렇습니다. 지금 집사람은 어머니에 대해 거의 모릅니다."

"그런 것치고는 완전히 다에코 씨인 양, 전부인과 고부갈등이 있었던 것처럼 이야기하시던데요."

"리쓰코가요? 집사람이 뭐라고 하던가요."

조금 전에 들었던 이야기를 간략하게 설명하자, 가가미는 미간을 찌푸리며 팔짱을 꼈다.

"역신이라고요. 리쓰코가 그런 소리를 했단 말이죠."

"무언가 짐작 가는 데가 있으십니까?"

"대충은요. 리쓰코의 말이 그렇게 틀린 것도 아닙니다. 전처와 어머니 사이가 좋지 못했던 것도 사실이고요. 처음에 어머니는 전처가 재산을 노리고 나와 결혼했다고 생각하고 계셨고, 결혼한 뒤에도 둘 사이는 삐걱거렸으니까요. 하지만 리쓰코가 그런 소리를 한 건, 어머니 흉내를 낸 것이 아니라, 동생에 대한 리쓰코의 진심이 그렇기 때문일 겁니다."

"진심이라고요?"

가가미 준이치는 입을 오므리며 안경에 손을 댄 채 잠시 생각에 잠겼다. 천천히 침실 쪽으로 고개를 돌리더니, 그는 목구멍에 무언가 걸린 듯 잠긴 목소리로 입을 열었다.

"리쓰코는 지금도 죽은 동생이 한 짓을 용서하지 못합니다. 본인에게 물어봐도 절대로 인정하지 않을 테지만요."

"16년 전, 유코 씨가 가와시마 이사쿠 씨와 불륜 관계를 가졌던 것 말입니까? 동생은 자살할 정도로 나쁜 짓을 하진 않았다, 전부 다 가와시마 이사쿠 때문이다, 부인께선 그렇게 말씀하시던데요?"

"그건 그렇죠. 제일 나쁜 건 그 녀석이니까요. 그렇지만 리쓰코 입장에서는 마냥 전남편만 탓할 수도 없을 겁니다. 어찌 되었든, 피를 나눈 동생에게 남편을 빼앗긴 꼴이니까요……."

가가미는 어째서인지 말끝을 흐렸다. 노리즈키 경시는 상대의 입장을 배려하듯 입을 열었다.

"민감한 문제라는 건 저희도 잘 알고 있습니다. 자살한 유코 씨의 유서에는 가와시마 씨가 억지로 관계를 강요했다고 하던데요? 그 때문에 그녀가 이사쿠 씨의 아이를 가지게 되었다는 것도 부인께서 직접."

"그렇게 말하던가요?"

자존심에 상처를 입은 것인지, 가가미는 겸연쩍은 얼굴로 시선을 돌렸다.

"그게 사실이라면 유코 씨는 일방적인 피해자였군요. 리쓰코 씨가 동생을 용서하지 못하는 건 좀 이상하지 않습니까?"

"글쎄요. 리쓰코가 과연 유서 내용을 액면 그대로 받아들였는지, 전 잘 모르겠습니다. 실제로 유코에게는 그런 면이 있었습니다. 뭐라고 할까, 일종의 신분 상승 욕구 같은 것 말입니다. 지금 생각해 보면, 언니에 대한 콤플렉스의 반증이었는지도 모르겠군요. 저와 유코가 처음 만났을 무렵, 리쓰코는 전위예술가의 파트너로서 미술계에서는 유명 인사였으니까요. 그렇지만 당시의 저에겐 예술가 가와시마 부부는 다른 세상에 사는 사람들이었고, 실제로 깊은 관계도 없었기 때문에 유코에게 그런 콤플렉스가 있다는 걸 눈치채진 못했습니다."

"듣자 하니, 유코 씨는 사치가 심했다고 하던데요. 그것도 리쓰코 씨에 대한 콤플렉스가 원인이었습니까?"

"사치라."

가가미는 이를 갈듯 입가를 일그러뜨리며 그렇게 중얼거렸다.

"그런 면도 있긴 했죠. 그렇지만 처음 결혼했을 때에는 그렇지 않았습니다. 낭비가 심해진 건 결혼하고 조금 더 지나서였습니다."

원망스런 듯 가가미는 한숨을 쉬었다. 그는 아무 말 없이 안경을 벗더니, 미간을 손으로 문질렀다. 마음을 정리하기 위한 시간을 버는 것 같았다. 반쯤 벌린 입 사이에서 그의 트레이드마크인 하얀 치아가 모습을 드러냈다 사라졌다. 그렇지만 전에 보았을 때만큼 반짝이지는 않았다.

머리를 죄는 관을 쓰듯 안경을 다시 쓰더니, 가가미는 가까스로 입을 열었다.

"유코는 아이를 가지고 싶어 했습니다."

"아이를?"

린타로는 아버지와 얼굴을 마주봤다. 가가미가 문제의 핵심에 대해 언급하려 하는 것을 눈치챈 그는 경시에게 질문을 바꾸라고 눈짓을 보냈다.

"처음부터 그것 때문이었습니까?"

"글쎄. 애초에 유코는 그렇게 모성적인 타입이 아니었고, 출산이나 육아를 귀찮게 생각하긴 했네. 그렇지만 마침 결혼한 해에 지금 집사람이 에치카를 낳았어. 마치다의 조산원으로 문병을 다녀오더니, 모성본능에 자극을 받은 모양이더라고."

린타로는 고개를 끄덕였다. 그 이야기라면 가와시마 아쓰시에게서 들었기 때문이다.

"그렇다고 해도 그 시점에서는 아직 적극적으로 아이를 가지려 하지 않았어. 몸매가 망가진다며, 아이를 가지는 건 나중으로 미룰 생각이라고 했으니까. 유코의 마음이 바뀐 건 리쓰코의 남편이 임신 중인 부인을 모델로 한 석고상을 발표한 뒤였지."

"'모녀상' 연작 말입니까?"

군이 물을 것까지도 없었다. 이 사건의 수사과정은 '모녀상'이 사람들에게 어떤 영향을 미쳤는지, 그것을 쫓는 것이나 마찬가지였다. 린타로의 입에서 그 이름이 나오자, 가가미의 눈빛이 아득해졌다.

"그 작품이 공개된 것도 1978년이었지. 유코와 함께 신주쿠의 미술관으로 '모녀상'을 보러 갔던 기억이 나는군. 아직 신혼 기분에 젖어 있을 때였어. 당시에는 상당히 화제를 불러 일으켰지만, 나는 솔직히 어디가 좋은지 잘 모르겠더군. 나는 그랬지만, 유코는 굉장히 충격을 받은 것 같았어. 피를 나눈 언니가 모델이었으니 그럴 법도 하지. 줄줄이 늘어선 리쓰코의 조각을 보고 나서는 밖으로 나올 때까지 한마디도 하지 않았어. 어디 아픈가 하는 생각까지 했을 정도였어. '우리도 빨리 아이를 가져요.' 돌아오는 길에 그렇게 말했는데, 그 얼굴을 지금도 잊을 수가 없어. 잠들어 있던 무언가에 갑자기 불이 붙은 듯한 표정이었지…….'

침실 문 너머에서 여자의 괴로운 신음소리가 들려왔다.

"잠깐 실례하겠습니다."

가가미는 그렇게 말하며 자리에서 일어나 아내의 상태를 살피러 갔다.

이번에는 금세 자리로 돌아왔다. 악몽을 꾸는지 괴로워하긴 하지만, 크게 걱정할 필요는 없는 것 같다고 한다. 린타로는 가볍게 헛기침을 한 다음, 중단되었던 이야기를 다시 시작했다.

"유코 씨와의 사이에 아이는 없었다고 하셨죠. 유코 씨가 원했는데도 아이가 생기지 않았던 데에 달리 이유라도 있습니까?"

"아마 나한테 문제가 있었던 거겠지. 책도 읽고, 남에게 물어도 보고, 여러 가지로 시도는 해봤지만 아무래도 아이를 가질 수 없는 체질인 모양이야. 병원에서 검사를 받은 건 아니지만, 나한테 결함이 있던 건 확실할 거야. 유코에게 문제가 없었다는 건, 자살했을 때 이미 밝혀졌으니까."

망설이는 듯한 어조였다. 분명히 그의 말대로다. 더 이상 물었다간 가가미의 자존심이 상처 입을까봐, 린타로는 아이 이야기는 그만하기로 했다.

"유코 씨가 사치를 부리기 시작한 건 언제부터였습니까?"

"결혼하고 2, 3년이 지났을 무렵이었을 거야. 처음에는 인테리어에 신경을 쓰는 정도였지만, 곧 보석이며 모피 같은 것을 할부로 사들이기 시작했지. 아이를 가지지 못하는 외로움을 쇼핑으로 푸는 거라 생각하고 나도 그냥 못 본 척 넘어갔어. 그게 문제였지."

"결혼하고 2, 3년이 지났을 무렵이면, 1980년부터 1981년경인가요?"

"그 무렵일 거야. 그것만이라면 상관없었지만, 불행하게도 1980년 여름에 갑자기 뇌경색으로 아버지가 돌아가셨네. 내가 서른이 막 되었을 때였지."

"뇌경색으로? 리쓰코 씨는 심장병으로 돌아가셨다고 하던데요."

"아니야. 리쓰코가 아는 척하는 거겠지. 아직 50대셨고, 한창 일할 때셨지만 과로로 인해 몸이 견디지 못한 거지. 우리 병원이 번창하던 것도 모두 아버지 덕이었거든. 나는 계속 도련님 취급만 받았고, 환자들의 신뢰를 얻지 못했어. 결혼하고 난 뒤에는 젊은 여자 환자들도 많이 줄어들었고. 치과가 우후죽순으로 늘어나서 생존 경쟁이 치열하던 시절이었던 것도 한몫 했지. 가미쓰루마 내에 최신 설비를 갖춘 치과가 연이어 개업을 했어. 우리는 옛날부터 동네 장사였으니까, 기술로는 못 따라가지. 새로운 환자는 물론, 아버지 병원에 다니던 환자들까지 점점 그쪽으로 가버리더군."

"병원 경영이 어려워졌던 거군요?"

가가미의 표정이 굳어졌다. 미용치과의로 성공한 지금도 당시의 분한 감정이 남아 있는 것이리라. 코로 숨을 후, 하고 내쉬더니, 짐짓 꾸민 듯한 동작을 섞어 가며 말을 이었다.

"글자 그대로 상황이 점점 악화되었어. 궁지에 몰려 마음이 조급해졌던 게지. 여기저기서 자금을 끌어다 낡은 병원 건물을 개축하고 최신식 설비를 도입했지만, 오히려 역효과만 났어. 한 번 떠난 환자들은 돌아오지 않았고, 유코의 사치도 점점 심해져서 재정적으로 곤궁에 빠졌지. 그런 사정 때문에, 유코가 자살하기 전부터 집안에서 다툼이 끊이질 않았어. 아내 입장에서는 호강할 줄 알고 시집 왔는데, 빚까지 껴안고 옴짝달싹 못하게 되었으니 짜증이 날 법도 하지. 아이라도 있었으면 조금 나았을지도 모르지만."

"그랬군요. 그래서 유코 씨는 형부에게 접근한 겁니까?"

직설적으로 묻자, 가가미 준이치는 곧바로 고개를 저었다.

"아니, 유코는 결코 그럴 생각이 아니었을 거야. 그해 말, 나는 물론 리쓰코에게도 비밀로 가와시마 이사쿠에게 돈을 빌려달라고 했던 것이 모든 것의 시작이었지. 유코는 자기 나름대로 부부 사이를 개선해 보려고 노력했던 게 아닐까. 아까 했던 이야기와 모순된다고 생각할지도 모르지만, 리쓰코가 속으로 어떻게 생각하는지는 몰라도, 나는 유코가 날 배신했다고 생각하지 않아. 약점을 잡고 관계를 강요한 건 가와시마였으니까…… 나중에 알게 된 거지만, 마침 그 당시에 가와시마는 슬럼프에 빠져 리쓰코와의 관계도 원만하지 못했다고 하더군."

82년 말이라면, '선글라스 사건'을 계기로 가와시마 이사쿠가 인사이드캐스팅 작품에 회의를 느끼던 시기와 겹친다. 가와시마는 슬럼프에서 빠져나오기 위해 처제를 이용하려 했던 게 아닐까?

그렇지만 가와시마 아쓰시는 다른 관점을 고집하고 있었다. 두 사람은 같은 처지에 처한 피해자가 아니었을까, 그것이 그의 생각이었다. 예전에 가가미와 이야기했을 때에 격렬한 거부반응을 이끌어낸 질문이었지만, 어떡하든 그것만은 확인해야 했다.

"당시에 리쓰코 씨도 가미쓰루마의 병원에 자주 다니셨습니까?"

자연스레 질문을 던지자, 가가미는 의아하다는 표정을 지으며 대답했다.

"음? 맞아, 그러긴 했는데 친척이 운영하는 병원이니 그다지 이상할 건 없지 않나. 가미쓰루마는 사가미하라 시내이긴 하지만, 사카이 강을 넘으면 바로 마치다고 말이야."

"그렇긴 하죠. 기분 나쁘게 듣지 않으셨으면 합니다만, 유코 씨와 이사쿠 씨가 불륜 관계를 가지기 전에 선생님과 리쓰코 씨 사이에 남녀 관계는 없었습니까?"

또다시 역린을 건드린 게 아닌지 우려했지만, 가가미는 냉정한 태도를 보였다.

"전에도 그런 질문을 했었지. 그때는 발끈해서 말이 험해졌지만, 이야기한 내용은 사실이네. 유코가 자살하기 이전에 지금 집사람과 친하게 지낸 적은 없어. 어디까지나 의사와 환자 사이였지. 하늘에 맹세할 수 있네."

어조는 담담했지만, 그는 한 발짝도 물러나려 하지 않았다. 가가미는 말을 이었다.

"그런 일이 있고 얼마 지나지 않아 자살한 아내의 언니와 재혼했으니, 그런 식으로 생각하는 사람이 있을 법도 하네만…… 가와시마의 동생뿐만이 아니라, 남 말하기 좋아하는 사람들은 얼마든지 있으니까 말이야. 그렇지만 나와 리쓰코가 결혼한 건, 그런 불행을 겪었기 때문이야. 나는 도저히 유코를 원망할 수 없었고, 리쓰코도 같은 마음일 거야."

"그렇지만 리쓰코 씨는 동생에 대한 의혹을 떨쳐버리지 못한 것 같던데요."

"그렇다고 해도, 전남편에 대한 증오심에 비하면 그런 건 아무것도 아니지. 우리는 죽은 유코까지 포함해 셋 다 가와시마 이사쿠란 남자의 추한 이기심에 희생된 사람들이라고 생각하네. 리쓰코가 입은 상처가 나보다 훨씬 깊은 건 말할 것도 없지만."

"이사쿠 씨와 이혼한 직후에 리쓰코 씨가 미국으로 건너간 건 그 상처를 치유하기 위해서인가요?"

린타로의 물음에, 가가미는 괴로운 표정으로 고개를 끄덕였다.

"남편의 짐승 같은 행동으로 인해 동생이 자살했다는 것을 알고, 리쓰코는 견디기 힘든 충격을 받아서. 본인을 만나보면 알겠지만, 집사람은 감수성이 너무 풍부한 만큼 정신적으로 연약한 구석이 있네. 에치카 양 일도 그래. 어머니로서 잘 해주지 못한 건, 자기가 낳은 딸에게 가와시마의 피가 흐르고 있다는 걸 용서할 수 없었기 때문이야. 홀로 미국으로 건너간 것도 그때까지의 생활을 완전히 정리하고 다시 시작하기 위해서였지. 하지만 머나먼 외국으로 탈출한 뒤에도 정신적인 지옥으로부터는 도망치지 못했어……. 우연히 LA에서 재회했을 때, 리쓰코는 약물 중독에 빠져 망가지기 일보 직전이었으니까."

"리쓰코 씨가 미국에서 약물 중독에 걸렸었다고요?"

처음 듣는 이야기에 린타로의 눈이 휘둥그레졌다. 가가미는 한층 더 어두운 표정으로 말했다.

"놀랄 법도 하지. 그 사실은 아무에게도 알리지 않았으니까. 가미쓰루마의 병원을 매각한 돈에 유코의 사망보험금을 더해 빚을 변제한 뒤, 나는 미용치과기술을 공부하기 위해 본고장인 LA로 유학을 떠났네. 리쓰코와 재회한 건 우연히 서로의 지인이 같은 사람이었기 때문이었어. 언제 어디서 만났는지는 말하기 곤란하지만, 앙상하게 여위어서 반쯤은 죽은 사람 같았지. 무리한 다이어트로 사망한 카펜터스의 카렌 카펜터스 같았어. 약에 손을 댄 건 죽은 유코의 얼굴이 도저히 머리에서 떨어지지 않았기 때문이라더군. 나는 리쓰코의 마음을 뼈저리게 이해할 수 있었어. 나도 그랬으니까……. 유코를 죽게 내버려둔 죄를 속죄하기 위해선 리쓰코를 구해야만 한다. 그렇게 결심하고 리쓰코를 현지의 갱생시설로 보냈어."

"금세 회복되었나요?"

"꼬박 1년이 걸려서야 가까스로 약을 끊을 수 있었지. 하지만 마음에 뻥 구멍이 뚫린 듯한 상태는 여전해서, 몇 주 간격으로 거식과 과식을 반복했어. 큰일은 일어나지 않았지만, 몇 번인가 자살을 시도한 적도 있었네……. 나는 미용치과기술 공부를 끝내고 일본에서 다시 한 번 시작해볼 생각이었지만, 그런 리쓰코를 미국에 남겨두고 올 순 없었어. 미국에 있는 이상, 언제 또 약의 유혹에 넘어갈지 몰랐으니까. 함께 일본으로 돌아가 다시 시작하자, 그게 내 프러포즈였네."

가가미 준이치를 안경을 가리듯 손을 올리더니, 한차례 고개를 저었다. 자기 연민을 나타내는 행동처럼 보였지만, 그의 진심이 무엇인지는 알 수 없었다.

"귀국한 뒤에도 얼마 동안은 심각한 우울증에 시달렸어. 방에 틀어박혀 며칠이나 밖에 나오지 않는 일이 다반사였지. 과식 때문에 다른 사람처럼 살이 찌기도 했고……. 지금은 이미 그때 같진 않지만, 예전의 리쓰코를 아는 사람을 만나도 너무 달라져서 알아보지 못할 거야. 추한 자신을 두려워하는 건 아니지만, 본인도 줄곧 그 사실 때문에 괴로워했어. 한때는 미술계에서 모르는 사람이 없는 모델이었으니까 더더욱 괴롭겠지. 에치카는 물론, 옛날 친구들과 만나지 않으려는 데엔 그런 이유도 있네."

"시어머니인 다에코 씨인 척 하는 것도 그 때문입니까?"

"그럴 거야. 조금씩 밖에 나가게 된 뒤로도, 여전히 자신의 얼굴이 남의 눈에 띄는 걸 두려워했어. 나는 가급적이면 같이 외출하려 했지만, 그것만은 절대로 양보하지 않았어. 베일이나 마스크를 씌워보는 등 여러 가지 방법을 써 봤지만 오히려 눈에 띌 뿐이었지. 우리 어머니인 척 하는 것도, 처음에는 고육지책으로 짜낸 방법이었어. 그렇지만 리쓰코는 그 분장을 하고 있을 때가 제일 심리적인 부담이 적었던 모양이야. 늙은 어머니와 아들이라면 하루 종일 같이 행동해도 그리 이상할 건 없고, 무엇보다 나이 많은 여성으로 분장하는 것만으로도 마술처럼 남의 눈이 신경 쓰이지 않는다고 하지 뭔가."

"그러고 보니 노파 가죽이란 옛이야기도 있었죠."

린타로는 맞장구를 치며 말했다.

"계모에게 쫓겨난 딸이 노파의 모습으로 변신하게 해주는 옷을 손에 넣는다. 리쓰코 씨의 행동은 그 비슷한 게 아닐까요?"

"계모라. 그런 분석은 전문이 아니라 잘 모르겠지만, 죽은 동생의 후처라는 입장이 리쓰코에게 부담으로 작용했는지도 모르겠네. 그 부담감에서 도망치기 위해, 일부러 시어머니 흉내를 냈던 건지도 모르지. 나는 오히려 약물 중독의 후유증으로 외모에 콤플렉스를 가지게 된 게 아닐까 하는 생각이 들었네만……. 실제 나이보다 더 늙어 보이게 꾸미고, 상처 입은 자존심을 커버하는 게 아닐까.

요 몇 년 동안은 줄곧 상태가 좋아서, 저게 나오는 일이 없어진 것도 모두 리쓰코가 나이를 먹어가며 안정되었기 때문일 거야. 이번 소동으로 다시 예전으로 되돌아갔지만."

가가미는 입술을 깨물며 그대로 입을 다물었다. 기운이 빠진 듯 고개를 푹 숙이더니, 잠시 자신의 손끝을 바라보고 있었지만, 갑자기 고개를 들더니 노리즈키 경시를 바라보며 말했다.

"집사람이 에치카를 만나는 걸 거부한 이유는 이제 잘 아셨겠지요. 16년 전의 사건에 대해서도 제가 아는 건 모두 말씀드렸습니다. 분명히 그 애는 리쓰코의 하나밖에 없는 딸이지만, 이만큼 시간이 흐른 지금은 이미 남이나 다름없습니다. 그러니까 오늘을 끝으로 리쓰코는 그만 내버려두십시오. 만일 언론에서 이곳을 찾아와 직접 취재를 요청한다면, 리쓰코는 돌이킬 수 없는 정신적 충격을 받을 겁니다. 그렇지 않아도 상태가 좋지 않은데, 흥미 본위로 세상에 알려졌다간 또다시 자살을 시도할지도 모릅니다. 아내가 자살하는 일만은 두 번 다시 겪고 싶지 않습니다."

"그 마음, 충분히 이해합니다."

노리즈키 경시는 막대기처럼 꼿꼿하게 등을 펴고, 지나칠 정도로 담담한 어조로 말했다.

"제 집사람도 그렇게 죽었거든요. 언론 발표에는 가급적 신중을 기하도록 하겠습니다. 그 대신 하나만 더 부탁드리겠습니다."

"또 뭐가 남았습니까?"

당혹스러워하며 되묻는 가가미를 향해 경시는 갑자기 상대의 허를 찌르듯 말했다.

"만일의 경우를 위해, 계약했던 생명보험회사를 가르쳐주시겠습니까? 지금 이야기를 들어보니 유코 씨가 자살한 덕분에 거액의 부채를 탕감할 수 있었던 것 같은데요."

일부러 무신경한 질문을 던진 건, 상대의 반응을 보기 위해서이리라. 가가미도 곧바로 경시의 의도를 파악한 듯, 감정을 자제하며 냉소적인 목소리로 말했다.

"절 도발해서 꼬리를 드러내지는 않는지 시험해보시는 겁니까? 쓸데없는 짓일 겁니다. 그 생명보험은 아버지가 돌아가신 뒤에 가미쓰루마의 병원을 개축하는 데 드는 비용을 대출받았을 때, 계약 조건으로 반쯤 강제로 가입한 거니까요."

"대출을 받는 조건으로 가입했다고요? 부인도 함께 말입니까?"

"네, 서로를 수령인으로 지정했죠. 부끄러운 이야기입니다만 질 나쁜 사채업자에게 걸려서 저뿐 아니라 유코 명의로 보험에 가입해 고액의 요금을 납부해야 했죠. 그것이 1981년의 일입니다. 유코가 자살했을 때는 자살특약 기한도 이미 지나 있었기 때문에 보험금도 문제없이 지급되었죠. 전액 다 지급되지는 않았지만요. 만일 저와 리쓰코가 서로 짜고 보험금을 타내기 위해 유코를 자살하게 만든 거라 생각하신다면, 그건 확실히 잘못 짚으신 겁니다. 기꺼이 보험회사 연락처를 알려드리죠. 조사과에 문의해 보시면, 수상한 점은 아무것도 없었다는 것을 아실 수 있을 겁니다."

##

1층 관리실에 들른 두 사람은 중년의 관리인에게 에치카의 사진을 보여주며 가가미 준이치의 이야기를 확인했다. 피해자의 행방이 사라진 18일 토요일 오후, 혹은 그 전날에 그녀로 추정되는 인물이 이 맨션을 찾은 적은 없었다고 한다.

"현관의 감시 카메라를 보시겠습니까?"

관리인은 그렇게 말했지만, 노리즈키 경시는 그럴 필요까지는 없다고 판단했다. 언론 취재로 곤혹스러워질 경우에는 마치다 서의 수사본부로 연락해달라는 말을 남기고, 두 사람은 '팜 라이프 부바이' 밖으로 나왔다.

8시가 넘어, 바깥은 완전히 어두워져 있었다. 노리즈키 경시는 축축한 한숨을 쉬며, 참고 있던 담배를 꺼내 불을 붙였다. 잠시 그곳에 멈춰 선 그는 무언가를 생각하는 듯 연기를 내뿜고 있었다.

"사야카의 폭탄 발언은 완전히 불발로 끝난 것 같네요. 리쓰코 씨 말대로, 에치카 양이 가가미 유코의 딸이라고 단정 지은 건 도모토의 섣부른 판단이었던 것 같아요. 그녀의 출생에 의문의 여지가 없다면, '모녀상' 모델 문제와 절단된 석고상의 머리에 관한 추론은 근거를 잃게 되죠. 제가 너무 앞서 갔던 것 같네요."

린타로가 반성의 뜻을 비치자, 경시는 어깨를 으쓱하는 시늉을 했다.

"그건 그렇지만, 아직 단념하긴 이르지. 가와시마 이사쿠가 가가미 유코를 임신시켜 자살로까지 몰아간 것에 죄책감을 가지고 있었다면, 절단된 석고상의 머리에 도모토나 우사미 쇼진을 오해하게 만들 만한 표정이 깃들어 있었다 해도 이상할 건 없잖아. 에치카의 생모에 관한 의혹이 도모토의 오해였다고 해도, 금품을 갈취하려고 했던 사실 자체가 사라지는 건 아니고, 피해자 본인이 도모토의 착각을 진실인 줄 알고 받아들였을 수도 있으니까. 친어머니는 계속 저런 상태에다, 딸의 존재를 없었던 것으로 하려 하니까 말이야."

아버지에게 추월당한 린타로는 눈을 휘둥그레 뜨며 말했다.

"오늘은 웬일로 이렇게 이해가 빠르신 겁니까? 혹시 가가미 부부의 이야기를 듣고 무언가 마음에 걸리는 점이라도 있으신 거예요?"

"별 거 아냐. 리쓰코 부인은 자살한 동생을 진심으로 믿을 수 없어서, 유서 내용을 액면 그대로 받아들이지 않는지도 모른다고 했어. 그럼에도 불구하고 전남편인 가와시마 이사쿠에 대한 증오심은 그에 좌우되는 건 아니다, 가가미 준이치가 그렇게 강조한 것 기억나지? 가가미의 이야기는 앞부분과 뒷부분이 묘하게 아귀가 맞지 않아. 감정적인 부분에 집착해봤자 소용없다는 건 알고 있다만 신경이 쓰이는구나."

"저도 그게 마음에 걸렸어요. 아니, 왜 거기서 리쓰코 씨가 동생의 행위를 용서하지 못한다는 걸 일부러 밝힐 필요가 있죠? 그걸 모르겠어요."

"마음에 걸리는 건 또 하나 있지만, 그쪽은 가나가와 현경에서 연락이 올 때까지 유보해두기로 하고, 오늘은 그만 돌아가자."

노리즈키 경시는 휴대용 재떨이에 담배를 끈 다음, 이야기는 여기서 끝이라는 듯 걸음을 옮기기 시작했다. 길 위쪽에 대기하고 있는 차가 보인다. 경시는 차에 올라타며 운전석의 미야모토 형사를 향해 말했다.

"본부에서 들어온 소식 없나?"

"도모토의 행방에 관한 새로운 정보는 없습니다. 우사미 쇼진의 행적도 불명입니다. 그 대신 새로운 정보가 들어왔습니다. 내용은 아직 확인되지 않았습니다만, 정보 제공자가 경시님을 지명했다고 아까 본부에서 연락이 들어왔습니다."

"날 지명했다고? 정보 제공자가 신분을 밝혔나?"

"다시로 슈헤이라는 사람인데, 휴대전화 번호를 남겼다고 합니다. 아시는 분입니까?"

"아들 녀석 친구네."

경시는 그렇게 대답하며 자신의 휴대전화를 꺼냈다.

"번호를 가르쳐주게. 내가 걸 테니."

금세 전화가 연결되었다. 노리즈키 경시와 다시로 슈헤이는 완전히 모르는 사이는 아니다. 인사는 적당히 생략하고, 경시는 급히 용건에 대해 물었다. 다시로의 대답에 귀를 기울이더니, 지금 함께 있으니 본인을 바꿔주겠다는 말과 함께 린타로를 향해 휴대전화를 내밀었다.

"너한테 할 말이 있는가 보다. 7시 뉴스를 보고 사건에 대해 알게 되었나 봐."

린타로는 알겠다는 표정으로 전화를 받았다.

"여보세요. 나야."

"저예요. 어휴, 이제야 연락이 되네요."

"7시 뉴스를 보고 사건에 대해 알았다면서?"

"에치카 양의 이름을 보고 심장이 멎는 줄 알았어요."

다시로는 괴로운 듯 숨을 내쉬며 갑작스런 비보에 실감이 가지 않는 듯 말을 이었다.

"시신의 머리를 절단해 택배로 나고야로 보냈다면서요. 혹시 사람을 잘못 본 건 아니고요? 정말 에치카 양이었어요?"

"유감이지만 사실이야."

린타로는 잠시 말끝을 흐렸다. 일요일 저녁에 에치카가 행방불명되었다는 사실을 알린 뒤, 다시로에게는 그 후에 일어난 사건에 대해 알리지 않았다. 에치카가 살해된 날 오후에 눈앞에서 도모토를 놓쳤다는 사실 역시.

"연락하지 못해서 미안해. 실은 이틀 전부터 알고 있었지만, 수사상 피해자의 인적 사항을 극비에 부쳤기 때문에 어쩔 수 없었어."

"아닙니다, 그런 걸로 뭐라고 하려는 건 아니에요. 그보다 지금 어디 계세요? 그 전부터 연락했는데, 집으로 걸어도 계속 받지 않고, 자동응답기에도 메시지를 남겼는데 아무 연락이 없어서요. 기자 브리핑 영상에 아버님이 잠깐 나오신 걸 보고 곧바로 마치다 서에 전화했어요. 선배도 같이 있을 것 같아서요."

"미안해. 오늘 아침부터 계속 여기저기 돌아다니다 보니까. 지금은 후추에 있어."

"후추? 그럼 게이오선을 타면 되겠네요. 지금 신주쿠로 나올 수 있어요? 도모토 일로 이이다 사이조가 귀가 솔깃해질 만한 정보를 입수한 모양이에요."

"이이다가? 혹시 녀석이 어디 있는지 알아낸 건가?"

"그러면 좋겠지만요. 아직 확실한 건 저도 몰라요. 무턱대고 중요한 일이니 노리즈키 선생님을 데려오라고만 했거든요. 저도 조금 전에 일을 끝내고 신주쿠로 가는 중이에요. 지금 후추에서 떠나면 8시 반에는 못 맞추겠죠? 45분에 알타 앞에서 만나죠."

"알았어. 거기서 만나자."

후추 역까지 차로 이동한 린타로는 혼자 차에서 내렸다. 게이오 선 특급을 타면 신주쿠까지 20분이다. 동쪽 출구로 나오는 데 시간이 걸리는 바람에, 알타 앞에 도착하니 50분이었다. 거대 스크린 아래에 다시로 슈헤이와 이이다 사이조가 기다리고 있었다. 이이다의 노란 중머리와 수염을 기른 큐피 같은 얼굴은 길 위를 빽빽하게 매운 사람들 틈에서도 한 눈에 알아볼 수 있었다.

다시로는 어두운 표정으로 린타로를 맞이했다. 예상보다 훨씬 더 에치카의 죽음에 충격을 받은 눈치였다.

"역시 도모토의."

다시로는 그렇게 말하다 주변을 의식한 듯 말끝을 흐렸다. 이이다 사이조는 지난주와 똑같은 재킷을 걸치고 오른쪽 눈에 안대를 하고 있었다. 전에 만났을 때는 분명히 왼쪽에 하고 있던 것 같던데.

"아, 이거요? 오른쪽은 다 나았는데 이번에는 왼쪽 눈으로 옮았거든요."

가려운 것을 참듯, 이이다는 미간을 찌푸렸다. 다시로의 침통한 표정과 대조적으로, 감정이 고양되어 가만히 못 있겠다는 표정이었다.

"그래, 귀가 솔깃해질 만한 정보란 게 뭐지? 도모토의 행방에 관한 건가?"

린타로의 물음에 이이다는 쉿, 하고 입에 손을 대며 알타 비전을 눈으로 가리켰다. 주요 뉴스를 보도하는 아나운서가 나고야 시립미술관에서 발견된 시체의 신원이 판명되었다는 것을 알리고 있었다. 에치카의 사진이 크게 표시되자, 교차로에서 신호를 기다리고 있던 사람들의 시선이 일제히 스크린을 향했다.

아나운서는 범행에 앞서 피해자를 모델로 한 조각 작품이 누군가에 의해 절단되었다는 사실을 전한 다음, 마치다 서로 수사본부가 이관된 건 이례적인 조치라는 말을 덧붙였지만, 용의자에 대해서는 아무 언급도 하지 않았다. 다시로의 냉담한 반응을 보니, 뉴스 내용이 7시 뉴스의 보도 내용과 별 차이 없다는 것을 알 수 있었다.

"여기서 이야기하다간 누가 들을지도 모릅니다. 안전한 곳으로 이동하죠."

화면이 광고로 바뀌자, 이이다는 그렇게 재촉했다. 워싱턴 구둣가게 모퉁이를 돌아, 야스쿠니 거리에서 길을 건넜다. 이이다가 말한 안전한 장소라는 건 구청 부근에 있는 노래방이었다. 노래방 바로 앞에 위험한 사람들의 소굴이 있는 건 그다지 신경 쓰지 않는 모양이었다.

"방음 시설뿐만 아니라 무선 마이크가 혼선되지 않도록 방마다 전자파 실드가 설치되어 있으니까, 도청을 당하지 않으려면 노래방이 제일 안전하죠."

그 말을 곧이곧대로 믿었다 제 무덤을 판 사례도 알고 있지만, 일일이 반박하는 것도 어른스럽지 못한 행동이다. 로비에서는 모닝구 무스메의 최신곡이 큰 소리로 울려 퍼지고 있었다. 이이다는 정보 수집을 위해 자주 이 가게를 이용한다고 했다. '언제나 쓰는 방'이라고 이이다가 익숙한 목소리로 말하자, 어설픈 일본어를 구사하는 여직원은 마이크가 든 케이스를 건넸다.

이이다는 엘리베이터 안에서 〈LOVE 머신〉의 후렴구를 흥얼댔다. 모닝구 무스메와 그 관계자들은 일본의 미래에 대해 꽤나 낙관적으로 예상하고 있는 모양이었지만, 노스트라다무스의 예언이 적중하지 않았다는 것 말고, 그렇게 생각할만한 근거가 달리 있던가?

일행은 5층 화장실 건너편에 있는 허름한 창고 같은 방으로 들어갔다. 음료를 주문하겠냐는 점원의 말에, 린타로는 그제야 낮부터 아무것도 먹지 않았다는 사실을 깨달았다. 메뉴를 펼치고 배를 채울 수 있을 만한 음식을 한꺼번에 주문했지만, 뒷일을 생각해 알코올은 사양하기로 했다.

"야마노우치 사야카가 붙잡혔다면서요?"

주문을 받은 점원이 밖으로 나가자, 이이다는 속내를 떠보듯 입을 열었다. 린타로는 물수건 봉지를 뜯으며 대답했다.

"소식이 빠르군. 아직 공표되지 않았을 텐데, 어디서 들었나?"

"사야카의 직장 동료가 그러더군요. 오늘 오후 1시경에 요쓰야 보건소 뒤에서 잠시 소동이 일어나서, 이 근처까지 비상선이 설치되었다는 정보도 들어왔고요."

"요쓰야 보건소 뒤에서? 거긴 사야카의 맨션이 있는 곳 아닙니까."

다시로도 감을 잡은 것 같았다. 요쓰야에서 용의자를 놓친 일은 벌써 언론에 새어나간 모양이다. 솔깃한 정보를 제공하는 대신, 수사 내부 정보를 빼내려는 속셈이 눈에 보였지만, 잠시 이이다의 이야기를 들어보기로 했다. 그리고 말하지 못한 이야기도 있었다.

"소동이란 표현은 너무 거창하지만, 비상선이 설치된 건 사실이야. 요쓰야에 잠복하고 있던 형사가 맨션에서 나오는 수상한 인물을 붙잡으려다 놓쳤지. 그 수상한 인물이 바로 도모토였고. 계속 사야카의 집에 숨어 있었던 모양이야."

"등잔 밑이 어둡다는 거군요. 그런 짓을 벌이고서도 계속 거기 있었다고요?"

"경찰이 사야카의 신병을 확보할 때 동행해서 본인에게 확인한 사실이니 틀림없어. 대만 운운한 것도 도모토의 부탁으로 거짓말한 거라고 자백했고. 아틀리에 사건으로 쫓기고 있다는 걸 사전에 알아채고 잠시 밖으로 도망친 것 같아. 그날 저녁에는 집에 돌아왔다더군."

"사전에 알아챘다고요? 설마 네가 그 여자한테……."

다시로가 노려보자, 이이다는 펄쩍 뛰며 부정했다.

"말도 안 됩니다. 쓸데없는 소리는 한마디도 안 했다고요."

"이이다 때문이 아니야. 도모토가 자취를 감춘 건 목요일 아침이었어. 우리 목적을 이미 알고 있었다면, 아마 다른 루트를 통해서 정보를 입수했을 거야."

"다른 루트를 통해서?"

다시로는 의아하다는 듯 린타로를 바라보았다. 린타로는 고개를 저었다. 에치카가 도모토와 연락을 취하고 있었다는 것을 밝힐 생각은 없었다. 그 대신 린타로는 사야카가 진술한 내용에 대해 이야기했다. 함부로 수사 정보를 흘리는 건 금물이었지만, 도모토 슌의 행적에 관한 정보는 어느 정도 밝혀도 상관없다고, 이미 노리즈키 경시에게 허락을 맡았기 때문이다.

토요일 오후, '파르나소스 니시이케부쿠로'에서 여장한 도모토를 눈앞에서 놓친 이야기를 하자, 다시로는 마치 자신의 실수인 양 이를 갈며 분통해했다.

"고객은 그냥 내버려두고 니시이케부쿠로에 갔어야 했어요! 내가 같이 있었다면 어떤 변장을 하고 있었더라도 단번에 알아챌 수 있었을 텐데. 그때 녀석을 붙잡았다면 에치카 양이 그렇게 참혹하게 살해되지 않았을 수도……."

"그건 내가 할 말이지."

린타로는 다시로를 달래며 그렇게 말했다. 분통해하는 다시로의 모습을 보니, 잠시라도 도모토와 내통하는 게 아닌지 의심했던 것이 부끄러워졌다. 자기 혼자 소외된 것이 마음에 들지 않는 듯, 이이다는 아랫입술을 삐죽 내밀며 말했다.

"다시로 씨가 바빴으면 저한테 연락을 주시죠. 도모토의 얼굴은 저도 아는데."

"그 말을 들으니 생각나는군. 만난 김에 이것 좀 봐줘."

린타로는 야구모자와 선글라스를 낀 용의자의 몽타주를 꺼내 두 사람 앞에 펼쳤다. 일요일 오후에 야마네코 운송 마치다 영업소에 나고야 시립미술관으로 부치는 택배를 가지고 온 남자의 몽타주이다.

"이 녀석이 에치카 양의 유체를? 야구모자와 선글라스를 벗겨도 도모토와는 하나도 닮지 않았는데요?"

다시로는 고개를 갸웃거리며 말했다. 이이다의 반응도 비슷했다.

"본인은 아닐 거야. 접수를 받은 야마네코 운송 직원은 도모토의 사진을 보고 다른 사람이라고 단언했어. 사야카도 그날은 도모토가 집에 있었다고 주장했고. 송장에는 도모토의 이름이 적혀 있었지만, 주소는 옛날 주소고, 게다가 도모토 슌의 슌이라는 글자도 잘못 기입했더군. 누군가가 도모토에게 누명을 씌우려 했을 가능성이 있어."

"그렇지만 그거야말로 도모토가 노리는 거 아닐까요?"

다시로는 다짜고짜 그렇게 단정 지었다.

"택배를 보내는 것 정도야 수고비를 주고 누구에게 부탁할 수도 있는 거잖아요. 내용물은 가르쳐주지 않고 일부러 잘못된 주소와 이름을 가르쳐줄 수도 있는 거고요."

"그것도 그래. 수사본부에서도 도모토의 위장이라 보고 있어. 몽타주를 가지고 온 건 그 때문이야. 도모토의 주변에 이렇게 생긴 사람이 있으면 이야기가 빨라질 텐데……."

린타로는 이이다를 향해 눈빛을 보냈다. 몽타주를 보던 이이다는 고개를 들더니, 고개를 저으며 말했다.

"음. 이런 사람은 본 적 없는데요. 얼굴만 보면 꼭 약하는 녀석 같기도 한데. 지나가던 마약중독자에게 돈 좀 쥐어주고 위험한 물건을 맡긴 거라면, 벌써 소문이 돌기 시작했을지도 모르겠네요."

"그래? 그럼 이 몽타주를 가지고 가서 좀 알아봐줘. 경찰에서도 알아보고 있긴 하지만, 이런 쪽으로는 자네를 통하는 게 더 빠를 수도 있으니까."

"알겠습니다. 수상한 소문이 들리면 샅샅이 알아보도록 하죠."

"잠깐만요. 그 몽타주 다시 보여주세요."

다시로는 갑작스레 몽타주를 주머니에 넣으려 하는 이이다를 제지했다. 이이다의 손에서 몽타주를 빼앗아 든 그는 다시 한 번 뚫어져라 그 얼굴을 바라보았다. 왜 그러냐고 묻자, 다시로는 답답하다는 듯 이리저리 살펴보며 말했다.

"지금 갑자기 어디서 본 것 같다는 생각이 들어서요. 누군지는 기억나지 않지만, 코 모양이 낯익어요."

"코 모양?"

"얼굴에 손을 댔을 거예요. 자신을 알아보지 못하도록. 그리고 인상은 기억나지 않지만, 코가 이렇게 생긴 사람을 만난 적이 있어요. 그것도 아주 최근에."

머리를 긁적이며, 다시로는 손으로 얼굴을 비볐다. 프로 사진작가로서 수많은 피사체와 접해온 다시로가 하는 말이니, 신뢰할만한 가치는 있겠지. 마른침을 삼키며 지켜보았지만, 다시로는 머리를 싸안고 끙끙대던 끝에 결국 천장을 올려다보며 기권 선언을 했다.

"안 되겠어요. 생각이 날 듯 말 듯하는데 정확히는 기억나지 않아요."

"너무 억지로 생각해 내려 하지 마. 자연스럽게 어떤 계기를 통해 생각날 수도 있으니까."

"그러면 다행이지만요. 일 때문에 찍은 사진 속에 있던 사람일지도 모르겠어요. 사무소로 돌아가 최근 필름을 확인해보죠."

다시로는 한숨을 쉬며 몽타주를 이이다에게 건넸다. 이이다는 다시 한 번 남자의 얼굴을 뚫어져라 바라보더니 종이를 주머니에 넣었다. 그리고 헛기침을 하며 안대 끈을 조절한 다음 짐짓 뜸을 들이며 입을 열었다.

"피해자의 신원은 이틀 전에 이미 확인되었다고 하셨죠? 그렇지만 나고야에서 유체가 발견된 것치고는 확인이 너무 이른데요. 혹시 그 택배를 열어본 사람이 가와시마 가의 사람이거나 에치카 양과 가까운 누군가가 아니었습니까?"

"가까운 누군가? 예를 들자면?"

그렇게 되묻자, 이이다는 멀쩡한 오른쪽 눈을 찡긋하며 말했다.

"미술평론가인 우사미 쇼진 말입니다. 가와시마 이사쿠전의 큐레이터를 맡았다고 하던데요."

"어떻게 그렇게 잘 알지? 경시청은 물론, 아이치 현경도 그 사실은 공표하지 않았을 텐데."

"우사미 쇼진이 에치카 양의 유체를? 사실입니까?"

다시로는 당혹스러움을 감추지 못하는 얼굴로 물었다. 린타로는 고개를 끄덕이며 대답했다.

"때마침 회고전 때문에 나고야에 출장을 갔었다고 하더군. 송장에 받는 사람 이름이 '가와시마 이사쿠전 준비위원회'였기 때문에 우사미가 막 도착한 택배를 개봉했고. 그렇지만 우사미는 시신이 발견된 직후에 미술관에서 자취를 감췄고, 이틀 동안 행적이 묘연해. 뿐만 아니라 이사쿠 씨의 아틀리에에서 에치카 양의 석고상을 멋대로 반출해 어딘가에 숨겼지. 경찰은 지금도 석고상과 우사미의 행방을 찾고 있어."

"우사미 씨는 도내에 있습니다."

이이다는 자신만만한 목소리로 그렇게 말했다.

"그걸 어떻게 알지?"

"오늘 오후에 우사미 씨와 만났거든요. 솔깃한 정보란 건 바로 그겁니다."

"그걸 제일 먼저 말했어야지!"

27

이이다의 말에 의하면, 대략 아홉 시간 전에 예전에 신세를 졌던 잡지 편집자에게 전화가 왔다고 한다. 그는 기획 회의를 할 테니 곧바로 나오라고 명령했고, 이이다는 졸린 눈을 비비며 니시신주쿠의 카페로 나갔지만 아무리 기다려도 편집자는 오지 않았다. 전화를 걸었지만 상대방은 묵묵부답이었다고 한다.

사람을 갑자기 불러놓고 이게 무슨 경우지? 황당해하는 이이다의 등 뒤에서 검은 테 안경의 남자가 말을 걸었다.

"저널리스트 이이다 사이조?"

편집자로부터 이이다의 인상착의를 들은 것이리라. 처음 만난 사람이었지만, 어딘가에서 만난 적이 있는 것 같았다. 남자는 자신의 자리로 이이다를 부르더니, 자신을 미술평론가인 우사미 쇼진이라고 소개한 뒤 중요한 이야기가 있다며 말을 꺼냈다.

"도모토 슌이라는 사진작가에 대해 자세히 알고 싶네. 사례는 할 테니 내 질문에 대답해주지 않겠나?"

이이다는 꿀꺽 침을 삼켰다.

우사미는 출판 쪽 인맥을 이용해 이 자리를 만든 것이다. 그 대상이 이이다였던 건, 우연히 아는 편집자가 같은 사람이었기 때문이리라. 이 업계는 좁다. 비공식적인 정보를 즉각 입수하기 위해서 거쳐야 하는 루트는 한정되어 있는 법이다.

"뭐, 제 유일한 무기는 발이 넓은 것이니까요. 법에 저촉되는 행동은 하지 않았으니 그쪽도 해가 되지는 않을 거라 생각한 모양입니다. 처음에 접촉한 방법도 그렇고, 태도도 어쩐지 안절부절못하는 것 같아서 마음에 걸리긴 했지만 순순히 본명을 이야기했기 때문에 그 당시는 설마 경찰에 쫓기고 있다는 생각은 하지도 못 했죠."

"다시로와 친분이 있다는 것을 몰랐나 보지?"

"알았으면 다른 사람을 찾았을 걸요. 꽤나 조급해하는 것 같았으니, 아마 거기까지 생각할 여유는 없었을 겁니다."

"그렇군. 그래서 우사미가 뭐라고 하던가?"

"도촬 필름을 가지고 연예기획사를 협박하려 한 사건에 대해 묻더군요. 비주류 프리라이터라면 어느 사무소의 어떤 연예인이 대상이었는지 다 알고 있었겠지만, 보수적인 미술평론가 우사미 선생님은 그런 천박한 소문에는 어두웠던 모양입니다. 무척 절박한 얼굴로 도촬 소동의 전말에 대해 꼬치꼬치 캐묻더군요. 조직폭력배들이 혈안이 되어 도모토의 행방을 찾고 있는 것 같은데, 구체적으로 어느 조직에게 쫓기고 있는 거냐면서요."

"설마 조직 이름을 가르쳐준 건 아니겠지?"

린타로가 미간을 찌푸리며 묻자, 이이다는 태연한 얼굴로 대답했다.

"표면상으로 내걸고 있는 법인 사무소의 이름은 가르쳐줬습니다. 가르쳐주면 안 된다는 법도 없잖아요. 그건 이미 공공연한 비밀이고, 제가 수수료를 달라고 한 것도 아닌데 우사미 선생님이 여보라는 듯 현금을 꺼냈거든요. 휴대전화 요금, 컴퓨터 할부 대금, 돈 나갈 데는 많은데 눈까지 아파서 요즘 힘들었거든요."

이이다는 코를 비비며, 안대 위를 살며시 만졌다. 다시로는 질색하는 표정을 지으며 말했다.

"이봐, 그건 입막음조로 준 거잖아."

"그러고 보니 그런 소리를 한 것도 같군요. 저도 잠이 부족해서 잘 들리지 않았거든요."

이이다는 귀가 먼 노인처럼 시치미를 떼며 말했다.

"뭐, 그건 그렇다 치고. 우사미 쇼진과 헤어진 뒤, 마치다 서의 기자 브리핑을 봤습니다. 이건 아무리 생각해도 보통 일이 아니었죠. 일단 들은 내용이 내용이니만큼 우사미와 만난 일을 한시라도 빨리 노리즈키 씨에게 이야기해야 하는 게 아닌가. 그렇게 생각해서 자택으로 전화했지만 몇 번을 걸어도 전혀 받질 않으시더라고요. 그래서 다시로 씨라면 연락이 될 것 같아서 그쪽으로 연락한 겁니다."

이이다는 생색내듯 그렇게 말했지만, 다시로는 전혀 아랑곳하지 않고 말했다.

"약삭빠르게 챙길 건 다 챙겼군. 여기 요금은 네가 내는 거지?"

"네? 쩨쩨하게 왜 그러세요?"

"아니, 여기 요금은 내가 내지."

다툴만한 액수도 아니다. 린타로는 이이다의 체면을 세워주기 위해 그렇게 말했다.

"그보다 우사미 쇼진과 언제 어디서 이야기했나?"

"1시 반에 만나서 그 후로 한 시간 정도 이야기했습니다. 장소는 야스쿠니 거리의 '로빈슨'이란 가게였고요."

린타로는 신중을 기했다. 전혀 다른 사람이 우사미인 척 가장했을 가능성을 고려해, 이이다가 만났다는 우사미의 생김새에 대해 자세히 물었다. 이이다가 한창 대답하고 있는데, 다시로의 휴대전화가 울렸다.

"집사람이네요."

다시로는 생활에 찌든 목소리로 그렇게 말하더니, 전화를 들고 밖으로 나갔다. 히죽거리며 다시로의 뒷모습을 배웅한 이이다는 개선장군처럼 의기양양한 얼굴로 턱을 쓰다듬으며 말했다.

"여전히 공처가시네요. 밖에서는 안 그러면서 사모님에겐 꼼짝도 못한다니까요."

이이다 사이조가 묘사한 인물은 틀림없이 우사미였다. 야마노우치 사야카가 예상한 대로, 도모토는 아마 오늘 안에 우사미 쇼진과 접촉해 도주 자금을 뜯어낼 심산인 것 같았다. 우사미는 그 때문에 황급히 이이다를 만나 반격할 소재를 찾으려 했던 것이리라. 그렇지만 니시신주쿠에서 헤어진 우사미가 어디로 향했는지, 이이다는 전혀 알지 못했다.

공처가 다시로가 자리로 돌아오기 전에, 하나 더 물어볼 것이 있었다. 린타로는 전부터 마음에 걸렸던 것에 대해 물었다.

"다시로와 도모토 사이에 무슨 일이 있었던 거야? 저 녀석은 도모토 일이라면 사람이 바뀐 것처럼 무서워지던데."

"어라, 모르셨어요?"

이이다는 그렇게 말하며 탐욕스런 표정을 지었다.

"그런데 그 이야기를 하면 다시로 씨가 화낼 텐데요. 이번에는 진짜로 저한테 정 떨어질지도 몰라요. 아니, 노리즈키 씨가 일부러 후추까지 가셨던 이유를 아주 조금만 알려주시면 저도 이야기해드릴 수도 있지만……."

다시로에게서 들었군. 조금도 방심할 수 없다는 건 바로 이런 상황을 뜻하는 것이리라. 린타로는 나카노사카시타의 패밀리 레스토랑에서 목격했던 장면을 기억해 내고, 아무 말 없이 이이다의 정강이를 걷어찼다.

"아파요! 노리즈키 씨까지 이러실 겁니까."

"그 일에 대해선 두 번 다시 묻지 마."

어울리지 않게 눈에 힘을 주고 노려보자, 이이다는 울상을 지으며 항복했다는 포즈를 취했다.

"3년 전에 다시로 씨는 사이타마 현경 홍보실 의뢰로 생활 안전과의 청소년 선도 포스터를 촬영한 적이 있습니다. 당시 한창 인기 있던 M.H라는 젊은 여자 연예인이 모델이었죠."

그러고 보니 전에 다시로에게 그런 이야기를 들은 적이 있다. 탄산음료 광고로 히트를 친 18세의 M.H와 처음 만난 촬영장에서 완전히 의기투합하여, 경찰 포스터로 쓰기에는 아까울 정도로 좋은 표정을 잡아냈다고 한다. 다시로는 다른 쪽으로도 다시 일해보고 싶다며 무척이나 그녀를 높게 평가했었다……

"사이타마 현경 쪽에서 그 포스터를 거절한 게 아니었나? 한때 그 일로 인해 다시로가 불평을 쏟아내던 걸 들은 기억이 있는데. 석연치 않은 이유로 일이 엎어졌다고만 할 뿐, 왜 그렇게 되었는지는 이야기해주지 않은 모양이던데……. 그 후로는 M.H의 이야기도 듣지 못했고."

"바로 그 일입니다. 실은 포스터가 공개되기 직전에 아이돌 팬들 사이에서 M.H의 학창 시절 비장의 사진이라는 것이 돌기 시작했습니다. 무명 시대의 사진이라면 상관없지만, 하필이면 그게 모자이크 처리가 되지 않은 전라 사진이었던 겁니다. 어떻게 봐도 노골적인 소아성애 누드 사진이었죠."

"어째서 그런 사진이? 얼굴만 합성한 사진 아니었나?"

"합성이었다면 그런 소동이 일어나지도 않았죠. 다른 사람의 사진이긴 했습니다. 그게 M.H의 친동생이었으니까 문제죠."

"친동생이었다고?

"언니보다 4살 어렸는데, 당시 중학생이었습니다."

이이다는 문 쪽을 바라볼 때마다 점점 질렸다는 듯 이야기했다.

"당시에는 원조교제가 유행이었잖습니까. 오다가다 만난 사진작가의 말에 넘어가 그런 사진을 찍은 모양입니다. 본인은 끝까지 자기 사진이라고 인정하지 않았습니다만, 아무래도 연예인이었던 언니에 대한 콤플렉스 때문에 그런 모양입니다. 동생이 일으킨 불상사이니만큼, M.H도 그 사진이 가짜라고 자신 있게 밝힐 수 없었죠. 그렇게 되었으니 사이타마 현경도 망설일 수밖에 없고요. 청소년 선도 포스터 모델로 채용된 모델에 소아성애 사진 의혹이 제기된 시점에서 이미 체면이 구겨진 것이니까요. 홍보실에서는 황급히 포스터를 회수했고, 그 일은 없었던 걸로 마무리되었죠. M.H도 점점 일이 들어오지 않게 되어서 결국 연예 활동을 중단했습니다. 정신적으로 상당히 힘들어했던 모양입니다. 자기 때문에 동생이 그런 수모를 당했으니 말이죠."

"아하. 처음부터 언니를 노린 거였단 말이지. 그 사진을 찍은 사진작가가 바로 도모토 슌이군."

새삼 물을 것까지도 없었다. 이이다 사이조는 고개를 끄덕이며 대답했다.

"본인은 절대로 인정하지 않았습니다만, 문제의 사진을 보고 다시로 씨는 금방 알아챈 모양입니다. 신인 시절부터 콘테스트나 기업 공모전 등에서 항상 경쟁하던 라이벌이었고, 일 쪽에서도 경쟁이 끊이지 않았으니까요. 그 때문에 도모토는 줄곧 다시로 씨를 눈

엣가시처럼 여기고 기회가 있을 때마다 훼방을 놓았다고 하더라고요. 사이타마 현경의 의뢰로 M.H와 일한다는 이야기를 듣고 악의를 키워왔던 거겠죠. 마침 일도 잘 되지 않았던 시기였고, 다른 일로 M.H의 기획사와 분쟁이 있었다는 소문도 있었으니, 더더욱 울분이 쌓여 있던 모양입니다. 야마노우치 사야카의 아버지를 협박한 건 그 후로 반년 후의……."

린타로가 뭐라 말할 틈은 없었다. 이야기 중에 갑작스레 화제의 주인공이 들어왔기 때문이다.

이이다는 화들짝 놀라 입을 다물더니, 용서를 구하는 듯 두 손을 얼굴 쪽으로 올렸다. 다시로는 신경도 쓰지 않은 채 휴대전화를 린타로에게 건넸다.

"아버님께 전화 왔습니다."

긴급 사태가 벌어진 모양입니다. 다시로는 진지한 표정으로 그렇게 덧붙였다. 수사본부에 무슨 일이 생기면 다시로의 전화로 연락해달라고 이야기해놓았다. 아무도 없는 복도로 나간 린타로는 문을 닫고 전화를 받았다.

"여보세요, 아버지?"

"린타로냐. 아직 같이 있는 모양이구나. 일은 어떻게 되어 가지?"

"우사미 쇼진의 행적에 대한 정보를 입수했어요."

"우사미 쇼진의 신병을 확보했다. 지금 우시고메 서에 있다."

"우시고메 서에 있다고요? 정말이에요?"

"틀림없는 본인이야. 조금 전 만나 확인했다. 그렇지만 우사미뿐만 아니라 도모토 슌까지 이다바시에 나타났어. 영화관에서 우사미와 만나기로 했다더군. 두 시간 전에 가구라자카에 출입한 모양이야."

"가구라자카에요? 도모토를 체포한 겁니까?"

"아니. 지금 신주쿠에 있지? 자세한 이야기는 만나서 하자. 바로 우시고메 서로 와라."

우사미의 신병을 확보했다는 정보가 새어 나가면 일이 성가시게 된다. 린타로는 다시로에게 귓속말로 이이다 사이조를 부탁한다는 말을 남긴 뒤, 행선지를 밝히지 않고 노래방을 나섰다. 아직 전철이 다닐 시간이었지만, 야스쿠니 거리에서 지나가던 택시를 잡아 미나미야마부시의 우시고메 경찰서로 직행했다.

우시고메 서의 현관에서 내려 시계를 보니 이제 곧 오후 11시가 되려고 했다. 반 이상의 창문에 아직 불이 켜져 있었다. 로비에서 이름을 대자, 형사과로 안내해주었다. 노리즈키 경시는 참고인을 어떻게 처리할 것인지에 대해 우시고메 서 사람들과 협의 중이라고 했다.

"오, 이제 왔냐."

아들의 얼굴을 본 경시는 히죽 웃었다. 아침부터 쉴 새 없이 일했음에도 불구하고 아직 기운이 넘치는 것 같았다. 구노 경부에게 뒷일을 맡긴 다음, 경시는 린타로를 데리고 바깥으로 나가 복도 끝의 흡연실로 향했다. 들어가자마자 담배에 불을 붙이고 한 모금 들이마신다.

"정말이지, 요즘은 어디나 다 금연이라니까."

"말은 그렇게 하시면서, 오늘은 몇 대나 피우신 거예요?"

"잊어버렸지. 어쨌든 한 시간만 있으면 내일인데 굳이 셀 필요가 있겠니."

"정말 못 말리신다니까요. 우사미 쇼진은 어디 있어요?"

"지금 참고인 조사 중이야. 신병을 구속한 건 아니고, 일단 신변 안전을 확보하기 위해서라고 말해놓긴 했다."

"신변 안전? 도모토에게 습격당한 건가요?"

"아니. 형식적으로는 신변 안전 확보라 했지만, 마치다 서로 이송해 정식으로 진술을 받기 전에 여기서 처리해버리려고. 습격당한 건 우사미가 아니라 도모토야. 녀석은 이번에도 가까스로 도망친 모양이야. 정말 악운이 강한 녀석이군."

"어떻게 된 겁니까? 가구라자카에서 무슨 일이 있었던 거죠?"

쉴 새 없이 연기를 뿜으며, 노리즈키 경시는 다음과 같이 설명했다.

오후 8시가 지났을 무렵, 이다바시의 영화관 '긴레이 홀'에 수배 중인 도모토 슌으로 보이는 남자가 나타났다. 영화관에서는 〈레드 바이올린〉과 〈파이어라이트〉 두 편이 상영 중이었고, 관객은 스무 명도 채 되지 않았다고 한다. 소동은 〈파이어라이트〉 마지막 회 상영 중에 일어났다.

영화관 직원의 목격담에 의하면, 한 남자가 표를 구입해 로비로 들어간 순간, 상영 중이었던 영화관 안에서 조직폭력배처럼 생긴 남자들이 뛰어나와 험한 소리를 하며 그를 둘러쌌다고 한다(로비를 감시하던 사람이 동료에게 신호를 보낸 모양이다). 곧바로 몸을 돌려 영화관 밖으로 나간 남자는 가구라자카 방면으로 달아났다. 폭력배처럼 생긴 남자들이 뒤를 쫓았지만, 아무래도 놓친 모양이다.

"그 뒤로도 한동안 달아난 남자를 찾는 조직폭력배들의 모습을 가구라자카 주변에서 목격했다는 증언이 있어. '긴레이 홀' 지배인의 신고를 받고 우시고메 서에서 파견된 경찰들이 현장에 도착했을 무렵에는 이미 도모토 슌도, 조직폭력배들도 모습을 감춘 뒤였지만."

"영화관에 나타난 남자가 분명 도모토 슌이었답니까?"

린타로가 다시 한 번 묻자, 경시는 위엄 있는 얼굴로 고개를 끄덕였다.

"표를 판매한 직원의 목격 증언이 수배 전단의 특징과 일치했어. 게다가 조직폭력배들이 도모토의 이름을 부르며 영화관에서 뛰쳐나간 모양이야. 우시고메 서에서 마치다 수사본부에 사건에 대해 연락한 건 9시 지나서였고."

두 시간 전이라면 신주쿠의 노래방에 들어갔을 무렵이다. 다시로가 주장했던 대로 요금은 이이다 사이조에게 내게 했어야 했는데.

"신병을 확보했다는 건 우사미도 영화관에 있었던 건가요?"

"맞아. 영화관으로 달려온 경찰들이 직원과 그 자리에 있던 관객들을 조사하던 중에, 서류가방을 신주단지처럼 안은 수상한 남자가 몰래 밖으로 나가려던 걸 불러 세웠어. 그 남자가 바로 우사미 쇼진이었지. 도모토의 수배 전단과 함께 각 서에 우사미의 사진과 특징을 기록한 팩스를 보내놓길 잘 했지."

"로비에서 일어난 소동을 눈치채지 못했나 보군요. 서류가방 안에는 뭐가 들어 있었답니까?"

"빳빳한 지폐다발 다섯 묶음. 500만 엔이나 나왔어."

린타로는 휘익, 휘파람을 불었다.

"생각대로네요. 도모토에게 협박당한 우사미 쇼진은 그와 몰래 만날 약속을 했던 거예요."

"그렇겠지. 영화관에서 밀회라니, 상당히 고풍스러운 수법이군."

"거래 내용은 뭐였답니까? 제 생각대로라면 도모토는 절단한 석고상의 머리를 현금과 맞바꾸려 했을 거예요."

"영화관 직원 말에 의하면 올 때부터 빈손이었다고 하더군. 적어도 석고상의 머리가 들어갈 만한 짐은 가지고 있지 않았던 모양이야."

"빈손이었다고요? 잠복하고 있던 조직폭력배들에 대해서는 알아내셨어요?"

"아직. 그렇지만 짐작은 가. 그 도촬 사건으로 도모토를 쫓고 있던 녀석들이겠지. 녀석들이 어떻게 먼저 거기에 잠복하고 있던 건지는 모르겠지만."

"자력으로 알아낸 게 아니라, 누군가에게 밀고를 받고 움직인 게 아닐까요?"

"밀고? 누가?"

이이다 사이조에게서 들은 이야기를 전하자, 경시는 수상하다는 얼굴로 코를 실룩거리며 말했다.

"우사미가 도모토를 쫓는 조직 관계자에 대해 알아보고 있었다고? 음, 그렇다면 우사미가 스스로 밀회 장소와 시간을 밝혔을 가능성이 높군. 자신의 손을 더럽히지 않고, 혈안이 된 녀석들을 자극해 도모토를 처리하려 했던 거로군."

"이이다를 불러낸 타이밍을 봐도, 그럴 가능성이 높죠. 그렇지만 우사미가 노리는 건 그것뿐만이 아닐지도 몰라요. 지금 이야기를 들어 보니, 석연치 않은 점이 하나 더 있어요."

"석연치 않은 점이라니?"

"조직 관계자들의 손을 빌려 도모토의 입을 막으려 했다면, 일부러 큰돈을 준비해 영화관을 찾을 필요는 없겠죠. 무언가 다른 생각이 있어서 위험한 장소에 스스로 뛰어든 게 아닐까요?"

노리즈키 경시는 인상을 쓰며 목을 만지작거렸다.

"우사미가 스스로 불속으로 뛰어들었을 가능성이 있다는 말이냐? 대체 무엇 때문에?"

"모르겠어요. 그렇지만 갑자기 행방을 감춘 데다, 위험을 감수하면서까지 아틀리에의 석고상을 감췄을 정도니, 그 속셈을 알아내는 것도 쉬운 일은 아닐 거예요. 우사미의 말에 넘어가지 않도록 주의에 주의를 기울이지 않으면, 도리어 우리가 당할 수도 있어요."

조사실에 있던 우사미 쇼진은 부루퉁한 얼굴로 린타로를 맞이했다. 며칠 동안이나 예정에도 없던 외박을 해야 했기 때문인지, 입고 있는 옷은 땀에 절어 더러워져 있었다. 표정은 수척해져 생기를 잃은 상태였지만, 검은 테 안경 렌즈 너머로 이쪽을 쏘아보는 눈빛은 번득이고 있었다.

"고맙네."

우사미는 린타로가 내민 캔 커피를 허겁지겁 마셨다. 조사를 담당하던 우시고메 서 경찰과 이야기를 마친 노리즈키 경시가 방 안으로 들어왔다.

우사미는 가볍게 인사한 다음 자세를 바로 했다. 자신의 입장이 위태롭다는 것을 알고 있기 때문이리라. 경시는 자리에 앉아 다리를 꼬더니, 턱으로 린타로를 가리켰다.

"월요일부터 연락이 안 되더니, 도모토 슌과 비밀 거래를 하시려 했던 모양이군요. 지난주 금요일에는 영락없이 당했습니다만, 같은 수법은 이제 안 통합니다."

"지난주 금요일?"

우사미는 손으로 입을 닦으며 비아냥거리는 표정으로 린타로를 바라보았다.

"드라이아이스로 만든 가짜 머리며, 거울에 비친 메두사의 머리 등등 전문적인 소리를 늘어놓으며 저에게 잘못된 선입관을 심어주려 했잖습니까. 에치카 양의 석고상에는 처음부터 머리가 없었다면서."

"아, 그 일 말인가. 아니, 결코 자네를 속이려 한 게 아니야. 지난주까지는 나도 진심으로 그렇게 생각했고, 그렇지 않다는 것이 밝혀진 지금도 그 이론에는 미련이 남네. 그렇지만 아쉽게도 자네 생각이 맞는 것 같군."

본심인지, 아니면 모르는 척하는 것인지, 파악할 수 없는 말투였다. 상대방의 페이스에 말려들지 않도록 린타로는 감정을 억누르며 물었다.

"제 생각이라니요?"

"벌써 잊었나? 밤샘 후에 에치카 양 자신이 석고상의 머리를 절단했다는 이야기를 꺼낸 건 바로 자네 아닌가. 저번에는 너무 성급한 결론이라 단정 지었지만, 아무래도 내 쪽이 틀린 것 같군. 가와시마 선생님의 유작에는 분명히 머리가 존재했으니까. 그 사실을 알게 된 이상, 에치카 양의 짓이라는 걸 인정할 수밖에 없지. 아마 에치카 양은 도모토의 협박을 받고 어쩔 수 없이 자신을 모델로 한 석고상의 머리를 잘랐을 거야. 그리고 그 머리를 녀석에게 넘겼지. 도모토의 명령을 받고 한 짓이라 가정하면, 에치카 양이 왜 그렇게 석연치 않은 행동을 보였는지 납득할 수 있지."

자신과 다른 과정을 거쳐 같은 결론에 도달한 건가. 그렇지만 아직 우사미의 본심은 알아낼 수 없었다. 린타로는 포커페이스를 유지하며 신중하게 물었다.

"에치카 양이 도모토에게? 갑자기 그렇게 말씀하셔도 곧바로 납득할 수는 없군요. 구체적인 증거가 있다면 또 모르겠지만."

"증거라면 있네. 이걸 보게."

우사미는 그렇게 말하며 의자에 걸쳐 놓은 윗도리 안주머니에서 한 통의 편지를 꺼냈다. 받는 사람은 하치오지의 '우사미 쇼진'이었다.

쓸데없는 지문은 묻히지 말라는 노리즈키 경시의 말을 듣고, 린타로는 손수건을 꺼냈다. 소인은 16일 오전, 신주쿠 우편국 관내에서 보내진 편지다. 아마 요쓰야에서 보낸 것이리라. 보내는 사람의 이름은 없었다.

봉투를 열자, 안에서 사진 한 장이 나왔다. 살짝 초점이 어긋난 명함 사이즈의 컬러 사진으로, 절단된 여자의 머리가 찍혀 있었다.

색깔은 티 없는 흰색.

진짜 사람의 머리가 아니라, 석고로 만든 상의 일부였다. 두 눈을 굳게 감고 있는 건 모델의 얼굴에서 직접 본을 뜬 인사이드캐스팅의 특징이다.

부드럽게 표현된 그 얼굴은, 살해된 에치카의 생전 모습이었다.

"사진 뒤쪽을 보게."

우사미는 그렇게 말했다. 사진을 뒤집자, 인화지 뒤에 빨간 글씨로 이렇게 적혀 있었다.

우사미 쇼진.

사진에 찍힌 물건의 보관료로 500만 엔을 청구한다.

자세한 것은 추후 연락하겠다.

28

"그 사진을 볼 때까지 나는 정말로 가와시마 선생님의 유작에 머리가 없다고 믿었네. 몇 번이나 말하지만, 자네를 속이려 했던 게 아니야."

우사미 쇼진은 한숨 섞인 목소리로 조금 전과 같은 말을 되풀이했다. 전보다 조금 진실 되게 들리긴 했지만, 린타로는 퉁명스레 대꾸했다.

"전 그렇게 생각할 수 없군요. 금요일에 보여주셨던 얼굴 겉틀 사진, 그것도 우사미 씨가 위조한 거 아닙니까?"

"그렇게 생각해도 어쩔 수 없네만, 그건 분명 진짜 사진이야. 장례식이 끝난 뒤에 내가 직접 아틀리에에서 회수했고, 에치카 양도 라이프캐스팅 작업은 한 번밖에 하지 않았다고 이야기했기 때문에 당연히 겉틀은 하나밖에 없을 거라고 생각했지."

"무슨 말인지 알겠습니다. 하지만 그러면 계산이 맞지 않잖아요. 얼굴 겉틀에는 손도 대지 않았고, 상을 만드는 데 사용한 흔적도 없는데, 어떻게 이 머리가 존재할 수 있는 거죠?"

언성을 높이자, 우사미는 쓴웃음을 지으며 자조적인 말투로 대답했다.

"내가 멍청했던 거지. 눈빛에 의한 석화와 머리 절단. 자신의 해석에 빠져 있었기 때문일 걸세. 소거법의 조건을 제대로 따져보지 않고 자기 편할 대로 결론을 내렸으니 말이야. 냉정하게 생각했더라면 허술한 구석이 있다는 것쯤 눈치챘을 텐데."

의미심장한 말에 린타로는 미간을 찌푸리며 말했다.

"허술한 구석이요? 에치카 양이 거짓말을 했단 말입니까?"

"그게 아닐세. 전에도 말했던 것처럼 내가 라이프캐스팅 작업에 대해 물었던 건 석고상이 완성되기 훨씬 전의 일이야. 가와시마 선생님이 돌아가신 뒤라면 몰라도 아직 살아계셨을 때니 에치카 양이 거짓말을 할 이유는 없겠지. 그때부터 도모토에게 협박당했을 리도 없고."

린타로는 고개를 끄덕였다. 아버지가 살아계신다면 도모토에게 협박을 당했다 해도 에치카는 매몰차게 내쳤을 것이다. 그녀의 심경에 변화가 생긴 건 가와시마 이사쿠가 세상을 떠난 후부터다. 따라서 라이프캐스팅 작업을 한 번 더 했을 가능성은 없다고 봐야 한다.

"그렇지만 설령 작업을 한 번 더 하지 않았다 해도, 그것이 그녀의 얼굴을 뜬 겉틀이 하나밖에 존재하지 않는다는 것을 뜻하는 건 아닐세. 귀찮은 걸 마다않고 본을 떠서 모양을 뜨는 작업을 몇 번이나 되풀이하면, 겉틀을 복제하는 것도 결코 불가능한 일은 아니니까."

"겉틀을 복제한다고요?"

반신반의하며 되묻자, 우사미는 점잖은 체 하며 고개를 끄덕였다.

"내가 간과한 점이 바로 그거야. 알고 나면 아무것도 아니지만,

오리지널 겉틀에서 속틀을 뜬 다음, 그 속틀을 모델의 머리 대신으로 사용하면 새로운 겉틀을 얼마든지 복제할 수 있지. 물론 석고 붕대를 사용한 라이프캐스팅 방법이면 복제를 만들 때마다 직물이 만들어낸 미세한 텍스처가 달라지고, 작업을 계속하다 보면 속틀의 표면이 거칠어지고, 손상을 입게 되는 건 피할 수 없지. 그러니까 복제라고 해도, 오리지널을 완벽히 복제할 수는 없어. 오히려 각각 질감이 다른 또 다른 버전이라 불러야 하겠지만, 나중에 완성된 겉틀들을 비교해 봐도, 어떤 게 에치카 양의 오리지널 겉틀이고, 어떤 게 가짜 속틀을 사용해 복제한 복제품인지, 그렇게 쉽게 구별할 순 없을 거야. 요컨대, 아틀리에에 남아 있던 미사용 겉틀은 그렇게 만들어진 복제품의 하나였을 가능성이 높다는 거지."

우사미는 혼자 납득하고 있는 모양이었지만, 린타로는 어째 석연치 않았다. 그의 설명은 이해가 갈듯 말듯 애매해서, 아직 성급한 추론에 불과했기 때문이다.

"분명히 그렇게 겉틀을 복제할 수 있을지도 모르죠. 그렇지만 어째서 가와시마 씨가 그런 귀찮은 일을 하신 건지, 그 이유를 잘 모르겠군요."

"나도 모르겠네."

우사미는 무책임하게 대답하더니, 느닷없이 손으로 테이블을 내리쳤다.

"그렇지만 가와시마 선생님의 생각이 어쨌든, 얼굴 겉틀이 또 하나 존재한다는 사실을 인정하지 않으면 이 사진에 대해 설명할 수 없어. 거기 찍힌 건 에치카 양의 석고상에서 절단된 머리 부분이 틀림없기 때문이지."

이대로 가다간 결말이 나지 않을 것 같다. 린타로는 실마리를 찾기 위해 다시 한 번 사진을 뚫어지게 바라보았다. 금세 이상한 점을 찾아냈지만, 생각을 정리하기 전에 노리즈키 경시가 어깨를 두드렸다. 자리를 바꾸자는 신호다.

노리즈키 경시는 넥타이를 느슨하게 풀며 우사미와 마주보고 앉았다. 경시는 말없이 편지 봉투와 사진 뒷면에 갈겨 쓴 글씨를 주의 깊게 관찰했다. 우사미는 마른침을 삼키며 질문을 기다렸다.

"이 편지를 받으신 게 언제죠?"

"일요일 오후입니다."

"일요일이라면 19일이군요."

우사미가 고개를 끄덕이자, 경시는 이상하다는 표정으로 말을 이었다.

"이상하군요. 봉투 소인은 16일 오전으로 되어 있는데요. 우편 사고라도 일어나지 않은 이상, 다음날에는 하치오지에 도착했을 텐데요."

"제가 말을 잘못했군요. 집에 도착한 건 17일이지만, 지난주에는 거의 집을 비웠습니다. 신주쿠 게이오 플라자 호텔에 틀어박혀 한 번도 집에 돌아가지 않았죠. 그 사실은 노리즈키 씨도 잘 알고 있을 겁니다."

우사미는 명확한 어조로 그렇게 말하며 뒤로 물러난 린타로를 눈으로 가리켰다. 맞장구를 치긴 했지만, 이미 수사본부에서 확인을 끝낸 일이다. 경시는 알면서도 우사미를 떠본 것이다.

"하치오지 집에는 돌아가지 않으셨다고 했지요. 그럼 그 편지는 어떻게 받으셨습니까?"

"일요일 오후에 집사람에게 호텔로 가져오라고 했습니다. 다음 날 아침에 추모전 회의 때문에 나고야로 출장을 가야 했거든요. 갈아입을 옷가지와 함께, 제가 집을 비운 동안에 온 우편물도 함께 가져다달라고 했죠."

"그 안에 이 편지가 섞여 있었던 거군요?"

우사미는 고개를 끄덕였다. 경시는 아무것도 적혀 있지 않은 봉투 뒷면을 가리키며 말했다.

"여기엔 보낸 사람의 이름이 없습니다. 누구의 필적인지도 모르십니까?"

경시가 봉투 앞면을 보여주었지만, 우사미는 형식적으로 힐끗 보기만 할 뿐이었다. 그는 아까부터 책상에 팔꿈치를 대고 초조한 듯 깍지를 꼈다 풀기를 반복하고 있었다.

"없습니다. 그렇지만 안에 든 사진과 협박 문구를 보니 대충 짐작은 갑니다."

"누구죠?"

우사미는 신경질적인 움직임을 멈추고 다시 린타로의 얼굴을 바라보았다. 과장된 표정으로 작게 어깨를 떨더니, 목구멍에서 목소리를 짜내듯 가까스로 대답했다.

"도모토 슌. 이전에 에치카 양을 귀찮게 굴던 사진작가의 짓이라 생각합니다."

"오호. 그렇다면 우사미 씨도 전부터 그 사람과 면식이 있으셨습니까?"

"아뇨, 본인과 만난 적은 한 번도 없습니다. 직업상 콘테스트 같은 걸 통해 사진을 본 적은 몇 번 있습니다만……. 기술적으로는 꽤 수준이 높지만, 작가로서 지향하는 바는 낮다는 인상을 받았습니다. 사진작가로서는 치명적인 약점이죠."

우사미는 매정한 평가를 내렸다. 노리즈키 경시는 턱을 문지르며 그에 동의하듯 살며시 웃음을 흘렸다.

"으흠. 작가로서 지향하는 바가 낮다. 절묘한 표현이십니다."

"공갈협박으로 체포된 적도 있다고 들었습니다. 그 방면으로는 예전부터 나쁜 소문이 끊이지 않던 사람이었기 때문에 가까워지고 싶다는 생각은 한 번도 한 적 없습니다. 애초에 면식이 있던 상대라면 이런 실례되는 편지를 보내지도 않았을 거고요."

"면식이 없는데, 어떻게 보낸 사람이 도모토라고 생각하신 겁니까?"

"사진을 보고 알았습니다. 여기 찍힌 건 살해된 에치카 양이 모델인 석고상이니까요. 틀림없이 가와시마 선생님의 유작에서 절단된 머리입니다."

"가와시마 선생님의 유작이라면, 우사미 씨가 '아오이 미술'이란 운송업자에게 의뢰해 고인의 아틀리에에서 무단으로 반출한 머리 없는 그 석고상 말씀이시죠."

빈정대는 듯한 말투가 마음에 들지 않는지, 우사미는 안경을 손으로 올리며 퉁명스레 대답했다.

"노코멘트. 그 건에 대해서는 변호사가 올 때까지 아무 말도 하지 않겠습니다."

"그러십니까. 그럼 나중에 마치다 서에서 천천히 듣도록 하죠. 먼저 질문으로 돌아가겠습니다만, 이 사진에 찍힌 머리가 문제의 석고상에서 절단된 것이라고 가정하죠. 도모토가 이 머리를 가지고 있다고 판단한 근거는 뭡니까?"

조금씩 목을 조르듯 곤란한 질문을 계속하자, 우사미는 자세를 바로 잡으며 짐짓 꾸민 듯 헛기침을 했다.

"도모토 슌이란 사람은 몇 년 전에 사진작가로 에치카 양과 처음 만났고, 그 후로 그녀에게 반한 나머지 스토킹에 가까운 행동으로 그녀를 괴롭혔다고 들었습니다. 그때는 가와시마 선생님이 적절한 조치를 취하셔서 그만두게 한 모양입니다만…… 당시 있었던 일에 대해서는 벌써 알고 계시죠?"

"대충 알고 있습니다."

경시는 순순히 인정했다.

"그렇지만 가와시마 선생님이 세상을 떠나자마자 도모토는 또다시 질리지도 않고 에치카 양의 주변을 맴돌기 시작한 모양입니다. 13일 저녁에 가정부인 아키야마 후사에 씨가 마치다 역 앞에서 그와 꼭 닮은 남자를 목격했다더군요."

"13일이라면 지난주 월요일이군요. 이사쿠 씨가 돌아가신 날은?"

"10일 금요일입니다. 아틀리에 침입 공작이 발각된 것이 그 이튿날 오후였고, 후사에 씨가 남자의 모습을 목격한 건 그 사흘 뒤죠. 동생인 아쓰시 씨는 처음부터 도모토가 석고상의 머리를 가져갔을 거라고 의심하셨던 모양이지만, 저는 이 사진과 협박문을 받은 다음에야 절단된 머리가 그의 손아귀에 있다는 것을 확신했습니다. 스토킹을 그만두게 하기 위해, 가와시마 선생님은 상당히 강경하게 대처하셨다고 하더군요. 도모토는 그 당시의 원한을 줄곧 마음에 품고 있던 모양입니다. 적반하장도 유분수지요. 선생님의 부고를 전해 듣고, 도모토는 겨우 앙갚음할 기회가 왔다고 생각했을 겁니다."

"앙갚음하기 위해? 그렇다면 일요일에 이 편지를 받은 시점에서 공갈범이 누구인지 알아챘단 말씀이시군요. 왜 그때 바로 경찰에 신고하지 않았습니까?"

경시의 끈질긴 질문에, 우사미는 살짝 얼굴을 찌푸리며 대답했다.

"자세한 것은 추후 연락하겠다. 그렇게 적혀 있었기 때문에 다음 연락이 올 때까지 성급한 행동은 피해야 한다고 생각했습니다. 경찰에 신고했다 오히려 석고상의 머리가 행방불명이라도 된다면 어떻게 하라고요. 그리고 이 건이 바깥으로 새어나가면 가와시마 선생님이나 에치카 양에게도 누가 됩니다. 그렇게 될 바에야 제 독단으로 돈을 지불하는 게 낫지 않나, 그렇게 생각했습니다."

"그렇지만 갑자기 500만 엔이나 되는 큰돈을 준비하기란 힘든 일이잖습니까."

"그건 그렇지만, 그렇다고 지불하지 못할 금액도 아니니까요. 그리고 가와시마 선생님의 유작을 완전한 형태로 복원할 수만 있다면, 그 정도는 아무것도 아닙니다. 아니, 솔직히 말씀드리자면 가급적이면 일을 조용히 처리하고 싶었습니다. 추모전 날짜도 다가오고 있었고, 돈으로 해결할 수 있다면 그렇게 해야겠다고 생각했지요."

"그 마음을 모르는 것도 아니지만, 역시 잘못된 선택이 아니었을까요. 그때 경찰에 신고한다고 에치카 양의 목숨을 구할 수 있었던 건 아니라 해도 말입니다."

노리즈키 경시는 비난 섞인 눈빛으로 낮게 한숨을 내뱉었다.

"그래서 도모토에게 다시 연락이 온 게 언제죠?"

"엊그제 월요일에 하치오지 집으로 두 번째 편지가 왔습니다. 그 편지에 현금을 건넬 장소와 일시가 적혀 있었죠."

"집으로요? 하지만 나고야에서 모습을 감춘 뒤, 우사미 씨는 집으로 돌아가지 않으셨잖습니까."

"그렇습니다. 그러니까 실물은 못 봤습니다. 월요일 저녁에 집으로 전화해서 일 때문에 이삼 일 외박할 것 같다고 이야기했습니다. 그때 집사람에게 금요일에 도착한 것처럼 보내는 사람의 이름이 없는 편지가 오지 않았냐고 물어봤지요. 있다고 하기에 곧바로 편지를 팩스로 보내라 했습니다."

"어디서 팩스를 받으셨습니까?"

"시부야에 있는 '아오이 미술' 사무실에서 받았습니다."

우사미는 거북한 듯 시선을 피하며 대답했다. 경시는 못마땅한 얼굴로 그 팩스를 달라고 말했다.

우사미는 조금 전과 마찬가지로 웃옷 안주머니에서 편지를 꺼내 테이블 위에 올려놓았다. 집에서 보낸 건 내용물인 편지 한 장뿐, 봉투는 없었다. 경시는 돋보기를 끼고 내용을 확인한 뒤, 편지를 린타로에게 건넸다.

전화번호부에서 찢은 것인지, 복사한 것처럼 이다바시 주변의 약도가 인쇄되어 있었다. '긴레이 홀'의 위치에 옅은 회색 선으로 X표가 그어져 있었다. 흑백 팩스이기 때문에 판별하기 어렵지만, 원본은 일주일 전과 마찬가지로 붉은 볼펜으로 쓰인 것 같았다.

그리고 여백에는 똑같은 회색 글씨로 이렇게 적혀 있었다.

우사미 쇼진

9월 22일(수), 오후 8시. 이다바시 '긴레이 홀'에서.

관내 객석까지 보관료를 현금으로 가지고 와라.

노리즈키 경시는 신중하게 질문을 재개했다.

"이 편지가 하치오지의 자택에 도착한 건 20일 월요일이라고 하셨죠. 봉투의 소인이 며칠이었는지 전화로 부인께 물어보셨습니까?"

"물었습니다. 18일 오후에 후추에서 보낸 편지라고 하더군요. 하루 지나서 도착한 건, 19일이 일요일이었기 때문일 겁니다.

"토요일 오후에 후추에서 보낸 편지라고요? 그 봉투는 버리지 않고 보관하고 계십니까?"

우사미는 고개를 저었다. 부인에게 편지와 함께 처분하도록 시켰다고 한다. 도모토의 범행 당일의 행적을 굳힐 물증이 날아갔다는 것을 깨달은 경시는 낙담한 빛을 감추려 하지 않았지만, 우사미의 말대로라면 그것만으로도 비어 있던 조각을 맞추는 데 중요한 단서가 될 것이다.

"소인에 대해서는 부인께 확인해보도록 하죠. 나고야 시립미술관에서 모습을 감춘 뒤, '긴레이 홀'에 나타날 때까지 어떻게 지내셨습니까. '아오이 미술' 사무실에는 나고야에서 바로 가신 겁니까?"

"그렇습니다. 그런 일이 벌어졌으니, 느긋하게 회의나 하고 있을 때가 아니었죠. 아이치 현경의 참고인 조사가 끝난 뒤에, 호텔 예약을 취소하고 저녁 신칸센을 타고 도쿄로 돌아왔습니다."

"시부야 사무실에 도착한 건 몇 시쯤이었습니까?"

잠시 생각에 잠기더니, 우사미는 노코멘트라고 답했다. 비밀스런 이야기를 마치고 사무실에서 나온 시간에 대해서도 대답하지 않았다. 고인의 아틀리에에서 석고상을 반출한 것이 수사 방해에 해당되는지 아닌지, 미리 변호사에게 조언을 구한 것이리라.

"월요일 밤에는 어디 묵으셨습니까?"

"오차노미즈의 비즈니스호텔에 가명으로 묵었습니다. 일단 오늘 밤까지 사흘간 예약했고, 짐도 그쪽에 두고 왔습니다. 영화관에서 거래하기로 했으니 여행 가방을 들고 들어갈 수도 없고 말입니다."

우사미는 거침없이 대답했다. 경시는 벌레 씹은 얼굴로 물었다.

"어제 오늘, 이틀 동안 계속 그 호텔에 계셨습니까?"

"거의 방에 틀어박혀 텔레비전 뉴스만 봤습니다. 외출한 건 오늘 오후, 현금인출기에서 500만 엔을 인출하러 나갔을 때뿐입니다. 경찰이 제 행방을 찾고 있을 거란 생각을 하니, 함부로 밖에 나가지 못하겠더군요. 영화관에 갈 때까지 아무하고도 만나지 않았고, 휴대전화도 꺼 놓았습니다."

"미술관을 떠난 시점부터 수배되었을 거란 자각이 있던 거군요. 그 말을 들으니 더더욱 우사미 씨의 행동을 이해할 수가 없습니다. 애초에 왜 갑자기 자취를 감춘 겁니까?"

"도모토와의 거래를 방해받고 싶지 않았기 때문입니다."

우사미는 정색하며 직설적으로 대답했다.

"살인 사건 수사가 본격적으로 이루어지면 자유롭게 움직이기 힘들어지겠지요. 움직일 수 없게 되기 전에 석고상의 머리를 되찾지 못하면 가와시마 선생님의 추모전이 엉망이 되어버리는 게 아닐까. 그런 불안감 때문에 가만히 있을 수가 없었습니다……. 에치카 양이 그렇게 된 걸 보고, 혼란에 빠졌던 건지도 모르겠군요. 무사히 머리를 되찾으면 그길로 경찰에 출두할 생각이었습니다."

"그렇게 말씀하셔도 납득이 가질 않습니다만."

경시는 고개를 저으며 위압하려는 듯 우사미를 바라보며 말했다.

"첫 번째 편지를 보자마자 즉시 경찰에 신고하지 않은 건 더 이상 추궁하지 않겠습니다. 그렇지만 월요일 오후부터 당신이 취한 행동은 상식에서 벗어나 있습니다. 에치카 양의 머리를 발견하기 전에 당신은 송장에 적힌 도모토의 이름을 보았을 겁니다. 보낸 사람을 알 수 없도록 송장을 떼어낸 것도 혼란스러웠기 때문이라고 하시겠습니까?"

"그건 시간을 벌기 위한 임시방편으로……."

그렇게 말한 뒤, 우사미는 실수했다는 듯 화들짝 놀란 표정을 지었다. 경시는 히죽 웃었지만, 금세 아무렇지도 않은 표정으로 물었다.

"임시방편이라. 그렇지만 아틀리에의 석고상을 절단하고, 머리를 가져간 범인이 도모토라면 이건 예고 살인의 일종으로 간주해야 합니다. 조금 전 당신이 지적했듯, 그는 가와시마 이사쿠 씨와 에치카 양에 대해 앙심을 품고 있었으니까요. 추모전을 준비하고 있던 나고야 미술관에 에치카 양의 머리를 보낸 것도, 그러한 원한에 기초한 보복 행위였죠. 누가 되기는커녕, 그녀는 목숨을 빼앗겼을 뿐만 아니라 참혹한 토막 살인 시체가 되었죠. 그 사실을 알게 된 시점부터, 일을 조용히 처리해야겠다는 느긋한 생각은 할 수가 없는 상황이었죠. 그럼에도 불구하고 당신은 도모토의 요구대로

500만 엔의 현금을 준비해 지정된 장소로 혼자 나갔습니다."

"그럴 수밖에 없었습니다. 가와시마 선생님의 유작을 완전한 형태로 공개하기 위해서는."

동정을 구하듯 애걸하며, 우사미는 조금 전과 마찬가지로 우는 소리를 했다. 경시는 매몰차게 고개를 저으며 대답했다.

"그건 대답이 될 수 없죠. 두 번째 편지를 받았을 때 바로 경찰에 신고하고 거래 현장을 포위했다면, 도모토의 신병을 확보할 수 있었을 겁니다. 그렇게 했으면 아무 일 없이 석고상의 머리를 되찾을 수 있었을 테고요. 당신이 그러지 않았던 건 도모토를 경찰의 손에 넘기고 싶지 않은 다른 이유가 있었기 때문이 아닙니까?"

우사미 쇼진은 얼굴을 돌리듯 말없이 고개를 저었다. 통통한 그의 몸이 점점 줄어드는 것처럼 보였다. 경시는 쉴 틈을 주지 않고 다음 질문을 던졌다.

"그렇게 생각할 근거는 또 있습니다. 당신은 요 이틀 동안 오차노미즈의 호텔에서 한 발짝도 나오지 않았고, 아무와도 만나지 않았다고 했지만 그건 거짓말입니다. 왜냐면 오늘 오후에 니시신주쿠의 카페에서 당신과 만나 이야기했다는 인물이 있기 때문입니다. 삼류 기자에 뭐든지 다 하는, 이름이 뭐라고 했지, 린타로?"

"만능 저널리스트 이이다 사이조입니다."

어떻게 그걸. 우사미가 중얼거렸다. 린타로는 소리 없이 자리에서 일어나 테이블로 다가가 창백해진 미술평론가의 얼굴을 들여다보며 말했다.

"세상 참 좁죠, 우사미 씨. 정보 제공자와 만나기 전에 상대에 대해 잘 알아보셨어야죠. 이이다 사이조란 남자는 사진작가 다시로 슈헤이에게 빚이 있어서 아주 말을 잘 듣는답니다. 다시로와는 호센 회관에서 명함을 교환하셨죠? 제 고등학교 후배로 정보통인 이이다를 소개시켜 준 사람도 바로 다시로 슈헤이입니다."

우사미는 입술을 움직여 소리 없이 욕설을 지껄였다. 이제 와서 자신의 실수를 후회해도 아무 소용도 없는데.

"편집자에게 부탁해 초면인 이이다를 불러내, 도모토에 대해 물으셨다고 들었습니다. 당신은 그에게 도모토를 쫓고 있는 조직 이름을 들었고요. 그와 만나기로 했던 '긴레이 홀'에 폭력배들이 나타나 큰 소동이 일어난 건 이미 알고 계시겠죠? 다행인지 불행인지 도모토는 가까스로 빠져나간 모양입니다만, 폭력배들이 미리 잠복하고 있던 걸 보면 누군가가 거래를 밀고했다고 생각할 수밖에 없습니다. 조직 사무실에 익명의 전화를 걸었든지, 팩스를 보냈겠죠. 조직에서는 도모토를 찾는데 전만큼 열심이지는 않았던 것 같지만, 제보까지 들어왔으니 그냥 둘 리도 없겠죠. 쫓기고 있는 본인이 그런 짓을 했을 리 없으니, 밀고한 사람은 우사미 씨, 바로 당신이겠죠. 자신의 손을 더럽히지 않고 도모토의 입을 막으려 한 것이 아닙니까? 처음부터 거래에 응할 생각은 없었던 겁니다."

"바, 바보 같은 소리. 나 같은 사람이 그런 짓을……."

우사미는 부들부들 떨며 필사적으로 부정했다. 린타로는 아랑곳하지 않고 말을 이었다.

"당신의 목적은 절단된 석고상의 머리를 되찾는 것이 아니라 도모토 슌의 입을 막는 것이었습니다. 그렇다면 도모토가 당신에게 요구한 500만 엔도 머리에 대한 대가가 아니라 침묵을 지키는 것에 대한 대가였겠죠. 목격자들의 증언에 의하면 영화관에 나타난 도모토는 빈손이었다고 합니다. 거래 현장에 석고상의 머리를 들고 오지 않은 그의 행동이 500만 엔이 입을 다무는 대가라는 것을 나타내고 있습니다."

"자네 주장은 억지야."

우사미는 쓸데없는 저항을 계속했다.

"절단된 머리는 역의 물품보관함에 맡겨 놓았고, 현금과 맞바꿀 생각이었던 거야. 애초에 편지에도 보관료라고 쓰여 있지 않았나."

"표현을 그렇게 한 거죠. 물품보관함이라, 괜찮은 생각이지만 분명 어느 역을 뒤져봐도 석고상의 머리를 찾을 수는 없을 겁니다. 500만 엔이 입막음 비용이었다는 것을 나타내는 확실한 증거가 있으니까요."

"확실한 증거라고?"

"네. 우사미 씨가 보여주신 이 사진 말입니다."

린타로는 석고상의 머리가 찍힌 사진을 들고 우사미의 눈앞에 들이댔다.

"자세히 보세요. 이 사진은 초점이 맞지 않습니다. 어떻게 봐도 아마추어가 찍은 사진이지, 사진작가가 찍은 사진은 아닙니다. 그렇지만 도모토 슌은 작가로서 지향하는 바는 낮지만, 기술적으로는 나름대로 뛰어난 사진작가죠. 그렇게 말한 건, 우사미 씨 바로 당신입니다."

우사미는 반박하지 못한 채 눈을 부릅뜨며 침을 꿀꺽 삼켰다.

"이 사진은 당신이 찍은 겁니다. 도모토가 공갈협박 편지를 보낸 건 사실이지만, 내용물은 당신이 바꿔치기했겠죠. 두 번째 편지는 부인에게 봉투와 내용물을 처분하라고 했으면서, 처음 편지는 그러지 않았던 건 바꿔치기한 편지를 증거로 제출할 때, 실제로 우송되었다는 증거로 봉투가 필요했기 때문입니다. 지불할 생각도 없는 큰돈을 가지고 영화관을 찾은 진짜 목적도, 경찰에게 붙잡히기 위해서였죠. 도모토와의 거래를 기정 사실로 만들고, 이 사진이 진짜라는 걸 수사본부에 인정받기 위해서……. 그렇다면 여기 찍힌 석고상의 머리는 어디서 입수한 걸까요? 겉틀을 복제했다고요? 꽤 그럴듯한 설명이었지만 조금 전에도 말했듯 죽음의 문턱에 선 이사쿠 씨가 그런 번거로운 짓을 했을 리 없습니다. 그렇다면 머리의 출처는 하나밖에 없죠."

"잠깐만! 말이 너무 빨라서 못 따라가겠다."

눈을 깜빡거리며 노리즈키 경시는 큰 소리로 외쳤다. 린타로는 히죽 웃으며 말을 이었다.

"우사미 씨, 전에 아틀리에에서 회수한 원본 겉틀을 아는 석고기술자에게 맡겼다고 하셨죠. 그 겉틀을 가지고 에치카 양의 얼굴을 본뜬 석고상을 만드는 건 식은 죽 먹깁니다. 요 이틀 동안 당신이 자취를 감췄던 진짜 이유는 바로 그겁니다. 석고기술자의 공방에서 가짜 머리를 만드는 작업을 감독하고 있었겠죠."

우사미 쇼진은 꿈쩍도 하지 않았다. 메두사의 머리를 보고 돌로 변해버린 것처럼. 어떤 말보다도 효과적인 긍정의 표시였다.

"그런 거였군. 책사가 자기 꾀에 넘어간 건가."

경시의 말에 린타로는 고개를 끄덕인 다음 이야기를 계속했다.

"이 사진이 나중에 만들어진 가짜라면, 뒷면에 적힌 붉은 글씨도 도모토의 글씨를 흉내내 당신이 쓴 것이겠죠. 그렇다고 해도 도모토가 이와 똑같은 사진을 보낸 건 사실일 겁니다. 물론 더욱 완성도가 높은 사진작가의 사진이었을 테지만……. 우사미 씨, 이제 속임수는 통하지 않습니다. 진짜 사진에 무엇이 찍혔는지, 솔직히 이야기해 주시죠."

우사미는 눈빛에 깃든 마력에서 벗어나려는 듯 초조한 얼굴로 천장을 올려다보았다. 그는 잠시 몸을 뒤로 젖힌 채 이를 악물고 있었지만, 이내 입술 사이로 오열과도 같은 한숨을 내쉬었다.

"이제 다 끝났군. 추모전도, 내 평론가 생명도……."

"우사미 씨?"

린타로가 말을 걸자, 우사미는 마법에서 풀린 듯 고개를 푹 숙였다.

"자네 말이 맞아. 도모토가 보낸 사진에는 분명히 이것과 똑같은 석고상의 머리가 찍혀 있었네. 틀림없이 가와시마 선생님의 유작에서 절단된 머리였어. 그렇지만 진짜 사진에는 있어선 안 될 것이 찍혀 있었어."

"있어선 안 될 것?"

노리즈키 경시 역시 몸을 내밀며 그의 말에 귀를 기울였다. 우사미는 각오를 굳힌 듯 고개를 들었다.

"처음 보았을 때에는 내 눈을 믿을 수가 없었네. 그렇지만 그건 틀림없는 가와시마 선생님의 오리지널이야. 절단면을 비교해 보면 몸통 부분과 완전히 일치하는 것을 확인할 수 있을 거야. 머리 없는 석고상을 무단으로 감춘 건, 경찰 조사에서 그 사실이 밝혀질까 두려웠기 때문이네. 분해된 겉틀의 잔해를 가지고 절단된 머리 부분을 복원할 수도 있었기 때문에 작업대의 석고 부스러기도 모두 회수하게 했지. 위험할 뻔했어. 석고 부스러기 속에는 제일 중요한 조각이 원형을 유지한 채 남아 있었거든."

"제일 중요한 조각?"

"모델이 눈을 뜬 부분이야. 도모토의 사진에 찍힌 오리지널 머리는 에치카 양의 얼굴과 똑같았어. 그녀의 얼굴일 수 없는, 단 하나의 차이점을 제외하고는."

"단 하나의 차이점이라고요? 눈을 본뜬 부분 말입니까?"

"표현된 '눈'의 역설 말이야. 가와시마 선생님은 필연적으로 그렇게 하셨어야만 했어. 하지만 우리 같은 범인에게는 그건 가공할 만한 범죄일 뿐이지."

경외와 혐오. 두 가지의 모순된 감정이 우사미 쇼진의 얼굴을 갈기갈기 찢었다.

"석고상의 얼굴은 눈을 감고 있지 않았어. 두 눈을 뜨고 있었다고!"

제6부

Eyes Wide Open

이 작품이 완성되기 2개월 전에 베르니니는 안구 위의 홍채를 검은 분필로 표시했다. 사람들이 이러한 표시가 무엇을 의미하냐고 물었을 때, 베르니니는 '작품이 완성되었을 때, 검은 표시를 끌로 팔 것이고, 그로 인해 발생한 그림자가 눈의 동공을 나타낼 것이다'라고 답했다. 그처럼 제작공정 도중에 베르니니는 눈을 채색하는 아르카이크 시대의 현실적인 양식으로 잠시 회귀했었다. 그 후 그는 검은색 표시를 몇 번이고 다시 고쳤고, 왕이 자리해 마지막 포즈를 잡을 때 최후로 수정했다. 마지막 수정 후에, 베르니니는 흉상을 완성했다고 선언했다. 홍채와 동공은 공방에서 조각될 예정이었기 때문이다. 베르니니가 시종일관 관심을 가졌던 것은 바로 눈빛이었다. 눈빛의 고정과 확정은 실제로 이 흉상에서 제일 눈에 띄는 특징 중 하나이다.

〈조각의 제작 과정과 원리〉, 루돌프 비트코어

29

"부재중 메시지가 네 건 있습니다."

삐익.

"노리즈키 씨, 당신에게 할 말이 있어서 토요일에 받은 번호로 걸었어. 누군지 말하지 않아도 니시이케부쿠로에서 만났다면 알겠지? 그날은 집에 숨겨둔 물건을 후추까지 가지고 오라는 부탁을 받고 그걸 가지러 갔었지. 당신과 마주친 건 우연이었지만, 그쪽이 내 뒷조사를 하고 다니는 건 알고 있었지. 당신의 멍청한 얼굴을 본 다음, 2시 반에 부바이가와라 역 앞에서 에치카와 만났어. 그렇지만 내가 죽이진 않았어."

"9월 23일 오후 11시 41분에 녹음된 메시지입니다."

삐익.

"나야. 중간에 끊겨서 다시 걸었어. 에치카를 죽인 건 내가 아니야. 가지고 있던 물건을 넘기자마자 바로 헤어졌지. 그 물건은 바로 그 머리야. 그것도 에치카가 잠깐 맡아달라고 해서 가지고 있던 거지 원본 작품에는 손끝 하나 대지 않았어. 이 말을 하고 싶었어. 조각상의 머리를 절단한 것도 에치카 짓이야. 난 아무 짓도 안 했어."

"9월 23일 오후 11시 42분에 녹음된 메시지입니다."

삐익.

"우사미 선생에게도 전해줘. 난 정당한 보관료를 청구했을 뿐, 공갈은 한 적 없어. 고소하지 않는다고 약속하면 오늘밤 일은 없던 걸로 해주겠다고. 난 이제 이 일에서 손을 떼고 잠시 피해 있을 생각이야. 날 찾아봤자 시간 낭비일 뿐이야. 에치카를 죽인 범인은 후추에 있으니까. 할 말은 이게 다야. 그럼."

"9월 23일 오후 11시 43분에 녹음된 메시지입니다."

삐익.

"다시 한 번 말하지. 이게 마지막이야. 비장의 정보를 가르쳐 주지. 난 이제 손을 떼기로 했으니 말이야. 가와시마 에치카의 생모는 16년 전에 자살한 가가미 유코라는 여자야. 라이프캐스팅 석고상의 눈을 보면 알 수 있지. 에치카는 출생의 비밀을 알았기 때문에 어머니인 척했던 이모 리쓰코와 가가미 준이치 부부에게 살해당했어. 그게 이 사건의 진상이야. 알겠어?"

"9월 23일 오후 11시 46분에 녹음된 메시지입니다."

삐익.

"메시지 재생이 끝났습니다."

"리쓰코 씨는 결백해. 당신 정보는 필요 없어."

재생이 끝난 뒤 조용해진 전화기를 향해, 린타로는 그렇게 중얼거렸다.

9월 23일 목요일, 추분의 날. 린타로는 도모토 슌의 메시지를 녹음한 다음 전철을 갈아타고 마치다 서의 합동수사본부로 향했다. 그러고 보니 가와시마 가에서 자동차 키를 아버지에게 건넨 뒤로 아직 돌려받지 못했다.

우시고메 서에서 밤을 샌 노리즈키 경시는 증거 인멸 혐의로 구류하고 있던 우사미 쇼진을 대동하고 아침 일찍 수사본부로 돌아와 있었다. 오전 중에는 우사미를 조사하고, 오후부터는 나카노 구에고타에 있는 석고기술자 공방에 가서 가와시마 이사쿠의 아틀리에에서 반출된 석고상 본체와 그 밖의 물건들을 압수 수색할 예정이라고 했다. 우사미가 에고타의 공방으로 석고상 본체를 가져간건, 눈을 감은 머리 부분을 보완하여 고인의 유작을 공개 가능한형태로 '복원' 하기 위해서였다.

오전 수사 회의가 끝나고, 외근 인원이 모두 빠져나간 본부는 한산했다. 녹음한 테이프를 들은 경시는 손목시계를 바라보며 질렸다는 표정을 지었다.

"지금은 11시야. 벌써 반나절이나 지났잖아. 더 빨리 자동응답기를 확인했어야지."

린타로는 조심스레 해명했다. 우시고메 서에서 돌아오니 새벽 2시였다. 그대로 힘이 빠져 침대에 쓰러진 바람에 잠이 깰 때까지 메시지가 녹음된 것을 알아채지 못했다. 어제는 특별히 힘든 하루였기 때문이다.

경시는 혀를 차며 테이프를 꺼냈다.

"너한테 이런 말 해봤자 쓸데없는 짓이지. 과학 경찰연구소로 보내서 음성 분석을 의뢰해야겠군. 공중전화를 사용한 것 같으니 어디서 걸었는지 찾아낼 수 있을지도 몰라. 지금 와서는 별 소용도 없겠지만."

"이건 이것대로 수사에 도움이 될 겁니다. 머리의 이동 경로가 밝혀졌으니까요. 도모토가 에치카 양에게 머리를 건네받은 건 13일 월요일 오후였습니다. 후사에 씨가 마치다 역 앞에서 그의 모습을 목격했던 날이겠죠. 그리고 18일 토요일까지 머리는 도모토의 집에 있었습니다. 그날 오후, 여장한 도모토는 제 눈을 속이고 집에서 머리를 가지고 나갔고, 2시 반에 부바이가와라 역 앞에서 그 머리를 에치카 양에게 건넸습니다. 그녀가 다마가와 학원 역에서 오다큐선을 타고 노보리토까지 가서 JR난부선으로 갈아타고 부바이가와라로 향했다면, 2시 반에는 여유 있게 도착할 수 있겠죠. 살해된 건 도모토와 헤어진 뒤가 아니었을까요?"

"녀석이 거짓말을 하지 않는다는 전제 하에서지만."

경시는 신중하게 판단을 유보했다.

"토요일 2시 반에 에치카 양과 만났다는 이야기가 사실인지 아닌지 부바이가와라 역 주변에서 목격자를 찾아보지. 도모토는 여장 차림이었으니 사람들 눈에 띄었을 거야. 그건 그렇고, 도모토는 가가미 부부의 동기에 대해 심각하게 오해하고 있군. 그의 고발이 진실에서 벗어나 있다는 건 네가 제일 잘 알고 있겠지."

린타로는 고개를 끄덕였다.

에치카의 생모는 자살한 가가미 유코였던 게 아닐까? 도모토의 생각과는 달리, 우사미 쇼진은 그 의혹을 단번에 일축했다. 우사미는 가와시마 이사쿠전의 큐레이터로서 '모녀상' 연작과 당시의 리쓰코 부인에 관한 증언과 자료를 정리하고 있었는데, 그 가운데에는 '모녀상 1~9'의 제작 과정을 기록한 귀중한 사진도 포함되어 있다. 그 사진을 보면 리쓰코 부인이 에치카의 어머니라는 사실을 알 수 있고, 위장 임신이나 모델을 바꿔쳤을 가능성은 전혀 없다고 한다.

"도모토의 착각 때문에 이리저리 휘둘렸지만, 우사미 쇼진은 이미 진상을 파악하고 있는 것 같았어. 누구라고 확실히 말하진 않았지만, 범인에 대해서도 알고 있는 눈치였고."

그렇게 말하며 경시는 어깨를 으쓱하는 시늉을 했다. 린타로는 고개를 저으며 대답했다.

"억지로 입을 열게 할 필요는 없어요. 도모토가 보지 못하고 지나친 포인트를 파악하면, 에치카 양이 살해된 이유도 저절로 밝혀질 테니까요. 이미 결론은 나 있습니다. 이제 사실만 뒷받침되면……."

말이 끝나기도 전에 경시의 휴대전화가 울렸다.

구노 경부였다. 경시는 잠시 보고를 듣고 있었지만, 곧 안색을 바꾸며 놀란 표정을 지었다. 잠깐만 기다리라는 말을 남기고, 고개를 돌려 아들을 보았다.

"가가미 유코의 자살에 관한 자세한 사항을 확인하기 위해 구노 경부를 가나가와 현경의 사가미하라미나미 서에 파견했어. 가미쓰루마 사건은 미나미 서 관할이었으니까. 그런데 16년 전의 조서를 살펴보다 마음에 걸리는 부분이 눈에 들어왔다더군."

"마음에 걸리는 부분이요?"

"조서에 가가미 유코가 임신 테스트를 받은 산부인과 의사의 이름이 있었어. 마치다 시 쓰루가와의 '마쓰자카 산부인과'. 아는 사람과 마주치지 않기 위해 일부러 동네에서 떨어진 곳을 고른 모양이야. 진찰한 사람은 원장인 마쓰자카 도시미쓰고."

"마치다 시 쓰루가와라고요? 그럼 그 전화번호부에도."

"확실히 같은 이름의 병원이 실려 있긴 했어. 주소도 쓰루가와고. 범행 전날 피해자의 행동의 공백 부분이 채워질지도 몰라. 구노 경부는 곧바로 쓰루가와로 향한다고 했지만, 미나미 서에서 여기 오는데 그리 시간이 걸리는 건 아니지. 너도 함께 갈 테냐?"

"물론이죠."

마치다 시의 북동부, 가와사키 시와의 경계에 위치한 쓰루가와 단지는 고도경제 성장기에 발전한 수도권의 베드타운 중 하나이다. 사학재단의 캠퍼스가 자리하고 있기 때문인지, 학생들의 모습도 많이 보였다. 이곳은 근처 마을들과 합병해서 시로 승격하기 이전에는 쓰루가와무라라고 불렸는데, 인구 밀집 지역인 데 비해서 중심가에서 벗어나면 전원 풍경이 펼쳐져 있었다.

80년대에는 오다큐선 쓰루가와 역을 중심으로 재개발이 이루어졌지만, 과거 쓰루가와무라의 그림자를 완전히 지울 수는 없었던 모양이다. 조수석 창문 너머로 보이는 풍경들도 가와시마 가가 있는 미나미오오야나 마치다 중심가에 비하면 버블 전의 한적한 교외 분위기가 연상되는 모습이었다.

차는 쓰루가와 단지 앞이란 표지판이 있는 교차로로 들어섰다. 북쪽으로 직진하면, 아키야마 후사에가 아픈 남편과 함께 살고 있는 아파트가 있다고 한다. 구노 경부는 교차로에서 우회전해 단지를 뒤로 하고 쓰루가와 니초메의 주택가로 들어섰다.

"저 건물 아닌가요?"

조수석의 린타로가 그렇게 말했다. 도로 옆에 '마쓰자카 산부인 과'라는 간판이 보인다. 병원 주차장에 주차한 다음, 두 사람은 현관으로 향했다.

휴일이라 외래 환자는 받지 않았지만 입원 중인 산모들이 있기 때문에 완전히 비어 있지는 않았다. 현관의 인터폰으로 말을 걸자, 뒷문 쪽으로 와달라는 대답이 돌아왔다.

"경찰에서 나왔습니다. 예전에 이 병원에서 진찰을 받았던 어떤 여성에 대해 마쓰자카 선생님께 묻고 싶은 것이 있습니다."

구노는 면회 전용 접수처에 용건을 전했다. 그의 말을 들은 여직 원은 사무실 벽에 붙은 스케줄 표를 확인하고 대답했다.

"지금 원장님은 점심 회진 중이십니다. 면회는 회진 후에 가능할 것 같습니다만."

구노는 고개를 끄덕이며 로비에서 기다리겠다고 말했다.

20분 정도 지났을까, 백의의 의사가 나타났다. 나이는 40대 초 반, 웃으면 주름살이 생기는 후덕한 인상과는 대조적으로 근육질 의 균형 잡힌 몸매의 소유자로, 절도 있는 동작이 눈에 띄었다. 산 부인과 의사에게는 체력도 필요하기 때문이다. 흔히들 여의사가 많을 거라 생각하지만, 체력적인 이유로 인해 실제로 산부인과 의 사의 대부분은 남자다.

"기다리셨죠. 제가 원장인 마쓰자카입니다. 이쪽으로 오시죠."

원장 본인일 줄은 몰랐기 때문에 린타로는 구노와 얼굴을 마주보 았다. 훨씬 나이가 많을 거라 생각했기 때문이다. 눈앞의 인물이 마쓰자카 도시미쓰라면, 16년 전에는 겨우 20대 초반이었을 것이다. 너무 젊다. 계산이 맞지 않는 것 아닌가?

원장실의 소파에 앉은 마쓰자카는 우호적인 태도로 이야기를 시작했다.

"저희 병원에서 진찰을 받은 환자에 대해 알아보시러 오셨다면서요. 혹시 형사 사건에 관련된 일입니까?"

"그렇습니다. 미나미오오야에 사는 조각가의 딸이 지난주 토요일에 누군가에게 살해당한 사건에 대해 알고 계십니까?"

"물론입니다. 자세히는 모르지만, 요 며칠 동안 그 이야기로 온통 떠들썩했잖습니까. 저희 간호사들도 입만 열면 그 사건 이야기뿐입니다. 산모들에게 나쁜 영향을 끼칠 수도 있으니 너무 언급하지 말라고 이야기하긴 했습니다만, 설마 저희 동네에서 그런 일이 일어날 줄은 몰랐습니다."

점잖은 태도로 그렇게 말한 뒤, 원장은 느닷없이 굳은 표정으로 입을 열었다.

"그런 무서운 사건과 저희 병원이 무슨 상관이 있다는 거죠? 이거 곤란하군요. 아시겠지만 저희 의사들에게는 비밀 유지 의무가 있어서, 진료 행위를 통해 알게 된 환자의 비밀을 마음대로 발설할 수는 없습니다."

"그 점에 대해서는 너무 걱정하지 마십시오."

구노는 상대의 경계심을 풀려는 듯 솔직한 태도로 말했다.

"오늘 찾아뵌 건 살인 사건과는 직접 관계되는 용건 때문이 아니라, 피해자의 이모에 해당하는 여성의 과거 진찰 기록을 살펴보기 위해서입니다. 지금으로부터 16년 전, 1983년 7월에 사가미하라시에 사는 가가미 유코란 여성이 이 병원에서 진찰을 받고 임신 진

464

단을 받은 뒤에 바로 자살했습니다. 그때 가나가와 현경의 수사원이 진료 기록을 확인하러 방문했을 텐데요, 기억나십니까?"

"16년 전이요?"

마쓰자카 원장은 황당하다는 듯 소파에 몸을 묻었다.

"그렇다면 제가 대답해드릴 수 없겠군요. 아버님께 물어봐야겠습니다."

"아버님?"

"마쓰자카 도시미쓰. 전 원장님이십니다."

마쓰자카 원장은 몸을 돌려 벽에 걸린 액자를 보았다. 각진 검은테 안경에, 다부진 인상의 백발의 노인이 찍혀 있었다. 눈앞에 있는 남자와는 전혀 닮지 않은 얼굴이었다.

"전 데릴사위입니다. 아내와 중매로 결혼한 뒤에 마쓰자카 호적에 들어왔죠. 은퇴한 아버님 뒤를 이어 3년 전에 이 병원의 원장이 되었습니다. 물론 그 이전부터 부원장으로 오랫동안 여기서 근무했습니다만, 그래도 16년 전 일까지는 잘 모르겠습니다. 아내와 만나기도 전이었으니까요. 아마도 그 시절에는 레지던트였을 겁니다."

'원장이 바뀐 건가. 그래서 계산이 맞지 않았던 거군.'

"전 원장님은 아직 건강하십니까? 지금 어디 계시죠?"

구노의 물음에 원장은 쓴웃음을 지으며 고개를 끄덕였다.

"아직 정정하십니다. 쓰루가와 로쿠초메의 맨션에서 우아한 노후 생활을 보내고 계시죠. 작년에 어머님이 돌아가신 게 마음에 걸린다면 걸린다고 할까요. 저희 부부와 같이 사시자고 몇 번이나 말씀드렸지만 당신은 전혀 그럴 생각이 없나 봅니다. 벌써 10년 이상이나 같이 일했는데도, 아직도 쓸데없는 데 신경을 쓰신다니까요.

집사람이 자주 찾아뵙고 있고, 아직 나이도 그리 많으신 편은 아니니 당장 걱정될 건 없습니다만."

"그 맨션 주소를 알려주시겠습니까."

"물론이죠."

원장은 가운 주머니에서 볼펜을 꺼내 메모지에 맨션의 약도를 그려 주었다. 달필이라고는 할 수 없었지만, 표시가 확실히 되어 있어 알아보기 쉬웠다. 이제 겨우 어깨의 짐을 내린 것인지, 마쓰자카 원장은 허물없는 말투로 지도를 가지고 잡담을 시작했다.

"이 근처에 〈가면 라이더〉 촬영에 사용된 유령 맨션이란 곳이 있습니다. 건물은 헐려서 이제 없지만, 혼고 다케루 역의 후지오카 히로시가 오토바이 사고로 크게 다친 것도 그 부근이었을 겁니다."

"원장님도 이곳 출신이십니까?"

같은 또래인 린타로가 묻자, 마쓰자카 원장은 부끄러운 표정을 지으며 대답했다.

"아뇨, 전 오다와라 출신입니다. 지금 한 이야기는 선 자리에서 집사람에게 들었고요. 나이를 먹어서도 그 이야기를 들으니 부러워서요. 얼른 데이트하자고 꾀어서 쓰루가와 단지 쪽까지 가봤지요. 그 부근은 또 전전에 군사 시설 등이 있어서 아직도 유령이나 괴담 이야기가 끊이지 않고 흘러나오지만요……."

말하다 말고, 무언가 떠오른 듯 그는 생각에 잠겼다.

"유령 하니 생각났는데, 간호사들이 그런 이야기를 하더군요. 가와시마 에치카였나요, 살해된 아가씨 이름이."

"그렇습니다만, 왜 그러시죠?"

"그 아가씨와 똑같이 생긴 젊은 아가씨가 지난주에 이곳을 찾아왔다고 합니다. 대낮이었는데, 다리도 분명히 붙어 있었다고 하더군요. 괜히 병원에 이상한 소문이 돌면 안 되니까 그런 헛소문 퍼뜨리지 말라고 단단히 일러두긴 했습니다만."

"피해자와 똑같이 생긴 아가씨가 여기 왔었다고요?"

구노는 표정을 바꾸며 몸을 앞으로 내밀었다.

"잠깐만요. 어째서 그 이야기를 이제 하시는 거죠. 가와시마 에치카란 여성이 이곳에 온 적 없는지, 수사본부에서 연락이 왔을 텐데요."

"아, 그렇군요. 어제 오후에 형사님이 오셨던 건 저도 알고 있습니다. 그렇지만 그때는 그런 이름의 환자가 진찰을 받은 적이 없느냐고 하셔서, 이야기를 들은 직원도 없다고 대답했다더군요. 내원했던 기록은 없었으니까요."

"그렇지만 피해자를 목격했으면……."

"본인은 아닐 겁니다. 소문이 퍼지기 시작한 건 형사님이 돌아간 뒤, 아마도 저녁 뉴스에서 사진이 공개되고 나서였습니다. 비슷하게 생긴 사람은 얼마든지 있고, 그런 소문을 일일이 믿었다간 밑도 끝도 없습니다. 어느 병원이든 마찬가지겠지만, 간호사들은 틈만 나면 그런 소문을 만들어낸답니다. 바람둥이로 유명한 남자 연예인의 매니저가 중절 수술을 받은 여자를 차로 데리러 온 걸 봤다는 소문 같은 거 말입니다……."

"진위는 저희 쪽에서 확인해보죠. 지난주 언제입니까?"

"잠깐만요. 오늘 아침 간호사들이 이야기하는 걸 들은 거라 저도 자세한 건 모릅니다."

구노는 어쩔 줄 몰라 하는 마쓰자카 원장의 얼굴을 빤히 바라보며 말했다.

"당직 간호사를 불러 소문의 출처를 확인해주시겠습니까."

"알겠습니다. 소용없을 것 같지만 일단 물어보기는 하죠."

원장은 내키지 않는 얼굴로 그렇게 말하며 내선으로 간호사를 불렀다.

"아, 그래. 오늘 아침 들은 소문 말인데……. 그래, 그 이야기. 그 이야기를 제일 처음 꺼낸 사람이 누군가? 아니, 혼내려는 게 아니라 지금 경찰에서 나오셨는데, 내가 그 이야기를 해버렸거든……. 누구? 가와이? 오늘 출근했나? 그래, 고마워."

아직 반신반의한 표정으로 전화를 내려놓더니, 원장은 한숨을 쉬며 말했다.

"그 아가씨를 본 사람은 간호사가 아니라 접수처 여직원이라고 합니다. 오늘 출근했다고 하니 직접 이야기를 들어보시죠."

사무처의 여직원은 조금 전 입구에서 이야기를 나눴던 바로 그 여직원이었다. 20대 후반의 그녀의 이름은 가와이 나오미라고 했다.

"가와시마 에치카란 아가씨가 살해당한 사건 때문에 잠시 묻고 싶은 게 있네. 지난주 피해자와 똑같이 생긴 여자가 병원을 찾았다는 게 사실인가? 간호사들 말로는 가와이 씨가 이야기를 나눈 모양이던데."

마쓰자카 원장이 부드러운 어조로 묻자, 가와이 나오미는 겸연쩍은 얼굴로 목에 손을 대며 말했다.

"이상한 소문을 퍼뜨려서 죄송합니다. 제가 잘못 본 모양이니 그렇게……."

468

"뭐라고 하려는 게 아니라, 여기 형사님이 그 여자에 대해 묻고 싶은 게 있으신 모양이야. 잘못 본 것일 수도 있지만 혹시 모르니 자세한 이야기를 들려주게."

가와이 나오미는 의아하다는 표정으로 고개를 끄덕였다. 원장 대신 구노가 질문을 던졌다.

"언제 그 아가씨와 이야기를 나눴습니까?"

"지난주 금요일이에요. 17일 오전 진료 시간이었죠."

구노는 린타로를 향해 눈으로 신호를 보냈다. 린타로도 한쪽 눈을 찡긋하며 대답했다. 에치카가 실종되기 전날의 공백 부분을 채워줄 증언이다.

"그 아가씨가 진찰을 받으러 온 겁니까? 아니면 입원 환자의 문병을 온 겁니까?"

"둘 다 아니었어요. 전 처음 보는 얼굴이었어요. 환자가 아니라기에, 무슨 일로 오셨냐고 했더니 16년 전에 이 병원에 신세를 졌던 사람인데 원장 선생님 계시냐고 묻더군요."

"16년 전에 신세를 졌다고요?"

"네. 16년 전이면 전 원장 선생님이 계셨던 때라, 선생님은 3년 전에 은퇴하시고 지금은 아드님이 원장직을 맡고 계시다고 했더니, 예전 원장 선생님 댁이 어디냐고 묻더라고요. 계속 다른 곳에 살다 이번에 이쪽을 방문했는데, 온 김에 인사를 드리고 싶다면서요. 케이크 상자 같은 것까지 들고 있는데 모른 척하기도 그래서 맨션 주소를 알려줬죠. 하지만 나중에 곰곰이 생각해 보니까 스무 살 정도인 것 같고, 도저히 16년 전에 태어난 사람 같지는 않더라고요……. 잠시 동안 그 일에 대해서는 잊고 있었는데, 어제 텔레비전에서 살해당한 여자의 얼굴을 보니까 그 아가씨와 나이도 비슷한 것 같고, 생김새도 비슷한 것 같다는 생각이 들더군요."

구노는 에치카의 사진을 보여주며 다시 한 번 확인을 요청했다. 가와이 나오미는 망설이는 기색 없이 단언했다.

"네, 이 사람 맞아요. 여기 왔을 때에는 안경도 끼고 있었고, 머리스타일과 옷차림도 더 촌스러웠지만, 얼굴도 작고 몸매도 좋은 예쁜 아가씨였어요."

변장이라고 할 정도로 거창한 건 아니었겠지만, 에치카는 자신의 정체를 감추고 싶었던 모양이다. 구노가 사진을 집어넣는 동안, 린타로는 질문을 하나 더 던졌다.

"그 아가씨가 자기 이름을 말하던가요?"

"네. 가가미 에쓰코라고 했어요."

마쓰자카 도시미쓰는 쓰루가와 로쿠초메에 있는 맨션에 있었다. 사위가 전화로 미리 연락해둔 듯, 현관 인터폰을 누르자 곧바로 대답이 돌아왔다.

"경찰에서 나오신 형사님이군. 기다리고 있었네."

구노와 린타로는 엘리베이터를 타고 3층으로 올라갔다. 원장실에서 본 사진 속의 노인이 문을 열고 두 사람을 맞이했다. 이미 환갑이 넘었으리라. 현역 시절의 모습에 비하면 머리숱도 적어졌고, 얼굴도 야위었지만 동작은 젊은 사람 못지않았다. 각진 검은 테 안경 대신 은테 안경을 끼고 있었다.

"혼자 사는 늙은이라 지저분해. 이해해주게나."

집주인의 말이 그리 틀린 건 아니었다. 부엌은 깨끗하게 정리되어 있었지만, 서재 밖으로 흘러넘친 책 더미가 거실 바닥을 점령하고 있었다. 그 대부분은 메이지 시대의 자유 민권 운동에 대한 연구서와 낡은 문헌들이었다.

"부끄럽군. 은퇴한 뒤에는 향토사 연구에 빠졌거든. 쓰루가와무라에서는 기타무라 도고쿠의 장인인 이시자카 마사쓰구나, 후에 정우회의 대의사로 활약한 무라노 스네에몬을 필두로, 무상곤민당의 지도자를 수없이 배출했지. 우리 선조님 역시 민권 운동에 참가하셨다고 하더군."

"곤민당이라면 치치부 쪽 아닙니까?"

린타로가 어설픈 지식을 동원해 질문을 던지자, 마쓰자카 노인은 굳은 표정으로 고개를 저었다.

"지명도 면에서는 치치부 곤민당이 한 수 위지만, 같은 시기에 부조, 소모 지역의 농촌에서도 그에 뒤지지 않을 정도로 왕성한 움직임이 있었지. 노즈다 초에 가면 무라노 스네에몬이 지은 도장 자리에 자유 민권 운동 박물관이 있다네. 아, 이런 이야기를 들으러 온 게 아니지. 사위에게 살인 사건을 조사하고 계신다고 들었네만."

"그렇습니다. 조각가 가와시마 이사쿠 씨의 따님이 살해당한 사건을 조사하고 있습니다."

"가와시마 씨라면 미나미오오야에 사시는 분이군. 이 지역 명사라 이름은 들어본 적 있네. 따님이 살해당하셨다니, 정말 안됐군."

언론에서 그렇게 떠들어댔는데도 전혀 모른다는 얼굴이었다. 구노 경부는 다시 한 번 물었다.

"모르십니까? 아버님인 이사쿠 씨도 얼마 전에 세상을 떠났는데요."

"그랬나? 미안하네. 텔레비전이나 신문은 거의 보지 않아서 요새 무슨 일이 일어나는지 통 모른다네. 아무튼 그 사건에 대해 이 노인네에게 물으실 것이 뭔가?"

"지난주 금요일에 이 댁에 젊은 아가씨가 찾아오지 않았습니까?"

노인은 고개를 끄덕이더니, 벽에 걸린 달력을 보며 기억을 재확인했다.

"맞아. 가가미 에쓰코라는 아가씨였지."

"이 사람입니까?"

구노는 에치카의 사진을 꺼냈다. 마쓰자카 도시미쓰는 안경 너머로 찬찬히 살펴보더니, 이윽고 말했다.

"그래, 이 아가씨야."

30

"서서 이야기하기도 뭐하니 일단 앉게나."

테이블 위를 치우며, 마쓰자카 도시미쓰는 두 사람에게 의자를 권했다. 도서관 분류 라벨이 붙은 향토사 문헌과 신문기사 스크랩, 낡은 노트 등이 쌓인 무더기 안에 컬러풀한 표지의 무크 잡지가 섞여 있었다. 요리책이었다.

"직접 요리를 하시나 보죠?"

린타로가 묻자, 마쓰자카 노인은 쑥스러운 듯 눈을 내리깔며 대답했다.

"작년에 집사람이 먼저 간 뒤로는 어쩔 수 없더군. 요즘 같은 세상에 남자가 부엌에 들어가지 않는다는 말도 다 옛말이고, 막상 요리를 하기 시작하니 나름대로 기분 전환도 되더라고. 홀아비가 된 애비가 걱정되는지 자식들은 얼굴을 볼 때마다 걱정되니까 같이 살자고 하지만, 아직 그렇게까지 늙진 않았어. 언젠가는 자식들 신세를 지긴 하겠지만, 아직은 마음 편히 혼자 살고 싶네."

가족들 이외에는 찾는 사람이 그다지 없는 것인지, 마쓰자카 노인은 기쁜 표정으로 속내를 털어놓았다. 형사가 사진을 보여주었는데도, 가가미 에쓰코란 여자가 요 며칠 간 세상을 떠들썩하게 했던 엽기 살인 사건의 피해자란 사실조차 깨닫지 못하는 것 같았다.

정신과 청력은 멀쩡하지만, 노인 특유의 고정관념에 얽매여 자신과 상관없는 일에는 그다지 관심이 없는 모양이다. 이 정도로 눈치가 없으면, 도리어 사실을 이야기할 타이밍을 가늠하기 어렵다. 금요일에 있었던 일에 대해 있는 그대로 이야기하도록 하기 위해서는 선입관을 가지게 하지 않는 것이 제일 좋긴 하지만……

옆에 앉은 구노 경부는 관자놀이를 누르며 무슨 말을 할지 생각하고 있었다.

"무언가 마실 거라도 가져와야겠군."

노인은 그렇게 말하며 부엌 냉장고로 향하더니, 병을 꺼내 컵과 함께 가져왔다. 나름대로 손님 대접을 한다고 하는 것이겠지만, 무언가 초점이 어긋난 느낌을 지울 수가 없었다. 정신없는 거실에 비해 싱크대나 식탁이 깨끗이 정돈되어 있는 것도 딸이 자주 드나들며 고집 센 노인네를 돌보고 있기 때문이리라. 린타로는 그런 생각을 했다.

나이 때문이 아니라, 원래부터 융통성이 없는 성격의 소유자인 것 같다. 구노는 이대로 천천히 이야기를 들어볼 생각인 모양이었다. 노인이 내어준 보리차를 한 모금 마신 다음, 자세를 바로 하며 이야기를 꺼냈다.

"가가미 에쓰코란 이름의 여자가 찾아왔을 때 일을 자세히 말씀해 주십시오."

마쓰자카 노인은 손을 비비며 고개를 끄덕이더니, 한 차례 기침을 했다.

"지난주 금요일엔 아침부터 집을 비웠었네. 산책 겸 오오구라마치의 쓰루가와 도서관까지 갔었지. 마쓰가타 마사요시가 장관일 때 실시한 디플레이션 증세 정책에 대해 다소 납득이 가지 않는 부분이 있었거든."

"마쓰가타 마사요시?"

구노가 의아한 표정을 짓는 걸 보고, 마쓰자카 노인은 해설할 필요성을 느낀 듯 입을 열었다.

"아까도 말했듯 나는 은퇴한 뒤에 선조님과 인연이 깊은 무상곤민당에 관한 향토사 연구에 매진했네. 메이지 16, 7년에 심화된 곤민당 운동이란, 서남전쟁 후의 국내 인플레이션 해소를 위한 이른바 마쓰가타 디플레와 관영 공장의 민간 매각 정책의 이중 충격으로 인해 부채를 짊어진 농민층이 변제 조건을 완화할 것을 요구하며 궐기한 것을 말하지. 대략 120년 전의 일이네만, 그야말로 역사는 반복된다는 격언대로 부동산 거품이 꺼진 현재 구조적 불황과도 일맥상통하는 부분이 있지."

"아, 예. 그렇습니까."

"당시에는 무상은행이라는 곳에서 이 일대 경제를 좌지우지하고 있었지. 메이지 15년에 아오키 간지로란 사람이 하라마치다무라에 세운 은행인데, 예전 자료를 뒤져보니 꽤 지독한 짓을 많이 했던 모양이야. 빚을 갚지 못하면 토지를 빼앗기고 방구석 폐인으로 전락하니, 농민들의 위기감도 대단했지. 메이지 17년 8월에 높은 이자를 감당하지 못하고 쫓겨난 농민들은 실력행사로 나가기 위해 하치오지와의 경계에 있는 고덴 고개, 지금의 도쿄 공대 캠퍼스 부근에 집결하여 대규모의 폭동을 일으켰지. 그것이 바로 '고덴 고개 사건'이야."

뜨겁게 열변을 늘어놓은 다음에서야, 마쓰자카 노인은 겨우 상대방이 곤혹스러워하고 있다는 사실을 눈치 챈 것 같았다.

"이런. 일부러 왔는데 쓸데없는 소리나 해서 곤란하게 만들었군. 금요일 말이지. 쓰루가와 도서관에는 점심이 지날 때까지 있었어. 참고문헌을 대출해 돌아가는 길에 단지 상점가에서 점심을 먹고 집으로 돌아온 게 오후 2시경이었지. 그런데 아래층 현관 로비에서 모르는 아가씨가 느닷없이 마쓰자카 선생님이시죠, 하고 말을 거는 거야. 그 사진하고는 달리 안경을 끼고 있었어. 그리고 가가미 에쓰코라고 이름을 대더군."

"오후 2시경이었다고요?"

구노는 시각을 확인하고 수첩에 적었다. 에치카가 쓰루가와 니초메의 '마쓰자카 산부인과'에 나타난 때는 당일 오전이었다. 로쿠초메의 맨션까지 걸어서 왔다 해도 그렇게까지 시간이 걸리진 않을 테니, 중간에 상당히 시간이 빈다.

"처음에는 방문판매원이나 종교인인 줄 알고 조심했지만, 얼굴을 보니 오래 전부터 날 기다린 것 같더라고. 기다리다 지쳤는지 무척 심각한 표정을 짓고 있었어. 병원에 주소를 물어서 여기까지 왔는데, 인터폰을 눌러도 대답이 없고, 현관문도 잠겨서 안을 들여다볼 수도 없어서 어쩔 줄 몰라 하고 있던 모양이야. 생각지도 못하게 아침 산책이 길어지는 바람에 가가미 양을 너무 오래 기다리게 했어."

현관에서 몇 시간이나 기다렸다니, 반드시 그날 안에 원장과 이야기를 하고 싶었던 것이리라. 사전 연락도 없이 불쑥 찾아왔음에도 불구하고, 마쓰자카는 처음 만난 에치카에게 좋은 인상을 받은 모양이었다.

"용건은 뭐였습니까?"

"16년 전에 내가 진찰한 가가미 유코란 여성에 대해 확인하고 싶은 일이 있는데 잠시 시간을 내줄 수 있냐고 묻더군. 물론 평소라면 처음 본 아가씨를 쉽게 집에 들이지 않지만, 가가미 유코란 이름은 어디서 들어본 것 같았지. 그래서 아가씨 얼굴을 찬찬히 살펴보니 낯이 익더라고."

마쓰자카 노인은 뜸을 들이듯 이야기를 멈췄다. 구노는 일부러 과장된 반응을 보였다.

"낯이 익었다고요? 그럴 리는 없겠지만, 혹시 선생님께서 그 아가씨가 태어날 때 받으신 겁니까? 병원에서 아가씨와 이야기를 나눈 가와이 나오미 씨의 말에 의하면 16년 전에 선생님께 신세를 진 적이 있다고 했다고 하던데요. 여기 온 김에 인사를 드리고 싶다면서 여기 주소를 물었다고 합니다."

"내가? 아니, 가와이 씨가 착각한 게 아닐까? 그 아가씨는 15, 6살로는 보이지 않았는걸. 낯이 익다고 한 건, 본인과 면식이 있다는 뜻이 아니라 다른 비슷하게 생긴 사람이 떠올랐다는 소리였어."

노인은 요란하게 헛기침을 했다. 그리고 손가락으로 안경을 올리더니, 현역 시절을 그리워하는 듯한 눈빛으로 이야기를 시작했다.

"또 이야기가 곁길로 새는 것 같지만, 이래 봬도 산부인과 의사란 무척 고된 직업이라네. 모르는 사람들은 부럽네 어쩌네 말도 안 되는 소리를 하지만, 오랫동안 현장에서 산모들과 접하다 보면, 그런 에로틱한 환상과는 제일 거리가 먼 세계라는 걸 실감할 수 있을 거야. 즉물적이라 할까, 특히 처음 의사가 되었을 무렵에는 여성에 대한 환상이랄까, 착각이랄까, 그런 것이 차례차례 무너지는 듯한 느낌이었지. 그걸 뒷받침하듯 남자 의사 중에서 산부인과 의사들이 제일 외도를 하지 않는다는 통계를 본 적이 있네."

"하긴. 그럴 수도 있겠습니다."

"그러니까 솔직히 환자들 얼굴을 일일이 기억하는 건 무리가 있어. 몇 백, 몇 천 명이나 되는 산모들을 보다 보면, 희귀한 증상이 있는 경우를 제외하고서는, 집 근처 채소 가게 아줌마처럼 생겼든, 미인대회 1등처럼 생겼든, 진찰대 위에 올라가면 모두 똑같거든. 얼굴만 보고 반했네 어쨌네 하는 남자들은 절대로 이 일 못해. 그렇지만 그런 환자들 가운데에도 한 번 보면 잊을 수 없는 얼굴이 있지. 형사인 자네라면 무슨 말인지 알겠지? 단순히 예쁘고 못생기고를 떠나서, 본인이 짊어지고 있는 업보가 있거나, 끊을 수 없는 인연이 있는 등, 전후 사정이 복잡하게 얽혀서 기억에서 떠나지 않지."

"전후 사정이라면?"

구노가 은근슬쩍 질문을 던지자, 마쓰자카 노인은 움푹 들어간 눈을 가늘게 뜨며 말했다.

"자네들도 알겠지만 산부인과의 문을 두드리는 사람들이 모두 어머니가 되는 것을 기뻐하는 건 아니야. 아이가 없는 부부도 있는 가 하면, 원치 않은 임신으로 어쩔 줄 몰라 하는 여성들도 있지. 옛 날에 비해 요새는 많이 개방적으로 변하긴 했지만, 아무래도 남녀 사이에 관련된 일이니 가족에게도 말할 수 없는 고민을 안고 몰래 진찰을 받으러 오는 여성들이 끊이질 않아. 의사로서 한창 일할 때 는, 조금 전 이야기했던 사정과는 다른 의미로, 남녀 관계의 어두 운 면을 수없이 봐왔어."

"가가미 유코란 여성도 그런 고민을 가지고 있던 겁니까?"

"맞아. 그걸 알아채지 못한 게 지금도 후회가 되네……."

마쓰자카 노인은 숨을 들이마시더니, 안경을 벗고 눈을 비볐다. 검버섯이 핀 얼굴에 모세혈관이 터진 듯 붉은 기가 보였다. 그는 신음하며 눈을 떴지만, 시선은 불안정하게 흔들리고 있었다. 벗어 놓은 안경을 그대로 둔 채, 노인은 입을 열었다.

"그녀를 진찰한 건 단 한 번뿐이었고, 대화도 많이 나누지 않았 지. 혼자서 병원을 찾았던 가가미 씨는 임신 테스트가 양성으로 나 오자, 그 자리에서 아이를 지워달라고 부탁했어. 배우자의 동의가 필요하다고 이야기하자, 혼외자이기 때문에 남편에게는 이야기할 수 없다고 하더군. 이를 악물고 눈물을 참는 걸 보니 가엾다는 생 각도 들었지만, 의료법 위반이니 나도 쉽게 승낙할 수는 없었어. 가족들과 잘 이야기해보고, 어떻게 할 건지 결정하면 다시 오라는 말밖에 할 수 없었지. 생전의 그녀와 만난 건 그날이 처음이자 마 지막이었어. 중절을 원하는 환자들 중에서 진찰을 한 번 받고 병원 을 바꾸는 환자들이 대부분이라 별로 신기할 것도 없었지만, 가가미 씨의 경우는 그렇지 않았어……. 나중에 경찰에서 연락이 와서, 그녀가 자기 집 차고에서 자살했다는 사실을 알았어. 유서와 함께 우리 병원 진찰권이 발견되었다고 하더군. 지금도 잊을 수가 없어, 쇼와 58년(1983년) 7월이었지."

마쓰자카 노인은 담담하게 이야기했다. 의사의 비밀 유지 의무에 대해 언급하지 않은 건 16년 전, 경찰이 찾아왔을 때 이미 같은 내용을 이야기했기 때문이리라.

"지난 주 금요일에 찾아온 가가미 에쓰코란 아가씨에게도 이 이야기를 하셨습니까?"

"했네. 혹시나 하는 생각에 물어보니 조카라고 하더군. 16년 전 일을 속죄하려는 생각은 없었지만, 생각나는 건 모두 다 이야기했어. 예전 기록에 대해 이야기하니 조금 더 꼬치꼬치 캐묻긴 했지만……. 아니, 잠깐만 기다려보게."

에치카가 무엇에 대해 물었는지 신경 쓰이긴 했지만, 그 내용을 확인하기 전에 이야기하던 본인의 표정이 어두워졌다. 갑자기 의구심이 솟아오른 듯, 고개를 절레절레 젓고 있었다.

"왜 그러십니까?"

"이상하군. 지금 생각난 건데, 숙모와 조카가 그렇게 닮을 수가 있나? 가가미란 건 남편 성일 텐데."

구노는 고개를 저으며 그 물음에 대답하지 않았다. 마쓰자카 노인은 안경을 고쳐 쓰며 엉덩이에 불이 붙은 듯 자리에서 벌떡 일어났다.

"음, 그걸 어디에 두었더라. 그 아가씨가 왔을 때 서재에서 꺼낸 뒤로 제자리에 놓은 기억이 없으니까……."

혼자 살며 생긴 버릇인지, 큰 소리로 자문자답을 하며 방안에 널린 책 더미를 닥치는 대로 뒤지기 시작한다.

"뭘 찾으십니까?"

구노의 물음에 노인은 어울리지 않게 황망한 표정을 지으며 대답했다.

"당시의 진찰 기록을 아직 보관하고 있네. 개인적으로 기록하던 비망록인데, 가가미 씨를 진찰했던 일도 그렇고, 그 후에 일어난 일에 대해서도 상세히 기록해 놓았거든. 15년 이상 지난 낡은 기록은 처분해 버렸지만, 예전 일지를 보면 기억이 나거든. 그 아가씨가 찾아왔을 때도 그걸 꺼내서 세부 사항을 확인해줬는데……. 돌아간 뒤에 그걸 어디 뒀는지 모르겠군."

"혹시 이거 아닙니까?"

린타로는 여유 있는 얼굴로 낡은 노트를 내밀었다. 표지에는 만년필로 '쇼와 58년 후반'이라 적혀 있었다. 마쓰자카 노인이 차를 내왔을 때 테이블에서 치운 책 중에 있던 것이다.

"이런 데 있었군. 번거롭게 해서 미안하네. 옛날 일은 제대로 기억하고 있는데, 방금 전 일은 돌아서면 잊어버린단 말이야."

노인은 그 자리에 서서 린타로가 건넨 노트를 넘겼다. 손이 기억하고 있는 것이리라. 금세 해당 기록을 찾아내 말없이 글자를 눈으로 읽어 내려간다. 읽으면 읽을수록, 그 눈매는 점점 더 매서워졌다. 얼굴 한가득 '설마?'라는 물음이 번진다. 노인은 과거의 자신에게 목덜미를 잡힌 듯 몸을 뒤로 젖혔다.

"형사 양반. 조금 전 사진을 보여주기 전에 조각가 가와시마 이사쿠 씨의 따님이 살해된 사건에 대해 조사하고 있다고 했지? 그

아가씨 이름이 뭐지?"

"가와시마 에치카 양이라고 합니다. 에쓰코가 아니라. 지난주 토요일에 살해되었고요."

"나와 만난 다음날에? 그럼 그 아가씨가 에치카 양이었던 건가?"

구노가 말없이 고개를 끄덕이자, 마쓰자카 도시미쓰는 침통한 얼굴로 입술을 깨물었다. 그리고 자신의 어리석음을 원망하듯 몇 번이고 고개를 저었다.

"그 아가씨가 살해된 걸 오늘까지 몰랐다니! 미안하네. 내가 좀 더 일찍 알아채고 경찰에 신고했어야 했어."

"피해자가 가명을 사용했으니, 선생님께서 책임을 느끼실 필요는 없습니다. 일단 앉으시죠."

노인은 구노의 충고를 따랐다. 털썩 주저앉는 모습을 보니, 새삼 나이가 느껴졌다.

"에치카 양을 살해한 범인은 아직 잡히지 않았나?"

"유감이지만 아직 잡지 못했습니다. 그렇지만 수사가 난항을 겪고 있는 건 아닙니다. 금요일 날 피해자가 어땠는지, 자세히 이야기해주시면 감사하겠습니다."

"내가 도움이 된다면 당연히 그래야지."

노인은 흔쾌히 응했다. 사실을 밝히지 않았던 것을 불쾌해하는 기색은 조금도 없었다. 구노는 감사 인사를 한 다음 곧바로 본론으로 들어갔다.

"피해자가 비망록을 보고 꼬치꼬치 캐물었다고 하셨죠. 에치카 양이 구체적으로 어떤 질문을 했습니까?"

"내가 16년 전에 진찰한 여자가 틀림없이 숙모인 가가미 에쓰코 본인인지 확인하려는 것 같았네. 물어볼 것도 없었어. 환자의 신원에 관해서는 접수할 때 의료보험증으로 본인인지 확인하니까."

"보험증으로?"

마쓰자카 노인을 누렇게 변색된 페이지를 손으로 훑으며 건성으로 고개를 끄덕였다.

"하지만 임신 테스트와 중절 수술은 보험 처리가 되지 않네. 그렇게 이야기했더니, 가가미 씨는 무척이나 아쉬워했어. 돈 때문이 아니라, 가급적이면 신원을 밝히지 않고 검사를 받고 싶었던 모양이야. 실제로 보험증을 내지 않고 가명으로 진료를 받는 환자들도 있네. 병원에 따라서는 필요사항을 기입하지 않고 보험증을 그대로 돌려주는 곳도 있는 모양이야. 가가미 씨처럼 남몰래 아이를 지우려는 사람들은 산부인과 도장이 찍히는 것을 꺼려 하니 말일세. 우리 병원에서도 환자들이 간곡히 부탁하면 기입을 생략하고 그냥 돌려줬어. 물론 특별한 경우에만 그러지. 계속 그렇게 하다간 담당 관청에서 시정 조치가 내려오니 말이야."

"주소가 사가미하라였는데, 이상하다는 생각은 안 하셨습니까?"

"사정이 사정이니만큼 딱히 그런 생각은 하지 않았네. 동네에서 소문이 나지 않도록 마치다에 있는 병원으로 온 것이려니 했어. 별로 신기할 것도 없었고, 보험증에도 이상한 점은 없었어. 국민보험 환자였고, 가입자는 남편인 가가미 준이치 씨로 되어 있었어. 가미쓰루마에서 치과를 운영하던 사람이었는데, 부인이 자살한 뒤에 병원을 정리하고 미국으로 건너갔다고 하더군."

"지금은 일본에 있습니다. 후추에서 미용치과의사로 일하고 있죠."

구노는 거기까지만 말하고 가가미에 대해서는 더 이상 언급하지 않았다. 마쓰자카 노인은 못내 마음에 걸리는 표정으로 고개를 숙였다.

"그렇군. 결국 가가미 씨 남편과는 한 번도 만나지 못했네. 장례식에 참석했으면 적어도 사과라도 할 수 있었을 테지만, 장례는 가족끼리 치른 모양이더라고."

마음에도 없는 소리가 아니라, 마쓰자카 노인은 진심으로 그러고 싶었던 것 같았다. 구노 경부는 맞장구를 치며 수첩을 확인하며 물었다.

"생전의 그녀와 만난 건 단 한 번뿐이라 하셨는데, 생전이란 표현을 쓰신 걸 보니 가가미 씨가 세상을 떠난 뒤에 시신을 확인하셨나 보군요?"

"맞아. 자살의 동기에 대해 수사하던 가나가와 현경이 임신 테스트 기록을 확인하기 위해 병원으로 찾아왔었지. 그때 내가 시신을 보게 해달라고 부탁했네. 틀림없이 가가미 유코 씨였어. 내가 좀 더 신중하게 대응했더라면 그런 식으로 목숨을 끊지 않았을지도 모르는데. 그녀의 얼굴을 잊을 수 없는 건 살아 있는 본인과 만난 지 얼마 되지 않아, 차갑게 식은 얼굴을 보았기 때문인지도 모르네."

마쓰자카 노인은 식은땀을 흘리며 몸서리를 쳤다. 구노는 고개를 돌리며 린타로를 향해 눈짓을 했다. 린타로는 구노를 대신해 질문을 계속했다.

"임신 테스트란 구체적으로 어떤 겁니까?"

"처음에 환자 본인을 문진한 다음, 소변 검사를 하지. 지금은 시중에서 손쉽게 임신 테스트기를 구할 수 있잖나, 기본적으로는 그것과 같은 원리야. 가가미 씨는 양성 반응이 나왔기 때문에 이어서 내진과 초음파 검사를 실시했네. 초음파를 자궁에 발신하여 그 반사파를 통해 태아의 그림자를 화상으로 확인하는 검사지. 차트와 함께 초음파 사진도 가나가와 현경에게 제출해서 행정 부검 소견과 비교했네."

"태아의 사진이 부검 결과와 일치한 거군요. 내진이란 뭡니까?"

마쓰자카 노인은 헛기침을 하더니, 살짝 어깨를 으쓱하며 대답했다.

"환자가 속옷을 벗고 진찰대 위에 올라가면, 질에 손가락을 넣어 자궁 입구를 촉진하네. 이 검사 때문에 환자들이 산부인과를 잘 찾지 않지. 우연히 촉진 중에 자궁암을 발견하는 경우도 있지만, 가가미 씨에게 출산에 지장이 될 만한 다른 증상은 없었네."

"그렇군요. 문진은 어떤 거죠?"

"마지막 생리 날짜, 과거의 임신 경험, 병력이나 알레르기 유무에 대해서 묻네. 내가 진찰했을 때 가가미 씨는 임신 3개월이었어."

"과거에 출산 경험은 있었습니까?"

은근슬쩍 묻자, 마쓰자카 노인은 놀란 표정을 지었다.

"그러고 보니 에치카 양도 그걸 묻더군. 초산이었다고 대답했더니, 틀림없냐며 몇 번이나 확인하더군."

"에치카 양도요? 초산이 확실했습니까?"

"그럼. 본인이 그렇게 대답했고, 임신선도 없었어. 물론 개인차가 있으니 그것만으로 출산 경험 유무를 분별하긴 어렵지만, 내진을 했을 때 과거에 회음부를 절개했다 봉합한 흔적이 느껴지지 않았기 때문에 초산이라 판단했지."

린타로는 익숙하지 않은 단어에 당황한 기색을 내비쳤다.

"회음부를 절개하는 게 뭡니까?"

"질과 항문 사이의 근육을 회음부라 하네. 분만할 때, 태아의 머리 부분이 산모의 회음부에 압력을 가해서 이 부분이 살짝 늘어나게 되지. 억지로 힘을 주면 이 근육이 찢어져서, 심할 경우에는 괄약근과 직장 점막에까지 손상이 가게 되네. 분만 후에 즉시 봉합하면 일반적으로 후유증이 남지 않지만, 세균에 감염되거나 혈종이 생긴 경우에는 봉합한 부분이 벌어져서 치료하는 데 시간이 걸리기도 하지. 그런 심한 열상을 예방하기 위해, 통상적으로 분만하기 전에 미리 메스로 회음부를 절개하지. 이걸 회음부 절개라고 하네. 무섭게 느껴질 수도 있지만, 미리 절개해 놓으면 봉합한 뒤에도 깨끗하게 아물고, 출산 후의 성생활에도 지장이 없지."

"예전부터 일반적으로 행해지던 시술인가요?"

그럴 생각은 없었는데, 아무래도 산부인과 의사로서의 자존심에 저촉되는 질문이었던 모양이다. 마쓰자카 노인은 평소부터 쌓였던 불만을 토로하듯 눈을 뒤집으며 말했다.

"내가 현역이었을 당시에는 그랬네. 조산원은 모르겠지만, 예전에는 거의 대부분의 병원에서 미리 회음부를 절개했어. 그러니까 회음부 봉합 흔적이 없는 환자라면 십중팔구 초산이라 봐야 하네. 그렇지만 요새는 분위기가 많이 달라졌는지, 아무리 합리적인 근거가 있다 해도 여성의 성기에 메스를 대는 건 꺼림칙하다는 의견이 많더군. 실은 우리 사위도 회음부 절개에 대해서는 신중한 입장이라, 부원장이었을 때부터 자주 내 방식이 낡았다고 뭐라 하더군. 요새는 산모들도 절개하지 않는 걸 선호한다고 하니, 경영자 입장에서는 그 녀석 의견을 들어야겠지만."

이런 불평을 해봤자 소용없다는 듯, 원장을 거기까지 말한 다음 입을 다물었다. 마쓰자카 도시미쓰가 딸 부부와 함께 사는 걸 미루는 이유는 이런 의견의 충돌 때문인지도 모른다. 그렇지만 린타로의 관심은 다른 점에 쏠려 있었다.

"조산원에서는 회음부 절개를 하지 않습니까?"

"에치카 양도 똑같은 질문을 하더군. 맞아. 조산사들은 의사가 아니기 때문에 환자에게 메스를 댈 수가 없지. 그런 곳에서는 회음부가 찢어지지 않도록 출산 전부터 마사지를 하거나, 천천히 분만을 유도하는 방법을 사용하나 보더군. 그래도 완전히 열상을 방지할 수 있는 건 아니야. 출산이란 사람마다 다 다른 법이라, 자연분만이 맞지 않는 환자들도 있으니까."

"그렇다면 만일 가가미 유코 씨가 이전에 조산원에서 출산했던 적이 있었고, 그 사실을 고의로 숨기고 있었다면 선생님이 눈치채지 못했을 가능성도 있겠군요?"

실례되는 질문에, 마쓰자카 노인은 기분이 더욱 언짢아진 것 같았다.

"뭐, 그럴 가능성이 아주 없다고도 할 수 없지. 절개의 유무뿐만 아니라, 산부인과 의사의 소견이란 문진에 대한 환자의 대답에 따라 달라지니까. 문진할 때 고의로 거짓말을 했다면, 당연히 제대로 된 진단을 내릴 수 없네. 의사 개인이 어떻게 할 수 없는 경우지."

"맞는 말씀이십니다. 에치카 양에게도 똑같이 대답하셨습니까?"

마쓰자카 노인은 숨을 들이마시며 고개를 끄덕였다.

슬슬 떠날 때가 된 것 같다. 구노가 그만 가보겠다고 말하자, 노인은 아쉬운 표정을 짓더니, 이리저리 몸을 움직이며 주의를 끌려 했다. 그러다 갑자기 무언가 떠오른 듯 일지를 펼치고 열심히 들여다보았다.

"아직 하실 말씀이 남았습니까?"

"하나 잊어버린 게 있네. 에치카 양이 돌아간 뒤에 이 일지를 다시 읽어봤는데, 문득 생각나는 일이 있더군. 에치카 양에게는 말하지 못했는데……."

"뭡니까?"

마쓰자카 노인은 낮게 신음하며 자신 없는 듯 입을 열었다.

"사소한 일이라, 어쩌면 내 착각일지도 모르겠네. 가가미 유코 씨가 눈물을 참으며 배 속의 아이가 남편의 아이가 아니라는 걸 고백했을 때 앞뒤가 맞지 않는 이상한 소리를 했던 기억이 있어. 동생에게 험한 일을 당했다고 했네."

린타로의 몸이 뻣뻣해졌다.

"동생이라고요! 분명히 그렇게 말했습니까?"

"내 기억으로는 그래. 나중에 형사 양반이 찾아왔을 때 그 이야기를 했는데, 내가 잘못 들은 거라고 이야기하더군. 가가미 씨의 유서에는 언니의 남편이었던 조각가 가와시마 이사쿠 씨와 불륜을 저질렀다고 적혀 있었고, 형부와 관계를 가진 걸 내가 착각하고 있는 게 아니냐고 하더군. 울먹이면서 말한 거라 내가 잘못 들은 것일 수도 있고, 내 기억도 정확하진 않으니까 더 이상 이의를 제기하진 않았네만……."

"잠깐만요. 가가미 씨가 자살한 뒤에 보험회사에서 선생님을 찾아오지 않았습니까? 그때 이 이야기를 하셨습니까?"

"안 했네. 그렇지 않아도 죄송한데, 내가 쓸데없는 소리를 했다 남겨진 부군에게 폐를 끼치면 어쩌나 하는 생각에. 그렇지만 저번에 오랜만에 당시의 일지를 읽다 보니, 역시 내 기억이 맞는 것 같다는 생각이 들더군. 늙은이의 넋두리처럼 들릴지도 모르겠네만, 이제 와서 그 일이 마음에 걸려 참을 수가 있어야지 말이야……."

31

가와시마 에치카 살해 및 사체 유기 혐의로 가가미 부부에게 체포영장이 발부된 건 9월 27일 월요일이었다.

린타로는 체포 현장에 함께 가지 않았다. 주말부터 마치다 서의 수사본부에도 얼굴을 비추지 않았다. 서재에 틀어박혀 집필 중이던 장편소설의 플롯과 씨름하고 있었기 때문이다. 본부에서 연일 밤을 새며 조사에 매달리고 있는 노리즈키 경시가 가가미 부부의 조사 결과에 대한 최신 정보를 전화로 알려준 것을 제외하고는, 공적인 권한이 없는 린타로에게 사건은 지난주에 이미 끝난 것이나 마찬가지였다.

아니, 사실은 완전히 일단락된 것은 아니었지만…….

일이 늦어진 것을 구실로 수사본부에 발길을 끊고, 자택 전화도 계속 응답기로 돌려놓은 건 가와시마 아쓰시와 얼굴을 마주하고 싶지 않았기 때문이었다. 마쓰자카 도시미쓰가 했던 동생이라는 단어가 뇌리에 달라붙어 계속 경고를 보내고 있었다. 가와시마를 만나 16년 전에 일어났던 사건의 전모를 밝히는 것이 아직은 두려웠다.

범인이 체포되었다는 뉴스가 보도된 월요일 밤부터 가와시마 아쓰시는 몇 번이나 전화를 걸어 만나자는 메시지를 남겼다. 스피커에서 가와시마의 목소리가 흘러나올 때마다 린타로는 수화기를 향해 손을 내밀었다. 하지만 그 전화를 받을 마음의 준비가 아직 되어 있지 않다는 사실을 깨닫고, 곧바로 숨을 죽이고 그 목소리를 흘려보낼 뿐이었다.

다시로 슈헤이에게 전화가 온 건 그 주 목요일 오후였다. 자동응답 설정을 해놓긴 했지만, 목소리를 들은 린타로는 키보드를 두드리던 동작을 멈추고 급히 수화기를 들었다.

"뭐야, 계셨어요? 벌써 오후 3시예요. 아무리 야행성 생활로 돌아갔다 해도 이 시간까지 자고 있는 건······."

"아까부터 일어나서 일하고 있었거든. 자동응답기로 돌려놓은 건 기자들한테서 취재 요청이 쇄도하는 바람에 일일이 거절하기 귀찮았기 때문이야. 마치다 사건에 대해 누가 정보를 발설한 모양이야. 덕분에 지금 엄청나게 고생하고 있어."

"전 아닙니다."

실제로는 쇄도라고 표현할 정도는 아니었지만, 다시로는 진지하게 대꾸했다.

"그렇지만 기자들이 안달이 날 법도 하죠. 범인이 체포된 지 사흘이나 지났는데 동기부터 시작해서 자세한 정보가 하나도 공개되지 않았으니까요. 도모토 슌은 여전히 행방불명이고, 그 녀석이 이번 사건에 어떻게 연루되었는지도 밝혀지지 않았잖아요. 수사본부에 무슨 문제라도 있는 거예요?"

"아니, 그건 걱정하지 않아도 돼."

린타로는 그렇게 호언장담했다.

"단순히 사건이 조금 복잡하게 얽혀서 증거를 확보하는 데 시간이 좀 걸릴 것 같아. 에치카 양 살해 공판뿐만 아니라, 16년 전 사건으로 가가미 부부를 추가로 기소하기 위해 증거를 수집할 필요가 있어서 조금 신중하게 접근하고 있는 것뿐이야."

"16년 전 사건으로 추가로 기소한다고요?"

다시로는 금방이라도 달려들 것 같은 기세로 소리쳤다.

"선배도 참, 계속 그렇게 숨기기만 할 겁니까. 협박하는 건 아니지만, 이번 사건에 대해서는 저도 어느 정도 연관되어 있잖아요. 어째서 에치카 양이 그렇게 됐는지 알 권리가 있단 말이에요. 현재 이야기할 수 있는 범위 내에서라도 좋으니까, 제대로 설명해주세요. 그렇지 않으면 밤에도 편히 자지 못할 것 같네요."

"비밀을 지킨다고 약속하면. 그렇지만 사건의 배경이 복잡하기 때문에 전화로 할 이야기는 아니야."

"전화로 이야기해달라는 소리는 한마디도 안 했어요. 사건의 배경이 복잡하든 아니든, 선배가 이야기할 때 얼마나 사람 애간장을 태우는지는 저도 잘 알고 있으니까요."

얄미운 소리를 지껄이더니, 다시로는 목소리를 바꾸어 상대를 달래듯 이야기했다.

"실은 지금 선배 집 근처예요. 촬영 때문에 다마 강 유원지에 왔거든요. 지금은 휴식 시간인데, 다음 컷을 찍으면 오늘 촬영은 끝이에요. 6시 정도에 그쪽으로 찾아가도 될까요? 먹고 싶은 게 있으면 가는 길에 사가지고 갈게요."

정말이지 못 말리겠군. 처음부터 쳐들어올 생각이었던 모양이다.

오늘은 안 된다고 거절해야 하나. 잠시 망설이는 린타로를 향해 다시로는 이렇게 말했다.

"사람은 많을수록 좋겠죠? 괜찮으시면 저 말고도 손님 한 명을 더 데려가도 될까요?"

"일행이 있어?"

"누구라고는 말 안 하겠지만, 선배를 만나고 싶어 하는 사람이 있어요. 모처럼의 기회니 함께 가도 되겠죠?"

그 말을 듣고 제일 먼저 떠오른 사람은 구보데라 요코의 얼굴이었다. 아니, 구보데라가 아니라 다키타 요코지. 잠시 생각하는 척한 다음, 린타로는 알겠다고 대답했다.

"그럼 6시에 뵙겠습니다."

오후 6시가 되자, 초인종 소리가 났다.

현관문을 열자 다시로 슈헤이가 중국 음식과 캔 맥주가 든 봉지를 들고 문 앞에서 히죽거리고 있었다. 다시로의 옆에 있는 건 노란 중머리에 잠에서 막 깬 것 같은 큐피 같은 얼굴에 삐죽삐죽 수염을 기른, 이이다 사이조였다.

린타로가 말없이 문을 닫으려 하자, 이이다는 재빨리 문 사이로 다리를 집어넣었다. 그리고 비명을 질렀다.

"너무하시네요. 그렇게 노려보지 마세요. 제가 이번 사건에 얼마나 공헌했는데요."

눈병은 다 나은 것인지, 오늘은 두 눈 모두 멀쩡하다. 친근한 척

구는 건 여전했지만, 이이다의 정보에 도움을 받은 건 사실이다. 린타로는 문에서 손을 떼고, 히죽거리는 다시로를 노려보며 말했다.

"사람이 많을수록 좋긴 뭐가 좋아. 비밀 지키라고 했잖아."

"그 점은 걱정하지 마세요. 녹음기도 집에 두고 왔고, 오늘 저는 깨끗한 몸이라고요."

가슴을 펴고 그렇게 말하는 이이다 옆에서, 다시로는 웃음을 참으며 말했다.

"꼭 선배한테 직접 사건의 진상을 듣고 싶다고 울면서 부탁하더라고요. 여기서 들은 이야기는 절대로 밖으로 새어 나가게 하지 않을 테니 너그럽게 봐주세요."

"그렇게 말해도……."

"아니면 그겁니까? 제가 이이다 말고 다른 손님을 데려올 줄 안 겁니까? 그러고 보니 조금 전에는 일하는 중이라고 하더니, 차림이 너무 깔끔한데요? 면도도 한 거죠? 대체 누가 올 거라고 기대한 건지……."

빈정대는 다시로를 보고 린타로는 쩔쩔매며 말했다.

"알았으니까 더 이상 아무 말도 마. 맥주 김빠지기 전에 얼른 들어와."

"이번 사건의 방아쇠가 된 건 말할 것도 없이, 세상을 떠난 가와시마 이사쿠 씨가 죽음을 앞두고 완성한 라이프캐스팅 석고상이었어. 이 유작은 외동딸인 에치카 양을 모델로 한 유일한 작품인 동시에, 21년 전에 이사쿠 씨가 부인이었던 리쓰코 씨를 모델로 제작한 '모녀상' 연작의 완결적인 위치에 있는 작품이었어. 그 사실은 에치카 양을 모델로 삼은 유작의 포즈가 연작의 첫 번째 작품인 '모녀상 1'의 포즈를 거울에 비춘 것과 똑같았다는 사실을 통해서도 알 수 있지. 물론 친 모녀 사이라도 각각 신체적 특징은 다르기 때문에 두 상이 완전히 좌우대칭이 될 수는 없겠지만, 이사쿠 씨의 의도는 명백했어. 에치카 양이 모델인 라이프캐스팅 유작에 '모녀상'이란 이름을 붙이는 것이 그의 콘셉트를 실현하기 위해 필요한 조건이었다고 쉽게 상상할 수 있지."

맥주와 춘권을 빈 배 속에 집어넣으며, 린타로는 설명을 시작했다. 다시로와 이이다는 젓가락을 움직이는 것도 잊고 이야기에 몰입하고 있었다.

"하지만 나중에 생각해 보니, 이 작품명에 대해 한 가지 납득할 수 없는 점이 있더군. 오리지널 '모녀상', 요컨대 리쓰코 씨가 모델이 된 78년의 연작은 이 타이틀에 걸맞은 작품이었어. 당시 리쓰코 씨의 배 속에는 에치카 양이 있었으니까. 그렇지만 에치카 양이 모델인 유작은 과거 연작의 수법과 조형을 그대로 이어받긴 했지만, '모녀상'이라 부르기에는 어울리지 않았지. 석고상이 표현하고 있는 건 딸인 에치카 양의 육체뿐이었으니까."

"잠깐만요."

다시로 슈헤이는 이야기가 끝나기도 전에 벌써부터 참견을 시작했다.

"그러면 에치카 양은 아버지의 모델이 된 시점부터 누군가의 아이를 임신하고 있었단 말인가요? 그녀의 유체의 머리가 절단된 건 바로 그 때문이었던 거고요? 요컨대 임신을 나타내는 육체적인 특징을 경찰이 알아채지 못하게 하기 위해 머리와 몸을 절단해 몸통 부분을 어딘가에 감춰야만 했던 건가요?"

린타로는 단호하게 고개를 저으며 대답했다.

"아니, 그게 바로 성급한 결론이란 거야. 분명히 나 자신도 그런 가능성을 검토해보지 않은 건 아니지만, 생전의 에치카 양에게 임신 증상은 없었어. 유체의 머리가 절단된 것도, 그런 단순한 이유 때문이 아니야. 더욱 복잡한 사정이 있지."

"그렇지만 에치카 양은 살해되기 전날에 마치다 시내의 산부인과를 방문했다고 하던데요?"

어딘가에서 들은 것인지, 이이다 사이조는 아직 발표되지 않은 정보에 대해 이야기했다. 린타로는 이이다의 섣부른 판단을 눈빛으로 나무라며 이야기를 계속했다.

"산부인과에 간 건 사실이야. 하지만 에치카 양은 임신 테스트를 받으러 간 게 아냐. 다른 목적 때문에 갔지."

"다른 목적이 뭡니까?"

"그에 대해서는 조금 있다 말하지. 모든 일에는 순서란 게 있는 법이니까. '모녀상'이란 제목에 대한 의문점에 대해서는 일단 접어두고. 사건의 발단이 된 건 에치카 양을 모델로 삼은 석고상의 머리가 누군가에 의해 절단되어 어딘가로 반출된 사건이었어. 이사쿠 씨의 죽음을 계기로 도모토가 다시 스토킹을 시작할까봐 걱정이 된 가와시마 이사쿠 씨는 내게 상담을 했지만, 막상 현장을 조사해보니 외부인이 석고상의 머리를 잘라 도망쳤을 가능성은 낮았어. 자세한 설명은 생략하겠지만 아틀리에에 남겨진 침입자의 흔적을 보니 위장일 가능성이 높아서, 상황이 명확히 내부 범행임을 시사하고 있었기 때문이야. 석고상의 머리가 절단된 것으로 추정

되는 10일 금요일 늦은 밤부터 다음 날에 걸쳐 타임테이블을 만들어 검토해본 끝에, 나는 석고상의 머리를 절단해 아틀리에에서 가지고 나간 사람은 에치카 양밖에 없을 거란 결론을 내렸지.

그렇지만 이 추리를 우사미 쇼진에게 이야기했더니, 그는 곧바로 부정하며 고인의 유작에는 처음부터 머리가 없었다고 주장했어. 이사쿠 씨가 비밀리에 준비한 드라이아이스 덩어리로 가짜 머리를 만들었고, 숨이 끊어지기 직전에 커버를 덮어서 머리가 있는 것처럼 꾸몄다는 거야. 에치카 양은 그 사실을 숨기기 위해 절단 행위가 있었던 것처럼 위장한 거고."

"드라이아이스로 만든 가짜 머리라고요? 죽느냐 사느냐 하는 긴박한 순간에 그런 어린애 장난 같은 짓을 할 사람이 어디 있습니까."

다시로는 어이없다는 얼굴로 입을 삐죽였다. 이이다 사이조도 같은 의견인 것 같았다. 린타로는 한숨을 쉬며, 저도 모르게 변명조로 말했다.

"단순히 드라이아이스 장치에 대해 이야기했었다면 나도 진심으로 믿지는 않았을 거야. 그렇지만 우사미 씨의 열띤 주장에는 나 같은 아마추어가 반박할 수 없는 이론적인 근거가 있었어. 이사쿠 씨를 슬럼프에 몰아넣은 눈의 표현에 대한 딜레마와 메두사의 머리에 비유한 급진적인 이론에 발목을 붙잡혀 하마터면 그의 황당한 주장에 설득당할 뻔했지. 사실 누구보다 우사미 본인이 자신의 망상에 심취해 있긴 했지만⋯⋯.

어쨌든 '존재하지 않는 머리' 설은 사실과 동떨어져 있었기 때문에 얼마 지나지 않아 우사미는 자신이 틀렸다는 것을 직접적인 형태로 깨달았어. 우연히 사건에 관여하게 된 도모토 슌이 절단된 석고상의 머리를 찍은 사진을 우사미에게 보냈기 때문이야. 도모토가 개입한 경위는 뒤에서 설명하기로 하고, 그 사진을 본 순간 우사미는 자신의 눈을 의심했다고 해. 왜냐면 석고상의 머리는 두 눈을 뜨고 있었거든."

"두 눈을 뜨고 있었다고요?"

이이다 사이조는 무슨 말인지 전혀 모르겠다는 얼굴로 그렇게 말했다. 린타로는 히죽 웃으며 노리즈키 경시가 수사본부에서 보낸 팩스를 두 사람 앞에 내밀었다.

"우사미 쇼진이 숨겼던 사진을 압수해서 확대한 거야. 팩스라 세세한 부분까지는 잘 보이지 않겠지만, 무엇이 찍혔는지는 알아보겠지? 감식반에서 원래 사진을 조사했지만 합성했거나, 필름을 가공한 흔적은 찾아볼 수 없었다고 하더군."

다시로 슈헤이는 종이를 들고 뚫어지게 바라보았다.

그리고 말없이 고개를 흔들었다. 사진의 구도에서 도모토의 흔적을 발견했기 때문이리라. 그는 잠시 후 고개를 들고 감상적인 목소리로 말했다.

"원본 사진이 괜찮은 작품이라는 건 부정하지 않겠습니다. 얼굴 골격이나 표면의 기복이 에치카 양과 똑같으니까요. 말씀대로 분명히 두 눈을 뜨고 있네요. 그렇지만 어째서 이게 그렇게 놀랄 일이죠?"

"눈은 입만큼 사실을 이야기한다고 하잖아."

린타로는 맥주로 목을 축인 뒤에 두 사람을 향해 가볍게 고개를 끄덕이며 말했다.

"석고 라이프캐스팅 조각이란 거즈에 물에 갠 석고를 바른 석고 붕대를 모델의 몸에 붙여서 형태를 뜨지. 그렇지만 살아 있는 사람의 안구를 석고로 뜬다고 생각해 봐. 모델은 당연히 실명하겠지. 그러니까 이사쿠 씨의 작품은 물론, 라이프캐스팅의 원조인 조지 시걸의 작품을 봐도 모든 사람들은 눈을 감고 있어. 단 하나의 예외도 없이 말이야."

처음으로 에치카와 만났던 날, 그녀가 했던 이야기를 들려주자, 이이다 사이조는 화들짝 놀라 눈을 가렸다. 손가락 사이로 쭈뼛거리며 사진을 들여다보고 있다. 계속 눈병으로 인해 안대를 하고 있었기 때문에 더더욱 두려움이 커진 것이리라.

"아, 정말 무섭네요. 지금 〈안달루시아의 개〉라는 영화가 떠올랐어요. 면도칼로 여자의 안구를 도려내는 장면이요. 눈 위에 석고붕대를 붙이고 굳을 때까지 가만히 기다린다니, 호러 영화 버금가는 잔혹한 장면이네요."

"그렇지만 에치카 양의 눈에는 아무 이상도 없었잖아요."

다시로는 고개를 갸웃거리며 냉정하게 지적했다.

"애초에 완성된 석고상이 눈을 뜨고 있었다고 해서, 석고로 형태를 뜰 때에도 모델이 눈을 뜨고 있었을 거라 단정 지을 수는 없잖아요. 이 사진의 머리는 직접 뜬 겉틀 안에 다시 석고를 부어서 만든 속틀이잖아요. 그러면 그냥 눈을 감은 얼굴 겉틀을 손봐서 눈을 뜬 형태로 수정하면 되잖아요. 가와시마 씨라면 식은 죽 먹기였을걸요."

"그래, 맞아."

린타로는 고개를 끄덕이며 말했다.

"실제로 에치카 양에게 물어보니 슬럼프에 빠졌을 때, 그런 시도를 해본 적이 있다고 하더군. 아무리 포즈를 연구해도 반드시 눈을 감게 되는 라이프캐스팅 작품의 분위기가, 인간의 경건한 '소망'이라는 틀에 박힌 해석으로 이어지는 것이 싫어서 일부러 눈을 뜬 버전을 만들어 봤다고 해. 하지만 그렇게 완성된 작품은 오리지널의 질감을 전혀 살리지 못한, 차마 눈 뜨고 볼 수 없는 무참한 작품이었지. 완성도에 절망한 이사쿠 씨는 그 자리에서 작품을 산산조각 내버렸고, 그 이후로는 라이프캐스팅 작품 제작을 중단했어. 이게 중요한 부분이야. 한 번이라도 그런 절망을 맛보았던 예술가가 자신의 목숨과 바꾸어 마지막 작품을 제작하겠다고 결심했을 때, 과연 과거와 같은 굴욕적인 행동을 취했을까?"

"그러네요. 선배가 하고 싶은 말이 뭔지 잘 알았어요. 제가 가와시마 씨였다면 절대로 그런 짓은 하지 않았을 거예요."

다시로는 광고 사진작가가 아닌, 한 사람의 예술가의 얼굴로 동의를 나타냈다. 이이다도 이의를 제기할 생각은 없는 것 같았다. 린타로는 두 사람의 얼굴을 교대로 바라보며 말했다.

"그렇다면 이사쿠 씨는 어떻게 이런 머리를 만들 수 있었을까? 살아 있는 모델의 얼굴을 가지고 석고로 형태를 뜬 것도 아니고, 형태를 뜬 다음에 겉틀을 가공한 것도 아니라면, 남은 가능성은 하나뿐이지."

"알겠습니다. 데스마스크군요!"

이이다 사이조는 갑자기 무릎을 치며 그렇게 말했다.

"시체의 눈을 뜨게 한 다음 그 위에 석고붕대를 붙이면 눈을 뜬 채로도 직접 형태를 뜰 수가 있죠. 모델은 이미 죽은 상태니까 석고가 굳기까지 기다리는 동안, 고통을 느끼거나 저항하지도 않을 테고."

"바로 그거야."

린타로가 고개를 끄덕이자, 다시로는 글자 그대로 눈을 휘둥그레 뜨며 되물었다.

"설마요. 말은 쉽지만 정말 그런 일이 가능한가요?"

"유족의 협력만 얻으면 가능하지. 장례식을 치루기 전에 데스마스크를 제작할 시간만 얻으면 돼. 일반적으로는 세상을 뜨자마자 바로 제작에 들어가지만, 경우에 따라서는 안면 사후경직이 풀릴 때까지 기다렸다 제작하기도 하는 모양이야. 바셀린이나 비눗물 등, 사전에 미리 계면활성 작용이 있는 윤활제를 발라두면, 안구를 손상시키지 않아도 되고. 미국식 앰바밍(시신 처리 기법, 장의사의 기술이다—옮긴이)을 참고하여 경화제(硬化劑) 비슷한 것을 안구에 주입했을 가능성도 있고. 이사쿠 씨는 석고 라이프캐스팅 기법의 권위자였으니, 그 방면의 노하우에 대해서는 예전부터 연구를 계속했겠지. 석고를 벗겨 내면서 안구를 손상시켰다 해도, 나중에 장의사에게 부탁해 원래대로 만들어 놓으면 되니까 말이야. 데스마스크를 만들다 실수로 손상되었다고 하면서 수수료를 더 얹어주면 장의사도 일일이 신경 쓰지는 않을 테고."

"그렇게 말해도 쉽게 납득할 순 없는데요?"

다시로는 미간을 찌푸리며 요란스레 팔짱을 꼈다.

"기술적으로는 그럴 수 있다고 치죠. 하지만 이사쿠 씨가 그 죽은 모델을 어디서 조달한 겁니까? 아무 시체나 가져다 쓸 수 있는 것도 아니잖아요. 이 사진에 찍힌 얼굴은 머리 골격부터 생김새까지 모두 에치카 양과 판박이니까요."

"물론 그게 제일 중요한 포인트야. 두 눈을 뜬 데스마스크의 모델이 누구인지 알아내기 위해서는 다시 처음 의문으로 돌아갈 필요가 있어. 외동딸인 에치카 양을 모델로 삼은 작품에, 왜 이사쿠 씨는 '모녀상'이란 이름을 붙이려 했을까?"

"어머니와 딸의 석고상이라……. 잠깐만요."

다시로는 그렇게 중얼거렸다. 그는 반신반의한 표정을 지으며, 살짝 불안한 눈빛으로 말했다.

"혹시 석고상의 얼굴 부분은 에치카 양의 생모를 모델로 한 게 아닐까요?"

"이사쿠 씨의 유지를 놓고 보면, 그렇게 생각하는 게 타당하겠지."

린타로는 고개를 끄덕이며 깍지를 끼었다.

"우사미 쇼진의 진술에 의하면 고인의 아틀리에에는 에치카 양의 얼굴 겉틀이 온전한 상태로 남아 있었다고 했어. 요컨대, 어머니와 딸, 두 사람에게서 뜬 겉틀을 가지고 석고상의 머리를 바꿔친 거지. 머리 아랫부분은 틀림없이 딸인 에치카 양의 몸을 충실하게 재현했지만, 절단된 머리 부분은 그녀의 어머니로부터 뜬 데스마스크를 겉틀으로 사용해 만든 것이었어. 합성사진처럼 말이야.

머리를 잘라낸 인간의 사체에 다른 사람의 머리를 붙이면, 설령 부모 자식 관계라 해도 현대 법의학자들의 눈을 속이진 못하지. 하지만 두 사람의 모델로부터 개별적으로 뜬 석고형을 교묘하게 맞춰서, 어머니의 얼굴과 딸의 몸이 하나로 붙은 나부상을 만든다 해도, 그 사실은 오직 제작자만이 알 수 있을 거야. 왜냐면 석고상이란 원래 각 파츠를 이어서 만든 것이기 때문이지. 모델이 한 명이든, 여러 명이든, 완성된 작품은 패치워크란 형태에서 벗어날 수 없어."

이야기 도중에, 다시로는 못 견디겠다는 듯 고개를 저었다.

"아니, 제가 묻고 싶은 건 그런 게 아닙니다. 텔레비전 와이드 쇼에서 들은 정보를 통해 추측해 봤는데, 에치카 양의 생모는 살인 혐의로 구속된 가가미 부인, 가와시마 리쓰코 씨가 아니라 16년 전에 유서를 남기고 자살한 동생인 것 같던데요?"

자신의 천적과 사고회로가 비슷한 모양이다. 린타로는 비꼬는 듯 웃으며 말했다.

"석고상의 머리를 입수한 도모토 슌도 똑같은 결론에 이르렀지. 눈을 보면 안다면서 말이야. 그렇지만 그 생각은 잘못됐어. 삼촌인 아쓰시 씨가 에치카 양이 태어난 미나미나루세의 조산원에 리쓰코 씨를 문병간 적도 있다고 했고, 우사미 쇼진에게 물어보니 그런 일은 있을 수 없다며 일축해버리더군."

"아쓰시 씨는 몰라도, 우사미의 말을 그대로 받아들여선 안 되는 거 아닙니까?"

"물론 우사미가 거짓말을 하지 않았다는 보장은 없지. 그렇지만 그런 거짓말을 해서 그가 얻는 게 뭐가 있겠어. 만일 둘 중 하나를 고르라면, 우사미는 망설이지 않고 도모토의 주장을 지지할 거야. 그렇게 하지 않았던 건, 사태가 돌이킬 수 없는 지경까지 와서 달리 뾰족한 방법이 없었기 때문이야. 그것뿐만이 아니야. 만일 동생인 유코 씨가 에치카 양의 생모라고 가정한다면 커다란 모순이 발생하게 돼."

"모순이라고요?"

"16년 전에 유코 씨가 자살한 이유는 형부인 가와시마 이사쿠와 불륜 관계를 맺었고, 그 결과 형부의 아이를 임신했기 때문이라고 알려져 있어. 그렇지만 만일 에치카 양의 생모가 유코 씨라고 해도 아버지가 이사쿠 씨라는 사실은 변함없을 거야. 그러면 유코 씨는 두 번이나 불륜 상대의 아이를 임신한 게 되지. 몇 년 전에 일어났던 일이 다시 한 번 일어난 것뿐인데, 그게 목숨을 끊을 이유가 될까? 또한 만일 부인 명의로 된 생명보험금을 노리고 남편인 가가미 준이치가 그녀를 자살로 몰아가기 위해 비난했다 해도, 에치카 양이 자신의 딸이라는 것을 밝히겠다며 위협적인 태도를 취했으면 어떻게든 남편의 압력을 이겨낼 수 있었을 거야. 따라서 동생인 유코 씨가 에치카 양의 어머니였을 리는 없어. 그녀는 분명히 가와시마 이사쿠와 리쓰코 사이에 태어난 딸이야."

"하긴, 듣고 보니 그 말이 맞네요."

이이다 사이조는 거만한 얼굴로 그렇게 말했다. 다시로는 건방진 부하의 얼굴을 옆으로 밀치더니, 머리가 복잡해져 흥분한 어린애처럼 콧김을 내뿜으며 말했다.

"선배 이야기는 전혀 앞뒤가 맞지 않아요. 아니, 조금 전에 그렇게 생각할 수밖에 없다면서요. 석고상의 얼굴 모델은 에치카 양의 생모이고, 그것도 라이프캐스팅 작업 단계에서 이미 사망한 상태였을 거라고. 그렇지만 리쓰코 씨는 이사쿠 씨와 헤어진 뒤에도 남의 눈을 피해 가가미와 잘 살고 있었잖아요. 그렇다면……."

거기까지 말하고, 다시로는 갑자기 입을 다물었다. 그는 자신의 머릿속에 떠오른 생각을 도저히 믿지 못하겠다는 듯, 곤란한 눈빛으로 린타로를 바라보았다.

"설마, 설마 그런 거예요?"

"그래. 가가미 리쓰코라고 자칭하며 남편인 가가미 준이치와 부바이가와라에서 살던 여자는 에치카 양의 생모가 아니야. 에치카 양의 진짜 어머니인 가와시마 리쓰코 씨는 16년 전에 가미쓰루마의 차고에서 동생 대신 죽었어. 물론 자살이 아니라, 보험금을 노린 계획적인 살인이었지. 자살 면책 기한이 끝나기 1년 전부터 주도면밀하게 계획을 세웠을 거야. 리쓰코 씨는 가가미 준이치, 유코 부부의 손에 의해 자살로 위장돼 살해당한 거야."

32

짧은 침묵이 흐른 뒤, 다시로는 당황한 얼굴로 입을 열었다.

"그렇다면 가와시마 씨가 얼마 남지 않은 목숨과 바꿔 '모녀상' 완결편을 만든 건 16년 전의 가가미 부부의 범행을 고발하기 위해서였단 말입니까?"

"그렇다고 할 수 있지.

린타로는 의미심장한 말투로 대답했다.

"처음에 지적한 대로, 에치카 양이 모델인 유작의 포즈는 '모녀상 1'을 거울로 반전시킨 형상이었어. 긴자의 갤러리에서 본 '블라인드 페이스'와 반대였지. 눈을 뜬 망자의 시선이 향하는 곳에는 가상 거울이 존재하고 있었어. 거울. 즉 가가미 부부를 가리키는 거지."

"피해자의 분신인 석고상의 눈이 피를 나눈 동생의 범행을 지목하는 구도로군요. 그야말로 가와시마 씨다운 콘셉트네요. 제 사진보다 작가의 의도도 훨씬 치밀하고요. 법의학이 발전하면 시체의 망막에 남은 감광색소(로돕신)의 분포를 데이터화해서 죽기 직전에 피해자가 목격한 범인상을 재현하는 것이 가능해질 것이다. 그런 이야기를 읽은 적이 있는데, 약간 비슷한 것 같네요."

다시로는 사진작가답게 그렇게 말했다. 이이다 사이조는 무언가 마음에 들지 않는 것인지, 고개를 갸웃거리며 눈을 깜빡거렸다.

"그건 그렇고, 정말 답답한 방법을 선택했군요. 가가미 부부가 아내를 살해한 범인이고, 자신의 전처라고 자칭하는 여자가 실은 처제였다면, 똑바로 그렇게 말하면 될 거 아닙니까. 무엇 때문에 귀찮게 자기 딸 가지고 그런 수수께끼 같은 작품을 남긴 거죠? 역시 전위조각가란 인종의 사고방식은 이해할 수가 없다니까."

"반드시 그렇게만 볼 순 없지. 그렇게 불편한 방법으로 그들을 고발한 건, 이사쿠 씨 자신도 리쓰코 씨의 죽음에 관여되어 있었기 때문일 거야. 조지 시걸에 대항하기 위해 눈을 뜬 라이프캐스팅 작품을 남기고 싶다는 예술적인 야심이 폭주했다는 걸 부정할 수는 없겠지만, 그보다는 오히려 살인에 가담했다는 사실에 대한 뿌리 깊은 죄책감 때문에 직접적으로 고백하지 못했을 거야. 그 때문에 16년 동안이나 금단의 데스마스크를 남몰래 가지고 있었던 거겠지. 자신의 목숨이 얼마 남지 않았다는 것을 알게 된 이사쿠 씨는 16년 전의 위장 자살의 진상을 밝히고 참회하고 싶었지만, 한편으로는 설령 자신이 죽은 뒤에 저지른 죄가 밝혀질지도 모른다는 생각에 두려워하고 있었을 거야. 예술가로서의 명성이 바닥까지 추락할 테니까. 이사쿠 씨의 갈등이 그런 난해한 메시지를 담은 작품으로 나타난 게 아닐까?"

"16년 전 사건에서는 이사쿠 씨도 가가미 부부의 공범이었던 겁니까?"

다시로는 놀란 목소리로 그렇게 물었다. 린타로는 심각한 얼굴로 고개를 끄덕였다.

"전후 상황을 고려하면, 그렇게 결론 내릴 수밖에 없어. 이사쿠 씨가 범행에 가담하지 않았다면 어떻게 동생이 언니 행세를 할 수 있었겠어. 당시 에치카 양은 아직 어렸기 때문에, 어머니와 이모가 바뀌었다 해도 어떻게든 속여 넘겼을 수 있었겠지. 하지만 아무리 부부 사이가 나빴다고 해도, 남편인 이사쿠 씨의 눈을 속이는 건 불가능해. 리쓰코 부인—실제로는 동생인 가가미 유코지—은 사건 직후에 남편과 별거에 들어갔고, 그해 말에 이혼했지만, 만일 이사쿠 씨가 범행에 관련되어 있지 않다면 언제가 되었든 그녀의 언동을 수상하게 여겼을 거야. 그렇게 되면 모두 물거품이 되어버리지. 그 계획은 피해자 남편의 협력이 있어야지만 비로소 성립할 수 있는 거야. 남편을 계획에 가담시키기만 하면, 남들의 의심 같은 건 얼마든지 회피할 수 있지. 그리고 이사쿠 씨는 범행에 가담하는 대가로 눈을 뜬 아내의 데스마스크를 손에 넣을 수 있는 천재일우의 기회를 얻었고."

"가짜 리쓰코 부인이 이사쿠 씨와 헤어진 뒤에 마음의 상처를 치료한다는 명목으로 미국으로 건너간 것도, 사람이 바뀐 것이 들키지 않도록 남들 눈을 속이려던 거였군요."

"그렇지. 미국에서 합류한 남편과 언니 이름으로 재혼한 뒤, 제

자리로 돌아온 가가미 유코는 자신에 대해 잘 알고 있는 시어머니가 죽고 난 뒤에야 겨우 귀국할 수 있었어. 그게 1986년 말이지. 애초에 2년이란 시간 동안 외국에서 생활했기 때문에 시효가 정지되었고, 그 때문에 범행 후로 16년이란 시간이 지났는데도 기소를 면치 못하게 된 건 가가미 부부의 커다란 오산이었지만. 그렇지만 그게 반드시 좋은 일만은 아니야. 지금 시점에서 시효가 완료되었다면 에치카 양은 살해되지 않았을지도 모르니까……

일본에 돌아온 후에도 가가미 유코는 자신의 정체가 드러나지 않도록 눈물겨운 노력을 계속해야만 했어. 체형과 생김새가 언니와 다른 것을 감추기 위해 식사량을 늘려서 급격히 살을 찌우기도 했지. 몇 년 동안은 대인공포증과 공황장해를 이유로 집에 틀어박혀 거의 바깥출입을 하지 않았다고 하더군. 가와시마 가의 친척들을 비롯해 과거의 지인들과도 완전히 인연을 끊었고, 꼭 밖에 나가야 할 때는 죽은 시어머니로 변장해 사람들의 눈을 피했지. 아버지와 함께 집으로 찾아갔을 때에도 가가미 유코는 시어머니 행세를 했지만, 단순한 연기라고 하기엔 분명히 도가 지나쳤어. 진짜 얼굴을 감추고 살아야 하는 비정상적인 생활이 너무 오래 지속된 나머지, 정체성에 혼란이 왔다고 해도 이상할 건 없지. 뭐, 본인이 다 계산하고 취한 행동이니까 정신이상이나 심신쇠약 평계를 대진 못하겠지만.”

“성장한 에치카 양과 완전히 연락을 끊은 것도 그 때문이군.”

다시로는 냉담하게 중얼거렸다.

“어떠한 계기를 통해 자신이 어머니가 아니라는 사실을 눈치챌까 두려워하고 있었던 거군요. 이사쿠 씨의 장례식과 고별식에 나타나지 않았던 것도 다 이유가 있었어.

"이의 있습니다! 그렇게 되면 일이 좀 복잡해지지 않나요?"

이번에는 이이다 사이조가 끼어들었다. 생각을 정리하며, 손가락으로 관자놀이 부근을 빙빙 돌리는 버릇은 안대를 하고 있던 동안 몸에 밴 것이리라. 린타로는 고개를 끄덕이며 물었다.

"복잡해지다니?"

"제가 들은 이야기에 의하면 16년 전 가가미 유코가 자살한 표면상의 동기는 가와시마 이사쿠와 불륜 관계를 가졌다 임신했기 때문이라고 했습니다. 불륜을 고백한 유서의 필적이 유코 본인이라는 것, 그리고 죽은 여자가 임신 중이었다는 건 가나가와 현경과 보험회사에서 이미 확인했고요. 마치다 시내의 산부인과 의사가 가가미 유코라는 여자의 임신 진단을 했다는 증언도 있습니다. 그런데 실제로 죽은 건 동생 유코가 아니라 언니인 가와시마 리쓰코였다면서요. 자필 유서는 유코가 쓰면 되지만, 리쓰코 씨 배 속에 있던 아이는 대체 누구 아닙니까?"

"듣고 보니 확실히 이상하네요. 산부인과 의사가 그렇게 증언했다면, 리쓰코 씨는 동생의 이름으로 산부인과를 찾았다는 건데."

린타로가 입을 다물고 있자, 다시로는 이이다의 질문을 이어받아 의문을 제기했다.

"그래도 이사쿠 씨의 아이일 리는 없을 겁니다. 자살로 위장한 시체의 신원을 확인하기 위해 가가미 부부가 이사쿠 씨를 뒤에서 조종하고 있던 것이 확실하다 해도, 남편의 아이라면 당당하게 자기 이름으로 검사를 받았을 테니까요. 일부러 동생의 이름으로 병원을 찾은 건 아이 아버지에 대해 리쓰코 씨 스스로가 켕기는 데가 있었기 때문이겠죠. 가가미 부부는 그 약점을 가지고 배 속의 아이까지 시체의 신원을 바꿔치기하는 데 이용했던 겁니다. 더구나 남편인 이사쿠 씨까지 리쓰코 씨를 살해하는 데 관여했다면, 분명히 어떤 동기가 있었을 겁니다. 적극적으로 부인의 죽음을 바랄 동기가. 리쓰코 씨가 임신 중이었다는 것을 고려하면, 그녀는 살해되기 직전까지 남편 이외의 다른 남자와 관계를 가지고 있었을 가능성이 높다고 할 수밖에 없습니다만……."

"현재로서는 그 질문에 답할 수 없어. 아이 아버지가 누구였는지에 대해서는 아직 밝혀지지 않았으니까."

린타로는 퉁명스레 대답했다. 이이다는 맥이 빠진 듯 어깨를 으쓱했지만, 다시로 슈헤이는 그것이 거짓말이라는 걸 즉각 눈치챈 것 같았다. 린타로의 눈을 가만히 들여다보며, 살짝 고개를 젓더니 갑자기 무언가를 결심한 듯 입을 열었다.

"본론으로 돌아가죠. 아버지의 유작에 숨겨진 메시지를 제일 처음 알아챈 사람은 에치카 양이었던 거군요. 그게 어느 시점이죠?"

린타로는 알겠다는 표정으로 다시로의 말에 일일이 고개를 끄덕이는 시늉을 했다. 린타로의 속내를 알아채고 현재 사건으로 화제를 전환한 것이다. 이이다는 석연치 않은 표정이었지만, 린타로는 시치미를 떼며 말을 이었다.

"앞에서 말한 것처럼 아틀리에의 석고상의 머리를 절단한 사람은 에치카 양이라고 생각하는 게 제일 합리적이지. 이유는 다시 말할 것도 없고. 그녀는 어릴 적부터 라이프캐스팅 기법의 한계에 대해 잘 알고 있었고, 또한 조지 시걸에 대한 아버지의 삐뚤어진 심정을 누구보다 이해하고 있었어. 더구나 작업 현장에서 자신을 모델로 한 작품이 78년의 '모녀상' 연작의 완결편에 해당하는 작품이라는 것을 아버지에게 직접 몇 번이나 들었을 거야.

그렇기 때문에 문상객들을 돌려보내고, 홀로 아틀리에를 찾아 두 눈을 뜬 석고상을 목격했을 때 에치카 양은 단번에 모델의 머리를 바꿔치기했다는 사실과 아버지가 목숨을 걸고 남긴 메시지를 알아챘을 거야. 자신의 생모가 이미 이 세상 사람이 아니라는 사실을! 더군다나 눈을 뜬 상태의 얼굴 겉틀, 즉 데스마스크가 남아 있다는 사실은 이사쿠 씨가 그녀의 죽음을 알고 있었을 가능성을 암시하고 있어. 실제로 형태를 뜬 건 경찰이 시신을 반환한 뒤였고, 동요하고 있던 에치카 양이 범행의 경위에 대해 완전히 간파했을 것 같지도 않지만, 아마도 숨을 거두기 전의 아버지의 모습에서 16년 전 사건의 진상에 대해 직감적으로 통찰하고 확신을 얻은 게 아닐까……

하나뿐인 아버지가 어머니의 죽음에 관련되어 있다는 사실에 충격을 받은 에치카 양은 발작적으로 석고상의 머리를 절단해버렸어. 그대로 공개한다면 누군가가 16년 전 사건의 진상을 깨닫고 죽은 아버지를 비난할지도 모른다는 생각을 했기 때문이야. 자신이 모델인 라이프캐스팅 조각의 머리를 절단할 때도 그녀는 망설이지 않았을 거야. 등신상의 중량과 사이즈를 감안하면, 혼자서 상을 아틀리에 밖으로 가지고 나가 어딘가에 숨길 수는 없었을 테고, 애초에 머리 부분은 자신이 모델이 아니라는 것을 알고 있었으니까. 믿었던 아버지에게 기만당했다는 배신감 때문일지도 몰라. 그럼에도 불구하고 에치카 양은 석고상을 박살 내지는 않았어. 몸 부분은 자신의 복제품인 동시에 아버지가 남겨준 소중한 유품이었으니까."

다시로 슈헤이는 빈 맥주 캔을 구기며, 줄곧 머릿속에 남아 있던 의문이 눈 녹듯 풀린 것처럼 한숨을 길게 내쉬었다.

"그런 뜻이었군요. 꼭 확인하고 싶은 일이 있어요. 에치카 양은 고별식 날 가가미 준이치에게 그렇게 말했죠. 리쓰코 씨에게 그렇게 전해달라고. 피를 나눈 외동딸의 부탁이라고."

"그래. 석고상의 머리를 자른 사람이 에치카 양이라면, 그녀는 그 시점부터 가가미 부부, 특히 가가미 리쓰코라 자칭하는 인물에 대해 의심하고 있었을 거야. 그 자리에서 혈연관계를 강조한 것도 바로 그 때문이고. 그런 의구심이 있었기 때문에 에치카 양은 가가미 준이치를 도발하기 위해 일부러 피를 나눈 외동딸이란 표현을 사용한 거지."

이이다 사이조가 잠시 화장실에 다녀오겠다며 자리를 떴기 때문에, 린타로는 잠깐 휴식을 가지기로 했다. 빈 캔을 치우고, 먹다 남은 음식은 용기에 넣어 냉장고에 집어넣었다.

"계속 이야기를 들으려면 술을 깨야겠는데요."

다시로 슈헤이는 속이 미식거리는 듯 그렇게 중얼거렸다. 상태가 좋지 않은데도 많이 참고 있는 모양이다. 이대로 계속 마시기엔 화제가 너무 심각하고, 취해서 말실수라도 하면 큰일이다. 린타로는 다시로의 등을 두드린 다음, 커피를 끓이기 시작했다.

화장실에서 돌아온 이이다 사이조는 계속 마시고 싶어 하는 것 같았지만, 커피를 내놓자 사양하지 않았다. 입천장이 헐 정도로 뜨거운 커피를 마시고 있으려니, 카페인 중독에 걸린 듯한 우사미 쇼진의 모습이 떠올랐다. 니시신주쿠에서 만났을 때, 그는 약 한 시간 동안 커피를 네 잔이나 마셨었다.

"우사미 쇼진 하니 생각났는데, 어떻게 도모토 슌이 사건에 연루된 거죠? 우연히 사건에 개입했다고 하셨는데, 대체 어떤 경위로 그렇게 된 겁니까?"

"그게 이 사건의 이상한 점이야. 애초에 도모토를 사건의 중심에 휘말리게 한 장본인은 에치카 양이었지."

"말도 안 돼요! 왜 하필이면 도모토 같은 녀석을."

다시로는 아연실색한 표정을 지었다. 린타로는 그를 달래듯 고개를 저었다.

"차례대로 이야기할게. 이사쿠 씨가 세상을 떠난 후, 그의 휴대전화가 사라진 것이 밝혀졌어. 통화 기록을 조사해 보니, 9월 12일부터 18일까지 도모토에게 빈번하게 연락을 취했더군. 메일과 전화 모두 고인의 휴대전화로 보낸 것이었어. 아무래도 이사쿠 씨는 최근까지 도모토의 신변을 감시하고 있었고, 그래서 자신의 휴대전화에도 도모토의 번호를 등록해 놓은 모양이야. 이사쿠 씨의 진의는 불분명하지만, 고인의 휴대전화를 손에 넣은 인물은 그 데이터를 이용해서 비밀리에 도모토와 연락을 취했어. 함께 야마노우치 사야카의 집을 방문했을 때, 그녀가 우리 목적을 모두 알고 있었던 것도 그 인물이 미리 경고해줬기 때문일 거야."

"그게 에치카 양이란 말이에요?"

다시로는 승복할 수 없다는 듯 입을 삐죽였다. 린타로는 코를 비비며 말을 이었다.

"우사미 쇼진이 고인의 휴대전화를 슬쩍했을지도 모른다고 의심한 적도 있지만, 본인이 부정하더군. 애초에 도모토에게 협박당했을 때의 태도를 보면 우사미가 사라진 휴대전화를 가지고 있지 않왔다는 건 명백하지. 그리고 묻고 싶은 게 있어. 지난주 수요일 밤, 우리 집 자동응답기에 녹음되어 있던 메시지 말인데……."

자리에서 일어난 린타로는 전화 앞으로 가서 삭제하지 않고 남겨둔 4건의 메시지를 재생시켰다. 도모토의 목소리가 흘러나온 순간, 다시로 슈헤이는 숨을 죽이고 전화기를 노려봤다. 조금씩 어깨가 떨리고 있었다.

재생이 종료되고 린타로가 다시 자리로 돌아올 때까지, 모두 아무 말도 하지 않았다. 남은 커피를 다 마시길 기다렸다. 이이다는 조심스레 입을 열었다.

"토요일의 니시이케부쿠로라면, 노리즈키 씨가 여장한 도모토에게 한 방 먹었던 날이죠? 이 메시지가 사실이라면 그날 오후 2시 반에 에치카 양과 만날 때까지 석고상의 머리는 도모토가 보관하고 있었다는 건데……."

"부바이가와라 역 주변을 탐문 수사한 결과, 두 사람으로 보이는 인물을 목격했다는 증언이 나왔어. 짐을 건네받은 다음, 두 사람은 곧바로 헤어진 모양이야. 도모토는 범상치 않은 차림이었으니까 잘못 봤을 리는 없겠지."

"범상치 않은 차림이라. 도모토가 에치카 양에게 머리를 건네받은 건 언제죠?"

"13일 월요일, 이사쿠 씨의 장례식을 치르고 이틀이 지난 15일 오후였을 거야. 그 전날, 에치카 양의 연락을 받고 마치다에서 만났겠지. 도모토는 연예기획사와 트러블이 생겨 요쓰야에 있는 야마노우치 사야카의 집에 숨어 있었지만, 차였던 옛 애인을 만나기 위해 서둘러 약속 장소로 향했지. 도모토에게 압력을 가했던 이사쿠 씨가 죽었으니, 두 사람의 만남을 방해할 건 아무것도 없었어. 그때 마치다 역 앞에서 가정부인 후사에 씨에게 목격된 거야."

"신주쿠 역의 연결 통로에서 메이 우가 도모토를 목격했던 날이네요. 전에 이야기한 중국인 접대부 말입니다. 빈손이었다고 하니, 맡아둔 머리를 집에 숨기고, 이 사진을 찍은 뒤에 사야카의 집으로 돌아가는 길이 아니었을까요. 그런데 에치카 양은 왜 그런 스토커에게 소중한 물건을 맡긴 걸까요?"

다시로의 반응을 힐끔힐끔 살피며, 린타로는 신중하게 말을 골랐다.

"아틀리에 침입과 석고상 손괴에 대해 경찰이 수사하러 올 가능성이 있었으니 절단한 머리를 가지고 있는 건 위험했지. 우사미 쇼진의 만류로 신고가 늦어졌기 때문에 실제로 경찰이 머리를 찾진 않았어. 하지만 일요일에 에치카 양이 그렇게 될 거라 예상하진 못했을 테니, 가족 이외의 누군가에게 머리를 맡기는 건 당연한 행동이었겠지.

문제는 그녀가 과거에 자신을 괴롭혔던 남자에게 머리를 맡겼다는 사실이야. 직접적인 계기는 아틀리에에서 아버지의 휴대전화를 발견하고, 전화부에 등록된 도모토의 이름을 발견했기 때문이겠지. 상식에서 벗어난 행동처럼 보일지도 모르지만, 결코 생각 없이 선택한 상대는 아니야. 먼저 무엇보다 현재 상황에서 도모토라면 어떤 부탁을 해도 에치카 양의 말대로 행동해줄 가능성이 높았기 때문이지. 그를 이용하는 건 위험성이 높았지만, 그럴 수밖에 없는 사정이 있었어. 그녀는 석고상의 머리 하나만을 가지고 가가미 부부와 대결하려 했으니까 도모토 같은 공갈협박 전문가를 자기 수

중에 두는 것으로 심리적인 위안을 얻었을 거야. 주변 사람들은 설마 그녀가 자신을 스토킹했던 남자와 손을 잡으리라고는 꿈에도 생각지 않았을 테고, 도모토에게 문제의 머리를 맡겨두면, 만일의 경우에는 그의 범행으로 위장할 수도 있었을 테니까……

그렇게 에치카 양은 여러 가지 손해득실을 계산한 끝에 도모토 슌의 협력을 얻기로 결심했지만, 아마도 그것과는 별도로 죽은 아버지를 향한 애증이 그녀를 자포자기 상태로 만들었는지도 몰라. 에치카 양에게 도모토란 남자는 어떤 의미로는 아버지와 반대되는 존재였기 때문이지. 이사쿠 씨의 죄를 증명하는 석고상의 머리를, 과거 자신을 스토킹했던 남자의 손에 넘긴 건 아버지의 배신에 대한 그녀 나름의 수습 방법이었던 게 아닐까?"

"선배의 수장도 나름대로 일리가 있는 것 같아요."

다시로는 낮은 목소리로 그렇게 말했다.

"그렇지만 도모토는 석고상의 머리에 감춰진 메시지를 오해했어요. 그건 틀림없이 에치카 양이 도모토를 믿지 않았다는 증거입니다. 아버지의 명예를 지키기 위해 16년 전 사건의 진상에 대해 구체적인 사실은 무엇 하나 가르쳐주지 않았으니까요."

다시로에게는 그것이 최소한의 위안이었을 것이다.

"나도 그렇게 생각하고 싶어."

린타로는 동의의 뜻을 내비친 다음, 다시 말을 이었다.

"아마도 도모토는 이사쿠 씨가 직면했던 라이프캐스팅 기법의 딜레마에 대해 알고 있었을 테니, 눈을 뜬 머리의 모델이 이미 이 세상 사람이 아닐 거라 짐작했을 거야. 그 모델이 에치카 양의 생모라는 것도 눈치챘지만, 16년 전 가가미 유코와 가와시마 리쓰코 자매가 서로 바뀌었다는 건 상상도 하지 못했지. 도모토 본인의 메시지를 들어보면 알겠지? 그렇지만 도모토는 그것으로 공갈을 하기 위해 에치카 양 몰래 석고상의 머리 사진을 찍었어. 이사쿠 씨의 추모전을 기획하고 있는 우사미 쇼진에게 사진을 보내 돈을 뜯어내기 위해서. 만일 그녀의 생모가 리쓰코 씨가 아니라면 '모녀상' 연작의 가치도 떨어질 테니까. 도모토의 추측은 사실과 동떨어져 있었지만, 사진을 본 우사미는 그 오해를 일축해 버릴 수 없었지. 두 눈을 뜬 얼굴을 보고, 에치카 양이 그랬던 것처럼 16년 전 사건의 진상을 알아챘기 때문이야. 도모토와 우사미의 꿍꿍이는 서로 달랐지만, 어찌 되었든 절단된 석고상의 머리를 공개할 수 없다는 점에서 양자는 의견의 일치를 보았지."

"우사미 쇼진은 그래서 그런 이상한 행동을 취한 거군요?"

이이다가 한마디 거들었다. 린타로는 간략하게 설명했다.

"도모토의 속셈과는 달리 에치카 양은 단독으로 16년 전 사건의 진상을 알아내려 했지. 고별식 석상에서 가가미 준이치를 도발한 것도 그 때문이었지만, 가가미 부부는 꿈쩍도 하지 않았어. 그래서 에치카 양은 상대의 약점을 이용해 그들의 범행을 증명하려 했어. 17일 금요일, 학교에 간다며 집을 나온 그녀는 쓰루가와에 가서 은퇴한 산부인과 의사를 방문했지. 16년 전, 가가미 유코란 이름으로 임신 테스트를 받은 여성에 대해 알아보기 위해서."

"그래서 산부인과를 찾은 거군요. 그녀는 어떻게 그 의사의 이름을 알게 된 거죠?"

"도모토가 정보를 제공했나봐. 과거에 에치카 양을 스토킹하던 시절, 가와시마 부녀에 대한 개인정보를 닥치는 대로 모았겠지. 그

가운데에는 16년 전의 자살 소동에 관련된 사실도 포함되어 있었을 거야. 죽은 여자를 진찰했던 산부인과 의사의 이름을 알아내는 것 정도야 당시의 도모토에게는 식은 죽 먹기였겠지. 에치카 양이 그에 대해 묻자, 도모토는 몇 년 전의 기억을 떠올렸고, 목요일 아침에 의사의 이름을 알려준 게 아닐까? 그날 오후, 에치카 양은 마치다 시 전화번호부에서 산부인과 주소를 찾고 있었거든."

"임신 테스트를 했던 의사는 리쓰코 씨가 유코 씨 대신 진료를 받았을 가능성을 인정했습니까?"

"마지못해 인정했다고 하더군. 그의 답을 들은 에치카 양은 16년 전에 임신 테스트를 받은 여자가 가와시마 리쓰코, 즉 자신의 어머니일 수도 있다는 사실을 확인했어. 눈을 뜬 석고상의 머리와 산부인과 의사의 증언. 그녀는 그때 자신을 버린 어머니의 정체를 확신했을 거야. 이튿날, 모든 진실을 알게 된 에치카 양은 후추의 가가미 부부를 찾아가 진실을 밝히려 했지."

"부바이가와라로 도모토를 불러내 맡겨두었던 머리를 가져오라고 시킨 것도 그 때문이군요."

"그래. 하지만 에치카 양은 도모토를 불러내기 직전에 이사쿠 씨의 휴대전화로 다른 곳에 전화를 걸었어. 통화 기록을 조사해서 밝혀진 사실이야. 발신 시각은 토요일 오전 11시 반, 후추 시 고토부키 초의 '가가미 치과 클리닉'으로 걸었더군……."

린타로는 입술을 깨물며 잠시 천장을 올려다보았다. 갑작스런 행동에 다시로와 이이다는 의아한 표정을 지었다. 길게 한숨을 내쉬며, 린타로는 자조적인 목소리로 말을 이었다.

"에치카 양이 가가미 준이치의 치과로 전화를 걸어 부부와 만나고 싶다는 뜻을 전했을 그 무렵, 나는 그곳 진료실에 있었어. 환자인 척하고 가가미 준이치에게 정보를 빼내려 했지만, 가가미는 전화가 왔다는 핑계로 진료실에서 도망치더니 다시 돌아오지 않았지. 그래서 나는 전화 자체가 거짓이라고 생각했고, 나중에 가가미 본인 앞에서도 그렇게 이야기했지. 불쾌한 이야기를 중단하기 위해 꾸민 거짓 전화였냐고. 그렇지만 내가 진료실에서 땅을 치고 후회하고 있는 동안, 가가미 준이치는 바로 내 눈앞에 있는 방에서 에치카 양과 몇 시간 후에 만나기로 약속하고 있었어! 에치카 양의 운명은 그 순간에 정해진 거야.

아니, 아니야. 니시이케부쿠로에서 도모토의 정체를 눈치챘더라면 가가미 부부의 범행을 막을 수도 있었어. 후추와 니시이케부쿠로. 불과 한 시간 반도 안 되는 동안 그녀를 구할 기회가 두 번이나 있었는데도, 나는 그 기회를 모두 놓쳐버렸던 거야……."

"아직 중요한 이야기가 남았어요."

잠시 후, 다시로 슈헤이는 숨 막히는 침묵을 깨고 그렇게 말했다. 이이다 사이조 역시 고개를 들고 이야기를 계속해달라는 표정을 짓고 있었다.

"에치카 양은 2시 반에 도모토와 헤어진 뒤, 석고상의 머리가 든 가방을 들고 단신으로 가가미 부부의 집으로 향했어요. 맞죠?"

"그래. 만일 도모토가 그녀와 함께 행동했더라면, 에치카 양은 목숨을 건질 수 있었을지도 몰라. 그렇지만 그녀는 그러지 않았지. 죽은 아버지가 자신의 어머니를 살해하는 데 연루되어 있었다는 사실이 밝혀질 것을 두려워한 나머지, 도모토에게도 필요 이상의 정보를 주지 않았기 때문이야. 동료로 끌어들이긴 했지만, 그런 엄청난 비밀을 알려주었다간 무슨 짓을 당할지 모르니까. 그리고 여장한 도모토를 데려가봤자 방해되기만 할 뿐이니까. 지금 와서는 과연 에치카 양이 가가미 부부를 경찰에 신고할 생각이었는지도 불분명해. 에치카 양은 가가미 부부에게서 진실을 알아낸 후에 어떻게 할지에 대해서는 생각하지 않았던 게 아닐까."

"혼자 모든 걸 끌어안으려 했다가, 오히려 역효과만 났군요."

다시로는 어두운 표정으로 그렇게 말했다. 호센 회관 대기실에서 에치카와 나누었던 대화가 문득 떠올랐다.

"그러니까 더더욱 제가 마음을 굳게 먹어야겠다는 생각이 들어요."

그때부터 에치카는 혼자서 어머니의 죽음의 진상을 파헤치려 했던 것이다.

린타로는 고단함을 느끼며 말을 이었다.

"확실히 이 사건을 복잡하게 만든 제일 큰 원인은 피해자의 심리적인 갈등이었어. 하지만 지금은 실제로 일어난 일에 대해서만 생각하기로 하지. 에치카 양이 전화로 만나자고 요구하자, 가가미 준이치는 오후 3시에 부바이가와라 역 앞으로 에치카 양을 불러냈고, 자신의 차로 데리러 갔지. 일부러 시내에서 만나기로 한 건, 그녀가 직접 집으로 찾아오는 걸 꺼렸기 때문이야. 가가미 부부가 사는 맨션은 철저한 보안 설비가 되어 있는 고급 맨션이라 현관에도 감시 카메라가 설치되어 있거든. 그래서 에치카 양이 현관을 통과할 경우에는 감시 카메라의 비디오에 그녀의 모습이 남게 되지. 그렇지만 관리인은 에치카 양을 본 적이 없다고 했고, 나중에 압수한 비디오에도 그녀의 모습은 없었어…….

실제로 알고 보면 그렇게 복잡한 트릭은 아냐. 그 맨션에는 지하 주차장이 있었고, 직통 엘리베이터를 통해 각층으로 갈 수 있거든. 지하주차장 내에도 감시 카메라가 있긴 하지만, 현관에 설치된 카메라에 비하면 사각이 많기 때문에 카메라가 어떻게 배치되어 있는지 잘 알고 있는 주민이라면 감시의 눈을 피해 맨션에 들어갈 수 있었지. 가가미 준이치는 그 사각을 이용해 피해자를 자택으로 데려간 거고. 아마도 전화 내용을 통해 그녀의 용건을 알아챘을 거야. 그래서 집에 찾아왔던 증거를 남기지 않도록 신경을 쓴 거지."

"처음부터 그녀를 죽여서 입을 막을 생각이었던 거군요."

"그건 잘 모르겠어. 그렇지만 해외 생활로 2년을 허비한 덕에 16년 전 위장 살인 시효가 아직 완료되지 않은 건 잘 알고 있었겠지. 그러니까 눈을 뜬 석고상의 머리를 보고 가가미 부부가 얼마나 경악했을지는 안 봐도 뻔하지. 리쓰코 씨 경우에는 계획적이었지만, 에치카 양의 경우는 우발적인 범행이었을 거야. 뒤통수를 때려 기절시킨 다음, 밧줄로 목을 조르는 수법이 그것을 증명하고 있지.

두 사람은 에치카 양의 시신과 석고상의 머리를 어떻게 할 것인지에 대해 궁리했어. 아마 가가미 부부는 석고상의 머리가 절단된 경위에 대해서는 단편적으로만 들었을 테지만, 이사쿠 씨의 마지막 작품이 자신들의 범행을 고발하고 있다는 건 잘 알고 있었지. 리쓰코 씨의 데스마스크를 목격한 것이 에치카 양 한 명뿐이라는 보장도 없었고, 고인의 아틀리에에는 머리 없는 석고상이 남겨져 있었어. 그들이 무엇보다 두려워한 건, 경찰이 '모녀상' 연작과의 관련성에 주목해 16년 전 사건을 재수사하는 것이었지."

"그렇군요! 요컨대 가가미 부부는 석고상의 머리 절단이 16년 전 사건과 상관없는 것처럼 꾸미고 싶었던 거죠?"

다시로는 사정을 눈치채고 재빨리 소리쳤다. 린타로는 무덤덤한 목소리로 대답했다.

"그래. 둘이서 머리를 맞대고 의논한 끝에, 그들이 생각해 낸 고육지책은 석고상의 머리 절단을 피해자에 대한 살인 예고로 위장하는 것이었어. 그걸 위해서는 에치카 양의 유체도 머리가 없는 석고상과 같은 상태로 만들어야만 했지. 그래서 두 사람은 유체의 머리를 절단해 택배로 보내는 대담한 수법을 사용한 거야. 그 정도로 요란하게 연출해야지만 사람들이 살인 예고라는 것을 믿을 테니까. 나고야 시립미술관으로 머리를 보낸 건, 거기서 이사쿠 씨이 추모전이 열리기로 예정되어 있었기 때문이야. 그 사실은 신문 추모 기사에도 나와 있었고, 고별식에서도 몇 번이나 안내방송을 내보냈으니 알고 있었겠지."

"인과관계를 역으로 이용해 예고 살인을 날조하려 했던 거군요."

이이다 사이조는 그제야 이해했다는 듯 중얼거렸다.

"에치카 양이 석고상의 머리를 자른 것이 이 사건의 주요 원인이었고, 시체의 머리를 자른 건 나중에 갖다 붙인 위장에 불과했군요. 그건 그렇고, 잘도 이런 계획을 생각해 냈군요."

"가가미 부부도 그만큼 궁지에 몰려 있던 거겠지. 정신병자에 의한 엽기 살인으로 위장해서 동기를 감추려 한 건 사실이지만, 사태가 그 계획대로 움직여주었다고는 할 수 없지. 그런 뜻으로도 우발적인 범행이라고 할 수 있고."

"그렇지만 택배 송장에 도모토의 이름을 적은 건 그에게 죄를 뒤

집어씌우려던 거잖아요. 그 점을 보면 반드시 우발적인 살인이라
고도 할 수 없을 것 같은데요."

다시로의 말에 린타로는 씁쓸한 표정으로 고개를 저었다.

"그게 아니야. 가가미 부부의 범행 중 그 부분이 제일 우발적이
었어. 도모토와 에치카 양의 과거에 대해 그들은 거의 아무것도 몰
랐어. 그럼에도 불구하고 송장에 도모토의 이름을 적은 건, 우연히
범행 몇 시간 전에 내가 그의 이름을 언급했기 때문이야."

"범행 몇 시간 전에? 무슨 소리예요?"

"아까 이야기한 것처럼 난 토요일 오전에 환자인 척 후추의 가가
미 치과 클리닉을 찾았어. 그때, 에치카 양을 귀찮게 하던 도모토
슌이라는 사진작가에 대해 모르냐고 물었지. 가가미는 무슨 말인
지 모르겠다는 표정이었고, 아마 정말 몰랐을 거야. 그래서 이름만
듣고 도모토 슌의 슌이라는 한자를 일반적으로 쓰는 준(俊) 자라
고 생각한 거지……

에치카 양 사건을 정신이상자의 소행인 것처럼 꾸미기 위해 가가
미 준이치는 우연히 입수한 도모토 슌의 이름으로 머리가 든 택배
를 보내기로 했어. 그의 진술에 의하면 인터넷으로 '도모토 슌 사
진작가'라는 조합을 검색해보았다고 하더군. 하지만 인터넷 상의
문서에는 고유명사가 잘못 표기된 것도 많으니까."

"선배 이름도 그렇더라고요. 린타로(繪太郎)를 린타로(倫太郎)
로 쓰는 경우를 자주 봤습니다."

"그렇지? 잘못된 키워드로 검색해 나온 페이지 가운데에 도모토
의 옛날 스튜디오 주소가 게재되어 있던 사이트가 있던 모양이야.
가가미는 택배 송장에 그 주소를 기입했지. 보내는 사람의 이름과

주소가 이상했던 건 바로 그 때문이고. 그래서 가가미 준이치는 지적을 받기 전까지 그 사실조차 몰랐지.

이상한 점은 또 있어. 가가미 부부와는 전혀 상관없는 곳에서 사건을 복잡하게 만든 기묘한 우연이 움직이고 있었지. 에치카 양의 머리를 담은 스티로폼 상자, 그 상자를 봉한 테이프에서 도모토의 지문이 발견된 것 말이야. 전후 상황으로 추측컨대, 애초에 그 상자는 에치카 양이 석고상을 맡겼을 때 도모토가 준비한 것 같아. 토요일 오후에 머리가 든 상자를 들고 집을 나설 때, 이동하는 도중에 뚜껑이 열리지 않도록 테이프로 상자를 봉한 거겠지. 그때 도모토는 그만 자신의 지문을 남겨버린 거야……

그 상자가 에치카 양을 경유해 가가미 부부의 손에 들어갔지. 기가미 순이치는 절단된 유체의 머리를 택배로 부칠 때, 석고상의 머리를 꺼내고 남은 빈 상자에 머리를 넣었어. 경찰이 상자의 출처를 조사해도 자신들을 찾아내지는 못할 테니까. 상자 뚜껑을 붙인 테이프도 한 번 떼어 낸 것을 다시 붙였지. 지문을 남기지 않기 위해 장갑을 끼고 작업했던 건 말할 것도 없지만, 그 테이프에 도모토의 지문이 묻어 있을 줄은 꿈에도 몰랐겠지.

나고야 시립미술관에 도착한 상자에서 도모토의 지문이 검출된 데에는 그런 사정이 있었던 거야. 송장의 이름과 테이프의 지문, 이 결정적인 물증에 의해 일견 도모토의 범행으로밖에 볼 수 없는 상황이 발생했지만, 그것은 가가미 부부의 즉흥적인 아이디어와 연이어 일어난 우연의 산물에 지나지 않았던 거야."

"어떻게 그런 우연이 다 있죠."

이이다는 귀신에게 홀린 것처럼 그렇게 중얼거렸다.

"그렇지만 이렇게 하나하나 설명을 듣고 보니, 가가미 부부의 범행이 얼마나 우발적이었고, 위험천만한 요소가 많았는지 알겠네요. 야마네코 운송 마치다 영업소에 머리가 든 상자를 들고 찾아간 것도 가가미 준이치 본인이었죠? 아무리 모자와 선글라스로 변장했다고 해도, 용케도 들키지 않았네요."

린타로는 얼굴을 찌푸린 채 한숨을 내쉬었다.

"가가미 준이치는 의치를 사용하고 있었어. 그것도 일반적인 틀니보다 눈에 띄지 않는 마그네트 장착 수술을 받았고. 가가미는 의치를 뺀 상태로 영업소를 찾았기 때문에, 뺨과 턱의 외관이 완전히 다른 사람이 되어 있었지. 치아 하나만으로도 인상은 확연히 달라지는 법이니까. 가가미가 부린 잔재주는 그것뿐만이 아냐. 택배를 맡길 때, 송장과 영업소에 지문이 묻지 않도록 손끝에 투명한 순간접착제를 바를 정도로 신경을 썼어."

"손끝에 순간접착제라. 빈집털이들이 자주 쓰는 수법이군요."

이이다는 그렇게 말했다. 다시로는 무언가 떠오른 듯 입을 열었다.

"그러고 보니, 고별식장에서 가가미를 보았을 때, 치아가 너무 하얗다고 생각했어요. 몽타주 코 모양을 어디서 본 것 같다고 생각했을 때 곧바로 떠올렸어야 하는 건데. 설마 의치였을 줄은 몰랐네요."

"그쪽으로는 전문가잖아. 가가미 준이치는 미용치과를 경영하고 있었으니, 자신의 치아가 제일 좋은 광고 효과를 낸다는 걸 알고 있었지. 환자들에게 임플란트 치료를 권할 때에도, 분명히 자신의 경험이 도움이 되었을 거야. 하지만 가가미가 미국에서 임플란트 치료를 받은 건 직업적인 이유 때문이 아니야. 미국으로 건너가기 전부터 가가미의 치아는 엉망이 되어 있었거든."

"의사가 제 몸 돌보지 못한 꼴이군요. 어떻게 하다 그렇게 된 거랍니까?"

"리쓰코 씨를 살해하고 보험금을 타낼 때까지, 가가미 준이치는 병원 경영에 난항을 겪고 있어서 빚더미에 앉아 있었지. 사채업자의 괴롭힘을 이기지 못하고, 정신적으로 상당히 궁지에 몰려서 약물의존 증세에 빠졌던 모양이야."

"약물의존이라. 치아가 엉망진창이 되었다면 톨루엔 중독 증상인가요? 그렇지만 나이도 먹을 만큼 먹은 사람이 시너를 마시지는 않았을 테고……."

이이다 사이소는 아는 체 하며 그렇게 말했다.

"그럼 각성제나 에페드린 중독인가?"

"에페드린이야. 치과의사라는 직업상, 약은 얼마든지 구할 수 있었을 테니 의존증도 그만큼 더 심각했겠지. 미국으로 건너가기 직전에는 이가 몇 군데나 빠져 있었다고 하니 꽤 중증이었나 봐. 가가미 준이치는 임플란트 수술을 받기 전에 미국에서 중독자들의 재활 시설에 들어가 있던 시기가 있었을 거야. 미국에서 부인이 약물중독에 걸렸다고 이야기했지만, 그건 아마도 자기 이야기를 부인 일처럼 이야기했던 거겠지. 눈에는 눈. 분명 리쓰코 씨를 죽인 범인의 동공도, 약물 때문에 확대되어 있었을 거야……."

린타로가 이야기를 끝내기를 기다렸다는 듯, 전화벨이 울렸다. 수화기를 들자 노리즈키 경시의 목소리가 흘러나왔다.

"피해자의 시신을 찾았어."

"어디서요?"

"치치부 산속에서. 지금 현장에서 보고가 들어왔는데, 가가미 준이치가 진술한 곳에서 찾아냈다고 하더군. 남들 눈에 띄지 않을 곳까지 차로 운반한 다음, 도로 근처의 숲속에 묻은 모양이야. 많이 손상되긴 했지만 의복이나 휴대전화 등 소지품으로 봐선 피해자 본인이 분명한 것 같아."

"석고상의 머리는?"

"같은 곳에 버려져 있었어. 하지만 원형을 알아볼 수 없을 정도로 산산조각 나 있었어. 파편을 모아 복원하는 것도 아마 불가능할 것 같아."

에필로그

Coda : I Have a Dream

10월 3일, 일요일 오후. 린타로는 히가시나카노의 가와시마 아쓰시의 집을 찾았다. 사전 예고 없는 방문이었기 때문에, 부재중이라면 그냥 돌아올 생각이었다. 하지만 초인종을 누르자 평상복 차림의 번역가가 그를 맞이했다.

"역시 자네로군. 아니, 아침부터 어쩐지 찾아올 것 같더라고."

"연락도 없이 찾아와서 죄송합니다. 계속 전화를 주셨는데, 사정이 있어서 받지 못했어요."

린타로가 고개를 숙이자, 가와시마는 고개를 저으며 대답했다.

"알아. 서서 이야기하기도 뭣하니 들어오게."

거실 바닥에는 2주 동안의 신문과 광고지, 미개봉의 우편물이 켜켜이 쌓여 있었다. 에치카가 살해된 후로, 마치다 집에서 보낸 시간이 길었기 때문이리라. 집안 상태도 어지러웠다. 테이블 위에는 마시다 만 커피 잔이 놓여 있었다. 전에 왔을 때보다 담배 냄새가 더 강하게 나는 것 같다.

가와시마는 리모컨을 들고 텔레비전 골프 중계를 껐다.

"아까 구니토모가 전화해서 알려줬는데, 리쓰코 씨 살해 혐의로 가가미 부부가 체포되었다더군."

"열흘의 구류 기간을 기다리지 못하고 사가미하라미나미 서로 두 사람의 신병을 인도해서, 가나가와 현경에서 본격적으로 조사하기 시작한 모양입니다. 저녁쯤 되면 뉴스에서 자세한 내용이 보도될 겁니다. 치치부에서 발견된 에치카 양의 유체는 아직 경찰에 있는 겁니까?"

"그래. 사정이 있어서 내일 데려오기로 했어. 데려오면 곧바로 마치다 집에서 밤샘을 마치고 화요일에 장례식을 치룰 예정이야. 바쁜 일 없으면 자네도 참석해주게."

"물론이죠. 다시로 슈헤이에게도 이야기할까요?"

"그렇게 해주게. 에치카도 기뻐할 거야. 나도 저녁에는 다시 마치다로 가봐야 해. 오늘은 갈아입을 옷가지를 가지러 왔네. 여기 있을 때 와서 다행이야."

"마치다 댁으로 전화 드렸더니 오늘은 여기 계신다고 해서요."

"그랬군. 나도 내 집에서 이야기하는 게 편하지. 같은 이야기라도 형님과 에치카가 살던 집에서 듣기는 좀 그렇거든."

그 마음은 린타로도 이해할 수 있었다. 가와시마는 탁, 하는 소리를 내며 라이터를 열고 담배에 불을 붙였다. 마지막으로 만났을 때보다 흰 머리가 더 늘었다. 두 번, 세 번, 말없이 연기를 뿜은 다음, 그는 각오를 굳힌 듯 입을 열었다.

"에치카 사건에 대해 자네 아버께 대략적인 설명을 들었네. 그러니까 자네 입으로 다시 똑같은 이야기를 들을 필요는 없어. 도모토의 행적도 아직 묘연한 모양이지만, 언젠가 꼬리가 잡히겠지. 내가 알고 싶은 건, 16년 전 사건이야. 형수 배 속의 아이는 대체 누구 아이였던 건가?"

"그걸 물으실 줄 알았습니다."

린타로는 자세를 바로 하며 솔직하게 대답했다.

"가가미 부부가 리쓰코 씨 사건에 대해서는 아직 완벽하게 진술하지 않았기 때문에, 지금부터 하는 이야기에는 제 상상도 섞여 있긴 합니다만 아마도 크게 잘못되진 않았을 겁니다. 먼저 결론부터 말하자면, 리쓰코 씨를 임신시킨 건 가가미 준이치였습니다."

가와시마 아쓰시는 미간을 찌푸리며 후, 하고 연기를 뿜었다. 놀란 것 같지는 않았다.

"역시 그랬군. 아니, 나도 설마 하고 의심한 적은 있지만, 가가미가 불임이라는 소리를 들었기 때문에 아닌 줄 알았어."

"제가 집에 찾아갔을 때에도 그렇게 주장하더군요. 오랫동안 아이가 없어서 책을 읽거나, 사람들에게 물어서 여러 가지 방법을 시도해 봤지만 그래도 생기지 않는 걸 보면 그런 체질인 것 같다고. 그렇지만 그건 진실이 아니었습니다. 병원에서 직접 검사해본 적은 없다고 미리 방어막을 치긴 했지만, 불임이었던 건 오히려 아내인 가가미 유코였던 모양입니다. 남편 쪽은 전혀 문제가 없더군요. 물론 그가 거짓말을 한 건 16년 전 사건의 진상을 감추기 위해서였습니다."

"역시 내 생각이 아주 잘못된 것만은 아니었군. 그 사건이 일어나기 전부터 가가미 준이치와 불륜 관계를 가지고 있었던 건가."

납득하는 가와시마를 향해, 린타로는 단호하게 고개를 저었다.

"아니요, 그게 아닙니다. 리쓰코 씨와 가가미 준이치 사이에 그런 관계는 없었습니다. 리쓰코 씨는 가가미에게 억지로 폭행을 당한 끝에 임신하게 된 겁니다. 16년 전, 그녀는 임신 테스트를 한 산부인과 의사에게 그렇게 말했습니다. 동생에게 험한 일을 당했다고."

피어오르는 담배 연기 너머로 가와시마의 눈매가 매서워졌다.

"가가미 준이치가 억지로 폭행했다고? 어째서 그런 짓을."

"동생인 가가미 유코로 위장해 리쓰코 씨를 살해하기 위한 포석이었죠. 가가미 부부는 보험금을 노리고 저지른 위장 살인이라는 것이 발각되지 않도록 시체의 신원이 틀림없이 가가미 유코라는 증거를 날조해야만 했습니다. 리쓰코 씨를 강간해 임신시킨 건 그 때문이었고요.

강간당한 리쓰코 씨는 설마 피를 나눈 동생이 남편인 가가미 준이치와 공모했을 줄은 꿈에도 몰랐을 겁니다. 가가미의 아이를 임신했을지도 모른다고 생각한 리쓰코 씨는 남자 이름은 알리지 않고, 동생에게 자신의 고민을 털어놓았습니다. 아마 유코가 먼저 비밀을 털어놓도록 유도했겠지요. 그때, 리쓰코 씨가 제일 두려워했던 건 남편인 이사쿠 씨가 이 일을 알게 되는 것이었습니다. 마침 남편이 슬럼프에 빠져, 부부사이가 원만치 못하던 시기였으니까요. 가가미 유코는 속으로 미소 지으며, 자기 일처럼 걱정하는 척했죠. 태연하게 자신의 보험증을 건네며, 형부 모르게 자신의 이름으로 몰래 애를 지우라고 충고한 겁니다. 배 속의 아이와 산부인과의 진료기록이 일치하면 자살로 위장한 리쓰코 씨의 시체를 가가미 유코로서 처리할 수 있을 테니까요. 가가미 부부가 노린 건 바로 그것이었습니다."

"사람의 탈을 쓰고 어떻게 그런 짓을."

가와시마는 가슴 깊은 곳에서 끓어오르는 목소리로 그렇게 중얼거렸다. 린타로는 자신도 모르게 눈을 내리깔았다.

"궁지에 몰린 리쓰코 씨는 그 충고를 받아들였습니다. 남자의 이름도 묻지 않고 보험증을 빌려준 동생의 배려에 감사했을지도 모르죠. 그리고 가가미 부부에게 조종당하고 있다는 사실도 모른 채 가가미 유코란 이름으로 임신 테스트를 받았습니다. 그때, 리쓰코 씨는 과거의 출산 경험에 대해서는 언급하지 않았고, 산부인과 의사에게도 초산이라고 이야기했습니다. 동생인 유코가 몇 번이나 주의를 주었겠죠. 만일 의사가 출산 경험이 있다는 사실을 알게 되면, 계획은 물거품이 되어버릴 테니까 말입니다. 가가미 유코는 과거에 한 번도 출산 경험이 없었으니까요.

위험성이 큰 계획이었습니다. 예민한 의사였다면 리쓰코 씨가 뭐라 하든, 출산 경험이 있다는 사실을 간파했겠죠. 그렇지만 가가미 부부에게 유리한 조건이 존재했습니다. 리쓰코 씨는 미나미나루세의 조산원에서 에치카 양을 낳았거든요. 산부인과 병원과는 달리, 조산원에서는 산모의 회음부에 메스를 대지 않습니다. 그렇지만 리쓰코 씨를 진찰했던 의사는 회음부 봉합 자국이 없다는 것을 근거로 그녀가 초산이라고 섣불리 판단했죠…….

전에 말씀드렸던 대로 미나미나루세의 조산원은 이미 폐업한 뒤였지만, 저희는 에치카 양이 태어날 때 그 자리에 있었던 조산사를 찾아내 출산 당시의 상황에 대해 확인했습니다. 완벽한 순산으로, 회음부 열상도 발생하지 않았다고 합니다. 임신선이나 산후 후유증이 남지 않았던 건 말할 것도 없고요. 증언했던 조산사는 고령으로 이미 은퇴했지만, 조산원에는 여자들만 아는 경험과 지혜가 있기 때문에 남자 의사들이 활개 치는 병원에서는 흉내낼 수 없는 진정한 출산을 경험할 수 있다고 자신 있게 말하더군요."

"여자들만 아는 출산의 지혜라. 가가미 부부는 그런 것까지 자신들의 계획에 이용했던 거군."

"네. 하지만 그들이 정말 잔혹한 행위를 저지른 건 그 후였습니다. 리쓰코 씨의 임신을 확인한 가가미 유코는 이번에는 형부에게 접근해 리쓰코 씨가 불륜을 저지르고 있다고 밀고했습니다. 리쓰코 씨의 외도를 꾸며내 이사쿠 씨를 자신들의 계획에 끌어들이기 위해서죠. 이사쿠 씨의 협력이 없으면 계획은 진행될 수 없었으니까요. 가가미 준이치가 리쓰코 씨를 욕보인 건 거기까지 계산에 넣은 일석이조의 책략이었던 겁니다."

거기서 일단 말을 끊자, 가와시마 아쓰시는 납득하지 못하겠다는 듯 고개를 갸웃거렸다.

"그렇지만 그건 좀 이상한데? 형수를 임신시킨 게 가가미 준이치란 사실을 알면서, 형님은 어째서 그들의 범행에 가담한 거지? 아무리 형님이라도 눈을 뜬 형수의 데스마스크 하나를 위해서 악마에게 영혼을 팔아넘기진 않았을 텐데."

가와시마는 새 담배에 불을 붙이는 것조차 잊고 있었다. 그런 그를 측은한 얼굴로 바라보며, 린타로는 고개를 저었다.

"이사쿠 씨는 가가미 준이치가 리쓰코 씨를 임신시킨 장본인이란 사실을 몰랐습니다. 그는 그때부터 줄곧 아내의 불륜 상대가 당신이라고 생각했습니다! 분명 가가미 유코가 그렇게 생각하도록 유도했겠죠. 아마 이사쿠 씨는 리쓰코 씨를 직접 몰아붙였을 겁니다. 동생의 아이를 가졌다는 게 사실이냐고. 이사쿠 씨에게 있어 그 말은 자신의 동생, 즉 아쓰시 씨를 가리키는 말이었겠지만, 궁지에 몰린 리쓰코 씨는 동생의 남편, 즉 가가미 준이치를 가리키는 것이라 착각하고 순순히 인정했을 겁니다. 서로 그 이상의 대화는 하지 못했겠지요. 부부 사이에 돌이킬 수 없는 오해가 생긴 채, 이사쿠 씨는 그 자리에서 리쓰코 씨에게 벌을 내리기로 결심했습니다. 그가 가가미 부부의 범행에 가담한 건 이런 오해 때문입니다."

가와시마는 넋이 나간 얼굴로 숨을 삼켰다. 뒤집힌 모래시계에서 모래 알갱이가 떨어져 내리듯, 얼굴에서 핏기가 사라진다.

"그런 거였군. 그래서 형님은 수술 전에 그런 소리를 했던 거야……."

"16년 전 사건 직후부터, 형님과는 계속 절연 상태였다고 하셨죠. 그렇지만 이사쿠 씨가 말기 암으로 입원하자 아쓰시 씨는 혈육의 정 때문에 병원으로 찾아갔고요. 그때 병실에서 이야기를 나누다, 처음으로 형님이 말도 안 되는 오해를 하고 있다는 사실을 알았다. 전에 그렇게 말씀하셨죠?"

"자, 자네 말이 맞아."

가와시마 아쓰시는 더듬대며 대답했다. 운명의 장난에 붙잡힌 것처럼. 어떤 생각이 린타로의 뇌리를 스쳐 지나갔다. 가와시마가 계속 독신을 고수하고 있는 건, 젊은 시절에 겪은 실연의 아픔 때문이라는 소문은 나름대로 근거가 있는 것이 아닐까.

"병실로 찾아갔던 날, 형님은 내게 형수와 불륜을 저질렀던 걸 인정하라고 강요했어. 갑자기 그렇게 말해도 난 전혀 기억에 없는 일이었지. 바보 같은 소리 말라며 화를 냈지만, 처음에는 내 말을 들으려고도 하지 않더군. 하지만 정말 모르는 일이라고 계속 이야기하다 보니 형님 태도가 갑자기 이상해지더군. 병으로 수척해진 얼굴을 검붉게 물들이며, 속았다고 중얼거렸어."

"누가 속였는지는 말하지 않았던 건가요?"

"그것까지는 못 들었어. 그리고 점점 형님의 눈이 번득이기 시작했지. 그리고 내 손을 잡고 지금까지의 일에 대해 사과했어. 부탁이니까 내 잘못을 용서해달라면서. 그것뿐만이 아냐. 형님은 꼭 무언가에 불이 붙은 것처럼, 죽기 전에 꼭 해야만 하는 일이 있다고 말했어."

린타로는 하려던 말을 꿀꺽 삼켰다. 가와시마 이사쿠는 병상에서 겨우 자신의 오해와 가가미 부부의 책략을 알아챈 것이다. 그 순간, 그는 얼마 남지 않은 목숨을 다 바쳐, '모녀상' 연작을 완성시키고, 사랑하는 아내를 굴욕적인 죽음으로 몰아간 가가미 부부의 범행을 고발하기로 결심한 것이다.

"형님의 오해가 풀리지 않았더라면 좋았을걸. 16년 전의 비밀을 그대로 무덤까지 가지고 갔다면, 에치카는 그렇게 되지 않았을 거야. 죽은 형수를 볼 낯이 없어. 우리 형제는 그냥 끝까지 연을 끊은 채 살아야 했어."

두 손에 얼굴을 묻고 오열하는 남자를 향해 더 이상 해줄 말은 없었다.

노리즈키 린타로 인터뷰
by 기시 유스케

키워드는 '오해'

기시 유스케 이번에 《잘린 머리에게 물어봐》를 3년 만에 재독했는데, 정말 잘 만들어진 작품이라 생각했습니다. 결코 다른 미스터리를 비판하려는 건 아닙니다만, 본격 미스터리는 처음 읽었을 때의 놀라움이 전부라는 이미지가 있었죠. 그렇지만 잘 만들어진 본격 미스터리는 몇 번이고 다시 읽어도 재미있습니다. 트릭을 알고 있는 상태에서 읽어도 무척이나 세밀한 복선을 즐길 수 있더군요.

전반은 평범한 소설처럼 시간의 흐름을 따라 진행됩니다만, 세세한 조각들이 수수께끼 풀이 부분에서 하나하나 맞춰져 가는 쾌감이 느껴지더군요. 언제나 소설을 쓸 때 그런 부분을 의식하십니까?

노리즈키 린타로 저는 원래 복선을 넣어 글을 쓰는 걸 잘 못합니다. 어느 쪽이냐면, '이런 식으로 생각하면 어떨까' 같은 느낌이랄까요, 가설을 먼저 세우고 추리를 풀어가는 패턴이 많았습니다. 이 작품의 경우에는 쓰는 데 시간이 오래 걸렸기 때문에, 평소보다 더 노력해서 복선을 넣으려고 했습니다.

기시 유스케 그 복선이 합쳐지는 부분이 참 상쾌합니다. 수수께끼가 풀리고 에필로그에 이르기까지 설명해야 하는 일이 많이 있지 않습니까. 세세한 에피소드들이 차례차례 필름을 반전시킨 것처럼 재생되어 가죠. 각각의 에피소드가 처음 그려졌을 때 흘렸던 조각들이 전부 원래 장소로 돌아오는 쾌감이 느껴지더군요.

노리즈키 린타로 그렇게 말씀해 주시니 고생해서 쓴 보람이 있군요. '이렇게 이야기 전개를 천천히 해도 괜찮을까', '독자들이 읽어줄까.' 그런 불안한 마음으로 쓴 책이거든요.

기시 유스케 노리즈키 씨도 역시 그런 불안감을 느끼시는군요.

노리즈키 린타로 나중에 생각해 보니 쓰는 데 시간이 걸린 만큼 불안해한 것 같더군요. 제일 처음 아이디어를 떠올린 건 대학생 때였습니다. 그 아이디어를 계속 가지고 있으면서, '이것도 아니다, 저것도 아니다' 란 마음으로 계속 만지작거리고 있던 거죠. 시간이 너무 흘러서, 점점 이 아이디어가 재미있는지 없는지, 그것조차도 모르겠더라고요. 게다가 연재하기 전에 200장 정도를 썼습니다. 지금과는 많이 다른 형태였지만, 이대로는 안 된다는 생각에 플롯을 하나부터 다시 짰습니다. 그리고 연재하기 시작해서, 연재가 끝난 뒤에도 1년 반 정도 걸려 거의 처음부터 다시 썼지요. 그 결과 책으로 출판된 겁니다.

기시 유스케 200장을 썼는데 그걸 다 버리다니. 쉽지 않은 결정이었을 텐데요. 물론 독자 입장에서는 시간을 들여 완성한 작품을 단번에 읽을 수 있는 셈이니 행복하지만요.
　복선에 대해 이야기하던 중이었죠. 메인에 이르는 복선을 관통하는 키워드 중 하나는 '오해' 라고 생각합니다. '오해' 는 어떻게 발생하는가, 그것이 설득력 있게 그려지더군요. 그 부분을 의식하시고 쓰신 겁니까?

노리즈키 린타로 맞습니다. 플롯을 다시 짜는 단계에서 오해를 키워 드로 삼아 쓰자고 생각했죠. 실제로 연재하기 시작한 건 2001년 들어서지만, 마침 그 무렵은 본격 미스터리가 전체적으로 정체되어 있던 시기였죠. 어떻게 할지 고민하는 와중에, 에도가와 란포의 탐정소설의 정의를 떠올렸습니다. 본격은 '수수께끼'와 '논리적 해결'만으로 성립되는 것이 아니라, 그 사이에 '수수께끼가 서서히 풀려가는 경로의 재미'가 있어야 한다는 거죠. '경로의 재미'란 일정 정도의 서스펜스를 포함하고 있는 거고요.

그리고 마침 그 시기에 사람의 의사가 전달될 때에 오해라는 잡음이 생기면, 결과적으로 그곳에서 수수께끼가 발생하는 것이 아닌가, 하는 생각을 하기 시작했습니다. 그 속에도 '경로'가 관련될 거라고 생각했죠. 그래서 어렴풋이 이 소설을 '경로'에 대해 쓰는 소설로 만들자고 생각했죠. 그런 연유로 이곳저곳에서 오해가 발생하게 되는 겁니다.

오해나 착각 같은 것은 순수한 추리로는 풀어낼 수 없는 것이기 때문에 나중에 '실은 이때는 이랬답니다' 하고 설명할 수밖에 없습니다. 그러다 보면 반드시 복선이란 형태로 포인트를 만들 수밖에 없습니다. 그 때문에 복선의 수가 늘어나게 된 면도 있죠.

도중에서 탐정이 전철을 타고 여기저기 돌아다니는 모습을 자세하게 묘사했잖습니까. 그것도 보통은 그렇게까지 자세히 쓰지는 않습니다만, 경로를 만들기 위해 어느 역에서 어느 역을 통해 갔다는 것을 의식적으로 설명해 봤습니다.

기시 유스케 이용한 노선까지 의식적으로 쓰신 건 처음 아닙니까?

노리즈키 린타로 다시 읽어보니 이건 딱히 없어도 될 것 같다는 생각도 들더군요. 하지만 사람들 사이에 오해가 발생하는 과정을, 깜빡하고 내릴 역을 지나치는 감각처럼 써보고 싶었습니다.

탐정 노리즈키 린타로의 경우

기시 유스케 저는 그렇게 미스터리를 많이 읽은 편은 아닙니다만, 이런 오해가 발생하는 것을 이만큼 설득력 있게 그려낸 작품은 그다지 읽어본 적이 없습니다. 그 때문에 오해를 그린 부분만으로도 하나의 단편으로 봐도 될 것 같다는 생각이 들더군요.

조금 전 노선 이야기를 하셨는데, 도중에 나오는 과자 있잖습니까. 전 전혀 몰랐는데, 우연히 친구에게 물어보니 유명한 가게라고 하더군요.

노리즈키 린타로 그 과자는 인터넷에서 알았습니다. 실은 장편을 쓸 때 인터넷에서 정보 수집을 한 것도 이 작품이 처음이에요. 노선 검색도 많이 이용했고요. 인터넷 정보는 어디까지 믿을 수 있을지 의심스럽긴 하지만, 인터넷 정보와 소설의 정보의 균형 같은 것도 망설이면서 썼던 기억이 나네요.

기시 유스케 그 밖에도 인상에 남은 건, 피해자의 ××를 택배로 보냈다는 겁니다. 일반적으로 대부분의 독자들은 이런 걸 받았을 경우 송장에 적힌 사람이 범인이 아닐 거라 생각하지 않습니까. 그런데 허점은 그것뿐만이 아니었죠.

노리즈키 린타로 그건 실제로 저도 경험이 있었기 때문에 이런 것도 있을 법하다는 생각에 넣어봤습니다.

기시 유스케 그리고 탐정의 추리하는 방법이 현실적이라는 생각이 들었습니다. 일반적으로 명탐정이란 인종들은 발상이 뛰어나면 뛰어날수록 좋은 거란 풍조가 있지 않습니까. 그래서 평범한 대화만 들어선 절대 알 수 없는 방향으로 진행되는 경향이 많은데, 탐정 노리즈키 린타로의 경우에는 논리 진개 방식이 무척 설득력이 있습니다.

노리즈키 린타로 전 옛날부터 사건의 개요를 안 순간에 모든 것을 알아채는 초인적인 명탐정보다, '이것도 아니고, 저것도 아닌데' 하면서 자주 실수를 범하는 탐정을 좋아했습니다. 가능성을 하나씩 제거하며, 최종적으로 사건을 해결하는 타입의 명탐정이죠. 특히 이 책의 경우에는 로스 맥도널드의 탐정 루 아처의 영향을 많이 받았습니다. 여기저기 다니며 여러 사람들과 대화해 보고, 때로는 속기도 하면서, 다른 해법을 소거하는 작업을 하는 거죠.
    그렇기 때문에 이 작품의 경우에는 일부러 명탐정에게 몇 번이나 실수를 하게 만들었습니다. 말하자면 조연 취급을 한 거죠. 이렇게 실수를 많이 하는데 명탐정이라 할 수 있겠냐는 소리를 듣기도 했지만요. 초인적인 명탐정은 스스로도 쓰면서 어색하다고 할까. 단편이라면 그런 패턴으로 가기도 하지만, 저 자신의 자연스런 리듬으로 쓰다 보면, 시행착오를 반복하는 패턴으로 쓰게 됩니다. 왓슨 역이 없어서 그런지도 모르겠네요.

기시 유스케 아, 그런 거였군요. 그렇지만 노리즈키 린타로 시리즈라 하면 엘러리 퀸의 흐름을 이어받았다는 이미지도 있는데요. 퀸 경시는 왓슨 역 아니었습니까?

노리즈키 린타로 네. 퀸 경감도 그렇고, 그 밖에도 여성 캐릭터들이 왓슨 역을 맡기도 하지만, 기본적으로는 탐정의 시점에서 이야기가 진행되니까……. 탐정의 시점으로 쓰는 게 힘들긴 합니다. 진상을 알아냈을 때, 제일 중요한 부분에서 '알았다'라고 쓰는 건 쉽지만, '이건 분명 단서다'라는 식으로 3인칭 설명문으로 쓰면 명청해보이거든요.

왓슨 역을 내보내면 조금 더 깔끔하게 쓸 수 있지만, 대부분의 하드보일드 작품, 그리고 본격 중에서도 퀸의 작품은 탐정의 시점으로 진행되고, 그렇게 쓰는 게 제 성격에도 맞거든요. 복선을 넣는 식으로 쓴 건, 탐정의 시점에서 썼기 때문이기도 합니다.

기시 유스케 독자로서는 초인적인 명탐정보다 그렇게 이것저것 생각하며 추리하는 탐정이 좋습니다. 어떻게 그런 결론에 이르게 되었는지를 알 수 있거든요.

그건 그렇고, 이 작품에서 제일 충격적인 건 역시 5부의 마지막

문장입니다. 그게 출발점이었던 거군요.

리얼리타냐 트릭이냐?

노리즈키 린타로 학생 때 생각했던 소재는 '모델이 다른 걸 숨기기 위해 조각상의 머리를 자른다'는 이야기였습니다. 그 후에 200장을 썼다 버린 이야기는 '모델의 눈이 의안이었다'는 이야기였고요. 그렇지만 쓰면서 스스로 즐길 수 없어서 그만뒀죠.

어떻게든 더욱 충격적인 아이디어가 없을까, 하고 생각하는 중에 인체 조각에서 살아 있는 모델로부터 형태를 따는 '라이프캐스팅'이란 기법이 있다는 걸 알게 되어서 플롯을 만들기 시작했습니다. 그 아이디어를 도입해서 이 이야기의 제일 중요한 부분이 완성되었죠. 그 부분을 중심으로 이야기가 확장되어 간 겁니다. 지금 생각해 보면 그때 눈물을 머금고 200장을 버리길 잘했죠.

기시 유스케 그 장면은 정말 충격적이었습니다. 전에 대담했을 때, 노리즈키 씨는 호러적인 연출은 그다지 좋아하지 않는다고 하셨잖습니까. 그래서 호러처럼 쓰지는 않으셨죠. 그런데도 무서웠습니다.

노리즈키 린타로 원래 저는 무척 눈이 나쁩니다. 중학생 때부터 렌즈를 끼고 살았기 때문에 눈이 망가지는 것이 제일 무섭습니다. 렌즈도 처음에는 소프트를 사용했지만, 하드로 바꿨을 때, 몇 번이나 무서운 꿈을 꿨습니다. 하드렌즈 조각이 빠졌는데, 예비용 렌즈가 없어서 그냥 끼고 다녔더니 어느 순간 눈에 상처가 나서 악! 하고 놀라는 꿈이요.

그런 경험이 반영되어 있는 것 같습니다. 렌즈를 착용하고 있다 보니, 보통 사람들이 신경 쓰이지 않는 일도 신경이 쓰이니까요.

기시 유스케 본문 중에서도 모델이 실명할 수밖에 없다는 문장이 있었죠.

노리즈키 린타로 요새는 특수한 수지 같은 걸 사용하면 문제를 해결할 수도 있을지도 모릅니다.

기시 유스케 그런 용도로 만들어진 렌즈 같은 게 있으면 아주 불가능한 이야기도 아니겠죠. 그리고 메인 트릭도 결국 마지막에 탐정이 가르쳐줄 때까지 몰랐습니다. 그런 트릭은 일본에서는 무리라는 선입견이 있었지요. 그렇지만 진상이 밝혀지고 나니, 이런 상황이었으면 무리라고 할 수 없겠다는 생각이 들었습니다.

노리즈키 린타로 음. 플롯은 역산, 역산을 거듭해 나온 것이기 때문에 무리가 있다고 생각하면서도 밀고 나간 부분도 있긴 합니다. 마침 그 당시에 경찰이 이따금 수사의 실수를 저지르고 있다는 뉴스가 눈에 들어왔습니다. 탐정도 자주 실수를 하는 이야기니까, 경찰이나 의사가 실수하는 것도 이상할 건 없다며 스스로를 설득했죠.

기시 유스케 그렇지만 읽어보면 다들 납득할 거라 생각합니다.

노리즈키 린타로 뭐, 옐로카드라 해두죠. 수상한 사람이 아무도 없으니까, 그 방법밖에는 없더라고요. 비판이 쏟아질 걸 각오하고 '불평은 듣지 않겠습니다'란 자세로 임했습니다.

본격 미스터리의 경우, 리얼리티와 트릭이 서로 경쟁을 벌이죠. 트릭을 살리기 위해 이쪽을 우선하는 것은 어느 정도는 피할 수 없는 일이니까요.

기시 유스케 이 소설에는 두 개의 머리가 나오는데요, 석고상의 머리와 진짜 시체의 머리말입니다. 일반적으로 추리소설에서는 석고상의 머리보다는 시체의 머리가 메인이 되지 않습니까. 그런데 이 작품에서는 다릅니다.

노리즈키 린타로 그렇게 한 건, 더 본격스럽게 쓰면 쓸수록 진실이 밝혀졌을 때 더 놀랍기 때문입니다. 이 작품의 범인은 명(名)범인은 못 되죠. 단순히 그 상황에서 벗어나기 위해 생각해낸 꾀가 결과적으로 다른 오해들과 얽혀서 보기보다 복잡한 사건이 되었지만, 범인 자체는 굳이 말하자면 속물적이죠. 오히려 굉장한 계획을 가지고 행동하는 '초(超)범인'이 범행을 저질렀다면 주객이 전도되는 작품이 되었을 거라 생각합니다. 하지만 이번에는 무엇을 우선하느냐가 달랐기 때문입니다. 그렇지만 실제로 그 부분이 좋았다고 말씀해주시는 분들을 보면, 제대로 읽어주시는 독자들이 있어서 다행이라는 생각을 합니다.

기시 유스케 조금 전 말씀하신 부분도 그렇지만, '이래도? 이래도? 하면서 독자에게 계속 도전하는' 느낌으로는 쓰지 않으시는군요.

노리즈키 린타로 그런 걸 원체 잘 못합니다.

기시 유스케 아뇨, 자연스러운 편이 기억에는 더 남죠. 그리고 직접 본격 미스터리를 써본 제 입장에서 봤을 때, 본격 미스터리의 제일 큰 약점이라고 생각했던 게 바로 시간의 흐름이 반대라는 겁니다. 요컨대, 탐정이 등장했을 때에는 사건이 이미 끝난 상태잖아요. 하지만 이 작품에서는 도중부터 시간이 리얼타임으로 흐르지 않습니까. 두 개의 머리에 의해 살인이 일어나기 전부터 사건에 관여하죠. 본격 미스터리면서도 양 방향의 시간의 흐름을 모두 가지고 있는 거죠. 의도적으로 그렇게 하신 겁니까?

노리즈키 린타로 엘러리 퀸의 《재앙의 거리》라는 작품이 있습니다. 처음에 엘러리는 평범한 시민으로 그 마을을 찾지만, 여러 사람들과 부딪히는 도중에 사건의 전조를 발견하고, 그것이 쌓여가면서 이야기의 중반 부분에 사건이 일어납니다. 그 작품을 염두에 두고, 될 수 있는 한 사건이 일어나기 전부터 명탐정이 관계자들에게 이야기를 들어보는 설정으로 쓰려고 했지요.

기시 유스케 탐정이 살인 사건 전부터 관계자들과 관련되는 이야기는 꽤 있죠. 예를 들자면 도망친 애완동물을 찾아달라는 의뢰를 받고 조사를 시작했더니 살인 사건이 일어나는 이야기 같은 거죠. 이 경우에는 살인 사건이 메인이고 애완동물 수색은 종속적인 거고요. 그렇지만 이 작품에서는 그게 아니죠. 탐정은 두 개의 머리 중 메인 사건을 조사하기 위해 사건 속에 들어간 거니까요. 주종이 전도된 구조를 잘 이용해서 탐정을 사건 속으로 이끈다. 전 이 부분이 정말 깔끔하다고 생각했습니다.

노리즈키 린타로 거기까지는 생각 못했습니다. 실은 처음에는 조금 더 빨리 사건이 일어나게 하려 했습니다. 본격물에서는 일반적으로 처음에 큰 사건이 일어나니까요. 사건을 빨리 일으켜야 하는데, 그렇지만 복선도 써야 하는데. 뭐 이런 상태였습니다.

기시 유스케 독자 입장에서는 아직 사건이 일어나시 않은 줄 알고 읽고 있었는데, 실은 이미 사건이 일어난 뒤란 말이죠. 마지막까지 읽어보면 속은 걸 알게 되고, 그게 무척 통쾌하죠. 그러니까 독자는 처음 읽었을 때와 트릭을 알고 있는 상태에서 읽을 때, 두 번 즐길 수 있는 겁니다.

노리즈키 린타로 이번에 문고본으로 나올 때 읽어봤더니, 3년이 지나서 많이 잊어버렸는지 '아, 이런 복선이 있었구나' 하고 스스로도 놀랐습니다. 트릭에 거리감을 느낀다고 할까, 독자의 시선으로 읽을 수 있었죠. '내가 이런 생각도 했구나' 하는 게 재미있었습니다. 스스로 말하는 것도 웃기지만.

※ 이 인터뷰는 2007년 8월 7일 교토 기온에서 이루어졌습니다.

※스포일러가 포함되어 있으므로 작품을 끝까지 읽으신 뒤에 읽어주십시오.

《잘린 머리에게 물어봐》는 2005년도 본격 미스터리 대상 수상 작품입니다. 작가인 노리즈키 린타로는 아직 국내에는 널리 소개되지 않았지만, 교토대 미스터리 연구회 출신으로 아야쓰지 유키토, 아리스가와 아리스, 아비코 다케마루 등과 더불어 신본격 1세대라 불리는 작가입니다. 1988년 《밀폐교실》로 데뷔한 이래 소설 집필뿐만 아니라 평론 등에도 힘을 쏟는 그는 '고뇌하는 작가'라는 이미지로도 유명한데, 매년 〈본격 미스터리 베스트10〉을 간행하는 '탐정소설 연구회'라는 모임에 소속되어 〈대량사와 밀실〉, 〈초기 퀸 론〉 등 활발한 평론과 연구 활동을 펼치고 있기도 합니다.

엘러리 퀸의 열렬한 팬인 노리즈키는 작중에 탐정이자 추리소설가인 아들 노리즈키 린타로와 경시청 경찰인 아버지 노리즈키 사다오, 한눈에 봐도 퀸의 오마주임이 분명한 이 두 캐릭터를 등장시키고 있습니다. 부자가 협력하여 사건을 해결하는 점이나 일찍 어머니를 여읜 부자 가정이라는 점 등 퀸 부자의 설정과 비슷한 점도 많습니다.

(사족이지만 궁금해 하실 분이 계실까봐 덧붙이자면, 초반에 이름과 사진만 등장하는 뮤지션 구보데라 요코는 노리즈키 린타로 시리즈 중 《또다시 붉은 악몽》, 《2의 비극》이란 작품에 등장합니다. 작중에서는 요코와 헤어진 린타로가 다소 가엾게 그려지고 있지만 단편집에서는 도서관 사서인 사와다 호나미와 잘 지내고 있으니 걱정하지 않아도 될 것 같습니다.)

이처럼 퀸의 영향을 받은 작가답게, 그리고 본격 미스터리 대상 수상 작품답게 본 작품은 엄밀한 로직을 내세우고 있는데, 작품 전반을 아우르는 치밀한 구성과 정중한 서술은 한 채의 잘 지어진 건물을 연상시킵니다. 기타무라 가오루의 추천사대로 세련된 양식미를 자랑하는 본격 작품의 모범이라 해도 부족함이 없습니다. '고뇌하는 작가'의 이름에 걸맞게 초반부터 길게 이어지는 미술 용어와 미학 이론 등이 다소 독자를 지치게 만들기도 하지만, 마지막 부분에서 제시되었던 모든 요소들이 한데 모이며 진상이 밝혀지는 부분의 상쾌함과 로직의 아름다움은 무척 훌륭합니다. 이것이야말로 바로 본격을 읽는 재미가 아닐까, 하는 생각이 듭니다.

또한 엘러리 퀸의 '라이츠빌 시리즈'나 로스 맥도널드의 모 작품(스포일러가 되기 때문에 제목은 언급하지 않겠습니다)을 연상시키는 어두운 인간관계와 그 속에서 고뇌하는 탐정의 모습도 훌륭히 그려내고 있어서, 수수께끼 풀이뿐만 아니라 작품성 면에서도 뛰어나다 할 수 있을 것입니다.

· 번역상 설명이 필요한 부분이 있어 후기에 덧붙입니다. 마지막 부분의 반전이자 가와시마 이사쿠의 미스디렉션을 유발했던 '동

생'이란 단어의 원문은 '의제(義理の弟)'입니다. 일본에서는 남편의 동생, 여동생의 남편, 의붓동생 등 직접적인 혈연관계가 없는 인척을 지칭해 폭넓게 쓰이는 말이지만, 어쩔 수 없이 동생으로 표기했습니다. 원문과는 달리 직접적으로 성별이 드러나지 않았지만, 작가의 의도나 문맥상의 흐름을 고려했을 때 불가피한 선택이었음을 이해해주셨으면 합니다.

끝으로 작중에 등장하는 조각 용어를 옮기는 데 큰 도움을 주신 김태곤 교수님께 깊은 감사의 뜻을 전합니다.

《조각의 제작과정과 원리》, 루돌프 비트코어 (이케가미 다다하루 번역, 중앙 공론미술출판)

《조각의 기법》, 아더 자이덴버그 (가미 죠지 번역, 다비드사)

《현대미술 11 시걸》 (강담사)

《일본 현대미술》, 사와라기 노이 (신조사)

《서울과 피부 예술의 신화적 인식》, 다니가와 아쓰시 (치쿠마 학예문고)

《그리스 신화》, 야마무로 시즈카 (현대교양문고)

《심판》, 프란츠 카프카 (혼노 준이치 번역, 각천문고)

《치아를 아름답게 하는 미용치과&임플란트》, 내일의 치과 의료를 생각하는 모임 (현대서림)

나고야 시립미술관 홈페이지

〈무상의 곤민당 사건 개설〉, 쓰루마키 다카오 (마치다 시립 자유 민권 자료관)

등을 참조하였습니다(웹사이트에 공개된 텍스트에 대해서는 번잡해지기 때문에 주소는 생략했습니다).

※ 인용의 변경, 그 밖의 책임은 모두 작가에게 있습니다.